(GABE) bewahren

Aron Olin

bewahren

Roman

Bibliografische Information der Deutschen Nationalbibliothek:
Die Deutsche Nationalbibliothek verzeichnet diese Publikation in der Deutschen
Nationalbibliografie; detaillierte bibliografische Daten sind im Internet über
http://dnb.dnb.de abrufbar.

© 2024 Aron Olin

Covergestaltung: Leo Redwood

Herstellung und Verlag: BoD – Books on Demand, Norderstedt

ISBN: 978-3-7597-0755-0

1

Yannik stand hinter ihnen und grinste sie an. Sie grinsten nicht. Sie waren wie erstarrt.

„Haben wir uns geirrt?" flüsterte Geraldine vor sich hin, „ist er am Ende wirklich...?"

„Darüber bin ich gerade nicht in der Lage, nachzudenken." würgte Z sie ab.

Im nächsten Moment brach Lotta die Erstarrung. Sie machte zwei große Schritte über das Grab und warf sich Yannik an den Hals. Er fing sie auf, blickte sie allerdings tadelnd an:

„Du zertrampelst meine Ruhestätte."

Lotta lachte auf: „Als ob du die jetzt noch bräuchtest."

„Ja, da magst du Recht haben." Auch Yannik lächelte jetzt, „trotzdem – nicht nett."

„Lotta?" fragte Jesus leise und sie fuhr zu ihm herum:

„Ja. Ich glaube. Ich glaube, ich glaube, ich glaube." stieß sie laut hervor, „du bist es. Du bist Jesus. Der Sohn Gottes."

Jesus kicherte fröhlich: „Schön, dass wir das so einfach klären konnten. Dann lasse ich euch erstmal allein."

„Sollten wir besser auch tun." hakte Z direkt ein, als Jesus sich abwandte. Lotta sah ein wenig unsicher von einem zum anderen:

„Ist das okay?"

„Ich bitte dich." wehrte Z ab, „nehmt euch so viel Zeit, wie ihr braucht. Wir treffen uns schon wieder."

Jesus war schon einige Schritte entfernt und Geraldine und Annie, die Z beide schon einen bösen Blick zugeworfen hatten, als dieser sich ihm so hastig angeschlossen hatte, versuchten, diesen Vorsprung zu ihren Gunsten zu Nutzen. Z drängte sie allerdings, sich zu beeilen. Und sie ließen sich – widerwillig – darauf ein. In der Hoffnung, dass er eine gute Erklärung dafür hatte. Sie erreichten Jesus, der daraufhin stehenblieb:

„Sie ist glücklich." Er blickte zu Lotta und Yannik hinüber. Die Freunde taten es ihm gleich.

„Das war auch eine enorme Sache, die du da gemacht hast." erwiderte Z laut.

„Enorm?" Jesus schüttelte den Kopf, „nein. Eine Tat ist eine Tat. Da gibt es keine Abstufungen."

„Von der Tragweite." fügte Z hinzu und Geraldine, die inzwischen eine leise Ahnung hatte, wo Z hinwollte, klinkte sich ein:

„Und was die Bedeutung angeht, die du ihr damit beimisst."

„Sie hat Bedeutung." stimmte Jesus zu, „hier passt das Wort: enorme Bedeutung. Sie ist die auserwählte Prophetin meines Vaters. Er hat ihr nichts zu mir gesagt. Weil ich mich auf meine Weise offenbaren wollte. Ohne Vorankündigung. Das war für sie ein wenig... missverständlich. Aber es ist doch klar, dass ich sie genauso an meiner Seite haben will wie jeden anderen auch. Und es ist doch auch klar, dass sie eine wichtige Rolle spielt. Genau wie ihr sie spielen könntet. Auch ohne Gaben." Er sah sie forschend an und Z schnell zu Boden:

„Jeder muss seine Entscheidungen treffen. Wir haben unsere getroffen."

Geraldine folgte seinem Beispiel sofort, Annie erst mit einiger Verzögerung – allerdings trotzdem noch schnell genug, dass Jesus einen traurigen Seufzer ausstieß:

„Und das werde ich euch nicht absprechen. Ich hoffe nur, dass ihr es euch weiter durch den Kopf gehen lasst."

„Es gibt Dinge, die lässt man sich ständig durch den Kopf gehen." murmelte Geraldine schwer.

„Dann hoffe ich, dass wir bald wieder voneinander hören." Sein fröhliches Gesicht kehrte zurück und er sich von ihnen ab. Zielstrebig eilte er auf das Ausgangstor des Friedhofs zu. Die drei Freunde sahen ihm hinterher.

„Das wolltest du?" Geraldine stieß Z in die Seite, „gleich wissen, was er von uns will?"

„Oh..." gab Z zurück, „ich war mir sehr sicher, was er von uns will. Ich wollte es einfach schnell hinter mir haben."

„Oder so."

Annie stieß laut die Luft aus: „Ist es nicht schlimm, dass er uns ausgerechnet jetzt, wo wir uns entschieden haben, nicht an ihn zu glauben, einen Beweis dafür liefert, dass wir falsch liegen?"

„Korrektur." kam es von Geraldine, „du liegst falsch. Aber nur damit."

„So?"

„Ja. Du müsstest sagen: Ist es nicht schön, dass er uns ausgerechnet jetzt, wo wir uns entschieden haben, nicht an ihn zu glauben, einen Beweis dafür liefert, dass wir richtig liegen?"

Annie zog die Brauen hoch: „Wie meinst du das?"

„Er weiß nach wie vor nicht, dass wir unsere Gaben wiederhaben." erwiderte Geraldine, „wäre er Gottes Sohn, wüsste er das."

„Wir haben sie erst wiederbekommen, als er schon hier auf der Erde war." wandte Annie ein.

„Na und? Glaubst du, zwischen ihm und Gott herrscht Funkstille? Entfernung von Himmel zu Erde zu groß – keine Verbindung möglich? Oder wie in einem Agentenfilm: kein weiterer Kontakt, bis der Auftrag abgeschlossen ist? Das ist Blödsinn. Jesus hat immer mit seinem Vater geredet. Damals, als er wirklich hier war. Und das würde er heute genauso machen."

„Alles gut und schön und richtig." stellte sich Z auf Annies Seite, „ändert aber nichts an einer Tatsache."

„Die da wäre?"

Z deutete zum Grab hinüber: „Yannik ist wieder da. Unser ehemaliges Gruppenmitglied. Mein ehemaliger bester Freund. Der gestorben ist. Vor sehr vielen Jahren. Was ihr beide sogar besser wissen dürftet als ich. Denn ihr wart dabei."

„Ja, das waren wir." bestätigte Geraldine düster, „und ich kann dir weder sagen, was hier gerade passiert, noch, was es zu bedeuten hat. Aber dieser Mann ist nicht Gottes Sohn. Davon bin ich nach wie vor überzeugt."

„Und ich bin bei dir." Annie zögerte ein wenig, schenkte ihr dann aber einen verhalten-fröhlichen Blick. Z zögerte noch länger und schenkte ihr dann einen ernsten Blick:

„Wir sind bei dir. Allerdings kann ich dir sagen, was das, was gerade passiert ist, zumindest zum Teil zu bedeuten hat: dass jemand anders nicht mehr bei uns ist."

Geraldine legte den Kopf schief: „Du meinst Lotta?"

„Du hast sie doch gehört. Sie wollte dieses Wunder und sie hat es bekommen."

„Aber ob das ausreicht, dass sie einfach so ihren Glauben umstellt?"

Geraldine fuhr sich übers Kinn und Z zuckte die Achseln:

„Das wird sich zeigen."

„Oder sie es uns sagen." setzte Annie hinzu, denn Lotta und Yannik kamen inzwischen auf sie zu. Nur wenige Augenblicke später hatten sie sie erreicht:

„Wir gehen jetzt. Ich meine... fahren jetzt. Zu mir, meine ich." Lotta kicherte verlegen, „ich fahre. Und nehme Yannik mit."

„Das haben wir schon verstanden." entgegnete Z.

„Sehen wir euch denn mal wieder?" Annie sah die beiden unsicher an – was sie beide heftig nicken ließ:

„Natürlich." erklärte Lotta.

„Aber selbstredend." stimmte Yannik zu, „wie könnte ich meinen Freunden Zeit mit mir absprechen? Oder mir selbst mit ihnen?"

„Lotta... das hier... was..." Geraldine stocherte verloren nach Worten, brachte es aber schließlich heraus: „Was heißt das für dich?"

„Was das heißt?" Lotta machte große Augen, „dass ich glücklich bin."

„Ja. Das ist klar. Aber... in Bezug... auf... ihn."

„Dieser Mann ist Gottes Sohn. Davon bin ich jetzt endgültig überzeugt." Lotta atmete tief ein und drückte sich fest an Yannik, der ihr sanft über den Kopf streichelte. Dann gingen die beiden davon – ohne ein weiteres Wort.

„Nun – ich würde sagen, da hast du deine Antwort." brummte Annie süffisant und fügte hinzu:

„Jeder hat seinen Preis."

„Wir auch?" gab Geraldine zurück, worauf Z die Nase rümpfte:

„Da können wir ja jeder für sich mal drüber nachdenken."

„Besser nicht." wehrte Annie ab, doch Geraldine hielt es mit Z:

„Besser doch. Falls er wirklich mit etwas ankommt."

„Meinst du, das tut er?" Annie verzog entsetzt das Gesicht.

Geraldine hob die Hände: „Vielleicht. Was weiß denn ich?"

„Ich glaube, dafür sind wir nicht wichtig genug." versuchte Annie, sich selbst zu beruhigen – und Z ging dagegen:

„Spätestens, wenn er rausfindet, dass wir unsere Gaben wiederhaben..."

„Dann müssen wir eben noch vorsichtiger sein als bisher."

„Aber wir sind noch nicht bereit, alleine loszuziehen." warf Geraldine ein.

Annie seufzte: „Das ist leider wahr."

„Und das würde das Hauptproblem auch nicht lösen."

„Erkannt werden."

„Genau." nickte Geraldine.

Ein grimmiges Lächeln erschien auf Zs Gesicht: „Tja – dann wird es wohl doch Zeit für meinen Vorschlag."

„Den du noch reifen lassen wolltest?" erkundigte sich Geraldine skeptisch.

„Das habe ich gesagt. In Wirklichkeit habe ich mich einfach nicht getraut, ihn anzubringen. Und gehofft, dass mir oder einem von euch was Besseres einfällt."

„Ist nicht." Annie seufzte erneut – und Geraldine stimmte mit ein: „Raus damit."

„Gut. Dann..." Z räusperte sich, „ein Wort – nein, zwei Worte: Masken und Kostüme."

2

„Du lebst." Lotta warf Yannik, während sie fuhr, immer wieder fassungslose Blicke zu. Und jedes Mal deutete er lächelnd nach vorne, um sie zu animieren, auf die Straße zu schauen:

„Du auch."

„Ich habe das schon die ganze Zeit."

„Ich auch."

„Hä?" Diesmal musste Yannik mit dem Finger schnippen, um sie zur Aufmerksamkeit auf den Verkehr zu bewegen:

„Grundprinzip. Nichts stirbt. Menschen nicht, Engel nicht, Dämonen nicht."

„Hä?"

„Irgendeine von den anderen Religionen – die uns nicht zu interessieren brauchen – hat dieses System verinnerlicht." klärte er sie auf, „auf eine vollkommen falsche Art und Weise. Dass das Einzige, was sich ändert, der Zustand ist. Bei denen, die ihr übernatürliche Wesen nennt, gilt noch nicht einmal das. Wenn ein Dämon ‚getötet' wird, landet er in der Dunkelheit. Wo er nur deswegen nicht wieder wegkommt, weil er vom Herrscher der Dunkelheit dort festgehalten wird. Bei einem Engel wäre das genau andersrum. Also... Licht statt Dunkelheit. Und Freiheit statt

Gefangenschaft. Aber das ist noch nie passiert und ich schätze mal, das wird es auch nicht mehr."

Lotta schürzte die Lippen: „Woher weißt du das alles?"

„Man lernt eine ganze Menge – dort, wo ich war." antwortete Yannik ernst.

„Verständlich." Ihr Gesicht bekam einen bedrückten Zug – so, als ginge sie davon aus, einen Nerv getroffen zu haben. Doch Yannik zeigte keinerlei Anzeichen, dass dem so war:

„Aber das war nur ein wenig Prahlerei mit Wissen, das nichts zur Sache tut. Kommen wir zur Sache – zu dem, was du eigentlich wissen willst: Menschen. Auch Menschen sterben nicht. Weil Menschen nicht der Körper sind, sondern die Seele. Der Körper hört irgendwann auf zu funktionieren. Er hat eine innere Uhr, die ihn laufen lässt und irgendwann stoppt. Oder gestoppt wird."

„So wie bei dir." flüsterte sie.

„So wie bei mir. Oder auch nicht."

„Oder auch nicht?"

„Lotta..." Yannik legte seine Hand auf ihre Hand, „du erwartest Antworten. Oder auch nicht."

„Hä?"

„Teasing. Entschuldigung. Werden wir wieder ernst. Aber du musst zugeben, dass es eine interessante Reibung gibt zwischen deinem natürlichen Drang, alle Fragen beantwortet zu bekommen, und deiner bewussten Einwilligung, sie nicht beantwortet zu bekommen."

„Das bringt mein Job mit sich." entgegnete sie nicht übermäßig fröhlich.

„Das stimmt. Du bekommst Aussagen ohne Erklärungen. Aufträge ohne Hintergründe. Auch für dich selbst hat es das schon gegeben. Aber dass du deswegen aufhörst, zu fragen, ist eine Nebenwirkung, die nicht hätte erzielt werden sollen. Die Antwort ‚Das kann ich dir nicht sagen' ist nervig, das weiß ich. Sie führt einen zur Resignation. Aber das muss nicht sein. Du darfst immer fragen. Niemand nimmt es dir übel. Solange du akzeptierst, dass du gewisse Antworten einfach nicht kriegen wirst."

„Aber in diesem Fall schon?" erkundigte sie sich vorsichtig und er nickte vehement:

„In diesem Fall ist es sogar sehr wichtig, dass du alle Antworten hast."

„Und du gibst sie mir nur, wenn ich frage."

„Oh nein." Aus dem Nicken wurde ein Kopfschütteln, „ich habe diesen kuriosen Versuch, mir Antworten zu entlocken, ohne zu fragen, nur genutzt, um dir die Falschheit dieses Ansatzes vor Augen zu führen. Eine kleine Schulstunde, sozusagen."

„Dann willst du jetzt sicher hören, dass ich es begriffen habe."

„Hast du?" Er lächelte und sie ließ sich davon anstecken:

„Ja. Habe ich."

„Sehr erfreulich. Dann können wir fließend zu meiner Geschichte übergehen..."

3

Das schallende Gelächter, mit dem Z gerechnet hatte, blieb ebenso aus, wie die rollenden Augen oder das laute Aufstöhnen. Stattdessen sahen ihn die beiden Frauen verdutzt an und nickten dann:

„Das ist wirklich die beste Lösung."

„Und einfach noch dazu."

Z klappte den Mund auf: „Keine dummen Sprüche? Keine Gegenwehr?"

„Nein." entgegnete Annie, „warum denn? Wir müssen ja nicht rumrennen wie Batman mit spitzen Ohren und wallendem Umhang. Aber die Idee, sich zu tarnen, ist gut. Und womit tarnt man sich am besten? Mit einer Verkleidung. Finde ich vollkommen sinnig."

„Und irgendwie auch spannend." fügte Geraldine amüsiert hinzu.

„Okay. Wow." Zs Mund wollte sich nach wie vor nicht schließen, „damit hatte ich nicht gerechnet."

Annie lachte auf: „Kannst du mal sehen, wie wir dich inzwischen gewohnt sind mit deinen dummen Ideen."

„In diesem Fall kommt die Idee gar nicht von mir." hatte Z sofort das Bedürfnis, sich zu verteidigen, „sie kommt aus einem Buch, das ich gelesen habe."

„Die Biographie von Stan Lee?" witzelte Annie.

„Ein Roman. Science-Fiction. Im weitesten Sinne."

„Tja – das hier ist die Realität. Im engsten Sinne." schaltete sich Geraldine ein, „und genau deswegen sollten wir uns damit befassen. Gleich als erstes."

„Mit der Auswahl." vermutete Annie.

„Genau. Farben. Stoffe. Schnitt. Und die Schuhe müssen dazu passen."

„Genau." Annie hob den Daumen, „kann deine Mutter nähen?"

„Ja. Deine?" Einen Moment zu spät wurde sich Geraldine der Tragweite dieser Frage bewusst. Doch Annie blieb ganz ruhig:

„Keine Ahnung. Da müsste ich sie fragen. Und dazu erstmal überhaupt wieder mit ihr sprechen."

Und Geraldine nutzte diese Reaktion, um wirklich auf das Thema einzugehen: „Hattest du das nicht vor?"

„Stand auf dem Plan." wich Annie nun doch ein wenig aus, „ziemlich weit unten. Wird aber höhergestuft. Nerv mich nicht damit."

„Hatte ich nicht vor."

„Gut." Annie biss sich auf die Lippen, „ich mache es – versprochen. Nicht wegen dem Nähen... des Nähens... der Nähe. Grundsätzlich."

„Fein." winkte Geraldine ab, „Z? Was ist mit dir?"

„Kann meine Mutter nähen?" fragte dieser zurück.

„Ja."

„Bestimmt. Die kann all diesen Haushaltskram."

„Wie nett er das sagt." schnaubte Annie.

„Es fängt an zu regnen." Z streckte die Hand aus – und nun rollte Annie wirklich mit den Augen:

„Lenk nicht ab."

„Stimmt aber." entgegnete er und da Geraldine in diesem Moment ein dicker Tropfen auf dem Kopf landete, bekam er Unterstützung:

„Stimmt wirklich. Und wie." setzte sie hinzu, als es im nächsten Augenblick wie aus Kübeln zu schütten begann. Sie rannte los und die anderen folgten ihr. Kurz darauf saßen sie im Auto und Geraldine wischte sich übers Gesicht: „Ab nach Hause. Und bis zum nächsten Mal überlegt sich jeder ein Kostüm."

„Und einen Namen." ergänzte Z, wofür er von Annie auch noch das Stöhnen bekam:

„Muss das sein?"

„Nicht für den Privatgebrauch." erklärte er schnell, „aber wenn jemand fragt, wie ihr heißt, dann ist es doch besser, etwas Falsches zu haben."

„Auch wieder wahr. Okay." Annie strich sie einen Tropfen von der Stirn, „Name und Verkleidung. Ist gebongt."

4

Die Sorgenfalten auf Imrans Stirn waren tief. Doch sie hatten nichts mit einem seiner Fälle zu tun – geklärt oder ungeklärt. Sie kamen von dem, was er in der Zeitung las. Und im Fernsehen sah. Der Wirbel, den Jesu Ankunft ausgelöst hatte, war schon bei denen, die an ihn glaubten extrem hoch. Und bei denen, die nicht an ihn glaubten, fast genauso. Bei denen jedoch, die an jemand anders glaubten, war das pure Chaos ausgebrochen. Er selbst war nie wirklich gläubig gewesen, seine Frau ebenfalls nicht. Aber sie hatten genug Verwandte und Bekannte, die sich inzwischen in tiefsten Depressionen befanden und nicht wenige schrien – leise und unter der Hand – danach, dass etwas unternommen werden musste. Was genau das hieß, wusste er nicht, doch er konnte es sich vorstellen. Schließlich hatte es in den letzten Jahrzehnten immer wieder ‚Unternehmungen' gegeben. Die Religion, in die er hineingeboren worden war, verherrlichte nicht die Gewalt. Aber wenn man bestimmte Stellen der Schrift auf bestimmte Arten auslegte, konnte dieser Eindruck vermittelt werden. Und solche, die dies vermittelten gab es genauso immer wieder wie solche, die es sich vermitteln ließen. Weswegen er das teilweise sehr forsche Vorgehen von Jesus mit großer Sorge betrachtete. Denn das war genau die Art des Umgangs, die bei denen, die anders dachten, den Eindruck erweckte, dagegenhalten zu müssen. Was selbst dann, wenn es nur mit friedlichen Aufmärschen und Kundgebungen der eigenen Meinung begann, nicht selten in gewaltsamen Auseinandersetzungen oder Schlimmerem endete. Der Ruf nach drastischen Maßnahmen kam immer irgendwann. Und wurde viel zu oft erhört – das hatte die Geschichte wieder und wieder bewiesen.
Für ihn bedeutete das, dass er sich einen möglichst umfassenden Überblick verschaffen musste. Nicht nur in Deutschland, sondern überall auf der Welt. Um im Notfall auf alles vorbereitet zu sein. Und auf seine Art reagieren zu können. Was im Klartext hieß: Schutz seiner Familie – im allerschlimmsten Fall durch einen strategischen Rückzug an einen sichereren Ort. So war er

dazu übergegangen, das Fernsehen größtenteils gegen Zeitungen einzutauschen – auch internationale. Da diese sich eher an die Fakten hielten.

Die bei dem Artikel, den er gerade las, trotzdem beängstigend wirkten. ‚Catholic Church – no Future?' lautete die Überschrift. Denn anscheinend hatte Jesus angekündigt, sich in einigen Wochen mit den führenden Köpfen der Kirche zusammenzusetzen und ihnen seine Pläne für sie bekannt zu geben. Bis dahin hatten sie die Möglichkeit, sich selbst Ideen zu überlegen. Der Artikel war vielleicht negativer als er sein musste, doch irgendwie war selbst Imran klar, dass sich die menschlichen Machthaber der Kirche und der Sohn Gottes nicht übermäßig gut miteinander verstehen würden. Vor allem, wenn es um genau das ging – Macht.

Der Artikel ging noch weiter, aber er hatte keine Lust mehr. Er wollte nicht mit schlechter Laune nach Hause kommen. Er legte die Zeitung weg – und sein Blick blieb an der Überschrift hängen: ‚Catholic Church'. Irgendwie erinnerte ihn das an etwas. Er legte die Hände auf das Papier und verdeckte einige der Buchstaben. Dann riss er die Augen auf. Und sprintete an seinen Computer.

5

Er lief die Straße entlang und war komplett in Gedanken versunken. Erst, als jemand „Achtung!" rief, blickte er auf und fand sich einer Absperrung gegenüber, in die er fast hineingelaufen wäre. Sie zog sich direkt vor ihm an der Hauptstraße entlang. Und trennte diese – zumindest optisch – von der Seitenstraße ab, in der er sich befand. Auf der anderen Seite der Hauptstraße konnte er eine weitere Absperrung erkennen. Die den Fortlauf der Seitenstraße abriegelte. Die Kreuzung war komplett blockiert. Doch genau dort nach drüben musste er. Denn dort wohnte er. Jetzt fiel ihm auch auf, wie viele Menschen an der Straße standen; dass jedoch kein einziges Auto zu sehen war. Er trat einen Schritt auf die Hauptstraße zu und blickte sie in beide Richtungen entlang. Sie war leer. Und so weit er sehen konnte, waren auch alle anderen Seitenstraßen gesperrt. Und mit einem Mal wusste er auch, warum. Der Präsident der irgendeines anderen Landes hatte seinen

Besuch angekündigt. Und die Route, die sein Autokorso nahm, war von allen möglichen Sicherheitsvorkehrungen betroffen. Was verständlich war. Und trotzdem ärgerlich. Denn er musste nun mal auf die andere Seite. Und einen kilometerweiten Umweg wollte er nicht gehen. Ebenso wenig wie warten. Die vielen Leute waren zwar ein Anzeichen dafür, dass der Korso bald kommen würde. Und er konnte auch schon Lärm hören, der darauf hindeutete. Aber er hatte Hunger. Auf das Eis in seiner Tasche. Das dank der Hitze wahrscheinlich schon ziemlich weich war. Er wollte es nicht erst noch ins Gefrierfach stellen müssen. Dann musste er noch länger darauf warten. Der Lärm war inzwischen so laut, dass er einen weiteren Blick auf die Straße warf. Diesmal sah er Autos. Sie hatten ihn schon fast erreicht. Vielleicht noch 50 Meter. Es konnte also auch schnell gehen. Doch ein genauerer Blick auf die Autoschlange sagte ihm das Gegenteil. Denn sie war lang. Und dahinter kam noch jede Menge Fußvolk. Soldaten. Mit Gewehren. Und Instrumenten. Die Politiker hatten also mal wieder alles aufgeboten, was zur Verfügung stand. Bis die alle vorbei waren, konnten Stunden vergehen. So traf er seine Entscheidung. Stieg über die Absperrung. Und trat auf die Straße. Er rannte nicht auf die andere Seite. Dazu sah er keine Notwendigkeit. Aber er trödelte auch nicht. Schließlich wollte er nicht überfahren werden. Die Autos fuhren natürlich sehr langsam. Trotzdem konnte ein Zusammenstoß unschön enden. Weswegen der Fahrer des ersten Wagens auch kurz hupte, als er etwa in der Mitte der Hauptstraße war. Er hob entschuldigend die Hand und ging noch ein wenig schneller. Auf der anderen Seite stieg er erneut über die Absperrung. Der Autokorso fuhr nun hinter ihm vorbei. Ein kleiner Junge, der mit seiner Mutter dastand und zusah, blickte ihn an: „Du hast es aber eilig."
„Ich habe Eis in der Tasche." antwortete er lächelnd.
„Dann verstehe ich das." Der Junge wandte sich ab und er setzte seinen Weg nach Hause fort.

Er stand am Hafenbecken und blickte aufs Wasser hinaus. Die Touristen um ihn herum strömten geschäftig hin und her. Sie schienen es immer eilig zu haben. Er konnte das gar nicht verstehen. Schließlich waren sie hier, um sich von der Hektik zu erholen. Vermutete er zumindest. Für ihn galt das nur bedingt. Hauptsächlich aber deswegen, weil er es bisher immer gut geschafft hatte, Hektik auch in seinem Alltag zu vermeiden. Weswegen dieser Aufenthalt für ihn nicht die gleiche Bedeutung hatte wie für alle anderen. Vielleicht war es auch das: Er war sonst innerlich ruhig und jetzt noch ruhiger. Sie waren immer unruhig und jetzt nur weniger unruhig. An dieser Stelle stoppte er den Gedankengang. Auch das sollte ihm keinen Stress bereiten. Die anderen konnten tun und lassen, was sie wollten. Er entspannte sich. Blickte wieder aufs Wasser hinaus. Und folgte mit den Augen einem Kreuzfahrtschiff, das langsam auf die Hafeneinfahrt zusteuerte. Er war froh, nicht auf diesem Schiff zu sein. Es störte ihn nicht, viele Menschen um sich zu haben. Aber es störte ihn, nicht weg zu können, wenn das Bedürfnis danach verspürte. Ein lautes, kratzendes Geräusch ließ ihn zusammenzucken. Zunächst konnte er nicht einordnen, woher es kam. Dann wurde ihm bewusst, dass es das Schiff war. Es hatte gestoppt und schwankte hin und her. Dann neigte es sich langsam zur Seite. Er konnte sehen, wie Menschen über Bord sprangen. Und überlegte noch, ob er die Polizei alarmieren sollte. Doch da hörte er schon Sirenen in der Ferne, blickte um sich – und stellte etwas Erstaunliches fest: Jetzt standen die Leute still. Alle, die eben noch so hektisch auf und ab gelaufen waren, verharrten nun und blickten aufs Meer hinaus. Wo das Schiff aufgehört hatte, zu kippen und nun langsam zu sinken begann. Zu weit weg, als das einer von ihnen hätte helfen können. Und trotzdem nah genug, um alles mit anzusehen. Weswegen sowieso niemand geholfen hätte, selbst wenn es gegangen wäre. Katastrophen lähmten – auf eine sehr unnatürliche Art und Weise. Die Sirenen kamen näher. Was für ihn das Zeichen war, zu gehen. Gaffen war nicht seins. Das konnten alle anderen machen. Was seinen ursprünglichen Gedankengang wieder ankurbelte. Irgendwie schien er sehr oft das Gegenteil aller anderen zu tun. Liefen sie umher, stand er still. Standen sie still, lief er davon. Das war nicht immer leicht. Aber er war sich dennoch sicher, dass er in diesem Spiel die richtigen Entscheidungen traf. Selbst wenn er damit in der Minderheit war.

Er saß in der Kantine – allein an einem Tisch. Einige Tische entfernt saß eine Kollegin, die er nur vom Sehen kannte. Vor allem davon, dass sie oft in seine Richtung sah. Das war okay, denn sie war hübsch und so schaute er gerne zurück. Mehr machte er nicht. Er sah keinen Sinn darin, sein Leben zu verkomplizieren. Arbeit und Privatleben vertrugen sich nicht gut. Auf menschlicher Ebene erst recht nicht. Doch sie schien das anders zu sehen, denn sie winkte ihn zu sich hinüber. Er tat ihr den Gefallen, denn er wollte nicht unhöflich sein. „Ich dachte, wir könnten uns mal unterhalten." begrüßte sie ihn und er nickte. Das Gespräch kam nur stockend in Gang. Was wahrscheinlich daran lag, dass sie beide am Essen waren und zudem von lauter anderen Kollegen umgeben. Was ihn zu der Überlegung brachte, dass es anders besser funktionieren konnte. Sie schaute ihn auch weiterhin so an, als würde sie in die gleiche Richtung denken. Weswegen er zunächst wartete, ob sie etwas Entsprechendes sagte. Und es dann selber tat: „Wir können uns ja so mal treffen. Nach der Arbeit."

Ihr Gesicht veränderte sich. Bekam einen Ausdruck, den er nicht deuten konnte. „Hm..." Sie tippte sich ans Kinn, „lass mich nachdenken... hm... warum nicht? Andererseits... ich habe so viel zu tun abends. Sag mir einen guten Grund. Dann denke ich drüber nach." Er überlegte einen Moment, ob ihm ein guter Grund einfiel. Gab es aber schnell wieder auf. Er war erneut an dem Punkt, an dem er Komplikationen auf sich zukommen sah. Schließlich war es eigentlich einfach, ,Ja' oder ,Nein' zu sagen. Wenn sie dazu nicht in der Lage war, dann war das nichts für ihn. „Da fällt mir jetzt leider nichts ein." sagte er daher und stand auf. Ihr Gesicht veränderte sich erneut. In Erstaunen. Und auch ein wenig in Ärger. Vermutete er zumindest, weswegen er hinzufügte: „Trotzdem: nette Unterhaltung." Er wollte schließlich nicht unfreundlich sein. Dann ging er davon und ließ die Frau am Tisch sitzen.

6

„Ich kann mir irgendwie so gar nicht vorstellen, dass das ein Killer ist." Annie schnalzte mit der Zunge, „er kommt mir eher vor wie ein Star Trek-Fan."

„Bitte wie?" prustete Z los und auch Geraldine war deutlich irritiert: „Wo hast du das denn her?"

„Von Jonathan." erwiderte Annie gelassen, „er meinte, das wären so Männer, die mit 45 noch bei Mama wohnen und im Keller die Zentrale der

Enterprise nachgebaut haben und nachts in einem Klingoten-Kostüm schlafen."

„Brücke – nicht Zentrale." korrigierte Z sie automatisch, „und Klingonen – mit ,n'."

Doch Annie ließ sich nicht beirren: „Er würde da auch reinpassen."

„Und wie." Geraldine kicherte vor sich hin, „aber das Stichwort Kostüme können wir gerne aufgreifen."

„Nein." blieb Annie weiterhin beharrlich, „ich denke, wir sollten uns erst mit unserem Unbekannten beschäftigen."

„Ich denke, wir sollten uns erst mit unserem Bekannten beschäftigen." widersprach ihr nun auch Z. Wenn die anderen auch nicht verstanden, was er meinte:

„Sorry?"

„Ich saß gestern Abend da und habe über Kostüme nachgedacht." Z warf Geraldine einen entschuldigenden Blick zu, „und irgendwann ging mir so auf: ,Yannik ist wieder da. Von den Toten. Damit solltest du dich beschäftigen.' Und das wollte ich auch, aber dann bin ich eingeschlafen. Und heute Morgen ging mir die Vision nicht aus dem Kopf. Weil ich sie nicht vergessen wollte, um sie euch erzählen zu können. Jetzt habe ich sie erzählt. Und ihr eure auch. Also können wir..."

„...uns fragen, was da passiert ist?" unterbrach Annie ihn ein wenig unwirsch, „was es zu bedeuten hat? Das habe ich getan. Und die Antwort war schnell gefunden: keinen blassen Schimmer."

„Das geht mir genauso." stimmte Z ihr zu, „aber das sind ja nicht die einzigen Fragen. Zunächst mal möchte ich einfach nochmal äußern: Wow! Nur so, um es mal laut gesagt zu haben. Und dann: Warum ist er hier? Wegen Lotta oder wegen uns? Hat er einen Auftrag oder macht er einfach weiter, wo er aufgehört hat? Dürfen wir ihn sehen? Kann er uns Antworten geben?"

„Ja, das sind alles legitime Fragen." Annie wippte mit dem Kopf, „aber auch die kriegen wir so für uns nicht beantwortet."

„Teilweise schon, würde ich sagen. Und die Antworten führen uns zu einer ganz anderen Frage."

Annies Kopf verharrte: „Nämlich?"

„Das schreibt man ohne ,h'." gab Z zurück und sie runzelte die Stirn:

„Ich habe es doch gar nicht geschrieben. Ich habe es gesagt. Und das war ohne ‚h‘.“

„Ich habe ganz deutlich ein ‚h‘ gehört.“

„Bist du doof?“ Annie war nun sichtlich verärgert – weswegen Z sich bemühte, die Wogen schnellstmöglich zu glätten:

„Nein. Lustig.“

„Nervig.“ stellte sich auch Geraldine gegen ihn und er seufzte leise:

„Na gut. Ich wollte das einfach mal machen.“

„Warum?“

„Kam mir so in den Sinn.“

„Aha.“ Geraldine rümpfte die Nase, „weiter?“

„Gerne.“ setzte Z an, aber Annie nahm ihm das Wort ab:

„So wie ich das sehe, ist er wegen Lotta hier. Der... Jesus wollte, dass sie an ihn glaubt und ihm folgt. Sie wollte einen Beweis – ein Zeichen. Das hat sie gekriegt. Also hat Yannik wahrscheinlich keinen Auftrag, sondern war nur Mittel zum Zweck. Und das wiederum bringt mich zu dem, was ich meine: Was ist jetzt mit Lotta? Sie hat uns noch ganz groß angewiesen, dem Typen niemals, unter keinen Umständen, und wenn wir mit dem Schrotgewehr bedroht werden oder über einem Kessel mit kochendem Öl hängen, trotzdem nicht zu folgen. Und sie geht hin und macht es. Anscheinend. Wissen wir ja nicht genau. Den Anschein hatte es auf jeden Fall.“

„Es hatte anscheinend den Anschein.“ schmunzelte Z vor sich hin und Geraldine hob warnend die Hand:

„Lass es, sonst wird sie dich anschreien.“

Annies Gesicht verfinsterte sich: „Ihr seid wirklich...“

„...bei der Sache.“ erklärte Geraldine schnell, „und du hast Recht. Wahrscheinlich. Sie wollte ihn, sie hat ihn.“

Doch da war Z skeptisch: „Das klingt ein bisschen sehr einfach, oder? Ich meine... klar – sie hat gesagt ‚Mach das und dann glaube ich‘. Aber dazu kann er sie ja nicht zwingen. Wenn sie weiterhin nicht glauben will...“

„Das ist halt die Frage.“ überlegte Annie weiter, „sieht sie noch die Möglichkeit, frei zu entscheiden? Das war schließlich nicht nur irgendein Zeichen. ‚Wenn du aus dem zweiten Stock springst und dir nichts brichst, dann glaube ich‘. Und es ging ihr ja auch nicht um ein Versprechen. ‚Wenn du versprichst, ihn irgendwann zu erwecken, dann glaube ich‘. Sie hat gesagt ‚Lass ihn auferstehen.' Und er hat genau das getan. Von den Toten. Zurückgeholt. Jemanden, der inzwischen – Entschuldigung, dass das hart klingt, aber... – im fortgeschrittenen Stadium der Verwesung sein müsste. Und – noch viel wichtiger – jemand, der bei seinem Tod nicht in den Himmel gekommen ist. Das wissen wir ja sicher. Überlegt euch mal, was das für sie bedeutet. Für uns ist das nur ‚Wow!' – wie du so schön gesagt hast. Aber für sie ist das der Traum, von dem sie immer geglaubt – nein: gewusst – hat, dass er niemals in Erfüllung gehen würde. Sie ist wie eine Mutter, die schwanger wird, obwohl sie keine Eierstöcke mehr hat. Wie ein Mann, der einen Gehaltscheck kriegt von einer Firma, bei der er nicht arbeitet. Ein Kind, das vor ein Auto fällt und dieses fährt einfach über ihn drüber. Eine..."

„Brechen wir das lieber ab, bevor deine Beispiele eine Stufe erreichen, die meinen Verstand übersteigt." ging Geraldine dazwischen und erntete dafür einen weiteren finsteren Blick:

„Siehst du das denn nicht so?"

„Hm. Ich..." Geraldine kratzte sich am Kopf, „ich habe in den letzten Jahren so viel gesehen, dass ich wirklich... kann man es abgestumpft nennen?"

„Kann man." pflichtete Z ihr bei, „geht mir nämlich genauso. Ohne ‚h' – wohlgemerkt. Von all den Dingen, die unser Jesus getan hat, seit er hier angekommen ist, war das sicherlich mit das spektakulärste. Weswegen es fast schon verwunderlich ist, dass es nicht gefilmt und in alle Länder übertragen wurde. Aber das ist ein anderes Thema."

„Wenn auch kein unterinteressantes." warf Geraldine nachdenklich ein.

„Stimmt. Fakt ist aber: Ich nehme es einfach so hin. Sage eben ‚Wow!' und belasse es dabei. Nicht wegen ihm. Sondern wegen uns. Wir sind von Wundern umgeben. Da ist das einfach nur ein weiteres. Und das gilt für Lotta eigentlich auch."

„Mag sein." entgegnete Annie, „aber Lotta hat eine andere Bindung zu ihm."

„Du doch aber eigentlich auch." wandte sich Geraldine an Z und Annie atmete erleichtert auf:

„Danke, dass du es ansprichst. Ich hatte mich nicht getraut."

Z kniff die Lippen zusammen: „Ja. Er war mein bester Freund. Und es gäbe für mich kaum etwas Schöneres, als wenn er das wieder werden würde. Aber..." Er brach ab, doch Geraldine ermutigte ihn, weiterzusprechen: „Aber was?"

Was Z zunächst nicht wollte: „Ihr werdet das bescheuert finden."

„Sag es trotzdem."

„Ich bin da fernsehgeschädigt." erklärte er, „ich schaue viele Sachen, in denen übernatürliche Dinge geschehen. Und das Auferwecken von Toten ist da natürlich ständig mit dabei. Es bietet sich an. Als Schockeffekt oder für tragische Liebesgeschichten. Egal. Was auch immer es ist und wie es auch immer geschieht – eines ist durch die Bank gleich: es endet niemals gut. Weil die, die da zurückkommen, nie so sind, wie sie vorher waren. Es ist immer irgendwas nicht richtig. Kaputt. Faul."

„Und die Befürchtung hast du bei ihm auch." folgerte Annie.

„Es ist grundlos. Schließlich haben wir kaum mit ihm gesprochen. Und dabei ist mir nichts aufgefallen. Aber ich habe kein gutes Gefühl bei der Sache."

„Obwohl er von Gott kommt."

„Das ist ja gerade das Problem." Z schlug entnervt auf die Couchlehne, „könnte ich vollkommen daran glauben, dass das der Fall ist, würde ich so nicht denken. Aber wir alle sind uns nach wie vor einig, dass dieser Mann nicht der Sohn Gottes ist. Und wenn er nicht der Sohn Gottes ist, aber so tut – dann kann er nicht mit Gott zusammenarbeiten. Und wenn er nicht mit Gott zusammenarbeitet – dann kommt Yannik auch nicht dort her. Was im Zusammenhang mit ‚Er war nicht im Himmel' leider auch gar nicht mal abwegig klingt. Er kommt aus der Hölle. Also liegt es nahe, dass ihn jemand hierhergeholt hat, der nach dort Verbindungen hat."

Geraldine brummte leise: „Das klingt rein sachlich richtig. Aber – großes Aber: Wer außer Gott sollte diese Macht haben? Ich wüsste da keinen. Nicht mal der bösseitige Überoberchef kann sowas."

Z seufzte laut: „Das ist die alles entscheidende Frage."

„Ich denke, wir sollten versuchen, irgendwie Kontakt mit ihnen aufzunehmen." schlug Annie vor, „das ist auch legitim. Schließlich ist er unser Freund. Und ein Mitglied dieser Gruppe. War beides zumindest mal."

„Ja. Nur hier sitzen und spekulieren wird uns nicht weiterbringen." schloss sich Geraldine an und auch Z nickte irgendwann:

„Dann rufen wir sie nachher an."

Annie zog die Brauen hoch: „Nachher?"

„Wenn wir das gleich machen, gehen die anderen Themen unter."

„Themen?"

„Er meint die Kostüme." klärte Geraldine sie auf.

Annie nickte verstehend – und setzte gleich hinzu: „Und unseren unbekannten Feind."

„Der Mann, der nicht mal flirten kann." Geraldine kicherte leise – und Annie stimmte mit ein:

„Der Arme."

Das allerdings verstand Z nicht: „Wieso?"

„Naja – das war doch voll der Reinfall da mit der Frau beim Essen."

„Finde ich gar nicht. Ich finde, er hat sich vollkommen richtig verhalten."

„Richtig?" Annie schüttelte sich ungläubig.

„Die Frau hatte Interesse und er hat es nicht geschnallt." versuchte Geraldine, es Z zu erklären, aber dieser ging gleich dagegen:

„Wie denn auch? Sie hat so getan, als hätte sie keines."

„Das nennt man ‚schwer zu kriegen tun'." führte Annie die Erklärung weiter und wieder winkte Z ab:

„Ich weiß. Ich kenne das. Und ich finde, es ist so ziemlich die dümmste Sache, die Frauen sich jemals ausgedacht haben."

Verständlicherweise fühlten sich die beiden anwesenden Frauen damit angesprochen: „Bitte?"

Z jedoch blieb dabei: „Sein Ansatz war goldrichtig: Entweder sie will – dann sagt sie ‚Ja'. Oder sie will nicht – dann sagt sie ‚Nein'. Das ist das Einfachste auf der ganzen Welt. Und wenn sie sich unsicher ist, kann sie sagen, dass sie sich unsicher ist. Und, dass sie drüber nachdenkt. Auch das ist einfach. Aber stattdessen so ein Gezicke zu veranstalten... das Gegenteil von dem zu sagen, was sie eigentlich will oder meint... und das in einer Situation, wo der Mann froh ist, dass er vor lauter Nervosität überhaupt einen klaren Satz herausbringt... das ist einfach unmöglich. Frauen glauben immer, für Männer wäre sowas einfach. Ist es nicht. Zumindest nicht, wenn man es a) ernst meint und b) richtig und anständig machen will. Dann ist es mit das

Härteste, was es gibt. Und weil Frauen eben glauben, dass es so leicht wäre, sind sie der Meinung, da Spielchen treiben zu müssen. Die da überhaupt nicht hingehören. Die einfach nur gemein und unhöflich sind. Und keinerlei Vorteile bringen, sondern ganz im Gegenteil: Sie sind kontraproduktiv. Sie verunsichern und führen dazu, dass nichts draus wird. Von daher finde ich seine Reaktion total klasse. Ich habe durchaus den Verdacht, dass er sich dessen nicht so ganz bewusst war. Aber für sie war es eine Ohrfeige und die hatte sie verdient. Manchmal wünschte ich mir, mehr Männer würden so reagieren – bewusst und absichtlich. Um den Frauen mal zu zeigen, was sie mit ihrem Getue anrichten. Einfach sagen: ‚Wenn du dich nicht entscheiden kannst, dann hast du halt Pech gehabt'. Und dann gehen. Da wird die Frau aber dumm gucken. Und es sich beim nächsten Mal ganz genau überlegen, ob sie so ein Gezacker nochmal veranstaltet. Ober ob sie stattdessen einfach mal den sinnvollen Weg geht. Und sagt, was sie wirklich denkt."

Geraldine blickte Z halb erstaunt, halb amüsiert an: „Das musste raus, oder?"

„Schon ganz lange, wie es aussieht." Auch Annie wusste nicht genau, was sie davon halten sollte.

Z allerdings wurde direkt wieder ruhiger: „Es ist ein wenig ausgeartet, das mag sein. Und ja – es nervt mich schon sehr lange. Wobei... das ist eigentlich falsch. Es hat mich vor sehr langer Zeit genervt. Ich hatte ja die letzten Jahre keine Notwendigkeit mehr, mich mit diesem Thema zu beschäftigen. Und werde hoffentlich auch nie wieder Notwendigkeit haben. Trotzdem..."

„...ist was dran." unterbrach Geraldine ihn, „das gebe ich zu. Zumindest, wenn Frauen es wirklich nur aus Berechnung machen, um mit dem Mann Katz und Maus zu spielen. Aber das ist nicht immer der Fall. Das musst du auch sehen."

„Ganz genau." stimmte Annie ihr zu, „es ist auch ein Schutz."

Z legte die Stirn in Falten: „Schutz?"

„Vielleicht das falsche Wort."

„Ein Test." probiert es Geraldine anders, „würde ich dazu sagen. Um herauszufinden, wie ernst es dem Mann wirklich ist. Denn es ist doch so: Es gibt einen gewissen Prozentsatz an Menschen, die nehmen einfach jede oder jeden. Und wenn sie abgewiesen werden, dann gehen sie zurzum nächsten. Und da liegt der Haken: Wenn zwei Menschen aufeinandertreffen, die so sind, geht es auf jeden Fall gut. Weil sie haben ja beide die gleiche Einstellung und somit das gleiche Ziel. Treffen zwei Menschen aufeinander, die so nicht sind, ist auch alles fein. Weil… genauso. Aber treffen zwei Menschen aufeinander, die unterschiedlich sind, dann… ach – so kompliziert brauche ich es eigentlich gar nicht zu machen. Es kommt einfach darauf an, was für ein Mensch man selbst ist. Und darauf, dass man rausfinden muss, was für ein Mensch der oder die andere ist. Um zu sehen – gleich zu Beginn – ob es passt oder nicht. Natürlich mag es auch Menschen geben, die so eigentlich nicht sind, sich aber spontan trotzdem darauf einlassen würden, aber… das macht es auch kompliziert. Von daher…"

Die Falten wurden tiefer: „Grundsätzlich verstanden habe ich es. Nur… was hat das mit dem Verhalten dieser Frau zu tun?"

Geraldine sah hilfesuchend Annie an, die aber nur die Achseln zuckte. So nahm sie sich einen Moment und startete dann einen neuen Versuch: „Der große Unterschied zwischen einem Mann, der… nein – ich fange anders an: Für mich ist es – auch, wenn ich die Vision nicht selbst gesehen habe – ganz offensichtlich, dass diese Frau nicht zur Kategorie ‚Ich lasse mir keinen entgehen' gehört. Was heißt, dass sie auch keinen Mann will, der so denkt. Und der große Unterschied – da schlagen wir den Bogen – liegt in der Mühe, die sich ein Mann gibt. Wobei du das natürlich auch andersrum… aber bleiben wir mal bei dem Bespiel: Ist er so ein Typ, der einfach nur irgendeine will – Hauptsache was zum… äh ja – dann wird er nicht übermäßig viel investieren, sondern einfach weiterziehen, wenn es schwierig wird. Und sich eine suchen, bei der es eben nicht schwierig wird. Weil er ja nicht auf die Frau an sich fixiert ist und sich daher auch keinen ‚unnötigen' Stress machen muss… will. Ist er aber von der anderen – für sie richtigen – Sorte, dann tut er das schon. Weil sie ja diejenige ist, die er will. Und keine andere in Frage kommt. Da lässt man – Mann – sich von einem ‚Gib mir einen Grund' nicht aufhalten oder entmutigen. Da findet man einen. Und zwar mit Sicherheit ziemlich schnell. Geht ja auch nicht darum, dass es irgendwas Revolutionäres oder Weltbewegendes ist. Sie will einfach hören, dass er sich Gedanken gemacht hat, die über ‚Die is geil' hinausgehen."

„Okay." Z wiegte den Kopf hin und her, „ich glaube, jetzt habe ich es. Zur Sicherheit mit eigenen Worten: Wenn der Mann sich nicht beirren lässt und trotz des fraulichen Rumgemaches bleibt, dann ist das für sie ein Zeichen, dass er es wirklich richtig doll ernst meint."

„Ja, so kann man es zusammenfassen." schaltete sich Annie wieder mit ein, „wenn sich ein Mann von sich aus keine große Mühe gibt, muss sie eben versuchen, rauszufinden, warum. Leute, die jeden nehmen... wie Geraldine gesagt hat: Widerstand – nächste bitte. Aber es gibt ja durchaus noch andere Gründe dafür. Zum Beispiel, dass der Mann einfach keine Ahnung undoder Erfahrung hat. Oder nichts falsch machen will. Oder vorsichtig vorgeht."

„Und genau für diese Männer ist das schlecht." ereiferte sich Z, „denn wenn ich vorsichtig bin und keine Fehler machen will, dann brauche ich eindeutiges Feedback. Das mir sagt, ob ich auf dem richtigen Weg bin oder nicht."

„Es ist kein fehlerfreies System, das gebe ich zu."

„Ich finde es daneben. Ich verstehe eure Argumentation, aber ich denke, eine Frau sollte in der Lage sein, ihren Gegenüber einzuschätzen und nicht einfach ihre Linie durchziehen. Denn damit sind wir wieder bei unserem eventuell-kein-Killer. Ich habe ihn noch nicht gesehen, aber ich würde mal schätzen, dass man ihm auf 100 Meter Entfernung ansieht, dass er kein Draufgänger ist, der es bei allen probiert. Sondern eher einer von der Sorte, die es bei keiner probiert. Annie hat es gesehen und wir haben es gehört: Er hat ja noch nicht mal den ersten Schritt gemacht. Sie hat es selbst in die Hand genommen. Und das doch höchstwahrscheinlich, weil sie sich bewusst war, dass da von ihm nichts kommen wird. Insofern ist der Ansatz ‚Ich muss rausfinden, wie ernst er es meint' doch vollkommen fehl am Platz. Stattdessen müsste sie erstmal rausfinden, ob er ihr Interesse überhaupt erwidert. Und das erreicht sie nicht mit sowas. Ich bleibe dabei: Sie hatte es verdient."

Geraldine nickte langsam: „In dieser Hinsicht gebe ich dir sogar Recht. Sie hat sich zumindest inkonsequent verhalten. Ihn erst zu sich zu holen und dann nicht auf ihn einzugehen, war unlogisch. Und für ihn unverständlich. Aber das bedeutet nicht, dass es immer falsch ist und immer schlecht und immer dumm. Und ganz bestimmt nicht, dass es immer nur dazu dient, den Mann blöd dastehen zu lassen."

„Das kann ich als Kompromiss durchgehen lassen." überlegte Z und Geraldine musste grinsen:

„Da bin ich aber froh."

„Ja. Vor allem, wenn ich mir anschaue, wie viel Zeit wir damit verplempert haben." meldete sich Annie zu Wort, „anstatt uns um das zu kümmern, was uns eigentlich wichtig sein sollte."

„Du hast Recht." Z hob entschuldigend die Hände, „machen wir das jetzt." Aber Geraldine schüttelte den Kopf: „Leider nicht. Denn ich treffe mich mit Nils. Und habe daher keine Zeit mehr."

„Aha." brummte Annie verstimmt und Z bemühte sich schnell um Rettung der Situation:

„Sollten wir nicht wenigstens noch Lotta anrufen?"

„Das können wir noch machen." erwiderte Geraldine. Doch als sie zum Telefon griff, klingelte dieses.

„Hallo?" fragte sie vorsichtig, da sie die Nummer nicht erkannte.

„Das ging aber fix." vernahm sie Imrans Stimme am anderen Ende.

„Ich wollte selbst gerade telefonieren."

„Kannst du. Geht schnell. Ich habe was rausgefunden. Wir sollten uns treffen."

„Erzähl." forderte sie ihn auf und stellte auf Laufsprecher, aber er ging nicht darauf ein:

„Nein. Nur persönlich."

„Wieso das? Kannst du es übers Telefon nicht sagen?"

„Werden wir abgehört?" rief Annie dazwischen, was Imran natürlich hörte: „Ihr habt Ideen… Nein. Ich könnte jetzt sagen, ich will eure Gesichter sehen, wenn ich es rauslasse. Aber wenn ihr es hört, fändet ihr das gar nicht mehr lustig. Sagen wir daher einfach: Es ist besser, wenn wir es persönlich besprechen."

Geraldine verzog das Gesicht: „Nun gut. Wann?"

„Ich muss ein paar Tage weg. Für den Fall, an dem ich momentan offiziell arbeite. Aber danach... sagen wir… nächsten Montag?"

„Bei dir im Büro?"

„Gerne."

„10 Uhr?"

„Passt."

„Gut. Dann bis dann." Geraldine legte auf und wählte selbst. Und bekam ebenfalls nur ein

„Hallo?"

„Lotta?" fragte sie vorsichtshalber.

„Ja."

„Geraldine. Wie geht es dir?"

„Ihr wollt Yannik sehen." gab Lotta statt einer Antwort zurück.

Geraldine atmete kurz durch: „Wir wollen euch beide sehen."

„Momentan schlecht. Viel zu tun."

„Oh. Können wir helfen?"

„Nein."

„Passt es dann..." Geraldine zögerte, „wann passt es denn?"

„Kann ich noch nicht sagen. Ich melde mich." Lotta legte auf und Geraldines leicht unsicheres

„Okay." verhallte ungehört.

Annie legte den Kopf schief: „Klang sie so begeistert, wie ich den Eindruck habe, dass sie klang?"

„In etwa." nickte Geraldine, „eher weniger."

„Na toll."

Z kratzte sich am Kinn: „Ich schätze mal, sie ist einfach überfordert. Schließlich sitzen wir nur hier und reden über Yannik. Sie hat ihn bei sich."

„Stimmt schon." Geraldine legte das Telefon weg und stand auf, „geben wir ihr Zeit."

7

„Waren sie das?" Yannik blickte Lotta fragend an – sich der Antwort bereits relativ sicher.

„Das waren sie." bestätigte sie.

„Du siehst nicht begeistert aus."

„Ich bin noch nicht bereit, ihnen gegenüberzutreten."

„Warum?"

Sie seufzte: „Zu viele Fragen. Die ich nicht beantworten kann oder will. Und du auch nicht."

„Dafür werden sie Verständnis haben."

„Müssen."

„Oder so." Er nahm sie in den Arm, „du wirst es nicht vermeiden können."
„Nein. Aber ich kann es zumindest vertagen."

Yannik nickte bedächtig. Dann ließ er Lotta los und sie kehrten nach drinnen zurück. Die Wohnung war nicht übermäßig groß und bot den Anwesenden daher kaum Platz. Doch das störte keinen von ihnen. Den Besitzer hätte es vielleicht gestört. Aber er war zu seiner Schwester gezogen für die Dauer des Aufenthalts. Der – das hatte Jesus ihm versprochen – nicht sehr lang sein würde. Es war ihm ein Anliegen, sich nie zu ausgiebig an ein und demselben Ort aufzuhalten. Und niemandes Lebensraum zu blockieren, wenn er in der Welt umherreiste. Weswegen er die Angebote der Gläubigen, bei ihnen unterzukommen, immer von Reise zu Reise plante. Seine nächste würde ihn in den Vatikan führen. Ab dann hatte der Besitzer seine Wohnung wieder. In einwandfreiem Zustand, verstand sich. Die Anwesenden waren seine Jünger. Der engste Kreis. Und sie machten sich keine Gedanken um Platz. Sie machten sich Gedanken um Jesus. Um die Befolgung seiner Anweisungen. Sie waren die Auserwählten unter den Auserwählten. Und damit unendlich glücklich. Natürlich gab es auch negative Gefühlsanwandlungen. Der Tag, an dem Lotta und Yannik hinzugekommen waren, hatte dazu beigetragen. Einige von ihnen sahen Lotta nach wie vor als unwürdig an. Weil sie Jesus nicht vorausgesagt hatte, bevor er gekommen war, und nicht über ihn geweissagt hatte, nachdem er gekommen war. Und vor allem, weil sie ein Zeichen gefordert hatte, um glauben zu können. Das war der Hauptgrund und dementsprechend auch der Grund, weswegen sie mit Yannik ein Problem hatten. Denn er war dieses Zeichen. Ihnen war bewusst, was seine Erweckung darstellte. Doch sie glaubten so fest an Jesus, dass sie es als ganz normale Demonstration seiner Macht bezeichneten – eine Demonstration zudem, die nicht hätte nötig sein müssen. Wenn Lotta einfach von Anfang an richtig geglaubt hätte. Hinzu kam, dass sich Yannik bisher nicht aktiv beteiligte. Gleich bei ihrer ersten Besprechung hatte er sich mit den Worten ‚Ich gehöre hier nicht wirklich dazu.' verabschiedet und das seitdem jedes Mal getan. Es mochte stimmen – er war keiner von ihnen. Er hatte sein irdisches Leben bereits verwirkt und selbst Jesus sagte über ihn, dass er sie im Kampf um den Himmel nicht unterstützen konnte. Aber es hinterließ schon einen bitteren Nachgeschmack, dass er sich so gar keine Mühe gab, ihnen näher zu kommen. Erst recht im Zusammenhang mit seinem vorherigen Leben. Sie alle wussten, dass er kein Christ gewesen war und Gott ihn nicht aus dem Himmel gesandt, sondern aus der Hölle geholt hatte. Das hatte Jesus ihnen erzählt. Ursprünglich, um ihnen die Macht seines Vaters deutlich zu machen. Jedoch hatte er damit einen ganz anderen Effekt erzielt. Sie glaubten auch so an die Macht des Vaters. Woran sie nicht glaubten, war der Wille Yanniks. Der Wille, seinen Lebensweg zu ändern. Obwohl er diese zweite Chance erhalten hatte. Eine Chance, die normalerweise niemand erhielt.

Ironischerweise sorgten alle diese unschönen Gedanken dafür, dass sie immer sehr froh waren, wenn Yannik nicht bei ihnen war. Weswegen sie seine Rückzüge vor ihren Treffen begrüßten, anstatt ihn zum Bleiben zu bewegen. Das war etwas, das ihnen leider verborgen blieb. Dass ihre innere Abneigung ein Verhalten auslöste, das den Zustand, mit dem sie eigentlich so unzufrieden waren, noch förderte, anstatt ihm entgegenzuwirken.

Auch an diesem Tag war es wieder so. Sobald Jesus erklärte, dass er etwas zu besprechen habe, gab Yannik Lotta einen flüchtigen Kuss auf die Stirn und entfernte sich. Nicht nur aus dem Wohnzimmer, sondern komplett aus der Wohnung. Und die gesamte Jüngerschar atmete auf. Erleichtert, dass der Außenseiter seiner Wege gegangen war. Nicht verstehend, dass sie ihn nur zu sich ziehen konnten, wenn sie zogen.

Jesus störte sich daran nicht. Er schien keine Sorgen zu haben, dass Yannik auf dem richtigen Weg war oder ihn zumindest irgendwann finden würde. Und behandelte Yannik mit einer zurückhaltenden Freundlichkeit. So als spräche er mit einem Gleichgestellten. Oder zumindest jemand, der sich weniger weit unten befand – von ihm aus gesehen. Auch das irritierte die Jünger. Aber sie gingen davon aus, dass es damit zu tun hatte, wo Yannik herkam und was mit ihm geschehen war. Daher sagten sie nichts. Und Jesus sagte auch nichts. Nicht dazu. Er hatte andere Themen. Wie den bevorstehenden Besuch im Vatikan. Zu dem er ihnen auslegte, was er zu tun gedachte. Sie alle hörten ihm zu. Und stellten keine Fragen. Und als er sie anschließend fragte, ob sie selbst ein Thema anbringen wollten, schwiegen sie weiter. Sie hatten keine eigenen Themen. Nur seine. Sie alle. Bis auf Lotta.

Das war ein weiteres Problem. Lotta konnte nicht einfach dasitzen und zuhören. Einfach glauben und nicken. Sie musste immer Fragen stellen. Sie stellte nicht Jesus in Frage. Nicht sein Tun. Sein Denken. Sein Reden. Aber sie beschwor Szenarien herauf – verbunden mit der Frage, was dann zu geschehen hatte. Sie schien der Meinung zu sein, ihren ursprünglichen Auftrag umkehren zu können. Vorher hatte sie von Gott Worte für die Menschen bekommen. Das war nun nicht mehr der Fall. Stattdessen tat sie so, als würde sie von den Menschen Worte für Gott bekommen. Als wäre sie mit dem Ohr so dicht am Boden – wie es einer von ihnen einmal sehr treffend formuliert hatte – dass sie immer wusste und immer verstand, was der einfache Mann und die einfache Frau auf der Straße dachten. Und das brachte sie vor – jedes Mal verbunden mit der Bitte um Aufklärung.

Auch an diesem Tag war das wieder so. Sie holte auf ihre übliche Weise aus und es dauerte eine ganze Weile, bis sie zum Punkt gekommen war. Der diesmal lautete:

„Dein Kommen – Jesus – stimmt nicht mit dem überein, was in der Bibel darüber geweissagt wurde. Welche Erklärung gibst du den Menschen dazu? Denn eine Erklärung werden sie brauchen."

Die Jünger nervte das. Dass sie immer wieder mit sowas ankam, anstatt sich einfach daran zu erfreuen, dass sie in Jesu Gegenwart sein durfte. Jesus nervte es nicht. Er war unendlich geduldig. Auch mit ihr. Jedes Mal. So auch dieses Mal. Er legte ihr dar, dass ihm dieser Punkt sehr wohl bewusst war. Dass er es aber für wichtiger erachtet hatte, zunächst Taten sprechen zu lassen, um den Menschen Beweise zu liefern, dass er wirklich war, wer er zu sein behauptete. Um ihre Furcht zu verdrängen, ihren Glauben zu stärken, und – am wichtigsten – dafür zu sorgen, dass sie ihm auch wirklich zuhörten, wenn er Wichtiges zu sagen hatte. Und das hier war natürlich wichtig. Sehr wichtig sogar. Weil die Bibel das Wort Gottes war und eine Abweichung davon für viele den Glauben in Frage stellte.

„Mein Plan ist es, die Vatikanreise auch dafür zu nutzen. Ich hatte es vorhin nicht erwähnt, weil es nichts mit der Kirche zu tun hat. Aber ich werde die Gelegenheit dort verwenden. Einfach, weil ich davon ausgehen kann, dass dann noch wesentlich mehr Menschen zuschauen werden als bei meinen Besuchen in Afrika oder Südamerika. Dann werde ich es erklären. Und ich bin mir sicher, dass sie es verstehen werden. Und als das nehmen können, was es ist: ein Geschenk."

8

Yannik kam um die Ecke, gerade als Lotta das Haus verließ. Sie hakte sich bei ihm unter und gemeinsam gingen sie davon. Das war der letzte Punkt, an dem sich die Jünger aufrieben: Lotta und Yannik wohnten nicht mit ihnen zusammen. Auch hierrüber waren sie genauso froh, wie sie sich darüber aufregten. Sie alle hatten sich dem Dienst für Jesus verschrieben. Und dafür alles aufgegeben. So wie die Jünger im Neuen Testament. Was für sie hieß, dass sie ihm überallhin folgten und überall mit ihm blieben. Dass sie sich ihre Nachtlager auf dem Boden der Wohnung einrichteten, die sie gerade zur Verfügung hatten. Sich die Küche und das Bad teilten. Und die Aufgaben, die anfielen. Lotta und Yannik machten dabei nicht mit. Sie hatten sich anderweitig eingenistet. In einer kleinen 2-Zimmer-Kellerwohnung, die ein gläubiges Ehepaar Jesus langfristig hatte zur Verfügung stellen wollen, da sie bereits seit einiger Zeit leer stand. Kostenfrei, natürlich – da sie auf die Miete nicht angewiesen waren. Die für Jesus und seine Jünger allerdings zu klein gewesen war. Daher hatte er sie den beiden überlassen. Und sie hatten dankend angenommen. Mit dem Argument, dass es sonst zu eng werden würde. Doch die Jünger wussten es besser. Sie wollten alleine sein. Um Sex zu haben. Es hatte dazu bereits ein Gespräch gegeben. Mit Jesus. Der ihren Unmut praktisch sofort bemerkt hatte.

„Sie waren früher beide keine Christen." hatte einer von ihnen es zusammengefasst, „sie machen einfach so weiter."

Jesus hatte einen Finger gehoben: „Sie sind verheiratet."

Das hatte zunächst leises Gemurmel und dann lauten Widerspruch hervorgerufen: „Bis dass der Tod euch scheidet. Heißt es nicht so?"

„Der Tod hat sie nicht geschieden. Der Tod hat sie nur voneinander ferngehalten. Doch sie hat ihn innerlich nie verlassen. Und er sie auch nicht. Sie waren sich über den Tod hinaus treu. Daher dürfen sie das. Haben es sich sogar verdient."

„Also ist das wirklich der Grund?" hatte eine von ihnen ungläubig gefragt, „dass sie woanders wohnen?"

„Wäre es euch lieber, sie würden das hier vor eurer aller Augen und Ohren tun?" Jesus hatte sie mit einem wissenden Lächeln angeschaut – und sie ihm die erwartete Antwort gegeben:

„Natürlich nicht. Aber es trennt sie von der Gruppe."

„Sie haben eine Sonderstellung in dieser Gruppe." hatte er erwiderte, „dem muss Rechnung getragen werden."

Dieses Wort war es gewesen – ‚Sonderstellung' – das dafür gesorgt hatte, dass die Beruhigung, die Jesus ihnen mit diesem Austausch hatte verschaffen wollen, nicht eingetreten war. Der Unmut blieb. Das Misstrauen ebenso. Lotta und Yannik mochten von Jesus zu Jüngern gemacht worden sein. Aber wie sie – die richtigen Jünger – würden die beiden niemals sein.

9

„Du bist dran."

„Nicht wirklich." Annie starrte Z entsetzt an.

„Doch."

„Muss das sein?" maulte sie. Z jedoch blieb hart:

„Du musst üben. Genau wie Geraldine."

„Aber ich hab doch grad gegessen."

„Hast du nicht. Würde ich auch nicht gelten lassen."

Annie zog eine Schnute: „Na gut. Begeistert mich aber nicht wirklich."

„Glaubst du etwa, mich?" kam es von Geraldine.

Z rümpfte die Nase: „Lotta war klar und deutlich, was für uns ansteht."

„Für dich ist das einfach." motzte Annie weiter, „du bist das gewöhnt."

„Und du bist die Alpträume gewöhnt, an die man sich hinterher noch erinnern kann, als wären sie echt." schoss Z zurück – und Annie schwenkte direkt um:

„Ja. Wenn ich es mir recht überlege, hat Geraldine von uns den einfachsten Job."

„Nicht mehr." erwiderte diese trocken.

„Aber bisher."

„Wegen mir." Geraldine zuckte die Achseln, „wir sollten Steve und Katiana anrufen."

Z nickte: „Und wir müssen endlich über die Kostüme reden."

„Ja, das ist am allerwichtigsten." schnaubte Annie sarkastisch – und wieder feuerte Z zurück:

„Es ist wichtig."

„Ich weiß, ich weiß." winkte Annie ab, „aber die wichtigeren Dinge zuerst."

10

„Warst du erfolgreich?" erkundigte sich Katiana übermäßig vorsichtig, da Annies Gesicht nicht danach aussah. Die Antwort jedoch fiel positiv aus:

„Er ist weg."

„Also ja."

Annie verzog das Gesicht: „Ich nenne es nicht erfolgreich, sowas zu tun."

„Wie denn dann?" hakte Steve nach.

„Ja... eigentlich schon."

Z lächelte sanft: „Sie hat sich noch nicht ganz daran gewöhnt."

„Wäre auch schlimm, wenn das so schnell ginge." überlegte Katiana, worauf Annie heftig nickte:

„Nicht wahr?"

„Die Person?" Steve sah Annie an, die leicht zusammenzuckte:

„Hm?"

„Die Person?" wiederholte er.

„Oh. Will keine Hilfe. Hat uns hinterher rausgeworfen. Meinte, Jesus würde sich schon um sie kümmern, wenn er denkt, dass sie das braucht."

Katiana seufzte: „Das dürfte uns in nächster Zeit öfters passieren."

„Und was machen wir da?" Annie sah in die Runde.

Geraldine und Z zuckten beide mit den Schultern, für Steve jedoch war die Lösung klar:

„Sagen, dass er nicht Jesus ist."

„Das sollen wir nicht." entgegnete Z, „hat Lotta gesagt."

„Die jetzt zu seinem engsten Kreis gehört."

„Sie hat die Vernunft aufgegeben. Aber zu dem Zeitpunkt, wo sie das gesagt hat, hatte sie sie noch."

Steve kniff die Augen zusammen: „Sicher?"

„Schon." entgegnete Z und Steve ließ es dabei bewenden:

„Gut. Dann halt anders. Zum Beispiel..." Er brach ab.

„Wir wurden von ihm geschickt." schlug Z vor – doch Annie schüttelte sofort den Kopf:

„Gelogen. Und überprüfbar. Will ich auch nicht."

„Ich auch nicht." schloss sich Geraldine an, „dann..." Sie brach ab.

Einige Minuten herrschte angestrengtes Schweigen. Dann räusperte sich Katiana: „Jesus kümmert sich um die großen Dinge. Ihr um die kleinen."

„Groß? Klein?" Annie schüttelte verwirrt den Kopf.

„Die Masse. Der Einzelne." lieferte Katiana eine Erklärung. Die Annie nicht nur verstand, sondern auch mochte:

„Das ist gut."

„Deswegen sage ich es ja." grinste Katiana.

„Hoffen wir, dass es auch erfolgreich ist." zeigte sich Z noch kritisch, bekam aber nichts mehr zurück. „Womit wir beim Themawechsel wären." schlug Geraldine daraufhin eine andere Richtung ein. Die alle überraschte.

„So?" kam es von Steve.

„Kostüme?" riet Annie, worauf Katiana große Augen bekam:

„Kostüme?"

Doch sie erhielt keine nähere Erläuterung, denn Geraldine wollte etwas anderes: „Dritte Person."

„Dritte?" wiederholte Steve verblüfft, „ich dachte, da wäre nur eine Frau gewesen."

„Für uns." führte Annie aus, aber das reichte noch nicht:

„Ihr seid doch drei."

„Für euch."

„Uns? Oh. Uns." Jetzt war Steve angekommen – Katiana noch nicht:

„Warum?"

Die drei Freunde wechselten einen Blick: „Sollten wir erklären."

„Am besten." stimmten Steve und Katiana zu.

So setzte Z an: „Wir haben den Auftrag bekommen, demnächst alleine loszuziehen."

„Das wissen wir." nickte Katiana.

„Und wir gehen davon aus, dass wir dabei nicht alle immer gleichzeitig unterwegs sind. Sondern jeder halt einzeln irgendwie. Und dass es dann nicht schlecht wäre, wenn jeder von uns mit einem von euch ein Team bilden würde. Außendienst – Innendienst, sozusagen. Drei mal zwei."

Jetzt war auch Katiana soweit: „Und dafür braucht ihr jemand drittes."

„Klingt logisch." setzte Steve hinzu.

Annie lächelte: „Beruhigend."

Nun wechselten Steve und Katiana einen Blick:

„Hm... Florian?"

„Nein. Johanna?"

„Ja."

„Genau." wandte sich Steve wieder den Freunden zu, „Johanna. Die können wir fragen. Die haben wir ganz am Anfang ja schonmal gefragt."

Geraldine tippte sich ans Kinn: „Ist das die, mit der ich mich mal unterhalten habe?"

„Bevor du den Mann fürs Leben gefunden hast, ja."

„Die war nett. Nicht so nett wie Nils, aber..."

„Sie ist so nett wie Nils." unterbrach Katiana sie amüsiert, „nur für dich vielleicht nicht. Und sie versteht ihre Arbeit. Und kennt eure."

„Zwei große Vorteile." überlegte Z und auch Annie war mit dieser Wahl zufrieden:

„Dann fragt sie. Aber leise."

Steve kratzte sich am Kopf: „Warum leise?"

„Unauffällig wollte sie sagen."

„Das sowieso."

„Jetzt gleich?" erkundigte sich Katiana.

Geraldine hob die Hände: „Wir kennen sie nicht. Wie auch immer es passt."

„Dann jetzt gleich." Katiana griff zum Telefon – und Z ergriff das Kommando:

„Und wir reden in der Zeit über Kostüme."

11

Annie führte Johanna ins Wohnzimmer, wo Geraldine und Z bereits warteten: „Es ist wirklich super, dass du so spontan vorbeikommen konntest."

„Keine Ursache." winkte Johanna ab und machte es sich in einem der Sessel bequem.

„Steve und Katiana haben dich aufgeklärt?" erkundigte sich Geraldine, worauf Johanna den Kopf schüttelte:

„Nein. Das haben meine Eltern getan. Vor vielen Jahren schon."

„Hä?" Geraldine blinzelte verwirrt – dann machte es ‚Klick', „ah. Witzig."

„Sie meinten, das wäre so eure Art, miteinander umzugehen."

„Sie haben dir diesen Witz vorgesagt?" Z kratzte sich am Kopf und Annie machte es ihm nach:

„Aber woher wussten sie, was wir sagen würden?"

„Das war nicht vorgesagt." entgegnete Johanna, „sie meinten nur ganz grundsätzlich, dass ihr einen Hang dazu habt, stinknormale Fragen mit saublöden Antworten zu quittieren."

„Den Hang zu ‚cooler' Sprache brauchst du für uns aber nicht." platzte Annie heraus, bevor sie sich bremsen konnte, und Geraldine schlug sich auf die Stirn. Doch Johanna nahm es gelassen:

„Der ist für meine Tochter. Sie ist 16. Es ist manchmal schwer, ihn abzustellen."

„Du versuchst zu reden wie deine Tochter?" Annie zog die Brauen hoch, „Anbiederung?"

Geraldine warf Annie einen bösen Blick zu, aber Johanna ließ sich auch davon nicht aus der Ruhe bringen:

„Entgegenkommen. So wie sie reden werde ich nie können. Ich verstehe die Hälfte von dem, was sie sagt, ja nicht einmal. Aber es ist mir wichtig, dass sie merkt, dass ich mir Mühe gebe, auf ihrer Wellenlänge zu sein."

„Sicherlich nichts Schlechtes." sagte Geraldine laut, um Annie damit zum Schweigen zu bringen und Z – der das sofort begriff – schloss sich ihr an:

„Sehe ich genauso."

Annie schwieg wirklich – sodass Geraldine neu ansetzen konnte: „Dann mal der nächste Versuch, uns zu verstehen: Du weißt, worum es geht?"

Diesmal nickte Johanna: „Im Groben, ja."

„Wir haben Gaben."

„Das weiß ich."

„Die wir nicht zugeben können."

„Auch das."

„Und wir wollen Teams bilden."

„Ja."

„Für..." Geraldine brach ab, „ du weißt doch schon alles."

„Nein." entgegnete Johanna, „eines weiß ich noch nicht: Wollt ihr wirklich in Kostümen rumlaufen?"

Z nickte bestätigend: „Kostüme, Masken, Codenamen."

„Bitte?" entfuhr es Annie und auch Geraldine blickte konsterniert drein: „Davon weiß ich nichts."

„Ist doch logisch, oder?" gab Z zurück, „was bringt es, verkleidet zu sein, wenn wir uns bei unseren normalen Namen nennen?"

Geraldine wippte mit dem Kopf: „Das stimmt."

„Aber nicht irgend sowas Doofes." Annie verzog das Gesicht, „wie Batman oder Superman oder Megaman."

„Wer ist denn Megaman?" wunderte sich Z.

„Gibts den nicht?"

„Nicht dass ich wüsste."

„Du hast bestimmt schon was." Geraldine sah Z prüfend an und dieser nickte:

„Ja. Und es kommt kein ‚Man' am Ende."

„Beruhigend." murmelte Annie.

„Was denn?" erkundigte sich Geraldine.

„A."

Geraldine und Annie wechselten einen irritierten Blick – bis Johanna laut „Stopp." rief und Z sich hinzugesellte:

„Was? Ach. Haha."

„Ist die gängige Antwort, wenn jemand ‚A' sagt." grinste Johanna.

Geraldine allerdings blieb lieber beim Thema: „Warum denn A?"

„Zwei Gründe." zählte Z auf, „erstes ist es das Gegenteil von Z."

„Das Gegenteil." schnaubte Annie.

„A – Anfang. Z – Ende."

„Zende müsste es dann heißen, oder?"

Z zwinkerte Johanna zu: „Wie du siehst haben Steve und Katiana dir nichts Falsches erzählt."

„Depp." brummte Annie und er machte laut

„He."

Für Geraldine erneut Grund, einzugreifen: „Zweitens?"

„Hm? Ach ja – zweitens. Es ist eine Hommage an eine Serie, die Yannik und ich zusammen mit Laura und Samira geschaut haben."

Johanna zog die Brauen hoch: „Eure Freundinnen?"

„Sie weiß doch nicht alles." freute sich Annie – und Geraldine übernahm es, sie ins Bild zu setzen:

„Yanniks Schwestern."

Doch das reichte noch nicht: „Und Yannik ist...?"

„Mein ehemaliger bester Freund." erwiderte Z und Annie konnte es sich nicht verkneifen,

„Und vielleicht bald erneut." hinzuzusetzen, was Z wiederum animierte, es auf die Spitze zu treiben:

„Verstorben und Auferstanden."

Nun war Johanna endgültig verwirrt: „Was?"

„Lange Geschichte." wiegelte Geraldine hastig ab, „wann anders."

„Denke ich auch." stimmte Annie zu und wandte sich dann an Z: „Und dich verstehe ich nicht."

„Es gab da einen Bösewicht, der nannte sich ‚A'." klärte dieser sie auf, „er wurde nie enttarnt. Das heißt... irgendwann natürlich schon. Ich habe aufgehört, es zu gucken, nachdem Yannik... naja. Ich werde nie erfahren, wer sich dahinter verbirgt..." Er schaute ein wenig bedrückt drein, doch keine der Frauen ging darauf ein. Stattdessen fragte Annie unsicher:

„Wo ist der Zusammenhang zu uns?"

Z zuckte leicht zusammen: „Hm? Äh... keiner. Ich finde es einfach nett."

„Du wolltest mal wieder ein wenig mit unnützem Wissen prahlen." zog Annie ihn auf, worauf Z ganz und gar ungewohnt reagierte – traurig:

„Ich vermisse es. Serien schauen mit meinem besten Freund. Die ganze Zeit war er nicht da. Und da ging das nicht. Und jetzt ist er wieder da. Und es geht trotzdem nicht."

„Weißt du doch noch gar nicht." versuchte Annie sofort, ihn aufzumuntern, „ist doch noch frisch."

„Ich habe so eine Ahnung."

„Wie dem auch sei." Geraldine war fest entschlossen, die Diskussion ernst zu halten, „ich finde ‚A' zu auffällig. Weil man schnell auf Z schließen kann."

„Das dachte ich auch schon." gab Z zu.

Johanna hob einen Finger: „Dürfte ich mich wieder in die Unterhaltung einklinken? Jetzt, wo der Bereich, den ich nicht schnalle... verstehe... durch ist?"

„Selbstredend." nickte Geraldine.

„Wenn man eine Tochter im Teeniealter hat, macht man sich um praktisch nichts anderes mehr Gedanken. Gestern Abend war das mal nicht der Fall. Weil sie brav zuhause war. Und trotzdem nicht beleidigt. Also konnte ich mich mal mit was anderem beschäftigen und da kam mir eure Anfrage gerade recht."

„Aha."

„Daher nun ein paar Gedanken. Um euch gleich mal zu zeigen, was für ein wertvolles Teammitglied ich sein kann. Wenn ihr da..." Das Stirnrunzeln auf den Gesichtern der Freunde ließ Johanna abbrechen. Doch es hatte ganz andere Gründe:

„Denkst du, wir brauchen Beweise?"

„Wir verlassen uns auf das Wort von..."

„Natürlich." beeilte sich Johanna, dieses Missverständnis auszubügeln, „trotzdem."

Geraldine lächelte ihr zu: „Schieß' los. Also... nochmal."

Johanna lächelte zurück: „Ihr geht da raus. Verkleidet. Damit euch die Leute nicht erkennen. Und eure Gegner erst recht nicht. Aber: Ihr wart vorher zwei Frauen und ein Mann. Und jetzt seid ihr immer noch zwei Frauen und ein Mann. Du hast Batman erwähnt. Den kenne sogar ich. Nehmen wir ihn mal als Beispiel. Er hat verkleidet Verbrecher gejagt. In seiner Heimatstadt. Das hat geklappt. Warum? Weil er vorher, als er sich noch nicht verkleidet hat, mit der Verbrecherjagt nicht das Geringste zu tun hatte. Ihr habt jahrelang Dämonen ausgetrieben. Das wissen die Leute. Ihr kommt aus

Frankfurt. Das wissen die Leute auch. Und wenn jetzt drei Vermummte auf der Straße auftauchen – und Dämonen austreiben..."

„Ich ahne schon, worauf du hinauswillst." unterbrach Z sie seufzend, „die Kostüme nützen nichts."

„Könnte passieren, ja. Nicht gleich. Nicht immer. Und auch nur hier vor Ort. Aber der Zusammenhang ist herstellbar. Gerade hier. In Frankfurt. Wo... nun – er eben auch ist. Meistens zumindest."

„Das ist ganz, ganz blöd." Annie rieb sich entnervt die Wangen – und Geraldine die Nase:

„Wirft alles über den Haufen."

„Ihr." lachte Johanna auf, „glaubt ihr, ich hätte nur das? Natürlich habe ich eine Lösung."

Annie hielt inne: „Natürlich."

Geraldine ebenfalls: „Selbstverständlich."

„Wie konnten wir nur...?"

„Ihr kennt mich nicht." erwiderte Johanna vergnügt, „sei euch verziehen."

„Also?" forderte Z.

„Ein Kostüm." lautete ihre Antwort, die Geraldine die Augen aufreißen ließ:

„Für uns alle?"

„Auweia." Annie schüttelte sich, „ich ziehe nichts an, was Z vorher anhatte. Nicht böse gemeint, aber..."

„Schon okay." winkte dieser ab, „geht mir andersrum genauso. Ich meine... wenn du deine Tage hattest, oder..."

„Meine..." Annie starrte ihn an, „Tage?"

„Nennt man das nicht mehr so?"

„Bist du 12? Was glaubst du, was da passiert? Dass es einfach aus mir raustropft, drei Tage lang? Und ich hinterher all meine Klamotten verbrenne? Und den Teppich rausreiße? Und mich jeder Hund verfolgt, weil ich auf der Straße eine Spur hinterlasse?"

„Stehen Hunde auf...?" setzte Z an und Geraldine stieß ihm in die Rippen:

„Z."

„Ja?"

„Still."

„Ja."

Geraldine sah Johanna an: „Geh einfach dazwischen, wenn es ausartet."

„Oder so." grinste diese, „aber ihr versteht mich falsch. Nicht das selbe Kostüm für alle. Sondern das gleiche Kostüm für alle. Am besten so geschnitten, dass es nicht körperbetont ist. Dann erkennt man nicht mal, ob sich Männlein oder Weiblein darin verbirgt – geschweige denn Körperbau, Größe..."

„Größe?" unterbrach Z sie verwundert.

Johanna nickte: „Meine sehr gute Freundin Rebecca..."

„Die auch unsere sehr gute Freundin ist." warf Annie ein.

Johanna legte den Kopf schief: „Das wage ich zu bezweifeln."

„Sie mag uns. Ganz sicher. Wir nennen sie sogar Becca." erklärte Annie voller Stolz, „also... bis auf Z. Der hat da Verwirrungs-Verwechslungs-Probleme."

„Aber sie hält sich gerne von euch fern." konterte Johanna, „ihrer eigenen Gesundheit zuliebe."

„Oh." machte Annie und kniff die Lippen zusammen.

„Schließlich hat sie gerade erst eine Beziehung begonnen. Was in ihrem Beruf nicht ganz einfach ist. Und wenn sie da bei euch wieder in die Schusslinie gerät..."

„Als ob das so oft..." begann Geraldine verärgert, bis etwas anderes in den Vordergrund trat: „Beziehung?"

Auch Annie war gerade dort angekommen: „Mit wem?"

„Peter heißt er." antwortete Johanna.

„Der Kollege?"

„Ja, er ist ein Kollege. Was das Ganze nicht gerade beschleunigt hat. ‚Berufsrisiko' und ähnliche Worte fielen da ständig. Aber das gehört nicht hierher. Was ich eigentlich sagen wollte: Von Rebecca weiß ich, dass Schlabberklamotten ganz oft dafür sorgen, dass man den Menschen darin nicht richtig einschätzen kann. War er dick oder dünn? War er groß oder klein? Oder waren die Sachen einfach zu weit oder zu lang?"

„Wir sollen uns also das schmuddeligste Superheldenkostüm der Welt zulegen." Z rümpfte die Nase – kam damit aber nicht weit:

„Was ist dir wichtiger? Deine Eitelkeit oder dass du nicht erkannt wirst?" Johanna blickte ihn herausfordernd an und Annie brach in Gelächter aus:

„Oh, das find ich prima, dass ausgerechnet der einzige Mann mit diesem Argument plattgemacht wird."

„Ich sag doch nur." schmollte Z, bekam aber weiterhin keine Unterstützung:

„Sie hat schon Recht." Geraldine nickte nachdenklich, „wenn wir wirklich komplett anonym sein wollen, ist das der beste Weg. Absolute Unkenntlichkeit. Und kaum eine Möglichkeit, hinterher eine brauchbare Beschreibung abzuliefern."

„Aber wir ziehen doch alleine los." versuchte es Z mit einem ganz anderen Einwand.

„Stimmt. Bald tun wir das. Aber was ist, wenn sich Leute unterhalten? ‚Ich habe einen Mann gesehen.' – ‚Und ich eine Frau. Groß und schlank.' – ‚Nein – klein und schlank.'"

„Müsste es dann nicht ‚klein und dick' heißen?" kicherte Z, was bei Geraldine eine heftige Reaktion auslöste:

„Ich bin nicht dick."

„Oh." Z schlug sich auf den Mund, „du bezogst das schon konkret auf uns."

„Was denn sonst?"

„Warum gleich so...?" versuchte Annie, dazwischenzukommen, doch sie hatte keine Chance:

„Sag es, Z."

Dieser blinzelte verwirrt: „Was?"

„Na..."

„Ah." Er tippte sich an die Stirn, „du bist nicht dick. Natürlich nicht. Ich hatte es einfach nur falsch verstanden."

„Vielen herzlichen Dank." Geraldine atmete tief durch.

„Und ich sehe ja auch die Vorteile. Ich wäre nur gerne ein richtiger Held geworden."

„Das wird man durch das, was man tut, nicht durch das, was man trägt." erklärte Johanna und Annie blies anerkennend die Backen auf:

„Krass. Voll die weise Frau. Kommt das ab 40?"

„40?" keuchte Johanna entsetzt – und Annie wurde blass:

„Du bist... nicht 40?"

„Weit davon entfernt."

„Weit?"

„Naja... ein paar Jahre." Johanna klopfte sich vorsichtig die Wangen ab, „sehe ich so schlimm aus?"

„Nein. Nein. Nein. Nein." Annie wedelte abwehrend mit den Händen, „ich dachte nur... Tochter... 16... daher..."

„Ah." Johanna nickte verstehend, „ich war jung, als sie geboren wurde."

„Das ist vollkommen legitim."

Ein leichtes Lächeln erschien auf Johannas Gesicht: „In diesem Fall war noch nicht mal das der Fall."

„Oh. Also..." Annie zögerte, „Unfall?"

„Wortspiel?" hakte Johanna unsicher nach.

Annie schüttelte den Kopf: „Frage."

„Dann Antwort: ja."

„Jetzt nimmt die Art der Unterhaltung aber wirklich bizarre Züge an." Geraldine fuhr sich über die Haare – und bekam überraschend Beistand von Z:

„Halten wir fest: Geraldine ist nicht dick und Johanna nicht alt. Und wir kreieren uns ein Kostüm – mit Maske – das so gestaltet ist, dass wir darin alle mehr oder weniger gleich aussehen." Er verzog leicht das Gesicht, während er das sagte – und Annie noch viel mehr:

„Welch grässliche Vorstellung."

„Dachte ich auch gerade." gestand Geraldine, was Johanna zum Schmunzeln brachte:

„Schön, dass ihr euch zumindest darin einig seid."

„Gell?" kicherte Annie, während Geraldine schon zum nächsten Thema überging:

„Das mit den Codenamen ist dann hinfällig."

„Stimmt." nickte Z, „wenn wir alleine unterwegs sind, reden wir uns sowieso nicht an."

„Aber wenn die Leute fragen, wie sie uns nennen sollen?" Annie fuhr sich übers Kinn.

„Hm..." machte Z, „Diener des Herrn?"

„Wir müssen gar nichts sagen." wiegelte Geraldine ab, „einfach: ‚Nicht wichtig'."

Annie kicherte: „Das könnte auch ein Name sein. Oder ‚Anno Nym'."

„Das ist ein männlicher Name." stellte Z trocken fest.

„Dann eben ‚G. Heim'."

„Geh doch selber heim." fuhr Geraldine sie an und Annie merkte – zu spät – dass sie damit ungewollt in die letzte Diskussion eingehakt hatte. Weswegen sie sich beeilte, das geradezurücken:

„Das ‚G' kann für alles stehen."

„Geheim zum Beispiel." kam Z ihr nicht zur Hilfe und sie tippte sich an die Stirn:

„Hä? Dann hieße es ja ‚Geheim Heim'. Das macht doch keinen Sinn."

„Weil es anders so viel mehr Sinn macht." konterte Z.

Johanna seufzte laut: „Kinder – werdet mal wieder ernst."

„Mach du doch mit." forderte Annie sie auf – vergeblich:

„Bloß nicht. Zuhause reicht."

„Verständlich." Geraldine stoppte Annies Retour mit einer Handbewegung, „was hast du denn noch?"

Johanna zog die Brauen hoch: „Wieso sollte ich etwas haben?"

„Bei uns ist es immer so, dass der, der den Spaß unterbricht, etwas Ernstes sagen will."

„Macht Sinn. Und stimmt auch. Ein weiterer Faktor, den ihr bedenken solltet, ist dass nur die Grund haben, sich zu verkleiden, die schon bekannt sind. Oder erkannt werden könnten. Jeder neue, der diese Gaben hat, könnte einfach so rumlaufen."

„Ja, schon richtig." nickte Z, „und?"

„Ich denke, dass ihr das als Argument für die Leute nehmen könnt. Ihr sagt: ‚Wir haben mitbekommen, was mit den anderen geschehen ist. Sie sind so groß dadurch geworden, dass sie den Weg verloren haben. Das soll uns nicht passieren. Daher schützen wir uns durch Anonymität.' Die Leute werden denken, ihr bezieht das auf ‚die anderen', dabei bezieht ihr es auf euch selbst. Somit ist es nicht mal gelogen. Und es lenkt von euch ab. Denn ihr sagt damit ‚Wir kennen die anderen, sind es aber nicht'."

„Was gelogen wäre." wandte Geraldine ein.

„Ihr suggeriert es ja nur." entgegnete Johanna, „es kommt immer drauf an, wie andere verstehen, was man sagt."

„Clever."

„Und durchaus kein schlechter Gedanke." fügte Annie hinzu.

„Denke ich. Weil – wie gesagt: Theoretisch müsstet nur ihr euch verkleiden. Wegen eurer Vorgeschichte. Aber wenn ihr genau diese Vorgeschichte nehmt und sie als Grund für die Verkleidung nehmt, kauft man euch auch ab, dass ihr wer anders seid."

„Jetzt hast du dich wiederholt." Z grinste Johanna an, die allerdings einfach zurückgrinste:

„Ich bin halt so begeistert davon."

„Na dann... wegen mir nochmal."

„Was Drittes fällt mir nicht ein. Aber noch was anderes..."

Annie lachte auf: „Du hattest echt Zeit, hm?"

„Und wie. Aber nur noch kleine Sachen. Zum einen: Ein wesentliches Merkmal beim Erkennen ist die Stimme. Die Leute, zu denen ihr geht, sehen euch bestimmt zum ersten Mal. Aber ihr wart halt im Fernsehen und so..."

„Ja?" Z zuckte die Achseln, „aber dagegen können wir nichts tun."

„Ihr könntet lernen, nicht mehr laut reden zu müssen." erwiderte Johanna.

„Wie? Das würde Becka..."

„Beim Austreiben."

„Ah. Oh. Ah. Oh."

Annie prustete los: „Er ist schon auf dem Weg. 24 Buchstaben sind schon weg."

„23." korrigierte Geraldine sie.

„24. ‚A' und ‚O'."

„Aber ‚Ah' und ‚Oh' schreibt man hinten mit ‚h'."

„Aber das spricht er ja nicht aus. Er sagt ja nicht ‚A-h' und..."

Johanna schlug sich auf die Stirn: „Kinder..."

„Mama..." gab Annie zurück und es klatschte ein zweites Mal.

„Das ist eine krasse Idee." nutzte Z den Moment der Stille, der darauf folgte, „um mein Gestammel mal in einen Satz zu bringen."

Geraldine kratzte sich an der Schläfe: „Meinst du denn, dass das geht?"

„Keine Ahnung. Bestimmt. Nur... wie?"

„Na, wie war das denn? Christopher meinte ganz am Anfang, du müsstest laut reden, damit der Dämon dich hört. Aber das war ja, als du noch weitaus weniger stark warst. Da brauchtest du die Kraft, die im Aussprechen der Worte liegt."

„Und jetzt nicht mehr?" Z war sich dessen gar nicht sicher – und Geraldine konnte ihm keine Sicherheit geben:

„Probier's aus."

„Hm. Okay." Er biss sich auf die Lippen, „bei der nächsten Vision. Du wärst eigentlich dran. Aber du kannst das natürlich auch probieren. Und wenn es nicht klappt, probierst du es laut. Und dann ich."

Geraldine schüttelte den Kopf: „Nein. Wir sollten weitermachen wie geplant: ich als nächste und dann wieder Annie. Ohne Worte kann jeder für sich testen. Wenn wir alleine unterwegs sind. Wenn wir es laut können, können wir dann immer darauf ausweichen, wenn es stumm nicht klappt."

„Risikoreich." überlegte Z, „aber gut. Wir haben einen gewissen Zeitdruck, das sehe ich ein."

„Zeitdruck?" wiederholte Annie verständnislos.

„Wir sollten nicht zu lange zusammen herumziehen. Sonst können wir uns die ganze Tarnung sparen, weil wir aufgeflogen sind, bevor wir damit anfangen konnten."

„Macht Sinn." nickte Geraldine – Annie dagegen verstand es immer noch nicht:

„Aber wir fangen doch gleich damit an, oder?"

„Das bringt nichts." war es Johanna, die ihr antwortete, „wenn ihr durch eure Verkleidung vertuschen wollt, dass ihr eigentlich zu dritt seid."

„Aber es geht doch nur um Männer oder Frauen. Und die Statur. Und so."

„Nein. Sorry. Ich dachte, das wäre klar. Es geht darum, dass ihr so gleich wirkt, dass die Menschen da draußen denken, ihr alle wärt nur eine einzige Person. Keine Gruppe. Ein Einzelkämpfer."

„Ach so." Annies Gesicht erhellte sich langsam – die der anderen dagegen nicht. Was Z auch gleich erklärte:

„Mir war das klar."

„Warum hast du es dann nicht gesagt?" maulte sie ihn an.

„Weil mir nicht klar war, dass es dir nicht klar war."

„Mir war es auch nicht klar." gestand Geraldine, „aber es ist logisch. Wenn alle glauben, es gäbe wirklich nur den... Batman..."

„Also keine Kostüme, solange wir zusammen sind." fasste Annie es zusammen, „was heißt, dass es eigentlich am besten wäre, wenn wir beide nur noch jeweils einmal üben müssten. Das wäre das Minimum."

„Oha." machte Z und Annie fand ihre gute Laune wieder:

„Das waren alle drei Buchstaben in einem Wort. Nicht schlecht."

Z streckte ihr die Zunge heraus und sie wollte dem etwas Freches entgegenzusetzen, aber Geraldine kam ihr zuvor – mit etwas Ernstem:

„Eine Sache fällt mir dabei noch auf. Wenn wir wirklich so tun, als wären wir eine Person, dann... sollten wir nicht in der Mehrzahl sprechen. Bei dem, was du vorhin sagtest. Also nicht ‚Wir wissen – Pünktchen, Pünktchen, Pünktchen‘, sondern ‚Ich weiß – Pünktch... und so‘."

„Gutes Pünkt... guter Punkt." nickte Johanna, „das hatte ich übersehen."

„Ach – das passiert den besten von uns." winkte Annie gönnerisch ab.

Worauf Z sich aufrichtete:

„Mir ist das noch nie passiert."

„Du bist ja auch nicht der Beste."

Dafür bekam sie erneut Zs Zunge zu sehen und beide lachen laut auf.

Johanna sah derweil Geraldine an:

„Mit dieser Änderung – Plural zu Singular – hat sich eigentlich auch das Problem mit dem Lügen erledigt, oder? Denn wenn du sagst ‚Ich habe das mit den anderen mitgekriegt‘, kannst du das ja auf Annie und Z beziehen – für dich, innerlich. Dann stimmt es. Und du musst kein schlechtes Gewissen dabei haben."

„Hm..." machte Geraldine und nickte dann, „stimmt. Klingt gut. Fein. Danke."

„Gern geschehen. Dann – vorletzte Frage: Steve und Katiana und ich. Was ist mit uns?"

„Was ist mit euch?"

„Wir haben keine Kostüme. Wäre auch schlecht für unseren Teil der Arbeit. Wie gewährleistet ihr unsere Sicherheit?"

„Sicherheit?" wiederholte Geraldine erschrocken.

„Ich meine: Wie gewährleistet ihr, dass nicht jemand von uns auf euch schließt?" drückte Johanna es anders aus. Für Geraldine besser verständlich:

„Brauchen wir nicht. Die beiden waren nie öffentlich zu sehen. Sie haben uns begleitet, aber nur die Leute, denen wir geholfen haben, kennen sie."

„Aber wenn sich da mal jemand von damals mit jemandem von heute unterhält..."

„Wir haben unsere Gründe." stellte Geraldine klar, „die wir nennen. Und wenn die Leute das akzeptieren..."

„Gefährlich." fiel Johanna ihr ins Wort – was Geraldine nicht so sah:

„Nein. Wir reden die ganze Zeit so, als ob die Leute uns was Böses wollen. Aber das stimmt doch gar nicht. Die Verkleidung ist nicht für die Menschen. Sie ist für die Dämonen. Damit die es nicht merken. Die Menschen dürfen uns nicht erkennen, solange die Dämonen in ihnen sind. Aber wenn sie weg sind..."

„...können die Menschen trotzdem noch Plappermäuler sein." unterbrach Johanna sie erneut.

Geraldine holte tief Luft: „Ich bin mir sicher, wenn ihr drei mit ihnen zusammensitzt und ihr Leben runderneuert, könnt ihr ihnen auch klarmachen, dass andere Leute die gleiche Hilfe nur bekommen können, wenn sie den Rand halten. Nett gesagt, natürlich. Warum sollte sich da jemand nicht drauf einlassen?"

„Nicht alle sind froh und dankbar." sinnierte Johanna, doch auch darauf hatte Geraldine eine Antwort:

„Schon. Aber die, die es nicht sind, kommen nicht zu Gesprächen her."

„Das stimmt." schaltete sich Annie ein, „die Doofen... äh... Undankbaren... haben uns immer verjagt. Oder sind selbst abgehauen."

„Es ist ein Risiko." fuhr Geraldine fort, „das stimmt. Aber wir müssen es eingehen. Und es ist ja auch nicht so, als täten wir etwas Verbotenes. Wir sollen uns einfach von ‚Jesus' fernhalten."

„Und Lotta hat nie gesagt, dass uns etwas Schlimmes passiert, wenn er es mitkriegt." fügte Z hinzu.

Geraldine nickte: „Ich denke mal, er wird uns dann für sich einspannen wollen."

„Was es zu vermeiden gilt." Johanna war noch nicht ganz überzeugt.

„Klar. Aber was ich meine: Die Alternative ist nicht Tod oder Gefängnis. Wenn wir uns nicht einspannen lassen, verärgern wir ihn. Fertig."

Das half: „Stimmt."

„Ähm..." Geraldine war gerade ein Gedanke gekommen, „du weißt, dass wir nicht daran glauben, dass er der Sohn Gottes ist?"

„Tätet ihr das, wäre ich nicht hier." gab Johanna gelassen zurück. „Einfach."

„Wie wollt ihr das eigentlich regeln, dass die Leute herkommen?"

Geraldine legte den Kopf schief: „Ich dachte da an eine Art Visitenkarte. Nur mit der Nummer drauf."

„Ominös." kicherte Annie.

„Es passt im Zusammenhang mit der Verkleidung. Wir geben uns nicht zu erkennen. Da wäre es seltsam, wenn wir mit anderer Leute Namen um uns werfen."

„Das mag sein."

„Also rufen sie die Nummer an, und...?" bohrte Johanna weiter.

„Jeder von euch kriegt ein Handy." führte Geraldine aus, „Und jeder von uns kriegt Karten. Mit der entsprechenden Nummer. Dann ist auch das Bestehen der Teams gewährleistet."

„Und wenn ich einen Mann kriege, der mit einer Frau nicht sprechen will?" warf Annie zweifelnd ein.

„Ja – kann passieren. Aber ganz ehrlich: Gott hat uns hier hingestellt. Mit diesem Plan. Glaubst du nicht, dass er das so einrichten kann, dass jeder von uns die richtigen Visionen bekommt?"

„Schon."

Geraldine lächelte ermutigend: „Wir haben uns sehr viel selbst ausgedacht. Da ist er bestimmt nicht böse drum. Den Rest wird er schon machen."

„Machen ist ein gutes Stichwort." Johanna schlug sich auf die Oberschenkel, „ich muss heim. Daher – letzte Frage: Vor vielen, vielen Jahren kamen Katiana und Steve mal auf mich zu und haben mich ausgefragt zum Thema ‚Dämonen austreiben – wie mache ich es richtig?' Sie haben damals nicht gesagt, dass es um euch ging, aber irgendwie hatte ich den Verdacht durchaus. Und sehe ihn jetzt zu 90% bestätigt. Kriege ich jetzt von euch die letzten 10%?"

„Kriegst du." entgegnete Z lächelnd.

„Gut. Dann die Frage: Das Thema von damals – Reihenfolge – das ist vom Tisch, oder? Mit eurem Vorgehen?"

„Reihenfolge?" wiederholte Annie verständnislos.

„Na – erst von Jesus... äh... dem echten, richtigen Jesus erzählen. Oder von Gott – das ist momentan vielleicht einfacher. Und dann... den Dämon raus."

„Nun... um ehrlich zu sein..." Geraldine hüstelte verlegen.

„Es war nie wirklich auf dem Tisch." klinkte Z sich ein, „also... schon, kurz. Nach eurem Gespräch, ziemlich bald danach, wenn ich mich recht erinnere. Aber... es ist dort nicht wirklich lange liegen geblieben. Weil wir einfach schnell gemerkt haben, dass unsere Aufträge... nun... sie sind nicht vergleichbar. Mit dem, was in der Gemeinde so passiert. Von daher..."

Johanna hob die Hände: „Ich wollte es nur wissen. Ihr braucht euch nicht zu rechtfertigen."

„Puh." machte Annie laut, „gut."

Johanna lachte. Dann stand sie auf: „Wiederholung von eben: Ich muss heim. Essen machen."

Annie kniff erstaunt die Augen zusammen: „Du kochst für deine Tochter?"

„Ja."

„Jeden Tag?"

„Ja."

„Krass."

„Krass?" Johanna kratzte sich am Kopf – und Annie nickte heftig:

„Ich musste das irgendwann selbst machen. Als Teil des Erwachsenwerdens."

„Dann würde sie jeden Tag ihr Taschengeld beim Döner ausgeben."

„Kannst du sie doch dran hindern."

„Der Döner liegt auf dem Schulweg."

„Ih." Annie verzog das Gesicht – und Johanna rollte mit den Augen:

„Der Laden liegt... das Haus, in dem sich der Laden befindet, steht an der Straße, die sie entlangläuft, wenn sie von dem Gebäude, in dem der Unterricht stattfindet, zu dem Haus läuft, in dem wir wohnen. Verständlich?"

„Ja." kicherte Annie, „das war verständlich."

„Hol sie doch ab." schlug Z vor.

Johanna schnaubte laut los: „Eine 16jährige?"

„Guter Punkt."

„Danke, dass du da warst." Geraldine erhob sich und streckte Johanna die Hand entgegen. Annie tat es ihr gleich:

„Danke, dass du wiederkommen wirst."

Johann schüttelte beide: „Wisst ihr das sicher?"

„Wissen wir." nickten die beiden im Chor.

Als letztes schüttelte sie Zs Hand: „Soso."

12

Das Lächeln, mit dem Imran sie empfing, wirkte wie eine Maske.

„Keine guten Nachrichten?" vermutete Annie.

Er nickte: „Ich habe euren Täter. Aber gut ist das nicht."

„Es ist jemand, den wir kennen." folgerte Z daraus.

„Oh ja."

„Christopher."

„Oh nein."

Z seufzte: „Das ist beruhigend."

„So?" Imran zog die Brauen hoch.

„Er war unsere erste Anlaufstation. Aber das heißt nicht, dass wir wollten, dass er es war. Wir haben uns verkracht. Aber so weit reicht unsere Abneigung dann auch wieder nicht."

„Außerdem ist er ein Kirchenmann." fügte Annie hinzu, „das wäre..." Sie brach ab, denn Imrans Miene hatte sich weiter verdunkelt, „was ist los?"

„Falsches Stichwort." brummte der Detektiv.

Was zunächst aber kein Entsetzen, sondern Verwirrung hervorrief:

„Kirchenmann?"

„Hast du Probleme mit der Kirche?"

„Oder mit dem Christentum?"

„Ich?" Imran blinzelte erstaunt, „nein."

Und jetzt machte es bei Z ‚Klick': „Es ist ein Kirchenmann."

Bei Annie dagegen noch nicht: „Eh..."

Und bei Geraldine kamen sofort Zweifel auf: „Wer...?"

„Miguel." murmelte Z und Imran schürzte die Lippen:

„100 Punkte."

„Miguel?" wiederholte Annie und Imran blickte sie verwundert an:

„Hatte ich nicht gerade...?"

„Das war die ungläubige Variante. Die Bitte, es zu wiederholen."

Imran nickte langsam: „Ich werde es nicht nur wiederholen. Ich werde es sogar erklären."

„Das wirst du müssen." Geraldine rieb sich bestürzt die Wangen.

„Fangen wir vorne an: Der Täter hat sich alle Mühe gegeben, seine Spuren zu verwischen. Unter anderem durch Anlegen einer neuen E-Mail-Adresse, die nicht auf seinen Namen schließen ließ. Nun ist es aber so, dass sich die wenigsten Menschen Dinge merken können, zu denen sie keinerlei Bezug haben. Eine Adresse wie r84s4ß0kdf@ funktioniert selten. Auch für ihn nicht, wie es scheint. Er hat sich etwas gesucht, was für Außenstehende abwegig ist, für ihn aber nahe liegt. Seinen Arbeitgeber."

„Den Vatikan?" fuhr Annie dazwischen.

„Die Kirche. Die Katholische Kirche. Auf Englisch ‚Catholic Church'. ‚CatChu'."

Z schnaubte laut auf: „Ist nicht dein Ernst."

„Doch. Sehr wohl."

„Glaube ich nicht."

„Du..." Imran zuckte die Achseln, „so habe ich ihn gefunden. Es ist vollkommen egal, ob du das sinnvoll findest. Oder ich. Oder sonst wer. Es ist einfach die Wahrheit. Er hat eine verkürzte Form als Adresse genommen. Wahrscheinlich, um es im Kopf behalten zu können. Es musste ja wohl auch relativ schnell gehen. Da greifen Leute immer auf etwas Naheliegendes zurück. Namen von Haustieren, Geburtstage von Verwandten – e-t-c."

„Und woher weißt du, dass er es ist?" bohrte Geraldine nach.

„Weil man E-Mail-Adressen nachverfolgen kann. Was diese Leute nämlich meistens nicht machen, ist die Daten zu verschleiern, die hinter der Adresse liegen."

„Weil sie dumm sind?"

„Weil sie keinen Ärger wollen." erklärte Imran, „die Adresse selbst dient dem Verbrechen. Und ist dementsprechend für die bestimmt, die mit dem Verbrechen in Zusammenhang stehen. Die Daten dahinter dienen dem Betreiber des Accounts. Und der würde Alarm schlagen, wenn er den Eindruck hat, dass da etwas nicht stimmt. Ganz abgesehen davon, dass man sich heutzutage verifizieren muss. Wenn er also nicht zufällig einen gefälschten Ausweis griffbereit hatte..."

„Eher nicht, schätze ich mal." Annie kicherte leise, war damit aber die Einzige. Vor allem Geraldine war hoch konzentriert:

„Er hat also die Adresse angelegt."

„Das weißt du wie?" hinderte Z Imran zunächst am Weitersprechen und so schlug dieser einen Bogen:

„Ich bin ein Ermittler. Nicht bei der Polizei, aber ich habe Rechte. Wenn ich nachweisen kann, dass eine E-Mail-Adresse mit einem meiner Fälle zu tun hat, kann ich sie überprüfen lassen."

„Aber das hättest du doch sowieso gekonnt." wandte Annie ein, „auch damals schon. Dafür musstest du doch nicht auf das mit der Kirche kommen."

Imran schüttelte den Kopf: „So einfach ist es nun auch wieder nicht. Ich habe die E-Mails schließlich nicht vorliegen. Nur die Adresse genannt bekommen. Hätten wir von eurer Filmfreundin Ausdrucke bekommen, wäre das gegangen. Dann hätte ich sie zeigen können – schwarz auf weiß. So aber hatte ich die Adresse nur mündlich und keinen Beweis für den Zusammenhang."

„Doch, natürlich." widersprach Geraldine, „ihre Aussage."

„Die sie vor der Polizei nicht wiederholt hätte. Das war eure Abmachung: kein Ärger für sie. Nein, die Polizei – denn über die laufen solche Anfragen – braucht etwas Handfestes. Etwas, womit ich belegen kann, dass ich die Adresse wirklich aus gutem Grund überprüfe. Es könnte schließlich auch mein Nachbar sein und ich nur hinter seinen Gehaltsdaten her."

Geraldine hob die Hände: „Ist ja richtig, dass sie da vorsichtig sind."

„Der Rückschluss auf die Kirche hat mir diesen Grund geliefert." fuhr Imran fort, „denn: Ihr steht im Zusammenhang mit der Kirche. Habt mit ihnen ein großes Geschäft... Entschuldigung... ein Projekt mit großem finanziellem Einsatz abgewickelt. Ein hoher Vertreter dieser Kirche war einer eurer engsten Vertrauten. Zudem einer von denen, die Zugang zu euren Aufnahmen hatten. Und dessen Aufnahme selbst nicht veröffentlicht wurde. Das ist natürlich immer noch alles ziemlich wackelig, aber wenn man eine gute Verbindung zum BKA hat, trotzdem durchaus ausreichend. Ich habe die Daten bekommen und... es stimmt. Er hat das Konto eingerichtet. Also ist auch davon auszugehen, dass er dahintersteckt."

„Dafür hast du keinen Beweis." zeigte Z sich weiterhin kritisch.

„Nein. Seine E-Mails darf ich nicht lesen. Aber wenn er es nicht war, hieße das, dass sich jemand anders Zugang zu euren Aufnahmen und zu seiner neuen Adresse beschafft hat. Die er just an dem Tag eingerichtet hat, als das erste E-Mail an Patrizia rausging."

„Gut." Z biss sich auf die Lippen, „das ist abwegig."

„Eben."

Annie fuhr sich über die Haare: „Und was machst du jetzt damit?"

„Das ist eure Entscheidung." erwiderte Imran, „er war mal euer Freund."

„Das ist er jetzt definitiv nicht mehr. Von seiner Seite aus, meine ich."

Z nickte nachdenklich: „Sollen wir ihn anzeigen?"

„Wie gesagt: eure Entscheidung." Imran sah sie ernst an – und sie genauso ernst zurück:

„Was schlägst du denn vor?"

„Dass ihr mich nach dem Motiv fragt." lautete seine Antwort, die zunächst jedoch dafür sorgte, dass sich Annie lautstark in eigene Vermutungen verstieg:

„Rache. Wut. Enttäuschung. Missgunst. Habe ich was vergessen?" Sie blickte Geraldine an, die die Achseln zuckte – dann Z, der den Kopf schüttelte – dann Imran, der es aussprach:

„Zentrum."

„Zentrum?" Annie blinzelte verwirrt, „das passt nicht in diese Reihe. Das passt überhaupt nicht... oh."

„Oh?" ahmte Z sie nach, „ich habe kein ‚oh'."

„Ebenso." schloss sich Geraldine an – und sofort schweifte Z ab:

„Ebensoh?"

„Haha."

„Er wollte das Zentrum kaufen." klärte Annie die beiden auf – worauf Imran ansetzte, etwas zu sagen, aber nicht durchkam, da Geraldine schneller war:

„Wollte er?"

„Nicht ‚wollte' im Sinne von ‚Vorhaben, von dem er uns erzählt hat'." fuhr Annie fort, Imran ebenfalls nicht beachtend, „sondern im Sinne von ‚Gedanke, den er sich gemacht hat'. Wir waren raus. Die Arbeit kaputt. Er sauer. Also hat er sich überlegt, selbst was aufzuziehen."

Z war allerdings skeptisch: „Reine Spekulation."

„Mag sein. Aber eine sehr logische. Er hat uns das dermaßen vorgehalten: ‚Das war so eine gute Sache für die Menschen' – ‚Ich habe so sehr gehofft, dass daraus was wird' – ‚Das wäre so gut fürs Image der Kirche gewesen und ihr habt es versaut' – und so weiter. Was liegt da näher, als dass er die Sache und das Image retten wollte? Ohne uns. Und dafür brauchte er Geld.

Mensch... er hat die Aufnahmen gar nicht verkauft, um uns eins auszuwischen. Er wollte nur den Kauf finanzieren."

„Na – ich denke mal, dass er da zwei Fliegen mit einer Klappe geschlagen hat." sinnierte Geraldine, „und das sicherlich nicht ungern. Er hätte auch einfach zur Bank gehen können. In seiner Position... oder einen der vielen, vielen anderen Wege beschreiten. Das hatte schon auch mit uns zu tun."

„So sehe ich das auch." ergriff Imran nun doch das Wort, „ganz richtig, Geraldine. Und – fast richtig, Annie."

„Fast?" wiederholte diese enttäuscht.

Imran lächelte sie an: „Du hast alles erkannt. Dir ist nur ein Punkt nicht bekannt. Es heißt nämlich nicht ,Er wollte', sondern ,Er hat'."

„Er hat? Verstehe ich nicht."

Geraldine verstand es – konnte es aber nicht glauben: „Er hat... das Zentrum gekauft?"

„Ja." bestätigte Imran – und sie ging direkt dagegen:

„Aber... wir wissen doch, wer das Zentrum gekauft hat. Dieser Mann."

„Der zu einer Vereinigung gehört. Die zur Katholischen Kirche gehört."

„Das stimmt. Aber das muss doch nicht zwangsläufig heißen, dass Miguel..."

Imran brachte sie mit einer Handbewegung zum Verstummen: „Ich sag's euch einfach: Diese Organisation ist ganz legitim. Der Mann, den ihr getroffen habt, war wahrscheinlich der Gründer. Er hat zunächst in Osteuropa etwas aufgebaut, was dort sehr gut läuft. Allerdings heißt das natürlich nicht, dass er damit reich wird. Er wollte schon auch hier nach Deutschland. Weil er die Not vor Ort sieht. Aber er hätte das nie alleine stemmen können. Also ist Miguel an ihn herangetreten. Hat ihm gesagt, dass er sowohl die finanziellen Mittel als auch die Örtlichkeiten zur Verfügung stellen kann."

„Aber das hieße ja, dass er etwas Gutes damit bezweckt hat." wandte Annie ein, „denn wenn der Gründer schon nicht reich wird, wird Miguel es noch viel weniger."

„Falsch. Weil solche Einrichtungen hier anders funktionieren. In diesem Land werden sie vom Staat unterstützt. Und von den Krankenkassen – je nachdem, wie ihre Arbeit angelegt ist. Das ist ein weiterer Grund, weswegen die Organisation hierher wollte. Um das Geld, das sie hier für die Arbeit bekommt, in den anderen Ländern einsetzen zu können."

„Was sinnvoll ist." überlegte Z.

„Durchaus." stimmte Imran zu, „und nicht illegal oder sowas. Das hat alles seine Ordnung. Nur eben nicht bei Miguel. Er hat das Geld von eurer Erpressung als Kapital eingebracht, dadurch den Aufbau hier erst ermöglicht, und als Gegenleistung dafür sackt er einen Teil dessen ein, was das Zentrum abwirft. Denn nicht nur Staat und Kassen zahlen. Auch die Patienten selbst lassen etwas da. Auf Spendenbasis, natürlich. Aber wie ihr aus eigener Erfahrung wisst, kann das eine ganze Menge sein."

Annie ließ den Kopf hängen: „Also bereichert er sich dadurch."

„Er würde es wahrscheinlich damit rechtfertigen, dass er eine Menge hineininvestiert hat, was er jetzt wiederbekommt."

„Ja. Nur, dass das Geld, das er hineingesteckt hat, von Anfang an nicht seines war."

„Sondern unseres." setzte Geraldine hinzu, worauf Z den Finger hob: „Öh..."

„Stimmt nicht – stimmt. Aber ihr wisst, was ich meine."

„Schon."

„Wobei..." Geraldine kratzte sich am Kinn, „eigentlich... stimmt nicht – stimmt nicht. Ich meine: stimmt – stimmt. Ich meine..."

Z rollte mit den Augen: „Ja?"

„Wir haben unser Geld in das Zentrum gegeben. Alles. Das Erbe, den Erlös vom Verkauf. Alles."

„Das... stimmt... das..." Z runzelte die Stirn – erst nachdenklich, dann verärgert, „unfassbar."

Letzteres teilte Annie mit ihm: „Also hat er doppelt von uns kassiert: legal und illegal."

„Und stand daneben, als wir das erzählt haben und hat keine Wimper gezuckt... zucken lassen... zum Zucken..."

„Das wiederum stimmt nicht." unterbrach Annie Geraldines Suche nach der richtigen Formulierung, „als wir uns entschieden haben, das Geld dorthin zu geben, war Miguel nicht dabei."

„Hm, ja, okay."

„Er dürfte es schon hinterher gesehen haben." entgegnete Z, „je nachdem, wieviel Einblick er in die Finanzen hat. Aber wenn er mit dran beteiligt ist, dann..."

„...dürfte er sich zumindest im Nachhinein noch ins Fäustchen gelacht haben." vollendete Geraldine und nun war auch Annie wieder sauer: „Wahrscheinlich sieht er es als ‚Gerechtigkeit'."

„Und wie lautet jetzt die Frage?" Geraldine sah in die Runde, „es ist doch klar, was wir tun: Wir drehen ihm den Hahn ab."

Annie und Z nickten vehement, aber Imran hob eine Hand:

„Das ist nicht ganz so einfach."

„Weil?"

„Ihr dann auch dem Zentrum den Hahn abdreht."

„Wieso das?"

„Nun." Er räusperte sich, „es wurde mit illegalen Mitteln errichtet. Selbst wenn außer ihm niemand bestraft werden würde – und ich hoffe einfach mal, dass er genug Integrität besitzt, um nicht noch Unschuldige mit hineinzuziehen – würde der Staat dieses Geld einkassieren. Und gleichzeitig alle weiteren Fördermittel streichen. Dann ist der Laden dicht. Vielleicht nicht sofort – wenn ihr sagt, sie haben noch mehr von euch bekommen – aber bald. Und die gute Arbeit, die sie leisten, hört auf. Denn selbst wenn das nicht das ist, wofür sich Miguel interessiert, ist es ein nicht zu verachtender Nebeneffekt."

„Ich glaube nicht, dass er sich dafür gar nicht interessiert." brummte Geraldine, „auch hier haben wir das Zwei-Klappen-Prinzip. Er bekommt, was er will. Und etwas Gutes kommt auch noch dabei raus."

„Für das wir uns allerdings auch interessieren sollten." überlegte Z. Was Geraldine zu brachte, genervt zu nicken und Annie, ebenso genervt in die Hände zu klatschen:

„Also ist er nur zu 50% ein Arsch."

Imran klappte den Mund auf: „Annie?"

„Ist doch wahr."

„Und wir sind in der Zwickmühle." Geraldine seufzte laut.

„Wir können aber nicht gar nichts tun." fuhr Annie auf.

„Wir könnten seine Aufnahme veröffentlichen." Z schnaubte verächtlich, „dann sieht er mal, wie das ist. Und seiner Kirche würde das mit Sicherheit nicht gefallen. Wir sind Privatmenschen, er ist ein Mensch der Öffentlichkeit – oder wie auch immer man das nennt. Da ist das Image sehr, sehr wichtig. Und wenn dann rauskommt, dass seine Brüder allesamt Verbrecher waren und seine Schwester…"

„Z?" unterbrach ihn Annie vorsichtig.

„Ja?"

„Versteh mich nicht falsch. Ich mag die Idee. So rein… menschlich. Zumal das Zentrum damit fein raus wäre, denn auf die fiele es ja nicht zurück. Aber… wir sind nicht nur menschlich. Wir sind auch… göttlich. Wenn du verstehst, was ich meine."

Z zog eine Schnute: „Du meinst, wir sollten nicht auf dieses Niveau herabsinken."

„Genau das." Annie nickte – und Geraldine schloss sich ihr an:

„Das sehe ich leider genauso. Leider."

„Nun gut." Z seufzte, „dann… läuft es wohl wirklich auf ‚gar nichts' hinaus."

Geraldines Nicken wurde zu einem Kopfschütteln: „Ich denke, es gibt eine Möglichkeit: Direkt an ihn heranzugehen. Ihm zu sagen, was wir wissen. Ihm auch ein bisschen zu drohen, dass wir ihn auffliegen lassen. Und ihn und die Arbeit kaputtmachen. So tun, als wäre uns das egal. Als wäre uns unser Zorn wichtiger. Dann geben wir ihm die Chance, sich unter irgendeinem netten Vorwand, den er sich selbst ausdenken darf, aus der Sache zurückzuziehen. Ohne das Geld. Das kann er im Zentrum lassen. Und verschwinden. Auf Nimmerwiedersehen."

„Im Grunde erpressen wir ihn also zurück." fasste Z es zusammen und Geraldine verzog das Gesicht:

„Was für ein hartes Wort."

„Und doch so passend. Und eigentlich nicht wirklich besser als…"

„Hartes Wort hin oder her. Es ist ein Weg, das Gute zu retten und ihn trotzdem nicht davonkommen zu lassen. Und besser ist es schon. Denn: Dein Vorschlag würde beinhalten, ihn vor der ganzen Welt bloßzustellen. Mein Vorschlag beinhaltet nur die Drohung, das zu tun. Plus: Bei dir ginge es um etwas, was seine Geschwister getan haben – und was nur auf ihn abfärbt, wo er aber nichts dafürkann. Mir geht es um das, was er getan hat. Ganz bewusst und absichtlich und aktiv. Da kann er also sehr wohl was dafür. Und eigentlich wäre es sogar unsere Pflicht, ihn dafür anzuzeigen. Wir geben ihm aber die Möglichkeit, es unter uns zu regeln. Das ist im Grunde genau das Gegenteil von dem, was du wolltest."

Z nickte langsam: „Du hast mich überzeugt. Dass deine Idee besser ist als meine. Dass deine Idee wirklich gut ist, allerdings…"

„Denken wir darüber nach." schlug Annie vor und Geraldine nickte ebenfalls:

„Einverstanden."

Zs Nicken wurde heftiger: „Bin ich auch dafür. Und dann hätte ich gleich noch was zum drüber nachdenken. Was mir gerade so einfällt."

Die beiden Frauen sahen in an: „Nämlich?"

„Das Erbe."

„Äh…" Annie tippte sich an die Stirn, „das hatten wir doch geklärt. Vor gerade mal zwei Minuten. Zur allgemeinen Unzufriedenheit."

„Ja, nein, jein." winkte Z ab, „wir haben festgestellt, dass er es kriegt. Aber… es war ja keine Gesamtsumme. Es kommt monatlich. Und das könnten wir theoretisch stoppen."

„Praktisch auch." stimmte Geraldine sofort zu – Annie dagegen bremste ab: „Oder eben auch nicht. Je nachdem, was passiert, würde ich sagen."

„Das stimmt." schwenkte Geraldine um, „wenn er geht und das Zentrum bleibt, können wir es unterstützen. Mit wesentlich besserem Gewissen."

„Wie ist das mit dir?" wandte sich Z an Imran.

Dieser legte die Fingerspitzen aneinander: „Das ist keine laufende Ermittlung, bei der jemand auf Ergebnisse wartet. Ich kann stillhalten, bis ihr euch meldet."

Z nickte zufrieden: „Unser Management wird dein Management kontaktieren."

„Hä?"

„Das war Zs genialer One-Liner zum Abschluss." kicherte Annie, „da sollte nichts mehr kommen danach."

„Oh." Imran schlug sich gekünstelt auf den Mund, „Entschuldigung. Dann sag noch einen. Und ich bin still."

Z saß einen Moment da. Dann machte er ein brummiges Geräusch: „Jetzt fällt mir nichts mehr ein."

„Gekauft." grinste Annie und stand auf.

13

Die Augen der Welt waren auf den Vatikan gerichtet. Auf – oder besser gesagt: in – den großen Saal, in dem sich seit vielen 100 Jahren die führenden Köpfe der Katholischen Kirche zusammensetzten. In Echtzeit – dank der Fernsehübertragung. Es war das erste Mal überhaupt, dass ein Filmteam, das nicht direkt dem Vatikan selbst unterstand, dort filmen durfte. Weil er dort war – Jesus. Zusammen mit den führenden Köpfen. Die allesamt das ungute Gefühl hatten, dass ihnen genau diese Position streitig gemacht werden würde. Und die wussten, dass es genau dieses Gefühl – diese Einstellung – war, die dabei das hauptsächliche Argument darstellte.

Das Gespräch begann freundlich genug. Mit ein wenig Geplänkel. Auch daher rührend, dass der Papst höchstpersönlich eine lange Liste mit den bisherigen Taten Jesu erstellt hatte und diese – gekonnt professionell – abarbeitete und ihm für jeden einzelnen Punkt seinen Dank aussprach. Jesus nickte und lächelte. Hob ab und zu abwehrend die Hände und neigte schließlich – als sein Gegenüber geendet hatte – demütig den Kopf und verkündete, er sei gekommen, um zu dienen. Das nahmen sie alle mit Wohlwollen auf. Und hofften für einen kurzen Moment, dass doch alles gut werden würde.

Aber dieser Moment ging schnell vorbei. Auch, wenn sie es zunächst nicht merkten. Denn das Erste, was Jesus danach sagte, war eine Zahl. Eine hohe Zahl. Die sich schlecht merken ließ. Und die für keinen von ihnen in einem Zusammenhang stand. Er blickte fragend in die Runde. Und sie blickten fragend zurück.

„Ihr wisst nicht, was das bedeutet?" fragte er schließlich.

„Nein, Sohn Gottes." antworteten sie, „sag es uns."

„Das ist die Anzahl derer, die zu eurer Kirche gehören. Ihr habt mir gedankt für meine Taten. Nun erwidere ich dies. Ich danke euch – für diese Menschen. Die sich trotz allem, was in der Welt geschieht, zu euch rechnen. Trotz allem, was ihr ihnen aufgebürdet habt. Trotz aller Sünden, die ihr begangen habt. Die offen gelegten. Und die vertuschten. Ihr seid gut im Vertuschen. Auch, was Zahlen angeht. Ich will euch eine weitere Zahl nennen."

Die Anwesenden wechselten unbehagliche Blicke. Diese Zahl war im Zusammenhang mit der vorherigen ziemlich eindeutig – und eigentlich für sie positiv. Doch sie alle hatten den Eindruck, dass es dennoch nicht auf etwas Positives hinauslaufen würde:

„Das ist die Anzahl derer, die vor 100 Jahren zu eurer Kirche gehörten. Klingt weniger gut. Aber: Heißt das, dass ihr gute Arbeit geleistet habt? Noch zwei Zahlen."

Ein kalter Schauer lief den Anwesenden über den Rücken, als er sie nannte. Keiner von ihnen wusste es genau. Aber sie hatten eine Ahnung. Die ihre Vorahnung zu bestätigen schien:

„Das ist die Weltbevölkerung. Vor 100 Jahren und heute. Ihr merkt den Unterschied? Könntet ihr ihn ausrechnen? Ich könnte das. Aber das überlasse ich euch mal selbst. Für hinterher, nicht jetzt. Im Grunde ist das Zahlenwerk auch nicht wichtig. Was wichtig ist, ist die Tendenz, die sich daraus abzeichnet. Die Explosion, die es beim Anwachsen der Menschheit gegeben hat im vergangenen Jahrhundert. Die bis heute anhält. Und die sich in euren Mitgliederzahlen in keiner Weise widerspiegelt. Wenn man es gegeneinanderstellt, ist da nicht nur kein Wachstum – es ist ein Rückgang. Ein ganz gewaltiger. Darum geht es mir. Ich danke euch für die, die noch da sind. Und das tue ich aufrichtig und ohne Hintergedanken. Aber für die, die abhandengekommen sind und die, die nicht hinzugekommen sind, kann ich euch nicht danken. Dafür müsste ich euch bestrafen. Doch das ist nicht meine Aufgabe. Ich bin gekommen, zu dienen. Richten wird euch mein Vater. Es ist seine Entscheidung. Und er wird sie euch mitteilen, wenn es soweit ist. Bleiben wir noch einen Moment bei Zahlen. Wisst ihr, wie viele Frauen in den letzten 40 Jahren uneheliche Kinder von euren Priestern geboren haben? Wisst ihr, wie viele minderjährige Jungen und Mädchen im selben Zeitraum seelische Störungen durch eure Priester davongetragen haben? Wisst ihr, wie hoch der Prozentsatz derer ist, die in dieser Zeit aus eurer Kirche ausgetreten sind, weil ihnen die Augen geöffnet wurden und sie gemerkt haben, dass das, was ihr predigt, nicht das ist, was ihr von meinem Vater aus predigen sollt? Wisst ihr, wie viele von ihnen hinterher nie wieder eine Kirche betreten haben? Ich weiß es. Ich kann euch die Zahlen nennen. Aber was würde das bringen? Auch hier gilt: Es sind nicht die Zahlen, die wichtig sind. Es sind die Schicksale. Jeden einzelnen von ihnen will ich anrühren. Werde ich anrühren. Werde das tun, was ihr nicht zu tun im Stande wart. Ihr, die ihr von meinem Vater berufen und eingesetzt wurdet, um ihn den Menschen näher zu bringen. Und sie ihm. Ihr habt versagt. Alle. Überall. Wie viele eurer Gläubigen gehen sonntags gerne in den Gottesdienst? Und wie viele tun es aus Angst oder Tradition? Wie viele halten sich wirklich an meine Gebote? Und wie viele machen, was sie wollen, weil sie es hinterher nur vor euch ausbreiten müssen, um eine Standardvergebung zu erhalten? Ich kann Vergebung geben. Ihr nicht. Ihr könnt sie bei mir für diese Menschen einfordern. Aber tut ihr das? Ihr sagt ein Sprüchlein auf. Dem ich schon lange nicht mehr zuhöre. Ich kann euch hierzu keine Zahlen sagen. Weil ich noch nicht in das Herz jedes einzelnen Menschen geschaut habe. Aber ich habe schon in viele Herzen geschaut. Und ich kann euch eines sagen: Die Zahl, die ich am Anfang genannt habe, mag die Zahl eurer Mitglieder sein. Aber es ist nicht die Zahl der durch euch Erretteten. Viele davon sind verloren. Und wissen es nicht einmal. Weil ihr sie in falscher Sicherheit wiegt. Weil ihr ihnen falsche Gewichtungen gebt. Ihnen Regeln zu befolgen gebt, wo Umdenken stattfinden müsste. Ich habe euch etwas mitgebracht."

Einer seiner Jünger reichte ihm eine gepolsterte Tasche, aus der er zwei dicke Steintafeln herauszog und krachend auf den Tisch legte:

„Wisst ihr, was das ist?"

Gemurmel brach aus.

„Ihr könnt es lesen. Bitte."

Der Papst selbst setzte seine Brille auf und begutachtete die Tafeln: „Das sind die 10 Gebote."

Jesus nickte: „Die Echten. Die Originale. Mein Vater hat sie aufbewahren lassen. An einem sicheren Ort. Bewacht von seinen Engeln. Ich habe sie geholt. Weil ich wusste, dass sie meinen Punkt verdeutlichen können. Das ist das Gesetz, das mein Vater den Menschen gab. 10 Gebote. Ich selbst habe die Anzahl geringfügig erhöht. Dazu gibt es keine Tafeln. Weil ich dabei unter euch war und zu euch gesprochen habe. Es wurde aufgeschrieben. Und jeder von euch könnte es auswendig hersagen. Inklusive der Kapitel und Verse, in denen es steht. Ihr braucht das jetzt nicht zu tun. Das bringt uns nicht voran. Denn der Punkt ist ein anderer. Meine Frage ist eine andere: Wo steht hier etwas von Beichte? Wo steht hier etwas von

Rosenkränzen? Wo steht hier, dass ihr meine menschliche Mutter oder meine Jünger oder meine Apostel verehren sollt wie mich oder meinen Vater? Wo steht hier, dass ihr das Geld, das euch die Menschen geben, in große Bauwerke mit goldenen Verzierungen stecken sollt, anstatt den Armen davon zu essen zu geben? Wo steht, dass ihr euren Priestern ein Gelübde der Enthaltsamkeit abnehmen sollt, das sie niemals im Stande sind, zu halten? Hier steht ‚Du sollst nicht ehebrechen‘. Ihr habt ihnen ein Gebot gegeben, das sie mein Gebot hat brechen lassen. Wo steht, dass ihr euch in Zeiten der Not auf die Seite der Radikalen, Menschenfeindlichen stellen sollt? Ihr habt ihnen geholfen, meine Gebote zu brechen. Vielfach. Warum? Erklärt mir das."

Stille.

„Ihr könnt es nicht. Das dachte ich mir. Leider bin ich noch nicht fertig. Schaut euch die Gebote nochmal an. Steht hier etwas davon, dass ihr die Menschen richten sollt? Gibt es nicht – ganz im Gegenteil – mehrere Stellen, an denen es heißt, dass nur mein Vater die Menschen richten wird? War es an euch, krude Behauptungen über Frauen mit roten Haaren auszusprechen? Sie zu verbrennen oder mit Steinen an den Füssen in den Fluss zu werfen? Sie Prüfungen zu unterziehen, die so verdreht waren, dass sie nur verlieren konnten? Wurdet ihr beauftragt, ein Folterinstrument nach dem anderen zu entwickeln und bauen zu lassen? Um Geister auszutreiben, die genauso in euch selbst wohnen? Vielleicht wurdet ihr beauftragt. Aber nicht durch meinen Vater oder mich und nicht durch unsere Gebote. Ihr wurdet beauftragt durch den, der gegen uns steht. Er hat sich eurer bemächtigt. Nicht erst jetzt. Schon ganz am Anfang. Er hat in eure Herzen gesehen und etwas entdeckt, das er ausnutzen konnte. Einen dunklen Fleck: Die Gier nach Macht. Denn ihr hattet eine Erkenntnis, die seitdem von Generation zu Generation weitergereicht wird: Wer behauptet, im Namen meines Vaters zu handeln, kann alles tun. Weil er als Mensch widerlegt werden kann. Als Bote Gottes nicht. Ihr habt euch die Menschen Untertan gemacht – ihnen Befehle erteilt – mit der Begründung, selbst von meinem Vater Befehle zu erhalten. Was niemals der Fall war. Ihr habt ihnen eigene Gebote übergestülpt, als wären sie die meinen und ihnen Angst gemacht, was passiert, wenn sie sich nicht daran halten. Eure Gläubigen halten sich an eure Gebote. Aber leider nicht an meine. ‚Macht euch keine anderen

Götter.' Ihr selbst seid zu ihrem Gott geworden. Und habt dabei so viele Gebote gebrochen, dass ihr sie sogar noch übertrefft. Es ist nichts Gutes in dem, was ihr tut. Weil ihr es nicht für meinen Vater tut. Ihr tut es für euch selbst. Und damit schadet es euch und ihnen. Damit muss Schluss sein. Deswegen bin ich hier. Ich will die Menschen retten. Und ihr vereitelt das. Obwohl ihr den Auftrag habt, mir dabei zu helfen. Ihr könnt das wieder tun. Ich weiß nicht, welches Gericht mein Vater über die einzelnen von euch sprechen wird. Ich weiß nur, dass ich euch Gnade angedeihen lassen will, solange ich unter euch bin. Ein jeder kann umkehren – auch vom dunkelsten Weg. Aber Umkehr ist immer auch mit Veränderung verbunden. In eurem Fall ist das einfach. Wir haben das Gefüge ‚Macht versus Glaube'. Der Glaube ist für euch. Die Macht ist es nicht. Nur mein Vater hat die Macht. Und er hat sie mir übertragen. Ihr fragt euch: Wie kommt das? Was macht er hier? In der Bibel steht etwas anderes dazu. Das ist richtig. Und ich denke, es ist an der Zeit, dass ich dazu etwas sage. Nicht nur zu euch. Zu allen Menschen." Er drehte sich, bis er die Kamera gefunden hatte und sprach dann direkt hinein: „Kinder meines Vaters. Ihr habt die Schrift studiert. Viele von euch glauben daran. Und ich weiß, dass die Tatsache, dass sich nun etwas verändert hat – etwas nicht so geschieht, wie es dort steht – alles in Zweifel zieht, was dort sonst steht. Aber die Schrift hat zwei Teile. Nicht das Alte und das Neue Testament. Das dient nur der Chronologie. Nein. Es ist die Vergangenheit und die Zukunft, die sich unterscheidet. Alles, was in der Schrift steht, dass es passiert ist, ist auch passiert. Adam, Abraham, Mose, David, Jesaja – sie alle haben gelebt und getan, was aufgeschrieben ist. Genau wie ich nach ihnen. Und genau wie Paulus und Silas nach mir. Das ist die Wahrheit. Es sind Fakten und Tatsachen. Ihr könnt es glauben – bis auf den letzten Punkt. Aber es gibt auch Stellen, die sich auf die Zukunft beziehen. Stellen, die euch zeigen sollten, was der Plan meines Vaters mit euch und dieser Erde ist. Das ist es, womit wir uns beschäftigen müssen. Das ist es, was im Fluss ist. Mein Vater hat eine Flut geschickt. Doch als er alles sterben sah, reute es ihn. Und er hat sich entschieden, das nie wieder zu tun. Er hat sich entschieden, Veränderung zu erwirken. Die beständig ist. Aufgrund dessen, was er gesehen und dabei gefühlt hat. So ist es jetzt auch. Als er Johannes damals Visionen gab, hatte er eine feste Ordnung. Doch das, was seitdem passiert ist, hat in ihm etwas ausgelöst. Den Drang, einen weiteren Neuanfang zu ermöglichen. Es hätte einfach nur noch das Ende kommen sollen. Doch wie viele würden verloren gehen, würde das Ende jetzt kommen. Wie wenige würden zu meinem Vater – zu uns – in das ewige Reich einziehen. Das will er nicht. Das wollen wir beide nicht. Deswegen sind wir diesen Schritt gegangen. Nehmen in Kauf, dass einige von euch zweifeln. An der Richtigkeit. An der Wahrheit. Ich bin hier. Ich kann eure Zweifel ausräumen. Ich schwebe nicht über euch. Ich kann zu jedem von euch kommen. Nicht geistig oder geistlich. Sondern körperlich. Das, was wir tun, tun wir für euch. Weil wir jeden einzelnen von euch retten wollen. Viel zu viele sind schon verloren gegangen. Diesem Trend müssen wir entgegenwirken. Es zu beenden, wäre leicht. Aber nicht gut. Wir haben den Weg verändert, der vor so langer Zeit vorgezeichnet wurde. Aber es musste sein. Wegen euch." Er seufzte tief und wandte sich dann wieder dem Papst zu: „Auch ihr könnt noch gerettet werden. Auch ihr könnt noch eure Bestimmung erreichen. Den Beitrag leisten, den ihr die ganze Zeit über hättet leisten sollen. Ihr werdet eure Macht verlieren. Alle. Eure Kirche und auch alle anderen Kirchen werden ab jetzt nur noch ein Oberhaupt haben – mich. Ihr werdet euren Einfluss verlieren. Alle eure Regeln werden abgeschafft. Es gilt nur noch das Gebot meines Vaters. Mein Gebot. Aber wenn ihr euren Glauben nicht verliert, dann könnt ihr mit mir gehen. Jeder einzelne von euch. Werdet meine Jünger. Verkündet meinen Namen. Und meine Botschaft. Die Botschaft meines Vaters. ‚Gehet hin und predigt ihnen das Evangelium.‘ Das war euer Auftrag. Das ist euer Auftrag. Füllt ihn aus. Ihr braucht jetzt nicht zu entscheiden. Es war viel und das muss verarbeitet werden. Wisst euch von euren Aufgaben hiermit entbunden. Aber wisst auch, dass ihr neue Aufgaben übernehmen könnt. Ich bin bereit, euch zu senden. Kommt zu mir, wenn ihr auch bereit seid."

Die Papst saß da, wie erstarrt. Und schaffte es trotzdem noch, eine Frage hervorzukrächzen: „Was ist mit der Kirche?"

„Die Kirche wird bleiben, wie sie ist. Kein Gebäude wird eingerissen, kein Priester abgesetzt. Sie werden predigen – Sonntag für Sonntag. Und sie werden den Menschen beistehen – an allen anderen Tagen. Aber sie werden das nach meinen Geboten tun, nicht nach euren. Sie werden den richtigen Weg gehen und die richtige Botschaft verkünden. Sie werden umdenken müssen – auf jeden Fall. Aber auch sie müssen sich nicht mehr an das halten, was ihr ihnen auferlegt habt. Ihr selbst genauso wenig. Paulus hatte die Kraft der Enthaltsamkeit. Von euch hat sie kein einziger. Beißt euch nicht daran fest. Seht es als Befreiung. Aus den Ketten, die ihr selbst geschmiedet habt. Und dann geht hin mit einem ganz neuen Lebensgefühl. Und gebt den Menschen dieses Gefühl weiter. Meine Botschaft ist gut. Mein Weg ist gut. Besser als der eure. Im Namen meines Vaters – Amen."

14

Geraldine blickte griesgrämig drein.
„Das war doch gut." versuchte Z, sie aufzumuntern.
Was allerdings nichts änderte. Und Annies
„Hattest du es denn leise probiert?" war auch nicht hilfreich dabei. Im Gegenteil:
„Nee. Wir hatten das gesagt, erstmal so und dann als nächster Schritt..."
„Nur eine Frage." winkte Annie hastig ab, sich bewusst werdend, dass eine weitere Verfolgung dieses Themas kontraproduktiv war. Z nahm das dankbar an und steuerte weiter in die Gegenrichtung:
„Und ich wiederhole: Das war gut."
Geraldine rümpfte die Nase: „Nicht so gut wie du."
„Wie lange habe ich gebraucht? Und wie lange du?"
„Schon okay." Sie wandte sich ab, doch Z war entschlossen, sie weiter aufzubauen:
„Und das mit der Diskretion hat sie auch verstanden."
„Zumindest hat sie das gesagt. Im Delirium."
„Sie war nicht wirklich im Delirium. Nur..."
„...verwirrt." unterbrach Geraldine, „das ist Delirium. Wenn wir länger gewartet hätten..."
„Es ist wichtig, schnell wegzukommen." merkte Annie vorsichtig an.
Geraldine nickte genervt: „Das weiß ich doch. Aber es gefällt mir nicht."
„Wenn Annie sich beim nächsten Mal genauso gut schlägt, können wir umstellen." Z schenkte beiden Frauen ein ermutigendes Lächeln, aber nun sackte auch Annie in sich zusammen:
„Kein Druck also."

Was interessanterweise bewirkte, dass Geraldine ihre negative Haltung aufgab: „Wir haben noch Gott."

„Ja. Und?"

„Er wird dich bereit machen." war sie es nun, die zu ermutigen versuchte, „genau wie mich. Und er wird uns außerdem zeigen, wenn es soweit ist."

„Und wie?" Annie blickte weiterhin bedrückt drein.

„Na. Wenn einer von uns eine Vision kriegt – als einziger – dann ist es soweit."

„Leider wahr."

Z sah zwischen den beiden Frauen hin und her. In der Hoffnung, ein Abschlusswort zu finden, das ihnen beiden wieder Mut gab. Aber ihm fiel nichts ein. Und so schwieg er – und konzentrierte seine Hoffnung stattdessen darauf, dass der Mut von alleine kam. Oder eben durch Gott.

15

Imran blickte die Einfahrt hinauf, die zum Zentrum führte: „Seid ihr sicher, dass ihr es selbst versuchen wollt?"

„Ja." gab Geraldine zurück, „er mag uns nicht mehr mögen. Aber wenn wir jemand Offizielles anschleppen, wird es eher schwerer als leichter."

„Wie ihr meint. Ich warte hier draußen." Imran deutete auf einen Baum ein wenig die Straße hinunter und die drei Freunde gingen ohne ihn weiter.

„Krass, dass er in dem Ding sogar wohnt." Annie schüttelte in wenig ungläubig den Kopf.

„Und wir es nicht bemerkt haben." setzte Geraldine hinzu.

Z jedoch fand das alles andere als überraschend: „Wart ihr nochmal hier, seit...?"

Die beiden Frauen schüttelten die Köpfe:

„Nein."

„Auch nicht."

„Seht ihr." Z nickte zu seiner eigenen Bestätigung.

„Trotzdem." schnaubte Annie, „dreist."

Sie hatten das ehemalige Wohngebäude erreicht, stellten bei einem Blick auf die Haustür allerdings fest, dass es inzwischen eine andere Funktion zu haben schien, denn es gab keine Klingeln mehr. So wandten sie sich dem ehemaligen Arbeitsgebäude zu.

„Er hat wahrscheinlich genau darauf spekuliert." überlegte Geraldine.

Annie runzelte die Stirn: „Aber wenn wir hätten sehen wollen, wo unser Geld hinfließt?"

„Ist die Frage, ob er das überhaupt weiß."

„Stimmt." Am Arbeitsgebäude gab es eine Klingel und Annie deutete darauf: „Dann drück mal."

„Als ob du..." brummelte Geraldine, klingelte jedoch wirklich und schon wenig später ging die Tür auf. Eine Frau stand dahinter:

„Ja?"

„Wir möchten zu Miguel, bitte." erklärte Geraldine freundlich und sie machte eine einladende Handbewegung:

„Natürlich. Folgt mir."

„Das war einfach." raunte Annie den anderen zu.

„Warum sollte es nicht sein?" flüsterte Geraldine zurück, „sie weiß ja nicht, um was es geht."

„Stimmt."

Die Frau stieß eine Tür auf: „Miguel? Besuch für..."

„Ihr." Miguel schrak bei ihrem Anblick sichtlich zusammen. Was in Geraldine eine Woge der Genugtuung aufbranden ließ:

„Wir."

„Dürfen wir reinkommen?" säuselte Annie zuckersüß, „wir haben uns so lange nicht gesehen."

„Ja. Natürlich." Miguel wedelte unschlüssig mit den Armen herum, „würden Sie...?"

Die Frau, die sie hereingebracht hatte, brauchte einen Moment, bis sie sich angesprochen fühlte. Zu seltsam erschien ihr die sich bietende Situation. Dann begriff sie und nickte: „Aber klar." Sie verschwand und schloss die Tür.

Miguel atmete einige Male tief durch – und setzte dann ein gequältes Lächeln auf: „Ihr habt also mitbekommen, dass ich mich hier als Unterstützer betätige."

„Oh, ja." bestätigte Annie laut, „in jeglicher Hinsicht."

„Soll heißen?"

„Finanziell, zum Bespiel?"

Miguel machte auf Geraldine den Eindruck, als wolle er das abstreiten. Weswegen sie beschloss, ihm gleich den Wind aus den Segeln zu nehmen: „Bitte – keinen Tanz um den kochenden Kessel. Wir wissen, dass du die Aufnahmen veröffentlicht hast. Und damit das hier finanzierst."

Ein leichtes Lächeln huschte über Miguels Gesicht: „Könnt ihr das beweisen?"

„Ja." antwortete Z und das Lächeln verwand:

„So?"

„Hättest du nicht gedacht, was?" Nun war es Annie, die lächelte. Doch Miguel hatte sich inzwischen wieder komplett gefangen:

„Nicht wirklich, nein. Und was wollt ihr nun?"

„Diese Arbeit hier ist gut für die Menschen. Sie sollte nicht unter deinem Fehltritt leiden."

„So wie eure Arbeit unter euren Fehltritten gelitten hat?" erwiderte er schroff. Brachte die Freunde damit aber nicht aus der Fassung:

„Wir haben unsere Strafe bekommen." erinnerte Geraldine ihn, „von Gott höchstpersönlich. Und Vergebung ebenfalls."

„Und die bekomme ich nicht?"

Annie zuckte mit den Schultern: „Wenn du darum bittest – gerne."

„Wirklich?" Miguel zog ungläubig die Brauen hoch.

„Wirklich."

„Wir wollen alle, dass das ein gutes Ende findet." schloss sich Geraldine Annie an, „dafür springe ich gerne mal über meinen Schatten. Nur müsstest du damit anfangen."

Miguel verzog das Gesicht: „Was ich nicht tun werde. Ich will eure Vergebung nicht. Weil ihr es nicht wert seid, dass ich von euch Vergebung bräuchte."

„Na danke." zischte Annie verärgert.

Miguel ging darüber hinweg: „Ihr habt meine Frage nicht beantwortet."

Geraldine stemmte die Arme in die Hüften: „Wir machen hier das Licht aus. Mit viel Tamtam und großem Trara."

„Äh..." versuchte Z, dazwischenzugehen, aber Geraldine wehrte ihn ab: „Lass mich doch. Wir zeigen dich an. So öffentlich, wie es nur geht. Dann ist hier Ende Gelände."

„Und die Alternative?" erkundigte sich Miguel leicht spöttisch.

„Du gehst von selbst. Einfach so. In den Ruhestand. Suchst dir eine nette Wohnung. Oder kehrst zurück in den Vatikan. Wir sagen kein Wort. Und hier geht alles weiter wie gehabt."

Der Spott wurde deutlicher: „Das glaube ich euch nicht."

Geraldine legte die Stirn in Falten: „Was?"

„Dass ihr das tun würdet."

„Du denkst nicht, dass uns das hier wert genug ist, dass wir dich gehen lassen?" Annie wippte erstaunt mit dem Kopf – musste allerdings feststellen, dass sie ihn falsch verstanden hatte:

„Nein. Das andere meine ich. Ich glaube nicht, dass ihr diese Arbeit aufs Spiel setzen würdet. Gerade weil ich denke, dass sie euch sehr viel wert ist. Ihr würdet mich niemals anzeigen."

„Sicher?" Geraldines Augen verengten sich – doch er hielt dem Blick stand: „Sicher."

„Dann wirst du schon sehen, was du davon hast." Geraldine machte auf dem Absatz kehrt und die anderen beiden folgten ihr nach draußen.

16

Wo sie erst einmal tief durchatmeten. Und sich dann direkt in die Diskussion stürzten:

„Wir machen das nicht, oder?" begann Z, „nicht ernsthaft."

„Es war ein Bluff." Geraldine seufzte leise, „und wir haben verloren."

Annie fuhr sich wütend durch die Haare: „Das kann nicht sein. Wir können ihn nicht einfach davonkommen lassen."

„Vielleicht müssen wir das nicht." Auf Zs Gesicht erschien ein freudiges Leuchten – das Geraldine neugierig werden ließ:

„Du hast eine andere Idee?"

„Ja."

„Her damit." forderte sie, „sofort."

Z grinste breit: „Wir lassen das seine Leute erledigen."

„Seine Leute?" wiederholte Annie verwirrt.

„Die Kirche."

„Wie das?"

„Ich komme nochmal auf meine ursprüngliche Idee zurück. Nicht auf die Aufnahmen – keine Angst. Wobei wir ihm das theoretisch gerade auch hätten sagen können. So als Eskalationsstufe, quasi. ‚Du willst wissen, was wir nicht tun? Das! Aber was wir stattdessen tun…' Das wäre eigentlich ideal… und ist nun egal. Hätte wahrscheinlich trotzdem nichts gebracht."

„Aber du kommst noch zum Punkt?" erkundigte sich Geraldine vorsichtig.

„Tue ich. Direkt. Der Punkt ist: Mein Aufhänger war der Ruf. Den er zu verlieren hat. Innerhalb seiner Kirche. Und damit verbunden der Ruf, den die Kirche selbst zu verlieren hat. Durch ihn. Im Grunde hat Miguel uns genau das ja sogar unter die Nase gerieben – nur halt auf uns bezogen. Die Kirche ist da empfindlich. Was heißt: Jedes Mal, wenn etwas geschieht, was nicht geschehen sollte, stehen sie vor der Frage: Wie gehen wir damit um? Lassen wir die Wahrheit ans Licht kommen? Dann leidet der Ruf. Oder vertuschen wir es einfach? Sorgen dafür, dass alle Beteiligten irgendwie glücklich werden. Schaffen Lösungen, mit denen jeder leben kann. Geld. Geschenke. Was auch immer."

„Sie entscheiden sich im Normalfall für letzteres." stellte Geraldine trocken fest.

„Tja… das ist auch mein Vorurteil. An dem aber aller Wahrscheinlichkeit nach eine Menge dran ist. Auf jeden Fall steht die Kirche momentan nicht sonderlich gut da. Einfach weil das mit dem unter den Teppich kehren nicht so gut klappt, wie sie es gerne hätten. Und zudem die Wahrheit oft im Getuschel untergeht. Deswegen bin ich da auch vorsichtig: Unter Umständen ist nur ein Bruchteil dessen, was man hört, wirklich wahr. Aber man hört es eben. Und das sorgt dafür, dass alles, was wahr ist, erst recht geheim bleiben muss. Weil es fördert. In die falsche Richtung."

„Du meinst also, sie…" Geraldine zögerte, „was?"

Z antwortete nicht. Sondern deutete auf Imran, der ihnen entgegenkam und sie fast erreicht hatte. Es dauerte nur eine Minute, ihn aufzuklären und inhaltlich an den Punkt zu bringen, an dem sie sich gerade befanden. Und kaum eine Sekunde, bis er genau die Antwort gab, auf die Z spekuliert hatte:

„Ich kenne niemanden im Vatikan. Aber ich kann rausfinden, wer für solche Angelegenheiten zuständig ist."

„Prima." Z rieb sich die Hände, „und da kannst du dann ganz offiziell Anzeige erstatten. Alles vorlegen – alle Beweise. Keine Erpressung, kein Gemauschel, kein ‚Wenn ihr, dann wir oder auch nicht.‘ Sondern einfach offen und ehrlich sein."

Imran nickte: „Und dann darauf hoffen, dass sie wiederum ihrem Ruf gerecht werden und damit selbst nicht offen und ehrlich umgehen. Sondern so viel Angst vor einem Skandal haben, dass sie ihn zu dem zwingen, wozu ihr ihn nicht zwingen konntet. Rückzug. Heimlich. Euch mag er nicht geglaubt haben, dass ihr Konsequenzen zieht. Seinen Vorgesetzten wird er das glauben. Weil sie andere Möglichkeiten haben. Und einen weitaus größeren Einfluss auf ihn."

Z blickte zufrieden drein, Annie begeistert, Geraldine entschlossen: „Klingt gut. Nicht schön. Aber gut."

Z streckte Imran einen Daumen entgegen: „Dann beauftragen wir dich hiermit – auch ganz offiziell: erstatte Anzeige gegen Miguel. Beim Vatikan."

17

Er trat in die Menge. Die gegen etwas zu demonstrieren schien. Er wusste nicht, wofür oder wogegen und es war ihm auch egal. Er wollte nur von Punkt A zu Punkt B. Und kannte sich leider nicht gut genug aus, um einen alternativen Weg zu wissen. Also ließ er sich von der Menge mitreißen. Sie riefen lautstark, doch er beherrschte die Sprache nicht gut genug, um sie zu verstehen. Sie hatten den Blick starr geradeaus gerichtet. So als würde das ihre Entschlossenheit unterstreichen und ihre Forderungen unterstützen. Er ließ den Blick schweifen. Denn wenn er schon einmal hier war, wollte er mehr sehen als nur Menschen. Sein Blick fiel auf eine alte Kirche und er überlegte kurz, ob er sie sich anschauen sollte. Aber die Menge zog ihn weiter und er kam nicht an sie heran. So prägte er sie sich von außen so gut ein, wie er konnte. Folgte mit den Augen ihrem hohen Turm bis ganz nach oben. Und stutzte. In dem Raum, in dem die Glocke hing, konnte er eine Gestalt erkennen. Die sich aus dem Fenster lehnte. Dann fiel ein Schuss. Den außer ihm keiner wahrzunehmen schien. Er drängelte sich an die Seite und verharrte an einer Hauswand. Etwas weiter vorne konnte er sehen, wie einige Leute jemanden stützten. Das Opfer. Ganz eindeutig. Die Tür der Kirche ging auf. Doch er konnte nicht erkennen, wer sie verließ. Und er konnte sie auch nicht erreichen. Das Opfer ebenso wenig. Also trat er wieder in die Menge. Und ließ sich treiben, bis er sein Ziel erreicht hatte.

Er saß in einem kleinen Boot und blickte aufs Meer hinaus. Er freute sich, endlich für sich zu sein. Weit und breit niemanden zu sehen. Mit Ausnahme eines anderen Bootes, das in Richtung Hafen fuhr. Doch es bestand kein Grund zu glauben, dass sie bei ihm Halt machen würden. Kurz winken vielleicht. Mehr auch nicht. Er stellte sich innerlich darauf ein, wurde dann aber abgelenkt. Denn etwas brachte sein Boot zum Schaukeln. Die Wellen wurden höher. Ohne erkennbaren Grund. Dann beruhigte sich das Wasser wieder. Er blickte erneut zu dem anderen Boot hinüber, das ihn inzwischen passiert hatte. Ohne, dass er hatte winken müssen. Und konnte auf einmal eine Gestalt sehen, die daneben aus dem Wasser auftauchte. Einen Moment lang dachte er, es sei jemand über Bord gefallen. Dann tauchte eine zweite Gestalt auf. Sie warfen ein Seil mit einem Haken über die Reling und kletterten an Bord. Er zuckte mit den Schultern. Das ging ihn alles nichts an. Doch nach gerade mal einer Minute kamen die beiden wieder zurück. Mit zwei weiteren Personen, die irgendwie weggetreten wirkten. Die beiden Gestalten schubsten sie über die Reling ins Wasser. Und sprangen hinterher. Dann tauchten sie alle unter. Und nicht wieder auf. Er überlegte einen Moment, ob er den Motor anwerfen und hinfahren sollte. Aber er entschied sich dagegen. Nach wie vor ging ihn das alles nichts an. So blieb er, wo er war, lehnte sich zurück und schloss die Augen. Ein lauter Knall ließ ihn auffahren. Das andere Boot brannte. Und steuerte direkt auf ihn zu. Sank dabei zwar, aber vielleicht nicht schnell genug. Jetzt warf der doch den Motor an. Und sah zu, dass er wegkam.

Er saß auf seinem Sitz, den Blick starr aufs Spielfeld gerichtet. Fußball war seine einzige große Leidenschaft. Und die Spiele seiner Lieblingsmannschaft die einzigen Momente, wo er sich freiwillig unter Leute begab. Die ihn im Stadion – anders als in vielen anderen Situationen – aber auch gänzlich in Ruhe ließen. Und sich stattdessen auf das Spiel konzentrierten. So wie er auch. Nur lag seine Mannschaft leider zurück.

Was auswärts zu verkraften war, doch spielten sie – zum ersten Mal seit langem – um die Meisterschaft mit. Da war jeder Punktverlust eine Tragödie. Es waren nur noch wenige Minuten zu spielen. Und alle um ihn herum im Gästeblock waren angespannt. Bis auf die Frau direkt vor ihm. Sie schien sich überhaupt nicht für das Spiel zu interessieren. Sie interessierte sich ganz offensichtlich für den Mann neben ihr. Der sie entweder nicht kannte oder ein schlechter Begleiter war. Zumindest antwortete er weder auf ihr Geflüster noch wandte er ihr den Blick zu. „Nur noch eine Minute." wimmerte jemand neben ihm. Und genau in diesem Moment fiel es: das Ausgleichstor. Er sprang jubelnd auf – so wie alle um ihn herum. Außer der Frau, die einfach sitzen blieb. Und dem Mann neben ihr, der eigentlich aufspringen wollte, von ihr aber daran gehindert wurde. Indem sie ihn zurück auf seinen Sitz zog und sich ganz fest an ihn schmiegte. Wenige Sekunden nach Wiederanpfiff war das Spiel vorbei. Die Leute um ihn herum hatten sich von dem Tor noch gar nicht beruhigt. Er dagegen schon. Er war da nicht so überschwänglich. Er rechnete bereits: Nur ein Punkt, aber der Abstand nach oben war dadurch immer noch ausgleichbar. Die anderen Fans begaben sich lachend und grölend auf den Weg zum Ausgang. Die Frau vor ihm ebenfalls. Nur der Mann blieb sitzen. Komplett regungslos, was ihn zunächst verwunderte. Aber wahrscheinlich wollte er einfach nur warten, bis es ein wenig leerer geworden war. Oder sich die aufdringliche Frau verzogen hatte. So beschäftigte er sich wieder mit seiner Rechnung. Sie konnten es immer noch schaffen.

Er betrat das Haus und stieg die Stufen hinauf. Es wunderte ihn ein wenig, dass die Haustür einfach offenstand. Schließlich war dies ein Wohnhaus und Unbefugte sollten eigentlich draußen bleiben. Doch wahrscheinlich hatte die Ankunft der neuen Bewohner das geändert. Vermutlich fühlten sie sich alle sicher in der Gegenwart des Gottessohnes. Warum auch nicht? Er mochte vielleicht keine asiatischen Kampfkünste besitzen. Aber wer würde es schon wagen, ihn zu überfallen oder auszurauben? Oder die, die bei ihm waren. Er war kein normaler Mensch. Er hatte Kräfte. Das hatte er mehrfach demonstriert. Da hielt man sich lieber zurück, um nicht auf den falschen Fuß mit ihm zu geraten. Auch die Wohnungstür stand offen und er ging hinein. Drinnen ging es geschäftig zu. Jeder hatte etwas zu tun. Die meisten am Computer. Was genau sie taten, konnte er nicht erkennen. Doch es hatte sicher mit dem Gottessohn zu tun. Der in diesem Moment nach ihnen rief. Seine Stimme kam aus dem Wohnzimmer. Sie alle sprangen auf und folgten ihr. Er schloss sich ihnen an. Im Wohnzimmer angekommen, blickte er sich um. Die Prophetin war da. Er war ihr noch nie begegnet, aber er kannte sie – aus den Medien. Den Rest der Leute kannte er nicht. Bis auf den Gottessohn natürlich. Der ansetzte, ihnen etwas zu erzählen. Etwas, das er zu tun gedachte. Drastisch. Revolutionär. Und für nicht wenige Menschen auf der Welt ein brutaler Einschnitt in ihr Leben. Ihren Glauben. Doch seine Argumente klangen stichhaltig und während er dasaß, zuhörte und die Keksschale weiterreichte, die in regelmäßigen Abständen bei ihm vorbeikam – jedes Mal, ohne sich etwas zu nehmen – kam er zu dem Schluss, dass er es gut fand. Diese Maßnahme war notwendig. Und selbst, wenn sie Einschnitte mit sich brachte, so bargen diese die Möglichkeit der Veränderung. Die Menschen mochten vor den Kopf gestoßen werden. Aber auf lange Sicht gesehen war es der erste Schritt hin zu etwas Besserem. So stimmte er in den Applaus mit ein, der der Ansprache folgte. Die Anwesenden verliefen sich danach wieder. Der Gottessohn und die Prophetin blieben zurück. Er ging ebenfalls. Schaute sich noch ein wenig in der Wohnung um – und verließ sie dann. Er würde wiederkommen. Bald. Jetzt gerade jedoch gab es nichts, was er hier tun konnte. Sie hatten alle eine Beschäftigung. Er nicht. Und sie waren zu beschäftigt mit den ihren, um ihm eine zu geben. Doch das störte ihn nicht. Er war nach wie vor gerne ein bisschen abseits. Er verließ das Haus. Und machte sich auf den Heimweg.

18

„Ich hoffe, die Auflösung kommt bald." Z reichte den beiden Frauen ihre Schüsseln mit Eis und ließ sich dann mit seiner eigenen zurück auf die Couch plumpsen. Wodurch Geraldine sich mit dem Löffel gegen die Zähne stieß und ein verärgertes Brummen von sich gab. Das Annie nicht bemerkte: „Geht mir genauso." nuschelte sie mit vollem Mund, „je mehr ich von dem Kerl sehe – oder von euch über ihn höre – desto verwirrter bin ich."

Z schüttelte den Kopf: „Ich finde, dass was wir sehen ergibt ein ganz klares Bild."

„Ja. Vom langweiligsten Menschen der Welt. Er ist quasi... unsichtbar. Nein, das ist nicht richtig. Er ist..."

„Er ist dabei und gehört doch nicht dazu."

Annie hob den Finger: „Das trifft es."

„Sehr gute Tarnung für einen Killer." murmelte Z düster und brachte ausgerechnet damit Geraldine zum Lachen:

„Oder einen Buchhalter."

Annie kniff die Augen zusammen: „Buchhalter?"

„Mauerblümchen." führte Geraldine aus, „graue Maus. Pollunderträger. Nenn ihn, wie du willst. Aber ich kann mich des Eindrucks nicht erwehren, dass er einfach nur ein Loser ist. Er ist ständig dabei, wenn etwas Spannendes passiert. Aber irgendwie läuft es immer an ihm vorbei."

„Ja." nickte Z, „aber das zum Beispiel ist doch eine sehr interessante Sache. Er ist immer dabei. Direkt. Nicht irgendwo versteckt. Bei dem, was du mit dem Boot erzählt hast, hat er praktisch vor ihrer Nase auf dem Wasser getrieben. Und sie haben ihn ignoriert. Obwohl da ganz offensichtlich ein Verbrechen begangen wurde. Und solche Szenen hatten wir ja vorher schon."

„Meint ihr, er ist wirklich unsichtbar?" fragte Annie unsicher – für Z eine nicht ignorierbare Vorlage:

„Vielleicht sitzt er hier auf der Couch. Annie... da... im Sessel…" Er wedelte wild mit dem Finger und Annie machte einen Satz, bei dem ihr der Löffel auf den Boden fiel:

„Uah!

„Hihihi." kicherte Z.

Annie atmete tief ein und hob den Löffel auf: „Z, ich hau dich gleich."

„War doch nur Spaß."

„Kein Spaß. Herzinfarkt." Sie klopfte sich auf die Brust – und Z ahmte sie nach:

„Das ist was für Männer."

Wieder lachte Geraldine auf: „Nur echte Männer kriegen einen Herzinfarkt."

„Und doofe Männer kriegen einen Einlauf." fügte Annie hinzu.

Z streckte beiden nacheinander die Zunge heraus – und erntete dafür von Geraldine einen erhobenen Zeigefinger:

„Nimm dich lieber in Acht."

„Dann rede ich mal ernst weiter." erwiderte er und stellte seine leere Schüssel auf den Tisch, „er ist bestimmt nicht unsichtbar. Er gehört einfach zu den Leuten, die so in sich zurückgezogen sind, dass die meisten anderen sie nicht bemerken. Weil sie auf ihre eigenen Geschäfte fixiert sind."

„Oder sie sehen ihn nicht als Gefahr." sponn Geraldine den Faden weiter, „weil er eben wirkt, als könne er nicht mal seinen eigenen Arm heben, um die Türklinke runterzudrücken."

„Abgefahrenes Beispiel."

Annie blickte verträumt aus dem Fenster: „Ich hatte mal einen Kollegen, der hatte eine Katze, die konnte Türklinken runterdrücken. Hat sich einfach drangehängt und..." Sie zuckte zusammen, „ich bin beim Thema."

Z streckte ihr den erhobenen Daumen entgegen: „Das Problem ist... was ich auch sehe und was ihr auch erzählt – es führt mich immer wieder zu diesem Stichwort zurück: Gegner. Jemand, der so unauffällig ist, ist zwar vielleicht nicht physisch nicht zu sehen, aber nicht beachtet zu werden ist auch eine Art der Unsichtbarkeit. Und das nicht nur bei Bun..."

„Du kommst wieder vom Thema ab." unterbrach Geraldine ihn hastig – auch wenn sie gar nicht genau wusste, was er hatte sagen wollen. Annie schien ihre Vorahnung allerdings zu teilen, denn als Z ansetzte, sich zu rechtfertigen, würgte sie ihn direkt ab:

„Red' einfach weiter."

Z grummelte einen Moment in sich hinein – tat das dann aber wirklich: „So jemand ist der ideale Spion, der beste Attentäter. Weil du ihn gar nicht trainieren musst, wie er sich anschleicht und in Deckung geht und alle Schatten ausnutzt. Er spaziert einfach überall rein. Und die eine Hälfte schaut von vornherein an ihm vorbei und die andere sieht ihn und wendet sich wieder ab."

„Da war die Frau." erinnerte sich Annie, „die was von ihm wollte."

„Nun... er ist ja da. Führt ein normales Leben. Arbeitet – wie wir aus diesem Beispiel wissen. Also kann man ihn wahrnehmen. Wenn man das will. Oder muss. Und romantisches Interesse..."

„Vielleicht war das ein Zeichen für uns."

Z starrte Annie an: „Wenn wir Gefühle für ihn haben, bemerken wir ihn?"

„Nein, Dummerchen." gab Annie zurück, „wenn wir uns auf ihn konzentrieren, bemerken wir ihn."

„Nur... wo ist er?"

„Neben dir auf der Couch." versuchte Annie, sich an Z zu rächen, aber darauf fiel dieser nicht rein:

„Ist klar. Auf Geraldines Schoß."

„Irgendwie war es mir auch schwer auf den Oberschenkeln." grinste diese, griff dann aber Zs Frage auf: „Bei Sven war es so, dass die Visionen dazu dienten, ihn zu identifizieren. Aber nicht in echt, sondern fürs Gericht. Er war ja schon tot zu dem Zeitpunkt. Das hier sieht eher danach aus, dass die Begegnung noch bevorsteht. Und wir dafür bereit sein sollen."

„Aber wenn es wirklich so ist, dass wir ihn nur wahrnehmen, wenn wir uns darauf konzentrieren – wie sollte das gehen?" Z blickte sie fragend an, „wir wissen ja gar nicht, wann und wo wir ihn treffen."

„Das ist wahr." Annie rieb sich die Schläfe, „vielleicht sollen wir ihn einfach grundsätzlich im Kopf haben. Damit wir nicht einer Realitätsverschiebung unterliegen."

„Einer was?" prustete Z.

„Ist das kein gängiger Science-Fiction-Begriff?"

„Nicht wirklich."

„Lassen wir SciFi mal außen vor." bat Geraldine, „lassen wir überhaupt alles außen vor, was irgendwie physisch oder psychisch oder pschyschisch ist."

„Psch..." setzte Z natürlich sofort an, doch damit hatte Geraldine gerechnet: „Pscht." machte sie laut und er verstummte.

„Danke." Annie zwinkerte Geraldine zu, „dann sag uns, oh Erhabene – was machen wir?"

„Ich weiß nicht, was wir machen." antwortete Geraldine, „aber all dieses Gerede hat mich auf eine Idee gebracht. Die ich für wesentlich einfacher halte."

„Soll ich dich nochmal bitten?"

„Nein. Musst du nicht. Wenn es eine Warnung ist – dann vor ihm. Oder ihr. Denn... wir haben zwar alle das Gefühl, es wäre ein Mann. Aber sicher wissen tun wir das nicht."

Annie legte den Kopf schief: „Ich verlasse mich da auf mein Gefühl."

„Ist auch nicht der entscheidende Punkt." wiegelte Geraldine ab, „was ich meine: Die Warnung gilt der Person. Er ist ein Mensch. Er lebt nicht außerhalb unserer Realität, nutzt nicht die blinden Flecken oder den toten Winkel. Er ist einfach so... was auch immer, dass er oft untergeht. Was zur Folge hat, dass man nicht auf ihn achtet. Ihn unterschätzt. Ihm nichts zutraut. Und das ist das, worum es geht. Denke ich."

„Inwiefern?"

„Wenn er ein Attentäter ist, dann müssen wir vor ihm auf der Hut sein. Egal, wie er nach außen hin wirkt. Ich glaube, wir werden ihn einfach ganz normal treffen. Ohne, dass wir uns irgendwie geistig anstrengen müssen. Er wird da sein und wir werden ihn sehen. Und abwinken und denken ‚Statist'. So, wie ich das vorhin schon getan habe. Dann hat er uns da, wo er uns haben will: Wir fühlen uns vermeintlich sicher. Und er kann uns angreifen ohne, dass wir bereit dafür sind."

Z rieb sich über die Wangen: „Du meinst also...?"

„Seine Unauffälligkeit ist seine Tarnung – und gleichzeitig seine Waffe." fuhr Geraldine fort, „die Leute sehen ihn. Und ignorieren ihn. Sie spannen sich nicht innerlich an. Sie machen sich nicht bereit und auf nichts gefasst. Und das nutzt er aus."

„Fairerweise muss man sagen, dass wir ihn noch nie etwas haben tun sehen. Etwas derartiges, meine ich."

„Das kann ich auch nicht erklären." Geraldine hob die Hände, „aber wir hatten schon öfter Situationen, wo uns Gott entscheidende Details vorenthalten hat, damit wir selbst überlegen und die Lösung finden."

„Wie lautet dann deine Lösung?" hakte Annie nach.

„Dass wir niemanden, der in nächster Zeit neu in unser Leben tritt, einfach abtun und sagen ‚Uninteressant'. Sondern genau hinschauen, genau hinhören. Unseren Instinkt einsetzen. Dann kann er uns nichts. Weil sein Überraschungseffekt verpufft."

„Klingt gut." nickte Z, „heißt aber auch, dass wir uns gegenseitig über Leute informieren, die neu auftauchen."

„Auch das."

Annie sah die beiden anderen prüfend an: „Habt ihr denn vielleicht schon so jemanden?"

„Nein." Geraldine schüttelte den Kopf, „du?"

„Nein."

„Ich auch nicht." vervollständigte Z und Geraldine kniff die Lippen zusammen:

„Gut. Dann steht uns das also noch bevor."

„Woran erkennen wir ihn?" fragte Annie weiter.

„Daran, dass wir ihn nicht erkennen."

„Öhm..."

„Neu." versuchte es Geraldine anders, „das ist das Kriterium. Ganz abgefahren wäre es natürlich, wenn das die krude Vergangenheit eines unserer Verbündeten wäre. Aber das glaube ich nicht. Oder?"

„Nein, ich auch nicht."

„Also ist jeder, der mir über den Weg läuft, den ich nicht kenne, potenziell dieser Mensch." fasste Z es zusammen, „na, das kann ja heiter werden. Im Supermarkt, an der Tankstelle, im Fitnessstudio..."

„Du gehst ins Fitnessstudio?" stieß Annie entgeistert hervor, „seit wann das denn?"

„Das war nur ein frei gewähltes Beispiel."

„Das nicht zutrifft."

„Es bringt nichts, paranoid zu werden." ging Geraldine dazwischen, „ich habe keine Ahnung, ob wir ihn noch anders erkennen können. Aber jeden anglotzen, der uns auf der Straße begegnet, ist nicht die Lösung. Denn dann ziehen wir die Aufmerksamkeit der anderen auf uns. Was wir nicht wollen."

„Jetzt wird es wieder kompliziert." Annie seufzte laut.

„Etwas Unkomplizierteres habe ich nicht. Lasst uns einfach vorsichtig sein, okay? Und wenn einer glaubt, da wäre was, sagt er Bescheid."

„Wird gemacht."

Geraldine erhob sich und sammelte die drei Schüsseln ein, um sie in die Küche zu bringen. Kaum war sie durch die Tür, erschien auf Annies Gesicht ein schnippisches Grinsen:

„Und jetzt greife ich dein Stichwort auf: Fitnessstudio? Täte dir gut."

„Supermarkt." entgegnete Z, „tut mir auch gut. Weil ich da was kaufen kann, was ich kochen kann."

„Du meinst, was Becka kochen kann."

„Ich helfe."

„Deckst du den Tisch?"

„Auch."

„Und sonst?"

„Stehe ich dabei. Und unterhalte sie."

„Aha."

„Quatsch. Ich helfe ihr ganz normal. Schnibbeln, abwiegen, aufpassen, wann das Wasser kocht..."

„Du meinst, du schaust dann auf die Uhr und wenn sie dich zehn Minuten später fragt, warum du nichts gesagt hast, sagst du, dass du genau weißt, wann das Wasser gekocht hat."

Z verschränkte die Arme. Zog eine Schnute. Und erhob sich dann ebenfalls: „Ich gehe jetzt. Auf Wiedersehen."

Annies Lachen begleitete ihn nach draußen und er konnte es immer noch hören, als die Haustür schon hinter ihm zugefallen war.

19

Die Reaktion der Katholischen Kirche hatte auf sich warten lassen, doch als sie kam, fiel sie heftig aus. Zumindest für die, die ihr vorstanden. Einhellig erklärten sie ihren Rückzug von der Kirche und allen damit verbundenen Tätigkeiten. Mit der Begründung, dass sie nicht mehr würdig seien, Gott zu dienen. Dieser Schritt war natürlich taktisch geprägt. Sie hofften darauf, dass Jesus dank dieses Eingeständnisses des Versagens auf ganzer Linie Mitleid mit ihnen haben und versuchen würde, sie zum Umdenken zu bewegen. Ihnen einen Platz direkt unter ihm anbot, der ihnen zumindest einen Teil ihrer Macht wieder zurückgab – mit seinem Segen dazu.

Aber das geschah nicht. Zumindest nicht so, wie sie sich das erhofft hatten. Er dankte ihnen, dass sie ihre Unzulänglichkeiten eingesehen hatten. Und bat sie dann lediglich darum, ihren Ausstieg nicht dermaßen komplett zu vollziehen, sondern ihre ursprünglichen Aufgaben als Priester wieder aufzunehmen und seinen Namen zu predigen. Er fragte sie nicht einmal, ob sie seine Jünger werden wollten. Das war von dem, was sie wollten, so weit entfernt, wie es nur ging. Doch nun gab es kein Zurück mehr, denn wenn sie aufbegehrten, verrieten sie damit ihre ursprüngliche Absicht: das Streben nach einer hohen Position. Also fügten sie sich. Und spielten die einzige Karte aus, die sie noch in der Hand hatten. Nicht einmal, weil sie sich davon etwas versprachen. Sondern einfach nur, weil sie sich irgendwie – und vor allem: an irgendwem – abreagieren mussten. Diese Karte war Miguel. Ihr erster Impuls war gewesen, sein Fehlverhalten genauso zu vertuschen, wie sie das in der Vergangenheit schon so oft getan hatten. Aber jetzt, wo sie wussten, dass ihre Zeit vorbei war, entschieden sie sich, dass dies ‚nicht mehr in ihrer Macht lag' und gaben sämtliche Informationen, die Imran ihnen geliefert hatte, an Jesus weiter.

Der daraufhin erneut genau nicht so reagierte, wie sie sich das erhofft hatten. Anstatt wütend zu werden und ihn seines Amtes für unwürdig zu erklären, lächelte er sanft und entließ sie mit der kryptischen Bemerkung „Das ist genau der, nach dem ich gesucht habe."

20

Zwei Tage später traf Jesus im Zentrum ein. Das Kamerateam war diesmal nicht dabei. Ebenso wenig seine Jünger. Dieses Gespräch wollte er alleine führen.

„Du warst unartig." eröffnete er es und Miguel fiel fast der Unterkiefer herunter:

„Bitte?"

„Keine Angst." Jesus lachte in sich hinein, „ich werde dich nicht wie ein Kind behandeln. Ich wollte diesen Satz nur schon lange einmal sagen. Damals schon. Aber... zu dir: Deine Freunde und Kollegen aus dem Vatikan haben dich mir ausgeliefert. In der Hoffnung, dass ich dich richte. Dabei sind sie es, die für diese Tat gerichtet werden müssten."

Miguel runzelte die Stirn: „Was wirst du tun?"

„Nichts, nichts. Sie hatten ein Ziel, das sie nun nicht erreichen. Sie wollten sich besser fühlen und das tun sie nicht. Das soll ihnen Strafe genug sein. Ich bin ihnen genauso gnädig wie dir."

„Dann in Bezug auf mich: Was wirst du tun?"

„Zunächst mal..." Jesus wiegte den Kopf hin und her, „Randbemerkung: Ist es nicht interessant – ja geradezu auffällig – dass alle Menschen, egal welches Standes, mich automatisch duzen?"

„Hm..." Miguel legte die Handflächen aneinander. In seinem Hirn ratterte es. Denn er war sich sicher, dass es sich hierbei um eine Falle handelte. Schließlich hatte Jesus ihn zuerst geduzt und war sich dessen mit Sicherheit auch bewusst. Hatte diese Bemerkung also nur fallenlassen, um zu sehen, wie er darauf reagierte. Ihm die Wahrheit unter die Nase zu reiben, war dabei höchstwahrscheinlich der falsche Weg. Stattdessen galt es, Weisheit zu zeigen. Ihm eine wirkliche Erklärung zu liefern. Die ihm schmeichelte. Und dafür sorgte, dass er ihm wohlgesonnen war: „Du bist der Sohn Gottes. Unser aller bester Freund. Wenn man so will. Sie fühlen sich dir nahe. Wir alle tun das. Weil du uns das gesagt hast."

„Habe ich das."

„Nicht jetzt, seit du wieder hier bist. Zumindest nicht so deutlich. Aber es steht in deinem Wort."

„Das stimmt." nickte Jesus nachdenklich, „das tut es. Also haben sie es gelesen. Das ist doch gut, nicht wahr?"

„Denke ich schon."

„Es ist nur... diese Selbstverständlichkeit... egal. Du hast schon Recht: Sie sehen in mir jemanden, den man duzen kann. Darf. Soll. Muss. Will. Was auch immer. Und das Problem habe ich sowieso nur hier."

„Hier?" wiederholte Miguel unsicher.

„In diesem Land." erläuterte Jesus, „ist ja eine Sprachensache."

„Das stimmt."

„Zurück zu dir."

„Ja. Zu mir."

Jesus schenkte Miguel ein leicht überhebliches Lächeln: „Ich denke, ich brauche nicht damit anzufangen, dass das falsch war, was du getan hast. Ich kenne die Personen, um die es dabei geht und selbst wenn ich mit ihnen nicht darüber gesprochen habe – es nicht einmal wusste, bis deine Vorgesetzen es mir erzählt haben – habe ich ihnen doch angemerkt, dass sie etwas bedrückt. Du hast sie verletzt."

„Ich war verletzt." brummte Miguel missgelaunt.

„Ich weiß. Weder sie noch die Deinen mögen sich viele Gedanken gemacht haben, wiesoweshalbwarum du das getan hast. Vielleicht auch, weil sie alle nur Teile des Bildes kennen. Oder weil sie entweder zu stark oder zu schwach emotional mit dir verknüpft sind."

„Ich kann nicht ganz folgen."

Jesus breitete die Hände aus: „Es ist dieser Ort. Oder nicht? Deine ehemaligen Weggefährten in Italien gehen davon aus, dass du dies hier als Basis nutzen wolltest, um in ihren Kreisen mehr Macht zu erlangen. Dir die Position zu sichern, die sie dir verwehrt haben. Das ist der Nachteil, wenn man so extrem in eine Richtung denkt. Dann geht einem schnell unter, dass andere das nicht tun. Und deine ehemaligen Weggefährten hier vor Ort gehen davon aus, dass du dich an ihnen rächen wolltest, weil du durch sie an Macht verloren hast. Oder zumindest an Ansehen. Und dass dieses Zentrum ein Teil dieses Plans war. Erst legst du ihre Vergangenheit offen und dann bemächtigst du dich ihres Lebenstraums."

„Sie wussten das doch gar nicht." wandte Miguel verwirrt ein.

„Jetzt wissen sie es. Und wenn ich die Reaktion richtig einschätze, die es von Seiten der Kirche normalerweise gegeben hätte, hätte ihnen das rein gar nichts genützt. Ihr wart immer gut darin, euch schnell und unkompliziert selbst zu reinigen. So, dass euch keiner jemals etwas anhaben konnte. Du hast einen ungünstigen Moment erwischt. Sonst wärst du längst fein raus."

„Okay..."

„Wie dem auch sei." Jesus winkte ab, „auch aus ungünstigen Momenten können günstige Gelegenheiten hervorgehen. Dies hier – diese Sache mit dir – ist ein Puzzleteil. Das – als wäre es geplant – genau in ein Bild passt, das sich mir gerade eröffnet. Deine Vorgesetzen haben dich bloßgestellt. Was gleichbedeutend ist mit ‚ausgestoßen'. Sie wollen mit dir nichts mehr zu tun haben. Du hast keine Zukunft mehr mit ihnen. Und ich könnte mir vorstellen, dass auch du von deiner Seite nichts mehr mit ihnen zu tun haben willst. Aber sie haben das nur unter der Hand getan. Außer mir weiß niemand davon. Für alle anderen bist du weiter ein treuer Diener der Katholischen Kirche. Einer Kirche, die gerade einen Führungswechsel erlebt. Und genau darin liegt unsere Chance: Sie sind weg. Du bist noch da. Ich habe deutlich gesagt, dass ich der alleinige Anführer der Kirche bin. Aber ich bin der Sohn Gottes und selbst wenn die Menschen mich automatisch duzen, heißt das noch lange nicht, dass sie nicht auch Angst vor mir haben. Mir direkt gegenüberzutreten. Wenn sie Hilfe brauchen – vielleicht. Aber nicht, wenn sie sich schämen – zum Beispiel. Und genau da brauche ich Menschen, die dazwischenstehen. Die als Verbindung dienen von mir zu ihnen und umgekehrt. ‚Ein Gesicht für die Werbung' – um mal einen Ausdruck aufzugreifen, den einer meiner Jünger vor kurzem benutzt hat, als ich versuchte, dieses System zu erklären."

„Und das soll ich sein?" Miguels Verwirrung steigerte sich immer mehr. Und mehr:

„Ja. Du."

Er schüttelte sich kurz, um wieder einen klaren Kopf zu bekommen. Was nur bedingt funktionierte. Doch genug, um einen Schritt weiter zu denken: „Was genau heißt das?"

„Ich setze dich an die Spitze meiner Kirche." erklärte Jesus gelassen, „das ist kein Amt, in dem du wirklich etwas zu sagen hast. Du folgst mir – genau wie alle anderen. Aber du bist an meiner Seite. Zeigst den Menschen, dass die Kirche und ich uns einig sind. Dass du in mir den richtigen Weg siehst. Die Menschen sind es gewohnt, menschliche Anführer zu haben. Sie werden mir leichter folgen, wenn du es ihnen vormachst."

„Und wenn ich das nicht tue, veröffentlichst du die Informationen über mich?"

„Das werde ich sowieso tun."

Miguel wurde blass: „Was?"

„Die Menschen sollen auch sehen, dass die Kirche sich verändert hat." Jesus lächelte breit, „einfach nur ein neues Gesicht, das die gleiche Einstellung hat wie vorher – das geht nicht. Viele sind misstrauisch. Schon seit langem. Und viele wissen, dass die Kirche einen Hang dazu hat, die Fehler der anderen anzuprangern und die eigenen einfach wegzulächeln. Dem werden wir entgegenwirken. Deswegen passt das auch so gut. Wir beide werden gemeinsam alles erzählen, was du getan hast. Und dann werde ich dir diese Sünde vergeben. Und sie werden es auch tun. Und dann haben sie einen Mann, der wie sie ist."

„Aber dann werde ich dieses Zentrum verlieren."

Jesus legte den Kopf schief: „Du?"

„Wir." verbesserte sich Miguel hastig, „wie auch immer. Es wird schließen. Weil es dann Untersuchungen gibt und alles. Dann wird die Arbeit hier eingestellt."

„Ah." Jesus hob den Zeigefinger, „das ist der entscheidende Punkt. Der, über den ich mich am meisten freue. Dein Motiv. Denn ich habe in dich geblickt. Das ist das, was ich vorhin sagen wollte: Ich weiß, warum du es wirklich getan hast. Diese Arbeit liegt dir am Herzen. Du hast zusehen müssen, wie deine ehemaligen Begleiter diesen Ort aufgebaut und dann verschwendet haben. Und das hat dich geschmerzt. So sehr, dass du aktiv geworden bist. Was du gemacht hast, war falsch. Aber was du bezweckt hast, war richtig. Und daran werden wir nicht rütteln. Wir werden es lediglich legitimieren. Natürlich wirst du das Geld, das du verdient hast, abgeben müssen. Nicht an sie. An eine wohltätige Organisation. Oder etwas Vergleichbares."

„Dann bin ich arm."

„Du lebst aus mir. Das darf dir reichen. Hätte es sogar immer tun sollen. Seit du deinen Eid abgelegt hast."

Miguel verzog das Gesicht: „Und was ist mit dem Zentrum?"

„Ich werde zu einer Spendenaktion aufrufen. Ich werde sagen, dass die Arbeit hier weitergehen soll. Ich habe kein Geld und du auch nicht. Das wird schon ausreichen. Die Leute werden uns das Geld geben. Ich habe auch gesagt, wenn mein Vater mir ein Haus schenkt, dann nehme ich es. Das hier ist es. Ich werde es ganz normal und anständig finanzieren und kaufen. Die Leute, die hier arbeiten, können alle bleiben. Die, die hier versorgt werden, auch. Es wird sich nichts ändern – nur, dass keine Sünde mehr an diesem Ort klebt."

„Und ich?"

„Du kannst hier wohnen bleiben. Wenn du das willst." fügte Jesus mit fragendem Blick hinzu. Doch er bekam zunächst keine Antwort:

„Und ich arbeite dann für dich."

„Du gehörst zu mir."

„Ich verstehe immer noch nicht, wie du dir das genau vorstellst." Miguel zeigte sich deutlich gereizt – Jesus dagegen war die Ruhe in Person:

„Die Gläubigen, die deiner Kirche angehören, sind es gewohnt, jemanden zu haben, zu dem sie aufschauen können. Jemand, der ihnen sagt, was sie zu tun haben. Es gibt eine Hierarchie bei euch. Das ist natürlich eigentlich komplett falsch, lässt sich aber nicht von heute auf morgen reparieren. Nun ist diese Hierarchie im Grunde schon weg. Es gibt nur noch die Priester. Zu denen man aufschauen kann, die es aber selbst gewohnt sind, weiter nach oben zu schauen. Dort oben bin jetzt nur noch ich. Und da ihr den Menschen – sowohl den Priestern als auch den Gläubigen – über so viele Jahrhunderte eingebläut habt, dass man sich vor mir fürchten muss, werden viele eher ihren Kopf senken als zu mir aufzuschauen. Das darf natürlich nicht sein, denn so verlieren sie den Halt. Daher bist du das Gesicht, zu dem sie aufschauen können. Du bist mein Vertreter. Immer dann, wenn es gebraucht wird. Immer dann, wenn sich jemand nicht traut, direkt zu mir zu kommen, kommt er stattdessen zu dir."

„Und ich komme dann damit zu dir." folgerte Miguel ohne große Begeisterung.

„Wenn es sein muss. Aber ich bin mir sicher, dass du gut genug weißt, wie ich handeln und raten würde, dass es nur sehr selten sein muss."

„Hoffen wir es mal."

Jesus zuckte mit den Schultern: „Ansonsten überstimme ich dich."

„Was keinen guten Eindruck machen würde."

„Weswegen du diesen Job nicht auf die leichte Schulter nehmen solltest. Das ist eine Beförderung. Aber nicht hin zu weniger Stress, sondern zu mehr."

Miguel atmete tief durch. Dann nickte er: „Wie gehen wir vor?"

„Wir fangen mit dir an." Jesus bohrte ihm den Zeigefinger in die Brust, „überleg dir, was du willst. Dann gehen wir vor die Leute. Und der Rest wird von alleine geschehen."

„Was ich will, brauche ich nicht zu überlegen. Wenn das mein Weg ist, ist es mein Weg."

„Willst du hierbleiben?" stellte Jesus die Frage erneut. Und diesmal beantwortete Miguel sie auch:

„Im Zentrum? Nein. Es wäre mir lieber, dann woanders zu wohnen. Ich habe mit dieser Arbeit dann nichts mehr zu tun. Und ich glaube auch, dass einige der Mitarbeiter mir nicht so einfach verzeihen werden."

„Sie können ihren Dienst tun. Wegen dir."

„Trotzdem..."

„So sei es. Miete dir eine Wohnung."

Miguel stutzte: „Wovon?"

Jesus ebenfalls: „Hast du wirklich gar nichts mehr?"

„Alles, was ich gespart hatte, ist in diesen Ort geflossen. Und Gehalt von der Kirche werde ich wohl keines mehr kriegen."

„Das ist wahr. Aber wenn du eigenes Geld investiert hast, steht es dir natürlich zu, das beim Kauf zurückzukriegen. Vielleicht musst du gewissen Personen einen Teil davon als Entschädigung zahlen, aber der Rest..." Jesus ließ den Satz in der Luft hängen und auf Miguels Gesicht bildete sich ein kleiner Schimmer der Hoffnung:

„Den dürfte ich behalten? Das ginge?"

„Es ist dein Geld. Und nicht Bestandteil der Sünde, die du begangen hast."

„Danke."

„Bitte."

Miguel schluckte: „Muss ich ihnen gegenübertreten?"

„Nein." Jesus schüttelte den Kopf, „ich werde das regeln lassen."

„Regeln lassen."

„Nicht das, war ihr Italiener darunter versteht. Ich werde an ihre Barmherzigkeit appellieren."

„Ja." Nun lächelte Miguel sogar, „das könnte klappen."

21

Z sah Annie an. Dann Geraldine. Dann wieder Annie. Dann wieder Geraldine. Und so weiter, und so weiter. Bis Geraldine schließlich die Geduld verlor und ihm gegen das Schienbein trat.

„Au!" machte Z laut.

„Was ist los mit dir?"

„Ich mustere euch." stieß Z zwischen den Zähnen hervor, „meiner Meinung nach seid ihr bereit."

Geraldine runzelte die Stirn: „Meiner Meinung nach bin ich nicht bereit."

„Ich noch viel weniger." schloss sich Annie an.

„Letzten Endes kommt es eh nur auf Gottes Meinung an." erwiderte Z und Annie verzog das Gesicht:

„Davor graut es mir."

„Er wird keinen von uns im Stich lassen."

„Trotzdem. Alleine..."

„Blödes Gefühl – finde ich auch." schloss sich nun Geraldine ihr an.

„Glaubt mir – das geht mir nicht anders." Z rieb sich das Kinn, „aber es ist unser Auftrag. Und da bin ich froh, dass es zumindest danach aussieht, dass wir ihn wirklich erfüllen können."

„Gut – das stimmt."

„Wobei erfüllen eigentlich hieße, dass die Leute hinterher auch wirklich gerettet bleiben." warf Annie ein – in Anspielung auf das, was Geraldine zuvor von ihrem Auftrag erzählt hatte.

„Ja." nickte diese, „hätte nicht gedacht, dass es jemand schafft, schneller abzuhauen als wir selbst."

„Unsere Verantwortung endet in diesem Moment." sinnierte Z, „da beginnt ihre eigene."

„Ich werde trotzdem das Gefühl nicht los, dass es anders laufen würde, wenn die anderen mit dabei wären, anstatt hinterher zu übernehmen." Annie überlegte einen Moment: „Wir könnten ihnen vorschlagen, dass sie sich auch verkleiden. Und immer mitkommen."

„Ich denke, das sollten wir ihnen ersparen." wehrte Z ab, „die Sache mit der Karte ist schon gut so. Das nimmt den Leuten auch den Druck. Wenn du gleich anfangen zu reden musst... an zu... zu an... wir sollen niemanden zwingen."

Es war ein Indiz dafür, wie sehr den beiden Frauen dieses Thema nachging, dass sie Zs Ausrutscher nicht einmal bemerkten:

„Besser wäre es manchmal." murmelte Geraldine und Annie fügte hinzu: „Meistens sogar."

Doch Z war entschlossen, es weiter positiv zu sehen: „Auf jeden Fall ist das der Moment. Wo es anders werden kann. Die nächste Vision..."

„...hast hoffentlich du." fiel Annie ihm ins Wort.

„Ja." stimmte Geraldine zu, „fang du ruhig an. Da habe ich auch nichts dagegen. Und dann mach gerne auch erstmal eine Weile weiter."

Z zog die Brauen hoch: „Und was macht ihr in der Zeit?"

„Beten."

„Das lasse ich gelten."

„Also bist du dabei?" Auf Annies Gesicht erschien ein Ausdruck der Hoffnung – den Z sofort zunichtemachte:

„Leider ist das nicht meine Entscheidung."

„Da hast du allerdings Recht." seufzte sie.

„Was mich zu einem guten Stichwort führt. Quatsch – das ist ein gutes Stichwort."

„Recht haben?"

„Nein." Z schüttelte den Kopf, „meine Entscheidung. Oder eben gerade nicht meine Entscheidung."

„Was ist denn nicht deine Entscheidung?" erkundigte sich Geraldine.

„Das Auto."

Geraldine und Annie sahen sich an – bis Annie sich an die Stirn tippte:

„Von allen Antworten, mit denen ich gerechnet hätte, kam die ganz sicher auf dem vorletzten Platz."

„Echt?" wunderte sich Z, „welche ist denn auf dem letzten?"

„Das..."

„...will ich gar nicht hören." würgte Geraldine Annie ab und wandte sich dann an Z: „Mach du lieber weiter."

„Okay." nickte dieser, „mir geht es um folgendes: Dieses Auto da draußen – das haben wir damals als Mannschaftsbus erstanden. Viele Leute sollten reinpassen, denn viele Leute sollten mitfahren. So ist es schon sehr lange nicht mehr. Und im Grunde ist es mehr oder weniger mein Auto. Das war nie offiziell, aber ihr habt beide eins und ich habe es immer auch so ein bisschen als Entschädigung für das Auto gesehen, das Sven getötet hat."

„Öhm..." wollte Annie unterbrechen, aber Z ließ sie nicht:

„Ihr wisst, was ich meine. Auf jeden Fall fahre ich damit rum. Und das will ich eigentlich nicht mehr. Aus mehreren Gründen: Erstens – es ist zu groß. Man kriegt damit kaum einen Parkplatz – vor allem da, wo wir jetzt wohnen. Und es verbraucht halt auch ordentlich Benzin. Und selbst wenn wir bald einer mehr sind – in der Familie, meine ich – brauchen wir trotzdem nicht so viel Platz. Zweitens – es ist ein Nutzfahrzeug – im weitesten Sinne. Sprich: Es fährt sich nicht schön. Schlimmer Wendekreis, schlimme Beschleunigung – ich komme mir vor wie ein Großvater."

Geraldine kratzte sich am Kopf: „Ist das ein Argument?"

„Für mich schon. Aber das Beste kommt ja zum Schluss: Drittens – es ist bekannt. Vielleicht ist es etwas weit hergeholt, dass sich irgendwer gemerkt hat, womit wir früher angedüst gekommen sind, aber wir haben es schließlich auch für die Fernsehshow benutzt und da war es schon ab und zu zu sehen. Soll heißen: Es mag durchaus Leute – oder Dämonen – geben, die das Ding kennen und sich dran erinnern. Und das vermittelt mir ein ungutes Gefühl in Bezug auf unsere neue Heimlichkeit. Denn was bringt es, wenn ich verkleidet aus einem Auto steige, von dem man weiß, dass es meins ist – oder unseres?"

„Das wiederum ist ein Argument."

„Sag ich doch."

„Und entkräftet zugleich meine Überlegungen, wo du hinwillst." fügte Geraldine hinzu, worauf Z

verständnislos „Hm?" machte. Also klärte sie ihn auf:

„Ich dachte, du willst mit einer von uns tauschen. Aber das wäre ja genauso blödsinnig."

„Stimmt. Nein. Ich will es verkaufen. Eintauschen, besser gesagt. Gegen ein anderes. Das dann – wenn ihr damit einverstanden seid – und damit komme ich endlich zu dem Punkt, wo es nicht meine Entscheidung ist – wirklich mir gehört. So komplett. Nichts mehr Gemeinschaftsmobil, nur noch Z-Mobil."

„Z-Mobil – Batmobil." kicherte Annie.

„Bettmobil." kam es von Geraldine, was ihr einen konsternierten Blick von Annie einbrachte:

„Hast du jetzt wiederholt, was ich gesagt habe? Oder war das der Versuch eines Wortwitzes, den man nicht merkt, weil du keinen Unterschied bei der Aussprache gemacht hast?"

Geraldine zog eine Schnute: „Weder, noch."

„Äh?"

„Reingefallen."

„Äh?"

„Lass gut sein, Annie. Z – ist okay. Von meiner Seite."

„Von meiner Seite auch." schloss Annie sich an.

Z lächelte erleichtert: „Gut. Danke. Gut."

„Zwei ‚Gut' und nur ein ‚Danke'?" Geraldine hob tadelnd einen Zeigefinger.

„Sorry. Danke. Und: Danke."

„Okay – drei zu zwei. Das kann ich akzeptieren."

„Fein." Z klatschte in die Hände, „dann werde ich bei Gelegenheit zum Autohändler fahren. Und mal sehen, was ich kriege."

Darauf bekam er auch von Annie einen Zeigefinger: „Aber keinen roten Sportwagen."

„Bin ich 40?" gab er zurück.

„Naja... fast."

„Ähem..."

„So lange ist es wirklich nicht mehr hin." überlegte Geraldine und Z brummte missmutig:

„Okay. Vielleicht nicht. Aber immer noch weit genug, dass man mir keine Midlife-Crisis unterstellen muss."

„Darauf wollte ich auch gar nicht hinaus." entgegnete Annie, „du hast dich über das Fahrgefühl beschwert. Und das klingt für mich, als wolltest du da etwas... nun... ‚männliches'. Aber du brauchst was für die Familie – das ist dir hoffentlich klar."

Z nickte: „Ist es, ist es."

„Wunderbar."

22

Diesmal saß Lotta nicht einfach auf der Couch. Diesmal klingelte sie ganz brav. Und wurde dennoch mit großen Augen empfangen:

„Das ist eine Überraschung."

Lotta musterte Geraldine einen Moment: „Wieso?"

„Na. Ich hatte bei unserem Telefonat nicht den Eindruck, dass du Lust hast, dich mit uns zu unterhalten. Jetzt, wo dein neuer bester Freund..."

„Ich bin nicht mal drin und schon gehen die Beleidigungen los." fauchte Lotta sie an, doch davon ließ sich Geraldine nicht beeindrucken – im Gegenteil: Sie stieg direkt darauf ein:

„Du wirst auch nicht reinkommen. Von daher ist das hier schon der richtige Ort dafür."

„Wir müssen reden." Lotta war um Selbstbeherrschung bemüht, aber Geraldine lachte nur spöttisch:

„Wenn du das willst, müssen wir reden. Und wenn wir das wollen?"

„Was solltet ihr mir zu sagen haben?"

Z, den die lauten Stimmen neugierig gemacht hatten, gesellte sich zu ihnen: „Yannik war unser Freund."

„Also geht es gar nicht um mich." Lotta nickte verstehend – und bekam es gleich nochmal bestätigt:

„Nein. Geht es nicht."

Sie atmete tief durch: „Dann verspreche ich, dass ich ihn vorbeischicke. Und jetzt..."

„...auf Wiedersehen." führte Geraldine den Satz für sie zu Ende und versuchte, die Tür zu schließen. Lotta stellte einen Fuß dazwischen – und zuckte schmerzvoll zusammen, als er darin eingequetscht wurde. „Es ist wichtig." stieß sie hervor.

Inzwischen war auch Annie hinzugekommen und legte Geraldine die Hand auf die Schulter: „Lass sie rein."

„Nein." beharrte Geraldine – aber das konnte Annie auch:

„Doch. Wir müssen ihr ja keinen Stuhl anbieten."

Ein Lächeln huschte über Geraldines Gesicht: „Klingt gut." Sie gab die Tür frei und Lotta ging in die Hocke und befühlte ihren Fuß. Dann blickte sie verärgert auf:

„Ihr seid kindisch."

„Und du bist unmöglich." schnauzte Z sie an, „du warnst uns vor dem Betrüger und rennst ihm selbst hinterher."

„Er hat mich überzeugt."

„Das kannst du deiner Großmutter erzählen."

„Leider nein." Lotta humpelte an ihnen vorbei in Richtung Wohnzimmer. Wurde allerdings schnell wieder überholt. Und bekam – dort angekommen – wirklich einen Sitzplatz verwehrt, denn Annie hatte den Vorsprung genutzt, um alle freien Sessel umzudrehen und an die Wand zu schieben – mit Ausnahme dessen, auf dem sie selber saß. Und der Couch, auf der sich

Geraldine und Z niederließen. Lotta schüttelte entnervt den Kopf – doch keiner der Freunde ging darauf ein.

Stattdessen warf Geraldine ihr einen vernichtenden Blick zu: „Erklär dich. Dann hören wir dir zu."

Lotta ließ sich im Türrahmen auf den Boden sinken, kam aber zunächst nicht dazu, sich zu erklären, da Z ihr zuvorkam:

„Spielst du nur?"

„Was?" Lotta blickte ihn verständnislos an.

„Tust du nur so, als würdest du an ihn glauben? In der Öffentlichkeit, auf der Straße. Dann könntest du jetzt – hier drin – damit aufhören."

Lotta schüttelte den Kopf: „Nein."

„Sagst du das nur, weil du Angst hast, dass er es mitkriegt? Auch hier drin?"

„Was?" kam es erneut – und diesmal war auch Annie verwirrt:

„Was willst du, Z?"

„Na – er ist Jesus. Also kann er theoretisch überall aufploppen – urplötzlich. Einfach dastehen – Bumm. Keine Tür und keine Wand würden ihn hindern. Und das gälte es zu bedenken, wenn man ihm vorgaukelt, an ihn zu glauben. Dass man nicht im stillen Kämmerlein einfach sein wahres Gesicht zeigen kann – weil man damit rechnen muss, dass er es sogar dort sieht."

Annie kratzte sich am Kopf: „Gälte?"

„Stimmt schon." schaltete sich Geraldine ein, „also... das Wort, meine ich. Grammattisch. Was deine Theorie angeht... die ist dann doch eher ein wenig viel zu sehr weit ab von dem, was ich denke, was ich glaube, was..."

„Um es kurz zu machen." kappte Lotta ihren Gedankenstrom, „nein. Ich spiele nicht. Nicht bei ihm, nicht bei euch. Ich tue, was ich denke – glaube – was richtig ist. Und das ist: an ihn glauben. Punkt. Ihr braucht euch also keine weitere Mühe zu geben, mein Gesicht nach geheimen Zeichen oder meine Worte nach geheimen Botschaften abzusuchen. Da ist nichts. Punkt. Und was ihn betrifft... ich verstehe, worauf du hinauswillst, Z. Er ist göttlich und daher nicht an unsere natürlichen Gesetzte... an die Naturgesetze gebunden. Und es gibt in den Evangelien Stellen, die darauf hindeuten, dass er so wirklich vorgegangen ist. Aber das macht er nicht. Nicht mehr – wenn man besagte Passagen so auslegt. Er verhält sich wirklich wie ein Mensch. Ganz bewusst. Damit er als einer von uns akzeptiert wird. Von allen. Viel zu viele Leute fürchten sich vor ihm. Wenn er da einfach irgendwo

‚aufploppt' – wie du es nennst – würde es das nur noch schlimmer machen. Also zeigt er seine Macht dort, wo es richtig ist. Durch Wunder. Und nicht durch Spielereien. Sprich: Wenn er wohin will, nimmt der den Bus. Oder die Bahn. Oder das Flugzeug."

„Äh?" Annie kratzte sich am Kopf, „hat er nicht tausend Dutzend Jünger mit Autos, die ihn überall hinfahren können?"

„Er will den Menschen nahe sein. Also nutzt er die Verkehrsmittel, bei denen er das kann. Manchmal – wenn es schnell gehen muss – nimmt er natürlich auch das Angebot einer privaten Fahrt in Anspruch. Aber wo – wann – auch immer es geht, versucht er, lieber das öffentliche Angebot..."

„Danke." revangierte sich Geraldine für die vorherige Unterbrechung mit einer eigenen, „für dieses wundervolle und ausführliche Verteidigungsplädoyer. Wir waren ja schon ein paarmal vor Gericht. Da hättest du dich gut gemacht."

Lotta verzog das Gesicht, schwieg allerdings. Was Geraldine ganz recht war:

„Wir wissen jetzt also, dass du wirklich, ehrlich, echt durchgedreht bist. Fein. Gratulation. Hast du uns denn nun noch etwas zu sagen oder nicht?"

Das Schweigen hielt an – so lange, dass Geraldine schon ansetzte, aufzustehen. Doch ihre Bewegung wirkte auf Lotta wie ein Startzeichen:

„Glaubt ihr daran, dass ich Gottes Stimme höre?"

Darauf folgte wieder Schweigen. Geraldine sank zurück und starrte an die Decke. Annie auf ihre Hände. Nur Z sah Lotta direkt an – mit einer Mischung aus Hoffnung und Enttäuschung:

„Du bist seine Prophetin. Korrigiere: warst."

„Es ist kein Platz mehr für eine Prophetin." seufzte Lotta.

„Jetzt erst recht."

„Was glaubt ihr wohl, was passiert? Es gibt zwei Möglichkeiten: ich sage, was Jesus mir sagt. Oder ich sage, was Gott mir sagt. Wenn ich sage, was Jesus mir sagt, bin ich nur seine Marionette. Und im Grunde überflüssig. Denn er kann es auch selber sagen. Wenn ich sage, was Gott mir sagt, widerspreche ich Jesus – höchstwahrscheinlich. Und dann stellt er mich kalt."

„Und?" Geraldine sah sie herausfordernd an, „ist das die Wahrheit nicht wert?"

„Die Wahrheit?" schnaubte Lotta, „welche Wahrheit? Kennt ihr sie? Wisst ihr sie? Habt ihr Beweise?"

Die drei Freunde wechselten unbehagliche Blicke: „Wir..."

„Ihr habt eine Meinung. Und ihr habt Beweise. Die leider das Gegenteil eurer Meinung beweisen."

„Was soll das denn heißen?" fuhr Annie auf.

„Ihr habt seine Wunder gesehen." führte Lotta aus, „und sie deuten darauf hin, dass er ist, wer er behauptet zu sein. Ihr glaubt es trotzdem nicht. Also folgt ihr nicht dem, was ihr seht. Sondern dem, was ihr fühlt. Und das nennt ihr Wahrheit?"

„Du selbst hast uns vor ihm gewarnt." erinnerte Z sie erneut, „du selbst hast gesagt, er wäre nicht echt. Du selbst hast gesagt, wir dürften ihm nicht folgen."

„Ihr. Nicht ich."

Geraldine klappte den Mund auf: „Das... ist... raus." Sie deutete in Richtung Flur. Aber Lotta rührte sich nicht:

„Nicht, bevor ich nicht gesagt habe, was ich zu sagen habe."

„Du?"

„Es kommt von Gott. Teilweise."

„Teilweise?" wiederholte Annie irritiert.

„Sag zuerst, was du eben gemeint hast." forderte Geraldine, „nicht wir, aber du."

Lotta schüttelte den Kopf: „Ich habe nicht vor, irgendwelche weiteren Äußerungen zu diesem Thema abzugeben."

„Dann brauchst du auch keine anderen weiteren Äußerungen mehr abzugeben."

„Überstimmt." kam es von Z und er nahm Annies zustimmendes Nicken dankbar an und Geraldines wütendes Augenfunkeln in Kauf, „wir hören es uns an. Aber vorher werde ich einen weiteren Versuch starten, an deine Vernunft zu appellieren: Warum zeigst du uns den Weg und gehst dann selbst einen anderen?"

„Weil wir nicht alle den gleichen Weg zu gehen haben." antwortete Lotta müde.

„Aber deiner ist falsch."

„Sagst du."

„Er passt nicht zu dem, was du uns erzählt hast."

„Sagst du."

„Du machst keinen Sinn." brummte Z.

„Die Dinge haben sich geändert." Lotta lächelte traurig, „und dadurch auch mein Weg. Ganz einfach."

„Durch Yannik." vermutete Geraldine.

„Durch Yannik." bestätigte Lotta.

„Dann können wir aufhören." Nun deutete auch Z zum Flur hinaus, „Liebe macht blind. Und er weiß das, auszunutzen."

„Z." Annie schüttelte den Kopf und er winkte ab:

„Ist doch wahr."

Annie wandte sich Lotta zu: „Wie du siehst, bin ich nun die Einzige, die dir noch zuhören will. Und damit in der Minderheit. Manchmal gewinnt bei uns die Minderheit. Aber nur, wenn sie etwas Gutes bieten kann. In diesem Fall musst du das bieten. Sonst kriegst du gleich einen dritten Finger zur Haustür."

Lotta biss sich auf die Lippen und schwieg. Weswegen Annie fortfuhr:

„Bist du denn hier, um uns jetzt das Gegenteil von neulich zu sagen? Dass wir ihm doch folgen sollen?"

„Nein."

„Aber solltest du das nicht?"

„Ihr versteht meinen Auftrag immer noch nicht." Lotta richtete sich ein wenig auf, „ich bekehre keine Menschen. Ich gebe ihnen Weisung. Als wir das letzte Mal zusammensaßen, hat Gott mir gesagt, dass ich euch sagen soll, dass ihr von ihm fernbleiben sollt. Das habe ich getan. Fertig. Ich hinterfrage das nicht. Ich diskutiere nicht darüber. Ich spreche es einfach aus. Fertig. Und so mache ich das auch, wenn sich etwas ändert. Bei wem auch immer. Ich sehe vieles jetzt anders als damals. Ich verstehe vieles anders. Aber das ist nur für mich. Und nicht für euch. Ihr müsst euer Sehen und euer Verstehen selbst umstellen. Es nützt nichts, wenn ich euch Dinge vorkaue. Erkenntnisse kommen nur durch Erkenntnisse."

„Bauernweisheit." spottete Z und Geraldine schloss sich sofort an:

„Schlechte noch dazu."

Annie legte einen Zeigefinger auf die Lippen und machte mit dem anderen eine kreisende Bewegung, die Lotta als Zeichen nahm, weiterzusprechen:

„Ich bin auch heute hier, um euch etwas zu sagen, was ich aufgetragen bekommen habe. Teilweise von Gott. Teilweise von Jesus."

„Das von Gott wollen wir hören." erklärte Geraldine, „das von ‚Jesus' nicht."

„Ich werde es trotzdem sagen. Damit ich mit gutem Gewissen wieder gehen kann."

Z tippte sich an die Stirn: „Du solltest überhaupt gar kein gutes Gewissen mehr haben."

„Sagst du." entgegnete Lotta.

„Sage ich."

„Und ich stimme zu." tat Geraldine genau dies.

Annie beugte sich vor: „Beeil dich lieber. Ihre Geduld ist schon zu Ende. Und meine bald auch."

„Gut." nickte Lotta und kam auf die Füße, „dann in schnell: Fangen wir mit dem an, das ihr nicht hören wollt. Taktisch klüger, weil das andere dann noch kommt."

„Wie clever." murmelte Z leise.

„Ihr habt ein Problem mit Miguel. Jesus weiß das. Weil die Männer der Kirche, an die euer Detektiv sich gewandt hat, damit zu ihm gegangen sind. Und er hat sich entschieden, die Sache selbst in die Hand zu nehmen. Auf seine Art."

Geraldine runzelte die Stirn: „Was nichts Gutes heißen kann."

„Ihr bekommt genau das, was ihr wollt." entgegnete Lotta, „Miguel geht. Das Geld, das er sich erschlichen hat, wird einem guten Zweck zugeführt. Das Zentrum bleibt. Und wird seinen guten Zweck weiterhin erfüllen."

„Und wo ist der Haken?"

„Für die Menschheit? Keiner. Für euch? Ihr werdet euch damit abfinden müssen, dass Miguel nicht in Handschellen abgeführt wird. Und dass er hier in Frankfurt bleiben wird. Denn im Vatikan wollen sie ihn nicht mehr. Jesus will ihn dagegen schon."

Z blinzelte konsterniert: „Wofür das denn?"

„Das kann ich euch nicht sagen." Lotta zuckte die Achseln, „weil ich es schlicht und ergreifend nicht weiß. Und es mich auch nicht interessiert. Schließlich habe ich kein Problem mit ihm."

„Nun gut." winkte Annie ab, „soll er. Wir hatten eh in eine ähnliche Richtung gedacht."

„Ja. Ich hatte ja gesagt, dass ihr bekommt, was ihr wollt."

„Dann jetzt das Wichtige." drängte Geraldine sie weiter.

Lotta rollte mit den Augen: „Das Wichtige."

„Du bist von der Prophetin zur Dienerin geworden. Das ist jämmerlich. Aber wenn noch ein klitzekleines bisschen Prophetin übrig ist, dann zeig uns das lieber."

„Ich bin fast gewillt, es bleiben zu lassen."

„Aufbegehren gegen Gott." sagte Z trocken, „du hast dich verändert."

Lotta fuhr sich über die Haare: „Er würde mich sowieso nicht lassen. Von daher... atmet tief durch."

„Wieso?" fragte Annie, „kündigst du uns unser Ende an?"

„Nein. Aber ihr seid alle so geladen und..."

„Du auch." fuhr Z dazwischen.

„...ich auch." beendete Lotta ihren Satz genau damit, „das, was ich zu sagen habe, ist wichtig. Sehr. Das wisst ihr von früher aus Erfahrung. Selbst wenn ihr meint, mich nicht wiederzuerkennen, glaubt zumindest, dass sich daran nichts geändert hat. Und deswegen ist es auch wichtig, dass ihr es richtig hört. Und richtig versteht."

Annie nickte und sah dann die beiden anderen auf der Couch an: „Geraldine? Z?"

Die beiden nickten ebenfalls – wenn auch mit gewisser Verzögerung. Doch das reichte Annie. Sie wandte sich Lotta zu:

„Da hast du es: Wir atmen durch. Bleiben ruhig sitzen. Hören dir zu."

„Danke." Lotta zögerte kurz, „zunächst ein Zusatz zu eben: Es geht nicht nur darum, dass Jesus mit Miguel etwas vorhat. Wenn ihr ihn anprangert, geratet ihr wieder ins Rampenlicht. Und das sollt ihr nicht. Es würde eure Aufgabe gefährden."

„Das ist wahr." gab Geraldine zu, „und bringt mich zu einer interessanten Frage: Verrätst du uns?"

„Es schmerzt mich, was für eine schlechte Meinung ihr binnen so kurzer Zeit von mir gewonnen habt."

Z blickte sie traurig an: „Du bist sehr schnell sehr tief abgestürzt."

„In euren Augen." entgegnete sie trotzig.

Geraldine zog die Brauen hoch: „Objektiv betrachtet..."

„Objektiv betrachtet habe ich euch gegenüber nie etwas getan, was diese Meinung rechtfertigen könnte." würgte Lotta sie unsanft ab, „meine Entscheidungen für mein Leben sind nicht für euch zur Abstimmung gedacht. Ich tue, was ich für richtig erachte."

Doch für Geraldine war die Frage damit nicht beantwortet: „Sei mal dahingestellt, wie richtig du damit liegst. Und auch, was für ein netter Mensch du warst und vielleicht auch noch bist. Du gehörst jetzt zu seinem engsten Kreis. Ist es da nicht deine Pflicht, ihm sowas zu sagen?"

Lotta schüttelte den Kopf: „Ich habe keine Pflichten ihm gegenüber. Ich diene ihm – ja. Aber ich bin nicht unmündig. Und so behandelt er mich auch nicht. So behandelt er niemanden. Er ist kein Diktator. Er ist durch und durch gut."

„Warum dann der Aufstand?" wunderte sich Annie.

„Ihr werdet eure Antworten bekommen. Aber nicht jetzt und nicht von mir. Ich kann euch versichern, dass ich meinen Mund nicht über euch öffnen werde. Ihr habt mein Wort. Das ich noch nie in meinem Leben gebrochen habe. Gott soll mich strafen, wenn ich es tue. Und glaubt mir: das würde er."

„Glauben wir." versicherte Z und auch Geraldine war nun zufrieden – und ging weiter:

„Was sonst noch?"

„Der Tag wird kommen, an dem ein Dämon euch verhöhnt." Lotta machte eine kurze Pause, um das sacken zu lassen – die Annie natürlich sofort ausnutzte:

„Welcher Dämon?"

„Hör einfach zu."

„Okay."

„Nochmal: Es wird der Tag kommen, an dem ein Dämon euch verhöhnt. Er wird euch als ‚nutzlosen Abschaum' bezeichnen. Als ‚Kinder des ewigen Verlierers'. An diesem Tag habt ihr die Wahl zwischen dem einfachen Weg und dem richtigen Weg. Euer erster Impuls wird sein, dem einfachen zu folgen. Weil er für euch keine Konsequenzen hätte. Tut das nicht. Wählt den anderen. Den richtigen."

Z griff sich an die Wangen: „Das klingt doch schon wieder genauso ominös wie früher."

„Ich habe ja auch nie behauptet, dass ich mich verändert hätte." erwiderte Lotta gelassen.

„Wer das nicht behauptet, ist blind."

„Das hattest du doch schon festgestellt, dass ich das bin."

Z legte den Kopf schief: „Du gibst es also zu?"

„Wir sind alle blind." lautete Lottas Antwort, „für das, was wir nicht sehen."

Geraldine verzog das Gesicht: „Fertig?"

„Fertig."

„Dann wäre es nett, wenn du uns mal deinen wesentlich freundlicheren Freund..."

„Mann." korrigierte Lotta automatisch.

„...ach ja – Mann – vorbeischicken könntest. Außer natürlich, er ist deinem anderen Freund inzwischen genauso verfallen wie..."

„Er hält sich da raus." brummte Lotta gereizt und wandte sich zum Gehen. Ihr Fuß tat inzwischen nicht mehr weh und so konnte sie den Weg zur Haustür im Normaltempo zurücklegen. Zs lautes

„Kluger Junge." hörte sie trotzdem noch. Entschied sich aber, es einfach zu ignorieren.

23

Schon bevor Imran sich auf die Suche nach einem Ansprechpartner im Vatikan gemacht hatte, hatte er die Freunde darauf hingewiesen, dass es unter Umständen einige Zeit dauern würde, bis sie eine Rückmeldung bekamen. Lottas Besuch war in ihren Augen diese Rückmeldung. Weswegen sie davon ausgingen, dass sich das Thema damit für immer erledigt hatte. Doch damit lagen sie falsch – wie sie gleich am nächsten Tag feststellen durften, als ihnen der Alarm auf dem Handy verkündete, dass eine weitere Sondersendung mit Jesus anstand.

Zu ihrer großen Überraschung saß Jesus dieses Mal in einem Fernsehstudio. Und zu ihrer noch größeren Überraschung saß ihm gegenüber – Miguel. Das, was folgte, war inhaltlich für sie keine Überraschung. Sie kannten die

Geschichte. Und wurden sich dabei unglücklich bewusst, wie sehr sie sie zurück in den Fokus der Zuschauer rückte. Aus dem sie sich gerade verschwunden geglaubt hatten. Aber Jesus tat ihnen einen Gefallen. Im Hinblick auf sein eigenes Ziel, welches er am Ende der Sendung klar und deutlich darlegte, verspürte er anscheinend das Bedürfnis, Miguel besser dastehen zu lassen als eigentlich der Fall. Was er dadurch tat, dass er sie schlechter dastehen ließ. Er verbreitete keine Lügen. Aber er ritt ausgiebig darauf herum, dass sie durch ihr Fehlverhalten die von seinem Vater geschenkten Gaben verloren und Miguel damit schwer enttäuscht hatten – so wie ‚den Rest der Menschheit' auch. Das wiederum war für sie eine positive Wendung, für die sie diese kurzfristige und ungeplante Rückkehr ins Rampenlicht gerne in Kauf nahmen. Wenn Jesus höchstpersönlich vor aller Augen betonte, dass sie keine Gaben mehr hatten, kamen die Menschen, denen sie halfen, garantiert nicht mehr auf die Idee, dass sie in den Kostümen steckten, über denen sie bis zu Beginn der Sendung gemeinsam gebrütet hatten und deren grobe Entwürfe nun ausgebreitet auf dem Wohnzimmertisch lagen und darauf warteten, dass sich jemand ihrer annahm, der sich mit der Herstellung von Kleidung auskannte.

Das Ende der Sendung war dennoch ein kleiner Schock – wenn auch mehr aus persönlichen Gründen. Dass das Zentrum weiterlaufen sollte; dass Jesus den Drang hatte, es zu legalisieren; dass er dafür um Spenden aus der Bevölkerung bat – all das war gar kein Problem. Doch er wollte dort einziehen. Und es offiziell zu seinem Zentrum – seiner Basis – machen. Und sie zahlten nach wie vor Geld an diese Einrichtung.

„Ich denke, damit haben wir uns eine weitere Aufgabe aufgehalst." seufzte Annie, als sie den Fernseher ausschaltete, „eine Alternative suchen."

„Und wenn das das ist, wovon Lotta gesprochen hat?" wandte Z ein, „einfach gegen richtig?"

„Hat dich irgendein Dämon verspottet in letzter Zeit?"

„Nein, stimmt."

„Dann sehen wir zu, dass wir das Geld jemandem geben, hinter dem wir auch stehen können." Annie sah in die Runde, aber weder Geraldine noch Z hatten spontan einen Vorschlag.

„Also alle überlegen." fasste Geraldine es zusammen und die beiden anderen nickten zustimmend. Anschließend wechselte Z das Thema:

„Was wohl aus Miguel wird?"

„Ja, das hat er gar nicht gesagt." Geraldine fuhr sich über die Wange, „ich schätze mal, er wird klammheimlich verschwinden. Er hat gesagt, was er zu sagen hatte und..."

„Wäre das Beste." unterbrach Annie sie vehement, „für alle Beteiligten."

„Bin gespannt, ob das überhaupt klappt." Z rieb Daumen und Zeigfinger aneinander, um zu zeigen, worauf er sich bezog, „drei Tage sind nicht viel."

„Ich schätze mal, die drei Tage hat er nur genommen, weil sie Symbolcharakter haben." überlegte Geraldine.

Annie wiegte den Kopf hin und her: „Ich denke, er hat sie genommen, um die Leute anzuspornen, schnell zu spenden. Er will das abwickeln – sofort, wenn es geht. Und ihr glaubt doch nicht im Ernst, dass der Sohn Gottes Schwierigkeiten haben wird, von seinen Gläubigen was zu bekommen?"

„Seinen Gläubigern." kicherte Z.

„Knaller."

„Finde ich auch."

„Und ich finde – nach wie vor – die Ärmel sollten länger." Annie deutete auf die Zeichnungen auf dem Tisch. Und wie schon zuvor runzelte Z bei diesem Vorschlag die Stirn:

„Damit wir unsere Hände verstecken können."

„Hände sind ein wichtiges Merkmal, wenn es darum geht, Menschen als Frau oder Mann zu identifizieren." stimmte Geraldine Annie zu.

„Sind meine Hände so anders als eure?"

Ein Grinsen erschien auf Annies Gesicht: „Ich sag nur: Haare."

„Haare?"

„Schau doch." Annie deutete auf Zs Handrücken.

„Ich hab doch keine Affenhände." wehrte er sich, worauf sie nur

„Schau doch." wiederholte.

So gab er schließlich nach: „Ja, gut, ja. Bei mir ist mehr Haar."

„Früher war mehr Haar." murmelte Geraldine vor sich hin und erntete zwei konsternierte Blicke:

„Hä?" kommentierte Annie den ihrigen.

Geraldine sah auf: „Eigentlich heißt es Lametta."

„Hä?" machte nun auch Z und Geraldine lachte auf:

„Ein ,Hä?' von dir?"

„Kommt vor."

„Wir machen die Ärmel länger." entschied Annie in diesem Moment und ihr Gesicht zeigte deutlich, dass sie keine Widerrede mehr dulden würde. Also gab sich Z auch hier geschlagen:

„Wegen mir. Und wem geben wir das jetzt?"

„Keine Ahnung." Geraldine zuckte mit den Schultern, „das sieht echt kompliziert aus. Meine Mutter kann das nicht."

„Meine auch nicht." schloss Z sich an und ihrer beide Blicke richteten sich auf Annie – vergeblich:

„Meine... keine Ahnung. Werde ich auf die Schnelle auch nicht rauskriegen."

„Fragen wir Katiana." schlug Z vor.

Annie legte die Stirn in Falten: „Meinst du, sie kann sowas?"

„Zumindest hat sie einen ziemlich großen Bekanntenkreis."

Sofort schnellte Geraldines Hand in die Luft: „Aber es muss jemand sein..."

„...dem wir vertrauen." winkte Z ab, „ich weiß."

Annie seufzte leise: „Wir werden schon jemanden finden."

24

Sie hatten geglaubt, der erste Fernsehauftritt von Jesus zusammen mit Miguel hätte alle Überraschungen offengelegt. Doch die böseste davon – zumindest in ihren Augen – sollte noch kommen. Als die beiden drei Tage später erneut vor die Kamera traten. Zunächst geschah genau das, was die Freunde vorausgesehen hatten: Jesus verkündete erfreut, dass das Spendenziel erreicht worden war und einer seiner Jünger – bewandert im Finanzwesen – damit den Kauf des Zentrums in trockene Tücher gebracht hatte. Dass er – Jesus – sich dort nun niederlassen würde. In dem kleinen Gebäude in der Mitte, das bisher als Lagergebäude genutzt wurde. Das war natürlich schon überraschend, wenn auch aus taktischer Sicht nicht unerwartet. Schließlich musste er den durch Miguel entstandenen Eindruck, sich persönlich an diesem Unterfangen bereichern zu wollen, wieder revidieren. Dann jedoch kam der Schwenk. Zurück – zu Miguel. Jesus dankte den Zuschauern auch dafür, dass sie dessen Beichte und seine eigene daraufhin erteilte Vergebung so positiv aufgenommen hatten. Erklärte, dass ihm dies ein Zeichen war, dass er mit seiner Einschätzung richtig lag, dass Menschen, die Fehler machten und sie zugaben, angesehener waren als solche, die so taten, als machten sie keine. Diese Spitze zielte natürlich in Richtung der restlichen Kirchenvertreter – auch wenn Jesus es nicht offen aussprach. Doch es wurde sehr deutlich bei seinen folgenden Ausführungen, in denen er aus Miguel quasi einen Heiligen machte – nur dadurch, dass er sich vor die Kamera gestellt und seinen Betrug zugegeben hatte. Dass Jesus solche Leute an seiner Seite wollte, war durchaus noch nachvollziehbar. Der Schritt, der danach folgte, ließ die Freunde allerdings erstarren. Er machte Miguel zum Oberhaupt der Katholischen Kirche. Nicht zum Papst. Diese Position hatte er ausdrücklich für abgeschafft erklärt. Aber zum – ihm direkt unterstellten – menschlichen Anführer. Der die Verantwortung für die gesamte Kirche übernehmen würde. Das Bindeglied zwischen Gott und den Menschen darstellte. Im Grunde genau wie der Papst. Mit dem kleinen, aber entscheidenden Unterschied, dass er seine Anweisungen von Jesus direkt bekam. Und nicht frei entscheiden konnte, was er sagte oder tat.

„Er hat sich sein eigenes Kasperle geschaffen." Z schüttelte verstört den Kopf, „das Millionen von Leuten seine Botschaft als Gesetz präsentiert."

„Das ist ein bisschen übertrieben, findest du nicht?" versuchte Annie, ihn zu bremsen – aber Z ließ sich nicht bremsen:

„Hierzulande vielleicht. Aber es gibt so viele Länder, wo die Leute es gewohnt sind, dass die Kirche ihnen Vorschriften macht. Die sie einfach ohne zu fragen befolgen. Bisher waren das Dinge, die sich die Vatikanis selbst ausgedacht haben. Das war schlimm genug. Jetzt sind es seine Dinge. Die er sich ausdenkt. Und die Miguel für ihn weitergibt. Ich will mir gar nicht ausmalen, was das heißt."

Geraldine atmete tief ein: „Er ist Jesus."

„Er ist nicht Jesus." fuhr Z auf und Geraldine hob beruhigend die Hände:

„Ja. Nein. Nein. Ja. So meine ich das nicht."

„Wie denn dann?"

„Die Menschen haben ein Bild davon, wie Jesus zu sein hat. Der Retter der Menschheit. Der Sohn des Schöpfers von Himmel und Erde. Er selbst nutzt ja auch jede Gelegenheit, sich entsprechend anzupreisen. Das heißt, dass der

Radius, in dem er sich bewegen kann, eingeschränkt ist. Er kann nicht hingehen und den Christen befehlen, es den radikalen Islamisten gleichzutun und sich in die Luft zu sprengen. Weil das allem widerspricht, was wir glauben. Ganz grundsätzlich. In diesem Moment verrät er sich. Dann hört der Glaube an ihn und in ihn auf. Das kann er sich nicht leisten."

„Aber er kann das Wasser sein, dass den Stein schmirgelt." wandte Z ein und rief damit bei Annie Irritation hervor:

„Schmirgelt?"

„Ach... er hat Zeit. Er kann ganz behutsam und sanft immer mehr in diese Richtung gehen. Hier ein Wort, da eine offene Frage. Mal eine Bitte, mal eine Anweisung. Mensch... das muss ich doch nicht erklären."

„Nein, verstehe schon." nickte Geraldine, „trotzdem glaube ich nicht, dass er damit über einen gewissen Punkt hinauskann."

Annie rieb sich die Schläfe: „Wir werden es sehen. Ich bin vor allem gespannt, wie sich Miguel dabei schlägt."

„Gut." brummte Geraldine, „wie sonst?"

„Naja..." Z wippte mit dem Kopf, „er weiß sicherlich selbst am allerbesten, dass er jetzt der Kasper mit der Hand im Hintern ist."

„Hand im...? Ich dachte eigentlich an den, der an Schnüren hängt."

„Ja, bitte. Schnüre." Annie schüttelte sich unbehaglich, „da kriege ich weitaus weniger unschöne Bilder vor mein geistiges Auge."

Z zuckte die Achseln: „Wegen mir. Dann mit Schnüren. Aber es kommt aufs Gleiche raus. Er ist jetzt da, wo jeder gerne hinwill: ganz oben. Ich weiß nicht, ob er diesbezüglich Ambitionen hatte, aber selbst wenn nicht – das ist die Erfüllung eines Traums. Und er hat das jetzt. Und trotzdem hat er – nichts. Er ist ganz oben und komplett unmündig. Er ist wie die Queen."

„Die aus England?" fragte Annie verwundert und Z rollte mit den Augen: „Nein, die Band."

„Die war auch aus England."

„Annie..." seufzte Z und Geraldine kam ihm zur Hilfe:

„Ironie, Annie."

Was nicht half: „Wie jetzt?"

„Uah." Z breitete die Arme aus, „ja, die Queen aus England. Die auf ihrem Thron sitzt – bildlich gesprochen – und somit augenscheinlich alle Macht hat. Und in Wirklichkeit gar keine. Die fährt ab und zu mit dem Auto durch

London und winkt aus dem Fenster. Und verbringt den Rest der Zeit damit, sich die Eskapaden ihrer Familie anzuschauen. Aber was zu sagen hat sie nicht. Weder ihrer Familie noch dem Volk noch denen, die die eigentliche Macht in Händen halten."

„Weißt du das so genau?" hakte Annie nach.

„Ist doch egal. Es geht nur um den Vergleich. Und auf Miguel trifft es definitiv zu."

„Das ist richtig."

„Oder auch nicht." Geraldine tippte sich nachdenklich an die Lippen – und hatte sofort die komplette Aufmerksamkeit:

„Nicht?"

Sie tippte noch einige Sekunden weiter. Dann blickte sie auf: „Überlegt doch mal. Wir haben da diesen Menschen. Der behauptet, Jesus zu sein. Er kann viel. Und er weiß viel. Aber... woher kommt das? Er kann nicht von Gott gesponsort sein, denn der würde nie zulassen, dass er sich Jesus nennt. Also kommt er von ‚den Bösen'. Und die können nicht gut sein, die können nur gut spielen. Was heißt, dass sein Können in ihrem Können verankert ist und sein Wissen in ihrem Wissen. Sie können eine Menge – daher wird da kaum was auffallen. Aber ihr Wissen um die göttlichen Dinge ist bestimmt begrenzt. Und die Fragen, die er im Laufe der Zeit gestellt bekommen wird, werden garantiert nicht einfacher."

„Ich sehe, worauf du hinauswillst." Z nickte bedächtig, „du meinst, Miguel ist unter der Hand für ihn eine Stütze."

„Ja. Genau. Stell dir mal vor, da kommt ein Priester und fragt ‚Was bedeutet Hesekiel 12?'"

Annie kniff ein Auge zu: „Was steht da?"

„Keine Ahnung." wiegelte Geraldine ab, „nur ein Beispiel. Könnte auch jede andere Stelle sein. Auf jeden Fall hat nicht nur sein Tu-Radius Grenzen, sondern auch sein Sag-Radius."

Annie fing laut an zu lachen: „Deiner anscheinend auch."

„Sei still." maulte Geraldine, doch Annie brauchte noch einen ziemlich langen Moment, bis sie das wirklich geschafft hatte. Z dagegen blieb die ganze Zeit ernst und als es wieder ruhig war, setzte er an:

„Ich finde diese Überlegung sehr interessant. Vielleicht ist das wirklich sein Spiel. Er hat gemerkt – oder wusste von Anfang an – dass er irgendwann in

Schwierigkeiten kommen wird. Je näher er den Leuten kommt. Also sucht er sich jemanden, der sich damit auskennt."

Geraldine schnippte mit den Fingern: „Genau das."

„Hm..." Annie blickte gedankenverloren aus dem Fenster, „wenn wir das beweisen könnten..."

„Dann?" bohrte Z, als sie nicht weitersprach.

Sie ruckte mit dem Kopf: „...könnten wir ihn bloßstellen."

„Ein schöner Traum." Z seufzte, „zurück zur Realität."

„Warum?"

„Weil wir in der Realität eine ganz konkrete Aufgabe erhalten haben. Von Gott höchstpersönlich. Gehet hin und haut alle Dämonen weg, die ich euch zeige."

„Du hast Recht." Annie nickte, war mit dem Gedanken jedoch noch nicht am Ende: „Aber wenn wir nebenbei..."

„Wenn Gott will, dass wir seinen Nicht-Sohn absetzen, wird er uns das schon sagen." unterbrach Geraldine sie – in einem Tonfall, der deutlich zeigte, dass das genau das war, was sie sich wünschte.

Was Annie genauso ging – und sie auf eine Idee brachte: „Wir können ihn vielleicht nicht komplett aus dem Weg schaffen. Aber wir können ihm zumindest einen Dämpfer versetzen."

„Wie das?"

„Na – unser Geld. Wir hatten gesagt, wir geben es woanders hin. Und es ist ja schon eine beachtliche Summe. Wenn ihm das nicht wehtut..."

Auf Geraldines Gesicht breitete sich ein Grinsen aus: „Phantastisch."

Auf Zs dagegen Skepsis: „Genau dieser Gedanke kam mir nach unserem letzten Gespräch: Wird er das nicht merken? Und du hast es gerade bestätigt: wird er ganz sicher. Was ist, wenn er dann ankommt und nachfragt?"

„Soll er." erwiderte Annie gelassen, „Spenden sind freiwillig. Und in diesem Fall können wir ihn mit seinen eigenen Mitteln schlagen: Er hat einen Aufruf für das Zentrum gestartet. Also geben ganz viele dafür. Zunächst war das nur für den Kauf, aber ich gehe fest davon aus, dass das langfristig weiterläuft. Schließlich hat er sonst keine Einnahmequellen. Und das ist für uns ein sehr legitimer Grund zu sagen: ‚Dann brauchst du unser

Geld ja nicht mehr, weil du kriegst ja jetzt genug. Und wir geben es lieber wohin, wo sie nicht so viel kriegen.'"

„Annie – du bist die Beste." Z kicherte vergnügt und Geraldine stimmte mit ein:

„Die Allerallerallerbeste."

Annie errötete leicht: „Danke."

„Hast du denn schon eine Idee?" hakte Geraldine nach, „ich nämlich nicht."

„Habe ich. Als wir das damals abgesprochen haben, dachte ich, besser vorbereitet sein. Es gibt natürlich wahnsinnig viel. Aber mir persönlich gefällt ein Kinderheim in Bolivien. Eines der Projekte, die Magdalena sowieso schon unterstützt."

Z kratzte sich am Kopf: „Hä?"

„Also: Die haben ein Kinderheim in einem Ort. Das fließt Geld von ihr hin. Aber seit sie gestorben ist, haben die ein weiteres eröffnet. Und das würde sich natürlich auch lohnen."

„Klingt gut. Dann..."

„Jaja, ich weiß. Ich bin Geld-Girl, ich kümmere mich drum."

„Annie... ich wiederhole mich." Z breitete die Arme aus – und Annie rollte mit den Augen:

„Ich bin die Beste. Bla, bla, bla."

25

Er stand vor der Tür des großen Gebäudes. Es war das erste Mal in seinem Leben, dass er ein Gotteshaus nicht aus touristischen Gründen betrat. Er fühlte sich unwohl dabei. Aber irgendwie auch neugierig. Die Leute, die ihn an der Tür begrüßten, waren nett, aber auch ein wenig aufdringlich. Er wimmelte sie ab. Indem er so tat, als wüsste er Bescheid. Was nicht der Fall war. Er war nur hier, weil er es aufgetragen bekommen hatte. Er wusste nicht einmal, wer die Leute waren, die heute hier zu Besuch kamen. Weil er sich zudem sicher war, dass er mit niemandem reden wollte und nicht sicher, ob er bis zum Ende bleiben wollte, suchte er sich einen Platz ganz hinten am Rand. Bald ging die Veranstaltung los. Es gab Musik, die ihm nicht gefiel und Reden, die ihn nicht interessierten. Er gab sich innerlich eine

Deadline vor, bis zu der er bleiben würde. Und fragte sich zum wiederholten Mal, ob die Stimme, die er hörte, wirklich echt war. Dann fesselte doch noch etwas seine Aufmerksamkeit. Die Leute von den Plakaten traten auf die Bühne. Und dann ins Publikum. Es dauerte nicht lange, bis er verstand, was sie taten. Sie heilten. Sie befreiten die Menschen von bösen Geistern. Zumindest behaupteten sie das, den sehen konnte er nichts. Doch selbst wenn es nicht stimmte, übten sie eine Anziehungskraft aus, denn die Leute, die sie berührten, schienen wirklich Veränderungen wahrzunehmen. Er dagegen runzelte die Stirn. Das war nichts, womit er sich abgeben wollte. Er stand auf und verließ den Saal. Keiner bemerkte ihn, keiner hielt ihn auf. Sie waren alle viel zu sehr beschäftigt.

Er lief über den Marktplatz. Und konnte nicht anders, als sich zu wundern. Um diese Uhrzeit waren hier normalerweise nicht so viele Leute versammelt. Außer, wenn ein Konzert stattfand. Doch er konnte keine Bühne sehen. Das war es also nicht. Und die Leute wirkten auch nicht wie das durchschnittliche Konzertklientel. Sie wirkten eher wie eine Ansammlung von Kirchgängern. Zumindest von ihrer Kleidung. Und von ihrer Wortwahl. Aufgeregt waren sie allerdings, als hätten sie sich versammelt, um den Papst zu sehen. Der sicherlich nicht hier war. Das zumindest hätte er mitgekriegt, selbst wenn er wenig auf Nachrichten gab. Und sie schienen auch nicht zu einem Event zu gehen. Sie schienen von einem zu kommen. Denn sie unterhielten sich angeregt, wenn auch planlos. Es wirkte fast, als seien sie alle von etwas überfordert. Er überlegte einen Moment, ob er jemanden ansprechen und fragen sollte. Aber dann entschied er, dass das zu viele Risiken barg. Dass sie ihn gänzlich in ihre Unterhaltung mit einzubeziehen versuchten. Dann musste er entweder so tun, als wüsste er, wovon sie redeten – was immer nur bis zu einem gewissen Punkt gutging. Oder er musste sich unwissend zeigen und dann würden sie ihm alles haarklein erklären. Ganz egal, welchen der beiden Wege er wählte – er würde diverse Zeit hier festsitzen. Und das wollte er nicht. Er wollte nach Hause. Und alleine sein. Er hatte seinen Wochenendeinkauf extra auf diese Zeit gelegt, um möglichst wenig Leuten zu begegnen. Da war es kontraproduktiv, von sich aus ihre Gesellschaft zu suchen. So ließ er die Menschenmenge links liegen. Und ging nach Hause.

Er stand vor der Tür des großen Gebäudes. Er hatte nicht gedacht, dass er so etwas noch einmal machen würde. Doch die Stimme hatte ihn hierher beordert. Und er gehorchte der Stimme. Die Leute an der Tür waren wesentlich zurückhaltender als beim letzten Mal. Fast, als hätten sie dazugelernt. Was natürlich nicht sein konnte, denn das letzte Mal hatte knappe 100 Kilometer entfernt stattgefunden. So kam er ungestört nach drinnen und suchte sich – wie schon damals – einen Platz ganz hinten am Rand. Es würden die gleichen Leute kommen, die er schon einmal gesehen hatte. Und er war sich nicht sicher, was diesmal anders sein sollte. Von daher ging er davon aus, sogar eher noch früher wieder zu gehen als beim letzten Mal. Der Ablauf war gleich: zuerst Musik, noch schlechter als damals. Dann eine Rede. Die war besser. Aber auch nicht so gut, dass sie ihn wirklich vom Hocker riss. Schließlich kamen die drei auf die Bühne. Er spannte sich innerlich an. Weil er etwas Besonderes erwartete. Etwas, das diesen erneuten Besuch rechtfertigte. Er bekam es. Denn es geschah – nichts. Sie heilten nicht. Sie befreiten keine Menschen von bösen Geistern. Stattdessen verließen sie fluchtartig den Saal. Und der Mann, der die Rede gehalten hatte, nahm sich der Menschen an ihrer statt an. Auf jeden Fall behauptete er das. Aber das konnte auch dazu dienen, die leicht ungehaltene Masse zu beruhigen. Für ihn gab es also nichts mehr zu sehen. Weil ihm klar war, was er hatte sehen sollen: Er hatte den Start ihrer Karriere miterlebt. Und nun hatte er den Stopp ihrer Karriere miterlebt. Warum – das wusste nur die Stimme. Und er ging davon aus, dass sie es ihm nicht erklären würde. Er stand auf und verließ den Saal. Keiner bemerkte ihn, keiner hielt ihn auf. Sie waren alle viel zu sehr beschäftigt.

26

Sie saßen im Garten. Es war warm genug dafür und half ihnen, der sich in ihren Köpfen ausbreitenden Dunkelheit Einhalt zu gebieten.
„Er war bei uns." Annie konnte es einfach nicht fassen, „zwei Mal."
Geraldine ging es genauso: „Am Anfang und am Ende."

„Uah, Hilfe, Angst um mein Leben." Annie schüttelte sich und Z bedachte sie zunächst mit einem Blick, der ‚Beruhig dich wieder‘ ausdrücken sollte – dann jedoch wurde er blass:

„Leute..."

Und Annie ebenfalls: „Z?"

„Er war nicht nur..."

„Z?"

„...er ist es auch."

„Z?" Auch Geraldine starrte ihn nun an.

„Da... steht..." Z deutete mit zittriger Hand über ihre Schulter hinweg, „das ist er."

Das war natürlich nur eine Vermutung – schließlich hatten sie ihn in den Visionen nie gesehen. Doch Z war sich dessen sicher und da sich dies in seinem Tonfall widerspiegelte, fielen die Reaktionen der beiden Frauen heftig aus: Geraldine fuhr panisch herum und stieß einen leisen Schrei aus und Annie fiel mit einem lauten ‚Plumps‘ von ihrem Stuhl:

„Uah, Hilfe, Angst um mein Leben. Und zwar doppelt und dreifach."

„Wir sind dreifach." Z krampfte die Hände um die Stuhllehnen, während Annie nach dem Tisch griff, um sich hochzuziehen:

„Z?"

„Wir sind drei. Er ist nur..."

„...zwei." vollendete Geraldine.

„Zwei?" Annie ließ den Tisch los und landete ein weiteres Mal auf dem Boden.

Geraldine saß da wie erstarrt: „Da ist eine Frau bei ihm."

„Ich kriege echt die Krise." jammerte Z.

„Ich habe Pfefferspray. Im Haus." Geraldine wollte aufspringen, vergaß dabei, den Stuhl zurückzuschieben und stieß unsanft gegen den Tisch. Annie dagegen schaffte es – komplett ohne Tisch – und stand binnen einer Sekunde auf den Füßen:

„Ich habe Haarspray. Auch im Haus."

„Haarspray?" Z blickte sie zweifelnd an. Geraldine ebenfalls:

„Kommen wir schnell genug ins Haus?"

„Ich habe kein Spray." setzte Z hinzu, was Annie für einen Moment ablenkte:

„War zu erwarten. Du bist ja auch ‚ein Mann'."

„Ja, bin ich. Und das kann ich auch beweisen."

„Uah, Hilfe, Angst um mein Leben. 100-mal doller." Sie schlug die Hände auf die Augen.

Z seufzte laut und versuchte, sie wieder wegzuziehen: „Ich meine die Haare an meinen Armen. Über die ihr euch schon so großflächig ausgelassen habt."

„Leute." murmelte Geraldine und die beiden anderen wandten sich ihr zu: „Ja?"

„Wir haben ihn aus den Augen verloren."

„Ist er weg?"

„Nein." Geraldine nickte hinter sie, „er ist hier."

Z zuckte zusammen: „Hier? Was?"

„Er..." Annie drehte sich um 180 Grad und machte einen Satz nach hinten auf den Tisch, „...uah. Hilfe. Angst um..."

„Angst?" wurde sie von der Frau unterbrochen, „ihr? Vor uns?" Ihre Stimme klang erstaunt und Geraldine schaffte es, sich zu einer Art Antwort durchzuringen:

„Äh... hallo."

„Bitte nicht umbringen." Annie rutschte über den Tisch, um noch ein wenig mehr Abstand zwischen sich und die Neuankömmlinge zu bringen, entschied sich auf Zs „Oder zumindest erst erklären, warum." hin allerdings dafür, die Richtung wieder zu ändern: „Und das ausführlich. Damit ich das Haarshampoo holen... ich meine..."

Die Frau hob die Hand: „Ich verstehe kein Wort."

„Ja..." Geraldine verknotete ihre Finger ineinander, „wir auch nicht."

„Dürfen wir uns setzen?"

„Ähähä... ja... setzt euch." Geraldine atmete tief ein und aus, „Hallo."

„Das sagtest du bereits." belehrte sie Annie, den Blick starr auf ihren Besuch gerichtet.

Geraldine schüttelte den Kopf – diesen ebenfalls nicht aus den Augen lassend: „Das warst du."

„Nein. Du."

Die Frau legte den Kopf schief: „Ist mit euch alles in Ordnung?"

„Nicht wirklich." Annie hatte inzwischen die Tischkante erreicht und ließ sich von dort langsam und vorsichtig auf ihren Stuhl gleiten.

„Können wir helfen?" erkundigte sich die Frau unsicher.

„Nun..." Geraldine kniff die Lippen zusammen, „genau genommen..."

„...seid ihr der Grund." beendete Z den Satz für sie.

Die Frau runzelte die Stirn: „Warum das denn?"

„Naja, wir..."

„Ihr seid nicht hier, um uns umzubringen?" fiel Annie Z ins Wort, „weil..."

„Weil?" hakte die Frau nach, als Annie abbrach – worauf diese allerdings nur mit den Schultern zuckte:

„Hab nichts."

„Wieso sollten wir euch umbringen wollen?" Die Frau sah sie der Reihe nach an, „wie kommt ihr überhaupt auf so eine beknackte Idee?"

„Sagt er auch was?" Geraldine deutete auf den Mann, „mir ist wohler, wenn er auch mal was sagt."

„I think they want you to say ‚Hello'." wandte sich die Frau an ihn, was die drei Freunde – ebenso wie sein darauffolgendes

„Oh, okay. Hello everybody." – in Erstaunen versetzte.

Geraldine fing sich als erste wieder – wenn auch nur zum Teil: „Hallo. Ich meine Hello. Ich meine... was?"

„Ich verstehe gar nichts mehr." Annie sackte erschöpft in sich zusammen.

„Das geht uns momentan glaube ich allen so."

Der Mann sah die Frau fragend an: „What's the matter?"

„Don't know yet." antwortete diese, "but I'm positive, we'll get there. Vielleicht fangt ihr einfach mal an."

Es dauerte einen Augenblick, bis die Freunde begriffen hatten, dass dieser letzte Satz ihnen galt. Und sofort wurde Annie wieder hektisch:

„Anfangen. Gut. Wo? Vorne. Gut. Jemand anders."

„Machen wir es doch einfach." Geraldine tippte sich an die Brust, „Geraldine. Annie. Z – nicht fragen. Und ihr?"

Die Frau lächelte: „Ich bin Esther. Und das ist mein Mann." Sie klopfte ihm auf die Schulter und sofort lächelte auch er. Doch auf Annie wirkte das nur bedingt beruhigend:

„Hat er auch einen Namen?"

„Ja."

„Sagst du ihn uns?"

„Nein."

„Und gleich ist die Angst wieder da." Annie begann zu zittern, „uah. Hil..."

„Warum?" unterbrach Geraldine ihren Ausbruch und Esther griff das dankbar auf:

„Besser so. Für uns."

„Für euch."

„Schutz. Sicherheit."

„Vor uns?" Geraldine und Z wechselten einen verblüfften Blick – dem sich Annie anschloss, als Esther nickte:

„Auch."

„Vielleicht fängst du vorne an." überlegte Geraldine, aber Esther winkte ab:

„Ihr zuerst."

„Gut. Wollten wir ja eh. Wenn ihr hier seid, gehe ich davon aus, dass ihr uns kennt. Also wisst ihr, dass wir..."

„Hm?" machte Esther, als Geraldine nicht weitersprach.

„Dass wir..." sagte diese ein zweites Mal, doch Esther durchblickte es nicht. Daher kam Z ihr zur Hilfe:

„Du sollst vervollständigen."

„Oh." Esther hob den Zeigefinger und lächelte, „...dass ihr Gaben habt. Klar. Das wissen wir."

„Fein." Geraldine erwiderte das Lächeln nicht, „und vielleicht wisst ihr auch, dass ihr uns angekündigt wurdet. Zumindest er."

„Hatte ich gehofft, ja." erwiderte Esther.

„Ja, siehst du..." schaltete Annie sich ein, „das letzte Mal, als wir so eine Art Ankündigung erhalten haben, da..."

„Er war ein Auftragsmörder." übernahm Z, „und hat versucht uns umzubringen. 5, 6, 7 Mal. Ich weiß es schon gar nicht mehr, wie oft."

Esther biss sich auf die Lippen: „Das tut mir leid."

„Von daher dachten wir..."

„Wir sind eure Verbündeten." beeilte sich Esther zu versichern und erhielt drei laute Seufzer zur Antwort. Plus ein

„Das ist beruhigend." von Annie und ein

„Wobei denn?" von Geraldine.

„Ihr glaubt nicht an Jesus Christus." ging Esther auf letzteres ein, erntete dafür aber erst einmal Widerspruch:

„Äh... doch."

„Ich meine den, der rumläuft und behauptet, es zu sein."

Geraldine nickte verstehend: „Ach so – nein, an den glauben wir nicht, nein."

„Er ist kein guter Mensch." fuhr Esther fort, „sonst würde er die Menschen nicht so belügen. Also ist er ein schlechter Mensch."

„Das ist einleuchtend."

„Und ihr seid...?" bohrte Z nach.

Esther lehnte sich zurück: „Vor einigen Monaten kam ein Engel zu mir. So richtig – mit sehen und hören und so. Er sagte mir, dass ein Mann hierherkommen würde, der einen Auftrag hat. Den Auftrag, euch zu helfen. Und dass ich ihm helfen könnte. Wenn ich wollte. Ich habe ‚Ja' gesagt."

„Das hatte ich mal vermutet." warf Geraldine ein.

„Seitdem sind die verrücktesten Sachen passiert. Fremde Leute haben uns ein Haus geschenkt. Und ein Auto. Und Geld. Und wir haben geheiratet. An dem Tag, an dem wir uns das erste Mal gesehen haben."

„Äh..." unterbrach Annie, „du hast einfach so einen Fremden geheiratet? Ohne ihn vorher kennen zu lernen?"

„Der Engel hat gefragt, ob ich das will."

„Der Engel, ja. Aber er..."

Esther lachte auf: „Ihr wisst so viel und versteht so wenig. Glaubt ihr, Gott ist so, dass er zu mir kommt und sagt ‚Den ekligen, hässlichen da hinten – geh hin und heirate ihn. Er wird dich anwidern – jeden Tag ein Stückchen mehr. Und du wirst unglücklich mit ihm sein für den Rest deines Lebens. Das leider noch sehr lange dauern wird.'? So ist er nicht. Ich war allein. Einsam. Und habe darum gebetet, jemanden zu finden. Und er hat mich erhört. Er hat mir ein Geschenk gemacht. Was gibt es schöneres?"

„Das heißt..." Annie zögerte, „du liebst ihn wirklich?"

„Das tue ich." bestätigte Esther, „das habe ich vom ersten Moment an getan."

„Und du warst nie... besorgt?"

„Ich bitte dich. Tagtäglich. Aber der Engel war eindeutig: vertraue. Und du wirst belohnt. Und so ist es. Als er vor mir stand, wusste ich das. Da ist meine Belohnung."

„Und er kann kein Deutsch." vermutete Geraldine.

„Nein." Esther schenkte dem Mann einen sehnsüchtigen Blick, „er kommt aus den USA. Und hatte noch keine Gelegenheit, Deutsch zu lernen. Auch für ihn ist das hier ziemlich spontan zustande gekommen."

„Durch einen Engel." vermutete Geraldine weiter.

„So in der Art."

„Okay." Annie atmete tief ein, „also seid ihr die Guten. Das ist nett. Wir können immer Gute gebrauchen. Was ich nur noch nicht verstehe: Wobei genau helft ihr uns?"

„Ihr distanziert euch vom falschen Sohn Gottes." nahm Esther den Faden wieder auf, „glaubenstechnisch. Aber dadurch eben auch räumlich. Ihr habt keine Ahnung, was bei ihm passiert. Aber Gott ist der Meinung, dass ihr darüber auf dem Laufenden sein solltet."

Z bekam große Augen: „Wir haben unseren eigenen Spion? Cool."

„Wie will er das machen?" wunderte sich Geraldine, „sich einfach einschleichen geht kaum."

„Äh... ich denke doch." Z fuhr sich über die Wange, „das ist doch genau das, worüber wir gesprochen haben. Dass man ihn so selten bemerkt."

„Stimmt. Aber hier? Bei Jesus?"

„Er war bereits einmal bei ihm." erklärte Esther, „vor ein paar Tagen. Niemand hat ihn angesprochen, niemand hat ihn gehindert. Er hat dabeigesessen, wie der falsche Sohn Gottes die Absetzung des Papstes mit seinen Leuten besprochen hat. Dann ist er wieder gegangen. Einfach so."

„Das ist beeindruckend – zugegebenermaßen." Geraldine blies zum Unterstreichen die Backen auf – Annie allerdings war nach wie vor woanders:

„Wie sieht er das denn mit der Heirat?"

Z rollte mit den Augen: „Sinnloser Themenwechsel?"

„Es beschäftigt mich halt." verteidigte sich Annie und Esther war so freundlich, darauf einzugehen:

„Er war auch einsam. Ich bin sein Geschenk."

„Er liebt dich also auch."

„Das tut er."

„Das macht es einfacher." Mit einem Schlag war Annie zufrieden – während bei Geraldine nun Zweifel aufkamen:

„Aber ich hatte irgendwie den Eindruck, er will sowas gar nicht."

Esther kniff ein Auge zu: „Wie kommst du darauf?"

„Naja... sonst hätte er mit dieser..." Geraldine merkte, dass sie sich verrannte, und ließ den Satz in der Luft hängen, was Esther natürlich nicht einfach hinnahm:

„Dieser was?"

„Nichts, nichts, nichts." Geraldine kicherte überlaut, „ihr seid glücklich. Lassen wir das mal so stehen. Sagen ‚herzlichen Glückwunsch' – ‚happy wishes' – und hoffen das Beste."

„Happy wishes?" prustete Z, „von deinem Studium ist nichts hängengeblieben, oder?"

„Eingerostet." brummte Geraldine – dankbar für die Ablenkung, „und das hier ist eine Stresssituation. Wird schon wieder. Irgendwie müssen wir mit ihm ja..."

„...kommunizieren?" Esther schüttelte den Kopf, „nein. Das tut ihr mit mir."

„Mit dir?" wiederholte Annie erstaunt.

„Das ist mein Part in all dem. Wisst ihr – ihr seid Helden. Wir nicht. Wir sind nicht mutig. Wir gehen nicht mit erhobenem Haupt dem Feind entgegen. Seine Spezialität ist es, nicht aufzufallen. Und das will er gerne beibehalten. Und ich ebenso. Er macht den Job. Erzählt mir hinterher alles. Und ich gebe es an euch weiter. Ihr seht ihn heute zum einzigen Mal. Und auch mich werdet ihr nur zu Gesicht bekommen, wenn es absolut notwendig ist."

Geraldine verzog skeptisch das Gesicht: „Und sonst?"

„Telefon, Fax, E-Mail. Skype, von mir aus."

„Wie anonym."

„Wollt ihr nicht selbst anonym sein?" Esther musterte sie kritisch und Z entschied sich für einen kleinen Vorstoß:

„Nimm es uns nicht übel. Das ist gerade viel zu verdauen. Es ist euer gutes Recht, euch bedeckt zu halten. Aber meinst du nicht, dass das ein wenig übertrieben ist? Das ist schließlich nicht der Kalte Krieg."

„Nein." stimmte Esther zu, „den gibt es nicht mehr. Stattdessen gibt es den Heißen Krieg."

„Heiß?"

„Sie beschießen sich. Oder wisst ihr das nicht?"

„Doch, schon."

„Das ist sein Heimatland." Esther streichelte dem Mann über die Wange, „das da gerade vor die Hunde geht. Selbstverschuldet. Kein schöner Gedanke."

Z ließ den Kopf sinken: „Natürlich nicht."

„Aber was hat das damit zu tun?" griff Geraldine seinen Versuch auf.

„Wir wissen nicht, was hier noch so alles passiert." erwiderte Esther, „wir wissen nicht, was der falsche Sohn Gottes vorhat. Er wird nicht den Rest seines Lebens rumlaufen und Kranke heilen. Er hat einen Plan. Und wir haben von Gott die Zusage, dass wir nicht zwischen die Fronten geraten werden. Dafür treffen wir gewisse Vorkehrungen."

„Gut. Okay. Gut." Geraldine hob die Hände, „lassen wir das auch mal so stehen. Eure Entscheidung. Eure Absprache. Und für uns auch nicht wichtig, eigentlich."

Annie jedoch war noch nicht bereit für das Ende: „Eine Frage habe ich trotzdem noch: Wie funktioniert das mit der Unsichtbarkeit?"

„Was meinst du?" fragte Esther zurück.

„Man bemerkt ihn nicht. Das kann ich mir irgendwie so gar nicht vorstellen."

„Frag mich nicht." Esther zuckte die Achseln und Geraldine sah Annie unsicher an:

„Annie?"

„Na – ich meine..." setzte diese an, „welchen Beweis haben wir wirklich dafür? Wir haben Visionen gesehen. Aber... das mag alles in seiner Heimat gewesen sein. Hier...? Ich bin da skeptisch. Ein geglückter Versuch hin oder her."

Esther kratzte sich am Kopf: „Was macht das Land für einen Unterschied?"

„Na, er... ist..." Annie suchte nach einem Wort – und Geraldine begriff, worum es ihr ging:

„Du meinst, weil seine Hautfarbe nicht der Mehrheit der Einwohner hier entspricht."

„Ja. Genau das. Und bitte: Das ist keine Wertung. Schließlich ist meine beste Freundin auch…"

„Sie meint mich damit." warf Geraldine lächelnd ein und Esther grinste: „Schon klar." Sie lehnte sich gelassen zurück, „er hat eine Gabe. Die nichts mit seinem Aussehen zu tun hat. Genau wie bei euch."

„Aber…" wollte Annie weiterargumentieren, doch Esther ließ sie nicht: „Er war bei zwei von euren Veranstaltungen. Habt ihr ihn gesehen?"

„Ja."

„Wirklich?"

„Naja – jetzt." Annie wippte mit dem Kopf, „in Visionen."

„Aber damals?"

„Ehrlich gesagt…"

„Habt ihr nicht." Esther nickte zufrieden, „reicht das als Beweis?"

„Ich…"

„Annie." Geraldine legte ihr die Hand auf den Arm, „wir haben doch gar keine Wahl. Gott hat diesen Mann aus Amerika hierher beordert. Ist es da wirklich an uns, es bis zur letzten Schraube auseinanderzunehmen?"

„Nein." seufzte Annie, „ist es nicht. Ich bin doch nur vorsichtig."

„Das sind wir noch viel mehr." entgegnete Esther, „glaub mir."

Annie schwieg – für Geraldine die Gelegenheit, den nächsten Schritt zu tun: „Und wie geht es jetzt weiter?"

„Hier sind zwei Zettel." Esther holte selbige aus ihrer Tasche, „auf diesem stehen meine Telefonnummer, meine E-Mail-Adresse und mein Skype-Name. Letzteres aber bitte nur im äußersten Notfall. Auf dem anderen könnt ihr eure Daten notieren. Wenn wir etwas für euch haben, melde ich mich. Und wenn ihr etwas habt – etwas, das er sich anschauen soll…"

„Also wirklich wie im Agentenfilm." kicherte Z, „brauchen wir ein Codewort?"

„Schwachfug." zischte Geraldine ihn an und er verzog das Gesicht: „Das ist kein schönes Codewort."

„Es sollte auch keines sein. Das war meine Erwiderung zum Thema Codewort."

„Ach so. Also kein Codewort."

„Wir werden das so hinkriegen." versicherte Esther.

Z sah sie an: „Ihr seid diejenigen, die so viel Sicherheit wollen. Nicht wir."

„Wir haben alle notwendigen Maßnahmen getroffen. Ihr wisst im Grunde nicht, wer er ist." Sie klopfte dem Mann auf die Schulter, „das ist Punkt 1. Ihr wisst nicht, wo wir wohnen. Das ist Punkt 2. Und... das wars eigentlich. Mehr brauchen wir nicht."

Geraldine tippte sich an die Lippen: „Würde es dir helfen, wenn wir dir sagen, dass wir euch nichts Böses wollen?"

„Das weiß ich. Aber ihr seid nicht die, um die ich mir Sorgen mache."

„Jesus." folgerte Z und Esther nickte:

„Ein falscher Jesus. Wenn er von uns erfährt, dann befragt er euch vielleicht. Schaut in euren Kopf, falls er das kann. Und wenn ihr dann Informationen über uns habt – Namen, Orte, sowas – dann findet er uns."

„Hast du Angst vor ihm?" hakte Annie nach.

Ein weiteres Nicken: „Auch er wird jemanden mit diesem Talent sehr gut gebrauchen können."

„Für?"

„Politiker. Firmenbosse. Wer auch immer ihm im Weg steht."

„Im Weg steht." echote Z skeptisch, wurde aber postwendend belehrt:

„Er hat den Papst abgesetzt. Er ist jetzt schon der wichtigste Mann in der größten Religion der Welt. Ihr glaubt doch nicht, dass er da Schluss macht. Da kommt noch mehr. Macht euch darauf gefasst."

„Hm... irgendwie..." Z fuhr sich übers Kinn, was Esther zunächst missdeutete:

„Spotte nur."

„Nein. Irgendwie fürchte ich, dass du damit Recht hast."

Abrupt stand Esther auf: „Dann verabschieden wir uns jetzt."

„Halt." Geraldine deutete ihr, sich wieder zu setzen, „wir reden nicht mit ihm direkt. Schon klar. Wir nennen ihn nicht beim Namen. Auch klar. Aber irgendwie müssen wir ihn ja nennen. Wenigstens dir gegenüber. Oder unter uns."

Esther blieb stehen: „Nennt ihn, wie ihr wollt."

„Tja, dann..." Auf Zs Gesicht breitete sich ein freudiges Grinsen aus und Geraldine schlug sich auf die Stirn:

„Das war ja klar, dass du darauf anspringst."

„Der Mann, dessen Namen niemand kannte." kam auch prompt der erste Vorschlag.

Geraldine blickte zu Esther auf: „Das hast du dir selbst zuzuschreiben."

„Der Mann, von dem niemand wusste, dass er ‚Hmhmhm' hieß." machte Z weiter.

Auch Annie warf Esther einen Blick zu: „Das geht jetzt ewig so weiter."

„Der Mann, von dem niemand wusste, dass er einen Namen hatte. Ob er einen Namen hatte."

„Wir denken uns was aus." Geraldine zwinkerte Esther zu, „wirst du schon mitkriegen."

„Bin gespannt." brummte diese.

„Nicht wirklich, oder?"

„Nein. Nicht wirklich." Sie tippte dem Mann auf die Schulter und er verstand das als Zeichen, sich ebenfalls zu erheben.

„Aber wir sind gespannt." erklärte Geraldine zum Abschied, „was wir von dir zu hören kriegen."

„Oh, ich auch. Diesmal wirklich."

Der Mann sah Esther an: „Finished?"

„Yes." erwiderte sie.

„Okay." Er hob die Hand und winkte, „bye."

„See ya." gab Annie zurück und er schüttelte lächelnd den Kopf: „No, I don't think so."

Annie seufzte leise: „Schon klar."

Dann drehten sich die beiden um und gingen davon.

27

Der Mann, von dem niemand mehr wusste, dass er Matthew hieß, nahm Esther beiseite, sobald sie um die nächste Straßenecke gebogen waren: „Warum hast du ihnen erzählt, dass ich gerade erst hierhergekommen bin?"

„Aus dem gleichen Grund, aus dem ich ihnen erzählt habe, dass du kein Deutsch kannst." erwiderte sie.

„Das wäre meine nächste Frage gewesen."

„Gott hat mir aufgetragen, dich zu schützen. Das tue ich. Auf meine Art und Weise."

„Gefällt mir nicht." brummelte er.

Sie zog die Brauen hoch: „Weil es gelogen ist?"

„Ja. Nicht, dass ich nicht auch mal zu einer Notlüge greifen würde. Aber das sollen unsere Verbündeten sein. Da wäre Ehrlichkeit..."

„In einer Sache war ich komplett ehrlich." unterbrach sie ihn sanft, „du bist ein Geschenk für mich. Und ich würde es mir nie verzeihen, wenn ich dich verliere."

Er seufzte: „Das geht mir andersrum genauso."

„Siehst du. Du und ich – wir sind zwei Bauern auf einem Schachbrett, auf dem sonst nur Springer und Läufer kämpfen. Wir kommen unter die Räder, wenn wir nicht aufpassen. Wir haben beide ,Ja' gesagt. Zu Gott. Aber eben auch zueinander. Und deswegen gehe ich kein Risiko ein, das nicht sein muss."

„Gut." Er griff nach ihrer Hand, „da bist du der Boss."

„Und bleibe es auch." nickte sie.

Ein schwaches Lächeln erschien auf seinem Gesicht: „Die Frau hat die Hosen an."

Sie lächelte zurück: „Zuhause kannst du sie mir gerne ausziehen."

„Im übertragenen Sinne?"

„Nein."

Sein Lächeln wurde breiter: „Damit kriegst du mich immer."

Ihres auch: „Ich weiß."

28

„Nun." Z lehnte sich in seinem Stuhl zurück, „das war ein anregender Besuch."

„Findest du?" gab Annie zurück.

„Eigentlich schon. Auf eine skurrile Art und Weise."

„Ich denke, das war ein Griff ins..."

„Ruhig, alle miteinander." Geraldine hob die Hand, „schauen wir uns doch mal vorher und nachher an. Vorher dachten wir, uns steht ein weiterer Attentäter bevor. Jetzt haben wir einen Verbündeten. Ist das nicht gut?"

„Es ist einfach seltsam." beharrte Annie.

Geraldine rieb sich die Schläfe: „Sie haben Angst. In einem Ausmaß, das in Anbetracht der Situation vielleicht ein klein wenig übertrieben ist." –
„Ich würde sagen, nicht klein und nicht wenig. Sondern komplett und auf der ganzen Linie übertrieben" hakte Z dort ein.
„Hm. Vielleicht. Vielleicht aber eben auch nicht. Wir haben doch selbst schon darüber nachgedacht, was der tiefere Sinn dieses Jesus-Menschen ist. Warum er kann, was er kann, und tut, was er tut. Er kommt von den Bösen – so viel wissen wir relativ sicher. Wir hatten nur noch nie weitergedacht. Was das langfristig werden soll. Und ich denke mal, da dürfte sie nicht ganz unrealistisch sein mit ihren Gedanken."
„Weltherrschaft." Z lachte auf, „ach ja – das klassische Ziel."
„Aber nicht übermäßig abwegig." blieb Geraldine dabei, „erst die Religion. Dann die Politik. Dann die Wirtschaft. Oder umgekehrt. Da ist schon was dran. Zumal er einen Vorteil hat: seine angebliche Göttlichkeit. Welcher Präsident würde sich gegen ihn stellen? Welcher Geschäftsführer würde ihm den Zutritt verwehren?"
„Er kann nicht einfach eine Firma übernehmen." konterte Z, „dann würde er zugeben, dass er an Geld interessiert ist."
„Du hast doch gesehen, was mit dem Zentrum passiert ist. Er hat den guten Gedanken in den Vordergrund gerückt und dann um Spenden gebeten. Zack – gehört es ihm."
„Ich denke, wir sollten uns auf das konzentrieren, was für uns konkret ansteht. Wenn ich anfange, mich in Verschwörungstheorien zu versteigen, werde ich wahnsinnig."
„Müssen wir ja auch nicht." beruhigte ihn Geraldine, „ist sicher nicht unsere Aufgabe. Ich meine nur – sie mag überängstlich sein. Aber das, wovor sie Angst hat, ist nicht gar so weit ab vom Schuss."
„Was mir Sorge macht, ist dass wir überhaupt jemanden brauchen, der uns mit Informationen versorgt." Annie verzog das Gesicht, „warum bloß?"
Geraldine zuckte die Achseln: „Vielleicht soll das helfen, unentdeckt zu bleiben. Schließlich schützt uns die Verkleidung nicht davor, dass unser Tun an sich an ihn herangetragen wird. Und dann ist es gut zu wissen, was er dazu denkt und wen er dahinter vermutet. Ob er einen Zusammenhang zu uns herstellt. Und so weiter."
„Ja, das ist ein guter Punkt."

„Warten wir es einfach ab." Geraldine atmete tief ein – und Z tief aus:
„Diesen Satz kannst du inzwischen bei so ziemlich allem verwenden."
„Nervig, nicht?" kicherte Annie.
„Und wie."

29

Z starrte seine Mutter an, als sähe er sie zum ersten Mal.
„Hättest du nicht gedacht, dass ich nähen kann." kicherte sie und er nickte
abwesend:
„Mal einen Topflappen. Aber sowas..."
„Nicht schwerer als ein Topflappen." winkte sie ab, „okay – ein bisschen."
„Vielen Dank, Frau..." Annie stockte, „Kathy."
Die Angesprochene zog die Brauen hoch: „Wir haben uns lange nicht
gesehen. Aber so lange nun auch wieder nicht."
„Macht der Gewohnheit." versuchte Annie, es zu retten – und Geraldine
kam ihr zur Hilfe:
„Oder eben gerade nicht."
„Oder so."
„Probiert sie an." forderte Freddy sie auf. Was Z keine gute Idee fand:
„Hier? Jetzt?"
Annie dagegen schon: „Wenn du willst, dass deine Mutter eventuelle Fehler
beseitigt..."
„Fehler?" wiederholte Z alarmiert.
„Na, wenn sie nicht richtig passen."
„Das war doch der Sinn der Sache. Sie sollen nicht passen."
„Naja, nicht nicht passen. Aber so, dass..."
„Wir wissen es alle." ging Geraldine dazwischen, „wir brauchen es uns
nicht gegenseitig zu erklären."
„Wo ist denn das Problem?" erkundigte sich Freddy leicht verwirrt.
Z deutete auf Annie und dann auf sich: „Frauen. Männer."
Sein Vater kicherte amüsiert: „Wir haben Zimmer hier im Haus."
„Stimmt. Dann..." Z schnappte sich eines der Kostüme, „sehen wir uns
gleich."

Etwa zehn Minuten später standen die drei Freunde nebeneinander in einer Reihe. Und sahen alle gleich aus. Die Anzüge waren grau. Keine schöne Farbe, aber für ihre Aufgabe am besten geeignet. Sie hatten angenähte Kapuzen, die weit ins Gesicht reichten. Die Ärmel waren lang und breit, die Beine ebenfalls.

Annie sah an sich herunter und rümpfte die Nase: „Ich komme mir vor wie in einem Sack."

„Also alles gut." konterte Z, worauf sie ihm einen Stoß versetzte:

„He. Okay."

„Fehlen nur noch die Masken." stellte Geraldine fest und Kathy sah sie erstaunt an:

„Masken? Wollt ihr echt...?"

„Muss sein. Denn die Sache mit dem lautlos üben hat einen Haken. Wir müssen mit den Leuten ja auch ganz normal reden. Ihnen erklären, was wir vorhaben. Und was sie mit der Karte sollen. Da hilft die Maske. Weil sie die Stimme verändert."

„Du willst also eine ohne Mundöffnung." folgerte Z, der von Geraldines Ausführungen genauso überrascht war wie seine Mutter.

Geraldine nickte: „Richtig. Und ich will sie nicht nur – ich habe sie schon."

„Du hast was gekauft?"

„Hier." Sie schnappte sich ihre Tasche vom Wohnzimmertisch und holte eine Tüte heraus, aus der sie wiederum drei unförmige Gegenstände aus Gummi hervorzog, die sie Z und Annie hinhielt. Z griff danach und hielt die Maske hoch:

„Öhm... wer ist das?"

„Wer?" Geraldine blinzelte verwirrt.

„Na. Irgendein Prominenter, oder?"

„Hieß ‚Mondmann'."

„Mondmann." schnaubte Annie.

„Griechisches Theater. Oder römisch. Oder mittelwestgotisch. Keine Ahnung." Geraldine zuckte die Achseln, „ist auch nicht wichtig. Sie verdecken das Gesicht, sind nicht geschlechtergebunden und sehen andererseits nicht so zum Fürchten aus, dass uns alle für Bankräuber halten und davonrennen."

„Ein Vorteil."

Z schnippte mit den Fingern: „Aufsetzen. Und dann den Härtetest."

„Der da wäre?" erkundigte sich Annie, während sie die Maske überstreifte.

„Zach und Cheyenne sind da. Im Nebenraum."

„Seit wann?"

„Gerade gekommen." erklärte Z, „als wir umziehen waren. Deswegen ist mein Vater auch weg. Er betreut die Drillies."

„Ich wäre wirklich froh, du würdest sie nicht immer so nennen." schaltete sich Kathy ein – tadelnder Zeigefinger inklusive. Doch davon ließ sich Z nicht beeindrucken:

„Wie denn dann? Tick, Trick und Track? Schnick, Schnack und Schnuck? Rabimmel, Rabammel und Rabumm?"

„Ray-Bimmel, Ray-Bammel und Ray-Ban." schlug Geraldine vor und unter Zs Maske drang ein Prusten hervor:

„War das ein Witz? Von dir? Auf meinem Niveau?"

„Es ist nicht dein Niveau. Du hast es nicht gepachtet. Andere dürfen da auch hin. Wenn sie wollen."

„Im Gegensatz zu dir, der du nicht anders kannst." setzte Annie lachend hinzu.

Dafür bekam sie den Zeigefinger: „Lasst mal meinen Sohn in Ruhe."

„Bitte?" stieß Z hervor und nun lachte auch Geraldine los:

„Och... die Mama hilft. Wie niedlich."

„Ich gehe gleich." brummte Z.

„Dann kannst du den Härtetest auf der Straße machen. Auch gut."

„Lasst mal." Kathy winkte ab, „ich hole die beiden rein. Stellt euch nebeneinander auf."

„Na, mein Kleiner." Annie stieß Z vergnügt in die Rippen und er stellte sich so gerade hin, wie es nur ging:

„Ich bin immer noch grösser... fast genauso groß wie du."

„Psst." zischte Geraldine.

Zach und Cheyenne betraten das Wohnzimmer. Einen Moment standen sie stocksteif da. Dann klappten ihre Münder auf. Und dann fingen sie schallend an zu lachen.

„Die Mönchsbande ist angerückt." keuchte Zach unter Tränen.

„Haha." machte Annie. Ihre Stimme klang durch die Maske tief und dumpf.

„Keine Ursache, kleiner Bruder." Zach schlug ihr auf die Schulter – und sie stieß einen triumphierenden Schrei aus:

„Es klappt."

Zach machte einen Satz zurück: „Was?"

„Ich bin nicht dein Bruder."

„Was?"

„Tadaa." Annie riss sich die Maske herunter und Zach starrte sie verblüfft an:

„Annie."

Auch Z zog nun die Maske ab: „Damit ist mir euer Lachen vollkommen egal. Ihr kennt uns und habt uns nicht erkannt. Also erfüllt es seinen Zweck. Sehr gut. Sollte bei Fremden also kein Problem sein."

Cheyenne kratzte sich am Kopf: „Dafür sind wir hergekommen?"

„Nein." beruhigte Z sie sofort, „ihr kriegt auch Kuchen. Und Zeug. Wir hatten schon. Und verabschieden uns jetzt. Wir haben noch eine andere Verabredung."

„Mit wem denn?" bohrte Cheyenne nach.

„Wenn ich dir das sage, fällst du in Ohnmacht."

„Glaube ich nicht."

„Glaube ich schon."

„Probier's aus." forderte Zach, aber Z winkte ab:

„Ein andermal. Erst muss ich mir die Erlaubnis holen."

„Von Mama?" Annie begann zu kichern und Z sah sie streng an:

„Du weißt, von wem."

„War auch nur so daher gesagt."

Sie wandten sich zum Gehen, doch Zach hielt seinen Bruder auf: „Warte kurz – ich hab noch was für dich." Er eilte in den Flur und kam mit einer Klarsichthülle wieder, die einen Packen Blätter enthielt.

„Was ist das?" fragte Z.

Zach drückte ihm die Hülle in die Hand: „Ich hatte lange was von dir, was nicht veröffentlicht werden sollte und es nun doch wurde. Jetzt kriegst du was von mir, was eigentlich schon veröffentlicht werden sollte und es nun nicht wird. Als Gegenleistung, sozusagen."

„Seltsame Logik. Aber danke."

„Ist auch nicht weiter wichtig. Mich interessiert einfach deine Meinung. Bei Gelegenheit. Irgendwann."

Z steckte die Hülle ein: „Kriegst du."

30

Yannik wartete schon auf sie, als sie das Haus erreichten, und es dauerte keine Minute, bis die Anspannung, die sie ob seines Besuches allesamt gespürt hatten, von ihnen abfiel. Er hatte sich tags zuvor angekündigt und lediglich die Aussicht auf die Kostüme hatte die drei Freunde daran gehindert, sich jede freie Minute auszumalen, wie es sein würde, ihm gegenüberzustehen. Nun war es soweit und schon nach wenigen Sekunden fiel Z ihm um den Hals. Was Yannik lachend über sich ergehen ließ. Dann drückte er nacheinander die beiden Frauen und nickte in Richtung Garten. Die nächsten Stunden schienen zunächst fast, als wäre nie etwas Schlimmes passiert. Die Freunde erzählten ihm alles, was seit seinem Tod geschehen war, und es kam ihnen dabei noch nicht einmal seltsam vor, diese Ausführungen mit genau diesem Satz zu beginnen. Er war wieder da – wie und warum, das war egal. Die Tatsache allein zählte. Sie nahmen es ihm auch nicht übel, dass er darüber nicht reden wollte. Über das, was mit ihm geschehen war, in der Zeit seitdem. Als er sich dann aber ebenfalls weigerte, über Lotta und den momentanen Stand der Dinge zu reden, zog Z skeptisch die Augenbrauen hoch und Geraldine rümpfte genervt die Nase. Doch er blieb dabei und ließ sich auch nicht darauf ein, über den Mann zu reden, der sich als Jesus bezeichnete. Er drückte seine Dankbarkeit dafür aus, dass dieser ihn ins Leben zurückgeholt hatte. Ihm eine zweite Chance gab. Für ein besseres Leben. Und für Lotta. Dann versuchte er, zurück zu anderen Themen zu schwenken, was ihm nicht gelang, da die Freunde nicht bereit waren, sich darauf einzulassen. Wodurch das Treffen so endete, wie sie eigentlich erwartet hatten, dass es beginnen würde: mit einem befremdlichen Abstand zwischen ihnen. Er war Yannik – daran bestand kein Zweifel. Er hatte sich im Grunde nicht verändert. Aber seine mangelnde Bereitschaft, etwas anderes als Smalltalk zu halten, stieß ihnen auf. Schließlich ging es ihnen nicht nur darum, in alten Zeiten zu schwelgen und ihre Freundschaft wieder aufleben zu lassen. Sie wollten wissen, was vor sich ging.

Yannik verabschiedete sich irgendwann. Erklärte, dass er nichts dagegen habe, sich nochmal zu treffen. Worin ihm die Freunde zustimmten. Aber insgeheim wussten sie alle, dass es dazu nicht kommen würde. Denn die Themen, die im Raum standen, würden nicht einfach verschwinden. Und wenn sie darüber nicht reden konnten, hatten sie sich nichts zu sagen.

31

„Liebe Kinder meines Vaters. Ich bin jetzt schon eine ganze Weile bei euch. Habe mit sehr vielen Menschen gesprochen. Und dabei viele Fragen beantwortet. Die meisten davon waren persönlicher Natur. Fragen zum eigenen Leben, zur eigenen Vergangenheit oder zur eigenen Zukunft. Und ich bin glücklich, sagen zu können, dass ich all diesen Menschen Antworten geben konnte. Es gibt aber auch Fragen, die sind allgemeiner Natur. Die bekomme ich von vielen immer wieder gestellt. Und bisher habe ich keine Antworten darauf gegeben. Weil ich immer wusste – schon bevor ich hierherkam – dass ich euch allen zugleich eine Antwort geben will. Dies soll nun geschehen. Zwei Fragen sind es im Besonderen, die euch Kinder bewegen. Die erste lautet: Was ist mit den Feiertagen? Weihnachten, Ostern, Himmelfahrt, Pfingsten – all die Tage, die zu meinen Ehren gefeiert werden. Sind sie jetzt nicht hinfällig, wo ich hier bei euch bin? Ich sage: Nein. Denn das, was ich damals getan habe, wird durch meine jetzige Anwesenheit nicht zunichte gemacht – nicht einmal geschmälert. Und ich finde es gut und schön und es ehrt mich, wenn ihr dem weiter gedenkt. Außerdem weiß ich, dass die Regierungen eurer Länder es nutzen würden, euch diese freien Tage komplett zu entziehen. Wenn es den Grund zu feiern nicht mehr gibt, braucht es auch den Feiertag nicht mehr, würden sie argumentieren. Und ihr müsstet an diesen Tagen arbeiten gehen. Wäre das schön für euch? Ich denke nicht. Ihr habt euch diese Tage verdient. Zudem: Ist es nicht eigentlich so, dass ihr jetzt, wo ich unter euch bin, diese Tage noch viel bewusster feiern könnt, als ihr das bisher getan habt? Sicherlich: ohne Schokolade in Mensch- oder Tierform, ohne bunte Eier oder Kugeln oder

Lichterketten – überhaupt ohne Baum. Und erst recht ohne Geschenke. Aber dafür eben mit mir. Die zweite Frage: Was ist mit unserer Zeitrechnung? Der jetzige christliche Kalender beginnt im Jahr meiner Geburt. Aber – stimmt das überhaupt? Wurde ich wirklich im Jahr Null geboren? Und – sollte es dann nicht jetzt wieder von vorne anfangen? Ist mein diesmaliges Kommen nicht Grund genug für ein neues Jahr Null? Dazu sage ich: Nein – in Bezug auf den ersten Teil. Und: Ja – in Bezug auf den zweiten Teil. Ich wurde nicht im Jahr Null geboren, sondern im Jahr Drei. Doch das ist nichts, worüber ich mich ärgere. Es war mir immer eine Ehre, dass euer Kalender nach mir eingerichtet wurde und diese Diskrepanz war für mich nie schlimm und wäre daher auch nichts, was ich jetzt zu korrigieren gedächte. Auf der anderen Seite ist dies wirklich der Beginn einer neuen Zeitrechnung. Wir wären nicht mehr im Jahr Null – das ist euch denke ich allen klar. Und es müsste auch nicht sein, dass wir den kompletten Kalender umstellen und das Jahr an einem Punkt im Herbst beginnen lassen. Schließlich zählt nicht der Tag, an dem ich mich euch offenbart habe, sondern der Tag, an dem ich zu euch gekommen bin. Und weil mein Vater und ich es euch einfach machen wollten, haben wir dafür den 1. Januar gewählt. Am 1. Januar des vorletzten Jahres habe ich diesen Planeten betreten. Und zunächst eine Zeitlang ganz unauffällig unter euch gelebt, bevor ich meinen Dienst aufgenommen habe. Dies wäre also bereits das Jahr Zwei. Und der Kalender könnte bleiben, wie er ist. Doch ich habe schon mit Experten darüber gesprochen. Die mir gesagt haben, dass – ganz unabhängig vom Wollen – eine solche Umstellung ein Ding der Unmöglichkeit ist. Nicht für mich, sondern für euch. Und in diesem Fall kommt es auf euch an. Alle Computer und alle Dokumente offizieller Natur müssten umgestellt werden und die Kosten, die damit verbunden wären, wären laut diesen Experten so horrende, dass es große Einschnitte in den Budgets aller Länder geben und manches kleine Land daran sogar bankrottgehen würde. Das will ich natürlich nicht. Und mich in das wirtschaftliche Gefüge eurer Nationen einzumischen, ist auch nichts, was ich tun will. Ich könnte euer Geld genauso vermehren, wie ich es damals mit den Broten und den Fischen getan habe. Doch Geld ist nichts, was vermehrt werden soll. Es ist nichts Gutes – nichts, was ihr zum Leben brauchen sollt. Es ist Mittel zum Zweck, nicht Sinn und Inhalt. Daher werde ich mich nicht daran vergehen. Weil ich dann aufs Spiel setzen würde, dass Schindluder damit getrieben wird. Dass die es in die Finger bekommen, die nicht verantwortungsvoll damit umgehen können. So wird aus dem ‚Ja', das ich zuvor gegeben habe, ein ‚Eigentlich' – oder besser: ein ‚Jein'. Denn auch wenn es auf offizieller Ebene nicht funktioniert, die bestehende Zeitrechnung zu ändern, so ist es doch jedem von uns überlassen, das inoffiziell trotzdem zu tun. Für mich ist dies das Jahr Zwei. Und wer an mich glaubt, kann sich mir darin anschließen. Nicht auf behördlichen Schriftstücken, nicht auf Urkunden, Zeugnissen oder im Umgang mit Ämtern und Institutionen. Sondern im Privatleben. Bei Briefen an Freunde, beim Beschriften von Fotos, einfach in Gedanken. Ich weiß – das klingt kompliziert. Aber das ist es nicht, wenn man sich erst einmal daran gewöhnt hat. Auf staatlicher Ebene bleibt alles so, wie es ist. Auf christlicher Ebene feiern wir den Neuanfang – auch damit. Um es euch einfacher zu machen, rufe ich alle christlichen Firmen, die Kalender, Tagebücher oder ähnliche Utensilien für den Hausgebrauch herstellen, auf, mich zu unterstützen. Euch zu unterstützen. Für dieses Jahr geht das nicht mehr gut – das ist mir klar. Aber für das nächste Jahr sollte es früh genug sein. Druckt Kalender für das Jahr Drei. Terminplaner für das Jahr Drei. Und wenn ihr es für dieses Jahr doch noch einrichten könnt – sehr gerne. Je früher wir damit beginnen – nicht nur im Kopf, sondern auch in der öffentlichen Wahrnehmung – desto schneller haben sich alle daran gewöhnt. Dies ist ein neues Zeitalter. Der Beginn meines Reiches – hier auf der Erde. Ein Reich, das ewig währen wird. Im Namen meines Vaters – seid gesegnet. Amen."

32

Der Anruf kam so früh am Morgen, dass Geraldine und Annie sich arge Gedanken machten und erstere das Gaspedal durchtrat, wo es nur ging. Doch als Z knapp zehn Minuten nach ihr eintraf, war er wohlauf – wenn auch nicht sonderlich gut gelaunt:
„Hattet ihr beide eine Vision?"
Annie blickte ihn fragend an: „Wann?"
„Heute Nacht."

Geraldine ebenfalls: „Nein."

„Das hatte ich befürchtet." Z seufzte laut.

„Du schon?" vermutete Geraldine.

„Ja."

Annie schluckte: „Heißt das..."

„Es geht los." Z ließ den Kopf hängen, „ich bin der erste."

„Eine neue Zeitrechnung bricht an." sinnierte Annie und Geraldine fuhr zusammen:

„Bitte was?"

„Das war eine Anspielung auf..."

„...das, was vorgestern im Fernsehen kam. Schon klar. Genau deswegen sage ich: Bitte was?"

Annie legte die Stirn in Falten: „Warum?"

„Warum warum?" gab Geraldine ungehalten zurück. Aber das konnte Annie auch:

„Warum warum warum?"

„Sie meint: Willst du dir jetzt einen neuen Kalender kaufen, oder was?" versuchte Z, es zu erklären und wurde von Geraldine bestätigt:

„So in etwa."

„Oh." machte Annie und hob abwehrend die Hände, „nein. Natürlich nicht. Ich dachte einfach, der Typ ist so Panne mit dem, was er da faselt, da kann man eigentlich nur noch dumme Witze drüber machen."

„Okay – das ist durchaus die richtige Einstellung." überlegte Z, doch Geraldine wollte sich nicht länger damit aufhalten:

„Allerdings sind Witze jetzt gerade eher weniger angebracht. Wir sollten keine Zeit verlieren."

Z zog die Brauen hoch: „Was meint ihr, warum ich euch so früh herbestellt habe?"

„So eilig ist es nun auch wieder nicht." entgegnete Annie, aber Geraldine sah es wie Z:

„Es geht los, Annie. Jetzt."

„Willst du den Typen aus dem Bett klingeln? Oder die Frau?"

„Es ist ein Mann." erklärte Z, „und nein. Aber wir müssen die letzten Dinge klären."

Geraldine nickte: „Ganz genau."

„Welche letzten Dinge?" Annie war immer noch nicht an Bord, was Geraldine ungeduldig werden ließ:

„Ist das nicht klar?"

„Entweder bin ich zu müde oder ihr hattet ein Gespräch ohne mich."

„Hatten wir nicht." Geraldine warf Z einen Blick zu, „wir denken anscheinend nur in dieselbe Richtung."

„Dann weiht mich mal ein." bat Annie und Z ließ sich nicht lange bitten:

„Es beginnt eine neue Phase. In der wir getrennt arbeiten."

„Das weiß ich. Aber dazu ist doch alles geklärt."

„Es werden schon bald Geschichten im Umlauf sein. Zu – idealerweise – einem Fremden, der in der Gegend herumrennt und Dämonen austreibt."

„So weit, so logisch."

„Wir wollen damit nicht in Verbindung gebracht werden."

„Gähn." Annie unterstrich das Wort mit einer entsprechenden Geste, die allerdings nicht lange anhielt:

„Und damit das funktioniert, müssen wir den Kontakt zueinander abbrechen."

„Was?" fuhr sie auf und starrte Z an. Der hinzusetzte:

„Zumindest vordergründig."

„Jetzt bin ich wach."

Z räusperte sich: „Unser System läuft doch so: Du hast die Vision, Geraldine zeigt mir den Dämon, ich treibe ihn aus. Das ist die alte Variante, die alle kennen. Wenn es jetzt wieder losgeht, werden sich sicherlich einige Augen in unsere Richtung wenden. Und wenn sie dann mitkriegen, dass wir regelmäßig die Köpfe zusammenstecken, werden sie uns verdächtigen. Weil die Tatsache, dass nur einer von uns vor Ort ist, nicht ausschließt, dass wir vorher alles besprochen haben. Du kannst Geraldine deine Vision vorher gegeben und sie die Person vorher ausgeguckt haben. Dann brauche ich euch beide dabei nicht mehr."

„Aber wenn wir nicht mehr zusammen gesehen werden..." übernahm Geraldine, „wenn du die Einzige bist, die sich in diesem Haus aufhält..."

Sie verstummte, als Annie die Hand hob: „Weil es kein Telefon und kein E-Mail gibt."

„So werden wir ja auch weiter in Kontakt bleiben. Weil uns das niemand öffentlich beweisen kann. Es ist ja auch nur eine Vorsichtsmaßnahme."

Annie sah unglücklich drein: „Glaubt ihr wirklich, dass wir überwacht werden?"

„Noch nicht." antwortete Z, „aber es könnte dazu kommen. Wenn der falsche Jesus – ich nenne ihn jetzt auch so, mir gefällt das – die Info bekommt, wird er an uns denken. Davon können wir ausgehen. Zumal der, zu dem ich muss, hier in der Nähe wohnt. Nicht in Frankfurt, aber nah genug dran. Dann wird er vielleicht jemanden herschicken. Vielleicht sogar ganz offen. Mit Fragen und so. Und wenn wir alle dann sagen können, dass wir uns schon länger nicht mehr gesehen haben... und das auch belegen, indem wir uns nicht sehen..."

„Ihr seid beide genauso weggetreten wie diese Esther." Annie schüttelte konsterniert den Kopf, „als wären wir im Krieg."

„Streng genommen..." setzte Geraldine an, kam aber nicht weiter:

„Er findet nicht vor unserer Haustür statt."

„Wir müssen ja nicht so tun, als hätten wir uns verkracht." stellte Geraldine klar, „wir können Eis essen gehen oder ins Kino. Irgendwas machen, was normale Menschen zusammen tun. Nur nicht so wirken, als würden wir..."

„...Pläne schmieden." vollendete Z.

„Genau."

„Nun gut." Annie blickte von einem zur anderen, „ich sehe, ihr seid euch einig. Dann bin ich eh überstimmt. Was heißt das also?"

„Willst du mit Johanna arbeiten oder mit Katiana?" fragte Geraldine zurück. Annie überlegte kurz: „Katiana."

„Gut. Dann ruf sie an. Sag ihr Bescheid, dass es losgeht. Ich mache das gleiche mit Johanna. Und Z..."

„...hat Steve schon angerufen." erklärte dieser, „schließlich brauche ich ihn heute wahrscheinlich."

„Willst du heute?" Geraldine brummte kritisch, „kannst du nicht warten?"

„Weiß ich nicht. Will ich nicht riskieren. Deswegen sitzen wir ja im Morgengrauen hier."

„Dann kann ich ja gleich wieder ins Bett." Annie warf einen sehnsüchtigen Blick Richtung Decke, der Z zum Schmunzeln brachte:

„Kannst du – natürlich."

„Treten wir dann nur zu bestimmten Uhrzeiten miteinander in Kontakt?"

„Annie..." Geraldine wippte mit dem Kopf, „es geht doch nur um die öffentliche Wahrnehmung. Es wird niemand unser Telefon anzapfen."

„Hoffen wir es mal." fügte Z hinzu, aber Geraldine blieb gelassen:

„Und wenn, dann kriegen wir es mit. Schließlich haben wir jetzt einen Spion."

Dieser Gedanke erfreute Z – Annie jedoch nicht:

„Es wird immer schlimmer."

„Ja." nickte Geraldine, „das wird es. Das ist ja genau der Punkt."

„Leute." Annie schlug sich auf die Oberschenkel und stand dann auf, „es war schön mit euch. Gute Nacht." Mit drei Schritten war sie draußen auf dem Flur.

„Annie..." versuchte Z, sie aufzuhalten, doch Geraldine legte ihm die Hand auf den Arm:

„Lass sie. Es war ungünstig, dass wir es uns beide überlegt hatten und vorher nicht angesprochen. Sie wird sich damit abfinden."

„Schon. Irgendwann."

„Ich rufe sie an." versprach Geraldine, „später. Wenn sie noch ein bisschen geschlafen hat."

„Gut. Danke." Z erhob sich ebenfalls.

„Viel Glück." rief Geraldine ihm hinterher. Und er

„Ebenso." über die Schulter zurück.

33

Z fühlte sich unwohl. Er kam sich vor wie ein Schwerverbrecher. Ganz und gar nicht wie ein Superheld. Und dass er alleine unterwegs war – zum ersten Mal überhaupt mit solch einem Vorhaben – half dabei auch nicht weiter. Genauso wenig wie der neue Ansatz, für den er sich am Morgen entschieden hatte. Was das Herangehen an das Opfer anging. Es hatte keinen Sinn, in voller Verkleidung an die Haustür zu treten und zu klingeln. Sich irgendeine Ausrede auszudenken, dann am besten im Hausflur diverse Nachbarn über den Weg zu laufen und schließlich voll vermummt vor der richtigen Wohnung aufzutauchen. Da würde jeder die Polizei rufen. Also musste er den Mann abpassen. Auf offener Straße. So schnell wie möglich beruhigend auf ihn einwirken, sein Ding durchziehen, und wieder verschwinden. Das erhöhte natürlich das Risiko. Weil es hieß, dass auch Umstehende ihn zu Gesicht bekamen. Aber eine bessere Lösung hatte er nicht. Und zumindest in diesem Punkt hatte er Glück: Er musste gerade mal 20 Minuten warten, bis der Mann aus der Haustür trat. Er hatte sich innerlich schon darauf eingestellt, den ganzen Tag im Auto zu sitzen. Verpflegung hatte er dabei. Die brauchte er nun nicht. Beziehungsweise – würde sie zuhause in Ruhe auf der Couch zu sich nehmen können. Er stieg aus dem Auto und folgte dem Mann, der schon nach wenigen Metern in eine Seitenstraße abbog, in der er anscheinend seinen Wagen geparkt hatte. Jetzt musste Z handeln, bevor er einstieg und davonfuhr. Er erwischte ihn, als er gerade mit dem Schlüssel hantierte:

„Dies ist kein Überfall." Der Klang seiner Stimme ließ das Gegenteil vermuten und der Mann fuhr erschrocken herum:

„Bitte?"

„Ich mag so aussehen, aber ich will Ihnen nichts Böses." redete Z schnell weiter.

Der Mann musterte ihn abschätzend: „Das ist mal ein guter Einstieg."

„Und noch dazu ist es wahr."

„Das würde ich jetzt auch sagen."

„Sie haben ein Problem." versuchte Z, umzuschwenken, „von dem sie nicht einmal etwas wissen. Ich kann Ihnen damit helfen."

„Sind sie von einer Bank?" Auf dem Gesicht des Mannes erschien ein spöttisches Lächeln, „auch nicht schlecht."

„Es geht um Ihre Seele."

„Also von der Kirche. Dass die so einen Aufzug erlauben..."

„Machen wir es kurz." unterbrach Z, „im Namen des Vaters und des Sohnes und des Heiligen Geistes – verschwinde, du nerviges Vieh."

„Also, ich muss doch..." wollte sich der Mann entrüsten – blinzelte dann aber verwirrt, „was?"

„Sie spüren es, nicht wahr?"

„Was spüre ich?"

Z zögerte: „Ich bin mehr so der praktisch veranlagte. Ich bin nicht gut darin, solche Dinge zu erklären. Zumindest dauert es bei mir sehr lange und man sagt, ich würde zu viele Schlenker dabei machen. Daher..." Er zog die Karte hervor, „...diese Nummer. Keine Bank. Keine Kirche. Lediglich ein netter Mensch, der Ihnen genau sagen kann, was gerade passiert ist, was es verursacht hat, und was Sie tun müssen, damit es nicht nochmal dazu kommt."

Der Mann starrte einen Moment lang regungslos auf die Karte und ergriff sie dann wie in Zeitlupe: „Das ist das Seltsamste, was mir je passiert ist."

„Seien Sie froh."

„Froh?"

„Es gibt Schlimmeres."

Der Mann runzelte die Stirn: „Das wissen Sie aus Erfahrung?"

„Oh ja." bestätigte Z vehement, „rufen Sie an. Der Herr am anderen Ende weiß, dass ich heute hier bei Ihnen bin. Er erwartet Ihren Anruf."

Der Mann wollte die Karte einstecken, hielt dann aber inne: „Kosten?"

„Wir haben beide genug Geld." versicherte Z, „wir brauchen keines von Ihnen."

„Wer sind Sie?"

„Nun... so unhöflich ich mich fühle, Ihnen die Antwort darauf vorzuenthalten, aber... dieses Kostüm hat in der Herstellung eine Menge Mühe bereitet. Es wäre unfair, wenn ich seinen Sinn zunichtemache."

„Wie Sie meinen." Nun steckte der Mann die Karte wirklich ein, „und was kommt jetzt?"

Wieder zögerte Z: „Kennen Sie das im Fernsehen, wenn der eine – in dem Fall Sie – sich kurz wegdreht und dann wieder aufschaut und der andere – in dem Fall ich – ist einfach verschwunden?"

„Durchaus."

„Ich glaube nicht, dass ich das hinkriege. Daher... werde ich mich einfach ganz normal umdrehen und davongehen. Und Sie... hatten irgendwas vor, nehme ich mal an."

Der Ausdruck des Mannes wanderte einige Augenblicke zwischen verwundert, amüsiert und verärgert hin und her. Dann gab er sich einen Ruck: „Das hatte ich wohl."

„Dann will ich Sie nicht länger davon abhalten. Rufen Sie an. Es ist wichtig."

Mit diesen letzten Worten drehte Z sich wirklich um und ging davon. Der Mann rief ihm nichts mehr hinterher, doch er meinte, seinen fragenden Blick in seinem Rücken spüren zu können und da keine Tür klappte und kein

Motor ansprang, bis er außer Hörweite war, konnte er davon ausgehen, damit richtig zu liegen. Als er im Auto saß, griff er zum Handy und rief Steve an, um ihm zu berichten, wie es gelaufen war. Es war besetzt. Was eigentlich nur bedeuten konnte, dass der Mann seinem Rat bereits gefolgt war. Denn diese Nummer hatten sie extra eingerichtet. Niemand sonst benutzte sie.

34

Er war gerade in seiner Wohnung angekommen, als sein Handy klingelte und Steve sich meldete. Er hatte wirklich schon mit dem Mann gesprochen, ihm vieles erklärt und einen Gesprächstermin vereinbart.

„Fand er mich sehr schlimm?" erkundigte sich Z vorsichtig.

„Z." Steve kicherte leise, „du kennst doch all diese Superhelden-Filme in- und auswendig, oder? Du weißt doch, dass die nicht bleiben, um übers Wetter zu reden. Viele von denen reden gar nicht. Die machen einfach. Du magst das schlimm finden, die Grundregeln der Höflichkeit nicht einzuhalten. Aber das gehört dazu. Gewöhn dich dran. Und gib nichts darauf, was die Leute davon halten."

„Werde ich versuchen. Ist nicht einfach."

„Wenn das heute das Schwerste bei der Sache war, bin ich persönlich sehr zufrieden."

Das besserte Zs Laune deutlich: „So kann man es natürlich auch sehen."

Steve legte auf und Z rief zuerst Geraldine und dann Annie an, um ihnen seine Erfahrungen zu berichten. Sie freuten sich beide, von ihm zu hören, und er konnte sich an einem weiteren Punkt beruhigen: Annie hatte sich wieder erholt. Als das Gespräch beendet war, lehnte er sich auf dem Sofa zurück und wurde sich gewahr, dass er sein Kostüm noch trug. Das war ganz schlecht. Ein weiterer Punkt, den sie nicht bedacht hatten. Und der ihm vor lauter Aufregung leider nicht aufgefallen war, bevor er das Haus verlassen hatte. Es machte natürlich gar keinen Sinn, wenn man ihn verkleidet kommen und gehen sah. Dann würde spätestens nach dem ersten Zeitungsbericht irgendein Nachbar 1 und 1 zusammenzählen und all ihre Mühen waren umsonst. Er zog sich um, packte die Verkleidung in eine

Tüte und stellte diese neben die Wohnungstür, um sie später im Kofferraum zu deponieren. Er würde sich einen Ort ausgucken, an dem er sich umziehen konnte. „Meine Telefonzelle." murmelte er grinsend vor sich hin, während er den beiden Frauen eine kurze SMS schrieb, um ihnen auch das mitzuteilen. Sie konnten aus seinem Fehler lernen. Sie mussten ihn nicht selbst machen. Natürlich bekam er von ihnen beiden die Antwort, dass sie darauf schon längst gekommen waren. Und sogar Becka, die ihn am Abend wegen der Tüte befragte, rollte auf seine Antwort hin nur mit den Augen und meinte „Das ist doch logisch." Womit er der Einzige war, der aus diesem Fehler eine Lehre ziehen musste. Aber das war in Ordnung. Der Start war erfolgreich verlaufen. Und das war das, was zählte.

35

Es gab keinen Zeitungsbericht am nächsten Tag. Und da Steve bei seinem ersten Treffen mit dem Mann, den Z befreit hatte, eine unauffällige Bemerkung einflechten konnte, die dieser bereitwillig beantwortete, konnte Z am übernächsten Tag sicher sein, dass es auch zu keinem späteren Zeitpunkt einen geben würde. Der Mann war ihm dankbar. Und in keiner Weise daran interessiert, sich wichtig zu machen. Weswegen Z nicht mehr großartig in die Zeitung schaute und daher den Bericht erst durch Becka zu Gesicht bekam. Er war es inzwischen so gewöhnt, dass alle wichtigen Nachrichten den falschen Jesus betreffend im Fernsehen gesendet wurden, dass er gar nicht auf die Idee gekommen war, in der Zeitung nach etwas zu suchen. Warum genau sich der falsche Jesus dazu entschlossen hatte, ausgerechnet diese Information in dieser Form zu eröffnen, erschloss sich ihm nicht. Becka äußerte die Vermutung, dass er sich damit hauptsächlich an ältere Leute richtete, die eher lasen als schauten. Das mochte sein. Seltsam kam es Z trotzdem vor. Doch das geriet in den Hintergrund, als er sich den Artikel schließlich vornahm – Becka hatte ihm lediglich die Überschrift genannt. Sie fand es besser, wenn er es selber las. Und das, was es dort zu lesen gab, war um ein Vielfaches seltsamer als die Tatsache, dass es sich in der Zeitung fand. Er las den Artikel zweimal und setzte sich dann an den Computer. Geraldine hatte bei ihrem letzten Treffen den Vorschlag unterbreitet, in Zukunft über das Internet zu kommunizieren. Dort ließen sich Video-Konferenzen einrichten, die es ihnen ermöglichten, zu dritt zu sprechen und sich dabei auch zu sehen. Es dauerte eine Weile, bis er alles richtig eingestellt hatte und dann noch einige Zeit, bis das auch bei den anderen beiden geschehen war. Dann konnte er endlich die Frage stellen, die ihm unter den Nägeln brannte:

„Habt ihr heute Zeitung gelesen?"

„Ich habe keine Zeitung." gab Annie zurück. Was auch für Geraldine galt: „Nils hat sie auf der Arbeit. Aber er bringt sie nie mit nach Hause."

Annie grinste Z auf dem Bildschirm entgegen: „Du liest Zeitung?"

„Becka." erwiderte er, „ich eher weniger. Ich hatte die Tage immer mal geschaut wegen meines ersten Ausflugs. Aber das hat sich erledigt. Der gute Mann hat niemandem was erzählt."

„Schön für dich." freute sich Annie und wieder schloss sich Geraldine an: „Für uns alle, sogar."

Z nickte, wurde sich dann gewahr, dass die anderen das unter Umständen nicht sonderlich gut erkennen konnten und setzte hinzu: „Finde ich auch."

„Aber darum geht es nicht, oder?" vermutete Geraldine.

„Nein." Z griff nach dem Artikel, der ausgeschnitten neben ihm lag, und hielt ihn kurz in die Kamera, „es geht um unseren speziellen Freund. Ich werde euch nicht den ganzen Artikel vorlesen. Ich gebe euch lieber einen kurzen Überblick. Er schreibt, dass er bei der Katholischen Kirche Reformen durchzuführen gedenkt, die unter anderem beinhalten, dass die Beichte abgeschafft wird. Weil sie nichts bringt, denn Priester können gar keine Sünden vergeben. Das kann nur Gott."

„Und er." warf Annie sarkastisch ein.

„Ja – und er. Das ist sein Punkt. Er meint, das wäre Jahrhunderte in der Kirche falsch gelaufen und jetzt wäre endlich Gelegenheit, es gerade zu biegen. Was er damit tut, dass er eine Website einrichten lässt, auf der man seine Sünden eingeben und dann Vergebung – im wahrsten Sinne des Wortes – empfangen kann."

Die beiden Frauen blickten so lange so starr vor sich hin, dass Z schon fürchtete, das Programm sei abgestürzt und das Bild eingefroren. Er ruckelte vorsichtig an der Maus, die sich ganz normal bewegte – und im nächsten Moment sagte Geraldine auch wieder etwas:

„Bitte was?"

Was Annie ebenfalls aus ihrer Erstarrung zurückholte: „Z, du veralberst uns. Das finde ich nicht nett."

„Es steht hier." Z hielt den Artikel ein weiteres Mal hoch, „in schmierender schwarzer Schrift auf dreckig weißem Papier. Die Internetadresse ist sogar angegeben. Ich habe sie mir noch nicht angeschaut. Will ich auch gar nicht. Aber so wie es hier heißt, kann man da ein paar Daten ausfüllen – Name, Alter und so – und dann in ein Feld seine Sünden reinschreiben. Das schickt man ab und es kommt bei Jesus an, der es sich anschaut und darauf antwortet. Mit Vergebung."

„Mit Vergebung." wiederholte Geraldine tonlos.

„Man kriegt eine Mail, wo drinsteht, dass einem vergeben wurde."

„Das ist so ein riesiger Unfug, dass..."

„Ich meine es ernst, ehrlich." Z faltete vor der Kamera die Hände, doch Geraldine winkte ab:

„Dich meinte ich damit gar nicht. Ich glaube dir, dass du den Scherz inzwischen aufgelöst hättest, wenn es einer wäre. Diese Idee ist Unfug."

Annie fuhr sich über die Wange: „Wie sollte er denn so viele Mails beantworten?"

„Wird er gar nicht." erwiderte Geraldine, „da kommt eine Standardantwort. Wie eine Abwesenheitsnotiz. Nur irgendwie zeitversetzt."

„So denke ich mir das auch." stimmte Z zu und Annies Hand wanderte von der Wange auf die Stirn:

„Das ist ganz grausam."

„Grausam?"

„Die Leute so an der Nase herumzuführen."

Z machte große Augen: „Glaubst du echt, dass sich jemand darauf einlässt?"

Annie nickte: „Die, die Beichte gewohnt sind, ganz sicher. Ist ja sogar noch eine Stufe anonymer. Schließlich brauchst du nicht mal deinen richtigen Namen anzugeben. Wenn du eine Mail-Adresse hast, die ihn nicht verrät..."

„Aber dann lügt man." wandte Z ein, „das ist auch Sünde."

„Wenn du dir einen Seitensprung vergeben lassen willst, ist so eine Lüge bestimmt ein kleines Übel."

„Leute..." unterbrach Geraldine, „irgendwie ist da mehr dran. Ich kann den Finger noch nicht drauf legen, aber... irgendwas stört mich ganz gewaltig."

„Hm..." Annie tippte gegen ihre Kamera, „alles?"

„Ja. Schon. Richtig. Aber... ich meine – in Bezug auf uns. Also – die Menschen. Da ist irgendwas zwischen den Zeilen. Ach... ich komme schon noch drauf."

Z lächelte: „Wir sind gespannt."

„Ich muss mich jetzt verabschieden." Geraldine warf einen Blick hinter sich, „Nils wartet."

„Wartet?" fragte Annie, „wo denn?"

„Im Bett."

„Aha. Oh. Ah."

„Na dann viel Spaß." kicherte Z.

„Danke, Z. Gleichfalls."

Annie zog eine Schnute: „Und wer wünscht mir viel Spaß?"

„Wir." erwiderten die beiden anderen gleichzeitig.

„Dann bin ich ja beruhigt."

Die rechte Seite von Zs Bildschirm wurde schwarz. Geraldine hatte abgeschaltet. Dann die linke. Annie hatte abgeschaltet. So schloss auch er das Programm und dann für einen langen Moment die Augen.

36

Bevor der Spaß begann, hatte Geraldine allerdings noch etwas Ernstes mit Nils zu besprechen. Eine Sache, zu der sie sich schon Wochen zuvor Gedanken gemacht hatte. Die durch die Ereignisse um Yannik allerdings verdrängt worden war. Und erst jetzt – während des Austauschs mit den anderen – wieder in den Vordergrund getreten. Obwohl sie nicht das Geringste mit dem Inhalt ihres Gespräches zu tun hatte. Doch sie war dankbar dafür. Denn während sie am Anfang noch unschlüssig gewesen war, war ihre Entscheidung inzwischen gefallen. Und da diese Nils in nicht geringem Ausmaß auch betraf – und sie ihn zudem schon einmal mit so etwas überrumpelt hatte – wollte sie ihn diesmal von Anfang an dabeihaben. Oder zumindest ab dem Punkt nach der Entscheidungsfindung. Denn diesbezüglich wollte sie nicht mehr mit sich reden lassen. Was sie zum Glück auch nicht musste, denn Nils fand ihre

Idee zwar reichlich schräg, aber auch genauso schön. Und ließ sich daher ohne jegliche Diskussion darauf ein. Wenn er auch darauf bestand, bei der Planung mit involviert zu sein. Aber das wiederum war ganz und gar nach Geraldines Geschmack. Weswegen auch sie keinen Grund hatte, zu widersprechen.

37

Am darauffolgenden Sonntag starteten sie alle mit einem besonderen Vorhaben in den Gottesdienst. Sie hatten am Abend zuvor kurz konferiert. Geraldine war diejenige gewesen, die die Idee aufgebracht hatte:
„Wir brauchen Unterstützung. Zumindest in geistlicher Hinsicht. Wenn wir da ein paar Leuten beichten, was wir tun..."
„Wem denn?" hatte Annie sie unterbrochen, „alle unsere Freunde wissen es sowieso."
„Ich dachte an meinen Pastor."
Z hatte genickt: „Das ist gar keine schlechte Idee. Dem würde ich es auch erzählen."
„Du kennst ihn doch gar nicht." Geraldine hatte die Stirn gerunzelt.
„Meinem."
„Ach so."
„Dann machen wir das doch alle." hatte sich auch Annie angeschlossen, „jeder bei sich."
„Und Jakob können wir auch einweihen." war es von Z gekommen, „unser komplettes Back-up-Team ist schließlich dort."
Annie hatte gekichert: „Wie das klingt."
„Wie denn?"
„Professionell."
„Das ist doch gut."
Annie hatte genickt – und weitergekichert. Bis Geraldine sie mit einem Klopfen an die Kamera unterbrochen hatte:
„Ich rufe an."
„Wir können doch morgen nach dem Gottesdienst..." hatte Z eingewandt und sie den Kopf geschüttelt:

„Steve."

„Ach so. Ja, mach mal."

38

Steve gefiel die Idee ebenfalls und so wartete er nach dem Gottesdienst genauso wie die drei Freunde darauf, dass sich eine Gelegenheit ergab, den gewünschten Menschen aus der Menge loszueisen. Sie alle hatten Glück – auch Steve.

„Klar habe ich einen Moment Zeit." Jakob lächelte ihm aufmunternd zu. Und Steve nahm die Einladung an:

„Dann lass uns kurz da rein gehen." Er deutete auf einen der Besprechungsräume. Jakob folgte ihm:

„So geheimnisvoll?"

„Das trifft es in diesem Fall wirklich." erklärte Steve, als er die Tür hinter sich schloss.

Jakob setzte sich: „Erzähl."

„Sie haben ihre Gaben wieder."

„Ich brauche gar nicht zu fragen, wen du meinst."

„Das hatte ich gehofft."

„Echt?" Jakob verzog das Gesicht, „keine Namen? So schlimm?"

„Nein." wiegelte Steve ab, „nicht schlimm. Egal, eigentlich. Ich meinte: Ich hatte gehofft, dass ich es nicht lange erklären muss."

„Kurz müsstest du es dennoch erklären."

„Sie wollen sich damit bedeckt halten." tat Steve genau das und Jakob biss sofort an:

„Wegen dem, was gerade draußen los ist."

„Draußen?"

„In der Welt."

„Oh. Ja." Jetzt verstand Steve, „das hat auch damit zu tun."

„Auch?"

„Ihre Vergangenheit." folgte die zweite knappe Erklärung und auch diese reichte Jakob:

„Verstehe. Was kann ich tun?"

„Beten."

Nun war Jakob doch erstaunt: „Mehr nicht?"

„Das ist das, was wir brauchen." erwiderte Steve.

„Gut. Dann werde ich das tun."

„Vielen Dank dafür."

Jakob lächelte erneut: „Dafür – nicht."

39

Die drei Freunde konnten ähnliche Geschichten berichten, als sie am
Nachmittag wieder über den Computer miteinander sprachen. Steve und
Katiana waren nun ebenfalls angebunden, genau wie Johanna. Annie war
so frei gewesen, bei einem ihrer Besuche bei den Enkeln einen kurzen Blick
auf den alten Computer zu werfen, den Steve im Arbeitszimmer stehen
hatte. Sie musste Updates für einige Programme herunterladen, doch dann
ließ sich alles einwandfrei einrichten. Johanna dagegen hatte gar nichts
einrichten müssen, da ihre Tochter sich so schon seit einiger Zeit mit ihren
Freundinnen unterhielt, wenn sie mal wieder Hausarrest hatte. Sie hatte es
sich lediglich von ihr erklären lassen – und dabei einige freche
Bemerkungen anhören müssen. Nun allerdings hatte auch sie gute Laune:

„Das klingt toll. So ein Team im Rücken ist etwas sehr Wichtiges."

„Damit wären wir dann gerüstet." freute sich auch Katiana.

„Stimmt." Z machte eine wegwerfende Handbewegung, „jetzt kann
kommen, was will."

„Naja." ging Annie dagegen, „von mir aus darf es sich gerne in Grenzen
halten."

„Das haben wir nicht in der Hand." wandte Steve ein.

„War ja auch nur ein Wunsch."

„Den ich unterschreibe." schloss sich Geraldine ihr an.

Z blieb gelassen: „Wir werden es schon schaffen."

„Das denke ich auch." bekam auch er Zustimmung – von Johanna.

Annie fand ihre gute Laune ebenfalls wieder: „Ich finde es ulkig, euch alle
auf einmal zu sehen." wechselte sie grinsend das Thema.

„Weil du das sonst nicht tust." spottete Z, aber dafür hatte sie die passende Antwort:
„Normalerweise kann ich nur einen von euch anschauen und die anderen sind da, aber nicht im Blickfeld. Jetzt seid ihr lauter kleine Fenster auf meinem Bildschirm. Die ich alle gleichzeitig sehen kann."
„Okay. Das stimmt." gestand Z, „und ja – das ist süß, irgendwie."
So löste sich ihre Gemeinschaft auf und einer nach dem anderen meldete sich ab.

40

Wake – mehr ein Atoll als eine Insel. In jegliche Richtung tausende von Kilometern vom Festland entfernt. Während des zweiten Weltkriegs hatte sie eine Rolle gespielt in den Geschicken der großen Mächte, doch seitdem was sie in Vergessenheit geraten. Hierher verirrte sich niemand. Hierher kam nur, wer musste. Militärs und ihre Familien waren das hauptsächlich. Manchmal auch Touristen, die kein Problem damit hatten, die strapaziöse Bootsfahrt auf sich zu nehmen. Denn auf dem Flughafen durften sie nicht landen. Der Flughafen, der die Hälfte der Insel einnahm. So schien es zumindest. Wer mit Enge und Einsamkeit ein Problem hatte, der war hier definitiv fehl am Platz. Denn das war das Einzige, was es hier gab. Abgesehen von den anderen Menschen natürlich. Aber bei gerade mal knapp 150, die hier durchschnittlich lebten, konnte man das Wort ‚Einsamkeit' durchaus verwenden. Man kannte sich schnell. Und war sich unter Umständen auch schnell über. Ab und zu landeten Flugzeuge zwischen, um aufzutanken. Aber sobald sie das erledigt hatten, waren sie schon wieder weg. Denn die Insel gab kaum etwas her. Und nicht wenige, die sich einmal über einen längeren Zeitraum hier aufgehalten hatten, sagten hinterher: ‚Wenn die Insel versinken würde – man würde es gar nicht bemerken.' Wer mit Enge und Einsamkeit allerdings kein Problem hatte – oder sie gar mochte – der konnte hier durchaus glücklich werden. Denn das Leben auf der Insel war angenehm. Das Klima war beständig, die See ruhig. Es gab keine Stürme oder plötzlichen Wetterumschwünge. Es gab keine Hitzewellen oder Kälteeinbrüche. Das, was es an Schwankungen gab, bewegte sich in einem Rahmen, der sehr gut auszuhalten war. Seit der Flughafen während des zweiten Weltkriegs gebaut worden war – wahrscheinlich sogar länger – hatte es keinerlei dramatische Veränderungen in den äußeren Umständen gegeben. Das wussten die Menschen und die meisten genossen es. So waren sie alle vollkommen unvorbereitet, als der Umschwung dann doch kam. Durch die Verschiebung zweier Erdplatten hatte sich am Meeresgrund ein Wirbel gebildet, der sich bis an die Oberfläche fortsetzte und dort in eine riesige Welle verwandelte. Das an sich war nichts Ungewöhnliches. Im Gegenteil. Es war so gängig, dass es niemand groß beachtete. Aber dann geschah etwas, was sonst nicht passierte. Während sich diese Flutwelle sonst in den Weiten des Meeres verlief oder in Richtung Festland davonzog, wo man rechtzeitig davor gewarnt wurde und sich in Sicherheit bringen konnte, wählte die Welle diesmal den Weg in Richtung der Insel. Und blieb auf dem Weg dorthin nicht nur konstant groß, sie nahm sogar noch an Ausmaß zu. Sie erreichte die Insel mitten am helllichten Tag. Viele der Menschen, die dort lebten, sahen sie schon aus großer Entfernung. Sie standen da und wunderten sich. Tauschten sich aus mit ihren Theorien, was es damit auf sich haben könnte. Einige wurden unruhig, als die Wassermassen immer näher kamen. Andere verspotteten sie dafür. Nur ganz vereinzelt schlug jemand vor, sich in Sicherheit zu bringen. Mit einem Boot oder Flugzeug. Am Ende tat das niemand. Weil niemand der einzige Dumme sein wollte, der weggelaufen war. Und so ein gewaltiges Naturschauspiel verpasst hatte, von dem alle anderen noch ihren Enkelkindern erzählen konnten. Ein Naturschauspiel gab es auch wirklich. Erzählen konnte davon hinterher niemand mehr. Die Einzigen, die es sahen und überlebten, saßen in den USA auf einem Armeestützpunkt. Und sahen es nur über Satellitenbilder und das auch erst einige Stunden später. Die Menschen auf der Insel sahen zumindest den Anfang. Bis die Welle über sie hereinbrach und ertränkte. Bis zuletzt standen sie einfach nur da und staunten. Über die Macht, die die Natur hervorbringen konnte. Über die Gewalt, die sie ausübte. So mancher ahnte ab einem gewissen Moment wohl auch, dass es sowieso zu spät war. Kein Boot hätte sie jetzt noch retten können und die Flugzeuge mussten erst betankt werden. In den ersten Minuten gleich nach der Entdeckung der Welle hätten sie vielleicht noch eine Chance gehabt. Jetzt nicht mehr. Die

Welle brach über sie herein. Und niemand überlebte. Doch die Welle war gierig. Sie verschlang nicht nur alle Menschen und alles, was sie auf der Insel gebaut und gelagert hatten. Sie verschlang die ganze Insel. Verwandelte die Erde in Schlamm und die Steine in Sand. Riss alles mit sich, was ihr im Weg war. Einige 100 Kilometer entfernt verlief sie sich schließlich und an der Stelle, wo sich ein paar Stunden zuvor noch die Insel befunden hatte, war es nun wieder so ruhig und friedlich, als wäre nie etwas gewesen. Und so leer, als hätte es hier nie etwas gegeben. Wake – mehr ein Atoll als eine Insel – war untergegangen.

41

‚Kostümpremiere' lautete die SMS, die Geraldine an die anderen verschickte. Lediglich bei Johanna rief sie an. Und informierte sie so ausführlich wie möglich über die junge Dame, mit der sie sich zu befassen hatte.

„Wie kommt es eigentlich, dass ich dich immer zuhause erwische?" fragte sie dann mit leichtem Unterton, auf den Johanna sich jedoch nicht einließ: „Weil ich meistens zuhause bin."

„Luxus."

Johanna lachte auf: „Sagst du?"

„Äh..." Geraldine räusperte sich laut, „ich habe eine von Gott gegebene Sonderstellung."

„Das solltest du dir auf ein T-Shirt drucken."

„Gute Idee."

Das Lachen verstummte schlagartig: „Mein Mann arbeitet praktisch rund um die Uhr. Seine Version von ‚ein guter Ehemann und Vater sein': so viel Geld mit nach Hause bringen, dass es uns an nichts fehlt. Außer an ihm. Wir machen vier Mal im Jahr Urlaub. Wo er dann denkt, all die Konversationen nachholen zu müssen, die wir in den Monaten dazwischen nicht führen konnten."

„Das klingt ein wenig verbittert." erklärte Geraldine zögerlich.

„Ein wenig?"

Geraldine schluckte: „Sehr verbittert?"

„Ich hätte ihn gerne mit anderen Prioritäten." erwiderte Johanna kühl, „er sieht das nicht. Er sagt, er tut das für uns. Obwohl wir ihm sagen, wir wollen das gar nicht. Selbst der Teenager in unserem Haushalt würde lieber ab und zu Zeit mit ihm verbringen. Und das will was heißen, wenn man sich anschaut, wie viel Zeit sie mit mir verbringen will."

Einen Augenblick lang spielte Geraldine mit dem Gedanken, einfach das Thema zu wechseln. Doch dann entschied sie, dass mittendrin aufhören irgendwie schlimmer war – und blieb dabei: „Klingt nicht schön."

„Ach..." Johanna atmete tief durch, „weißt du... es ist Alltag. Wenn ich das so rauspruste, ist es eine geballte Ladung. Alles auf einmal, alles im Schnelldurchlauf. Das klingt wie kurz vor der Explosion. Aber wir haben alle unsere Routinen. Und an sechs von sieben Tagen stört es mich gar nicht. Weil ich gar nicht mehr darüber nachdenke."

„Auch nicht gut."

„Lass uns mal das Thema wechseln." kam der Vorschlag nun von Johanna selbst, „du hast heute zu tun. Das sollte unser Fokus sein."

„Sicher?" hakte Geraldine trotzdem nach.

„Ich habe eine Menge Zeit. Sowohl, weil mein Mann nie da ist, als auch, weil er eben wirklich genug Geld mitbringt, dass ich keines verdienen gehen muss. Plus: Tochter – Pubertät. Und danach vielleicht erwachsen irgendwie. Du kannst mir helfen, diese Zeit sinnvoll auszufüllen. In dem du mir jemanden anbringst, dem es noch schlechter geht als mir."

„Wenn du das so sagst, weiß ich gar nicht, ob ich das wirklich will."

„Ja, jetzt wo ich es laut gesagt habe, klingt es auch nicht mehr so wie es sollte." Johanna überlegte kurz und setzte dann neu an: „Ich will einfach nur sagen: Meine Probleme sind Luxusprobleme. Das Wort passt schon. Andere Leute aber haben echte Probleme. Und damit will ich ihnen helfen. Also beschaff mir jemanden, dem ich helfen kann."

Geraldine schnalzte mit der Zunge: „Kann es sein, dass du – ganz tief innen drin – gerade ziemlich schlecht gelaunt bist?"

„Nicht ganz so tief innen drin."

„Soll ich dann Katiana anrufen?"

„Nein, wirklich." bat Johanna, „ich bin ein Mensch – ich habe Launen. Aber ich bin auch Profi. Sagen wir: Halbprofi. Ich kann damit umgehen. Bei dir konnte ich es mal rauslassen. Das tut durchaus gut. Aber das tue ich nicht bei jedem."

„Gut. Dann machen wir es wie geplant. Wünsch mir Glück."

„Das werde ich."

42

Geraldine hatte ein ziemlich mulmiges Gefühl, als sie aufbrach und das seltsame Gespräch mit Johanna verstärkte dies noch. Sie verbrachte die komplette Fahrt damit, leise Gebete vor sich hin zu murmeln und als sie aus dem Auto stieg, fühlte sie sich zumindest ein klein wenig besser. ‚Ich blockiere – mit meinem Stress' dachte sie, wusste aber nicht, was sie dagegen tun sollte. Und konnte darüber auch nicht mehr weiter nachdenken. Denn die Frau, um die es ihr ging, war bereits in Sichtweite. Sie arbeitete in einer Arztpraxis und Geraldine hatte sich extra über die Öffnungszeiten informiert. Es war eigentlich noch zu früh, aber wahrscheinlich gab es schon Sachen zu erledigen, bevor die ersten Patienten eintrafen. Geraldine überlegte, dass sie eigentlich gar keine Ahnung hatte, was man als Sprechstundenhilfe den ganzen Tag tat, wenn man nicht gerade Krankenkassenkärtchen einlas. ‚Eigentlich wäre es schön, mit den Leuten mehr Kontakt zu haben' war ihr nächster Gedanke. Dann stand sie der Frau gegenüber. Die aufsah und erschrak:

„Ich... habe kein Geld... ein bisschen... ich..."

„Das geht mir genauso." erwiderte Geraldine fröhlich – dankbar für den Ansatzpunkt als Einstieg. Doch die Frau verstand das falsch, griff in ihre Tasche und zog ihr Portemonnaie hervor:

„Dann... nehmen Sie..."

„Das wollte ich damit nicht sagen. Sorry." Geraldine schüttelte sich kurz, „ich bin noch müde. Das ist nicht meine Uhrzeit. Und während ich das sage, überlege ich, dass das jetzt klingt, als wolle ich mit meinem Aufzug einen Kater übertünchen. Fangen wir nochmal an: Hallo, ich bin... äh... okay. Name sage ich jetzt nicht. Wäre ja sinnlos. Ist auch nicht wichtig. Viel wichtiger ist: Dies ist kein Überfall. Mit ‚k' am Anfang. Ich bin zwar gekommen, um ihnen etwas wegzunehmen. Aber das ist etwas, wovon sie

a) gar nicht wissen, dass sie es haben und b) was sie froh sein werden, los zu sein."

Die Frau starrte sie an. Steckte dann ihr Portemonnaie ein. Und starrte weiter: „Ich glaube, Sie sollten mit in die Praxis kommen. Der Herr Doktor..."

„...kann in Ruhe fertig Golf spielen." unterbrach Geraldine hastig, um schnellstmöglich die Kontrolle zurückzugewinnen und gleichzeitig die Stimmung aufzuheitern. Beides gelang nicht:

„Er spielt kein Golf."

„Oh. Ja. Dummes Vorurteil. Sehen Sie – das ist das Problem, wenn ich so früh loslegen muss. Ich kann nicht klar denken und dann rede ich, damit ich wach werde, aber weil ich nicht klar denken kann, rede ich Stuss."

„Wie gesagt, wenn Sie mit rein..." Die Frau kramte erneut in ihrer Tasche und zog diesmal einen Schlüsselbund hervor. Für Geraldine das Zeichen, auf jegliche weiteren Konversationsversuche zu verzichten:

„Machen wir es kurz. Puh. Im Namen des Vaters und des Sohnes und des Heiligen Geistes – so eine nette Frau. Was fällt dir überhaupt ein, dich an ihr zu vergreifen? Und was fällt mir ein, mit dir Smalltalk zu halten? Hau einfach ab. Und komm nie wieder."

Die Frau zuckte zusammen: „Aua."

„Uah." Auch Geraldine erschrak, „alles in Ordnung?"

„Ja. Es ist nur... da war so ein Stechen... hier..." Die Frau fasste sich an die Seite und Geraldine runzelte – für die Frau nicht sichtbar – die Stirn:

„Hm. Nicht gut. Ist es weg?"

„Ja. Vorbei. Und irgendwie..." Die Frau klopfte ein paarmal auf besagte Stelle und anschließend über ihren kompletten Bauch, „fühle ich mich insgesamt besser."

„Das freut mich. So soll das sein. Ich würde das mit dem Stechen aber lieber mal untersuchen lassen. Macht mir ein wenig Sorge. Kennen Sie einen guten Arzt?"

Das Stirnrunzeln der Frau war dagegen gut zu erkennen: „Sie meinen – außer dem, für den ich arbeite?"

„Oh." Geraldine schlug sich auf die maskierte Stirn, „ja klar. Sorry. Ich..."

„Müde."

„Ja. Hier." Geraldine griff in die Tasche und holte die Karte hervor, „wenn ich jetzt versuche, ihnen das Ganze zu erklären, stehen wir heute Mittag noch hier. Glücklicherweise gibt es Leute, die um diese Uhrzeit schon fit genug sind, sich über ihren... die das besser können als ich. Rufen sie an."

Die Frau nahm die Karte und betrachtete sie kritisch: „Warum?"

„Sagen wir es mal so: Es ist gerade etwas passiert. Mit Ihnen. Wie gesagt: Ich habe etwas weggenommen. Aber was weg ist, kann auch wiederkommen. Wie rauchen. Oder trinken. Oder Schokolade. Wissen sie... Ich hab die Verkleidung ja, damit man mich nicht erkennt. Und da sollte eigentlich auch eine gewisse Wortkargheit dazugehören. Wir haben echt lange getüftelt an dem System. Bisher... klappt es noch nicht so. Daher würde ich sagen: Rufen sie einfach an. Sie haben ja noch ein paar Minuten, bevor der Ansturm losgeht. Ich lasse Sie jetzt in Ruhe, dann schaffen Sie das noch."

„Nun gut. Aber Sie warten hier. Und wenn am anderen Ende der Pizzaservice ist, dann hole ich Sie rein. Und dann werden Sie untersucht."

Geraldine lächelte – was natürlich auch sinnlos war – und versuchte daher, so viel Freundlichkeit wie möglich in ihre Stimme zu packen: „Lasse ich mich drauf ein."

Die Frau entfernte sich ein paar Schritte, drehte sich dann so, dass sie Geraldine noch aus den Augenwinkeln sehen konnte und wählte. Das Gespräch ging lang und die Frau hörte hauptsächlich zu. Dann kam sie zu Geraldine zurück: „Es ist gut, dass Sie mir diese Geschichte nicht erzählt haben. Sonst wäre längst der Krankenwagen hier."

„Äh? Hm... ja. Das Outfit und die Story... Sie haben Recht. Das ist eine schwierige Kombination."

„Können Sie laut sagen."

„Aber Sie rufen keinen Krankenwagen." vermutete Geraldine vorsichtig.

Die Frau schüttelte den Kopf: „Ich gehe jetzt meine Arbeit machen."

„Mehr nicht?" Geraldine gab sich keine Mühe, ihre Enttäuschung zu verbergen.

„Ihre Kollegin klang sehr glaubwürdig, dafür dass ihre Geschichte es nicht war."

„Aber es wäre schon gut, wenn Sie..."

„Wissen Sie…" unterbrach die Frau, „…es geht mir besser. Ich fühle mich anders. Das ist schön. Vielleicht haben Sie da was gemacht, vielleicht auch nicht. Vielleicht haben Sie etwas verändert, vielleicht hat auch einfach nur diese Begegnung etwas verändert. Das ist mal etwas gegen den Alltagstrott. Was es auch sei… ich werde es nehmen und glücklich damit sein. So lange es eben anhält."

„Es könnte für immer anhalten." versuchte Geraldine es weiter.

„Vielleicht. Vielleicht auch nicht. Fakt ist: Meine Tage sind voll. Praxis, Kinder, kranke Mutter, kranke Schwiegermutter. Ich schaffe es nicht mal mehr zum Skatabend. Und am Wochenende schlafe ich jede freie Minute. Was nicht viele sind. Da passt nichts mehr rein. Sie können ja wiederkommen. In ein paar Monaten. Und schauen, wie der Stand der Dinge ist."

„Das kann ich nicht versprechen."

„Das macht nichts." winkte die Frau ab, „Sie tun Ihre Pflicht. Ich tue meine Pflicht. Und irgendwie kommen wir alle schon durch."

„Aber…"

„Ich muss jetzt rein." Die Frau klimperte mit dem Schlüsselbund, „da hinten kommt schon die alte… die gute Frau… keine Namen. Auch für Sie nicht."

Geraldine seufzte: „Schon okay."

„Trotzdem danke. Sie waren ein Lichtblick in meinem Leben. Das ist sehr viel wert." Die Frau schenkte ihr ein Lächeln, das Geraldine nicht erwidern konnte:

„Man tut, was man kann." Aber auch das sah die Frau natürlich nicht, nickte daher einfach –

„Eben, eben." – und eilte davon. Einige Augenblicke später war sie in der Praxis verschwunden – dicht gefolgt von der ersten Patientin des Tages, die Geraldine im Vorbeigehen einen sehr eindeutigen Blick zuwarf. Geraldine wandte sich ab und ging zum Auto zurück. Erst dort angekommen wurde sie sich gewahr, dass auf der anderen Straßenseite einige Kinder im Grundschulalter standen und sie anstarrten. Sie legte den Kopf schief, woran die Kinder merkten, dass sie ertappt waren. Und einer von ihnen hatte genug Mut, ihr etwas zuzurufen:

„Bist du Batman?"

„Nein." rief sie amüsiert zurück, „ich bin seine… sein Onkel."

Die Jungs wechselten untereinander beeindruckte Blicke. „Krass." stieß einer von ihnen hervor, „Batman hat einen Onkel? Ich dachte, seine Eltern wären tot."

„Ein Onkel ist der Bruder von den Eltern, du Nase." belehrte ihn ein anderer.

„Von einem von den Eltern, du größere Nase." diesen wiederum ein dritter.

Der erste Junge war nach wie vor auf sie fixiert: „Gehst du jetzt Verbrecher fangen?"

„Erstmal gehe ich ins Bett." antwortete Geraldine, „und dann... ja... vielleicht... weiß ich noch nicht. Aber ich weiß, wo ihr jetzt hingeht."

Wieder tauschten die Jungs Blicke aus – diesmal erstaunt: „Weißt du gar nicht."

„In die Schule." sagte Geraldine bestimmt und musste dann an sich halten, nicht laut loszulachen, als alle gleichzeitig das Gesicht verzogen:

„Oh Manno."

„Husch, husch." scheuchte sie sie – Handbewegung inklusive – weg.

Die Kinder gehorchten und rannten davon. Sie stieg ins Auto. Bevor sie losfuhr, schlug sie die Kapuze zurück und seufzte tief. Eine Stunde später parkte sie in der Tiefgarage. Nils hatte vor kurzem einen Platz ergattert, als ein Nachbar ausgezogen war. Was ihr nun zu Gute kam, denn so hatte sie einen Ort, wo sie sich in Ruhe umziehen konnte. Sie packte die Verkleidung in den Kofferraum und fuhr dann nach oben in die Wohnung, wo sie zum Telefon griff und Johanna anrief.

„Ich habe versagt, würde ich sagen." beendete sie ihre Ausführungen. Doch da war Johanna anderer Meinung:

„Du hast ihn doch erwischt."

„Schon. Aber sie... wird nicht kommen."

„Wohl nicht. Kein Auftrag für mich am heutigen Tag."

„Tut mir leid." murmelte Geraldine – und nun war es Johanna, die sie aufzumuntern versuchte:

„Bei mir musst du dich nicht entschuldigen. Du hast dein Ding gemacht. Ihre Offenheit kannst du nicht steuern. Und es kann ja trotzdem sein, dass sie jetzt Ruhe hat."

Geraldine zögerte: „Wie hoch schätzt du die Chance darauf ein?"

„Kann ich überhaupt nicht sagen. Aber da ist sie bestimmt. Weil Gott da ist. Er übernimmt jetzt. Er kann jetzt wieder besser an sie ran. Vielleicht nicht durch uns. Aber auf andere Art und Weise. Mach dir keinen Kopf. Das war kein Misserfolg."

„Du zumindest klingst wesentlich positiver." stellte Geraldine fest.

Johanna kicherte unsicher: „Ich war noch müde, vorhin."

„Siehst du? Müde. Sag ich doch. Die ganze Zeit."

„Hm?"

„Egal." wiegelte Geraldine schnell ab, „ich wünsche dir einen schönen Tag."

„Den wünsche ich dir auch."

43

Einen Erfolg konnte Geraldine an diesem Tag allerdings doch noch verbuchen: Sie bekam einen Anruf von Katharina. Diese klang aufgebracht – fast zornig. Aber das sollte sich im Laufe des Gespräches ändern:

„Ich rufe nur an, damit du mir bestätigst, dass es Quatsch ist."

„Was ist Quatsch?" gab Geraldine zurück, „und... hallo. Wie geht es dir?"

„Kann dir doch egal sein." fauchte Katharina sie an, „du kannst mir sowieso nicht helfen."

„Doch, kann ich. Und was ist Quatsch?"

„Das. Dass du mir helfen kannst."

„Ist es gar nicht."

„Doch."

Geraldine atmete tief aus: „Das sollte ich besser wissen als du."

„Und warum hört man dann nichts?" blieb Katharinas schlechte Stimmung zunächst weiter bestehen.

„Hören? Was denn?"

„Von euch."

„Äh..." Geraldine stockte, „weil..."

„Siehst du." zischte Katharina, „ich hab's gewusst."

„Warum rufst du mich an?"

„Ich habe doch gesagt, ich wollte..."

„Nein. Warum rufst du überhaupt an?"

„Weil Dirk behauptet hat, du könntest wieder helfen."

Geraldines Miene hellte sich auf – ihre Stimme ebenfalls: „Ihr seht euch wieder?"

Das entging auch Katharina nicht – und sie ging natürlich dagegen an: „Ich finde ja keinen anderen."

„Mit der Einstellung bestimmt nicht."

„Du bist toll."

Darauf ging Geraldine nicht ein. Stattdessen bemühte sie sich, eine schnelle Klärung zu erreichen: „Dirk hat Recht. Ich kann dir wieder helfen."

„Nur mir." schnaubte Katharina.

„Nein. Auch anderen. Es ist so wie früher."

„Scheinbar nicht. Sonst würdet ihr das öffentlich machen."

„Die Zeiten haben sie geändert." erklärte Geraldine ruhig, „es ist gerade nicht so gut, das öffentlich zu machen."

„Oh… ich verstehe." Mit einem Schlag klang Katharina, wenn nicht freundlich, dann zumindest verständnisvoll, „euch geht der Heini auch auf die Nerven."

„Ich gehe einfach mal davon... ja. Tut er."

„Passt. Uns auch."

„Du sagst ‚uns'." stellte Geraldine fest, aber das überging Katharina:

„Also stimmt es wirklich."

„Brauchst du momentan Hilfe?" erkundigte sich Geraldine.

„Nein."

„Du klingst aber so."

Der Ärger kehrte zurück: „Ich klinge normal."

„Gut. Von einem gewissen Standpunkt... bei dir ist das normal. Aber normalerweise ist das nicht normal."

Katharina seufzte genervt: „Alle wissen es besser."

„Du auch." entgegnete Geraldine.

„Vielleicht."

„Willst du Dirk?" schlug Geraldine eine andere Richtung ein – und diesmal mit Erfolg:

„Natürlich."

„Dann sag ihm das."

„Soll er doch." kam es zurück.

„Was?"

„Mir das sagen."

„Tut er nicht?"

„Also..." Katharina geriet ins Stocken.

„Tut er."

Und wieder: „Also..."

„Ich mische mich nicht ein." versicherte Geraldine ihr, „aber wenn du schlechte Laune hast nur aus Prinzip, dann bringt das niemandem was. Er tut dir gut und du weißt das. Verdirb dir das nicht. Und ihm auch nicht. Ich kann dir helfen und ich werde dir helfen. Wenn du mich lässt."

Am anderen Ende blieb es still. Doch Geraldine wusste, dass sie warten musste. Bis Katharina soweit war. Was nur langsam geschah – und nur Schritt für Schritt: „Aber wenn ihr es geheim haltet..."

„Wir haben Maßnahmen ergriffen. Aber die betreffen dich nicht. Du und ich machen es einfach genau wie beim letzten Mal."

„Sicher?"

„Schon."

„Na gut." Katharina klang jetzt ganz anders – fast entschuldigend, „dann..."

„Geht es dir jetzt besser?"

Wieder ein Moment der Stille. Dann: „Ein Bisschen. Ein ganz, ganz klitzekleines Bisschen."

„Das ist doch ein großer Fortschritt."

„Kuh." brummte Katharina – allerdings ganz und gar nicht unfreundlich.

„Das dagegen ist ein Rückschritt."

„So schnell beleidigt?"

Geraldine lachte auf: „Hättest du wohl gerne."

Die dritte Pause – auf die der Satz folgte, auf den Geraldine gehofft hatte: „Ich melde mich bei dir."

Erleichtert atmete sie durch: „Sehr wohl, die Dame."

44

Am nächsten Tag war Geraldine bei ihren Eltern zu Besuch. Nacheinander, verstand sich. Beide waren gut aufgelegt und auch Geraldine kam wesentlich besser zurecht als noch bei ihren letzten Besuchen. Es nagte immer noch an ihr, dass ihre Eltern nicht mehr zusammen waren und sie beharrte nach wie vor auf dem Standpunkt, dass das nicht in Ordnung war. Doch sie hatte genug Zeit mit Nachdenken verbracht, dass sie sich zumindest in der Lage sah, ihren – gleichen – Gegenpunkt zu akzeptieren. Was dazu führte, dass es mit keinem von beiden eine längere Diskussion dazu gab und sie einen Nachmittag verbrachte, der ebenfalls fast wie früher war. Mit der einzigen Ausnahme, dass er nicht zu dritt stattfand, sondern zweimal zu zweit. Als sie sich am Abend auf den Heimweg machte, stellte sie ihrer Mutter eine letzte Frage. Etwas, das ihr seit einiger Zeit schon durch den Kopf ging:

„Wie kommt es eigentlich, dass ihr beide nach Wiesbaden gezogen seid? Unabhängig voneinander."

„Ach..." Ihre Mutter kratzte sich an der Wange, „wir mochten die Stadt immer schon. Beide. Wir wollten schon mehrfach hierherziehen. Auch, als du schon – und noch – da warst. Zweimal sogar."

Das verwunderte Geraldine: „Echt?"

„Ja. In der Grundschule. Damals, als wir nach Mainz gezogen sind. Da hatten wir uns vorher auch hier Häuser angeschaut. Und dann kurz bevor du Abitur gemacht hast. Da waren wir auch am überlegen. Weil wir dachten, wir brauchen dann nicht mehr so viel Platz, wenn du studieren gehst."

„Hat nicht geklappt."

„Nein." nickte Diana, „da nicht. Und später auch nicht. Wir haben noch zwei, drei Mal mit dem Gedanken gespielt in den Jahren zwischen deinem Auszug und..."

„...eurem Auszug." ergänzte Geraldine, als ihre Mutter abbrach und diese suchte ihr Gesicht alarmiert nach Zeichen der Verärgerung ab – fand aber keine und fuhr daher einfach fort:

„Ja. Das... ja. Es ist immer irgendwie gescheitert. Mal gab es keine schöne Wohnung. Mal war sie zu teuer. Mal die Lage schlecht. Ach... jedes Mal war irgendwas."

Geraldine blickte sich um: „Aber jetzt hat es geklappt."

„Ja. Kurios, nicht wahr?" Diana lächelte gelöst, „als dein Vater mir erzählt hat, dass er hier auch was gefunden hat... naja."

„Ein Zeichen." sinnierte Geraldine.

„Den Kontakt nicht zu verlieren." setzte ihre Mutter hastig hinzu.

„Ein Anfang."

„Eine Ebene."

Geraldine verzog das Gesicht – halb amüsiert, halb resigniert: „Besser als nichts."

45

Elisa wartete vor der Umkleide, bis Jeanette herauskam. Diese schien nicht sonderlich erpicht, mit ihr zu sprechen:

„Ich habe nicht wirklich Zeit zu reden."

„Was bei dir immer heißt, du hast keine Lust zu reden." entgegnete Elisa gelassen und Jeanette versuchte gar nicht erst, es abzustreiten:

„Wegen mir auch das."

„Ich will einfach nur wissen, woran ich bin. Das ist alles. So wie immer."

Jeanette runzelte die Stirn: „Woran du bist."

„Ich hatte dir einen Vorschlag gemacht." erinnerte Elisa sie, „und du hattest eine Menge Zeit, dich damit zu beschäftigen."

„Und ich habe mich entschieden, ihn nicht anzunehmen."

„Gut. Fein. Ist das so schwer zu sagen?"

„Eigentlich..." Jeanette zögerte, „nicht."

„Und warum gehst du mir dann aus dem Weg?" bohrte Elisa nach.

„Weil ich weiß, dass du es dabei nicht belassen wirst. Du willst wissen, warum."

„Stimmt. Aber doch nur, weil ich will, dass du glücklich bist."

Jeanette biss sich auf die Lippen: „Ich bin glücklich. Reicht dir das als Antwort?"

„Schon. Bei diesem Thema. Allerdings..." Elisa setzte einen vielsagenden Blick auf, „würde mich natürlich auch da das ‚Warum' interessieren."

„Du willst wissen, warum ich glücklich bin?"

„Ja. Unverständlich?"

„Nein. Schon nicht." Jeanette tippte sich eine Weile unschlüssig ans Kinn. Dann gab sie sich einen Ruck: „na gut: Mein bester Freund ist wieder mein bester Freund."

„Echt?" entfuhr es Elisa, „seit wann das?"

„Noch nicht lange."

„Das freut mich total für dich. Was ist passiert?" Elisa drückte Jeanette kurz, was diese ein wenig steif über sich ergehen ließ:

„Er hat von sich aus die Kurve gekriegt."

„Das ist doch super."

Jeanette kniff die Augen zusammen: „Du bist nicht sauer?"

„Sauer? Mein Vorschlag sollte dir genau das bringen. Wenn es anders ging – umso besser."

„Ja." entspannte sie sich wieder, „so sehe ich das auch."

„Und es ist alles wieder wie früher?" erkundigte sich Elisa fröhlich.

Jeanette nickte: „Ja. Es ist alles wieder wie früher."

Elisa drückte sie noch einmal und diesmal war Jeanette wesentlich lockerer dabei. Sie deutete in Richtung Theke, aber Elisa schüttelte den Kopf. Jeanette nickte zustimmend. Und gemeinsam verließen sie – ohne Shake aber mit sehr guter Laune – das Studio.

46

Es war schon fast Routine. Obwohl es erst das zweite Mal war. Doch der Erfolg beim ersten Mal hatte Z Auftrieb gegeben und Geraldines Erzählung zwei Tage zuvor ebenfalls. So musste er sich fast ein wenig zur Ordnung rufen, als er um die Ecke bog und die Frau auf der anderen Straßenseite erblickte, wie sie gerade dabei war, ihr Baby in den Kinderwagen zu packen. Mit einem Gesicht, das ihm nur zu deutlich sagte, dass sie dringend Hilfe brauchte. Am liebsten wäre er einfach losgestürmt. Aber etwas in ihm bremste ihn: die Vernunft. Die Kombination aus einem vermummten Mann und einer Frau mit einem Baby war durchaus explosiv, wenn er es falsch anging. Dann kam schnell jemand auf falsche Gedanken. Und dann kam schnell die Polizei.

Das Gute an ihrem heimlichen Vorgehen war jedoch, dass sie vollkommen frei waren, was den Ablauf anging. Sie mussten sich an keine der früheren Benimmregeln mehr halten – wie etwa, die Leute vorher um Erlaubnis zu fragen oder lange und ausführliche Erklärungen abzugeben. Er musste im Grunde überhaupt nichts vorher sagen. Sich eigentlich nicht einmal zeigen. Was ihm in dieser Situation sehr zu Gute kam. So blieb er zunächst stehen, wo er war, wartete, bis die Frau ihr Baby sicher untergebracht hatte und dann einen tiefen Seufzer ausstieß, bevor sie sich anschickte, loszulaufen. Diesen Moment nutze er. Richtete die Hände in ihre Richtung, konzentrierte sich auf den schwarzen Schatten, und beseitigte ihn – mit einigen einfachen Worten. Die Frau zuckte zusammen wie vom Blitz getroffen. Und blickte sich dann nach allen Seiten um. Dabei entdeckte sie ihn – zwangsläufig. Was er zum Anlass nahm, sich zu ihr zu begeben. Sie musterte ihn mit einer Mischung aus Misstrauen und Verwirrung.

„Sie haben es gespürt, nicht wahr?" begann er, sobald er sie erreicht hatte.

Ihr Gesichtsausdruck blieb: „Was war das? Waren Sie das?"

„Zweitens – ja, war ich. Erstens – Befreiung, würde ich es mal nennen."

„Wovon?"

„Oh – das ist eine lange und komplizierte Geschichte. Bei der sie viel über sich lernen und noch mehr über sich preisgeben werden. Und dafür bin ich nicht der Richtige."

„Ja, Sie sehen nicht aus, als hätten Sie es mit dem Preisgeben." schnaubte die Frau.

„Wohl wahr." stimmte Z ihr freundlich zu, „glücklicherweise gibt es Leute, bei denen ist das anders."

„Die warten hinter der Hausecke?"

Er fuhr herum: „Was? Nein. Das ist Ihre Entscheidung. Ob sie hier..." Er zog die Karte aus der Tasche, „anrufen, oder nicht. Ich würde es ihnen empfehlen. Denn... ihr Baby wird es Ihnen danken, wenn es als Erwachsener auf eine Kindheit zurückblicken kann, in der es geliebt wurde."

„Woher...?" setzte die Frau verstört an – und verzog dann das Gesicht, „spionieren Sie mir nach?"

Z schüttelte den Kopf: „Nein. Dafür brauchte ich nur in Ihr Gesicht zu schauen."

„Gehen Sie." zischte sie ihn wütend an und ignorierte seine ausgestreckte Hand.

„Es tut mir leid, wenn ich Sie beleidigt habe. Das hier ist kein leichter Job."

„Job? Sie machen sowas öfter?"

„Ich habe diese Verkleidung nicht nur wegen Ihnen bauen lassen." erwiderte er – weiterhin um Freundlichkeit bemüht, „das wäre dann doch ein bisschen viel Aufwand."

Sie wandte sich ab: „Ich werde jetzt gehen."

„Tun Sie das. Und seien Sie sauer auf mich, wenn sie möchten. Meine Taktik ist noch nicht ganz ausgereift, das gebe ich zu. Nur... lassen Sie es nicht im Weg stehen. Sie haben etwas gespürt. Das haben Sie selbst gesagt. Und ich wette, wenn Sie jetzt in diesen Kinderwagen schauen, sehen Sie etwas anderes als vorher. Müssen Sie nicht drauf antworten. Fragen Sie sich einfach, welches von beidem Ihnen besser gefällt. Wenn es das Jetzige ist, sollten Sie anrufen. Sonst kann es damit schnell wieder vorbei sein."

Die Frau – die schon drei Meter vorangekommen war, während Z geredet hatte – hielt inne: „Was haben Sie mit mir gemacht?"

„Sie in den Zustand zurückversetzt, in dem Sie eigentlich immer sein sollten." erwiderte er.

„Das ist mir zu hoch."

„Glauben Sie mir – das geht uns allen so. In so einem Moment. Aber wie gesagt: Ich nichts gut erklären." Er machte zwei Schritte hinter ihr her und hielt ihr erneut die Karte entgegen. Diesmal ergriff sie sie:

„Anrufen."

„Anrufen." bestätigte er.

Die Frau ließ die Karte in den Beutel an der Stange des Kinderwagens fallen: „Dann sage ich ‚Danke'."

„Oh?"

„Reine Höflichkeit. Sollte ich merken, dass Sie mir nichts Gutes getan haben, werde ich es für mich wieder zurücknehmen."

Z nickte: „Verstehe."

„Wenn aber schon, wäre es mir peinlich, mich nicht bedankt zu haben." fuhr sie fort und Z hatte den Eindruck, dass es besser war, sich zu verabschieden: „Machen Sie es gut."

„Machen Sie so weiter." bekam er zurück.

„Wirklich?"

„Naja..." Die Frau wippte mit dem Kopf, „an der Taktik..."

Z kicherte leise: „Alles eine Sache der Übung."

47

Becka kratzte sich am Kopf: „Irgendwie finde ich diese Geschichte komisch."

„Wieso?" gab Z zurück.

„Klingt so inkonsequent. Erst sagt sie, sie glaubt nicht, dass du was Gutes gemacht hast. Dann bedankt sie sich. Dann sagt sie, sie meint das eigentlich gar nicht so. Und dann will sie, dass du weitermachst."

„Vielleicht erzähle ich es auch schlecht."

„Aber inhaltlich stimmt es, oder?" Sie sah Z fragend an, der nickte, „und das macht schon keinen Sinn."

„Mag sein." gab er zu, „aber ich glaube, sie hat etwas gespürt. Was sie nicht richtig einordnen konnte. Was ihr aber positiv vorkam. Sie wollte es nur einfach noch nicht wahrhaben."

„Das ist deine Theorie."

Z hob die Hände: „Wir haben im Grunde keine Ahnung, was in Menschen vorgeht, denen wir helfen. Wir hatten sowas ja noch nie selbst. Man sieht ihnen meistens an, dass etwas anders ist. Aber wie sich das anfühlt... keinen Schimmer. Nur gehe ich schon davon aus, dass es hinterher besser ist als vorher. Und sich daher auch besser anfühlt. Was heißt, man geht von grummelig zu freudig – ganz platt gesagt. Und das spiegelt sich bestimmt auch in den Gedanken wider. Dass man denkt ,Die Person da scheint etwas damit zu tun gehabt zu haben. Also kann ich ihr dankbar sein. Wenn ich auch nicht genau weiß, wofür.' Das war so mein Eindruck: dass ihr Geist ihr etwas vermittelt hat – was sie dazu gebracht hat, mir freundlich gegenüberzutreten. Ihr Verstand dagegen hat gesagt ,Moment – schau erstmal, was los ist'. Daher ist sie mir nicht um den Hals gefallen. Sondern hat Abstand gehalten."

„Da bin ich auch sehr froh." Becka rümpfte die Nase, „für Sie. Denn wer dem Vater meines Kindes ohne meine Erlaubnis um den Hals fällt..."

Sie ließ den Satz in der Luft hängen – und er verfehlte seine Wirkung nicht. Z bekam große Augen – und eine leicht ungesunde Färbung im Gesicht: „Geraldine? Annie?"

„Haben meine Erlaubnis." beruhigte sie ihn.

Er atmete durch: „Ah. Gut."

„Tun sie das oft?"

„Nein. Nur... sie wären nur wenn dann die ersten Anwärter dafür."

„Das ist mir schon klar. Sonst noch wer?" fügte sie hinzu und Z sah ihr deutlich an, dass sie wirklich eine Antwort erwartete. Also wühlte er in seinem Hirn:

„Cheyenne?"

„Familie. Genau wie deine Mutter. Oder meine Mutter."

„Die würde mir um den Hals fallen?"

Becka schüttelte den Kopf: „Die fällt noch nicht mal meinem Vater um den Hals. Nur falls... sie mal... vergiss es. Sonst?"

„Muss ich hier jetzt alle ausgraben, die...?" versuchte er, sie abzubremsen. Aber Becka war entschlossen, es durchzuziehen:

„Ja. Ich will die Konkurrenz kennen."

„Als ob du Konkurrenz hättest."

„Becca?" begann sie unbeirrt selbst mit der Aufzählung.

„Heiratet bald." winkte Z ab, „und hat in meiner Gegenwart Angst um ihr Leben. Eher nicht, würde ich mal sagen."

„Katiana?"

„Öhm… glücklich verheiratet seit… knapp nach dem zweiten Weltkrieg?"

„Okay, ja. Stimmt schon. Coleen?"

Z runzelte die Stirn: „Wie kommst du denn jetzt auf sie?"

„Liegt nahe."

„Liegt fern." widersprach er, „weißt du, wie lange ich sie nicht mehr gesehen habe? Oder gehört? Oder an sie gedacht?"

„Echt?" Becka legte den Kopf schief, „ist sie schon komplett aus deinen Gedanken verschwunden?"

„Ausgesperrt, würde ich dazu sagen."

„Das tut mir leid."

Z konnte keinen Sarkasmus in ihrer Stimme hören. Und stieg daher darauf ein: „Mir auch. Ist aber besser so. Macht mich sonst traurig. Das Leben geht halt trotzdem weiter. Nicht alle Freundschaften halten."

„Wohl wahr. Aber sie war dir wichtig."

„Sie mir schon. Ich ihr nicht."

„Das kannst du so aber auch nicht sagen." sinnierte Becka und Z wippte nachdenklich mit dem Kopf:

„Gut – ja. Auf eine bestimmte Art und Weise war ich ihr wichtig. Was schon seltsam ist, irgendwie."

„Seltsam?"

„Na – sie wollte immer von mir gerettet werden. Und ich..."

„Gerettet." wiederholte Becka skeptisch, „wie das klingt."

„So fühlt es sich an." erklärte Z, „für mich. Jetzt – im Nachhinein. Ich war der Held, der sie retten musste. Immer wieder. Aber in dem Moment, als ich sie wirklich richtig hätte retten können, da..."

„...wollte sie es nicht."

Z nickte: „Und eigentlich... war das eine nette Rolle. Gerade, wenn man bedenkt, dass du das nie gebraucht hast."

Ein undefinierbarer Ausdruck erschien auf Beckas Gesicht: „Hättest du mich gerne klein und schwach?"

„Beim besten Willen nicht." wehrte Z ab, „aber manchmal wünscht man sich schon, gebraucht zu werden."

„Gebraucht."

„Nun... der Mann an sich hat einen Beschützerinstinkt. Und die Frau – seine Frau – ist nun mal das Einzige, was sich zu beschützen lohnt. Ich weiß – es gibt Männer, die verteidigen ihren Fernseher mit der Schrotflinte. Oder des Fußballhelden Originaltrikot. Oder den Sportwagen. Aber so bin ich nicht. Ich nutze solche Sachen gerne. Fernseher, Kleidung, Auto. Aber sie sind mir niemals so viel wert. Das sind nur Menschen. Und dabei halt in erster Linie du. Und du bist so stark – du kommst ohne mich genauso gut klar, wie mit mir. Das ist schon ab und zu frustrierend."

„Das tut mir leid. Glaube ich."

„Allerdings hat das mit Coleen rein gar nichts zu tun. Die habe ich schließlich schon vorher ‚gerettet'. Das ist kein Ausgleich für einen Mangel bei dir."

„Nein." stimmte Becka zu, „es ist ein Ausgleich für einen grundsätzlichen Mangel."

Z schürzte die Lippen: „Meinst du?"

„Naja – für wen musstest du denn vor mir den Helden mimen?"

„Ja, stimmt schon. Ich habe mich immer im Schatten gesehen. Und das war meine Möglichkeit, etwas Besonderes zu tun." Z seufzte betrübt – was in Becka das Bedürfnis anstieß, ihn aufzuheitern:

„Es ist ja auch nicht so, als hättest du keinen positiven Einfluss auf sie gehabt. Er mag für dich nicht sichtbar sein, weil sie mit dir unreif umgesprungen ist. Aber sie müsste schon ziemlich gestört – oder emotionslos – sein, wenn ihr weder dein sehr liebevoller Umgang mit ihr in der Vergangenheit noch dein sehr konsequenter Umgang mit ihr in der Gegenwart irgendwie nahe gegangen wäre. Manchmal sind Menschen nicht in der Lage, auf Worte, die sie hören, richtig zu reagieren. Aber kaum einer schiebt es hinterher einfach weg. Sie wird auch ihre Momente haben, in denen sie nachdenkt. Über ihr Leben – wo sie war, wo sie ist, wo sie hinwill. Und innerhalb dieser Gedanken dürfest du eine ziemlich wesentliche Rolle spielen – im positiven Sinne."

„Meinst du?" wiederholte Z – nach wie vor unsicher. Also setzte Becka noch einen drauf:

„Auf jeden Fall."

„Danke."

„Bitte." Sie nahm seine Hände und drückte sie. Ein Lächeln erschien auf Zs Gesicht. Das – zu ihrer Erleichterung – wirklich fröhlich aussah. Und er klang auch anders, als er weitersprach:

„Und um den Bogen zurückzuschlagen: Nein – sie wird mir nicht um den Hals fallen. Weil wir nach wie vor nichts miteinander zu tun haben und es auf lange Sicht auch nicht danach aussieht, dass sich daran etwas ändert. Denn ich werde keinen Schritt mehr auf sie zu machen und sie wird das auch nur tun, wenn vorher in ihr eine ganz grundlegende Veränderung stattfindet. Die ohne meine Hilfe sicherlich nicht kommen wird."

Becka prustete los: „Na – da machst du dich aber doch ein bisschen sehr wichtig, meinst du nicht?" ‚Habe ich dich wohl ein wenig zu sehr aufgemuntert.' schoss es ihr außerdem noch durch den Kopf. Doch das verkniff sie sich, denn Z ruderte auch so schon zurück:

„Okay, ja, schon. Einigen wir uns auf ‚höchstwahrscheinlich nicht kommen wird'."

„Einigen wir uns auf ‚wahrscheinlich schwerer kommen wird'." schlug Becka vor.

„Wegen mir." lenkte Z ein, „ich wollte einfach nur sagen: Du musst dir keine Gedanken wegen ihr machen."

„Das ist beruhigend. Ich mache mir trotzdem Gedanken. Über das, wohin ich den Bogen spanne: deinen Frust."

„Das klang jetzt schlimmer, als es ist."

„Mag sein. Aber dass er überhaupt ist. Ich verstehe voll und ganz, dass du das Bedürfnis hast, deinem Instinkt zu folgen. Und ich weiß, dass ich dir dazu wenig Raum biete. Ich habe gelernt, mich durchzukämpfen und..."

„Ich bin sehr froh, dass wir auf der gleichen Ebene sind." unterbrach Z sie sanft.

Becka nickte: „Ich auch. Ich will auch nicht sagen, dass ich mich verdummen lasse, nur damit du dich besser fühlst. Ich will was ganz anderes: Wir reden darüber, als sei es normal. Im Grunde ist es das auch. Dann aber auch wieder nicht. Wir kriegen ein Kind, Z. Etwas Wundervolles. Zerbrechliches. Wir können so viel falsch machen. Du hast einen Beschützerinstinkt. Das finde ich sehr gut. Das liebe ich an dir. Schließlich ist mir das nicht verborgen geblieben in all den Jahren. Und ich finde es schön, dass du mich als Ziel dafür siehst. Aber du solltest mich aus den Augen verlieren. Es soll nicht mehr sein ‚Du hier und ich da'." Sie streckte die beiden Zeigefinger zueinander aus – einen höher als den anderen, „es ist jetzt..." Zu dem oberen Zeigefinger gesellte sich der Mittelfinger, „...,Wir beide hier und da'.'." Sie wippte mit dem unteren Zeigefinger und Z tippte mit seinem eigenen dagegen:

„...die wundervollste Tochter der Welt."

„Das wissen wir noch nicht sicher." erinnerte Becka ihn – wenn auch lächelnd.

„Das macht nichts. Andersrum gilt es auch."

Wieder nahm sie seine Hände, drückte diesmal allerdings wesentlich fester: „Versprichst du mir, unser Kind zu beschützen? Mit allem, was dir zur Verfügung steht?"

„Das verspreche ich dir." erwiderte Z.

„Und ich verspreche es dir auch."

„Dann kann nichts mehr passieren."

„Außer der Pubertät."

Z lachte auf: „Vor der beschützen wir uns dann gegenseitig."

„Versprochen?"

„Versprochen."

„Und jetzt..." Becka atmete tief ein, „hätte ich Lust auf etwas Entspannendes."

„Soll ich dir was vorlesen?" schlug Z vor und Becka blinzelte verwundert: „Das hast du mich auch noch nie gefragt."

„Wohl wahr. Und ich frage es auch zugegebenermaßen mit besonderen Absichten."

„Nämlich?"

Z entwand sich ihrem Griff und eilte ins Schlafzimmer. Erst als er – mit einer Hülle voller Papier in der Hand – wieder zurückkam, erhielt sie ihre Antwort:

„Mein Bruder hat mir einen Teil aus seinem Musical gegeben. Vor Wochen schon. Und er wollte meine Meinung. Aber bisher bin ich nicht dazu gekommen und ich fürchte, wenn ich das nicht irgendwie – so zum Beispiel – hinkriege, wird da nie was draus."

Das begeisterte Becka nur bedingt: „Warum ist deine Meinung so wichtig?"

„Er wird es wegpacken, wie ich ihn verstanden habe. Wollte halt keiner haben. Und selbst wenn er es nicht sagt, frustriert ihn das bestimmt."

„Also ist deine Meinung die einzige, die er kriegt." folgerte sie.

Er nickte: „Unter Umständen."

„Und sie sollte positiv ausfallen."

„Nun..."

Sie seufzte: „Das kann eigentlich nur böse enden."

„Ich habe genug Zutrauen in meinen Bruder, dass die Ablehnung von Seiten der Plattenfirmen nichts mit seiner Qualität zu tun hat."

„Hoffen wir es mal. Okay." Becka ließ sich auf die Couch fallen, „dann lehne ich mich zurück und du spielst den Onkel mit dem Bilderbuch."

„Keine Bilder – nur Text." grinste Z, als er sich ihr gegenübersetzte.

„Soll mir recht sein." Sie schloss die Augen – und Z zog die Seiten aus der Hülle:

„Szene 3 – Das Wunder der Geburt

Jesus und Maria sitzen am Tisch.

Jesus: Ich bin jetzt alt genug. Ich will jetzt endlich wissen, was es mit dem ‚Wunder meiner Geburt' auf sich hat.

Maria: Nun gut... da kam ein Engel zu mir und rief...

Engel tritt auf.

Engel: Fürchtet euch nicht!

Jesus: Was macht der Engel hier? Du erzählst doch nur.

Maria: Das ist eine Rückblende. Es ist für das Publikum langweilig, wenn ich es nur erzähle. Sie wollen es auch sehen.

Jesus: Eine Rückblende?

Maria: Ja. Wäre das ein Film, würden jetzt irgendwelche Effekte kommen, die das deutlich machen. Aber wir sind hier auf der Bühne. Da geht sowas nicht.

Jesus: Okay. Aber müsste ich dann nicht eigentlich nicht da sein?

Engel: Guter Punkt. Schau mal. Wir haben hier den Lichtkegel. Geh doch einfach ein Stück nach links. Dann bist du im Dunkeln und es wirkt so, als wärst du nicht da. Zumindest können wir es so spielen und das Publikum hat dich sowieso gleich vergessen.

Jesus: Okay...

Jesus geht ein wenig nach links.

Engel: Mehr... mehr... mehr.

Jesus ist in der Dunkelheit verschwunden.

Engel: Ja, das ist gut, da kannst du bleiben. Und jetzt sei leise.

Jesus: Okay...

Engel: Leise, hab ich gesagt! (zu Maria) Fürchte dich nicht!

Maria: Ja... nee... das hatten wir ja schon. Das hab ich damals doch schon gesagt: ich fürchte mich nicht. Weil du ein Engel bist und von Gott kommst und deshalb gut bist.

Engel: Ja, stimmt. Nach wie vor ein sehr gutes Argument. Aber ich muss doch wiederholen, was ich damals gesagt habe.

Maria: Ja, okay, das stimmt natürlich. Und nun?

Engel: Du wirst ein Kind gebären.

Maria: Äh... was?

Engel: Ja, du wirst ein Kind gebären.

Maria: Jetzt?

Engel: Nein. In 9 Monaten.

Maria: Aber ich bin doch Jungfrau.

Engel: Was? Jungfrau? Aber du bist doch im März geboren.

Maria: Im März geboren? Den März gibts doch noch gar nicht. Der Kalender mit den Monatsnamen wird erst in einigen Jahren eingeführt.

Engel: Ach... Mist. Das ist das Problem, wenn man immer mehr weiß als die, zu denen man geschickt wird. Ich vergesse es immer wieder...

Maria: Na, kann ja mal passieren. Ich tue einfach so, als wüsste ich es nicht.

Engel: Gut. Danke. Trotzdem... Jungfrau...?

Maria: Ich meine: ich hatte noch keinen Sex.

Engel: Öhm... Sex... dürfen wir Sex hier sagen? Das ist doch christliches Musical. Und es sind Kinder hier. Die nicht wissen, was das ist. Und das auch noch gar nicht hören sollen.

Maria: Ich dachte, wir hätten eine Altersbeschränkung? Wie im Kino. Oder auf den DVD-Hüllen. Das sieht vielleicht immer doof aus.

Engel: Wollten wir. Eigentlich. Aber es hieß, das wäre nicht gut für die Umsätze, daher...

Maria: Na dann... aber ich denke, wir sollten uns da keine Sorgen machen. Kinder wissen heutzutage schon ziemlich früh Bescheid. Und wenn nicht... die Eltern werden ihnen das schon erklären können, wenn sie fragen.

Engel: Hoffst du.

Maria: Schon. Und ansonsten...

Engel und Maria wenden sich zum Publikum.

Engel & Maria: ...haben wir für alle die, die es nicht erklären können, im Programmheft eine Erklärung zum Vorlesen abgedruckt.

Stimme (off): Haben wir nicht. Uns ist nichts... ich meine... wir hatten keinen Platz mehr.

Engel: Mist.

Maria: Egal. Werden wir schon hinkriegen. Wir können es auch erklären. Jetzt.

Engel: Lass mal.

Maria: Okay. Es gibt also keinen Vater?

Engel: Ja.

Maria: Gott ist der Vater?

Engel: Ja.

Maria: Hm... also... ich hab da ja diesen Freund und so... Josef heißt er. Netter Kerl eigentlich, aber wenn ich ihm mit sowas komme...

Engel: Brauchst du nicht. Mach ich schon.

Maria: Meinst du, dass das eine gute Idee ist?

Engel: Ja, ja, ich bin Profi in sowas.

Eine Glocke ertönt.

Maria: Was war denn das?

Stimme (off): Wir haben eine Zeitvorgabe von der Theaterleitung. Daher müssen wir diese Szene hier beenden. Sonst haben wir keine Zeit mehr für die Szene mit den vielen Engeln.

Maria: Und die muss natürlich sein.

Engel: Natürlich.

Maria nickt genervt und geht nach links ab.

Jesus: Mutti? Du bist gerade durch die Wand gegangen.

Maria: Das ist schon okay. So Schatz, du bist jetzt dran.

Josef tritt auf.

Jesus: Du gehst auch durch die Wand?

Engel: Oh. Dann muss ich mal kurz aus dem Bild.

Engel geht nach rechts. Wartet.

Jesus: Was soll das jetzt?

Josef: Das ist meine Rückblende. Es ist für das Publikum einfacher, wenn sie direkt hintereinander kommen.

Jesus: Aber du hast doch ganz woanders gewohnt.

Josef: Maria hat damals auch ganz woanders gewohnt. Dieses Haus haben wir doch erst hinterher gekauft.

Jesus: Aber eure Häuser sahen doch bestimmt ganz anders aus.

Josef: Dann bräuchten wir aber drei verschiedene Bühnenbilder, die ständig geändert werden müssten. Da hätten die hinter der Bühne ja Stress ohne Ende. Das Publikum glaubt uns das schon.

Jesus: Das finde ich seltsam.

Josef: Theater. Nicht Film. Kompromiss. Lass uns weitermachen.

Jesus: Okay. Dann sagt der Engel jetzt wahrscheinlich ‚Fürchtet euch nicht'.

Engel: Ja, genau. Fürchtet euch nicht!

Josef: Das ist leicht gesagt, wenn du hier einfach so aus der Dunkelheit auftauchst.

Engel: Aber du hast mich doch schon längst gesehen.

Josef: Ja, jetzt. Aber das ist doch die Rückblende. Damals hab ich dich nicht gesehen.

Engel: Nerv...

Josef: Klopf doch einfach vorher an. Dann muss ich gar keiner fürchten.

Engel: Gute Idee. Aber... irgendwie gehört der Satz auch dazu. Den sag ich so gerne.

Josef: Jedem, wie er's braucht. Was willst du denn?

Engel: Warum sag ich eigentlich ‚euch'? Ihr seid doch beide alleine. Gewesen. Quatsch eigentlich, ‚dich' müsste ich sagen. Muss ich mal drauf achten.

Josef: Hallo?

Engel: Ja, ja, klar. Deine Frau Maria...

Josef: Sie ist noch nicht meine Frau. Ich meine... das wollte ich irgendwann demnächst machen. Aber ich warte auf den richtigen Moment. So mit Kerzenschein und Romantik und cooler Musik im Hintergrund. Aber versuch mal, um diese Jahreszeit einen anständigen Zimbelspieler aufzutreiben. Die machen ja alle nur noch diese Ufftata-Musik.

Engel: Darum gehts gar nicht. Maria wird ein Kind bekommen.

Josef: Was? Jetzt?

Engel: Nein. In 9 Monaten.

Josef: Das wär auch arg stressig geworden. Aber.... heißt das, ich darf... soll ich schnell zu ihr rüber und...?

Engel: Das Kind ist nicht von dir.

Josef: Das Kind ist nicht von mir?

Engel: Nein.

Josef: Von wem ist es denn dann? Ist es dieser Typ aus dem Massagestudio? Der hat sie immer schon so komisch angeschaut.

Engel: Es ist von Gott.

Josef: Von Gott? Aber... geht das bei Gott nicht anders?

Engel: Schon. In diesem Fall nicht. Es ist Gottes Sohn.

Josef: Logisch. Wenn das Kind von ihm ist.

Engel: So meinte ich das nicht. Er war vorher schon... vergiss es. Auf jeden Fall: sie wird ein Kind kriegen, das ist nicht von dir, das werden alle mitkriegen, weil es kommt, bevor ihr heiratet. Du wirst Spott und Hohn erleiden. Aber du wirst sie trotzdem heiraten.

Josef: Ja, nee, klar. Spott und Hohn aushalten. Das ist das letzte, was mir noch gefehlt hat zum Glücklichsein.

Engel: Gott sagt, dass du das tun sollst.

Josef: Natürlich tut er das. Zeugt ein Kind und andere baden es aus. Herzlichen Dank auch.

Engel: Und du wirst sie lieben, als wäre alles normal. Und du wirst weitere Kinder mit ihr kriegen. Auch ganz normal.

Josef: Na immerhin das.

Engel: Und das Leben wird nicht leicht sein – vor allem in den ersten Jahren. Und du wirst viel aushalten müssen. Aber du schaffst das, weil Gott mit dir ist.

Josef: Das ist schön für ihn. Aushalten muss trotzdem ich es.

Engel: Mach einfach, was ich dir sage.

Josef: Was bleibt mir anderes übrig?

Engel: Es geht halt nicht um dich.

Josef: Mir eigentlich schon.

Engel: Maria braucht deine Unterstützung. Im Grunde ab jetzt. Ich war gerade bei ihr und sie ist ein bisschen durch den Wind.

Josef: Dann werde ich wohl zu ihr rübergehen. Und mich seelisch darauf einstellen, dass in zwei Monaten die Leute anfangen, mit dem Finger auf uns zu zeigen. Fantastisch. Bin ich froh, dass es die Katholische Kirche noch nicht gibt, die würden uns jetzt wahrscheinlich ausstoßen.

Engel: Wir sind alle froh, dass es die Katholische Kirche noch nicht gibt. Aber... es führt kein Weg dran vorbei.

Engel ab. Musik setzt ein. Josef beginnt zu singen.

Josef: Du kommst zu mir und bringst mir „frohe Kunde"
Hörst du denn selbst die Worte aus deinem Munde?
Denkst du auch mal mit oder plapperst du nur nach?
Du sagst Maria wird der Heiland geboren
Gott selbst hat sie wegen ihrer Reinheit auserkoren
Für sie ein Geschenk doch für mich eine Schmach

In Anderer Augen ein Gesetzesverstoß
Wenn das ans Licht kommt, ist der Aufruhr groß
Dann bist du nicht hier
Was mach ich dann bloß?

Ich bin nicht sein Vater
Er ist nicht mein Sohn
Für all meinen Glauben bekomm ich den bittersten Lohn
Du sagst, du liebst mich
Doch das ist gelogen
Warum hättest du mich sonst mit der, die ich liebe, betrogen?
An jenem traurigen Tag
An jenem traurigen Tag

Du sagst, du bist mein Freund und unendlich mächtig
Freut mich sehr, mit meiner Frau verstehst du dich ja schon prächtig

Ihr habt euren Spaß und ich schaue nur zu
Du sagst zu mir, sie soll nun mir gehören
Wie soll sie mir jetzt noch ewige Treue schwören?
Der einzige, dem sie treu ist, bist du

Die Tatsachen sind doch längst vollendet
Keine Chance mehr, dass das Blatt sich wendet
Mein eigenes Fleisch und Blut durch deine Hand
verpfändet

Ich bin nicht sein Vater
Er ist nicht mein Sohn
Für all meine Treue ernte ich nur Spott und Hohn
Du sagst mir ‚Lieb ihn!'
Als ob das was bringt
Die Liebe des Vaters entsteht durch den Vaterinstinkt
An jedem kommenden Tag
An jedem kommenden Tag

Ich bin für dich doch nur ein Opfer am Wegesrand
Und mit dem Kind, das du mir schenkst, nicht mal
blutsverwandt
Doch du bist Gott und ich bin leider in deiner Hand

Du bist sein Vater
Er ist dein Sohn
Schon bald sitzt er neben dir auf seinem eigenen Thron
Ich hätte sie gern alle beide geliebt
Doch das ist viel mehr als mein einfaches Herz hergibt
An jeden einzelnen Tag
An jeden einzelnen Tag

Engel (off):   Na, jetzt aber mal halblang.
Jesus... hm…"

„Was ist?" fragte Becka, als Z seinen Lesefluss unterbrach.

„Irgendwie... kommt mir das..." Z tippte sich an die Lippen, „ich glaube, das ist das Lied, was wir mal im Radio gehört haben."
Becka blickte ihn ratlos an und er winkte ab:
„Egal. Nicht wichtig. Weiter:

> Jesus tritt zurück ins Licht.
>
> Josef: Was für ein Tag. Aber zumindest muss ich nur Maria lieben und nicht das Kind. Und zum Glück kriege ich dafür noch andere.
>
> Jesus: Meinst du das ernst? Du liebst mich nicht?
>
> Josef: Weißt du... du bist ein toller Junge. Aber... Liebe ist etwas Emotionales. Ein Instinkt. Er entsteht, wenn das Kind entsteht. Er wächst, wenn das Kind wächst. Vor und nach der Geburt. Aber du bist nicht mein Kind. Und ich habe diesen Instinkt bei dir daher nicht. Ich habe versucht, mich dazu zu zwingen, aber ich kann es einfach nicht. Ich habe genug damit zu tun, deine Mutter weiter zu lieben. So, wie es sein soll. Und es ist ja nicht nur das. Mein ältester Sohn sollte mein Geschäft übernehmen. Das ist die Tradition. Aber du wirst das nicht tun. Du wirst etwas anderes machen. Du wirst den Weg beschreiten, den dein richtiger Vater für dich bereitet hat. Dein ganzes Leben schon steht mir das vor Augen: dass du nicht mein Sohn bist, sondern seiner. Es äußert sich überall. Deine Mutter war die Liebe meines Lebens. Und Gott hat sie mir genommen. Wäre er ein Mensch, würde man ihn steinigen. Er ist kein Mensch. Also muss ich damit leben. Ich tue das so gut ich kann. Ich versorge dich. Ich beschütze dich. Mehr geht leider nicht."

Z legte den Ausdruck beiseite: „Nun?"
„Nun. Ja. Nun." Becka überlegte lange, „du hast schon recht: Qualität hat es wirklich. Leider habe auch ich recht: positives Feedback... eher schwierig."
„Weil es so düster ist."
„Siehst du auch so."
„Ja..." Z trommelte sich nachdenklich aufs Kinn, „schon... irgendwie. Aber es ist ein interessanter Ansatz."

„Klar. Und wir wissen auch, wo der herkommt. Und können uns jetzt hier auf der Couch gemütlich damit auseinandersetzen, wenn wir wollen. Aber wenn du ins Theater gehst – oder wo auch immer Musicals aufgeführt werden – dann möchtest du eigentlich in erster Linie nett unterhalten werden. Da darf auch mal Tragik dabei sein und Dramatik und nicht alles muss lalala-dummdidumm sein. Aber wenn das ganze Stück so ist..."

„Das ist eine gute Frage. Keine Ahnung."

„Tja. Dann frag ihm mal." schlug Becka vor und Z nickte:

„Werde ich. Und was sage ich ihm?"

„Das es hochwertig ist. Und deprimierend. Das ist ehrlich und fasst alles zusammen: das Lob und die Kritik. Und liefert ihm zudem noch einen Ansatz, warum es abgelehnt wurde."

„Den er bestimmt auch so schon hat."

Becka zuckte mit den Schultern: „Bestätigung von außen ist immer nochmal was anderes. Und ich habe so ein Gefühl, dass das genau der Grund ist, weswegen er es dir gegeben hat."

Z wippte bedächtig mit dem Kopf: „Da magst du Recht haben. Nun gut..." Er ließ die Seiten wieder in der Hülle verschwinden, „aber wo wir gerade bei Feedback zu Musik sind – da fällt mir etwas ein: Was ist eigentlich aus den Sachen geworden, die sich Jonas ausgeliehen hat?"

„Ach..." Becka seufzte tief, „nichts. Zumindest nicht, dass ich wüsste. Vivienne hat sie mir irgendwann auf der Arbeit zurückgegeben."

„Und nichts dazu gesagt?"

„Nö. Sie hört halt nicht mit, von daher..."

„Aber er wird sich doch ihr gegenüber geäußert haben, dass sie sich dir gegenüber äußern soll, dass..."

„,Vielen Dank'. Das hat er ausrichten lassen. Und ansonsten..." Sie begann, an den Fingern abzuzählen, „...dass du einen coolen Bruder hast; dass ihm die Sachen, die er mitgenommen hat, fast durchgehend gefallen haben; dass ich mir natürlich auch gerne was von ihm leihen dürfte; und dass er mir da ganz speziell Haken ans Herz legen würde. Hat ihn wohl sehr gewundert, dass ich von denen nichts habe. Habe ich inzwischen aber, bin ich selbst drauf gestoßen und... ist auch egal. Sonst kam nichts. Dazu... kam nichts."

Z legte ihr den Arm um die Schulter: „Tut mir leid. Deprimiert es dich?"

„Nein. Ja. Ein Bisschen." Sie kuschelte sich an ihn, „aber so ist das halt, wenn man ‚nur' einen Weg ebnet. Was danach passiert, hat man nicht in der Hand."

„Gott schon."

„Ja… das ist sein Ding. Da können wir nur warten."

„Und beten." fügte er hinzu und sie nickte:

„Das auch."

„Machst du?"

Wieder nickte sie.

„Sollen wir zusammen? Jetzt?"

Sie setzte sich auf: „Gerne."

„Gut." Er strich ihr sanft über die Haare, „dann… Augen zu."

48

Der Umbruch in der Katholischen Kirche hatte einen Ruck in allen anderen Kirchen verursacht. Dessen war sich auch Jesus bewusst, weswegen er sich bemühte, so schnell wie möglich mit den obersten Vertretern aller dieser Ausrichtungen zusammenzusitzen, um seinen Standpunkt zu verdeutlichen und ihnen zu erklären, was er vorhatte – mit ihnen und ganz allgemein. Das führte ihn in wenigen Tagen einmal rund um die Welt. Wobei er auch von vielen Schaulustigen belagert wurde, die ihm immer wieder Fragen entgegenschleuderten, auf die sie sich Antwort erhofften. Die dabei am häufigsten gestellte Frage war die nach dem weiterhin andauernden Krieg. Und da dies im Laufe der Zeit auch seinen Mitreisenden auffiel, konnte er irgendwann nicht mehr umhin, sich öffentlich dazu zu äußern:

„Meine lieben Kinder. Krieg ist etwas Schreckliches. Und wie gerne würde ich mich zwischen die Fronten stellen. Die Waffen zum Schweigen bringen. Aber das ist nicht mein Auftrag. Ich bin nicht gekommen, in euer Handeln einzugreifen. Ich bin gekommen, in euer Denken einzugreifen. Wenn ihr mir zuhört, wenn ihr an mich glaubt, dann werdet ihr Erkenntnisse erlangen, die dazu führen, dass sich euer Handeln von alleine verändert. Durch euch. Das ist der freie Wille. Für das Gute. Das Richtige. Dann findet ihr den Weg zu meinem Vater. Aber wenn ich euch einfach Befehle erteile, oder gar meine Macht nutze, um eure Taten zu manipulieren, dann lernt ihr nichts. Dann befolgt ihr, aber ihr folgt nicht. Deswegen kann ich diesen Krieg nicht einfach beenden. Ich würde gerne mit den Verantwortlichen reden. Mit denen, die die Befehle erteilen. Doch sie weigern sich. Sie wollen nicht hören, was ich zu sagen habe. Sie wollen nicht lernen. Sie folgen nicht der Liebe, sondern dem Hass. Ich kann ihnen nicht helfen. Und nur hoffen, dass sie bald ein Einsehen haben. Ich bin mir sicher, ihr hofft mit mir. Im Namen meines Vaters – Amen."

Die Rede löste keine Begeisterungsstürme aus. Weder bei denen, die sie live zu hören bekamen, noch anderswo auf der Welt. Es gab viele kritische Stimmen. Aber keine von ihnen wurde laut. Er war und blieb Gottes Sohn. Gegen den es kein Aufbegehren gab. Jedoch war es der Moment, in dem so mancher, der bis dato bedingungslos geglaubt hatte, ins Zweifeln geriet. Ob all die schönen Worte nicht vielleicht doch einfach nur eine Ausrede waren. Weil die Beendigung des Krieges seine Macht überstieg. Oder er ihm – und damit den Opfern – schlicht und ergreifend keine große Bedeutung beimaß. Es gab viele, die versuchten, sein Handeln zu verteidigen. Mit umfassenden Theorien zu dem, was er bei seiner Rede zwischen den Zeilen gesagt haben könnte. Keine davon klang glaubwürdig und überzeugte die Zweifler. Und die, die schon vorher nicht an ihn geglaubt hatten, erst recht nicht. Für sie war es einfach ein weiterer Beweis gegen ihn. Aber keiner dieser Kritiker wagte sich, öffentlich aufzubegehren. Denn selbst wenn er nicht der Sohn Gottes war, so hatte er trotzdem Macht. Weitaus mehr als ein einfacher Mensch. Und in den Fokus dieser Macht wollte niemand geraten.

49

Einer von denen, die nicht an ihn glaubten, war Christopher. Er hatte das von Anfang an nicht getan. Mit der simplen Begründung, dass Gott niemals die Pläne ändern würde, die er in der Bibel festgelegt hatte. Als Schöpfer der Welt bestand für ihn dafür keine Notwendigkeit. Doch für Christopher hieß das nicht, dass er sich in irgendeiner Weise dagegen wehrte. Ihn seinem Leben spielte der Glaube inzwischen eine so untergeordnete Rolle, dass er

Jesus weitestgehend ignorierte. Und sich auf das konzentrierte, was ihm inzwischen wichtig war. Hauptsächlich waren das seine Bücher. Der Erfolg brachte Geld und die Frage nach mehr. Und er hatte genug Ideen, um mehr zu liefern, und zudem einen ziemlich guten Vorsprung, was die bereits fertigen Bücher im Vergleich zu den veröffentlichten anging. Weswegen er sich eigentlich keinen Zeitdruck hätte machen müssen. Aber er war so begeistert von dem, was er Tag für Tag auf den Bildschirm brachte, dass er einfach nicht anders konnte, als sich zu beeilen.

So kam es, dass er am Tag von Jesu Rede zum Krieg nicht vor dem Fernseher saß, sondern vor dem Computer. Und Michelle und Valentina mitten in der Rede mit lautem Rufen vom Fernseher wegholte. Die beiden stürmten nach unten:

„Ist was passiert?"

„Nein." antwortete Christopher gelassen, „ich wollte euch nur was vorlesen."

Seine Schwester schüttelte genervt den Kopf: „Vorlesen?"

„Ich bin fertig." erklärte Christopher – ihre Reaktion komplett ignorierend.

„Fertig?" Auch Michelle war nur bedingt begeistert, „womit?"

„Mit dem letzten Buch."

„Echt?"

„Ja."

„Das ging jetzt aber schnell." überlegte Michelle.

„Naja..." Christopher wippte mit dem Kopf, „wie bei den anderen Büchern auch, werde ich natürlich noch ein zweites Mal drüberlesen und Ergänzungen und Korrekturen machen und so. Aber danach ist es dann wirklich geschafft."

Valentina hatte sich inzwischen wieder beruhigt: „Fein. Dann will ich das Ende hören."

„Das Ende? Niemals."

„Aber hast du nicht gerade gesagt...?"

„Ich kann euch doch nicht das Ende vorlesen." entrüstete sich Christopher, „dann wisst ihr ja, wie es ausgeht."

Die beiden Frauen sahen sich an: „Ja und?"

„Das letzte Buch wird frühestens in drei Jahren veröffentlicht. Eher später."

„Aber wir lesen sie doch eh nicht." entgegnete Valentina und Michelle nickte dazu.

Doch Christopher blieb hart: „Ihr könntet es jemandem verraten. Und dann wäre die Überraschung futsch."

„Du hast Probleme." schnaubte Michelle – schwenkte dann aber um: „Was willst du uns denn dann vorlesen?"

„Ein Traumkapitel." erklärte Christopher begeistert – steckte damit aber zunächst nur seine Frau an:

„Traumkapitel? Da bin ich gespannt."

„Ich... fast... auch." murmelte Valentina leise. So leise, dass ihr Bruder sie nicht hörte und zu lesen begann:

„>Anfang< stand auf dem großen Bildschirm in ihrem Wohnzimmer. Danielle blinzelte verwundert. Sie konnte sich gar nicht daran erinnern, ihn eingeschaltet zu haben. Sie stand von der Couch auf und sah sich um. An der Rückseite des Zimmers befand sich ein langer, weisser Gang, von dem mehrere Türen abzweigten. Eine davon öffnete sich und mehrere Ärzte kamen heraus. ,Verschwindet. Das ist mein Wohnzimmer.' rief sie und wie auf Kommando löste sich der Gang auf und eine Treppe erschien. ,Das ist besser.' seufzte sie und ging in die Küche, um sich etwas zu trinken zu holen. Sie öffnete den Kühlschrank. ,Ja bitte?' fragte dieser. ,Wasser.' antwortete sie. ,Gerne.' Eine Klappe öffnete sich und eine Fontäne Wasser spritzte heraus. Danielle bemühte sich, sie mit geschlossenem Mund einzufangen, schaffte es aber nur zum Teil. Sie schloss den Kühlschrank und ging zurück ins Wohnzimmer. Dort trat sie an den großen Bildschirm und schaltete auf einen anderen Server. >Geh niemanden besuchen< hieß es dort. ,Hm... nein.' dachte sie und schaltete weiter. >Kauf dir einen Hund< kam stattdessen. ,Hm... muss auch nicht sein...' >Zeige jedem deinen Kühlschrank< folgte als nächstes. >Frage die Nachbarn< gleich danach. Und schließlich >Triff dich mit deinen Freunden<. ,Ja. Das ist gut.' Danielle nickte zufrieden und griff dann zu ihrem Kopfhörer. ,Ich hole euch gleich ab.' sagte sie laut, faltete den Kopfhörer zusammen und klemmte ihn sich hinters Ohr. Sie nahm ihre Tasche und trat vor die Haustür. Es war ein schöner

Tag. Der Himmel hatte ein stimmungsvolles beige und der große Lichtgenerator am anderen Ende der Straße summte fröhlich vor sich hin. Vereinzelt zuckten Blitze hinaus. Sie stieg in ihr Auto und setzte aus der Ausfahrt auf die Straße. Dort verharrte sie einen Moment und überlegte. Irgendetwas war nicht richtig.

‚Was passiert jetzt?‘ fragte sie laut.

Madlen erschien auf der Rückbank. ‚Mach die Augen zu.‘ sagte sie und verschwand dann wieder.

‚Nein. Keine Lust.‘ antwortete Danielle, doch vor ihren Augen wurde es dunkel und sie konnte nichts mehr sehen.

‚Na siehst du.‘ murmelte sie, ‚geht auch so.‘

Dann fuhr sie los. Immer geradeaus. Irgendwann saß Jack neben ihr. Dann Tom. Dann Mark. Dann Luke. Dann John. Dann Ines. Als alle im Auto saßen, bog sie ab in Richtung Küste.

‚Wie lange wollt ihr unterwegs sein?‘ fragte das Auto.

‚Hm… 20 Minuten.‘ überlegte Danielle.

‚In Ordnung.‘

20 Minuten später waren sie an der Küste. Keiner hatte ein… ja?“ Christopher brach ab, als er den Finger bemerkte, den Valentina schon seit fast einer Minute in die Luft streckte.

„Wie lange geht das denn?“ erkundigte sie sich mit schlecht verborgener Ungeduld.

„Hm…“ Christopher fuhr mit den Augen den Bildschirm ab, „sechs… sieben… acht Seiten.“

„Und davon haben wir jetzt…?“

„Knapp eine.“

„Dann verkürze es mal.“

„Was?“ Christopher starrte seine Schwester entgeistert an, „ich bin so stolz darauf.“

„Jetzt, beim Vorlesen.“ führte sie aus und er atmete durch:

„Ach so. Na, wenn es sein muss…“

„Ich wäre dir sehr dankbar.“

„Dann das Ende… hm…“ Er tippte gegen den Bildschirm, „da: Teil…“

„Nee…“ Valentina war neben ihn getreten und drückte auf die Pfeiltasten, um weiter nach unten zu scrollen, „viel zu viel. Da – das reicht.“

Christopher brummte verärgert, ließ sich aber darauf ein: „dann halt ab da:
,Wir wollen den Sinn des Lebens erfahren.' sagte Danielle, ohne zu
wissen, was sie damit meinte.

,Gut. Dann werde ich ihn euch sagen. Aber zuerst… meine Enkelin
hatte ein großes Konzert. Vor ein paar Jahren. Wart ihr auch alle
dort?'

Alle schüttelten den Kopf, nur Luke nickte heftig.

Lils Großvater sah Luke an: ,Nur du?'

,Scheint so.' antwortete dieser. Es piepte nur ein Mal.

,Das ist natürlich schade…' sagte Lils Großvater, holte ein großes
Buch aus seiner Tasche und schlug es auf. Es enthielt jede Menge
Namen – alle handgeschrieben – in schwarz. ,Sehr schade.
Wirklich.' Er holte einen weissen Stift aus der Tasche und begann,
einen der Namen zu überschreiben. Der Name verschwand dabei –
und Tom ebenfalls.

,Was…?' begann er noch, dann war er weg.

Lils Großvater suchte den nächsten Namen und wiederholte die
Prozedur. Diesmal traf es John und auch er verschwand. Lils
Großvater blätterte einige Seiten weiter, dann hatte er Mark
gefunden und dieser verschwand. Es folgten Ines, dann Jack. Dann
waren nur noch Danielle und Luke übrig. Lils Großvater suchte
Danielle heraus und begann, den Namen zu überschreiben.

,Nun zu dir.' wandte er sich an Luke. ,Du hast die große Ehre, meine
Enkelin heiraten zu dürfen.'

,Lil?' fragte Luke unsicher und stellte im gleichen Moment fest, dass
kein Piepen mehr kam.

,Ja, genau die.'

,Oh… äh… das… ich…' stotterte Luke, ,ich habe sie geopfert.'

,Soso.' Lils Großvater sah ihn an, ,das ist natürlich schade. Aber du
sollst trotzdem nicht leer ausgehen. Hier ist ein Chip mit Musik von
ihr. Den kannst du haben.' Er griff Luke an den Kopf und entfernte
seinen Chip. Dann setzte er den anderen Chip ein. Luke riss die
Augen auf und seine Hände krampften sich um seinen Kopf, um
den Chip wieder zu entfernen. Doch er ließ sich nicht entfernen und
mit einem lauten Schrei fing Luke Feuer. Einige Sekunden später

war er verschwunden und nur noch ein bisschen Asche rieselte auf den Boden.

,Damit wär das erledigt.' brummte Lils Großvater, klappte das Buch zu und ass es auf.

Ein Bildschirm erschien: ,Ja, das stimmt.'

Lils Großvater sah in den Himmel, schloss die Augen und löste sich auf.

Der Bildschirm erschien wieder. Darauf stand >Ende<."

Gespannt blickte Christopher auf – und in zwei leere Gesichter. Die zunächst auch gar nicht merkten, dass er nicht nur eine Kunstpause machte. So dauerte es eine ganze Weile, bis sich Michelle schließlich ein „Abgefahren." abrang.

Valentina war da schon ehrlicher: „Das macht ohne Zusammenhang so gar keinen Sinn."

„Lest die Bücher." knurrte Christopher verärgert, „ihr kriegt sie kostenlos."

„Wie nett von dir." kicherte Michelle.

Doch auch darauf sprang Valentina nicht darauf an: „Ich habe gar keine Zeit zum Lesen. So viel, wie ich jetzt arbeite."

„Das bringt eine Beförderung so mit sich." entgegnete Christopher leichthin und sie verzog das Gesicht:

„Danke."

„Du bist ja nicht rund um die Uhr eingespannt." versuchte Michelle, die Sache zu entschärfen, „mal abends länger."

Was nur bedingt funktionierte: „Und mal das ganze Wochenende unterwegs."

„Einmal. Und du hast gesagt, du freust dich darauf."

„Tue ich ja auch." Valentina seufzte leise.

„Na also." Michelle schenkte ihr ein breites Lächeln, „und auch da wirst du Zeit haben. Kannst dir London anschauen."

„Abends."

„Da werden nicht um acht die Bürgersteige hochgeklappt."

Valentina winkte ab: „Ich weiß. Ich weiß."

„Und wenn du nicht laufen willst, bleib im Hotel." ergänzte Christopher, „und lies ein Buch. Zum Beispiel..."

„...deins."

„Zum Beispiel." grinste er.

Valentina streckte die Hand aus: „Ich kann es ja mal mitnehmen."

„Klingt gut." Er fuhr mit dem Finger die Buchrücken in dem kleinen Regal hinter ihm ab, zog den ersten Band heraus und reichte ihn ihr, „und freut Niklas Akuzawa sehr."

„Dieser dämliche Name." schnaubte Valentina – und Christopher kniff die Augen zusammen:

„Der ist nicht dämlich. Der kommt von zwei Menschen, die mir sehr viel wert sind."

„Wovon nur eine was merkt." stellte Michelle trocken fest.

Die beiden anderen starrten sie verständnislos an: „Wie?"

„Na. Mein Mädchenname – vielen Dank. Ich fühle mich geehrt. Und durchaus auch genug wertgeschätzt. Aber der, von dem du den Vornamen geborgt hast, spürt glaube ich nicht viel von der Wertschätzung, die du ihm damit angedeihen lassen willst."

Christophers Gesicht fror ein – für Valentina ein Zeichen, das Weite zu suchen. Sie winkte mit dem Buch und wollte verschwinden – doch Michelle hielt sie auf und schüttelte leicht den Kopf. Valentina seufzte – Christopher ebenfalls:

„Was soll ich denn tun?"

Michelle setzte sich auf den Schreibtisch und sah ihn durchdringend an: „Vielleicht einfach mal wieder mit ihm reden. Anrufen. Schreiben. Hinfahren – wäre der Idealfall."

„Hm..."

„Warum machst du da ‚hm'? Du sagst, er wäre dein bester Freund."

„Aber er..." Christopher suchte nach Worten – und seine Schwester fand welche:

„Er erinnert ihn an die Vergangenheit. Die Vergangenheit, die er abhaken will. Und wie sollte er das tun, wenn er wieder nach Frankfurt fährt? Oder mit einem alten Freund alte Geschichte aufwärmt?"

„Es ist eine Sache, etwas zu verarbeiten." entgegnete Michelle, „es ist eine andere, es zu verdrängen."

„Und jeder muss schauen, wie er es braucht." verteidigte Valentina ihren Bruder weiter, „wenn Christopher das so will, dann solltest du ihn nicht belabern. Er erweist seinem Freund auf diese Weise die Ehre. Belass es dabei."

Michelle wandte sich ihrem Mann zu: „Christopher?"

„Sehe ich genauso." murmelte dieser und sie warf entnervt die Hände in die Luft:

„Toll. Zwei gegen einen."

„So ist das, wenn man zu dritt ist."

Valentina legte ihr die Hand auf die Schulter: „Nimm es nicht persönlich."

„Oh – ich werde es garantiert nicht persönlich nehmen." erwiderte Michelle in Christophers Richtung, „er unter Umständen schon."

Dieser runzelte die Stirn: „Woher soll er wissen, dass ich hinter den Büchern stecke?"

„Es geht nicht um die Bücher. Es geht um dein Verhalten. Dass du eben keinen Kontakt mehr mit ihm hast. Und das, ohne ihm eine wirkliche Erklärung dafür geliefert zu haben. Das nimmt er persönlich."

„Daran lässt sich nichts ändern."

„Doch, das..."

„Michelle – lass es gut sein." würgte Valentina sie ab, „die Entscheidung ist gefallen. Reite nicht darauf herum."

Michelle warf ihr einen düsteren Blick zu: „Wie schön, dass ihr euch immer so einig seid."

„So ist das bei Geschwistern."

„So kann man es auch sehen."

„Wie siehst du es denn?" erkundigte sich Valentina vorsichtig. Aber Michelle hatte keine Lust mehr:

„Das werde ich hier nicht äußern."

„Weil?"

„Es nichts Gutes bringen würde."

„Nun denn." Christopher schürzte die Lippen, „machen wir den Deckel drauf."

Valentina kehrte nun wirklich ins Wohnzimmer zurück und Michelle – die sich innerlich dafür ohrfeigte, sie überhaupt zurückgehalten zu haben – überlegte einen Moment, ob sie das nutzen und mit Christopher alleine sprechen sollte. Doch er wandte sich wieder dem Computer zu und so ließ sie es bleiben und zog sich ins Schlafzimmer zurück. Schon seit einiger Zeit war sie der Meinung, dass Valentinas Einfluss auf Christopher zu groß war. Sie war seine kleine Schwester und er wollte sie beschützen. Nach all dem, was ihr widerfahren war, noch viel mehr. Und nach all dem, was ihm widerfahren war, gab es ihm zusätzlich eine Ausrede, nicht mehr in sein eigenes Leben einzusteigen. Aber genau das musste wieder sein. Und es war an ihr, einen Weg zu finden, ihm das klarzumachen. Ohne, dass Valentina ihr widersprach und beide zusammen sie überstimmten. Bisher sah sie diesen Weg nicht. Doch sie nahm sich fest vor, weiter danach zu suchen.

50

Sie hatten zunächst gedacht, dass es eine geschlechtliche Zuteilung geben würde. Z die Männer, Geraldine und Annie die Frauen. Doch Zs letzter Auftrag hatte das widerlegt. Womit sie nicht mehr wussten, welches Kriterium es gab. Oder ob es überhaupt eines gab. Und dann war da die Erfolgsquote. Natürlich waren alle bisherigen Aufträge gut gegangen. Aber nur zwei der drei hatten sich hinterher bei ihren Helfern gemeldet.

All das ging Annie durch den Kopf, als sie sich auf den Weg machte. Heute war sie dran. Durfte zum ersten Mal erleben, wie es war, eine Solomission durchzuführen. Sie fühlte sich schlecht. Und nicht mal beten half. Weil sie einfach nicht zur Ruhe kam. Auch sie hatte sich vorgenommen, draußen auf die Frau zu warten, die sie abgekriegt hatte. Die anderen beiden hatten damit gute Erfahrungen gemacht. Allerdings wanderten ihre Gedanken so wild umher, dass sie auf ihre Umgebung gar nicht richtig achtete. Und so ihre Zielperson verpasste, als diese das Haus verließ. Erst, als sie sie im Stadtbus an sich vorbeifahren war, erkannte sie sie. Und beschimpfte sich einen Moment lang selbst. Dann überlegte sie kurz, ob sie dem Bus folgen sollte, entschied sich allerdings dagegen. Die Chancen waren groß, dass die Frau in die Innenstadt fuhr. Dort konnte sich Annie nicht blicken lassen. Nicht in ihrem Kostüm. Also musste sie warten. Denn die Frau würde ja irgendwann wieder zurückkommen.

Der Tag wurde lang, denn die Frau kehrte erst gegen Abend zurück und die Gedanken in Annies Kopf liefen weiter und weiter. Als sie sie schließlich bemerkte, wie sie von der Bushaltestelle in Richtung ihrer Wohnung lief, war sie so geschafft, dass sie fast nicht aussteigen konnte. Aber sie riss sich zusammen und dann die Tür auf. Eilte über die Straße auf die Frau zu. Und kam schlitternd vor ihr zum Stehen. Die Frau stieß einen spitzen Schrei aus und griff in ihre Handtasche. Sie zog eine kleine Flasche hervor.

„He. Das gleiche habe ich auch. Ganz neu. Ist es gut? Ich meine... hilft es? Haben Sie es schonmal benutzt?"

Die Frau war so verwirrt, dass sie die Falsche sinken ließ: „Was?"

„Tschuldigung. Das Spray. Ist ja nicht billig. Daher würde mich schon interessieren, ob sich der Preis lohnt."

„Das können Sie gerne testen, wenn Sie möchten." Schon war die Flasche wieder auf Annies Gesicht gerichtet.

Diese streckte die Hand aus: „Wirklich?"

Und wieder runter: „Was...?"

„Sie hatten doch gerade gesagt, ich könnte es testen."

Und wieder hoch: „Indem ich Ihnen eine Ladung verpasse."

„Ach so. Nein." Annie kicherte unsicher, „das ist doof. Und würde auch nichts nützen. Maske – eigentlich nicht zu übersehen."

„Da sind Löcher drin für die Augen."

„Glauben Sie wirklich, dass Sie so gut zielen können?"

Das tat die Frau ganz offensichtlich nicht, denn mit einem leisen Seufzer steckte sie die Flasche wieder ein – und bedachte Annie dann mit einem extrem bösen Blick: „Was wollen Sie?"

„Ja." nickte Annie, „das ist eine sehr gute Frage. Also... weil ich eine sehr gute Antwort darauf habe. Erstmal..." Sie kramte in der Tasche, „meine Karte. Also... nicht meine Karte. Aber eine Karte. Mit einer Telefonnummer. Nicht meine. Von einer guten Bekannten. Freundin, könnte man schon sagen. Ich passe öfters auf ihre Enkel auf. Wobei – aufpassen... wir spielen miteinander. Also... Gesellschaftsspiele oder sowas. Ihre Eltern sind gestorben, wissen Sie. Von den Enkeln. Nicht von meiner Freundin."

Die Frau trat ungeduldig von einem Fuß auf den anderen: „Wollten Sie irgendwas Bestimmtes sagen?"

„Was? Oh – ja. Nummer. Werden Sie brauchen. Hinterher. Jetzt muss ich erst noch... ist gleich vorbei. Tut auch nicht weh. Zumindest wüsste ich nicht... nein – tut nicht weh."

„Sie sind nicht ganz normal."

„Das sagen viele. Und dann lernen sie mich kennen und..." Annie versank einen Moment in Gedanken, „...und sagen es weiterhin. Aber Sie werden mich nicht kennenlernen. Das ist eigentlich ein cooler Spruch: ‚Sie werden mich nicht kennenlernen'. Ja..." Und noch einen, „...egal. Zur Sache. Moment – ich muss mich kurz konzentrieren... puh... Im Namen des Vaters und des Sohnes und des Heiligen Geistes – mach dich weg und komm nie wieder!"

Die Frau blinzelte erschrocken: „Ich?"

„Nein." wehrte Annie ab, „nicht Sie. Merken Sie was?"

„Ein Kribbeln im Bauch." Die Frau rieb sich über selbigen.

„Das ist so gut wie alles andere."

„Was geht hier vor?"

Annie wedelte mit der Karte, die sie nach wie vor in der Hand hielt: „Anrufen. Da. Erklärung."

„Aha." Die Frau nahm sie und steckte sie ein.

„Ich kann auch viel reden. Wie Sie... wahrscheinlich schon gemerkt haben. Aber ich glaube, so ist es besser. Katiana schreibt sich sowas auf. Glaube ich. Vielleicht. Vielleicht auch nicht. Vielleicht denkt sie auch einfach strukturierter. Oder es ist einfach immer das gleiche, was sie sagen muss. Was bei mir ja auch so wäre. Ach... rufen Sie einfach an. Gute Sache. Definitiv. Ich... verschwinde jetzt."

„Sie sind eine seltsame Person."

„Wahrscheinlich. Aber ich bin verkleidet. So können Sie das wenigstens nicht verpetzen."

Der bisher durchgehend skeptische Blick der Frau wandelte sich zu amüsiert: „Wem sollte ich das petzen?"

„Weiß auch nicht." Annie zuckte die Achseln, „ich wünsche Ihnen alles Gute."

„Äh..."

„Anrufen."

„Jaja."

„Gut. Sehr gut."

Annie atmete tief durch, als sie wieder im Auto saß. Dann bemerkte sie, dass die Frau immer noch auf der anderen Straßenseite stand und zu ihr hinüberblickte. Also sah sie zu, dass sie nach Hause kam und atmete weiter durch, als sie vor dem Haus den Motor abstellte. Das war anstrengend gewesen. Aber hauptsächlich, weil sie es sich selbst schwer gemacht hatte. Weniger reden – vor allem weniger ausholen – würde mit Sicherheit helfen, beim nächsten Mal. Zumindest hatte sie ein gutes Gefühl, was die Frau anging. Sie würde sich bestimmt bei Katiana melden – und sei es nur aus reiner Neugier.

51

Katiana bestätigte ihr das, als sie am Abend wieder alle vor dem Computer saßen.

„Also drei von vier. Das ist okay." befand Z, löste damit aber nicht bei allen Begeisterung aus:

„Für mich frustrierend." kam es von Geraldine und sogleich bemühte sich Steve darum, sie aufzubauen:

„Das hat absolut rein gar nichts mit dir zu tun."

„Sehe ich genauso." schloss sich Katiana ihrem Mann an, doch Geraldine blickte weiter bedrückt drein:

„Trotzdem frustrierend."

Weswegen Steve lieber das Thema wechselte: „Ich finde es interessant, dass keiner was zu eurem Aufzug gesagt hat. Zumindest nicht uns gegenüber."

„Das stimmt." Z kratzte sich am Kinn, „bei mir auch nicht. Zumindest nicht betont. Die Leute scheinen eine Menge gewohnt zu sein, inzwischen."

„Oder zu wissen, dass es eine Menge Durchgeknallte gibt." kicherte Katiana.

„Oder so."

Auch Geraldine war inzwischen bereit für andere Inhalte: „Ich finde es krass, dass das so schnell geht, momentan. Vier Leute innerhalb einer Woche."

„Tja..." machte Z, „zwei Möglichkeiten. Entweder, die Anzahl der Betroffenen nimmt zu. Oder wir haben so viel nachzuholen."

„Beides realistisch." sinnierte Steve, „beides nicht schön."

„Aber das wussten wir ja. Dass es schlimmer wird."

„Richtig." stimmte Geraldine Z zu, „macht es aber nicht besser."

Dieser zog die Brauen hoch: „Wie meinst du das?"

„Halten wir dieses Tempo durch?"

„Na – wir sind ja zu dritt. Also sind wir nicht jeder jeden Tag im Einsatz."

„Was noch kommen kann." wandte Geraldine ein und Steve hob die Hand: „Denken wir mal positiv."

Seine Frau neben ihm nickte zustimmend – und wandte sich dann der rechten unteren Ecke ihres Bildschirms zu:

„Annie? So schweigsam?"

Die Angesprochene schreckte auf und blickte schuldbewusst in die Kamera: „Ich frage mich, was das bedeutet. Für mein Privatleben."

Z machte große Augen: „Ich kriege ein Kind. Also – nicht ich, aber..."

„Schon klar." grinste Geraldine.

„Und um das werde ich mich kümmern." fuhr er fort, „und um die dazugehörige Mutter. Ganz egal, wie viele Aufträge kommen. Das wird nicht untergehen."

„Finde ich auch." schloss sich Geraldine an, „auch ohne Kinder. Das Leben muss weitergehen."

Steve war ebenfalls dieser Meinung: „Und das wird es auch. Ihr habt einen Auftrag. Wie einen Job. Normale Leute mit normalen Jobs gehen auch fünf Tage die Woche auf die Arbeit. Und haben nebenbei Familie."

Alle Blicke waren nun auf Annie gerichtet, die unruhig vor der Kamera hin und her rutschte: „Stimmt schon."

„Hast du denn bestimmte Pläne?" erkundigte sich Z und Annie zuckte so doll zusammen, dass sie das Glas neben sich umstieß, das zum Glück leer war:

„Wer – ich?"

„Ja."

„Nun..." Sie sprach nicht weiter und alle schauten sie irritiert an – mit Ausnahme von Geraldine:

„Du willst es machen, nicht wahr?"

Annie senkte den Kopf: „Also..."

„Was will sie machen?" bohrte Z neugierig nach und da Annie schwieg, übernahm Geraldine die Antwort:

„Den Antrag."

„Den Antrag?" stieß Z hervor, „echt? Du? Ihm? Wann? Wie? Wo?"

„Langsam, langsam." versuchte Geraldine, ihn ein wenig zu bremsen.

„Klar. Aber... sag: Was hast du vor?"

Annie seufzte tief: „Noch gar nichts Konkretes. Es ist nur..."

„Da ist was." Geraldine deutete in Richtung der Kamera, „ich wusste es die ganze Zeit."

Natürlich fühlte Annie den Finger auf sich: „Die ganze Zeit?"

„Naja... die letzten Tage."

„Rück raus." forderte Z.

Annie rieb sich die Augen: „Na gut. Ihr werdet es doof finden..."

„Sag das nicht vorher."

Sie atmete zweimal tief ein: „Ich habe die Kirche gefunden." Womit sie keinerlei Wirkung erzielte.

„Kirche?" war das Einzige, was schließlich kam – von Steve.

„Die Kirche." wiederholte Annie ungeduldig, „aus meiner Vision." setzte sie noch hinzu. Aber auch das brachte die anderen nicht weiter:

„Welche Vision?" war es ausgerechnet Geraldine, die Annie in sich zusammensacken ließ:

„Erinnert ihr euch da nicht mehr dran?"

Sowohl auf Geraldines als auch auf Zs Gesicht erschien ein schuldbewusster Ausdruck: „Ehrlich gesagt..."

„Vielleicht, wenn du uns ein bisschen auf die Sprünge hilfst." schlug Katiana sanft vor und Z griff das hastig auf:

„Ja – mehr Infos."

„Ich hatte diese Vision." begann Annie ohne jegliche Begeisterung, „vor ein paar Jahren. Wo ich geheiratet habe. In einer Kirche."

Geraldines Gesicht hellte sich wieder auf: „Die, wo du den Bräutigam nicht sehen konntest?"

„Du erinnerst dich. Yippie."

„Dunkel. War da nicht was mit diesem... hieß er Tim?"

„Tom." verbesserte Annie brummig, „und erinner' mich nicht an ihm."

Katiana winkte in die Kamera: „Ich komme nicht mehr mit."

„In dieser Vision habe ich geheiratet. Wie schon gesagt. In einer ganz speziellen Kirche. Ich dachte immer, die existiert gar nicht. Aber jetzt habe ich sie wirklich gefunden."

Z runzelte die Stirn: „Hier?"

„Nein. Bei Jonathans Eltern. Im Nachbarort."

„Ernsthaft?"

„Ja. Und das..." Annie brach ab – und Geraldine sprach es aus:

„...könnte ein Zeichen sein."

„Da bin ich ganz sicher." stimmte Annie zu – wenn sie auch nicht so dreinschaute. Doch das merkte niemand, denn jetzt waren endlich alle beim Thema:

„Also ist er der Richtige." folgerte Katiana.

„Ja."

„Weil bei seinen Eltern in der Nähe die Kirche aus deiner Vision steht."

„Ich fand ihn schon vorher richtig." versuchte Annie, es noch ein wenig deutlicher auszudrücken, „ich war mir nur nicht sicher. Aber jetzt bin ich das."

Steve schürzte die Lippen: „Und worauf wartest du dann?"

„Mut. Oder dass er das macht."

„Beides gute Gründe." Katiana lehnte den Kopf an Steves Schulter, „die einem beide nicht im Weg stehen sollten."

„Ihr wollt also echt, dass ich das mache." Annie klopfte sich unruhig auf die Wange.

„Wir wollen das nicht." beruhigte Geraldine sie rasch, „das ist deine Entscheidung. Wir sagen nur: Wenn du es willst, dann mach es."

„Ich denk drüber nach. Ich war jetzt ja dran. Also wird als nächster einer von euch dran sein. Dann habe ich ein wenig Zeit."

„Dann wollen wir dich mal nicht länger aufhalten." Z lächelte ihr aufmunternd zu, „gibt es sonst noch was?"

Steve schüttelte den Kopf: „Nein."

„Bin schon eingeschlafen." fügte Katiana lachend hinzu.

Z rümpfte die Nase: „Toll."

„Gute Nacht alle miteinander." kicherte Geraldine – und meldete sich dann ab.

52

Die ehemalige Dienerin war es gewöhnt, dass Fremde vor ihrer Tür standen. Aber seit der Chef genau dieses Wort – ehemalig – zu ihrem Status hinzuaddiert hatte, war niemand mehr vorbeigekommen und dementsprechend überraschte sie der fremde Mann doch ziemlich. Im ersten Moment machte sich eine freudige Erwartung in ihr breit. Dass er gute Nachrichten für sie hatte. Doch diese wurde schnell durch Misstrauen abgelöst. Dass er schlechte Nachrichten für sie hatte. Und als er den Mund aufmachte, sollte sich letzteres als richtig erweisen:

„Du hast nicht gehorcht."

Sie kniff die Augen zusammen: „Bitte?"

„Ich hatte dir verboten, dich weiter mit deinem Plan zu befassen. Habe dich sogar bestraft dafür, dass du es getan hast. Und trotzdem hörst du nicht damit auf."

„Woher...?"

„Ich mag dich aus dem Spiel genommen haben." zischte er, „aber das heißt nicht, dass ich dich nicht beobachten lasse."

„Beobachten?" fuhr sie auf, „spinnst du?"

Der Mann lief rot an: „Soll ich dich gleich hier umbringen?"

Sofort bemühte sie sich um Beschwichtigung: „Ich finde das einfach nicht gut. Ich bin ein freier Mensch. Jetzt wieder."

„Es ist egal, wie du es findest." Es hatte gewirkt – der Chef klang ruhiger, „und frei bist du nie und niemals. Es ist eine Sicherheitsmaßnahme und wie es aussieht, war diese auch vollkommen gerechtfertigt."

„Ich bin raus." beharrte sie, „und damit zumindest frei, zu tun und zu lassen, was ich will."

„Wie bitteschön kommst du denn auf diese Idee?"

„Ich war deine Dienerin. Du wolltest mich nicht mehr. Ich habe deine Befehle befolgt. Gut – den einen nicht, alle anderen allerdings schon. Aber jetzt bin ich nicht mehr deine Dienerin. Und dass du mir keine Befehle mehr geben willst, heißt gleichzeitig auch, dass du mir keine mehr geben kannst. Also kann ich machen, was ich möchte."

Der Mann tippte sich an die Stirn: „Ich kann dir sehr wohl Befehle erteilen. Vielleicht nicht, dass du etwas Bestimmtes tust. Aber auf jeden Fall, dass du etwas Bestimmtes lässt. Das nämlich."

„Und warum sollte ich?" Sie blickte ihn herausfordernd an – und er hielt dem Blick stand:

„Das, was momentan passiert, ist so viel grösser als du dir jemals vorstellen könntest. Das hat universelle Tragweite. Und ich bin der Architekt des Ganzen."

„Naja, eigentlich..." setzte sie an und die Röte kehrte in das Gesicht des Mannes zurück:

„Dein Tod ist noch nicht vom Tisch."

„Es gab halt noch einen anderen."

„Wir waren mal zu zweit. Das ist richtig." Der Chef schnaubte verächtlich, „aber er ist weg und ich bin noch da. Daher kann ich mir die Ehre jetzt alleine geben. Das ist mein Plan. Und seine Umsetzung ist wichtiger als alle anderen Pläne. Auch dieser klitzekleine Plan, den du da verfolgst. Der im Übrigen auch meiner war. Und das wirklich – ganz allein meiner."

Die Dienerin kratzte sich am Kopf: „Welchen meinst du jetzt?"

„Der Plan, der dafür gesorgt hat, dass sie ihre Gaben verlieren. Was du machen wolltest, hätte vielleicht funktioniert. Was ich gemacht habe, hat funktioniert. Ich habe sie nun da, wo ich sie haben wollte."

„Ich habe nichts dafür getan, dass sie ihre Gaben verlieren. Ich habe etwas dafür getan, dass sie überlaufen. Für uns arbeiten. War es nicht das, was du wolltest?"

„Idealfall." winkte der Mann ab, „Chancen – gering. Geringer als gering. Und letzten Endes... wofür hätten wir es wirklich gebraucht? Wir hätten einen Mörder gehabt. Aber für welche Ziele? Die Engel kämpfen nicht mit uns. Auch jetzt nicht. Das ist ja der entscheidende Punkt: Der große Plan läuft und es gibt keine Gegenwehr. Weder in der sichtbaren noch in der unsichtbaren Welt. Wir sind am Gewinnen. Und müssen uns nicht einmal anstrengen dafür. Deswegen ist dein Vorgehen ja auch so dumm."

„Dumm?" wiederholte sie verärgert, „das verstehe ich nicht."

„Weil du auch dumm bist. Aber was erwarte ich? Du bist ein Mensch."

„Wenn du so viel klüger bist als ich – erklär es mir."

Der Chef ließ den Mann spöttisch lächeln: „Momentan befindet er sich in einer Situation, die wir mehr lieben als alle anderen: Er fühlt sich schuldig. Er hat etwas falsch gemacht und Gott hat ihn dafür gestraft. Die größte Gewalt dieser Welt hat sich gegen ihn gewandt. Die Gewalt, zu der er gehören möchte, hat ihn verstoßen. Das ist wundervoll – für uns. Weil es für ihn schrecklich ist. Er verbringt seine Zeit damit, sich darüber Gedanken zu machen, was er hätte anders machen können. Und erreicht damit nichts, weil sich die Zeit nicht zurückdrehen lässt. Und er zermartert sich das Hirn, was er machen kann, um wieder in die Gunst Gottes zu kommen. Vielleicht findet er da was. Vielleicht öffnet Gott ihm wieder die Tür. Dafür ist er ja durchaus bekannt. Aber die Vergangenheit abzuhaken, heißt eben nicht, zur Vergangenheit zurückzukehren. Er mag Frieden mit dem bekommen, was er getan hat. Und sich im – aus seiner Sicht – Idealfall dann nicht mehr schuldig fühlen. Aber er bekommt nichts zurück. Seine Gabe ist weg – für immer. Gott hat gegeben und wieder genommen. Und was er einmal genommen hat, gibt er kein zweites Mal."

„Okay..." Sie blickte skeptisch drein – was dem Chef nicht passte: „Nicht ‚Okay...' – das ist, wie es ist."

„Aber woher weißt du so genau, was er gerade denkt? Lässt du ihn auch überwachen?"

„Dafür hat niemand Zeit. Er ist aus dem Bild und das reicht. Ich lebe seit tausenden von Jahren. Ich kenne die Menschen. Ich weiß, wie sie reagieren und was sie dann machen. Er ist nicht anders als alle anderen."

„Er hatte die Gabe." erinnerte sie ihn, doch das kam direkt zurück: „Betonung auf ‚hatte'."

Also schwenkte sie wieder um: „Aber was hat das mit mir zu tun?"

„Was denkst du denn, was er denken würde, wenn du mit deinem Plan kämst?" erwiderte der Chef, „du – von der Gegenseite – der falschen Seite – von ihm aus betrachtet. Er würde denken, dass er dir – und damit uns – so wichtig ist, dass wir ihn sogar ohne seine Gabe noch belästigen müssen. Das würde in ihm so einiges anstoßen, was wir nicht haben wollen: falschen Stolz, falsche Wichtigtuerei, falsches Ehrgefühl – und allem voran: falsches Handlungsbedürfnis. Er würde sich nicht einfach hingeben. Ganz egal, wie schlecht er sich fühlen mag. Er würde sich wehren. Und daraus neue Kraft ziehen. Kraft, die wieder weitere Kraft nach sich ziehen würde. Du würdest einen Kampf anzetteln, der ihn wieder in unser Blickfeld rückt."

„Aber er kann doch gar nichts tun. Gegen euch."

„Nein. Aber er kann Staub aufwirbeln. Einer der wesentlichen Faktoren unseres Plans ist, dass die Leute alle still sind. Das ist ja das Geniale: Ihnen den Sohn Gottes vorzusetzen sorgt dafür, dass keiner sich traut, den Mund aufzumachen. Aber er ist nun mal ein Kandidat für genau das. Momentan tut er es nicht und das soll auch so bleiben. Aber wenn du ihn provozierst, dann wird er mit Händen und Füßen um sich treten und es besteht eine nicht geringe Gefahr, dass er – auch aufgrund dessen, was er in den letzten Jahren über uns gelernt hat – die Verbindung zwischen uns und dem ‚Sohn Gottes' bereits kennt oder zumindest herzustellen im Stande ist. Momentan ist das aber wenn dann nur in seinem Kopf. Denn wie du selbst sagst: Er kann nichts mehr gegen uns ausrichten. Aber er kann nach anderen suchen, die das können. Und sie anstacheln. Was er mit Sicherheit nicht tun wird, solange wir ihn in Ruhe lassen. Schließlich hat er genug andere Probleme, um die er sich kümmern muss. Aber wenn du ihn nicht in Ruhe lässt – und damit für ihn zum Problem wirst – wird sich das ändern. Dann stachelst du ihn an. Und er wird sich doch einschalten."

Die Dienerin schüttelte den Kopf: „Das kann ich mir nicht vorstellen."

„Das ist dein gutes Recht." Der Mann zuckte die Achseln, „nur... ich bin der Chef. Und du die Dienerin. Selbst, wenn dieser Begriff nicht mehr in einem aktiven Sinne gilt, gilt er zumindest in einem hierarchischen Sinne. Daher zählt das, was ich denke."

„Das heißt, ich soll einfach stillsitzen."

„Ich könnte dich davon erlösen. Endgültig. Aber das erspare ich dir – davon ausgehend, dass du das nicht willst. Du darfst weiterleben. Zuschauen, wie wir die Welt an uns reißen. Dich an unserem Sieg erfreuen. Und daran, dass auch du einen sehr kleinen Teil dazu beigetragen hast."

Sie überlegte einen Moment – setzte an – überlegte nochmal – setzte nochmal an: „Und wenn ich dir verspreche, dass ich ihn breche?"

Der Chef lachte auf: „Breche? Wie das?"

„Das lass mal meine Sorge sein."

„Äh... nein."

Sie biss sich auf die Lippen: „Wenn ich dir sage, was ich vorhabe, findest du es am Ende so gut, dass du es selbst übernimmst. Und dann habe ich nichts davon."

„Nun..." Der Mann rieb sich den Nacken, „du bist schlau und einfallsreich – das lasse ich dir. Skrupellos auch. Menschen wie dich können wir gebrauchen. Wenn sie treu sind – und gehorchen."

„Das kann ich. Das weißt du. Alles, was ich getan habe, habe ich getan, um im Notfall..."

„Das hatten wir schon." würgte der Chef sie ab, „warum solltest du das tun? Was hast du davon? Was habe ich davon? Und vor allem – inwiefern ist das anders als das, was ich dir gerade verboten habe?"

„Ich wollte ihn ursprünglich auf unsere Seite ziehen." erklärte sie, „ihn angehen, zwingen. Was das zur Folge gehabt hätte, was du sagtest: Er hätte sich gewehrt und Staub aufgewirbelt. Aber wenn ich ihm einfach noch mehr Leid zufüge – ohne, dass er weiß, woher es kommt... im besten Fall vermutet er Gott dahinter – im schlechteren uns... also: euch. Was auch immer – damit wird er gar nichts aufwirbeln. Wie sollte er? Er hat nichts in der Hand. Und wird sich dadurch auch nicht wichtiger fühlen. Sondern nur noch schlechter. Dann ist er noch mehr mit sich selbst beschäftigt."

„Gut – das war eine Antwort. Bleiben die anderen beiden."

„Was habe ich davon? Eine Chance, meinen Wert neu unter Beweis zu stellen. Was hast du davon? Rache – für all deine Gefolgsleute, die er auf dem Gewissen hat."

„Interessant... ja... wirklich interessant." Der Chef ließ den Mann hin und her wippen, während er überlegte. Was lange dauerte – so lange, dass die Dienerin es nicht mehr aushielt:

„Ist das ein ‚Ja'?"

„Es ist... ein ‚Ja'." entschied er, „aber ich knüpfe keine Versprechen daran. Vielleicht... wenn das gelingt... und ich dann sehr guter Laune bin... lasse ich deinen Verrat, der uns hierhergeführt hat, unter den Tisch fallen. Dann gibt es unter Umständen doch noch einen Platz für dich. Allerdings nur, wenn du mir von jetzt an wirklich beweist, dass du gehorchen kannst. Mir. Und sonst niemand. Im Klartext: Wenn ich sage ‚Stopp', dann heißt das ‚Stopp'. Wenn ich sage ‚anders', dann heißt das ‚anders'. Verstehen wir uns da?"

Sie nickte: „Ja, tun wir. Aber ich bin gewiss, dass du weder das eine noch das andere wirst sagen müssen."

„Diese Gewissheit teile ich nicht."

„Das macht mir nichts."

„Nun gut." Der Mann schnalzte mit der Zunge, „dann tu, was du tun willst. Möge das Ergebnis stimmen. Wenn ja, sehen wir uns eventuell wieder – mit guten Nachrichten. Wenn nein, sehen wir uns auf jeden Fall wieder – mit schlechten Nachrichten. Und glaub mir – meine Geduld mit dir ist begrenzt – und neigt sich dem Ende zu."

Er stand auf und verließ die Wohnung, ohne sich noch einmal nach ihr umzudrehen. Die ehemalige Dienerin saß noch eine Weile da. Ließ ihre Gedanken kreisen. Zum zweiten Mal hatte sie es geschafft, dem Chef eine Erlaubnis zu entlocken, die sie von seinem Vorgänger mit Sicherheit nicht bekommen hätte. Und zum zweiten Mal hatte sie es geschafft, ihn dabei zu täuschen. Beim ersten Mal bezüglich der wahren Hintergründe und diesmal bezüglich der wahren Absichten. Das war enorm. Und wundervoll. Denn es eröffnete ihr unverhoffte Möglichkeiten. Einen Weg, von dem sie nicht einmal zu träumen gewagt hatte. Sie griff zum Telefon und rief ihren Freund an. Um ihm die freudige Nachricht mitzuteilen.

53

Es konnte einfach nicht wahr sein. Da war Annie so fest davon ausgegangen, dass sie nicht zweimal direkt hintereinander drankam und etwas Zeit zum Überlegen hatte – und prompt war sie zweimal hintereinander dran. Wollte Gott ihr damit etwas Bestimmtes sagen? Oder ging es einfach nicht anders? Ersteres schien ihr wahrscheinlicher. Denn ihre Entscheidung stand eigentlich fest. Und alles Nachdenken diente nur noch dazu, Argumente hin und her zu wälzen, die sie bereits geklärt hatte. Also war es vielleicht einfach an der Zeit, sich das auch einzugestehen. Und dann danach zu handeln.

So rief sie Jonathan an, bevor sie sich auf den Weg machte. Sie musste diesmal eine Weile fahren, bis sie den kleinen Ort im Taunus erreicht hatte. Klein war fast untertrieben – sie hatte den Eindruck, als stünden hier nicht mehr als zehn Häuser. Doch das mochte auch an den vielen hohen Bäumen liegen, die die Grundstücke von der Straße trennten. Für sie war das gut, denn ein Blick aus dem Fenster im Vorbeifahren sagte ihr, dass die Frau, wegen der sie hier war, in ihrem Garten arbeitete. So würde sie ihren Auftrag erledigen können, ohne bei den Nachbarn Aufsehen zu erregen. Leider war sie mit den Gedanken ganz woanders und so verpasste sie die Chance auf einen guten Einstieg – indem sie einfach unschlüssig in der Einfahrt stand, bis die Frau aufsah und sie ansprach:

„Kann ich Ihnen helfen?"

Annie schrak zusammen: „Sie mir? Nein. Ich Ihnen."

„Sie mir? Wobei? Im Garten?"

„Garten? Nein. Ich kann kein Garten."

„Äh?"

„Keine grünen Daumen." Annie streckte selbige in die Höhe.

Die Frau blickte enttäuscht drein: „Schade. Ich dachte, Sie wären vielleicht von irgendeiner Organisation."

„Sind wir das nicht alle?"

„Äh?"

Annie klopfte sich gegen die Stirn, um sich zu sammeln: „Ich mache es kurz: Sie brauchen Hilfe und ich gebe sie Ihnen. Allerdings nur den Anfang, den Rest macht jemand anders. Der nicht hier ist. Die – es ist eine Frau. Aber Sie können sie anrufen. Und dann kommt sie her oder Sie fahren hin. Wie es Ihnen lieber ist. Ich bin da flexibel."

„Äh?"

„Lassen Sie mich nur machen."

„Machen?" Die Frau trat alarmiert einen Schritt zurück, „was denn?"

„Geht schnell." versicherte Annie, „merkt man gar nicht. Achtung – geht los..."

„Junge Dame, Sie..."

„Im Namen des Vaters und des Heiligen... ich meine... des Sohnes und... ich fang nochmal an: Im Namen... Stopp. Annie. Halt. Stopp." Sie klopfte sich erneut gegen die Stirn – diesmal fester, „konzentrier dich. Okay: dritter Versuch. Im Namen des Vaters und des Sohnes und des Heiligen Geistes... ach... du weißt, was ich will... mach es einfach..." Die letzten Worte brüllte sie förmlich heraus – was die Frau extrem irritierte:

„Warum schreien Sie denn so?"

„Damit er abhaut." erklärte Annie ihr – immer noch recht laut.

„Wer?"

„Hau schon ab."

„Ich rufe gleich die..." Die Frau stockte und griff sich an die Brust, „mein Herz."

„Das ist normal." versuchte Annie zu beunruhigen – erreichte aber genau das Gegenteil – bei sich selbst, „oder... das ist nicht normal. Alles in Ordnung?"

„Ja. Es geht wieder. Nur einen Moment lang..."

„Vorbei. Gut. Vorbei." Annie atmete durch, „dann gehe ich jetzt wieder."

Doch die Frau hielt sie zurück: „Was haben Sie gemacht?"

„Die Dame erklärt das."

„Welche Dame?"

„Die Sie anrufen können."

„Wie denn?"

„Na mit... oh – die Karte. Hier." Sie griff in die Tasche, „die Karte."

Die Frau nahm sie entgegen und betrachtete die Nummer: „Danke. Und sie erklärt das?"

„Ja. Die kann das. Die weiß das. Bescheid, meine ich."

Ein Lächeln erschien auf dem Gesicht der Frau: „Junge Dame – ich glaube, Sie sollten sich setzen."

Nun war es an Annie, irritiert zu sein: „Woher wissen Sie eigentlich, dass ich eine Frau bin?"

„Äh?"

Und in diesem Moment wurde sich Annie gewahr, dass etwas sehr Wichtiges fehlte – ihr Kostüm. Sie schlug sich auf den Mund: „Ups."

„Was ‚Ups'?"

„Ich sollte eigentlich... ich hätte eigentlich... vergessen Sie, dass ich hier war, okay?" Sie blickte die Frau flehentlich an – und diese verwirrt zurück:

„Ich denke, ich soll diese Dame anrufen."

„Natürlich, natürlich. Aber ich... vergessen Sie mich."

„Sind Sie sicher, dass es Ihnen...?"

Annie gab einen tiefen Seufzer von sich: „Ich werde heute Abend meinem Freund einen Heiratsantrag machen."

„Oh." Die Frau klappte den Mund auf, „da wäre ich auch durch den Wind."
„Entschuldigung."
„Gehen Sie. Ich verspreche, ich weiß nicht mehr, wie Sie aussehen." Wieder
lächelte sie – und diesmal sah sich Annie in der Lage, es zu erwidern:
„Vielen Dank. Und... die Karte."
„Werde ich gleich als nächstes machen. Und sei es nur, damit Ihre Bekannte
kontrolliert, dass Sie heil zuhause angekommen sind."
Annie runzelte die Stirn: „Ich bin doch noch nicht einmal losgefahren."
„Nachher."
„Oh. Klar. Es... tut... mir... auf Wiedersehen."
Die Frau hob die Hand: „Auf Wiedersehen."

54

Katiana meldete sich wirklich schon wenige Minuten, nachdem Annie
zuhause eingetroffen war: „Alles klar bei dir?"
„Nein." hauchte Annie, „ganz und gar nicht. Ich wäre ihn fast nicht
losgeworden. Habe dummes Zeug gelabert. Und vergessen, mich zu
verkleiden."
„Das in etwa hatte ich schon aus dem rausgehört, was deine Patientin mir
erzählt hat."
„Geht es ihr gut?" fragte Annie unsicher.
„Ja. Mir ihr komme ich klar. Und dich mache ich mir Sorgen."
„Es ist... ich werde es tun. Heute."
Einen Augenblick herrschte Stille. Dann konnte sie Katiana ausatmen
hören: „Dann drücke ich dir die Daumen. Und Steve drückt mit."
„Danke." Annie machte ein jammerndes Geräusch, „das wird so schlimm."
„Nein." widersprach Katiana, „wird es nicht."

55

Wurde es doch. Wenn auch aus ganz anderen Gründen, als Annie das
vermutet hätte. Sie hatte den ganzen Nachmittag in der Küche verbracht –

umgeben von diversen Kochbüchern und noch mehr Zutaten. Hatte ein mehrgängiges Menu hergestellt, von dem sie beim Kosten sogar der Meinung war, dass es annehmbar schmeckte. Sie hatte seine Lieblings-CDs heruntergeladen und den Laptop auf die Anrichte gestellt. Und die verbleibende Zeit zwischen kochen und Jonathans eintreffen damit verbracht, sich ein Kleid nach dem anderen anzuziehen – bis sie einigermaßen zufrieden war.

Dann saß sie mit ihm in der Küche und ihre Knie zitterten unter dem Tisch so stark, dass sie Angst hatte, der Tisch könnte zu vibrieren anfangen. An Essen war gar nicht zu denken. Was Jonathan allerdings auch so zu gehen schien, denn er rührte seine Suppe ebenfalls nicht an.

„Mir scheint, wir sind beide eher in Redestimmung." versuchte Annie, das Gespräch in Gang zu bringen – und Jonathan ging darauf ein:

„Ja. Da hast du Recht. Es ist wahnsinnig toll, dass du dir so viel Mühe gegeben hast. Und wahnsinnig schade, dass das ausgerechnet heute Abend sein musste."

„Schade?" Annie ließ ihren Löffel fallen, „dieser Abend soll etwas Besonderes werden."

„Das wäre schön, ja. Ich fürchte allerdings..." Er brach ab.

„Jonathan? Was ist los?"

„Ich..." Er schob seinen Stuhl zurück, „habe dir etwas zu sagen. Ich schleppe es schon eine Zeitlang mit mir rum. Und bringe es nicht übers Herz. Aber es muss einfach raus. Ich... ich packe das so nicht mehr. Und als du vorhin angerufen hast, da wusste ich einfach, dass es heute sein muss. Hätte ich gewusst, dass du so einen Aufwand betreibst..."

„Dann... lass es doch einfach." Sie faltete die Hände vor dem Gesicht, „und hör mir erstmal zu."

„Nein." wehrte Jonathan ab, „es geht einfach nicht anders. Du kannst mich hinterher hassen aber... ach – was rede ich. Du wirst mich hinterher sowieso hassen. Aufwand hin oder her."

„Langsam kriege ich Angst."

„Nicht nur du. Annie... die Zeit mit dir war... abenteuerlich, anstrengend, aber auch schön. Sehr schön sogar, zu den besten Zeiten. Aber eben auch sehr anstrengend zu den schlechtesten Zeiten. Und die letzte Zeit war eine schlechte Zeit. Ich weiß, dass es immer wieder enttäuschend ist, wenn

Männer eine Beziehung auf das Körperliche reduzieren. Ich will so eigentlich nicht sein. Aber ich stoße an meine Grenzen. Ich habe es am Anfang akzeptiert, dass du auch Grenzen hattest. Ich habe nie geklagt und nie gebettelt. Bis du von selbst damit gekommen bist. Und ich habe auch versucht, nicht zu klagen oder zu betteln, als du davon wieder abgerückt bist. Aber weißt du... diese Zeit dazwischen... zu wissen, wie wundervoll das ist... und es dann nicht mehr zu haben... das schaffe ich einfach nicht. Am Anfang ging das – weil ich es eben nicht wusste. Aber jetzt... ich sehne mich so sehr dorthin zurück. Ich will das wieder. Ich kann einfach nicht ohne. Aber ich weiß, dass du deine Grundsätze hast. Ich weiß, dass da für dich mehr dranhängt als nur eine fixe Idee. Für dich ist das eine Lebenseinstellung und die will ich dir nicht kaputtmachen. Es ist wichtig für das, was du glaubst. Ich glaube das nicht. Aber wer bin ich, dass ich dir deinen Glauben abspreche? Ich finde es wahnsinnig bewundernswert, dass du das so durchziehst. Und ich wünschte, ich könnte es mit dir durchziehen. Glaub mir – das wünschte ich wirklich. Aber ich kann es nicht. Ich bin dafür nicht stark genug. Und deshalb gibt es nur eine Lösung: Ich brauche Abstand von dir. Komplett. Nicht ein paar Tage, nicht ein paar Meter. Richtig weg. Aus den Augen, aus dem Sinn. Ich brauche einen freien Kopf. Und den kriege ich nur, wenn du nicht mehr Teil meines Lebens bist."

Annie starrte ihn nur an. Tränen liefen an ihren Wangen herab. Sie öffnete den Mund, wollte etwas sagen. Aber es kam nichts heraus. So machte Jonathan weiter:

„Das ist so hart. Und ich heule auch gleich. Annie... es tut mir leid. Ich denke, es ist besser, wenn ich jetzt..." Er stand auf. So plötzlich, dass er den Tisch ins Wanken brachte. Die Suppe auf ihren Tellern schwappte über, doch keiner von ihnen achtete darauf. Annie saß nach wie vor nur da. Sie hörte die Küchentür zufallen – dann die Haustür – dann die Autotür. Es strich am Rande über ihr Bewusstsein, ohne wirklich Spuren zu hinterlassen. Erst die Stille, die folgte, nachdem das Motorengeräusch in der Ferne verklungen und die Musik auf dem Laptop durchgelaufen war, brachte sie in die Wirklichkeit zurück. Sie blinzelte ein paarmal – in der Hoffnung, dass sich ihre Umgebung verändern würde. Sie gar nicht in der Küche war. Oder zumindest noch vor seiner Ankunft. Es half nichts. Und mit einem Mal traf es sie wie ein Schlag: Er hatte sich von ihr getrennt. Er

hatte es beendet. An dem Abend, an dem sie es hatte festmachen wollen –
für den Rest ihres Lebens – hatte er es gelöst. Er war gegangen. Und sie war
zurückgeblieben. Ihr entfuhr ein lauter Schluchzer, der sich zu einem Schrei
entwickelte. Dann flogen die Suppenteller an die Wand – und der Topf
folgte ihnen. Sie sackte vom Stuhl hinab auf den Boden und dort in sich
zusammen – und schlief vor Erschöpfung ein.

56

Als sie wieder erwachte, war es mitten in der Nacht. Sie brauchte eine Weile,
bis sie wusste, wo sie sich befand. Und wieder brach alles über sie herein.
Übermannte sie. Auf allen vieren krabbelte sie zur Anrichte, griff nach
ihrem Handy, das neben dem Laptop lag, und rief Geraldine an. Diese
meldete sich verschlafen:
„Ja?"
„Ich möchte sterben."
„Annie?"
„Ich sterbe." Das Handy fiel ihr aus der Hand und sie sank zurück auf den
Boden. Aus dem Lautsprecher konnte sie undeutlich Geraldines Stimme
hören. Sie versuchte, zu antworten, aber ihre Gedanken bildeten keine
sinnvollen Worte mehr. Dann war die Stimme weg.
20 Minuten später stürmten Geraldine und Z ins Haus. Sie fanden Annie
auf dem Küchenboden. Umgeben von Scherben und Pfützen.
„Was...?" Z starrte entsetzt um sich, während Geralinde neben Annie auf
die Knie ging:
„Bist du verletzt?"
Annie nickte.
„Wo?"
Annie antwortete nicht. Geraldine kroch um sie herum und untersuchte sie
gründlich:
„Ich sehe nichts."
Annie schüttelte den Kopf.
„Annie?" Z deutete auf das Chaos, „wer hat das getan?"
Annie antwortete nicht.

„Jonathan?"

Annie schüttelte den Kopf.

„Du?"

Annie nickte.

„Warum?"

„Z..." versuchte Geraldine, Z auszubremsen, worauf dieser zunächst gereizt reagierte:

„Was?"

Geraldine warf ihm einen strengen Blick zu und er schwieg. Dann wandte sie sich wieder Annie zu:

„Annie? Z kümmert sich um die Küche, okay?"

Annie nickte.

„Und ich kümmere mich um dich." Sie zog Annie hoch. Hievte sie in den Flur und die Treppe hinauf ins Bad. Dort setzte sie sie auf die Toilette und drehte den Wasserhahn an der Badewanne auf. Dann zog sie Annie aus, was sich als aufwändig erwies, denn sie bekam keinerlei Unterstützung. Zwischendurch fühlte sie immer wieder nach der Temperatur. Sie fand sie in Ordnung, doch das war nur ihr Empfinden. Sie versuchte, Annie dazu zu bewegen, ihre Hand ins Wasser zu halten, aber sie reagierte nicht. So verließ sie sich auf diesen Eindruck und als die Wanne voll war, packte sie Annie und hob sie hinein. Annie atmete tief aus, als sie hineinsank, und Geraldine dachte zuerst, es sei ihr zu heiß. Dann jedoch wurde ihr klar, dass es ihre Rückkehr in die Wirklichkeit war, denn der glasige Blick in Annies Augen verschwand und wurde stattdessen von Tränen abgelöst.

„Soll ich dich alleine lassen?" erkundigte sich Geraldine leise.

Annies nun nasse Haare klatschten ihr ins Gesicht, als diese den Kopf schüttelte: „Nein. Lass mich nicht allein. Nicht so wie er."

„Er?" keuchte Geraldine, „Jonathan?"

„Er hat Schluss gemacht." murmelte Annie tonlos.

„Er... was? Er hat deinen Antrag nicht angenommen?"

„Er hat gar keinen Antrag gekriegt. Er hat mich gar nicht zu Wort kommen lassen. Er hat einfach gesagt, es ist aus und dann ist er gegangen."

„Was für ein..." setzte Geraldine an, fing sich dann aber ab, „warum hast du ihn nicht unterbrochen?"

„Ich wollte, aber... ich... ich... ich..." Annie verschluckte sich an einem Schluchzer und hustete. Geraldine klopfte ihr sanft auf den Rücken:

„Ist gut, Annie. Ist gut. Wir bleiben erstmal hier sitzen. Und du erzählst es, wenn du kannst."

Sie verbrachten fast eine Stunde im Bad und als sie wieder nach unten kamen, hatte Z wirklich die Küche in Ordnung gebracht. Sogar das restliche Essen hatte er in den Kühlschrank geräumt. Und war dann anscheinend gegangen.

„Männer..." brummte Annie ärgerlich, doch Geraldine fand es nicht angebracht, dass Annie ihre Gefühle verallgemeinerte:

„Aber er hat aufgeräumt."

„Ja. Nur was soll ich damit?" Annie deutete auf den Kühlschrank.

„Essen."

„Will ich nicht."

„Dann essen wir es."

„Will ich nicht."

„Annie." Geraldine seufzte, „Armut. Hunger. Not. Elend."

„Ja. Ja. Ja. Esst es, wenn ich nicht dabei bin."

„Sollen wir Z nochmal anrufen?"

„Nein. Männer: doof."

Wieder überlegte Geraldine, ob sie etwas Positives dagegenhalten sollte – entschied dann aber, dass ein Ortswechsel wahrscheinlich wirkungsvoller war:

„Lass uns ins Wohnzimmer gehen."

Sie wartete keine Antwort ab, sondern nahm Annie einfach bei der Hand. Im Wohnzimmer fanden sie Z, der von der Couch hochschreckte, als die Tür aufging:

„Ich bin hellwach."

„Du bist noch da." stellte Geraldine erstaunt fest.

„Natürlich bin ich noch da. Was denkt ihr denn? Dass ich einfach gehe?"

„Scheint im Trend zu sein." murmelte Annie mehr zu sich selbst – trotzdem hatte Z es gehört – und natürlich nicht verstanden:

„Hä?"

Geraldine drückte Annie in einen Sessel und setzte sich neben sie auf die Lehne: „Ich glaube, du musst es jetzt wirklich erzählen. Was du willst, natürlich nur."

„Was ich will." wiederholte Annie, „gar nichts will ich."

„Wir können dir nicht helfen, wenn du uns nicht..."

„Ich wollte ihm..." Sie seufzte tief, „ihr wisst. Er war schneller. Hat Schluss gemacht. Ende."

Jetzt war Z wirklich hellwach: „Schluss gemacht? Aber..."

„Wenn du gesagt hättest, was du sagen wolltest..." setzte Geraldine im gleichen Moment an, doch Annie würgte sie beide ab:

„Hätte das nichts geändert. Das war nicht spontan. Von ihm. Er wollte das schon länger machen. Hat er gesagt. Hat sich nur nicht getraut. Und heute dann doch. Heute hat er sich getraut. Dabei sollten wir getraut werden."

Z verzog das Gesicht: „Annie..."

„Lass mir meine dummen Wortspiele." fauchte diese ihn an, „das ist das Einzige, was ich noch habe."

„Z?" Geraldine sah ihn an, „geh heim."

Er schrak zusammen und wurde bleich: „Was? Aber ich... ich kann doch nichts dafür."

„Entschuldigung. Das klang böse. Das sollte es nicht. Es ist nur... ich werde hierbleiben. Heute Nacht. Bei Annie. Oben im Bett. Aber für drei ist da kein Platz und du als Mann..."

„...bin bei meiner eigenen Frau sehr viel besser aufgehoben." beendete er den Satz ein wenig anders als von Geraldine geplant, „und will auch nicht mit zwei blauen Augen enden."

„Verdient hättest du sie." kam es von Annie – und kurioserweise kehrte die Farbe in Zs Gesicht zurück:

„Liebe Annie. Dein Herz ist gebrochen. Also verzeihe ich dir das."

Tränen traten in Annies Augen: „Ich liebe dich, Z."

„Ich liebe dich auch, Annie." gab er zurück, „ich liebe euch beide. Auf diese Art, wie man Freunde liebt. Die du bestimmt auch meinst."

„Ja. So ist das." Annies Blick wurde wieder abwesend und Z sah Geraldine unsicher an.

„Ich bringe sie nach oben." erklärte diese.

„Soll ich morgen früh kommen?" fragte er vorsichtig, „mit Brötchen? Oder... Pizza?"

„Eis." schlug Annie vor und ein schwaches Lächeln huschte über Zs Gesicht:

„Oder Eis."

Geraldine allerdings schien der Meinung zu sein, dass Annie jetzt wirklich nicht mehr richtig anwesend war: „Bring Brötchen mit."

„Eis." beharrte Annie und stampfte mit dem Fuß auf – wobei sie aus Versehen Geraldines Fuß unter ihrem begrub, die daraufhin schmerzvoll die Augen zusammenkniff:

„Und Eis. Wegen mir. Als Nachtisch."

„Und Vortisch."

Z stand auf: „Wenn was ist – ruft an."

„Danke." Geraldine rieb sich den Fuß, „zur Not haue ich sie K.O."

„Oh ja – bitte." seufzte Annie laut, „mach das. Dann geht es weg. Alles geht dann weg."

„Ich könnte ihn K.O. hauen gehen." schlug Z vor – und fing sich dafür zwei ärgerliche Blicke ein – bei Geraldine begleitet von einem Augenrollen, bei Annie von

„Das will ich selber machen."

„Keiner von euch macht das." erklärte Geraldine streng, „wir lassen ihn alle in Ruhe. Du, Z. Ich, Geraldine. Und du, Annie... das überlasse ich dir. Nur nicht mehr heute. Und auch nicht morgen. Oder übermorgen. Oder überübermorgen. Sondern wenn ich den Eindruck habe, dass es geht."

Annies Blick wandte sich ihr zu: „Das entscheidest du?"

„Einer muss." entgegnete Geraldine, „und du entscheidest es ganz sicher nicht."

57

Am nächsten Morgen beim Frühstück war Annie zwar nicht im Geringsten fröhlicher, allerdings wesentlich aufgeräumter. Was Geraldine erleichtert zur Kenntnis nahm:

„Hast du den Eindruck, dass Leben geht weiter?"

„Das Leben – ja. Die Liebe – nein." lautete Annies Antwort, die diese Erleichterung sofort zu einem Großteil wieder zunichte machte – und sie wieder das Bedürfnis verspüren ließ, dagegenzuhalten:

„Du wirst jemanden finden."

„Ich will gar niemanden finden."

„Nein. Klar. Nicht jetzt sofort. Aber... irgendwann."

„Ich denke noch nicht an irgendwann."

„Und ich lasse dich in Ruhe." versicherte Geraldine ihr – und Z schloss sich an, wenn auch nur bedingt:

„Ich auch gleich. Ich würde trotzdem gerne noch ein einziges Mal diesen einen einzigen Gedanken von gestern ins Gespräch bringen: Meinst du nicht, wenn er wüsste, was du tun wolltest, dass er es sich anders überlegt? Und zwar schleunigst?"

Annie seufzte tief, antwortete dann aber wirklich: „Darüber habe ich auch schon nachgedacht. Ganz ernsthaft. Ich hatte ein paar lichte Momente gestern Nacht und heute Früh. Die Antwort lautet: Nein."

„‚Nein' im Sinne von: Er würde es sich nicht anders überlegen?" hakte Z nach.

„Das vielleicht schon. Aber ‚Nein' im Sinne von: Ich werde es ihm nicht mehr sagen."

„Aber warum nicht?"

Ein weiterer Seufzer: „Jonathans Grund für diese Trennung war, dass er es ohne Sex nicht mehr ausgehalten hat. Das kann keiner so gut verstehen wie ich. Aber er hat gesagt, dass die Trennung seine einzige Lösung war. Dabei stimmt das gar nicht. Er hätte noch eine andere Lösung gehabt. Nämlich die gleiche wie ich."

„Oh?" machte Z unsicher, „du meinst...?" Dann kam er an: „Oh. Du meinst..."

„Er hätte mich auch fragen können." sprach Annie es selber aus, „wenn er mich liebt und wirklich will... dann wäre das seine einzige Lösung gewesen. Dann wäre die Trennung so sehr nicht in seinem Kopf drin gewesen, wie jetzt anscheinend eine Heirat. Er geht lieber von mir weg als zu mir hin. Macht der Beziehung lieber ein Ende als einen richtigen Anfang. Damit kann ich nicht umgehen. Stell dir vor – ich gehe zu ihm, sage mein Sprüchlein und er dazu ‚Ja'. Was dann? Wie sollte ich ihm vertrauen, dass er das wirklich aus Liebe tut? Wenn er es von sich aus nicht mal in Betracht zieht. Versteht ihr mich?"

Geraldine nickte heftig: „Ich verstehe dich."

Z noch heftiger: „Sehr gut sogar."

„Können wir es dann abhaken?" bat Annie und Zs Nicken ging weiter. Geraldines dagegen ging in ein halbes Kopfschütteln über:

„Wir können aufhören, darüber zu reden. Aber bis es abgehakt ist, wird es noch eine Weile dauern."

„Und das haltet ihr aus?"

Das Nicken kehrte zurück: „Wir sind für dich da."

Beziehungsweise blieb weiterhin: „Was heißt, dass wir für dich tun, was du brauchst. Und nicht, was wir denken, dass du brauchen solltest."

Annie rümpfte die Nase: „Das habe ich nicht verstanden. Aber es klingt gut." fügte sie nach kurzem Überlegen hinzu. Z lächelte ihr zu:

„Das sollte es auch."

58

Der Mann, von dem niemand mehr wusste, dass er Matthew hieß, saß direkt neben Lotta. Doch diese beachtete ihn gar nicht und ihm war das nur recht. Denn das, was Jesus ihnen gerade eröffnet hatte, war so wichtig, dass er mehr denn je das Bedürfnis verspürte, unbemerkt wieder zu verschwinden. Die Gelegenheit bot sich schon bald, denn nach der Ansprache kam nicht mehr viel. Und die Jünger hatten alle jede Menge zu tun. So machte er sich davon – und stieß im Hauseingang fast mit Lottas Freund zusammen. Er wusste nicht, wie dieser hieß, denn er nahm nie an den Sitzungen teil und die anderen sprachen nicht über ihn. Er hatte ihn bisher auch selbst nur aus der Ferne gesehen und erkannte ihn lediglich an den Klamotten, in denen er ihn hatte weggehen sehen, als er selbst angekommen war.

„Entschuldigung." sagte Lottas Freund, was ihn zusammenzucken ließ.

„Kein Problem." murmelte er schnell und sah zu, dass er verschwand. Glücklicherweise hatte Lottas Freund ihn nicht aus der Wohnung kommen sehen und hielt ihn daher hoffentlich für einen Nachbarn oder den Bekannten eines Nachbarn. Er selbst hatte kein Zeichen des Erkennens gegeben – zumindest glaubte er das. Ein ungutes Gefühlt hatte er dennoch und entschied noch auf der Heimfahrt, die nächsten paar Tage zu pausieren. Die Begegnung war nur flüchtig gewesen und so die Chance groß, dass Lottas Freund ihn nicht gut erkannt hatte. Aber wenn er zu schnell wieder auftauchte, entstand vielleicht doch eine Verbindung. Also war eine gewisse Zeit des Fernbleibens eine sinnvolle Maßnahme. Zuhause angekommen, eröffnete er Esther, was er erfahren hatte. Und diese zögerte nicht, sondern griff sofort zum Telefon.

59

Geraldine schaltete den Lautsprecher an, sodass die anderen mithören konnten.

„Stör dich nicht am Echo." sagte sie dann zu Esther, die ein leises Schnauben von sich gab:

„Ich weiß, wie ein Lautsprecher funktioniert. Ich bin nicht vom Mond."

„Wäre das nicht cool?" kam es von Annie und ein etwas lauteres Schnauben folgte:

„Zur Sache."

Annie warf Z einen amüsierten Blick zu und dieser formte mit den Lippen: „Sie hat Angst, dass sie geortet wird. Also darf sie nur 60 Sekunden telefonieren." Annie hielt sich die Hand vor den Mund, um ihr Lachen zu unterdrücken. Geraldine rollte mit den Augen und wollte Esther zum Fortfahren auffordern. Doch diese deutete ihre Stille als genau solche und tat dies daher von alleine:

„Es wird dazu keine Sendung im Fernsehen geben, weil Jesus es nicht publik machen will. Er wird den Pastoren Anweisung erteilen, Stillschweigen zu bewahren."

Schlagartig waren alle wieder ernst: „Pastoren?"

„Am besten fängst du vorne an." schlug Geraldine vor und Esther kam dem nach:

„Jesus wird ein – nennen wir es: Gebot – erlassen, dass niemand mehr etwas predigen darf, was nicht von ihm abgesegnet wurde. Da der Aufwand zu hoch wäre, jede einzelne Predigt zu überprüfen, wird daher der umgekehrte

Weg gegangen. Jesus wird festlegen, worüber gepredigt wird und einige seiner Jünger werden eine Art Komitee bilden, diese Predigtthemen in alle notwendigen Sprachen übersetzen lassen und dann an die Pastoren verteilen. Natürlich nicht Woche für Woche spontan, sondern immer für mehrere Sonntag im Voraus."

Z klappte ungläubig den Mund auf: „Sie bekommen vorgegeben, was sie sagen sollen?"

„Sie bekommen kein fertiges Skript. Sie können es schon in eigene Worte fassen. Aber die Grundsätze sind fest. Um welche Stelle es geht, wie diese zu interpretieren ist, welche Gewichtungen dabei gelegt werden sollen."

„Das ist nicht viel besser."

„Nein, das ist es nicht." stimmte Esther ihm zu.

„Und das soll geheim gehalten werden?" hakte Geraldine nach.

„Jesus sagt, dass er das tut, damit niemand mehr etwas predigt, was nicht stimmt oder was er nicht vereinbaren kann. Er geht allerdings davon aus, dass die Leute – vor allem in Ländern, wo gewisse politische Systeme greifen oder früher gegriffen haben – das als Attacke auf die Meinungsfreiheit oder Bevormundung verstehen. Das will er vermeiden. Daher soll es schleichend eingeführt werden. Die Pastoren sagen nichts von sich aus. Die Leute werden es natürlich irgendwann merken, dass in allen Kirchen sonntags das gleiche kommt. Spätestens, wenn man sich mit Freunden oder Verwandten unterhält. Aber bis dahin sollte es sich so etabliert haben, dass die Leute nichts mehr Schlimmes darin sehen, sondern die Vorteile erkennen."

Geraldine schüttelte den Kopf: „Er weiß, was er tut. Das muss man ihm lassen."

„Ja." nickte Z, „die Politik hat er drauf."

„Frage nur: Was bedeutet das für uns? Warum ist das für uns wichtig?" Geraldine sprach ein wenig lauter, damit Esther sich angesprochen fühlte. Diese konnte allerdings keine befriedigende Antwort liefern:

„Das dürft ihr mich nicht fragen. Ich gebe es nur weiter."

„Schon klar. Vielen Dank. Und vielen Dank auch an..." Geraldine brach ab – mit einem Hauch von Hoffnung, dass Esther den Satz vielleicht aus reinem Reflex für sie beendete. Aber das tat sie nicht. Stattdessen konnten sie sie durchs Telefon glucksen hören und Geraldine wusste, dass sie durchschaut war. Doch Esther war ihr anscheinend nicht böse, sondern erwiderte fröhlich:

„Werde ich ausrichten." und legte dann auf.

Geraldine tat es ihr gleich. Dann sah sie die anderen beiden an: „Ich denke mal, in erster Linie ist es gut für uns, wenn wir wissen, wie sich der Feind bewegt. Selbst wenn wir nichts dagegen tun können."

Annie legte den Kopf schief: „Können wir nicht?"

„Was sollten wir? Wenn wir damit rausgehen, wird klar sein, dass es uns jemand verraten hat. Das bringt zwar nicht unbedingt unseren Spion in Gefahr, aber unter Umständen einen der Pastoren, die uns nahestehen."

„Das ist wahr."

„Sollen wir sie warnen?" dachte Z schon weiter. Geraldine schüttelte den Kopf:

„Sie werden es doch sowieso erfahren. Und wenn sie dabei nicht überrascht dreinschauen, wird man sich fragen, ob sie es vorher wussten. Und wenn ja – woher."

„Also ist es wirklich nur Wissen." Z seufzte – doch Annie wusste darin Positives zu erkennen:

„Wissen ist nicht schlecht. Geraldine hat schon Recht: Die Schritte des Feindes zu kennen, ist gut und wichtig. Weil sich aus einzelnen Schritten eine komplette Taktik ableiten lässt."

„Taktik." wiederholte Z genervt, „ja – Taktik ist viel dabei. Und man merkt, dass sie eine Menge Zeit damit verbracht haben, dieses Unternehmen zu planen. Jeder Handgriff sitzt."

„Sie haben halt auch keine Gegenwehr." überlegte Geraldine und Z seufzte erneut:

„Von wem denn auch?"

„Ja. Perfekt, oder?"

„Wo wir gerade beim Thema sind." Annie hob einen Finger, „ich hätte da eine Sache, die mir im Kopf umhergeht. Die leider viel zu gut dazu passt."

„Hau es raus." ermunterte Z sie.

„Wir waren innerhalb von einer Woche fünfmal im Einsatz. Es kam ja schonmal der Gedanke auf, ob das noch die Nachholer von unserer Aussetzzeit sind, aber..." Annie biss sich auf die Lippen – doch Geraldine wusste auch so, worauf sie hinauswollte:

„Du glaubst, die Dämonen sind neu."

„Neu da." korrigierte Annie sie leicht.

„Meine ich."

„Ich auch."

„Dann denken wir ja in die gleiche Richtung." Steve, der genau wie Katiana und Johanna bisher schweigend dagesessen hatte, beugte sich vor, „denn ich sehe das genauso. Mehr noch: Ich… wir haben einen sehr schlimmen Verdacht."

Die drei Freunde sahen ihn an: „Und der wäre?"

„Wir haben in den letzten Tagen jeden Abend zusammengesessen. Und uns gegenseitig von unseren neuen Patienten erzählt."

„Warum nennt ihr sie auf einmal so?" wunderte sich Annie.

„Es gibt keinen schönen Begriff dafür. Opfer? Betroffene? Klingt alles irgendwie negativ. Patient ist neutraler."

„Okay."

„Und dabei ist uns etwas aufgefallen. Es sieht doch so aus: Jesus sagt, er allein könne vergeben. Das ist auch richtig. Und wenn er Jesus wäre, hätten wir kein Problem. Dann würde ich sogar akzeptieren, dass er so etwas Gruseliges wie die Internetbeichte eingeführt hat. Er darf machen, was er will. Und wenn er eine Affinität für neue Technik zeigt..."

„Du kannst nicht verstecken, dass du es schlimm findest." fiel seine Frau ihm lachend ins Wort. Er verzog das Gesicht:

„Der echte Jesus würde das nie machen."

„Stimmt. Aber komm mal zurück zum Punkt."

Steve tat ihr den Gefallen: „Wir hatten ja schon darüber gesprochen, wie seine Ansprachen die Bibel so verdrehen, dass die Leute etwas Falsches tun, ohne es zu merken. Diese ganze ‚Gott muss alles verzeihen'-Geschichte ist brandgefährlich. Und seitdem hat er noch einen draufgesetzt. Er hat zuerst dafür gesorgt, dass die Menschen weniger Probleme damit haben, Sünden zu begehen, weil sie die Vergebung als reine Formalie betrachten. Und anschließend dafür, dass sie sogar den Akt der Vergebung an sich nicht mehr sonderlich ernst nehmen. Was entsteht dadurch?"

„Äh..." Die Freunde wechselten einen Blick, „was?"

„Jede Menge Menschen, die sündigen in dem Glauben, es sowieso vergeben zu kriegen, und dann diese Vergebung einfordern von einem, der sie nicht geben kann."

„Jetzt hast du es wiederholt und nicht erklärt." übernahm Johanna lächelnd, „was er sagen will: Ihnen allen ist nicht vergeben. Sie sündigen mehr und kriegen weniger vergeben – um nicht zu sagen: gar nicht. Und das macht sie angreifbar. Für Dämonen."

Es dauerte einen Moment, bis dies in den Köpfen der Freunde gesickert war. Z war der erste:

„Aber… das wissen wir doch längst."

„Bitte wie?" Johanna blinzelte verdutzt, „davon weiß ich nichts. Gut – ich bin auch noch nicht lange dabei, aber…"

„Mir war das auch nicht bekannt." kam Steve ihr – deutlich verwundert – zur Hilfe, „dass euch das bekannt ist."

Stille trat ein. Geraldine verzog peinlich berührt das Gesicht, Annie blickte Richtung Decke und Z Richtung Boden. Was anhielt, bis Katiana das Wort ergriff:

„Weiht ihr uns ein? In den Gedanken, von dem wir dachten, er wäre wichtig und neu. Und der nun scheinbar weder das eine noch das andere ist."

„Oh – das eine ist er schon." fand Geraldine ihre Sprache wieder, „wichtig – das ist er. Nur eben nicht… neu."

„So?"

„Es war, als wir nach der Rede zur Vergebung hier zusammengesessen haben mit Lotta. Und Becka und Nils und… einer weiteren Person, deren Namen ich nicht mehr weiß…" Sie warf Annie einen unsicheren Blick zu, aber diese zuckte nur die Achseln:

„Ich auch nicht mehr."

„Oder so. Da kamen wir auf jeden Fall drauf. Dass das seine Absicht ist."

„Soso." brummte Katiana.

„Mehr sogar." schaltete sich Z ein, „wir haben auch überlegt, dass das dieser ominöse Plan sein muss, um den wir uns so lange gedreht haben. Also… nicht nur diese eine Sache mit der Vergebung, sondern alles, was… im Grunde er so ganz komplett. Er ist der Plan."

„Und ihr dachtet nicht, dass es gut wäre, wenn wir das wissen?" Steve runzelte die Stirn.

Geraldine legte entschuldigend die Handflächen aneinander: „Es tut mir leid. Es ist untergegangen. In all dem… Kram. All den Veränderungen."

„Es ist aber zugegebenermaßen auch extrem schwierig, bei den vielen Gesprächen, die wir mit unterschiedlichsten Leuten in unterschiedlichsten Zusammensetzungen führen, den Überblick zu behalten, wer genau wo genau dabei war und was genau mitgekriegt hat." ließ Annie sich vernehmen und Steve nickte nachdenklich:

„Da ist durchaus was dran. Aber lasst es uns trotzdem versuchen, okay? Uns gegenseitig über alles zu informieren. Zur Not gerne doppelt und dreifach. Das ist mir sehr viel lieber als gar nicht."

Die drei Freunde nickten: „Natürlich. Machen wir."

Es entstand eine kurze Pause. Bis Geraldine laut „Hm…" machte und damit alle Aufmerksamkeit auf sich zog, „wisst ihr, was ich gerade überlege?"

Alle um sie herum schüttelten den Kopf.

„Wäre es – Visionen hin oder her – nicht sinnvoll, den… Jesus zu verfolgen? Dort zu sein, wo er ist? Um sich um die Leute dort kümmern zu können, sobald er wieder weg ist?"

„Das ist ein guter Gedanke." Steve rieb sich das Kinn, „die Frage ist nur – ist das das, was Gott von uns will?"

„Fragen wir ihn." schlug Katiana vor und alle nickten – bis auf Annie: „Fragen?"

„Fragen." wiederholte Katiana – erreichte damit aber bei Annie kein Weiterkommen. Johanna kam ihr zur Hilfe:

„Genauso wie wir andere Menschen fragen würden: laut aussprechen – als Frage formuliert."

Annie rümpfte die Nase: „Okay. Und wie kriegen wir die Antwort?"

„Wir legen ein Vlies aus." erwiderte Katiana.

„Ein Verließ?" Annie blinzelte verwirrt – und Z fing an zu lachen: „Gideon."

„Gideon? Ach… ja." Sie tippte sich an die Stirn, „jetzt. Die Geschichte kenne ich."

Z lachte immer noch: „Beruhigend."

„He."

„An was denkst du denn?" lenkte Geraldine das Gespräch zum Thema zurück.

„Ganz einfach." erklärte Katiana, „ihr habt zwei Informationsquellen –
Vision und Spion. Sagen wir einfach: Lieber Gott – zeig du uns, welche von
beiden Quellen wir für unsere Aufträge nutzen sollen. Wenn wir weiter den
Visionen folgen sollen, schick uns als nächstes eine Vision. Wenn wir dem
Spion folgen sollen – und damit dem falschen Jesus – schick uns als nächstes
eine Nachricht von ihm."

„Meist du, dass das funktioniert?" fragte Annie kritisch.

„Gott gibt sich eine Menge Mühe damit, euch in diesem Spiel immer zur
richtigen Zeit am richtigen Fleck zu haben. Ich bin mir sicher, dass er da
eindeutig antworten wird."

„Nun gut. Dann bin ich jetzt müde."

Diesmal prustete Geraldine los: „Und wenn die Annie müde ist, beenden
wir unser Treffen."

Annie verschränkte beleidigt die Arme: „Ich finde, ich habe sehr gut
durchgehalten."

„Da hast du allerdings Recht." Geraldine stand auf – und nahm sie in
selbige.

60

Valentina stand am Fenster des Hotelzimmers und blickte hinaus auf die
belebte Straße. So hatte sie sich diese Reise nicht vorgestellt. Als ihr ihr Chef
eröffnet hatte, dass er sie dabeihaben wollte, wenn er den Vertrag
unterschrieb, war sie voller Stolz gewesen. Hatte sie es schließlich geschafft,
sich als ungelernte Kraft von der Empfangsdame bis zur Assistentin
hochzuarbeiten. Nur durch Können und Fleiß. Davon zumindest war sie
ausgegangen. Dass sie ihn mit ihrem Können und ihrem Fleiß überzeugt
hatte. Seine Komplimente auf dem Hinflug hatten diesen Eindruck noch
verstärkt. Doch seit etwa zwei Stunden – seit ihrer Ankunft im Hotel –
wusste sie es besser. Er hatte sie zwei Einzelzimmer buchen lassen, aber das
war nur Schein gewesen. Schon als sie ihren Koffer aufs Zimmer hatte bringen wollen, hatte er sein wahres Gesicht gezeigt. Und sie den wahren Grund
für ihren Aufstieg erfahren. Ihm gefielen nicht ihre beruflichen Qualitäten.
Ihm gefielen ihre körperlichen Qualitäten. Ihre Brüste und ihr Hintern, um

genauer zu sein. Er war verheiratet und hatte Kinder, doch das war nur ein Grund und kein Hindernis. Er hatte versucht, sich mit ihr ins Zimmer zu drängen. Hatte versucht, seine Hände über ihren Körper gleiten zu lassen. Sie hatte ihn zurückgestoßen und probiert, die Tür zu schließen. Das letzte, was sie gehört hatte, bevor ihr das endlich geglückt war, waren die Worte gewesen, die in solch einer Situation unvermeidbar waren: „Sie sind gefeuert. Und ich sorge dafür, dass Sie nie wieder woanders arbeiten können." Ja – das war ihr Leben. Immer, wenn sie dachte, endlich etwas erreicht zu haben, kam jemand und zerstörte es. Tränen liefen ihr die Wangen hinab. Sie wollte nur noch nach Hause. Und sich verkriechen. Ihr Koffer stand ungeöffnet neben der Tür. Nichts sprach dagegen, dass sie gleich wieder ging. Zum Flughafen fuhr. Den nächsten Flug buchte. Und dorthin zurückflog, wo sie keine Zukunft mehr erwartete. Nichts – außer... ihrer Würde. Sie wollte nicht wie ein Opfer auf die Straße gehen. Sie war eine starke Frau – ganz egal, was andere von ihr dachten. Und genauso würde sie auch auftreten. Wofür es wichtig war, dass sie auch so aussah. Sie wandte sich von der Straße ab und trat vor den Schrank. Sie blickte in den Spiegel. Und ihr Spiegelbild blickte zurück.

Sie blickte aus dem Fenster. Und ihr Spiegelbild blickte zurück. Noch immer hatte sie Tränen in den Augen. Doch die störten sie nicht mehr. Sie hatte keine Angst mehr vor der Zukunft. Sie war gerüstet. Sie atmete tief durch und schloss die Augen, als der Pilot die übliche Durchsage machte und die Stewardessen die Sicherheitsvorkehrungen zu erklären begannen. Dann setzte sich das Flugzeug in Bewegung. Es war ein älteres Flugzeug, was eigentlich nichts zu sagen hatte. Denn natürlich wurde es wie alle Flugzeuge regelmäßig gewartet. Nur hieß regelmäßig eben nicht, nach jedem Flug. Es gab genaue Vorgaben, wann und wie oft welche Teile überprüft werden mussten. Was bisher noch nie zu Problemen geführt hatte. Bis zu diesem Tag. Begünstigt wurden diese Probleme durch lose Teile auf der Startbahn. Sie gehörten zu einem Auspufftopf, den ein Wartungsfahrzeug verloren hatte. Die Fahrer dieser Fahrzeuge trugen Kopfhörer gegen den Lärm der Flugzeuge. So hörten sie diesen nicht. Aber eben auch nichts anderes. Das Abfallen des Auspufftopfes war daher unbemerkt geblieben. Und erst sehr viel später – bei der Untersuchung durch die Flugsicherheit – sollte man davon erfahren. Als das Flugzeug an Geschwindigkeit zulegte, gerieten die Metallteile unter das Vorderrad, was zweierlei bewirkte: der Gummi des Rades wurde aufgeschlitzt und die Teile wurden nach oben geschleudert. Sie gelangten dabei in den Sog der Triebwerke und wurden in sie hineingezogen. Die Kettenreaktion, die folgte, ließ den gesamten linken Flügel in Flammen aufgehen. Zeitgleich platzte der Vorderreifen komplett und durch den Druck, der nun auf dem metallenen Radinneren lastete, brach das Gestänge des Vorderrades ab. Das Flugzeug schlug mit der Schnauze hart auf dem Boden auf, was die beiden Piloten durch ihr Cockpit schleudern ließ. Sie wurden beide bewusstlos, als sie gegen die Decke beziehungsweise die Wand schlugen und so war niemand mehr da, der das Flugzeug abbremsen konnte. In der Passagierkabine brach im gleichen Moment Panik aus. Das Feuer am Flügel hatten natürlich alle schon vorher bemerkt. Doch sich befanden sich noch auf dem Boden und sowohl die Stewardessen als auch einige besonnene Fluggäste hatten lautstark die Meinung geäußert, dass das Flugzeug stoppen und sie alle gerettet werden würden. Spätestens, wenn die Feuerwehr kam, was auf einem Flughafen meistens nur wenige Minuten dauerte. Aber als das Flugzeug nun nach vorne sackte, ging auch ihnen der Mut verloren und es setzte ein wildes Durcheinander ein, in dem einige versuchten, die verriegelten Notausgänge zu öffnen und einige andere, die viel zu kleinen Scheiben einzuschlagen. Eine der wenigen, die ganz ruhig dasaßen, war Valentina. Sie wusste, dass es zu spät war. Dass ihr eine letzte große Niederlage im Leben bevorstand. Die es zeitgleich auch beenden würde. So tat sie lediglich das, was sie schon zuvor getan hatte: Sie schloss die Augen und ließ die Tränen an ihren Wangen herunterlaufen. Nun konnte es ihr auch egal sein, wie sie aussah. Brennend und in Schieflage schlitterte das Flugzeug mit vollem Schub über die Startbahn und schlug schließlich in dem Hangar ein, in dem die Tankwagen standen. Die Explosion war so laut, dass sogar die Fahrer der Wartungswagen sie durch ihre Kopfhörer hindurch hörten. Sie waren zum Glück weit genug entfernt und auch im Hangar hielt sich zu diesem Zeitpunkt niemand auf. Für die knapp 200 Passagiere und Crewmitglieder allerdings kam jede Hilfe zu spät. Sie verbrannten in dem riesigen Feuerball und waren hinterher teilweise nicht mal mehr zu identifizieren.

61

Am Sonntag dauerte es nach dem Gottesdienst keine zehn Minuten, da saß Z vor dem Computer und wollte eigentlich die anderen zum Chat einladen. Nur um festzustellen, dass er der letzte war:

„Ihr... seid ihr nach Hause geflogen."

„Ich bin schon seit einer Stunde da." antwortete Geraldine, „wir hatten heute keinen richtigen Gottesdienst."

„Nicht? Was denn dann?"

„Fangt ihr mal an. Worum ging es bei euch?"

„1. Korinther 15." erwiderte Z und Annie nickte:

„Ebenso."

„Auch. Nicht." kam es von Johanna, worauf Steve und Katiana im Fenster neben ihr nickten und die drei Freunde sie anstarrten:

„Nicht?"

„Nein. Jakob hat angesagt, dass er darüber sprechen sollte. Und es dann nicht getan."

Geraldine blies anerkennend die Backen auf: „Das ist mutig."

„Was sollen sie ihm?" entgegnete Johanna, „er hat nichts gesagt, was falsch ist."

„Naja – in gewisser Weise schon." sinnierte Geraldine und erntete dafür von Johanna ein Zischen, weshalb sie hinzufügte: „Nicht für mich. aber für andere."

Auch Z blickte kritisch drein: „Er hat sich nicht an die Vorgaben gehalten. Das könnte durchaus Konsequenzen haben."

„Glaubst du, Jesus rügt ihn dafür?" Steve verzog das Gesicht, „das ginge dann doch zu weit."

„Wissen wir denn sicher, dass das schon greift?" meldete sich Annie zu Wort, „ich meine..."

„Wir haben drei Gemeinden, in denen es um das gleiche gehen sollte." unterbrach Z sie – und wurde sogleich von Geraldine korrigiert:

„Vier."

Nun waren alle Blicke auf sie gerichtet: „Genau – was ist denn nun mit dir?"

„Die Stelle stimmt." erklärte sie vage – für die anderen ein deutliches Zeichen, dass da noch mehr war:

„Aber es ging nicht darum. Oder doch? Oder nicht?"

Doch zunächst blieb sie vage: „Es ging um gar nichts. Es wird auch um nichts mehr gehen."

„Geraldine?" sagte Annie ebenso laut wie scharf und Geraldine zuckte zusammen, seufzte, räusperte sich, seufzte erneut – und murmelte dann: „Pascal hat die Gemeinde heute aufgelöst."

„Was?" kam es aus allen Fenstern und Geraldine hob eine Hand, um weitersprechen zu können:

„Er hat uns allen ganz offen gesagt, was man von ihm verlangt. Hat erklärt, dass er das mit seiner Berufung nicht vereinbaren kann und dann sein Amt niedergelegt. Daraufhin ist ungefähr die Hälfte der Leute aufgestanden und haben gemeckert, dass sie es Mist finden, dass er sich wehrt und Jesus nur das Beste für uns will. Und dass sie gar nicht in einer Gemeinde sein wollen, die sich gegen Jesus stellt. Dann sind sie gegangen. Und die andere Hälfte hat dagesessen und zehn Minuten überlegt, was man machen könnte, und dann fing der erste an mit ‚Dann kann ich ja gleich in meine alte Gemeinde zurückgehen.' Das fanden dann andere auch eine gute Idee und übrig blieben Suji, Jimin und ich. Und eben Pascal. Aber zu viert bringt das nichts. Also haben wir uns auch alle entschieden, woanders hinzugehen. Vorrangig zu einem von euch." Sie blickte erwartungsvoll in die Kamera – und keiner blickte zurück. Was Geraldine bei Annie und Z auch nicht verwunderte. Schließlich waren sie nun mal alle der Meinung, dass sich wehren der einzig richtige Weg war. Und genau das taten ihre Pastoren nicht. Annie äußerte das schließlich auch laut:

„Naja… zu mir nicht." – worauf sich Geraldine der rechten unteren Ecke ihres Bildschirms zuwandte:

„Eigentlich ist eure Gemeinde die einzige Alternative für uns alle."

Leider waren die Fenster auf allen ihren Monitoren unterschiedlich verteilt, sodass zunächst niemand wusste, wen sie damit meinte. Auch ihr helfend gemeintes Deuten brachte da nichts und so fasste sich Steve irgendwann ein Herz und fragte nach:

„Du redest von uns? Weil Jakob nicht mitzieht?"

„Ja – natürlich." bestätigte Geraldine leicht ungeduldig. Musste dann aber feststellen, dass nicht alle diesen Gedanken so natürlich zu finden schienen. Annie auf jeden Fall sah eher unglücklich drein – und Z ziemlich kritisch:

„Wenn nichts passiert."

„Wird schon nicht." wiegelte sie ab, aber so schnell gab er nicht auf: „Wir wurden angewiesen, uns bedeckt zu halten. Und wissen inzwischen, dass das auch eine sehr gute Idee ist. Ich kann deinen Drang, gegen ‚ihn' zu gehen, nachvollziehen. Aber unter Umständen wären wir in einer Gemeinde, die konform geht, besser aufgehoben – weil unauffälliger."

Das musste Geraldine erst einmal verdauen. Glücklicherweise bekam sie Hilfe – von Johanna:

„Lieber Z – so sage mir: Das, was euer Pastor heute erzählt hat zu der ausgewählten Stelle... hat es dir inhaltlich zugesagt?"

„Ähm..." machte Z unsicher.

„Das ist keine Fangfrage, sondern wirklich ernst gemeint. Bei uns kam ja nichts dazu. Daher weiß ich nur die Stelle, aber nicht, was dazu gebracht wurde."

„Ähm..."

„Mir geht es um Folgendes: Wir gehen doch allesamt nicht in den Gottesdienst, um uns einfach nur zu zeigen oder unser Gewissen zu beruhigen. Wir wollen von dort etwas mitnehmen. Innerlich. Und meine Frage ist: ging das heute?"

„Naja..." Z kratzte sich am Kinn, „so... bedingt..."

„Ja – das ist das Wort, das ich auch verwendet hätte." stimmte Annie ihm zu.

„Tja..." Johanna zog die Brauen hoch, „dann würde ich mal sagen..."

„...eine richtige Predigt ist in jedem Fall besser." übernahm Geraldine für sie.

„Dann hätten wir auch ganz offiziell Gelegenheit, uns zu sehen und zu reden." warf Katiana ein, was Annie zumindest bedingt überzeugte: „Das wäre schon nicht schlecht, ja."

Z dagegen nicht: „Da habt ihr durchaus recht. Mit beidem. Aber... ich würde trotzdem ungern direkt nach nur einem Sonntag, an dem es nicht nach meinen Vorstellungen lief, von dort abhauen. Das... wir fühlen uns dort wohl, und..."

„Z." unterbrach Geraldine sein Herumgedruckse, „sag einfach, was du wirklich denkst."

„Okay." Z atmete tief ein, „für euch wäre es eine neue Gemeinde. Für mich wäre es die alte."

„Stimmt ja." grinste Geraldine, „du kommst da ja her. Fein – lauter peinliche Geschichten von anderen Leuten über dich als du klein warst."

„Genau das ist es, worum es mir geht. Solche Geschichten gibt es – natürlich. Aber die sind Vergangenheit. Und sollen auch Vergangenheit bleiben. Die Leute dort würden sie bestimmt nicht von alleine aufwärmen. Aber wenn ihr danach fragt…"

Das Grinsen verschwand: „Wenn dir das unschön ist, versprechen wir, nichts dergleichen zu tun. Daran soll es bitte nicht scheitern."

Z legte den Kopf schief: „Wirklich? Das ist sehr nett. Ich… würde mir trotzdem noch ein wenig Zeit zum überlegen nehmen. Und natürlich Becka fragen, was sie dazu denkt."

„Natürlich. Tu das."

„Und ich überlege auch." ließ Annie sich vernehmen und sowohl Geraldine als auch Z streckten ihr einen Daumen entgegen.

„Sind wir dann durch?" Z ließ den Blick schweifen, bekam aber hauptsächlich fragende Gesichter zurück, die er dahingehend deutete, dass niemand mehr ein Thema hatte. Ausnahme war Geraldine:

„Nun… eine kurze Sache hätte…"

„Was? Eine? Kurze?" fuhr Annie ihr dazwischen, „warum habt ihr es alle so eilig?"

„Na – Sonntag." kam es von Johanna, „frei. Genießen."

„Frei vielleicht. Aber genießen?"

„Was meinst du damit?" Zs Stirn legte sich in Falten – Geraldines dagegen hellte sich auf:

„Du bist allein."

„Einsam – trifft es wohl eher." murmelte Annie betrübt.

„Dann komm doch heute Abend vorbei. Wir wollten einen Film schauen. Nils hat ihn ausgesucht. Was heißt, dass ich ihn wahrscheinlich nicht mag. Da bin ich froh, wenn du es mit mir durchstehst."

Ein scheues Lächeln erschien auf Annies Gesicht: „Fein. Aber warum erst heute Abend? Was machst du denn heute Nachmittag?"

„Dämonen austreiben." gab Geraldine zurück und Annies Miene verfinsterte sich wieder:

„Haha."

„Nein. Ernsthaft. Ich hatte eine Vision. Und das Bedürfnis, mich heute noch darum zu kümmern."

Z schüttelte ungläubig den Kopf: „Das sagst du so nebenbei?"

„Ja. Wieso? Ich fand das mit unserer Gemeinde wichtiger."

„Schon. Aber wir hatten da dieses Vlies..."

„Vlies?" wiederholte Geraldine irritiert – dann ging ihr ein Licht auf: „Vlies. Richtig. Stimmt. Dann haben wir ja unsere Antwort." Nun blickte sie selbst ungläubig drein – und war damit nicht die einzige:

„Das ging schnell." bemerkte Johanna.

„Und eindeutig." fügte Z nicht übermäßig begeistert hinzu.

„Wollt ihr auch kommen, heute Abend?" erkundigte sich Geraldine in der Hoffnung, dass sich alle außer Annie angesprochen fühlen würden.

Z lächelte ironisch: „Geschickt das Thema gewechselt."

„Ich dachte, das Thema wäre fertig." erwiderte sie und sein Lächeln verschwand:

„Naja – ist es eigentlich auch. Und ja – gerne."

„Sonst noch wer?"

Steve und Katiana schüttelten den Kopf: „Wir haben Enkel."

Johanna ebenfalls: „Und Kinder. Also – eins."

So schlossen sie die Runde mit einem Gebet – für den Zustand der Welt im Allgemeinen und Geraldines Auftrag im Besonderen – und loggten sich anschließend allesamt aus.

62

Doch aus Geraldines Vorhaben wurde nichts, denn der Mann, um den sie sich kümmern wollte, war nicht da. Sie wartete drei Stunden vor seinem Haus und gab es dann auf. Mit dem Vorsatz, es am nächsten Tag erneut zu versuchen. Ein wenig genervt kam sie nach Hause zurück und stellte dort fest, dass sie nicht die Einzige war, die die Idee gehabt hatte, jemanden zum Film schauen einzuladen. Monique saß auf der Couch.

„Hi." begrüßte sie Geraldine fröhlich und diese rang sich ein müdes Lächeln ab:

„Selber."

„Überraschung." Nils legte ihr den Arm um die Schulter, doch ihr Lächeln wurde dadurch eher schmaler, was Monique unsicher werden ließ: „Störe ich?"

„Was? Nein." wiegelte Geraldine schnell ab, „ich bin nur geschafft."

Das wiederum ließ Nils unsicher werden: „Ich dachte, wir sehen uns so selten und..."

„Du brauchst dich nicht zu rechtfertigen." unterbrach sie ihn, „das ist schon okay. Ich habe ja auch Annie eingeladen."

Nils legte den Kopf schief: „Hast du?"

„Ja. Vorhin. Nicht mitgekriegt?"

„Ich höre euch doch nicht zu."

Geraldines Lächeln kehrte zurück: „Das ist vorbildlich."

„Sollte ich?"

„Nein. Passt schon."

Es klingelte. Geraldine fuhr herum: „Und da ist sie schon. Ähm..." Sie zupfte Nils am Ärmel.

„Ja?" fragte dieser.

„Wegen... Annie… und... unserer... Sache..." Ihre Stimme wurde leiser und leiser und Nils fing an zu kichern:

„Ich werde nichts sagen. Nicht einmal etwas andeuten."

„Danke. Gut. Ich dachte einfach..."

„...du gehst auf Nummer sicher. Kein Problem. Aber: Auf solche Sachen komme ich auch von alleine."

Geraldine atmete tief ein: „Nochmal: danke."

„Nochmal: kein Problem."

Sie öffnete die Wohnungstür und wartete – hörte die Fahrstuhltür aufgehen und dann Stimmen. Was hieß, dass Annie nicht alleine war. ‚Hat sie sich etwa mit...?' schoss es Geraldine durch den Kopf. Aber es waren Z und Becka, die ihm Türrahmen erschienen. Kaum waren sie eingetreten, klingelte es erneut. „Dann ist sie das." Sie wartete weiter. Hörte die Fahrstuhltür zu- und kurz darauf wieder aufgehen. Und erneut Stimmen. Diesmal musste es Annie sein. Und der Gedanke von zuvor kehrte zurück. Doch es war Maximilian, der hinter Annie im Türrahmen erschien.

„Ich hoffe, das ist okay." begann Annie sofort, „da du heute Nachmittag keine Zeit hattest, habe ich mich spontan bei ihm eingeladen. Und da dachte ich..."

„Passt schon." Geraldine deutete hinter sich, „große Runde. Umso besser."

„Ja, jetzt hat jeder jemanden eingeladen. Nur gerecht." kam es von Nils und Annie streckte neugierig den Kopf ins Wohnzimmer:

„Jeder? Monique – hi."

„Annie – auch." gab diese zurück.

Maximilian trat neben Annie und musterte Monique mit hochgezogenen Brauen. Was Annie nicht entging:

„Oh – klar. Ihr kennt euch nicht. Maximilian – Monique. Sie ist eine Freundin von Nils. Und Maximilian ist ein Freund von mir."

Monique nickte knapp: „Der Herr."

Maximilian noch knapper: „Die Dame."

„Spielt ihr 18tes Jahrhundert?" prustete Annie los.

Aber weder Maximilian noch Monique äußerten sich dazu. Worauf sich Nils verunsichert am Kopf kratzte:

„Ähm... vielleicht sollten wir einfach... anfangen."

„Ja. Machen wir mal." Annie steuerte zielstrebig auf einen der Sessel zu, „was gibt es denn?"

Geraldine rollte mit den Augen: „Chips, Limo, Eis."

„Der Film." korrigierte Annie und Geraldine nahm das Augenrollen mit einer entschuldigenden Geste zurück:

„Avengers wollten wir gucken."

„Ich bin begeistert." erklärte Annie – was Nils sofort in eine bestimmte Richtung auffasste:

„Ich hab Geraldine schon gesagt – einfach mal ausprobieren und..."

„Nein, ich meinte das ernst. Ich kenne den nicht. Aber die beiden mit Iron Man. Die fand ich gut."

„Echt?" Geraldine blickte halb verwundert, halb enttäuscht drein, „na toll. Und du?" wandte sie sich an Monique – die lächelte:

„Ich kenne ihn. Und mag ihn."

„Und du sicherlich auch." wandte sich Geraldine an Maximilian und schwenkte dann zu Z und Becka, die bereits auf der kleinen Couch saßen, „euch brauche ich ja gar nicht zu fragen. Dann sitze ich also als Einzige zwischen lauter Fans. Super. Ich glaube, ich hätte mir doch ein Rätswortkreuzel kaufen sollen."

Schlagartig herrschte Stille – die in schallendes Gelächter überging, in dem Beckas irritiertes

„Ein was?" komplett unterging. Ebenso wie Geraldines stockendes

„Räts... Kreuz..."

Lediglich Nils hatte es gehört und gab ihr einen dicken Kuss: „Du bist wundervoll."

„Aber du kannst dich immer wieder damit rausreden, dass du diese Sprache nicht studiert hast." setzte Z lachend hinzu.

„Nur so nebenbei gelernt." machte Annie mit, „dein ganzes Leben lang."

Und Becka ebenso: „Bis auf die Zeiten, wo sie die anderen Sprachen gelernt hat, die sie nicht richtig kann."

Geraldine schob die Unterlippe vor und drückte sich fest an ihren Mann: „Die ärgern mich."

Nils strich ihr über den Kopf: „Und alles nur, weil du die ganzen Sprachen nicht beherrschst, die du vorgibst, studiert zu haben."

„Ich habe einen Abschluss." schmollte Geraldine, „und zwar einen guten."

Doch auch das zog nur einen weiteren Spruch nach sich – von Z: „Wenn ich so aussehen würde wie du, hätte ich auch jeden Abschluss bekommen."

Geraldine funkelte ihn an: „Glaubst du etwa, ich habe ihn nur wegen meinen Brüsten?"

„Hintern." hüstelte Nils, worauf Becka den Kopf schüttelte:

„Da sind die Geschmäcker verschieden."

„Abstimmen." schlug Annie vor, „ich auch Hintern." Sie sah Z herausfordernd an, aber dieser hob sofort beide Hände:

„Enthaltung weil Mann."

Becka stieß ihm in die Seite: „Besser so."

„Ich stimme euch gleich ab." maulte Geraldine laut – und stieß das Gelächter wieder an:

„Eh…" machte Annie, „sollte das ein Beweis für deine Sprachkünste sein?"

„Das war ein Wortspiel. Eure Stimme mache ich weg. Natürlich war das ein Beweis."

Z grinste breit: „Darüber sollten wir auch abstimmen."

„Nö." wiedersprach Annie, „bewerten. 7,5."

Nils tippte sich an die Lippen: „8. Für das Wortspiel an sich. Aber Abzug, weil es keiner verstanden hat."

„Das hat auch keiner verstanden." Geraldine streckte ihm die Zunge heraus. Dann fielen ihr Monique und Maximilian ins Auge, die schweigend an beiden Enden der großen Couch saßen und starr geradeaus blickten, „beenden wir das mal. Ihr müsst uns für total bescheuert halten."

„Ach..." Monique blickte auf und winkte ab, „ich kenne euch ja."

„Ich auch." schloss sich Maximilian ihr an.

„Beenden wir es trotzdem." beharrte Geraldine, „und schauen den Film."

Nils legte ihr den Arm um die Schulter: „Sicher, dass du mitschauen willst?"

„Ja." nickte sie, „und das, obwohl er in einer der Sprachen ist, die ich nicht kann. Und ich ihn dementsprechend gar nicht verstehen werde."

63

Natürlich hatte Geraldine keine Probleme, den Film zu verstehen. Das Gefallen war das eigentliche Problem. Immer wieder ertappte sie sich dabei, dass sie gedanklich abdriftete. Was dadurch noch erschwert wurde, dass diverse der anderen Anwesenden ebenfalls kein großes Interesse zu haben schienen. Auch wenn sich ihr nicht bei allen erschloss, woran das lag – weshalb ihre Gedanken in diese Richtung zu arbeiten begannen und den Film mehr und mehr ausblendeten. Irgendwann war er vorbei und sie bekam Gelegenheit, ihre Theorien zu überprüfen, indem sie einfach ein allgemeines „Na? Bei allen alles in Ordnung?" in den Raum warf. Allerdings schlossen sich sowohl Maximilian als auch Monique dem allgemeinen Nicken und ‚Ja'-sagen an, weshalb sie bei ihnen ein Fragezeichen hinter ihr Verhalten machen musste. Was sicherlich auch nicht weiter verwunderlich war – schließlich gehörten sie beide nicht zu den Leuten, die mit ihnen allen eng genug befreundet waren, um ihre persönlichen Probleme offen zu legen. Maximilian würde das höchstens mit Annie tun und Monique eventuell mit Nils. Die Einzige, die mit ‚Nein' antwortete und dann eine Erklärung hinterherschob, war Annie. Womit Geraldine durchaus gerechnet hatte. Womit sie nicht gerechnet hatte, war die Erklärung an sich – die ganz anders lautete als das, was sie sich überlegt hatte. Dabei war es für sie bei Annie am offensichtlichsten gewesen. Aber diese war in diesem Fall für eine Überraschung gut:

„Leute – ich habe mir etwas überlegt: Ich will mich taufen lassen. Keine Angst – ich bin nicht durchgedreht, das hat nichts mit dem Kerl zu tun, der sich als Jesus ausgibt. Das hat etwas mit dem echten Jesus zu tun. Mit dem ich in letzter Zeit sehr oft rede, auch wenn er – bisher – leider nicht mir redet. Aber es tröstet mich trotzdem. Es hilft mir. In den Momenten, in denen von euch keiner da ist, um mir zu helfen. Und nein – das war keine versteckte Anklage. Ihr müsst nicht rund um die Uhr bei mir sein. Dafür ist er schon da. Fakt ist halt: Alle irdischen Männer haben mich verlassen. Der Einzige, der immer bei mir war und ist und bleibt, ist der außer... über... unirdische. Und dem will ich jetzt zeigen, dass ich auch bei ihm bleibe. Und der Rest der Welt darf das ruhig auch sehen. Tja – das wars. Das war meine Ankündigung."

Darauf folgte zunächst ein langer Augenblick der Sprachlosigkeit und dann ein wesentlich längerer Moment des Applauses. Der erst versiegte, als Becka sich zu Wort meldete – und die Freude wieder dämpfte:

„Ich finde es gut, dass du das im Namen des echten Jesus tun willst. Richtig so. Leider läuft der falsche Jesus da draußen rum. Und wenn er das mitkriegt, wird er das sicherlich gar nicht gut finden."

Annie verzog das Gesicht: „Öhm..."

„Ich will nicht sagen ‚Lass es'." fuhr Becka hastig fort, „ich sage nur: Keine Ahnung, wie das inzwischen funktioniert. So einfach wie früher sicherlich nicht mehr. Das solltest du einfach bedenken. Und mit deinem Pastor..."

„Pastorin."

„...besprechen. Sie wird da bestimmt eine Möglichkeit wissen. Stell dich nur lieber darauf ein, dass es eher eine Nacht- und Nebelaktion wird als eine riesige Party."

„Damit habe ich kein Problem." winkte Annie ab, „ich bin so gar nicht in Partystimmung."

„Dann... freue ich mich darauf, dich demnächst irgendwo im Stockdunkeln untertauchen zu sehen. Beziehungsweise: nicht zu sehen. Sondern höchstens zu hören."

Geraldine lachte auf: „Ja – das Prusten hinterher dürften wir alle mitkriegen. Ganz egal, wie dunkel es ist."

64

„Man möchte meinen, die hätten inzwischen jede einzelne Rakete verschossen. Aber nein..." Axel klopfte gedankenverloren mit zwei Bleistiften auf seine Oberschenkel. Zach, der am Klavier saß, zuckte die Achseln:

„Die bauen neue. Immer weiter."

„Aber irgendwann muss doch auch mal das Material alle sein. Metall, Plutonium – was auch immer die dafür brauchen."

„Ich hab keine Ahnung. Und du ganz offensichtlich auch nicht. Konzentrieren wir uns lieber auf unsere eigene Aufgabe."

„Meint ihr denn, dass ein Protestsong etwas nützt?" hinderte Jannis ihn daran, „ich hatte in den letzten Jahren immer den Eindruck, es gibt viel zu viele davon und keiner achtet mehr drauf."

„Wenn nicht – Pech gehabt." gab Zach zurück, „aber ich finde die Haltung der Menschen in diesem Land ziemlich grenzwertig: ‚Wir sind nicht betroffen, also sagen wir auch nichts.'"

„Und wenn sie unseren Song hören, sagen sie was?"

„Zumindest denken sie drüber nach. Hoffentlich."

„Ich denke, es kann nichts schaden." schaltete sich Daniel ein und stützte sich dabei auf die Tasten seines Keyboards, das daraufhin ein dissonantes Brummen von sich gab, „verschlechtern können wir die Situation dadurch auf keinen Fall."

Lenny nickte: „Sehe ich genauso."

„Dann schnapp dir mal deine richtigen Stöckchen." wandte sich Zach an Axel, „damit wir anfangen können."

Dieser tat, wie befohlen, während Lenny die Lautstärke an seiner Gitarre hochdrehte:

„Das Riff von vorneulich?"

Jannis prustete los: „Was für ein Wort."

„Hat meine Oma immer gesagt."

„Und sie war eine sehr nette, sehr weise Frau. Nur mit dem Dialekt..."

„...der war krass – das stimmt." Lenny grinste breit. Daniel ebenfalls:

„Einmal Dorf, immer Dorf."

„Stellt euch das mal vor..." Axel legte die Stöcke auf die Snare und rieb sich die Schläfen, „80 Jahre in ein und demselben Ort."

„Ja." nickte Jannis, „vor allem hier – wo 1.000 andere Orte gerade mal zehn Kilometer entfernt sind."

Zach klatschte ungeduldig in die Hände: „Wir schweifen schon wieder ab." Seine Bandkollegen sahen ihn fragend an.

„Du kriegst doch deinen Song – keine Angst." fasste Daniel ihrer aller Gedanken zusammen – und Lenny stellte die dazugehörige Frage direkt hinterher:

„Warum überhaupt dieser Stress?"

„Wegen..." Zach brach ab – aber das allein reichte, dass es alle verstanden: „...der Frau und den Kindern."

Axel runzelte die Stirn: „Sie weiß doch, dass wir hier sind."

„Oder nicht?" setzte Lenny hinzu.

Zach ließ unsicher den Kopf kreisen: „Ich habe ihr versprochen, dass die Familie vorgeht."

„Aber du musst doch nicht rund um die Uhr auf sie aufpassen. Ihr habt schließlich keine Säuglinge mehr."

„Ich will einfach vermeiden, dass sie denkt, ich ändere meine Prioritäten."

„Wenn wir ihr erzählen, wie du dich hier anstellst, wird sie das niemals glauben." kicherte Jannis und die anderen stimmten mit ein – mit Ausnahme von Zach:

„Vielen herzlichen Dank."

Axel beschloss, ihn zu erlösen, griff sich seine Stöcke und schlug sie aneinander:

„1-2-3-4."

„Moment." kam es von Zach, der panisch nach seiner Gitarre griff. Seine Bandkollegen wechselten einen amüsierten Blick:

„Selbstredend."

Schließlich hatte er sie um: „Jetzt."

„4-3-2-1." setzte Axel zum zweiten Versuch an.

Es klang schon ziemlich gut, wie Zach zufrieden feststellte. Aus dem einfachen Riff, das er bei der letzten Probe vorgespielt hatte, entwickelte sich schnell eine feste Struktur, von der er sich gut vorstellen konnte, sie mit den Textfragmenten in Einklang zu bringen, die oben auf dem Schreibtisch lagen. Plötzlich jedoch war der Bass weg.

„Was ist los?" fragte Zach irritiert und hörte ebenfalls auf zu spielen. Was nach und nach alle anderen abbrechen ließ. Jannis kniff derweil die Augen zusammen und starrte zur Decke:

„Hat es eben geklingelt?"

„Hm..." Zach ahmte ihn unbewusst nach, „ich hör nichts."

„Klingeln haben auch selten ein Echo."

„Haha."

Lenny blickte Zach an: „Weitermachen? Nachschauen?"

„Wenn Cheyenne Hilfe braucht, wird sie schon rufen." erwiderte dieser, bekam jedoch prompt einen Einwand zurück:

„Weil sie davon ausgeht, dass du sie hörst. Hier in dem schalldichten Raum."

„Nur fast schalldicht." korrigierte Zach, blickte nun aber selbst unsicher drein.

„Okay – fast schalldicht."

„Sie kann doch runterkommen." überlegte Axel – aber auch darauf hatte Lenny eine Antwort:

„Und einen Fremden an der Tür alleine lassen?"

Zach kratzte sich hin und her gerissen das Kinn – was Daniel nicht mit ansehen konnte:

„Dann geh nachschauen."

„Sicher?"

„Geh."

„Ich..."

Axel warf einen Stock nach ihm: „Je schneller du gehst, desto schneller bist du zurück."

Zach stellte die Gitarre beiseite. Einen Moment später fiel die Tür hinter ihm zu. Und seine Bandkollegen brachen in Gelächter aus. Leise – schließlich war der Raum nur fast schalldicht.

65

Es hatte wirklich geklingelt. Und Cheyenne hatte geöffnet. Recht schnell sogar. Sie war gerade in dem kleinen Bad neben der Haustür beschäftigt gewesen. Das Bad, das sie normalerweise dafür nutzte, nachzuschauen, wer vor der Tür stand. Nur dieses Mal hatte sie das nicht getan. Und sich schon im Moment des Öffnens gewünscht, sie hätte.

„Was willst du?" herrschte sie den Mann an, der ihr gegenüberstand, noch bevor dieser den Mund öffnen konnte. „Verschwinde." setzte sie hinzu.

„Aber Stef..." setzte er an, was ihren Ärger weiter steigen ließ:

„Das ist nicht mein Name."

„Ich..." Der Mann wedelte hilflos mit den Händen, „warum...?"

„Dieser Name ist tot."

„Können wir nicht...?"

„...reden?" fiel sie ihm ins Wort, „wir haben geredet. Welchen Teil davon hast du nicht verstanden?"

„Ich will doch nur..."

In diesem Augenblick hörte Cheyenne, wie sich die Tür des Proberaums öffnete und wieder schloss – gefolgt von Schritten. Sie senkte die Stimme:

„Mein Mann kommt. Ich zähle bis drei, dann ist er hier. Und dann gibt es Ärger. Aber so richtig."

„Ich..." startete der Mann trotzdem einen neuen, verzweifelten Versuch. Den Cheyenne nicht zuzulassen gedachte:

„Ich werde jetzt die Tür schließen. Und du kommst nie wieder hierher."

Sie schloss die Tür – gerade als Zach um die Ecke bog. Und stellte mit Erleichterung fest, dass der Schatten auf der anderen Seite kleiner wurde.

Eine Hand legte sich auf ihre Schulter:

„Wer war das?"

„Ach..." Sie setzte ein künstliches Lächeln auf und sah an Zach vorbei, „ein Vertreter."

„Den musstest du aber ganz schön anzischen, damit er wieder geht."

„Manchmal sind die so."

„Hm..." Er nahm sie sanft an beiden Schultern und drehte sie zu sich um, „du siehst nicht so aus, als ob..." In seinem Gesicht arbeitete es – und

Cheyenne konnte sich gut vorstellen, in welche Richtung. Unsicher sah sie ihn an:

„Zach?"

Zach ließ sie los und trat in das kleine Bad.

„Zach, nein..." versuchte sie ihn aufzuhalten, was ihn natürlich nur noch mehr misstrauisch machte. Er schaute aus dem Fenster – und erhaschte einen letzten Blick auf die sich entfernende Gestalt, bevor sie von den Bäumen verschluckt wurde:

„He... den kenne ich doch. Ist das nicht...? Das ist doch..."

Nun legte sie ihm die Hände auf die Schultern: „Zach."

„Cheyenne?" fuhr er zu ihr herum, „was macht der hier?"

„Er..." Cheyenne senkte den Blick, „hat sich in der Tür geirrt."

„In der Tür geirrt? Wie kann man...? So wie er sich verwählt hat?"

Cheyenne zuckte zusammen: „Was?"

„Er ist der, der angerufen hat." Zach stach mit dem Finger in die Luft – auf seinem Gesicht ein Ausdruck plötzlichen Verstehens. Cheyenne versuchte trotzdem, ihn davon abzubringen:

„Angerufen?"

„Falsch verbunden. Das kam in letzter Zeit öfter. Weiß ich genau. Weil du das nicht sagst. Du sagst immer ‚falsch verwählt'. Und das finde ich so lustig. Nur, dass ich es in den letzten Wochen ganz und gar nicht mehr lustig fand. Weil es eben so oft kam. Das war er. Jetzt wird mir einiges klar."

„Wirklich?"

„Ja." Er wurde sich ihres furchtsamen Ausdrucks bewusst und atmete erst einmal tief durch, bevor er weitersprach, „mir wird klar, dass etwas nicht stimmt. Erst labert er dich an. Damals bei... da hatte ich schon den Eindruck, dass etwas faul ist. Aber ich habe dich gelassen. Und dann ging es los, oder? Ja. Der erste Anruf, wo du so komisch warst, war kurz danach. Da hast du noch gesagt, es wäre dein Vater gewesen und ihr hättet euch gestritten. Und ich weiß bis heute nicht, worüber."

„Wir haben uns wieder vertragen." wich sie einer Antwort aus – was Zach nicht einfach hinnahm:

„Das hast du auch gesagt. Aber das beantwortet meine Frage nicht. War es wirklich dein Vater?"

„Zach..."

„Cheyenne, schau mich an." Er legte ihr sanft die Hand unters Kinn und drückte ihren Kopf hoch, „ich liebe dich. Das weißt du. Und ich werde dich lieben, ganz egal, was du mir erzählst. Wenn du mal drogensüchtig warst, oder auf dem Strich gearbeitet hast..."

„Zach." schnaubte sie entrüstet.

„Das waren nur die schlimmsten Beispiele, die mir einfallen. Und die abwegigsten. Aber ich würde dich trotzdem lieben. Das ändert nichts. Ich komme mit allem klar. Außer damit, dass du nicht ehrlich zu mir bist. Ich werde dich nicht zwingen, mir jetzt und hier alles zu erzählen. Unten warten eh vier Halbstarke, die schon wieder glauben, du würdest mich hier oben zusammenfalten, weil ich mit ihnen Musik mache. Also gehe ich wieder runter. Mache wirklich mit ihnen Musik. Und du... bitte denk darüber nach. Bitte überleg dir, ob es nach wie vor stimmt, dass ich der Mensch bin, dem du am meisten vertraust. Das sagst du selbst. Oft genug. Wenn das nicht mehr so ist – dann müssen wir uns dringend etwas ausdenken." Er gab ihr einen Kuss auf die Stirn und ließ sie stehen. Er wusste, dass es keinen Sinn hatte, sie zu bedrängen. Das hatte er mehrfach versucht im Laufe ihrer Beziehung. Und sie jedes Mal immer nur weiter von sich weggetrieben. Also würde er so vorgehen wie immer.

66

Von oben war kein Laut zu hören, bis die Tür des Proberaums hinter ihm zufiel. Sie schien nach wie vor an der Haustür zu stehen.

„Alles klar?" erkundigte sich Jannis, dem Zachs besorgter Gesichtsausdruck sofort auffiel. Zach überlegte kurz – und beschloss dann, ehrlich zu sein: „Nicht wirklich."

Daniel zog die Brauen hoch: „Ehekrise?"

„Sowas ähnliches."

„Oh. Jetzt wollte ich gerade fragen, ob wir helfen können. Aber dabei..."

„Ihr könnt mir helfen." unterbrach Zach ihn eindringlich, „beim Nachdenken."

„Nachdenken?" wiederholte Axel alarmiert, „Trennung? Scheidung?"

„Was? Ihr spinnt." Zach tippte sich an die Stirn, „nein. Ich sage euch ein paar Fakten und ihr zieht eure Schlüsse daraus."

„Und dann?"

„Schauen wir, wie weit sie von den meinen entfernt sind."

Jannis schüttelte vehement den Kopf: „Ich will nicht verantwortlich sein, wenn etwas Schlimmes passiert."

„Wirst du nicht." beruhigte ihn Zach, „hört zu: Vor einiger Zeit ist uns jemand über den Weg gelaufen. Ein Mensch, der auf den ersten Blick einen sehr soliden Eindruck macht."

„Du wirst uns nicht sagen, wer es ist." vermutete Daniel und Zach nickte: „Besser nicht. Auf jeden Fall hat er sich gleich bei dieser ersten Begegnung meine Cheyenne gekrallt und sie zugetextet. Sie war hinterher total von der Rolle, meinte aber, es wäre nichts. Seitdem allerdings hat sie immer wieder Anrufe bekommen, bei denen sie wütend geworden ist. Aber hinterher behauptet sie immer, dass sich nur jemand verwählt hätte. Und heute nun – eben gerade da oben – stand dieser Mensch vor unserer Tür. Und hat sich von ihr eine Packung abgeholt."

„Puh." Lenny atmete tief durch, „das ist gut. Denn es schließt meine erste Theorie aus. Die ich nie und nimmer laut gesagt hätte."

„Sie hat eine Affäre." murmelte Zach und sorgte damit dafür, dass Axel seine Stöcke fallen ließ, die laut krachend auf der Hihat aufschlugen:

„Was? Das glaubst du doch nicht ernsthaft."

„Deine Theorie." Zach sah Lenny an, der sich schwer atmend an die Brust griff:

„Zach – Herzinfarkt. Aber ja – das war mein erster Gedanke. Doch ihre Reaktion..." Er brach ab – aber Axel war bereit, den Satz zu vollenden:

„...deutet eher in Richtung Verehrer. Er will, sie nicht, er lässt nicht locker."

Zach ließ den Kopf hängen: „Warum musstest du das sagen?"

„Ist es das, was du denkst?" gab Axel zurück.

„Ja."

„Tja..."

„Nehmen wir es mal auseinander." griff Daniel ein, „wo und wie habt ihr euch getroffen? War das Zufall oder geplant?"

„Es war eine große Veranstaltung." antwortete Zach, „mehr ins Detail will ich nicht gehen. Wir waren Gäste, er war Gast."

„Okay. Also eher Zufall. Nächster Punkt: Woher hat er ihren Namen und eure Nummer?"

„Wir haben Musik gemacht. Name ist also einfach. Und die Nummer... da waren so einige Leute, die sie haben. Wenn er gesagt hat, er will uns buchen..."

„Oder sie." überlegte Jannis, „die mit der schöneren Stimme von euch beiden."

„Zum Beispiel." stimmte Zach ihm zu – und verblüffte seine Bandkollegen damit zutiefst:

„Kein Widerspruch?"

„Nein."

„Oh." machte Jannis, „okay."

Zach legte den Kopf schief: „So erstaunlich?"

„Von der Sache her? Nein. Aber du... bist weit gekommen in den letzten Jahren."

„Das stimmt." nickte Lenny, „früher hättest du das niemals zugegeben."

„Danke." Zach brummte leise, „ich habe mich gebessert. Freut mich. Nur im Moment..."

„Anderes Problem. Schon klar."

„Warum kommt er hierher?" nahm Axel den Faden wieder auf, „ich meine... Telefon ist noch halbwegs anonym. Aber so... Er muss doch damit rechnen, dass du da bist."

Zach zuckte die Achseln: „Ich weiß nicht, wieviel er wirklich von uns weiß. Normale Menschen sind jetzt gerade auf der Arbeit. Wenn er glaubt, wir würden die Musik nur nebenbei machen..."

„Gutes Argument."

„Fehlt denn noch was?" Daniel tippte sich ans Kinn und sah Zach durchdringend an – der genauso zurück schaute:

„Was denn?"

„Frage ich dich. Eine Info, ein Detail. Etwas, dass mehr Licht reinbringt."

Zach schloss nachdenklich die Augen: „Sie hat sich mit ihrem Vater gestritten."

„Aha. Das passiert sonst nicht?"

„Nein. Nie. Wirklich." beteuerte er, als er die skeptischen Blicke der anderen sah, „ich habe es noch nie erlebt. Und genau da liegt das Problem: Ich glaube nicht, dass er am anderen Ende war. Ich glaube, es war der erste dieser Anrufe. Oder zumindest der erste, den ich mitbekommen habe. Und sie hat mir das verheimlicht."

„Vielleicht weil sie sich schämt." grübelte Lenny.

„Ja. Das passt. Leider. Und lässt mir keine Wahl." Zach seufzte tief – und erschreckte seine Bandkollegen ein weiteres Mal:

„Keine..."

„...Wahl?"

„Cheyenne ist öfter mal so." fuhr Zach fort, ohne das zu bemerken, „Lügen und Geheimnisse. Das meint sie nicht böse. Es passiert eigentlich immer nur, wenn sie sich wegen irgendwas schämt."

Immer noch waren die anderen beunruhigt, doch Zach machte nicht den Eindruck, dass er gleich einen Schlussstrich von seiner Seite zu verkündet gedachte. Daher ging Jannis – wenn auch vorsichtig – darauf ein:

„Aber das muss sie doch nicht."

Zach blickte auf: „Würdet ihr? Wenn euch irgendeine Tussi hinterherrennt? Würdet ihr einfach zu den wehrten Damen hingehen und sagen: ‚Guck mal, ich habe einen Schwarm'?"

„Na – Schwarm würde ich nicht sagen." entgegnete Axel, worauf sich Jannis ein Grinsen nicht verkneifen konnte:

„Groupie. Schließlich sind wir Musiker."

Zach rollte entnervt mit den Augen, weshalb Jannis schnell umschwenkte: „Und was hast du dann jetzt vor?"

Zachs Gesicht wurde hart: „Lange auf sie einzureden bringt nichts. Das hatten wir schon. Aber es gibt etwas, das hilft."

„Nämlich?" hakte Daniel – jetzt wieder unsicher – nach.

„Selbst herausfinden, wo der Schuh drückt. Das haben wir gerade getan. Und dann daraufhin handeln. Das Problem für sie lösen."

Lenny kniff die Augen zusammen: „Für sie."

Zach nickte: „Wenn es weg ist, kann ich sie anschauen und sagen: Erstens – ich weiß Bescheid. Und zweitens – ich habe mich drum gekümmert."

Lennys Augen verengten sich weiter: „Klingt..."

„...gefährlich." übernahm Daniel.

Zach winkte ab: „Ich bin nicht die Mafia. Ich versenke niemanden mit Beton an den Füßen im Fluss."

„Aber mit einem Verehrer... ich wüsste nicht, wie das gehen sollte, ohne dass Handgreiflichkeiten... fallen... kommen... zustande... und so..."

„Ja." schloss Axel sich an, „wenn er so darauf fixiert ist. Auf sie, meine ich."

„Ich weiß noch nichts Konkretes." Zach schürzte die Lippen, „aber ich weiß, wer mir dabei helfen kann. Vielen Dank für eure Hilfe. Das hat mir sehr... geholfen."

„Gern geschehen." Jannis lächelte gekünstelt, „ich hoffe nur, du kennst nicht irgendeinen Auftragskiller."

„Nun – in gewisser Weise ist er sowas in der Art."

„Was?" fuhr Lenny auf und stieß mit der Gitarre gegen eines der Becken. Es gab ein lautes Scheppern, auf das niemand achtete. Alle starrten Zach an. Der ganz ruhig blieb:

„Er hat nur die Bösen gekillt. Und auch nur die, die man nicht sehen kann. Jetzt ist er im Ruhestand."

„Du..." stotterte Lenny, „hast... den Verstand..."

Jannis stand auf und blockierte demonstrativ die Tür: „Wir lassen dich nicht hier raus, wenn wir nicht glauben, dass du bei Sinnen bist."

Zach lächelte gerührt: „Ihr seid süß."

„Von wem redest du?" beharrte Jannis.

Zachs Lächeln wurde breiter: „Meinem Bruder."

67

Das Bett war weich und warm. Sehr weich. Und zu warm – zumindest für Yannik. Was für Lotta wiederum bedeutete, dass sie keinen Körperkontakt zu ihm hatte.

„Komm unter die Decke." bat sie ihn, doch er schüttelte den Kopf:

„Draußen ist es heiß. Drinnen ist es heiß. Und ich soll unter die Decke."

„Gemütlich."

Er lächelte: „Ich finde es immer wieder faszinierend, dass du bei egal welcher Temperatur unter eine Decke kriechen kannst."

„Weil gemütlich." gab sie zurück, „warm ist egal."

„Mir nicht. Mir ist es unangenehm."

„Aber ich will dich bei mir haben. Ganz nah."

„Dann komm da raus."

„Wenn es sein muss." Sie schälte sich unter der Decke hervor und bedachte ihn mit einem schmollenden Blick – der ihn erneut lächeln ließ:

„Warum gleich so grantelig?"

„Ich hatte mir das alles ganz anders vorgestellt."

„Wie denn?"

„Ich dachte, du wärst so eine Art Belohnung dafür, dass ich brav Gottes Wort verkündet habe."

„Ich bin hier." entgegnete er, „das ist eine Belohnung. Wie viele Leute können schon von etwas Ähnlichem berichten?"

„Ja. Aber du bist..." Sie zögerte, „nicht richtig."

„Im Kopf?"

„Im Körper."

„Aha." Er blickte sie verständnislos an – und sie dankte ihm das, indem sie alles herausließ:

„Du bist mein Mann. Aber nur noch auf dem Papier. All die anderen Jünger neiden uns unsere eigene Wohnung. Nicht wegen des Platzes oder weil wir nicht Nomaden spielen. Sondern wegen dem Sex. Und allem drumherum. Sie denken, dass wir eine richtige Beziehung führen. Dass wir das machen, was man macht, wenn man Mann und Frau ist. Aber das tun wir nicht."

Er seufzte leise: „Du weißt, wo ich herkomme."

„Das nervt mich." zischte sie.

„Ich kann es nicht ändern."

„Das nervt mich noch viel mehr."

Er nahm ihre Hände: „Lotta, glaub mir – ich würde dir so gerne alles geben, was du dir wünscht. Aber ich kann nicht. Nicht ‚Ich will nicht'. ‚Ich kann nicht'."

„Nutzlos." Sie entwand sich seinem Griff und drehte sich weg.

„Ich?" fragte er getroffen.

„Dass ich dich geheiratet habe."

„Ich bin nicht der, den du geheiratet hast." erinnerte er sie – und bekam die übliche Antwort:

„Für mich schon."

„Das ist das Problem."

Sie wandte sich ihm wieder zu: „Ich habe so viele Wünsche. So unterschiedliche Wünsche. Und du gibst mir nichts davon."

„Tue ich nicht?"

„Nicht, wie ich das will. So wie jetzt."

„Ich habe doch gesagt..."

„...dass wir es so machen können, wie du das willst." Sie schnaubte laut, „kuscheln nach deinen Regeln. Ich will nach meinen Regeln kuscheln. Und wenn du mir wirklich etwas geben wolltest, dann würdest du das mitmachen."

Er zog die Brauen hoch: „Du bist irgendwie ganz anders, als ich dich in Erinnerung habe."

„Ich musste jahrelang die grantelige Prophetin spielen."

„Warum eigentlich?"

„Hä?" fuhr sie ihn an, „das war Gottes Idee."

„Nein. Warum grantelig?"

„Das gehört zum Image. Alle Propheten waren grantelig. Ich wollte nicht aus der Reihe tanzen."

Das Lächeln kehrte zurück: „Das finde ich witzig."

Allerdings nur bei ihm: „Ich nicht."

„Wie passend."

„Und was ist jetzt?" brummte sie genervt.

„Ich komme unter die Decke. Aber wehe du beschwerst dich, wenn ich anfange zu müffeln." Er schlug die Decke zurück und sie verschwanden beide darunter. Kaum hatte sie sich an ihn angeschmiegt, fuhr sie schon fort: „Würdest du denn noch etwas anderes für mich tun?"

„Was denn?"

„Mal dableiben, wenn wir Besprechung haben?"

„Oh." wehrte er ab, „das... das geht nicht."

„Siehst du." Sie stieß ihn von sich weg, „wieder sowas."

„Aber diesmal liegt es nicht an mir." verteidigte er sich, „ich habe die Vorgabe, immer zu verschwinden."

„Von wem?"

„Was denkst du denn?"

Sie sprach es nicht aus – bohrte stattdessen weiter: „Warum?"

„Weil es wichtig ist, dass mich jemand dort nicht sieht."

„Das war kein sinnvoller Satz."

„Doch, war es." widersprach er.

„Dann sag ihn nochmal anders."

„Es wird ein Punkt kommen, an dem es wichtig ist, dass man mich nicht zu dieser Gruppe rechnet. Und dafür ist es wichtig, dass bezeugt werden kann, dass ich nicht an den Treffen teilgenommen habe."

Jetzt umspielte doch der kleine Hauch eines Schmunzelns ihre Lippen: „Du redest ja wie ich."

„Wirklich?"

„Zu den Leuten."

„Ja, mag sein." überlegte er, „ich schätze mal, das färbt ab."

„Von mir auf dich?"

„Oder umgekehrt."

68

„Was ist das?" erkundigte sich Cheyenne neugierig – und Zach klickte hastig das Fenster auf dem Bildschirm zu:

„Nichts."

„Haben wir jetzt Geheimnisse voreinander?"

„Ja, haben wir." bestätigte er, „müsstest du doch wissen."

Sie wurde blass: „Zach... bitte."

„Klingt böse. Ist aber die Wahrheit. Keine Angst – ich kenne dich. Für Geheimnisse hast du immer denselben Grund. Und ich immer dieselbe Reaktion."

„Mir graut es davor." gestand sie – was Zach dazu veranlasste, sie auf seinen Schoss zu ziehen:

„Wirklich? Ist jemals etwas passiert, das dich verletzt hat? Oder andere? Oder warst du nicht immer dankbar, dass ich dir geholfen habe – obwohl ich das eigentlich gar nicht hätte tun können?"

„Ja. Schon. Aber das hier... ist..." Cheyenne rang nach Worten, „speziell."

„Das ist es." stimmte Zach zu, „soweit ich weiß, hattest du noch nie einen Verehrer."

Wieder wich die Farbe aus ihrem Gesicht: „Ver... ehrer?"

„Komisches Gefühl, oder?" Er atmete tief ein, „aber ganz ehrlich? In all den Jahren… Immer wenn ich auf der Bühne war und irgendwelche Mädels mich angehimmelt haben… Und dann habe ich dein Gesicht gesehen und gedacht ‚Worüber regt sie sich auf? Das gehört halt dazu. Und ich mache ja nichts.' Jetzt weiß ich, wie du dich gefühlt hast. Ich vertraue dir. Aber der fremden Person vertraut man nicht."

„Was hast du vor?"

„Ich sag dir was: Ich mache das, was du momentan nicht kannst: Ich weihe dich ein."

„Ich brauche dich nicht mehr einzuweihen." entgegnete sie, „du weißt es doch schon."

Zach zwinkerte ihr zu: „Das ist mein Trick. Immer schon gewesen. Doch wie du dich erinnern kannst, ist das nur die Hälfte. Kommen wir zur anderen Hälfte."

„Du hast was vor."

„Ja."

Sie stand auf und trat einen Schritt von ihm weg: „Muss ich mir Sorgen machen?"

„Nein." antwortete er gelassen.

„Sagst du es mir? Vorher? Damit ich dich zur Not hindern kann?"

„Hm... ja." Zach klopfte sich auf die Oberschenkel, „setz dich."

Cheyenne nahm ihren vorherigen Platz wieder ein: „Sitze."

„Das hat Z mir geschickt." Er klickte das Fenster wieder auf. Es zeigte einen kleinen, schwarzen Bildschirm.

„Ein Video?"

„Ein Audio."

„Dass du immer noch Witze machen kannst." Cheyenne blickte ihren Mann konsterniert an, aber dieser grinste nur:

„Lockert die Stimmung. Wobei... meine Stimmung ist eh gut. Hör es dir an. Und dann lies das hier..."

Zach drückte auf ‚Play' und die Aufnahme lief ab. Dann öffnete er ein Dokument.

„Und?" fragte er, als er sich sicher war, dass Cheyenne es komplett gelesen hatte. Diese sah ihn fragend an:

„Ja. Gelogen. Aber... was willst du damit?"

„Ihn damit konfrontieren. Und sagen, dass er dich in Ruhe lassen soll. Sonst gebe ich es an die Presse."

„An die Presse? Scheren die sich um sowas?"

„In seiner Position? Bestimmt. Aber du hast Recht – vielleicht ist die Presse nicht das Richtige. Vielleicht eher..." Zach kratzte sich am Kinn, „sein Vorgesetzter."

„Vor... gesetzter?" stotterte Cheyenne, „meinst du den, den ich denke, dass du meinst?"

„Ganz bestimmt."

„Ist das eine gute Idee?"

„Es ist für ihn netter als die Presse." sinnierte er.

„Oder auch nicht."

„Etwas Anderes habe ich nicht. Du?"

Sie schüttelte den Kopf: „Nein."

„Dann tu mir einen Gefallen." Er griff nach dem Telefon, das hinter dem Laptop lag, und reichte es ihr, „ruf ihn an und sag ihm, dass er herkommen soll."

Zum dritten Mal wurde Cheyenne bleich: „Herkommen?"

„Ja. Und dann mach dir einen schönen Tag. Irgendwo weit weg."

„Und du – regelst das."

Zach rümpfte die Nase: „So wie du das sagst, klingt es fast, als erwartest du, dass ich ihn verdresche."

„So ein bisschen." gestand sie.

„Willst du dabei bleiben?"

„Wollen? Nein. Müssen."

„Wegen mir?" bohrte er nach.

„Wenn ich nicht da bin, denkt er, das machst du nur für dich. Und glaubt weiter, dass er mich kriegen kann. Aber wenn wir da zusammen sitzen..."

„Guter Punkt."

Cheyenne lehnte sich an ihn: „Das ist ein Alptraum."

Zach strich ihr über den Kopf: „Er ist bald vorbei."

69

Der Mann, von dem niemand mehr wusste, dass er Matthew hieß, bog um die Ecke, steuerte auf das Haus zu – und sein Pulsschlag verdoppelte sich. Lottas Freund trat heraus. Und dies war ein anderes Haus. Am Vortag hatte er die Gruppe mit Koffern bepackt aus dem vorherigen Haus kommen sehen und sich ihnen angeschlossen. Ohne Koffer. Es hatte ihn auch niemand gefragt, ob er etwas tragen könne. Er war einfach mitgegangen. Zu diesem neuen Haus. Wo die Jünger jetzt wohnten. Denn während Jesus sich inzwischen in dem kleinen Häuschen im Zentrum niedergelassen hatte, zogen seine Jünger nach wie vor von einer Wohnung zur nächsten und ließen sich von willigen Nachfolgern aushalten. Im Zentrum war kein Platz für sie, denn dort wohnten neben Jesus die Angestellten und die Patienten. Das Nomadenleben ging also weiter für seine engsten Vertrauten. Denn wer konnte schon seine eigene Wohnung einfach so über einen längeren Zeitraum entbehren? Im normalen Alltag, wo es kaum längerfristige Ausweichmöglichkeiten gab. Wie lange sie wo bleiben konnten, war nie genau klar. Weswegen es auf jeden Fall die richtige Taktik für ihn war, jeden Tag zu kommen. Und zumindest zu schauen, ob er Zutritt bekam. Worunter er verstand, dass Haus- und Wohnungstür offenstanden. Dann nur ging er hinein. Klingeln oder klopfen kam für ihn nicht in Frage. Denn bei aller Unauffälligkeit, die er sich selbst anrechnen konnte, würde ihn niemand einfach einlassen, ohne ihn zu fragen, wer er war und was er wollte. Gerade eben weil sie sich nicht daran erinnern konnten, ihn zuvor schon einmal gesehen zu haben. Das war der einzige Nachteil seines anonymen Daseins. Wenn ihn doch einmal jemand bemerkte, musste er immer Rede und Antwort stehen. Auch dann, wenn er eigentlich – von seiner Warte aus – schon ein fester Bestandteil des Umfeldes war. Und jetzt kam unter Umständen ein Moment, wo er das wieder tun musste. Denn bei ihrer letzten Begegnung hatte Lottas Freund ihn angesprochen. Nur flüchtig, aber immerhin. Weswegen es ihm lieber gewesen wäre, ihm aus dem Weg zu gehen. Für den Fall, dass er ihn wirklich wiedererkannte. Und sich dabei gewahr wurde, dass ihr anderes Treffen an einem anderen Ort stattgefunden hatte. Und er dementsprechend ganz offensichtlich kein Bewohner dieses anderen Hauses war. Doch genau da lag das Problem –

denn genau dafür brauchte er Gewissheit. Wie bewusst hatte Lottas Freund ihn vor einigen Tagen wahrgenommen? Das galt es, in Erfahrung zu bringen, wenn er wieder ruhig schlafen wollte, ohne sich darüber Gedanken zu machen. Also war es unvermeidlich, dass er ihn jetzt traf. Denn das war der einzige Weg, es herauszufinden. So trabte er einfach weiter – ohne Tempo oder Weg zu verändern. Lottas Freund ging an ihm vorbei – und es passierte... nichts. Es gab keinerlei Reaktion und Lottas Freund verschwand einfach um die Ecke, um die er selber gerade noch in die andere Richtung gebogen war. Er atmete tief aus. Dann fiel sein Blick auf die Haustür: sie stand offen. Gottes Zeichen. Das war zumindest sein Gedanke. Er hatte keine Beweise, doch er war sich sicher, dass Gott sein Dilemma bezüglich des Hereinkommens bewusst war. Und er die Tür daher immer offenstehen ließ, wenn es wichtig war, dass er hineinkam. Heute schien es wichtig zu sein. Und so ging er hinein.

70

Einige Stunden später rief Esther bei Geraldine an und diese trommelte die anderen für eine Videokonferenz zusammen. Es dauerte eine Weile, da Johanna noch mit ihrer Tochter unterwegs war. Doch Esther drängte nicht und so warteten sie, bis sie vollständig waren.

„Du hast Neuigkeiten von 007?" versuchte Geraldine dann, Esther einen Einstieg zu ermöglichen – ermöglichte diesen aber zunächst Annie:

„Das wäre schön, wenn sie mal einen 007 hätten, der nicht aussieht, wie der personifizierte Brite. Aber lassen wir das."

„Ja, lassen wir das." stimmte Esther zu, „wir sind alle der gleichen Meinung, was dieses Thema angeht, denke ich."

„Zu James Bond habe ich eigentlich gar keine Meinung."

„Äh…" kam es von Z, „du hast doch gerade eine geäußert."

„Nun… ja." Annie nickte, „das habe ich. Aber…"

„Was gibt es denn nun?" probierte Geraldine es erneut und diesmal war Esther bereit:

„Einen weiteren Erlass."

Steve legte die Stirn in Falten: „Erlass?"

„Ich nenne es mal so. Habe das Wort in so einem mittelalterlichen Kirchenbuch gefunden. Und finde es sehr passend. Denn momentan kommt mir die Welt wieder so vor wie im Mittelalter."

„Wenn du meinst." Da Steve nicht so wirkte, als würde er zustimmen und Geraldine es unbedingt vermeiden wollte, dass sie schon wieder vom Thema abkamen, griff sie ein:

„Worum geht es denn?"

„Euch." antwortete Esther knapp – und erreichte damit, wie gewünscht, dass niemand mehr an etwas anderes dachte:

„Uns?"

„Panik."

„Doppelpanik."

„Wegrennen? Verstecken?"

„Wo? Monaco?"

„Mongolei?"

„Mond?"

„Haben wir Geld für eine Rakete?"

Sie hob die Hand, um das chaotische Durcheinandergerede zu stoppen und führte es ein wenig aus:

„Leute wie euch."

Das wirkte nur bedingt beruhigend:

„Immer noch Panik."

„Immer noch Mond."

„Immer noch kein Geld dafür."

„Da ist es kalt."

„Und dunkel."

„Vor allem auf der dunklen Seite."

„Der kalten und dunklen Seite."

Dann wurde sich Katiana der Miene gewahr, die Esther zur Schau trug, und ihr ging ein Licht auf:

„Lass das Getue." fauchte sie sie an, „wir – im Sinne von: einige von uns – mögen manchmal ein wenig unaufmerksam sein. Aber das ist nicht die Zeit, Angst und Schrecken zu verbreiten."

„Schon gut." Esther legte entschuldigend die Handflächen aneinander, „aber es stimmt. Es geht um Leute mit Gaben. Auch das wird nicht offiziell in der Welt umherposaunt. Aber die Pastoren haben eine weitere Auflage bekommen. Nämlich, dass sie eine Liste erstellen mit allen Leuten in ihrer Gemeinde, die über eine geistliche Gabe verfügen. Diese Liste müssen sie bei den Jüngern abgeben."

Mit dieser Erklärung beruhigte sich die Lage wirklich wieder – wenn auch nicht alle sicher waren, sie komplett verstanden zu haben:

„Hier? Alle?" war Z der erste, der eine Nachfragte stellte.

Die wiederum Esther nicht verstand: „Hä?"

„Aus der ganzen Welt sollen die Leute ihre Listen hierherschicken?"

„Es gibt inzwischen Jünger in so gut wie jedem Land der Erde."

„Oh." machte Annie, „echt?"

Ester seufzte laut: „Ihr kriegt gar nichts mit, was ich euch nicht erzähle, hm?"

„Wir kriegen eine Menge mit." widersprach Z vehement, „nur das wussten wir nicht."

„Nun gut. Hier in Frankfurt wird auf jeden Fall das ‚Office' eingerichtet. Wo alle Listen gesammelt und ausgewertet werden. Das heißt, es wird geschaut, welche Gabe fällt in welche Kategorie."

„Kategorie?" wiederholte Geraldine unsicher.

„Heilung ist ganz vorne mit dabei." führte Ester aus, „Visionen auch. Im Grunde alles das, was ihr könnt. Das ist die oberste Stufe. Herzlichen Glückwunsch."

„Na danke." brummte Annie.

„Seelsorge dagegen ist – sorry an euch drei – nicht so relevant. Weil es eher passiv ist."

„Es ist auch eine Art der Heilung." Katiana war wirklich pikiert, was Esther verwunderte. Sie entschied sich aber, keine Diskussion vom Zaun zu brechen, dass die Seelsorger froh sein konnten, was ihre Einstufung anging, sondern beschränkte sich auf eine inhaltliche Antwort:

„Aber nicht so spektakulär."

„Was hat das denn damit zu tun?"

„Hm – vielleicht sollte ich das ausführlicher erklären. Die Einteilung erfolgt nicht nach irgendwelchen geistlichen Gesichtspunkten. Sondern danach, wieviel Aufruhr man damit bei der Bevölkerung anrichten kann. Wenn Z in der Fußgängerzone einen Rollstuhlfahrer anrührt und der plötzlich aufspringt und umhertanzt, ist das eine Sensation. Wenn du, Katiana, in der Fußgängerzone eine depressive Frau ansprichst und sie danach laut ruft ,Ich bin wieder fröhlich', gehen die Leute einfach weiter."

Katiana rümpfte die Nase: „Das macht keinen Sinn."

„Doch..." Steve strich ihr nachdenklich über die Wange, „ich denke, von seinem Standpunkt aus schon. Er will der Einzige sein, der hier was reißt. Und kann daher keine Konkurrenz gebrauchen."

„Ganz richtig." bestätigte Esther, „er ist sich im Klaren, dass es auch andere Menschen gibt, die göttliche Kräfte nutzen können, um besondere Taten zu vollbringen. Bisher hat er da stillgehalten. Es eigentlich komplett ignoriert. Er hätte ja auch sagen können: ,Finde ich toll – weiter so'. Hat er nicht. Er hat es totgeschwiegen. So wissen es hauptsächlich die, die damit direkten Kontakt haben."

„Und was will er jetzt machen?" erkundigte sich Z, „es verbieten?"

„Nein. Er hat inzwischen genug Macht, um sich dieser Leute anzunehmen. Sein Predigt-Erlass hat ja schon ziemlich gut gegriffen."

„Nicht überall." warf Johanna ein, was Esther das Gesicht verziehen ließ: „Da wird noch was kommen – glaubt mir."

Johannas Blick wurde unsicher: „Was denn?"

„Weiß ich nicht konkret. Es gab nur so eine Randbemerkung, dass die, die aus der Reihe tanzen... naja – abwarten. Auf jeden Fall wird dieses ,Office' an die Jünger in den einzelnen Ländern überarbeitete Listen herausgeben, auf denen die Leute markiert sind, auf die es aufzupassen gilt. Und die kriegen dann Auflagen. Wie zum Beispiel: Wenn du jemanden heilen willst, musst du dich vorher mit den Jüngern absprechen. Sie müssen dabei sein, wenn du die Heilung durchführst. Und im Nachgang wird ,bewertet', was du getan hast."

Das Schweigen der gesamten Runde hielt so lange an, dass Esther schon dachte, ihr System wäre abgestürzt. Dann regte sich Geraldine:

„Das ist durchgeknallt."

„Ganz und gar nicht." Esther schüttelte den Kopf, „es gibt drei Effekte, die sie sich da ausrechnen: Über die, die brav sind und sich dran halten, haben sie dann komplette Kontrolle, wenn sie mit ihrer Gabe weitermachen. Und das heißt, dass sie immer die Möglichkeit haben, die Tat ihrem Jesus anzurechnen. Durch sich selbst: ,Wir waren dabei. Mit seiner Kraft. Deswegen hat es funktioniert.' Und so weiter. Dann wird es die geben, die das so nicht wollen. Die werden entweder aufgeben und es bleiben lassen – das ist sowieso gut – oder aufbegehren und heimlich weitermachen. Aber da sie ja auf der Liste stehen..."

Geraldine fuhr sich über die Stirn: „...wird man sie im Auge behalten und wenn sie heimlich was machen..."

„...gibt es einen Satz heiße Ohren." vollendete Z kopfschüttelnd.

Annie klappte den Mund auf: „Sie werden bestraft?"

„Sie kriegen Verbot." erklärte Esther, „und wenn sie dann weitermachen, werden sie bestraft."

„Das geht doch gar nicht."

Ester lachte auf: „Das ist Jesus – für die Leichtgläubigen. Wenn er sagt: ,Ich hatte diesem Menschen verboten, zu heilen. Weil ich weiß, dass er kein richtiger Heiler ist. Er zieht seine Kraft nicht aus mir, sondern aus... der Sonne.' – was werden die Leute dann antworten? ,Nein, lass ihn'? Deswegen sage ich ja: Mittelalter. Die konnten damals jeden Mist erzählen und die Menschen haben genickt. Das ist bei ihm auch so."

Johanna wiegte den Kopf hin und her: „Aber was bringt ihm das?"

„Nun..." überlegte Z langsam, „auf der einen Seite sorgt er so dafür, dass weniger Gaben eingesetzt werden. Je nachdem, welches Ziel er wirklich verfolgt, ist das sicher gut für ihn. Denn so bleiben mehr Leute belastet – mit was auch immer. Und auf der anderen Seite hat er den Effekt, den das Bondgirl schon angesprochen hat..."

„Wer bitte?" fuhr Esther dazwischen.

„Na du."

„Mein Name ist..."

Z hob die Hände: „Das war ein Scherz."

„Finde ich nicht witzig." fauchte Esther – und Z war ob der Heftigkeit ihrer Reaktion ziemlich irritiert:

„Findest du es beleidigend?"

„Es war sarkastisch und..."

„War es gar nicht." verteidigte er sich, „du bist die Frau von unserem Spion. Da finde ich das passend."

„Ein Bondgirl steigt mit ihm am Ende von Film ins Bett und ist im nächsten Film verschwunden." Esther funkelte ihn wütend an.

„Gut... ich nehme mal an, dass es nur der zweite Punkt ist, der dich daran stört, oder?" Z blickte fragend in die Kamera, doch Esther ließ sich nicht zu einer Antwort herab, weswegen er es anders versuchte:

„Bond hat auch mal geheiratet. Zweimal sogar."

„Die erste Frau war nur Tarnung und die zweite wurde direkt nach der Hochzeit erschossen." gab Esther ungehalten zurück.

„Okay... das ist zugegebenermaßen..."

Katiana räusperte sich laut: „Sehr geehrte Damen und Herren – könnten wir wieder zurückkommen?"

„Schon gut." winkte Esther ab und Z nahm das als Zeichen, seinen Faden wieder aufnehmen zu dürfen:

„Was ich sagen wollte: Er will der alleinige Angebetete sein. Dass er als einziger Wunder tut, wird nicht passieren. So sehr kann er die Menschen dann doch nicht kontrollieren. Das weiß er anscheinend auch. Aber wenn er es schafft, dass alle ihm danken – auch für Wunder, die jemand anders getan hat – weil es seine Kraft war und in seinem Namen geschehen ist..."

„Er ist clever, das muss man ihm lassen." fiel Annie ihm ins Wort.

Steve nickte: „Sehr clever."

Johanna auch: „Zu clever."

Und Katiana: „Beängstigend clever."

„Mir fällt keine weitere Steigerung ein." kam es von Geraldine, „aber letzterem stimme ich zu."

Z blies die Backen auf: „Was tun wir?"

„Wir?" Geraldine zog die Brauen hoch:

„Äh... wir haben jetzt diese Info. Da müssen wir was tun."

„Noch sehr viel vorsichtiger sein. Wir werden auf keiner der Listen erscheinen..."

„Weil eure Pastoren nicht wissen, dass ihr eure Gaben wiederhabt." vermutete Esther, aber Geraldine schüttelte den Kopf:

„Oh, sie wissen es. Aber sie wissen auch, dass wir es verheimlichen. Und werden uns daher nicht auf die Liste schreiben."

„Seid ihr da sicher?"

„Öhm..." Geraldine verzog das Gesicht, „wir sollten es vielleicht nochmal..."

„Wir rufen sie alle an und betonen die Dringlichkeit." erklärte Steve, „werden sie verstehen."

Annie ließ den Kopf hängen: „Das heißt also, wenn wir demnächst draußen sind, fallen wir noch viel mehr auf."

„Nein, das glaube ich nicht." entgegnete Z, „denn wir haben einen Vorteil: Das wird nicht offiziell verkündet. Das kriegen nur die Pastoren mit und die, die Gaben haben. Der Normalverbraucher wird davon kaum erfahren."

„Aber wenn doch mal einer zur Zeitung geht mit der Geschichte von dem maskierten Helden?"

„Dann wird genau das passieren, was wir sowieso schon erwarten: Die Presse wird sich draufstürzen. Und dem falschen Jesus wird es aufstoßen. Vielleicht schickt er dann Jünger los, uns zu suchen. Aber finden wird er uns nicht."

Annie sah bedrückt drein: „Glaubst du wirklich?"

„Wir haben Gott auf unserer Seite." erwiderte Z gelassen, „er nicht."

71

Cheyenne öffnete die Tür: „Komm rein."

„Wirklich?" Der Mann ihr gegenüber sah sie ungläubig an.

„Ja."

„Danke." Er gab ein erleichtertes Seufzen von sich, „ich bin so froh, dass du..."

„Da lang." unterbrach sie ihn unwirsch und marschierte Richtung Wohnzimmer, wo sie sich auf die Couch fallen ließ. Er folgte ihr – und blieb auf der Türschwelle abrupt stehen. Zach saß neben ihr und starrte ihm entgegen:

„Hallo."

„Du? Was...?"

„Setz dich." forderte Zach ihn auf.

„Ich..."

„Setzen."

„Okay." Der Mann nahm in einem der Sessel Platz und blickte Zach unsicher entgegen. Dieser beugte sich vor:

„Ich mache es kurz. Cheyenne wird sich nicht mit dir unterhalten. Sie ist nur hier, damit du siehst, dass wir zusammenstehen. Auch gegen Leute wie dich. Nein – gerade gegen Leute wie dich. Ich werde reden. Du wirst zuhören. Und dann gehst du. Und lässt jegliche weiteren Kontaktversuche bleiben."

„Aber ich dachte..." versuchte der Mann, dazwischenzukommen. Zach ließ ihn nicht:

„Flotter Dreier? Schmutzige Phantasie, alter Mann."

„Was?"

„Kommen wir zum Punkt. Ich kenne jemanden, der dich gut kennt. Und der mir ein bisschen was über dich erzählt hat. Deine Familiensituation. Vor allem, was deine Schwester betrifft."

Der Mann wurde blass: „Meine..."

„Ich kenne die Geschichte. Beide Geschichten, um genau zu sein. Die, die du offiziell verkündest, und die, die du normalerweise für dich behältst. Tragisch. Wie ein trauriger Disney-Film. Aber nicht der Fokus unseres Gesprächs. Der wärst du. Dein Schwesterchen mag ein trauriges Ende gefunden haben, aber... davor? ‚Wow' sage ich da nur. Was die alles fabriziert hat... und immer heil davongekommen. Und interessanterweise auch in dem Moment, als sie dich wiedergetroffen hat. Ein Mann, der von sich behauptet, den rechten Weg zu gehen. Du sagst sogar selbst, was du hättest tun müssen. Hast du es getan? Nein."

Der Mann zitterte leicht: „Worauf...?"

„...ich hinaus will? Nun. Du könntest sagen: ‚Das ist verjährt'. Du könntest sagen: ‚Das war alles nicht schlimm'. Du könntest sagen: ‚Das interessiert keinen mehr'. Du könntest sagen: ‚Das war Liebe'. Ihre Opfer würden heulen, wenn sie deine Geschichte hören. Die Polizei vielleicht sogar auch. Aber... würden sie dich deswegen unbehelligt lassen? Keine Ahnung. Vielleicht schon. Vielleicht stimmen alle diese Aussagen. Und man legt es dir nicht als Vertuschung aus. Straftat, das – weißt du? Vielleicht käme es so: ‚Verständlich – lange her – nicht wichtig – vom Tisch'. Doch... ist das ein Risiko, das du eingehen willst? In deiner Position? Was für ein Skandal. Sowas bleibt nicht bei der Polizei. Das kommt raus. Internet, Fernsehen, Zeitung. Vor allem, wenn man da ist, wo du jetzt bist. Auf sowas stürzen sich die Leute. Dabei solltest doch ausgerechnet du derjenige sein, der es besser macht als die anderen zuvor. Hm... gar nicht gut. Für dich nicht, für das ganze Umfeld nicht."

Der Mann hob schüchtern die Hand: „Darf ich...?"

„Weiter zuhören." schnauzte Zach ihn an.

„Das stimmt alles so nicht."

„Hast du etwa noch mehr gelogen? Du scheinst es mit der Wahrheit wirklich nicht genau zu nehmen. Wenn das deine Anhänger wüssten. Deine Untergebenen. Oder dein neuer Chef."

„Nein." fuhr der Mann auf, „das hier stimmt nicht."

Zach fuhr sich übers Kinn: „Du hast Cheyenne also nicht verfolgt in den letzten Monaten? Ständig angerufen? Vor ein paar Tagen hier vor der Tür gestanden?"

„Doch. Schon. Aber..."

„Aber?"

„Das hat doch... das war doch..." stotterte der Mann – dann atmete er durch, „ich will einen alten Fehler wieder gutmachen."

„Ja..." schnaubte Zach, „das Zölibat ist ein Fehler – da stimme ich dir zu. Aber da gibt es andere Möglichkeiten. Viele sogar. Meine Frau gehört nicht dazu."

„Du verstehst gar nichts."

„Ich verstehe, an welchem Punkt wir uns gerade befinden."

„Stef..." Der Mann streckte die Hand nach Cheyenne aus und diese stieß einen spitzen Schrei aus und wich zurück:

„Lass die Finger von mir."

„Finger?" brüllte Zach los, „er hat...? Du hast...?"

„Niemals." wiegelte der Mann panisch ab, als Zach aufsprang – und bekam zum Glück von Cheyenne Hilfe:

„Stopp! Nein. So meinte ich das nicht. Er soll einfach verschwinden und nie wieder kommen."

„Da hast du es gehört." Zach ließ sich zurück auf die Couch sinken, „das war das, was ich zum Schluss auch gesagt hätte. Lass sie in Ruhe. Lass uns in Ruhe. Und wenn nicht – dann werde ich das, was ich erzählt bekommen habe, jemand anders erzählen. Und du wirst keine Freude mehr haben. Und auch keine Freunde mehr."

Der Mann sah Cheyenne flehend an: „Bitte... Ste..."

„Wenn du das noch einmal sagst, rufe ich gleich jetzt beim Fernsehen an."
würgte Zach ihn wütend ab, „sie heißt so nicht mehr."
„Für mich..."
„Du bist gestört." Zachs Finger schnellte in Richtung Tür, „verschwinde aus
meinem Haus."
Der Mann rührte sich nicht. Cheyenne erhob sich, doch Zach drückte sie
sanft wieder nach unten:
„Du hast ihn begrüßt. Ich verabschiede ihn."
Er packte den Mann am Arm, der einen Moment lang zu überlegen schien,
ob er sich wehren sollte, es dann aber bleiben ließ. Zach zog ihn zur
Haustür, schubste ihn über die Schwelle und schlug sie laut hinter ihm zu.
Dann kehrte er ins Wohnzimmer zurück und nahm Cheyenne in den Arm:
„Du hast es geschafft. Es ist vorbei."
„Hoffentlich." hauchte sie.
„Er wäre dumm, wenn er es nicht ernst nimmt."
„Manche Menschen sind dumm. So wie ich."
Er sah sie traurig an: „Warum sagst du sowas?"
„Weil ich... weil... weil..." Sie fing an zu weinen und Zach hielt sie fest, bis
die Tränen versiegt waren.
„Lass uns die Kinder holen." sagte er dann leise.
Cheyenne wischte sich über die Nase: „Meinst du, deine Eltern sind schon
überfordert?"
„Nicht die Bohne. Aber wir können die Gesellschaft gebrauchen."

72

Der Anruf von Zs Vater kam so kurz vor dem Alarm, dass er es gerade mal
schaffte,   die   wesentlichen   Informationen   in   zwei   Sätzen
zusammenzufassen. Dann wurde er von Z unterbrochen:
„Ich glaube, es kommt gerade die offizielle Erklärung dazu."
„Dann schau sie dir an." erwiderte Freddy, „und wenn du anschließend die
Wahrheit wissen willst..."
Z legte auf und schaltete den Fernseher ein. Becka, die neben ihm auf der
Couch saß, knurrte:

„Schon wieder der Kerl? Das hat einen schlechten Einfluss auf unser Baby."

„Hoffentlich nicht. Aber es könnte wichtig sein."

„Na gut."

Er behielt Recht. Es war eine Ansprache:

„Liebe Kinder meines Vaters. Es ist immer traurig, wenn sich andere gegen einen stellen. Und es ist noch viel trauriger, darauf zu reagieren. Aber manchmal geht es nicht anders. Manchmal bleibt keine Wahl. Weil das Fehlverhalten einfach zu drastisch ist, als dass man es einfach so hinnehmen könnte. Und man anderen, die ähnliches denken oder tun, eine Warnung geben muss. Ich hatte gehofft, dass ich ohne eine solche Warnung auskommen würde. Dass es bei einer Verwarnung bleiben könnte. Doch diese Hoffnung ist nun enttäuscht. Mit sofortiger Wirkung wird die unter der eingeblendeten Adresse zu findende Gemeinde geschlossen und erst nach meiner Zustimmung wieder geöffnet. Den Mitgliedern dieser Gemeinde geschieht natürlich nichts. Sie können sich anderen Gemeinden anschließen. Ebenso dürfen das die Anführer dieser Gemeinde tun. Allerdings nur als einfache Mitglieder. Ihnen allen ist es hiermit untersagt, Ämter anzunehmen, die in einem höheren Verantwortungsbereich liegen. Denn sie haben bewiesen, dass sie mit dieser Verantwortung nicht umgehen können. Das ist ein harter Schritt. Aber ein notwendiger. Und ich hoffe sehr, dass ich ihn nicht noch mit anderen Gemeinden gehen muss. Ich bin der Sohn des Schöpfers dieser Welt. Ich bin gekommen, die Menschen zu vereinen. Nicht, sie zu entzweien. Und jeder, der gegen mich redet oder gegen meine Gebote verstößt, tut genau das. Das kann ich nicht zulassen. Denn es beschädigt meinen Plan. Der nur erfolgreich sein kann, wenn ihr mit mir seid und nicht gegen mich. Lasst uns dafür sorgen, dass auch diese – die vom Weg abgekommen sind – wieder mit uns sind. Richtet sie nicht. Verurteilt sie nicht. Bringt ihnen Liebe entgegen. Sie sind trotz ihres Fehlverhaltens wertvolle Kinder meines Vaters. Und wir wollen sie nicht ausstoßen. Wir wollen sie aufnehmen. Ihnen auf den richtigen Weg zurück verhelfen. Im Namen meines Vaters – Amen."

Z schaltete ab – unfähig etwas zu sagen. Was Becka zunächst nicht bemerkte – weil sie sich der tieferen Bedeutung nicht bewusst war. Sie schüttelte einfach nur den Kopf:

„Das ist ein Ding. Was die wohl gemacht haben?"

Z fuhr zu ihr herum: „Becka – ist dir das nicht klar?"

„Klar? Was denn?"

„Hast du die Adresse nicht erkannt?"

Becka runzelte die Stirn: „Sie war hier in der Nähe."

„Ja – du kannst lesen. Das weiß ich. Aber erkannt?"

„Nein."

„Ist das dein Ernst?" Z war so außer sich, dass Becka ihn an den Schultern packte und sanft schüttelte:

„Z. Ich kenne alles, wo ich hinmuss, vom Sehen. Ich brauche keine Straßennamen. Ich finde mich so zurecht."

„Gut. Das mag sein, aber..." Z fuhr sich wild durch die Haare, dass sie in alle Richtungen abstanden. Becka griff sich seine Hände und hielt sie fest:

„Nun rück schon raus damit."

Z schloss die Augen: „Das ist die Gemeinde meiner Eltern."

„Was?" Mehr aus Reflex ließ Becka ihn los, „Quatsch."

„Kein Quatsch. Genau deswegen hat mein Vater gerade angerufen."

„Aber... dann... Steve. Und Katiana. Und... wie heißt sie doch gleich...?"

„Johanna." murmelte Z.

„Genau." Jetzt war es Becka, die sich die Haare raufte, „und Geraldine und Nils. Die wollten da doch jetzt auch hingehen."

„Und wir. Vielleicht." fügte Z an und das Raufen wurde heftiger:

„Diese Überlegung hat sich wohl erledigt. Na toll."

„Ich rufe ihn an." Z schnappte sich das Telefon, während Becka auf der Couch zur Seite kippte:

„Das solltest du dringend tun."

73

Die Runde war diesmal grösser. Weil Nils, Becka und Johannas Mann sich ebenfalls mit eingefunden hatten. Z spürte, dass alle Augen auf ihn gerichtet waren – wenn man das auf dem Bildschirm auch nicht wirklich erkennen konnte.

„Ihr habt es alle gesehen." begann er und alle nickten.

„Und gehört." ergänzte Steve.

„Und gelesen." Johannas Mann.

Annie schüttelte sich: „Ich bin sprachlos."

„Wusstet ihr etwas davon?" Becka schob sich an Z vorbei Richtung Kamera, „ihr, die ihr da hingeht?"

„Nicht das Geringste." erwiderte Nils und all die anderen Angesprochenen nickten erneut. Wenn Steve es auch gleich ein wenig einschränkte:

„Ich wusste, dass wir eine Verwarnung gekriegt haben."

Becka machte große Augen: „Echt? Dann gibt es das wirklich?"

„Scheint so. Als wir Jakob angerufen haben wegen euch – dass er euch nicht mit auf die Liste nimmt – da meinte er: ‚Kein Problem – ich schreibe gar keine Liste.' Ich habe ihn gefragt, ob das nicht gefährlich ist und er meinte: ‚Ach... ich habe am Sonntag ja auch nicht gepredigt, was ich sollte, und da kam nur ein Brief.' Ich habe weitergefragt, was drinstand und er fing an zu lachen: ‚Ich zitiere: Dies ist die einzige Warnung. Beim nächsten Regelverstoß werden Konsequenzen gezogen.' Ich glaube, er hat das nicht ernst genommen."

„Ja, das glaubt mein Vater auch." schloss Z sich düster an, „er wusste auch von diesem Brief. Wo nicht drinstand, was genau passieren würde. Aber eben sehr deutlich, dass nicht gewünscht ist, dass man sein eigenes Ding dreht."

„Und jetzt hat er wirklich keine Liste geschrieben und... Puff." Katiana machte eine Handbewegung, die Annie zunächst missdeutete:

„Geplatzt?"

„Geschlossen."

„Was interessanterweise einen Nebeneffekt hat, den unser Jesus nicht bedacht zu haben scheint." Auf Geraldines Gesicht erschien ein Grinsen, das den Rest der Gemeinschaft stark irritierte.

„Nämlich?" hakte Nils neben ihr für alle nach und sah sie prüfend dabei an.

„Die Leute, die bei uns auf der Liste gestanden hätten, werden zwar höchstwahrscheinlich wirklich in andere Gemeinden gehen – warum auch nicht – aber..."

„Na, weil dort konform gearbeitet wird und sie das nicht wollen." unterbrach Johanna sie konsterniert.

„Schon." lenkte Geraldine ein, „aber Gemeinschaft mit anderen Christen ist wichtig."

„Auch richtig." Johanna hob die Hände, „aber du warst noch nicht fertig."
„Hm?"
„Der Nebeneffekt."
„Ach so – ja." Das Grinsen kehrte zurück, „diese Liste wird ja von den Pastoren geführt. Nicht von den Mitgliedern. Das heißt: Jemand, von dem der Pastor nicht weiß, dass er eine Gabe hat, steht auch nicht drauf. Das Jesulein geht wahrscheinlich davon aus, dass jeder guter Christ, der eine Gabe hat, sie auf jeden Fall immer auch einsetzen wird. Aber in dieser Situation..."
„...werden sie alle schön die Klappe halten." Z ließ sich anstecken, war damit aber zunächst der Einzige. Denn auf Geraldines zustimmendes „Richtig." hin kam erst einmal ein Einwand von Johanna:
„Sofern sie von der Liste wissen."
„Das wissen sie." schaltete sich Steve ein, „weil ja die Gemeinde geschlossen wurde. Und sie alle wissen wollen, warum. Und Jakob jedem, der fragt, die Wahrheit sagt."
Annie legte den Kopf schief: „Darf er das denn?"
„Was sollen sie denn machen?" entgegnete Katiana, „an dem Punkt, dass er strafrechtlich verfolgt werden kann, sind wir noch nicht."
„Auch wahr."
„Ihr habt also noch mal mit ihm gesprochen?" hakte Johanna bei Steve und Katiana nach, „nach der Sendung?"
„Er wurde persönlich über die Schließung informiert." antwortete Steve, „und darüber, dass es im Fernsehen verkündet wird. Heute Morgen schon. Daher wusste es auch Freddy. Einige Leute hat Jakob von sich aus angerufen."
„Und was macht er jetzt?" erkundigte sich Nils.
„Weiter."
„Womit?"
„Predigen."
Annie runzelte die Stirn: „Wie das?"
„Na – er wohnt." Nun wirkte auch Katiana deutlich fröhlicher, „und was er in seinen eigenen vier Wänden macht, kann allen anderen egal sein."
„Ist es aber nicht." bremste Nils sie gleich wieder aus – nur um von seiner Frau relativiert zu werden:

„Wäre es nicht, wenn sie es wüssten."

„Wie will er denn verhindern, dass es rauskommt?" bohrte Annie direkt nach.

„Es ist kein Gottesdienst am Sonntagmorgen." klärte Katiana sie auf, „es ist eher wie ein Hauskreis. Und er lädt nur Leute ein, die von sich aus fragen, ob er nicht heimlich was machen könnte. Oder von denen er sicher weiß, dass sie nicht an diesen falschen Fuffziger glauben."

„Sind das viele?"

„Weiß ich nicht genau. Ich schätze aber mal nein. Weil er sehr vorsichtig sein wird."

Z räusperte sich und alle sahen ihn an. Was er natürlich zuerst nicht merkte. Erst, als Becka ihn anstieß, wurde er sich gewahr, dass sie auf den Satz nach dem Räuspern warteten – und sprach ihn aus: „Wisst ihr, was ich gerade überlege?"

„Nein." kam es aus allen Fenstern zurück.

„Das wäre was für uns alle. Geraldines Gemeinde hat sich selbst aufgelöst und bei Becka und mir hat Karsten letzten Sonntag so brav das vorgegebene Thema runtergeleiert, dass ich mir fast sicher bin, dass er auch das mit der Liste macht."

Annie schlug sich entsetzt auf den Mund: „Mit dir?"

„Nein." beruhigte Z sie schnell, „das habe ich ihm deutlich machen können. Zum Glück. Aber er hat eben nicht gesagt: ‚Ich schreibe gar keine.' Er hat gar nichts gesagt. Nur: ‚Z – mach dir keine Sorgen. Dein Geheimnis ist bei mir gut aufgehoben.'"

„Dann ist doch alles fein." überlegte Katiana.

„Schon. Aber nach einem zweiten Gottesdienst in strikter Konformität musste ich feststellen, dass mir die Rückkehr in meine alte Gemeinde schon wesentlich weniger schlimm vorkam. Und Becka fand die Idee auch nicht so schlecht. Sprich: Wir waren schon mehr oder weniger entschieden, euch wirklich zu folgen."

Nils fuhr sich übers Kinn: „Um den Schein zu wahren, wäre es allerdings nicht schlecht, wenn ihr bleiben würdet."

„Schein?" wiederholte Becka stellvertretend für ihren Mann.

„Na – wenn du jetzt gehst, dann merkt er, dass du sein Verhalten nicht gut findest. Dann wird er vielleicht sauer und verrät dich doch."

„Meinst du?" Z und Becka wechselten einen Blick und schüttelten dann beide den Kopf, „kann ich mir nicht vorstellen."

„Also ich finde die Idee gut." schlug Annie den Bogen zurück, „weil ich letzten Sonntag ähnliche Probleme hatte. Und von Sandra wegen der Liste eine ähnliche Antwort bekommen habe. Von daher war auch ich inzwischen an dem Punkt, wo ich einen Wechsel… Nur sind in meiner Gemeinde schon ein paar Leute, die mir sehr am Herzen liegen."

„Bring sie mit." schlug Johanna vor.

„Oder geh eben sonntags da hin." hatte Geraldine eine weitere Idee, „für die Leute."

„Und den Schein." setzte Nils hinzu – worauf Z unwillkürlich lächeln musste:

„Richtig. Der Schein. Und geh am… an welchem Abend es auch immer stattfindet zu Jakob."

Annie allerdings blickte noch kritisch drein: „Zwei Termine?"

„Als ob du so viele andere hättest." kicherte Geraldine und Annies Miene verfinsterte sich schlagartig:

„Danke. Erinner' mich nochmal daran, dass ich wieder Single bin."

„Das…" Geraldine wurde rot, „Annie – das wollte ich gar nicht. Ich meinte nur, dass du nicht arbeiten gehst."

„Oh. Okay."

„Sorry."

„Schon gut. Ich auch sorry."

„Auch gut."

„Dann würde ich sagen…" Becka atmete tief aus, „Steve – sag Bescheid, wenn du was weißt. Oder wer auch immer von euch es als erster erfährt."

„Wird gemacht." erwiderte Steve.

Z lag daraufhin schon ein ‚Tschüss' auf der Zunge, doch Annie setzte noch einmal an:

„Das ist krass, wie schnell das alles geht. Zwei neue ‚Gebote' in nur einer Woche."

„Die alles auf den Kopf stellen." fügte Johanna hinzu.

Auch Nils nickte: „Und die Bestrafung für die Ungezogenen auch gleich noch mit dabei."

„Dass sie auch nicht mal einen zweiten Sonntag abgewartet haben bei denen, die nicht richtig gepredigt haben." Geraldine schüttelte bedrückt den Kopf.

Nils legte ihr die Hand auf die Schulter: „Ich denke, dem Jesus war klar, dass die, die es beim ersten Mal nicht machen, gar nicht machen."

„Das stimmt. Aber die Geschwindigkeit beunruhigt mich schon. Einfach wegen der Akzeptanz der Leute. Er sagt – sie machen. Es wird überhaupt nicht mehr darüber nachgedacht."

„So ist das als Sohn Gottes." schnaubte Johannas Mann sarkastisch, „da wird man nicht in Frage gestellt."

„Der Heini muss weg." erklärte Z hart, „ganz schnell."

Aber Geraldine winkte ab: „Nicht durch uns."

„Wenn wir einen Aufstand anzetteln?"

„Er arbeitet weltweit." wandte Annie ein.

„Einen weltweiten Aufstand."

Becka sah ihren Mann amüsiert an: „Keine Chance."

„Warum so negativ?" ereiferte sich Z.

Es war Geraldine, die ihm antwortete: „Angst."

„Du hast Angst?" fragte er erstaunt.

„Nein. Die Menschen haben Angst. Überleg mal. Niemand kann beweisen, dass er es ist. Aber es kann auch niemand beweisen, dass er es nicht ist. Die Chancen stehen also 50:50. Und jetzt überleg dir die Konsequenzen. Wenn er es nicht ist und du gehst gegen ihn, passiert nichts. Aber wenn er es ist und du gehst gegen ihn... ade Himmel, tach Hölle. Das ist ein Risiko, dass kaum einer einzugehen bereit sein wird. Vor allem in Ländern, wo der Glaube noch sehr viel strenger und konservativer gelebt wird."

„Ich denke auch, wir sollten uns einfach weiter um das kümmern, was Gott uns aufgetragen hat." schloss Annie sich ihr an, „vielleicht bekommen wir zu sehen, wie er verschwindet. Und vielleicht dürfen wir sogar daran teilhaben."

„Meinst du?" Z kratzte sich zweifelnd die Wange.

„Wir sind in Frankfurt." erinnerte Geraldine ihn, „und er auch. Aber eben nicht auf eigene Faust."

Z seufzte: „Ihr habt Recht. Keine Faust. Nicht mal die eigene."

74

Jesus sah den Mann an, der ihm gegenübersaß. Lange. Wartete, dass dieser von selbst anfing zu sprechen. Was nicht passierte. Also lieferte er den Anstoß:

„Sag mir die Wahrheit."

„Das habe ich immer." antwortete der Mann.

„Verschweigen ist auch eine Art der Lüge."

„Was soll ich denn verschwiegen haben?"

„Ich habe hier zwei Geschichten." Jesus hielt einen USB-Stick in die Höhe, „die sich gegenseitig widersprechen. Klär das auf."

Der Mann rührte sich nicht. Bis Jesus ungeduldig mit dem Stick wedelte. Da fragte er leise: „Was weißt du?"

„So manches." erwiderte Jesus, „aber ich will es alles von dir hören."

Der Mann seufzte. Und begann zu erzählen. Als er geendet hatte, nickte Jesus:

„Das erklärt alles. Das ist gut. Für mich. Weil ich dir vergeben kann. Was auch für dich gut ist. Für die Leute da draußen allerdings..."

„Was ist mit ihnen?"

„Du solltest der sein, zu dem sie aufschauen. Der, der Veränderung – Besserung – bringt. Das ist nun kaum noch möglich. Wir mussten bereits eine Sache unter den Teppich kehren. Bei der wir das Glück hatten, dass gewisse Personen kein Interesse daran hatten, dich bloßzustellen. Hierbei allerdings..."

Der Mann ballte die Fäuste: „Ich kann auch der Öffentlichkeit erzählen, was ich dir gerade..."

„Und dann?" Jesus sah ihn traurig an, „es wird hierzu keine Gerichtsverhandlung geben, bei der nach der Wahrheit gesucht wird. Es wird einen Rundumschlag geben, bei dem Meinungsmache betrieben wird. Jeder wird zu Wort kommen – sicherlich. Du wirst deinen Teil sagen. Die anderen werden ihren Teil sagen. Und die Menge wird sich auf die Seite derer stellen, die sie als Opfer betrachten. Das ist immer so: Wenn sich zwei Parteien streiten, ist eine Opfer und eine Täter. Du magst mit der Sache von damals noch Pluspunkte in Sachen Mitleid sammeln können. Aber... die Gegenwart zählt mehr als die Vergangenheit. Das ist das, worauf man sich stürzen wird: dein Verhalten – jetzt. Und das war – seien wir ehrlich – unter aller Sau. Ganz egal, wie triftig deine Gründe gewesen sein mögen – du hast dich wie ein Stalker aufgeführt. Das lässt dir keiner durchgehen. Vor allem nicht in Zusammenhang mit dem, wo du herkommst. Und damit meine ich nicht deine Familie, sondern deine Kirche. Ruckzuck werden die Leute das eine und das andere zusammenzählen. Und selbst ohne Gericht wird es dadurch am Ende eine Verurteilung geben. Gegen die du mit nichts ankommen wirst."

Der Mann sackte in sich zusammen. Auf seiner Stirn standen dicke Schweißperlen: „Aber... kannst du nicht für mich sprechen? Wenn du den Leuten sagst, dass du mir glaubst, dann...“

„...werden sie mich kritisch betrachten." lenkte Jesus den Satz in eine andere Richtung, „das haben sie damals schon. Wenn ich mit den Zöllnern und Prostituierten zusammen gefeiert habe. Das hat ihnen nicht gefallen. Der Unterschied ist: Damals konnte mir das egal sein. Weil es nicht mein Auftrag war, alle Menschen zu meiner Lebzeit zu bekehren. Jetzt ist genau das mein Auftrag. Also kann ich es mir nicht leisten, dass meine Integrität in Frage gestellt wird. Ich brauche Menschen um mich herum, auf die meine Reinheit abfärbt. Nicht Menschen, deren Schmutz auf mich abfärbt."

„Warum sagst du sowas?" Die Stimme des Mannes brach, doch davon ließ sich Jesus nicht beeindrucken:

„Weil es die Wahrheit ist. Auch. Wir sprechen heute viel über Wahrheiten. Manche davon sind tragisch – so wie deine. Manche sind hart – so wie meine. Aber wir müssen ihnen allen ins Auge sehen. Du hast Fehler gemacht. Damals. Heute. Jetzt bezahlst du den Preis dafür."

„Betrachtest du es denn als Fehler? Was ich versucht habe – was ich wollte?"

Jesus seufzte: „Du kannst niemanden zu etwas zwingen. Auch nicht zum vermeintlich Guten. Du hattest einen Plan für diese Frau. Sie wollte ihn nicht. Du wolltest ihn ihr aufdrücken. Das geht niemals. Eigentlich solltest du das gelernt haben in meiner Gegenwart. Denn das ist das, womit ich mich tagtäglich beschäftige."

Der Mann sah zu Boden: „Was soll ich jetzt tun?"

„Dem Ehepaar geht es – wenn ich das richtig verstehe – einfach nur darum, dass du sie in Ruhe lässt. Darum haben sie dich gebeten. Du hast nicht gehört. Also haben sie dir gedroht. Und du hast weiter nicht gehört. Allein schon das war über alle Maße töricht. Dass du selbst nach dieser Warnung nochmal zu ihr gegangen bist. Ihr aufgelauert hast. Beim Einkaufen. Wie kannst du so etwas tun?"

„Ich wollte doch nur mit ihr reden. Sie zur Vernunft bringen."

„Deine Vernunft ist nicht ihre Vernunft." belehrte Jesus ihn, „und das kann sie nicht erkennen, indem du sie drängst. Sie muss es von alleine merken. Dann kommt sie von selbst zu dir."

„Ehrlich?" Ein Hauch von Hoffnung erschien auf dem Gesicht des Mannes – aber Jesus machte ihn sofort zunichte:

„Normalerweise. In diesem Fall jedoch glaube ich das nicht. Dafür bist du schon zu weit gegangen. Du bist für sie jetzt ein rotes Tuch. Das ist kaum wieder gut zu machen."

„Ich soll sie also vergessen."

Jesus zuckte mit den Schultern: „In deinem Herzen darfst du sie rumtragen bis zum Ende deines Lebens. Aber nur dort. Ausschließlich dort. Alles andere ist tabu."

„Sonst?"

„Sie hatten vier Schritte. Die ersten beiden habe ich eben schon genannt. Nun sind wir bei Schritt drei: Sie haben mich gebeten. Dass ich dich bitte. Ich kann nur hoffen, dass du von mir annimmst, was du von ihnen nicht annehmen wolltest. Denn sonst kommt Schritt vier: Sie gehen an die Öffentlichkeit. Dann kann ich dich nicht mehr schützen."

„Du könntest es verhindern." wandte der Mann ein – und wurde postwendend abgeschmettert:

„Ich werde gar nichts verhindern."

„Bist du nicht hier, um uns alle zu retten?"

„Was glaubst du wohl, was ich hier gerade versuche?" schnaubte Jesus ihn an, „das hier ist meine Rettungsaktion. Du – stehst in der Grube, die du dir selbst geschaufelt hast. Und ich – höchstpersönlich – werfe dir ein Seil zu. Ergreife es – und ich ziehe dich heraus. Grabe weiter – noch tiefer – und du wirst nicht mehr danach greifen können. Denn so weit nach unten reicht mein Seil nicht. Dann gibt es keine Rettung mehr – nur noch Konsequenzen."

„So kann ich nicht leben." jammerte der Mann.

„Doch." erwiderte Jesus hart, „das kannst du. Das musst du sogar."

75

In den zehn Jahren, die sie als Stewardess arbeitete, hatte Katalyn schon viel erlebt. Und konnte daher viele Situationen sehr gut und richtig einschätzen. Sie hatte sich nie von einem Piloten ins Bett schleppen lassen; hatte sich nie an den Aufputschexzessen einiger ihrer Kolleginnen beteiligt; war nie unsinnig mit dem Geld umgegangen, das sie verdiente. Sie sah es als Geschenk, dass sie aussah, wie sie aussah; betrachtete den Job, den ihr dies beschert hatte, allerdings eher nüchtern. Er bot ihr viele Vorzüge aber eben auch viele Nachteile. Ihren wundervollen Freund, der ihr am Abend ihres ersten Dates in allen süßen Einzelheiten auseinandergesetzt hatte, was genau es bedeutete, den Satz ‚Meine Freundin ist Stewardess.‘ laut aussprechen zu können, sah sie an höchstens zwei Tagen in der Woche und auch das meistens in der Zeit von Mitternacht bis zum frühen Morgen. Das war nicht immer schlecht, denn er fühlte sich schön an und sie sich bei ihm geborgen. Was bei all der Anonymität, die die Abfertigung von mehreren 1.000 Fluggästen pro Woche mit sich brachte, etwas war, wonach sie sich sehr sehnte. Aber auf lange Sicht gesehen, war es das Geld und die kurzfristigen Aufenthalte in der Flughafenumgebung anderer Länder nicht wert. Sie hatte sich immer bemüht, diese Sachlichkeit nicht zu verlieren – um den Moment nicht zu verpassen, in dem die Nachteile die Vorteile überwogen. Der Moment, in dem sie aussteigen musste. Und diese Klarheit hatte bewirkt, dass sie eine besondere Sicht auf die Dinge um sich herum bekam. Und auf die Menschen um sich herum. So war sie auch die Einzige, die nicht in Panik geriet, als der Mann, der ziemlich genau in der Mitte der zweiten Klasse des Linienfluges von Rio nach London saß, plötzlich aufsprang, ein Taschenmesser hervorzog, und wild damit zu fuchteln begann. Die Leute um ihn herum fingen an zu schreien und Katalyn konnte Worte wie ‚Entführung‘ und ‚Terrorist‘ vernehmen. Sie jedoch wusste es besser – gleich auf den ersten Blick. Das war eine Angstattacke. Dieser Mann wollte niemanden angreifen – er fürchtete um sein Leben. Aus welchem Grund, das vermochte Katalyn nicht zu sagen. Aber wenn sie es herausfand, konnte ihm sicherlich geholfen werden. So trat sie auf ihn zu, während sich die Passagiere vor, hinter und neben ihm in alle möglichen Ecken verkrochen. Er brabbelte wirr in einer Sprache, die sie nicht verstand. Als sie näher herankam, wurde ihr bewusst, dass es Deutsch war, doch das nützte ihr kaum etwas, denn die zwei Jahre Anfängerkurs in der Schule hatten ihr nur ein relativ geringes Verständnis beschert. Und die paar Brocken, die sie erkannte, zeigten ihr zudem, dass das, was er sagte, höchstwahrscheinlich keinen Sinn ergab. Aber er sah aus wie ein Geschäftsmann und war laut seiner Buchung vorher in Kanada gewesen. Also war die Wahrscheinlichkeit groß, dass er Englisch konnte. So sprach sie ihn an – ruhig und langsam und leise. Und für einen Moment hatte sie den Eindruck, dass sie zu ihm durchdrang. Dann jedoch machte er eine ruckartige Bewegung auf sie zu und sie spürte entsetzt, wie die Klinge des Taschenmessers in ihren Oberarm eindrang. Natürlich war diese Wunde nicht tödlich – dennoch sollte sie ihren Tod herbeiführen. Denn genau in diesem Augenblick gesellte sich eine weitere Person hinzu.

Bob war jahrelang bei der Polizei gewesen und hatte diesen Job aufgeben müssen, weil ihm die Dinge, die er in den Slums von New York hatte mit ansehen müssen, einfach zu nahe gegangen waren. So hatte er sich umorientiert – in einer Zeit, in der die Stadt und auch das ganze restliche Land von der Angst vor Terrorismus fast wie gelähmt gewesen war. Wodurch ihm die Suche erheblich vereinfach worden war. Bis zum Beginn des Krieges hatte er beim amerikanischen Flugsicherungsdienst gearbeitet und war dann nach Südamerika, genauer gesagt Brasilien, übergesiedelt, wo man ihn aufgrund seiner Erfahrung ohne Probleme für den gleichen Job engagiert hatte. So überwachte er die Einreisenden und begleitete Flüge aus dem und in das Land. Das hatte er in den USA nicht machen müssen und tat es jetzt nur sehr selten und dann auch sehr ungerne, denn er bekam vom Fliegen Schwindelgefühle, die ihm nicht guttaten und natürlich auch seine Arbeit beeinträchtigten. Doch mit einer Frau und drei Kindern war es nicht leicht in einem Land, in dem er die Sprache nur zur Hälfte verstand und in dem mehr als die Hälfte der Leute keine Arbeit hatten. Daher hatte er diese Tatsache bei seiner Einstellung verschwiegen. Und bisher hatte es ihm auch nie irgendwelche Schwierigkeiten bereitet. Bis jetzt. Denn jetzt sah er sich zum ersten Mal in seiner Laufbahn in einer Flugzeugkabine einem bewaffneten Menschen gegenüber. Um ihn herum hatten sich bereits alle versteckt – nur eine der Stewardessen versuchte, den Mann zu beruhigen, der da im Gang stand und sie alle bedrohte. So hielt er sich zunächst zurück und wartete ab. Dann jedoch geschah das, was er befürchtet hatte: Der Mann griff sie an und er musste eingreifen. Mit aller Autorität, die er mit seinem vor Schmerzen pochenden Kopf aufzubringen im Stande war, erhob er sich und zog seine Waffe aus dem Halfter. Aber das hatte nicht die Wirkung, die er sich erhofft hatte, denn die Sicherheitsregeln schrieben vor, dass Fluggäste nicht darüber informiert wurden, wenn ein Sicherheitsbeamter mit an Bord ging. Lediglich das Personal wusste Bescheid und von diesem schenkte ihm niemand Beachtung. Sie waren alle damit beschäftigt, sich um ihre verletzte Kollegin zu kümmern, indem sie sie zunächst so schnell wie möglich aus der Gefahrenzone brachten. So sah er sich nur den Passagieren gegenüber und die sahen in ihm – durch den vorangegangenen Vorfall bereits vollkommen verängstigt – einen weiteren Angreifer, der ihnen zudem noch gefährlicher werden konnte, da er besser bewaffnet war. So steigerte sich die Panik noch weiter, die Leute sprangen schreiend durcheinander und sein Versuch, den Mann mit dem Messer ins Visier zu nehmen und dadurch zur Ruhe zu zwingen, scheiterte auf der ganzen Linie. Stattdessen geschah das, was er sich in vielen Situationen seines vorangegangenen Lebens gewünscht hätte, hier nun aber ganz und gar nicht gebrauchen konnte: Es fand sich einer, der den Helden spielen wollte. Ein junger Mann mit Kopfhörern auf den Ohren nutzte das allgemeine Chaos, um sich von hinten anzuschleichen und auf ihn zu stürzen. Er versuchte, ihm die Waffe wegzunehmen, was Bob natürlich nicht zulassen konnte. Sie rangen miteinander und in diesem Gerangel fiel ein Schuss. Schlagartig kam alles zum Stillstand und Bob blickte verängstigt um sich. Zu seiner Erleichterung ging niemand zu Boden und es schrie auch niemand voller Schmerzen auf. Die Kugel hatte also keinen Menschen getroffen. Das war gut. Die Frage war nur: Wo war sie dann gelandet? Die Antwort auf diese Frage erschloss sich ihm, als er durch die Stille ein leises Pfeifen vernahm und versuchte, dem Geräusch mit den Augen zu folgen. Er musste nicht lange suchen, dann hatte er das Loch ausgemacht, dass sie in einer Fensterscheibe auf der anderen Seite beim Austritt hinterlassen hatte. Auch einige andere Leute um ihn herum hatten es inzwischen bemerkt und irgendjemand äußerte den einzig sinnvollen Satz dazu: „Wir werden alle sterben." Das sorgte für eine andere Art von Panik: Jeder versuchte, so schnell wie möglich einen Sitzplatz mit Atemmaske zu erreichen.

Was sicherlich ein guter Gedanke war, doch sowohl Bob, der nun mit starrem Blick geradeaus auf dem Gang saß, als auch Katalyn, die geistesabwesend auf den Blutfleck blickte, der sich unter dem frisch angelegten Verband ausbreitete, wussten, dass es sinnlos war. Sie befanden sich mitten über dem Meer. Das Festland war in beide Richtungen mehrere 1.000 Kilometer entfernt. Selbst wenn sie den Aufprall an sich überlebten, würde es Tage dauern, bis Rettung kam – ganz abgesehen davon, dass man sie erst einmal finden musste. Der Satz stimmte – dessen waren sie sich beide gewahr. So schlossen sie die Augen und warteten ab. Und fragten sich beide unabhängig voneinander, was sie hätten anders machen können.

Die Piloten taten ihr Bestes, aber der Druckabfall in der Kabine setzte einen Ablauf in Gang, gegen den selbst sie machtlos waren, denn er war physikalischer Natur. Die kaputte Scheibe splitterte immer mehr auf und zerbarst schließlich ganz. Der Sog von außen zog lose Gegenstände an, die schließlich nach draußen gerissen wurden und damit das Loch weiter vergrößerten. Schließlich lösten sich die ersten Sitze aus ihrer Verankerung und folgten, wobei einer vom ebenfalls vorhandenen Sog der Triebwerke angezogen und hineingesaugt wurde und es so zur Explosion brachte. Das zweite Triebwerk auf dieser Seite folgte, das Flugzeug sackte ab und die unterschiedlich einwirkenden Kräfte brachten den Flügel zum Reißen, der auf dem Weg ins Nichts auch noch das Heckruder mit sich nahm. Zwei Minuten später schlug das Flugzeug auf der Wasseroberfläche auf und zerbrach dabei in drei Teile, die praktisch sofort zu sinken begannen. Fast alle der 274 Passagiere an Bord sowie die komplette zehnköpfige Crew kam dabei ums Leben. Lediglich sieben Leute schafften es, rechtzeitig nach draußen ins Wasser zu gelangen. Sie hielten sich an den wenigen Wrackteilen fest, die nicht mit untergingen und hofften auf Rettung. In einiger Entfernung konnten sie eine Feuersäule beobachten und auch wenn keiner von ihnen laut redete, fragten sie sich doch alle, ob diese durch sie ausgelöst worden war. Das Feuer brannte bis tief in die Nacht. Doch es brachte nur ein wenig Helligkeit – es brachte keine Wärme. Und genau da lag das Problem. Denn die Nacht brachte die Kälte. Und die Kälte brachte auch für diese letzten sieben Leute den Tod.

76

Ivo mochte seinen Job. Auch wenn so gut wie jeder andere mitleidig mit dem Kopf schüttelte, wenn er davon erzählte. Sie verstanden in halt nicht. Seine Frau dagegen verstand ihn. Und machte mit. Die guten Zeiten – wenn er sechs Monate am Stück zuhause war und sie all das Geld, das er mitbrachte, in Ruhe ausgeben konnten; und die schlechten Zeiten – wenn er die anderen sechs Monate auf See war und eben jenes Geld verdiente. Das einzige Problem, das sie jemals mit ihm besprochen hatte, war der Sex gewesen. Natürlich war ihr klar, dass er sich keine fremden Frauen an Bord holen würde. Im Grunde hatte sie sogar wesentlich mehr Gelegenheit, in seiner Abwesenheit fremd zu gehen als er. Schließlich war sie ganz normal zuhause während dieser Zeit. Aber er vertraute ihr und sie vertraute ihm. Sechs Monate getrennt bedeutete jedoch sechs Monate keinen Sex und sie war sich im Klaren darüber, dass er das niemals so lange aushielt. Und sich daher helfen musste. Was die meisten seiner Kollegen mit Filmen oder Heften oder ähnlichem Material taten. Das wollte sie nicht. Und er wollte das auch nicht. Sie war die einzige Frau für ihn. Also hatten sie etwas getan – gleich im zweiten Jahr – worüber viele andere noch viel mehr mit dem Kopf geschüttelt hätten: Sie hatten sich fotografieren lassen. Nackt. Und sich die Fotos gegenseitig geschenkt. Seitdem gab es keine Probleme mehr zwischen ihnen. Seitdem waren sie ein rundum glückliches Paar – sechs Monate zusammen und sechs Monate getrennt. Und so musste Ivo auch kein schlechtes Gewissen mehr haben, dass er seinen Job mochte. Es war alles in bester Ordnung. Was allerdings nicht hieß, dass sein Job immer wundervoll war. Es gab Tage, an denen er sich ihre Fotos anschaute und sich wünschte, dass sie in echt da war. Es gab Tage, an denen ihm die Freiheit, das Meer, die Weite – all das, was ihn dazu bewogen hatte, diese Stelle überhaupt erst anzunehmen – einfach nur auf die Nerven ging. An denen ihm seine Kollegen auf die Nerven gingen. An denen er sich wünschte, er würde Land sehen, wenn er an der Reling stand und in die Ferne blickte. Und nicht nur das endlose Meer, das sich in alle Richtungen erstreckte. Natürlich erblickte er immer irgendwann Land. Schließlich fuhren sie nicht sinnlos im Kreis. Sondern zwischen England und Kanada hin und her. Und an den Tagen, die es brauchte, um das Schiff zu ent- und wieder neu zu beladen, konnte er immer an Land gehen. Denn dafür wurde er nicht gebraucht. Und während die meisten seiner Kollegen schon ab dem Moment der Einfahrt in den Hafen den Kai nach jenen Frauen absuchten, die bereit waren, gegen ein klein wenig Geld als Ersatz für die daheim zu dienen, suchte er den Kai nach einem Taxistand ab. Um in die nächste Stadt zu gelangen und dort etwas Schönes zu kaufen. Für die Frau, für die es keinen Ersatz gab. Darüber wiederum schüttelten seine Kollegen regelmäßig mit dem Kopf. Sein Leben enthielt – wenn er näher darüber nachdachte – eine Menge Situationen, in denen andere Leute mit dem Kopf schüttelten. Weil er anscheinend immer anders war – als sie dachten, dass er zu sein hatte. Der Punkt des genervt seins war diesmal allerdings noch nicht erreicht und dass er hier an der Reling stand und in die Ferne blickte, hatte rein gar keinen negativen Hintergrund. Denn einer der Gründe, weswegen er sich für einen Job auf See entschieden hatte, war dass er sie liebte. Nicht so sehr wie seine Frau. Aber dennoch ziemlich doll. Er liebte diese unnachahmliche Mischung aus Ruhe und Verspieltheit, die sie verbreitete. Immer in Bewegung und trotzdem eigentlich immer in Frieden. Und er liebte den Blick. Gerade dann, wenn er nichts sah. Diese Unendlichkeit, die ihm vor Augen führte, wie groß die Welt wirklich war. Auf dem Festland hatte das Auge Ziele. Punkte, an denen es sich festmachen konnte. Hier gab es das nicht. Hier schien es kein Ende zu geben. Das Gefühl, das ihm dies vermittelte, war wunderschön und seltsam zugleich. Und es ließ niemals nach. Seit er das erste Mal auf See gewesen war, kannte er es. Und es kam jedes Mal wieder. Und packte ihn. So stand er da und blickte aufs Meer, als seine Gedanken von einem Geräusch abgelenkt wurden. Natürlich war er an Flugzeuge gewöhnt, denn sie überquerten das Meer täglich und er bekam sehr regelmäßig welche zu sehen und hören. Dieses allerdings klang wesentlich lauter als sonst, was nur bedeuten konnte, dass es tiefer flog. Und das machte hier draußen überhaupt keinen Sinn. Im Gegenteil: Es konnte eigentlich nur etwas Schlimmes heißen. Er richtete seinen Blick vom Meer in den Himmel und suchte ihn ab. Es dauerte nicht lange, bis er die große Maschine gefunden hatte, die sich zu seinem Entsetzen im Sinkflug befand und das zudem sehr unruhig. Und sie war gar nicht mal weit entfernt. Dann sah er etwas wegfliegen, was auf die Entfernung schlecht zu erkennen war, ihn aber grob an einen Sitz erinnerte. Es folgten weitere kleinere Teile und er hatte keinen Zweifel mehr: dieses Flugzeug war am Abstürzen. Er griff zu dem Funkgerät, das er am Gürtel trug. Der Weg von seinem Platz bis zur Brücke war lang und er musste auf der anderen Seite des Schiffes entlang gehen. Bis er dort war, war das Flugzeug wahrscheinlich schon unten und es war für eine Rettungsaktion enorm wichtig, dass er sah, wo es aufschlug. Doch er kam nicht mehr dazu, etwas zu sagen, denn während er noch an der Schnalle an seinem Gürtel nestelte, ging bei der Maschine ein Triebwerk in Flammen auf. Er stockte in seiner Bewegung. Die schreckliche Faszination dessen, was über ihm geschah, lähmte seine Sinne. Gebannt starrte er nach oben, während das zweite Triebwerk ebenfalls Feuer fing, das Flugzeug absackte und der komplette, brennende Flügel abriss. Er traf das Heckruder, trennte es vom Rumpf und schleuderte es davon. Direkt auf ihn zu. Das war auch sein letzter sinnvoller Gedanke. Nach wie vor war er nicht in der Lage, sich zu rühren und folgte lediglich mit den Augen dem Weg des Heckruders. Es beschrieb eine schwungvolle Kurve nach unten und er musste den Kopf zur Seite drehen, um ihm bis zum Ende zuschauen zu können. Dann schlug es ein. Genau in die großen Tanks in der Mitte des Schiffes, in denen sich mehrere 1.000 Tonnen Öl befanden. Die Explosion war ohrenbetäubend, aber Ivo bekam davon kaum etwas mit, denn die Druckwelle schleuderte ihn über die Reling und der nachfolgende Feuerstrahl fraß ihn auf noch bevor er das Wasser erreicht hatte. Hätte er einige Sekunden mehr Zeit gehabt, hätte er sich vielleicht noch Vorwürfe gemacht, den Kapitän nicht informiert zu haben. Doch solche Vorwürfe wären unnütz gewesen, denn die Wucht der Explosion riss das Schiff komplett in zwei Teile und das brennende Öl vernichtete alles, was sich an der Oberfläche befand. Die komplette 40-köpfige Besatzung starb dadurch und die zwei Schiffshälften begannen langsam zu sinken. Lediglich das Öl blieb an der Oberfläche und bildete eine riesige Lache – die bis tief in die Nacht von einer hohen Feuersäule verzehrt wurde.

77

Das Podium war leer. Jesus war nicht da. Und so mancher vor dem Fernseher fragte sich, wo er sein könnte. Er hatte noch nie nicht vom ersten

Moment an vor der Kamera gestanden. Dann kam er. Und man sah ihm deutlich an, dass er sich unwohl fühlte. Seine Gedanken sah man nicht. Zum Glück für ihn. Denn sie waren alles andere als spruchreif: ,Warum musste dieser Idiot das nur tun? Warum konnte er nicht einfach seinen Arsch im Sessel lassen? Warum musste er sie nochmal anrufen? Wie dumm ist er eigentlich? Am liebsten würde ich ihn direkt in die Hölle schicken. Alle meine Pläne mit ihm – ich sollte ihn wirklich umbringen. Direkt hier auf der Bühne.' Als er dann zu sprechen begann, waren seine Worte gewählt. Der Ausdruck in seinem Gesicht blieb. Doch er passte zu seinen Worten. Und erzielte daher die richtige Wirkung – auch, wenn er von etwas völlig anderem herrührte:

„Liebe Kinder meines Vaters. Das Leben hier unter euch ist schwer. Meine Aufgabe ist schwer. Aber nicht nur ich habe eine schwere Aufgabe. Auch die, die mich begleiten, müssten viele Lasten tragen. Geistig, körperlich, geistlich. Sie alle tun ihr Bestes. Und ich gebe ihnen Kraft, so gut es geht. Doch auch wenn meine Möglichkeiten, ihnen Kraft zu geben, unbegrenzt sind, sind ihre Möglichkeiten, sie aufzunehmen, doch begrenzt. Und immer wieder kommt einer von ihnen an den Punkt, wo er Ruhe finden muss. Wo er sich aus dem Dienst verabschieden muss. Weil seine Grenzen erreicht sind. Normalerweise gehe ich damit nicht an die Öffentlichkeit. Diese Leute haben es verdient, in Ruhe Ruhe zu finden. Dies jedoch ist ein Ausnahmefall. Denn es ist jemand, der schon von alleine in der Öffentlichkeit steht. Ich habe ihn eingesetzt – als Oberhaupt der größten Kirche der Welt. Ich wollte, dass er das Verbindungsstück bildet zwischen mir und euch. Er hat sein Bestes gegeben. Er war immer da, wenn ich ihn brauchte. Er hat nach bestem Wissen und Gewissen gehandelt. Doch auch er hat Grenzen. Und in der letzten Zeit hat er immer wieder gemerkt, wie er sie anstößt. Er hat versucht, trotzdem weiterzumachen. Sich noch mehr Kraft von mir geben zu lassen. Aber der menschliche Körper... wir alle sind sterblich. In dieser Hülle. Und wir können sie nicht überstrapazieren. Mein guter Freund und Wegbegleiter Miguel Ortiguez hat mir heute mitgeteilt, dass er nicht mehr weitermachen kann. Und gemeinsam haben wir entschieden, dass es keinen Sinn macht, wenn er sich weiter quält. Er braucht eine Pause. Er muss sich von seiner Erschöpfung erholen. Vielleicht wird er eines Tages wieder eine Aufgabe für mich übernehmen. Sein Herz brennt nach wie vor dafür. Aber es wäre nicht gut, wenn er sich überfordert. Mit sofortiger Wirkung wird er sein Amt bei der Kirche niederlegen. Und damit auch seine Arbeit für mich beenden. Ich danke ihm von Herzen – auch im Namen meines Vaters – für alles, was er investiert hat. Und für alles, was er noch investieren wird. Ich werde ihn nicht aus den Augen verlieren. Und aus dem Herzen erst recht nicht. Er ist ein guter Mann. Möge er die Ruhe finden, die er so dringend braucht. Vielen Dank. Und... im Namen meines Vaters – Amen."

78

Die Vision kam Z sehr ungelegen, denn eigentlich hatten die Freunde etwas anderes vorgehabt an diesem Vormittag. Und am Nachmittag musste er sich um Becka kümmern. Die ihren letzten Arbeitstag hatte und aller Wahrscheinlichkeit nach ziemlich aufgelöst nach Hause kommen würde. Doch der Auftrag ging natürlich vor und so erledigte er ihn ganz brav. Der Mann war ziemlich misstrauisch und Z kam nicht drumherum, ihm eine Menge zu erklären, was er eigentlich Steve hatte überlassen wollen. Es schien sich auch ganz offensichtlich nicht um einen gläubigen Menschen zu handeln, denn er stellte keinerlei Fragen, ob Z etwas mit Jesus zu tun hatte und als Z eine Frage in Richtung ‚Kennen Sie ihn?' stellte, zuckte er nur mit den Schultern. Das kam Z natürlich gelegen und so kehrte er guter Dinge nach Hause zurück und bereitete die Wohnung so vor, dass Becka gar nicht anders konnte, als sich wohlzufühlen. Zwischendrin rief Steve an und verkündete, dass er ein neues potenzielles Gemeindemitglied aufgetan hatte – allerdings verbunden mit der Frage, in welche Gemeinde er ihn schicken solle:
„Jakob kommt da nicht in Frage. Das ist nichts für Neulinge."
„Da stimme ich dir zu." Z blickte nachdenklich aus dem Fenster, „unsere Gemeinde ist... ach – Karsten ist kein schlechter Mensch. Nur nicht so mutig, wie ich es gerne hätte. Und er hat zumindest keinen Blödsinn erzählt am Sonntag. Er hat schon das Beste draus gemacht, was ging. Schick ihn dorthin."
„Sagst du mir die Adresse?"

„Adresse? Hm... warte mal... hier – habe ich sie. Ich schicke sie dir per SMS."
„Auch gut. Danke.
„Gern geschehen."
Steve legte auf und Z ging durch den Kopf, wie er sich über Becka lustig gemacht hatte, dass sie die Adresse seiner alten Gemeinde nicht wusste. Und er wusste nicht einmal die seiner jetzigen Gemeinde. Sie hatte schon Recht: Wenn man einen Ort vom Sehen kannte und wusste, wie man hinkam, brauchte man die Straßennamen nicht. Oder vergaß sie wieder. Denn für ihren ersten Besuch hatte er sich die Adresse schließlich herausgesucht. Er beschloss, sich bei ihr zu entschuldigen, sobald sie eintraf.

79

Becka saß derweil mit Tränen in den Augen an ihrem Schreibtisch, während die Kollegen und auch ihr Chef ein Geschenk nach dem anderen bei ihr abluden.
„Ich will gar nicht weg." schniefte sie und ihr Chef reichte ihr ein Taschentuch:
„Das sagst du jetzt. Wenn das Bündel erstmal da ist..."
„Ihr seid süß." Becka schnäuzte sich und sah dann von einem zum anderen, „alle. Ich drücke euch." Sie wollte aufspringen, aber Vivienne drückte sie zurück auf ihren Stuhl:
„Nachher. Wenn du gehst. Das reicht."
„Willst du nicht?"
„Ich will dich nur am Weiterheulen hindern."
Becka schluckte: „Gut so."
„Dann mach dich mal ans Aufräumen." Vivienne hielt ihr einen leeren Karton hin, „nicht, dass es irgendwann anfängt zu stinken. Wenn die ganzen Süßigkeiten anfangen, zu schimmeln." Sie klopfte gegen die oberste Schublade von Beckas Schreibtisch und diese sich daraufhin an die Schläfe: „Als ob ich Süßigkeiten in meiner Schublade... was ist das denn?" Mit offenem Mund starrte sie auf den Inhalt der Schublade, die sie soeben aufgezogen hatte.
„Tja..." grinste Vivienne, „was ist das denn?"

„Ihr seid verrückt."

„Du brauchst Milch." erklärte ihr Chef, „fürs Kind. Und in Schokolade ist Milch."

Becka rollte mit den Augen: „Solche Logik kann nur von einem Mann kommen."

„Sie schmeckt trotzdem." versicherte er ihr.

„Und wird weg sein, bevor das Kind kommt."

„Oder so."

Lachend kehrten ihre Kollegen an ihre Plätze zurück. Und ihr Chef in sein Büro. Auch Vivienne setzte sich wieder. Becka blickte sie über ihren Monitor hinweg an:

„Wie geht es dir?"

„Gut." antwortete die Angesprochene.

„Und in ehrlich?"

„Gut."

„Vivienne." Becka seufzte und senkte ein wenig die Stimme, „ich sehe es dir an der Nasenspitze an. Was ist?"

„Ich will dich damit nicht belasten." gab Vivienne zurück.

„Weil es mein letzter Tag ist?"

„Weil du ein Kind kriegst."

„Du weißt, dass ich nicht lockerlassen werde."

„Ich will dir die Freude nicht verderben."

„Wie solltest du das?"

„Gar nicht."

„Eben." Becka verschränkte die Arme, „kannst du auch gar nicht. Also sag schon."

„Wir..." begann Vivienne, brach ab, und setzte erneut an, „es klappt einfach nicht."

„Bei manchen dauert es halt länger." versuchte Becka schnell, sie zu trösten, doch sie winkte nur ab:

„Ach, Becka. Wir versuchen es schon seit Jahren. Wie du sehr wohl weißt. Immer wieder, immer wieder. Ich habe nicht mehr verhütet, seit... sagen wir einfach, Jonas hatte noch Haare."

„Das muss sehr lange her sein. Ich habe noch nie ein Foto von ihm mit Haaren gesehen."

„Haben wir auch keine aufgehängt. In einigen alten Alben... aber... daran liegt es nicht."

„Natürlich nicht." stimmte Becka hastig zu und zögerte dann, bevor sie wirklich das fragte, was ihr schon des Öfteren durch den Kopf gegangen war: „Wisst ihr denn, wer... ich meine – woran...?"

„Wir haben so einige Untersuchungen machen lassen." erwiderte Vivienne unglücklich, „die Ärzte sagen, es sei alles normal."

Becka lächelte schwach: „Das ist doch schonmal gut."

„Möchte man meinen. Aber..."

„Schau mal – ihr macht es doch richtigrum." Becka öffnete eine der Tafeln aus der Schublade und warf Vivienne einen Riegel zu, „ihr habt euch beide einen festen Job gesucht, eine Weile geschaut, ob ihr zusammenpasst. Jetzt das Haus – das auch noch fertig eingerichtet werden muss..."

„Nur noch der Keller." warf Vivienne mit vollem Mund ein.

„Ich weiß. Aber das ist doch okay. Wenn es passiert, habt ihr alles bereit. Das ist doch toll."

„Ich habe die Hoffnung fast schon aufgegeben."

„Dann hol sie dir ganz schnell zurück."

„Wie denn?"

„Sollen wir..." Becka errötete leicht, „ich weiß, du findest das albern, aber... sollen wir beten?"

„Beten?" wiederholte Vivienne verblüfft – und Becka wiegelte sofort ab: „Albern, ich weiß."

„Nein." widersprach Vivienne zu ihrer großen Überraschung, „gar nicht. Früher habe ich das oft getan."

„Wirklich?"

„Noch länger her als Jonas' Haare."

„Okay. Aber dann... kennst du das ja. Willst du?"

„Ich?"

„Dass ich das tue."

Vivienne schluckte das letzte Stück Schokolade herunter. Dann nickte sie: „Ja. Bitte."

„Gut. Dann..." Becka drückte die Schublade zu, „lass uns in die Küche gehen."

„Einverstanden."

80

Becka war wirklich ziemlich aufgelöst, als sie nach Hause kam, und es dauerte eine ganze Weile, bis sie Z in alles eingeweiht hatte, was in ihr vorging. Er hielt sie im Arm und streichelte ihr über den Kopf. Irgendwann sah sie ihn an: „Es ist so unfair, dass es bei manchen klappt, die das gar nicht wollen und andersrum..."

„Die Natur." murmelte Z vage.

Becka rümpfte die Nase: „Gott hat das geschaffen."

„Gott hat die Welt geschaffen. Und ihr dann freien Lauf gelassen. So würde ich es sagen. Der freie Wille gilt nicht nur für uns Menschen. Er gilt für alles."

„Aber nicht für alles ist er gut."

„Für uns Menschen auch nicht." sinnierte Z – was Becka allerdings revidierungswürdig fand:

„Oft nicht."

„Okay – oft nicht."

„Ach Mensch." Becka schlug sich entnervt mit den Händen auf die Oberschenkel und Z zog sie noch fester an sich:

„Hat sie dir wirklich die Freude verdorben?"

„Nein. Die verdirbt mir keiner. Die Kleine ist das Großartigste, was mir jemals passiert ist. Mit Ausnahme von dir."

„Oh." machte Z, „danke. Und – zurück."

„Ich soll es zurücknehmen?"

„Du kriegst es zurück."

„Ah. Ja." Sie schloss die Augen und gurrte wohlig, „das nehme ich gerne."

81

Jedes Mal, wenn es klingelte, zuckte Zach merklich zusammen. Und öffnete die Tür nur ganz langsam. Doch die Person, vor der er sich fürchtete, stand auch dieses Mal nicht davor. Dafür eine ganze Schar Leute, die er zwar mochte, aber nicht erwartet hatte.

„Kommt rein." Er öffnete die Tür komplett und ließ sie eintreten, „was führt euch her?"

„Fragen. Antworten." gab Annie zurück.

„Ersteres von uns. Letzteres von dir." ergänzte Geraldine.

Beide sahen Zach herausfordernd an, der die Tür hastig schloss und sie dann ins Wohnzimmer führte, wo Cheyenne auf der Couch saß. Die Drillinge spielten auf dem Teppich und kümmerten sich nicht weiter um sie. Geraldine und Annie ließen sich ohne Umschweife nieder. Z zögerte zunächst:

„Ich habe ihnen gesagt, dass ich es erklären kann. Das Meiste zumindest. Aber sie wollten es von euch hören."

„Nun gut." Zach ließ sich neben seine Frau sinken, „dann fragt. Ich habe schon so eine Ahnung, worum es geht."

Annie lächelte ironisch: „Nicht schwer, nicht wahr?"

Geraldine warf Z einen Blick zu, auf den hin er sich endlich auch setzte. Dann legte sie los:

„Fangen wir an: Z hat dir eine unserer Aufnahmen gegeben. Da haben wir schon sehr mit ihm geschimpft. So geht das nämlich nicht."

„Ich..." stotterte Z sofort los, doch sein Bruder brachte ihn mit einer Handbewegung zum Schweigen:

„Lass nur. Ich mache das schon: Bei der Hochzeit von Becka und Z hat euer Freund Miguel meine Cheyenne angegraben." Er legte ihr demonstrativ den Arm um die Schulter und sie kuschelte sich an ihn. Seine Worte verfehlten ihre Wirkung bei den beiden Frauen nicht:

„Bitte wie?"

„Nicht wirklich."

„Von mir wolltet ihr es nicht hören." murmelte Z vor sich hin, wurde aber nicht weiter beachtet, denn Zach fuhr bereits fort:

„Schon ein starkes Stück, nicht wahr? Wie dem auch sei. Sie hat ihn abgewiesen und er das nicht hingenommen. Die Zeit danach hat er erstmal nur angerufen. Dann stand er plötzlich vor unserer Tür."

Annie blies die Backen auf: „Krass."

„Bis zu dem Zeitpunkt wusste ich nichts davon, weil Cheyenne sich geschämt und es verschwiegen hat."

„Was ich so gut verstehen kann." Geraldine warf ihr einen ermutigenden Blick zu und sie lächelte schüchtern zurück:

„Vielen Dank."

„Ich dachte, da muss was getan werden, also habe ich Z angerufen, weil der ihn besser kennt." nahm Zach den Faden wieder auf, „tja – und da kam die Sache mit der Aufnahme auf. Und der Tatsache, dass er da gelogen hat. Wegen seiner kriminellen Schwester. Das allein fand ich schon spannend und dachte, vielleicht kriege ich ihn damit irgendwie. Aber dann ist mir aufgegangen, dass die Lüge gar nicht das Spektakuläre ist. Sondern die Tatsache, dass er sie nicht angezeigt hat. Das ist ‚unterlassene Hilfeleistung'... Blödsinn: ‚Mittäterschaft'. Irgendsowas. Damit habe ich ihn konfrontiert. Hier. Habe ihm gesagt, dass er verschwinden soll. Andernfalls gehe ich damit zu seinem Chef."

„Jesus." vermutete Annie und Zach runzelte die Stirn:

„Bitte nenn ihn nicht so."

„Soll ich Marvin sagen?"

„Traurig für alle, die Marvin heißen." prustete Z los.

Geraldine überging ihn: „Aber warum ist er jetzt entlassen worden?"

„Er hat mich nicht in Ruhe gelassen." übernahm Cheyenne leise, „stand plötzlich im Supermarkt vor mir. Hat mich angefahren und wollte mich mit sich zerren."

„Nicht dein Ernst."

„Doch. Leider."

Zach nickte knapp: „Also sind wir zu dem Typen, der sich Jott-Pünktchen-Pünktchen nennt, und haben ihm alles erzählt. Er meinte daraufhin, er redet mit ihm. Bringt ihn zur Vernunft. Wir dachten, das wär's, aber schon am nächsten Tag klingelte wieder das Handy. Cheyenne ist nicht drangegangen, aber er hat eine Nachricht hinterlassen. Und sie bedroht."

„Bedroht?" wiederholte Annie ungläubig.

„Ja. Irgendsowas wie..."

„‚Du musst es für dich behalten. Sonst nimmt es ein böses Ende.' Das waren seine Worte." Cheyennes Stimme war kaum mehr als ein Flüstern. Ein ebenso leises Schluchzen folgte und Zach drückte ihr einen Kuss auf die Wange. Dann wandte er sich wieder den anderen zu, die sie fassungslos anstarrten:

„Wir haben ihm das vorgespielt – dem Jott-Typen. Haben direkt bei ihm durchgeklingelt und gesagt: ‚Das wars – wir gehen an die Presse.' Und er meinte: ‚Stopp – das regele ich intern.' Tja – und genau das ist passiert."

„Ja. Scheint so." Geraldine atmete tief aus, „Miguel ist weg vom Fenster. Nur... was hindert ihn daran, weiterzumachen?"

„Bisher ist noch nichts raus." kam es von Z, „aber die Möglichkeit haben wir ja noch und er hat niemanden mehr, der ihn deckt. Der Jesus-Sorry-Kerl mag ihn nach außen hin nett verabschiedet haben, aber das hat er sicherlich hauptsächlich gemacht, um sein eigenes Gesicht zu wahren. Was er auch weiterhin tun wird. Wenn es rauskommt, wird er sich dumm stellen und sagen: ‚Oh – das ist es also, weswegen du nicht mehr für mich arbeiten konntest. Da hast du mir aber nicht die Wahrheit gesagt. Schäm dich.' Dann steht Miguel noch schlechter da. Alle werden auf ihm rumhacken – inklusive derer, die eigentlich zu ihm stehen sollten."

„Ein weiterer Beweis, dass das nicht Jesus ist." bemerkte Annie – und Zach gab ein Schnauben von sich:

„Als ob man dafür noch Beweise bräuchte."

„Ich sag's ja nur."

„Wir müssen abwarten." Zach drückte Cheyenne an sich, „wenn er sich nochmal meldet, kriegt er eine letzte Warnung. A la: ‚Du hast keine Rückendeckung mehr – der nächste Schuss geht direkt vor den Bug.' Und wenn er es dann nicht schnallt..."

„Hoffen wir mal, dass es nicht so weit kommt." flüsterte diese, „ich will keine Schlammschlacht."

Er gab ihr einen weiteren Kuss, diesmal auf die Stirn: „Nein. Ich auch nicht."

„Und ich finde es nach wie vor nicht gut, dass ihr dafür unsere Aufnahmen verwendet habt." erklärte Geraldine – und Z ging wieder in den Verteidigungsmodus:

„Es war ein Notfall. Es geht – mit ein bisschen Glück – nichts an die Öffentlichkeit. Dann ist der Jesus-Mensch der Einzige, der es zusätzlich weiß."

„Und außerdem hat es etwas Gerechtes." setzte Cheyenne hinzu.

Geraldine zog die Brauen hoch: „So?"

„Er hat euch mit euren Aufnahmen in Schwierigkeiten gebracht. Jetzt ist es andersrum."

„Und sind wir ehrlich…" stieg Annie darauf ein, „wir hatten auch selbst darüber nachgedacht, es zu tun. Und ihm damit gedroht."

Geraldine brummte ungehalten: „Überlegt, ihm damit zu drohen. Aber wir haben uns dagegen entschieden. Und wären dabei auch geblieben."

„Ja." Z nickte, „das ist richtig. Und genau deswegen hätten wir damit auch genauso wenig Erfolg gehabt, wie mit dem, was wir versucht haben. Er kennt uns – und hat unseren Bluff direkt durchschaut. Zach kennt er nicht – und…"

„…Zach blufft auch nicht." erklärte dieser.

„Richtig. Das ist die andere Seite. Wir kennen Miguel eben auch. Und können es ihm nicht antun. Du kennst ihn nicht. Und kannst es daher. Was der Grund dafür sein dürfte, dass er bei uns nur gelacht hat – und bei euch Angst gekriegt."

„Nicht genug, wie es scheint." brummte Geraldine – worauf Z tief durchatmete:

„Vielleicht ja jetzt doch."

„Hoffen wir es mal…"

82

„Huch." stieß Annie hervor, als sich das Programm öffnete und ihr eine Schar an Gesichtern entgegenblickte, „bin ich die Letzte?"

„Scheint so." erwiderte Z mit amüsiertem Lächeln, „und nicht mal angezogen."

„Was?" Annie sah an sich herunter – und dann entrüstet in die Kamera, „natürlich bin ich… wie kommst du…?"

„Ih. Entschuldigung. Ich dachte, das wäre dein Schlafanzug."

Johanna kicherte laut: „Z. Keine Ahnung von gar nichts."

„So ist er." Auch Geraldine grinste breit, „ein Mann. Der nachts in Boxershorts schläft und tags in Boxershorts rumläuft. Kein Gespür für den feinen Unterschied zwischen einem echten Nachthemd und einem Shirt, das nur aussieht wie ein Nachthemd."

Annie stand auf: „Ich gehe mich umziehen."

„Musst du nicht." kam es von Geraldine, Katiana und Johanna gleichzeitig.

Sie blieb stehen: „Wohl doch."

„Du verkleidest dich doch eh gleich." entgegnete Geraldine und nun plumpste Annie doch zurück auf ihren Stuhl:

„Wie kommst du...? Woher weißt du...?"

„Du bist die Letzte. Hast du doch selber festgestellt. Z und ich haben schon geklärt, dass heute Großkampftag ist."

Annie riss die Augen auf: „Ihr hatte beide...?"

„Ja." nickte Z, „beide eine Vision. Und da lag der Schluss nahe..."

„...dass du auch eine hattest." beendete Geraldine für ihn.

Annie gab ein schmatzendes Geräusch von sich: „Stimmt."

„Wo?" erkundigte sich Geraldine und verwirrte Annie damit zunächst: „Wo?"

„Meine ist in Uelzen." erwiderte Geraldine als Erklärung für ihre Frage.

Annie runzelte die Stirn: „Wo ist das denn?"

„In der Lüneburger Heide."

„Na – da bist du ja unterwegs."

„Toll nicht?" Geraldine verzog das Gesicht, „Z ist in Darmstadt."

„Sau." brummte Annie, „Tschuldigung."

Z winkte lächelnd ab: „Und du?"

„Saarbrücken."

„Tja – da habe ich wohl gewonnen. Ich kann ja für euch kochen. Für wenn ihr zurückkommt."

„Für wenn." prustete Geraldine los, „wenn du so gut kochst, wie du sprichst, dann..."

„Er kocht schlechter, als er spricht." unterbrach Annie sie kichernd, „frag Becka. Aber ist es nicht wundervoll, dass ausnahmsweise mal ein anderer für seine Sprachfähigkeiten...?"

„Anderer schreibt man groß." wurde sie ihrerseits von Z unterbrochen.

Annie schüttelte sich: „Was? Aber ich habe doch... natürlich habe ich..."

„Sie ist noch müde, Z." Geraldine zwinkerte in die Kamera, „lass das."

„Ich finde das witzig." gab dieser zurück, „dass sie sich dafür rechtfertigt, dass sie beim Sprechen keinen Großbuchstaben benutzt hat."

Annie setzte eine Schmollmiene auf: „Dein Schlafanzug ist bestimmt viel döfer als meiner."

„Ich dachte, das wäre nicht dein Schlafanzug." entgegnete Z triumphierend.

„Ist es auch nicht."

„Sie ist wirklich noch müde." versuchte Geraldine es ein zweites Mal – und diesmal hängte sich Annie bei ihr an:

„Ist sie. Aber wach genug, um eine Frage zu stellen."

Doch auch das lieferte Z eine Vorlage: „Wie wach du bist wird sich anhand der Frage klären."

Annie streckte die Zunge heraus: „Wenn ihr beide eine Vision hattet... habt ihr dann diesmal vielleicht auch das andere gesehen?"

„Diesmal?" Geraldine kratzte sich am Kopf.

„Es war schonmal, dass nur ich es gesehen habe. Das fand ich ziemlich doof. Ich hatte es noch ansprechen wollen. Aber irgendwie... ich meine... ihr kennt das inzwischen genauso auswendig wie ich. Geraldine sogar bildlich."

„Was denn nun?" bohrte diese nach.

„Na – das andere."

„Andere?"

„Den zweiten Teil."

„Zweiten Teil?"

„Ist das neu, dass du immer wiederholst, was sie sagt?" spottete Z, ging damit allerdings unter, denn genau in diesem Moment erhellte sich Geraldines Miene:

„Jetzt weiß ich, was du meinst."

„Damit ist mein Tag gerettet." Annie seufzte erleichtert.

Z dagegen tappte nach wie vor im Dunkeln: „Alles klar bei euch?"

„Ja. Jetzt. Und wie."

„Wie?"

„Jetzt machst du das auch." zog Geraldine ihn auf, „immer wiederholen, was sie sagt."

Z schüttelte den Kopf: „Sie hat ‚Und wie' gesagt. Ich nur ‚Wie'."

„Na, das will ich grad noch so gelten lassen."

„Toll. Könntet ihr es einfach erklären?"

Geraldine rieb sich die Wangen: „Sag bloß, du hast es nicht gesehen."

„Das wäre seltsam." Annie tat es ihr gleich, „wobei... du hattest es ja auch vorher schonmal und..."

„Was denn nun?" ging Z ungeduldig dazwischen – und Annie sprach es aus:

„Die Frau. Beim Sex."

„Die Frau beim Sex." wiederholte er und Geraldine hob tadelnd den Zeigefinger:

„Das kann ich nicht mehr gelten lassen."

Z seufzte: „Geraldine."

„Z." bekam er postwendend zurück und merkte sofort, dass das in erster Linie eine Aufforderung war, endlich seinen Teil zum Thema beizutragen. Was er ohne weitere Umwege tat:

„Ja. Die habe ich gesehen. Aber ich dachte, das wäre ein Traum. Gewesen, meine ich. Ich dachte, ich wäre nach der Vision eingeschlafen und hätte einen sehr seltsamen Traum gehabt."

„Glaub mir – hast du nicht." versicherte Annie ihm ein wenig ungeduldig, „eine Frau. Die Sex hat. Und dabei altert. Mit wechselndem Hintergrund. Erzähl mir bloß nicht, dass du dich daran nicht mehr erinnern kannst."

„Also ich..." Z biss sich auf die Lippen – was Geraldine misstrauisch werden ließ:

„Kennst du sie?"

Z zuckte zusammen: „Wie kommst du darauf?"

„Du wirkst ein wenig... komisch."

„Nachdenklich vielleicht. Aber nicht wegen der Frau. Die kenne ich nicht. Und ich weiß ihre Bedeutung jetzt genauso wenig, wie ich sie bei unserem letzten Gespräch wusste."

„Aha." Annie bohrte den Zeigefinger in die Kamera, „also kannst du dich doch erinnern."

„Ja – ich gebe zu, dass ich eben nicht ganz ehrlich war." Z hob die Hände, „ich habe nicht gedacht, es sei ein Traum. Aber ich habe gehofft, es sei ein Traum. Denn wenn nicht..." Wieder brach er ab – und wieder ließ Geraldine das nicht durchgehen:

„Dann?"

„...hat das eine ganze Menge Applikationen."

Das allgemeine Gepruste und Geschnaube, das daraufhin losbrach, ließ seine Boxen scheppern und er drehte schnell ein wenig leiser. Annies „Äh... was?" hörte er trotzdem noch laut und deutlich – und wusste, dass er nicht einfach weitermachen konnte, sondern darauf eingehen musste:

„Ach... irgendein Wort, das ähnlich klingt. Fällt mir gerade nicht ein."

„Alliterationen?" schlug Annie vor und wieder brach Gelächter aus. In das hinein Katiana mit gespielter Strenge

„Annie." rief, was die Lautstärke weit genug zurückgehen ließ, dass Z ein „Ist auch egal." anbringen konnte, das Steve dankenswerterweise aufgriff: „Eben. Sag uns einfach, was du denkst."

Z nickte und wandte sich dem Fenster zu, in dem Geraldine zu sehen war: „Als wir das letzte Mal darüber gesprochen haben – als du sie zum ersten Mal hattest – da sind wir davon ausgegangen, dass sie von dem Dämon kommt, der damals in dir war. Das hat auch zu Annie gepasst, weil sie ja der festen Überzeugung ist, dass dieser oder ein anderer Dämon ihr im Leben auch schon ein ums andere Mal was ausgewischt haben… äh… hat."

„Der Meinung?" begehrte Annie auf, „ich weiß das. Erinnert ihr euch an das Messer in meiner Brust?"

„Das war ungünstig formuliert." entschuldigte sich Z, „ich weiß, dass es stimmt. Aber: Schon damals hatte ich meine Zweifel, was die Herkunft der Vision angeht. Nein – was die Art der Vision angeht. Ihr seid von einer Erinnerung ausgegangen, ich fand das fragwürdig. Konnte aber keine bessere Lösung bieten. Jetzt kann ich das. Und sie gefällt mir gar nicht."

Geraldine kniff die Lippen zusammen: „Sag."

„A: Es ist keine Erinnerung, sondern eine Vision. Muss so sein. Sie ist zwar anscheinend immer gleich, aber: Wir hatten sie nun alle. Und momentan sind wir alle in einem Zustand, den ich mal als ‚nicht angreifbar' bezeichnen würde. Wir sind alle brav. Und ganz abgesehen davon wissen die Dämonen nicht, dass wir wieder im Rennen sind. Zudem finde ich den Gedanken schwierig, dass sie in der Lage sein sollen, sich an eine Vision anzuklinken, die von Gott kommt. Das wäre… unschön. Und genau damit kommen wir zu B: Was Dämonen nicht können, kann Gott sehr wohl. Er kann sich sicher in das einklinken, was die Dämonen uns geben. Es besteht also eine gute Chance, dass es genau andersrum ist: Es kommt von Gott. Und er hat es uns – warum auch immer – in der Vergangenheit ab und zu an etwas drangehängt, was nicht von ihm kam. Gründe? Von mir keine. Vielleicht wollte er zeigen, dass er immer noch mehr Macht hat als sie. Zur Beruhigung. Und wir haben es nicht verstanden. Oder wir waren nicht offen für ihn und es war seine einzige Möglichkeit, überhaupt an uns ranzukommen. Was auch immer – er hat es uns geschickt. Erst Annie, dann Geraldine, jetzt mir."

„Genau." stimmte Annie lautstark zu, kaum dass er geendet hatte. Was ihn zunächst überraschte:

„Genau? Von dir?"

„Das ist der Grund, warum ich so fröhlich bin."

Das wiederum überraschte Geraldine: „Fröhlich? Du? Jetzt gerade?"

Annie ignorierte sie: „Ich hatte die gleichen Gedanken wie du. Und das bedeutet für mich, dass die Dämonen wesentlich weniger Einfluss auf mich hatten, als ich dachte. Das ist etwas Gutes."

„Das stimmt." nickte Geraldine, „das ist es. Aber – warum bist du traurig, Z?"

„Weil alle Visionen, die wir bisher bekommen haben, immer darauf abgezielt haben, Hilfe zu leisten." antwortete dieser, „wir kriegen nichts nur zum Anschauen."

„Wir haben die Visionen von unserem Spion zum Anschauen gekriegt." überlegte Annie.

„Richtig. Aber das hat sich hinterher geklärt."

„Das kann sich auch noch klären."

„Ich meine ja nur – das ist Besonders. Anders." Z schlug die Fingerkuppen aneinander, „allein schon der Zeitraum, über den sich diese Vision erstreckt. Und ich meine jetzt nicht den Zeitraum innerhalb der Vision. Sondern wie lange es her ist, seit du sie das erste Mal bekommen hast. Und wie oft du sie seitdem bekommen hast. Und jetzt die Steigerung. Erst eine, dann zwei, dann drei. Das heißt für mich, dass sie Gott sehr wichtig ist."

„Du denkst also, wir sollen dieser Frau wirklich helfen."

„Ja. Hätten wir schon längst tun sollen."

Geraldine legte zwei Finger an die Lippen: „Dann ist sie vielleicht doch das Mädchen aus dem Kindergarten."

„Was durchaus Sinn machen würde, wenn man bedenkt, dass dies die einzigen beiden Visionen sind, die mehrere von uns bekommen haben." stimmte Z ihr zu.

Auch Annie nickte – allerdings eher zaghaft: „Das mag durchaus sein. Es gibt halt ein Problem dabei."

„Das da wäre?"

„Wir haben keine weiteren Infos. Sonst kriegen wir Namen, Adressen, Schuhgrößen, all das."

Z legte die Stirn in Falten: „Ich habe noch nie..."

„Ach, Z. Du weißt, was ich meine. Gott hat noch nie verlangt, dass wir uns blindlings ohne jeglichen Anhaltspunkt auf die Suche nach jemandem machen. Das wäre auch ein Ding der Unmöglichkeit."

„Im Gegenteil." schloss sich Geraldine Annie an, „das eine Mal, wo wir sowas gemacht haben, war..."

„...zum nicht weiter dran denken." schlug Annie vor und Geraldine seufzte zustimmend.

Z dagegen war nun wieder unzufrieden: „Was denn dann?"

„Ich bin genauso schlau wie die letzten Jahre." erklärte Annie, „ich sage nur, dass ich deine Theorie für nicht richtig halte. Und das sage ich nicht, um dich unterzubuttern, sondern um dich zu beruhigen. Da liegt nicht seit gefühlt 20 Jahren eine Frau irgendwo auf einem Bett und wird Tag für Tag durchgef... äh... das halt – und wartet verzweifelt darauf, dass die drei maskierten Helden endlich das Haus stürmen und sie befreien. Wir haben nichts falsch gemacht. Diese Vision hat einen Sinn. Welchen, hat sich mir noch nicht erschlossen. Aber ich weiß aus Erfahrung – wir alle wissen das – dass er sich uns erschließen wird, wenn es dran ist, damit umzugehen. Das war bisher immer der Fall."

„Da hat Annie völlig Recht." hakte Geraldine ein, „und mit noch etwas hat sie Recht: Der Gedanke, dass es von Gott kommt, ist ein guter Gedanke. Zu wissen, dass er sogar in diesen dunklen Stunden mit dem Dämon in mir drin noch Zugang zu mir hatte – das hilft mir. Da fühle ich mich besser. Und vielleicht ist das wirklich das Einzige, was es bezweckt. Vielleicht ist das Gottes Anker für uns. Ein Bild, mit dem er zeigt: Ich bin noch da. Ganz nah. In dir. Auch, wenn es sonst um dich herum – und in dir – dunkel ist."

„Ein schönes Bild." brummte Z, „dafür."

„Er könnte auch Wiesen und Einhörner nehmen. Aber ehrlich...? Ich würde dann glauben, ich halluziniere. Das mit Gott zu verbinden – käme mir nicht in den Sinn."

„Er hat etwas genommen, was zu dem passt, was sowieso gerade da war." schaltete sich Steve ein.

„Hm..." Z fuhr sich übers Kinn, „das kann man sich auch schönreden."

„Zumindest reden wir es uns schön und nicht schlecht." stellte Annie trocken fest.

Da Z weiterhin griesgrämig dreinblickte, probierte Geraldine es anders: „Ich versuche, eine Bedeutung hineinzuinterpretieren. Genau wie du. Meine mag falsch sein. Genau wie deine. Wissen wir nicht. Aber wie gesagt... die Lösung wird kommen. Zum richtigen Zeitpunkt."

Z seufzte tief: „Belassen wir es erstmal dabei."

Er hatte auf Widerspruch gehofft, doch es kam keiner. Stattdessen kam Zustimmung – hauptsächlich durch Genicke und Gemurmel – von Annie jedoch auch verbal:

„Fein. Tun wir das. Nehmen wir das Positive mit, was wir mit Sicherheit rausziehen können. Und dann sollten wir uns dringend mit den Leuten befassen, von denen wir wissen, dass es sie in echt gibt, wie sie heißen, wo sie wohnen und was sie von uns brauchen."

Immer noch war Z nicht bereit, das Thema komplett abzuhaken – im nächsten Moment tat er das allerdings ganz automatisch. Weil Annie einen Vorschlag äußerte, der ihr schon ganz am Anfang des Gespräches durch den Kopf gegangen war:

„Sollen wir einen Wettkampf machen?"

„Eh...?" machte er irritiert.

„Wer am schnellsten ist?" setzte sie erklärend hinzu.

„Das ist unfair." maulte Geraldine direkt los, „meiner ist am weitesten weg."

„Dann ab dann, wenn wir angekommen sind."

Auch Z verzog das Gesicht: „Ich finde das albern."

„Ausgerechnet du." konterte Annie schnippisch – und Geraldine konnte nicht anders, als mitzumachen:

„Du bist nur grantig, weil wir deine Idee abgekanzelt haben."

„Bin ich gar nicht." verteidigte sich Z, „ich weiß selbst, dass es eine verrückte Idee war. Aber sie hat mich nicht losgelassen. Ich bin froh, dass ihr sie mir ausgeredet habt. Ich halte nur nichts davon, mich bei meiner Arbeit mit Zeitdruck zu belegen. Da mache ich Fehler. Und das sollte nicht sein."

Wieder wechselte Geraldine die Seiten: „Da hast du Recht."

„Z – die Stimme der Vernunft." Annie gluckste laut, „dass ich das noch erleben darf..."

„Wir sehen uns später." brummte Z und klinkte sich aus.

Johanna folgte ihm, dann Steve und Katiana. Und auch Annie wollte gerade auf das ‚X' rechts oben klicken, als Geraldine laut ihren Namen rief. Annie schaute sie fragend an. Aber zunächst tippte Geraldine ein paar Tasten und einen kurzen Moment später war Zs Gesicht wieder zu sehen. Er blickte fragend drein – Annie ebenso. Geraldine rieb sich den Nacken – dann sah sie Annie an:

„Bevor wir ausschalten, wollte ich dich noch eine Sache fragen. Und dachte, dass zumindest Z dabei sein sollte. So als dritter unseres Dreierteams."

Annie zog die Brauen hoch: „Ja?"

„Du wirkst wirklich fröhlich. Fröhlicher. Ist das nur die Sache mit der Vision? Oder ist da mehr?"

„Was sollte da mehr sein?"

„Ich meine ja nur..." Geraldine zögerte, „geht es dir wirklich so gut, wie du tust? Es ist schließlich gerade mal ein paar..."

„Ich weiß, dass ich die Zeit seit meiner Trennung noch in Tagen ausdrücken kann. Und ja – damit geht es mir nicht gut. Wenn ich alleine bin. Dann weine ich. Sehr viel."

„Aber warum sagst du dann nichts?" schaltete sich Z mit ein.

„Weil ich nicht weine, wenn ich mit euch zusammen bin."

„Vielleicht täte dir das besser."

Annie lächelte: „Ich drückte mich falsch aus. Ich tue nicht fröhlich, wenn ich mit euch zusammen bin. Ich bin dann wirklich fröhlich. Das ist super. Der Schmerz ist nicht nur verdrängt – er ist weg. Aber eben nur dann. Und er kommt wieder, wenn ich wieder gehe. Oder ihr geht. Und das kann nicht mein Leben sein. Gemeinsam – klasse. Alleine – doof. Ich muss mich um diesen Schmerz kümmern. Ich muss ihn loswerden. Und das geht nur, wenn ich ihn rauslasse. Ohne euch. Ihr helft mir, indem ihr mich weinen lasst. Indem ihr mir nicht den Arm um die Schulter legt und mich nicht tröstet."

„Das klingt sehr traurig." überlegte Geraldine bedrückt.

„Gott ist ja auch noch da. Und ich weiß – tief innen drin – dass es vorbei gehen wird. Und dass es mir dann besser gehen wird. Auf der ganzen Linie. Ich merke noch keinen Unterschied zum Anfang. Aber wie du schon gesagt hast: Tage. Das kommt. Darauf vertraue ich. Und dann atme ich durch. Und gehe meinen Weg weiter. Unbelastet."

Geraldine schüttelte den Kopf: „Du bist echt verrückt."

„Ich habe Erfahrung in sowas." erwiderte Annie trocken.

Z sah Geraldine an: „Ich glaube, das ist für uns schwerer zu ertragen als für sie."

„Das kannst du laut sagen." stimmte diese zu, „aber wenn du etwas brauchst..."

„...dann schreie ich." versicherte Annie – und Geraldine konnte sich ein Lachen nicht verkneifen:

„Das hören wir nicht."

„Dann rufe ich an. Und schreie."

„Das tut in den Ohren weh."

Annie schob die Unterlippe vor: „Euch kann man es auch gar nicht recht machen."

„Ruf an, ohne zu schreien." schlug Z vor – und nun war es Annie, die lachen musste:

„Da wäre ich von alleine nie drauf gekommen."

83

Am Abend trafen sie sich zum ersten Mal bei Jakob. Es waren nur sehr wenige Leute da. Auch von denen, die die Idee gut fanden, trauten sich viele nicht, sie wirklich in die Tat umzusetzen. Annie war auch nicht dabei. Sie war müde von ihrem anstrengenden Auftrag.

„Es ist schön, dass ihr alle gekommen seid." begrüßte Jakob sie überschwänglich, „hier zu unserer kleinen Revoluzzerrunde. Ich dachte, wir beginnen damit, dass jeder die Möglichkeit hat, etwas zu erzählen." Er sah in die Runde, „wer will?"

„Ich kann erzählen, dass wir heute drei..." Geraldine brach ab. Ihr war gerade noch bewusst geworden, dass einige der Anwesenden ihr Geheimnis nicht kannten.

„Drei?" hakte ein dieser Personen nach.

„Drei Mal die Gelegenheit hatten, die frohe Botschaft zu verkünden." vollendete Z gekonnt, „die richtige frohe Botschaft, versteht sich." setzte er hinzu und erntete Lacher dafür, die die Situation wieder entspannten.

„Annie war auch dabei." fügte Geraldine hinzu, „sie lässt Grüße ausrichten. Sie ist ein wenig geschafft."

„Kann ich mir vorstellen." erwiderte Zs Mutter in ebensolchem Tonfall.

Z sah sie misstrauisch an: „So?"

„Na – mit ihrem Freund und so..."

„Ist das Allgemeinwissen?" fragte Geraldine alarmiert und Katiana schnaubte leise:

„Jetzt schon."

„Entschuldigung." Kathy schaute bedrückt drein, „ich wollte nicht..."

„Schon okay." winkte Geraldine ab, „es ist kein Geheimnis. Und dass eine Trennung hart ist, dürften alle hier wissen."

Allgemeines Nicken folgte.

„Was machst du eigentlich hier?" wandte sich Becka an Sandra, die neben ihr saß.

„Darf ich nicht hier sein?" gab diese ein wenig pikiert zurück.

„Natürlich. Aber gehörst du nicht zu denen, die..."

„...sich an die Regeln halten?"

„Wenn man das als Regeln bezeichnen kann." warf jemand ein und Jakob seufzte tief:

„Ich hatte gehofft, dass das nicht auf den Tisch kommt."

„Lass nur." Sandra lehnte sich gelassen zurück, „ist schon okay. Lieber drüber reden, als dass sich alle ihre eigenen Gedanken machen. Warum bin ich hier? Weil ich auftanken muss. Was in meiner eigenen Gemeinde momentan sehr schlecht geht. Aus Gründen, die ihr euch denken könnt. Warum mache ich dann mit? Weil ich eine Verantwortung habe. Für meine Gemeinde. Für die Menschen in meiner Gemeinde. Jakob hat für sich eine Entscheidung getroffen: Ich gehe diesen Weg nicht. Aber wie ihr selbst sehen könnt, wird diese Entscheidung von vielen seiner Mitglieder nicht mitgetragen. Sonst wären die heute alle hier. Sie gehen jetzt woanders hin. Das ist sehr gut. Aber dort wird auch mitgemacht. Und es scheint sie nicht zu stören. Weil sie den Kern immer noch sehen: Gott. Egal, ob eine Predigt vorgegeben ist oder nicht – der Inhalt stimmt. Außer natürlich, der Typ käme auf die Idee, uns Inhalte zu geben, die der Bibel widersprechen. Aber das ist – bisher – nicht der Fall. Und ich hoffe, dass das auch so bleibt. Die Gemeinde ist eine Gemeinschaft von Christen. Der Gottesdienst ihre Art der Zusammenkunft. In den Landeskirchen gibt es bestimmte Sonntage, an denen bestimmte Themen behandelt werden müssen. Weihnachten, Ostern, Pfingsten – das kommt auch in allen anderen Kirchen und Gemeinden immer am entsprechenden Tag. Schulen haben Lehrpläne, Ausbildungen auch. Überall gibt es Vorgaben. Das ist an sich nicht schlecht. Die Frage ist, was man draus macht. Ich versuche, das Beste daraus zu machen. Das zu nehmen, was ich kriege, und das Maximum für die Leute rauszuholen. Es so zu formulieren, dass sie den Gedanken dahinter bestmöglich verstehen. Dann hören sie zwar vielleicht nicht das, was ich von mir aus gesagt hätte, aber trotzdem eine gute Botschaft."

„Und die Liste?" erkundigte sich Z, „hast du die geschrieben?"

„Ich habe die Leute, die ich auf die Liste hätte schreiben müssen, gefragt. Es wissen also alle Bescheid. Und diejenigen, die gesagt haben, dass sie das nicht wollen, habe ich nicht draufgeschrieben. Sie sind sich bewusst, was das heißt. Dass sie eben vorsichtig sein müssen. Aber mal ganz ehrlich: Ihr seht da ein riesen Drama. Aber das kommt doch nur durch eure eigenen Erfahrungen. Ihr wart im Fernsehen und so. Aber die wenigsten Leute haben Gaben in dem Ausmaß wie ihr sie... mal hattet. Das meiste ist ganz unauffällig. Hier mal ein Bild, da mal ein Wort. Handauflegen, Beten, Segnen. Wir Normalos machen das immer mal nebenbei. Manchmal bewirkt es was und manchmal nicht. Gottes Entscheidung. Aber nur sehr wenige haben eine Außenwirkung wie ihr damals. Oder eine Erfolgsquote. Es ist also gar nicht relevant, ob man gelistet ist oder nicht. Segnen und beten geht einfach so. Zwischen Tür und Angel, wenn man so will. Solange niemand Aufhebens darum macht, wird weder den einen noch den anderen etwas passieren."

Geraldine tippte sich nachdenklich an den Mund: „Das ist eigentlich ein guter Punkt."

„Den ich durchaus auch bedacht habe." war Jakob nun der Meinung, sich verteidigen zu müssen, „für mich war es eine reine Prinzipsentscheidung."

„Die ich dir hoch anrechne." entgegnete Sandra, „nur ist deine Gemeinde jetzt futsch. Nicht verloren, aber vorbei. Das ist etwas, was ich nicht möchte. Daher..."

„Ich denke, es gibt für jeden Weg gute Gründe. Wenn man sich mal Gedanken dazu macht." Freddy sah zwischen den beiden Pastoren hin und her und diese schienen in seiner Bemerkung einen guten Abschluss zu sehen, denn Sandra nickte lediglich und Jakob wechselte das Thema: „Dann können wir jetzt mit dem offiziellen Teil starten. Ich würde zu Anfang gerne beten..."

Sie saßen fast drei Stunden zusammen, bevor sich die ersten auf den Heimweg machten. Als Sandra sich anschickte, aufzubrechen, nahm Becka sie rasch bei Seite. Sie sprachen einige Minuten miteinander. Dann ging Sandra und Becka kehrte zu ihrem Platz zurück. Z konnte sich denken, worum es gegangen war, und fragte daher nicht. Er schaute Becka nur an und schüttelte auf ihren Ausdruck hin leicht den Kopf. Sie schüttelte zurück und er wusste, was er wissen musste: Auch dieses Mal hatte sie keine Antwort bekommen.

Sie beendeten den Abend mit einer Gebetsrunde für den Krieg. Die Opfer auf beiden Seiten. Und die Täter, die einfach nicht zur Vernunft kommen wollten. Dann gingen sie ihrer Wege – von Jakob mit den Worten verabschiedet: „Nächste Woche am Mittwoch. Es ist besser, wenn wir keinen festen Tag haben. Unauffälliger."

Z kicherte, als sie die Treppe hinabstiegen: „Jetzt sind wir wirklich Untergrundkämpfer."

Becka blieb stehen und blickte ihn an: „Wenn das Kind da ist, hören wir auf zu kämpfen."

84

Erst am nächsten Tag ging Z die Tragweite dieser Bemerkung auf und er sprach Becka darauf an:

„Willst du, dass ich mit dem aufhöre, was ich tue?"

„Nein." antwortete sie, „dich haben sie nicht im Visier. Sollte das mal passieren, müssen wir weiterdenken. Aber das würden wir dann ja sowieso tun. Ich finde einfach, dass Jakob ein wenig zu rebellisch wirkt. Seine Denkansätze sind alle richtig, aber er ist so..." Sie wedelte auf der Suche nach einer Formulierung mit den Händen und Z half ihr schließlich:

„...darauf fixiert, eine Botschaft zu senden. Aber keine geistliche, sondern eine menschliche."

Sie nickte: „Genau. Es gibt viele Arten, sich zu wehren. Die stille und heimliche – wie ihr das tut. Und die lautstarke – wie er das tut. Die lautstarke macht natürlich mehr Eindruck, bringt aber auch mehr Schwierigkeiten. Und dadurch, wenn man Pech hat, weniger Erfolg. Wenn ihr eure Gaben rausposaunen würdet, wäre eure Zeit der Heilung schon längst wieder vorbei. Daher ja die Kostüme. Er wird eine Weile brüllen können. Dann werden sie ihm einen Riegel vorschieben."

„Momentan brüllt er nicht." überlegte Z, „sondern flüstert."

„Und wenn das so bleibt, ist alles gut. Aber ich habe die Befürchtung, dass er das nicht lange aushalten wird. Dass er das Bedürfnis hat, zu brüllen. Und dann..."

„Ich werde nicht auf Biegen und Brechen an seiner Seite stehen. Vernunft geht vor. Ihr geht vor." Er klopfte ihr auf den Arm – bekam jedoch zunächst einen skeptischen Blick:

„Geraldine, Annie und ich?"

Also klopfte er ihr auch noch – vorsichtig – auf den Bauch: „Du. Und das kleine Mädchen da drin. Für das wir uns ganz dringend einen Namen ausdenken müssen."

85

Der Mann, von dem niemand mehr wusste, dass er Matthew hieß, lehnte an der Wand. Es war kein Stuhl mehr frei gewesen und niemand hatte ihn gefragt, ob er einen brauchte. Das war ein Nachteil, wenn man nicht beachtet wurde – dann wurde es manchmal unbequem. Aber er hielt es aus, denn das, was er zu hören bekam, nahm seine Aufmerksamkeit komplett in Anspruch. Er würde keine Geheimnisse zu berichten haben, wenn er zurückkehrte. Eine dramatische Geschichte dagegen schon. Die Veränderung mit sich bringen würde, wenn sie an die Öffentlichkeit drang.

Und das nicht zum Guten. Es würde Aufstände geben. Und vielleicht Demonstrationen. Zum ersten Mal seit Jesu Ankunft schien ihm das im Bereich des Möglichen zu liegen. Als Jesus sich anschickte, in sein Zentrum zurückzukehren, verließ auch er das Haus und fuhr so schnell wie möglich zu Esther zurück. Die anschließend – wie immer – sofort die anderen zusammentrommelte.

86

„Na, was heckt er denn diesmal aus in seinem stillen Kämmerlein?" eröffnete Annie ein wenig spöttisch die Runde – was ihr bei Esthers Antwort schnell verging:
„Eine Revolution. Und die wird auch nicht im Kämmerlein stattfinden."
Annie schluckte laut: „Was meinst du damit?"
„Ich habe euch heute nichts zu erzählen, was ihr in ein paar Stunden nicht auch übers Fernsehen hättet erfahren können. Wir fanden es einfach nur fair, euch vorzuwarnen. Auch wenn ihr diesmal – glücklicherweise – nicht betroffen seid. Vermute ich zumindest."
„Vermutest du." Geraldine verzog das Gesicht – aber Esther zuckte nur die Schultern:
„Sicher kann man sich da ja nie sein."
„Wobei?"
Ester zögerte – für Z einen Moment zu lange:
„Fang bitte endlich an. Und am besten vorne."

87

Es dauerte gerade mal eine Stunde, bis Esthers Voraussage eintraf: Zum dritten Mal binnen weniger Tage stand der falsche Jesus auf seinem Podium und hielt eine Ansprache. Diesmal allerdings merkte man ihm an, dass sie nicht spontan aufgrund einer dringenden Situation entstanden war – sondern von langer Hand geplant:

„Liebe Kinder meines Vaters. Es gab so einige Zwischenfälle in der letzten Zeit. Jetzt jedoch ist es dran, dass wir uns endlich mit den Themen beschäftigen, die von Anfang an auf meiner Agenda standen. Und das erste und wichtigste dabei ist der moralische Verfall dieser Gesellschaft. Nicht nur hier im Land – auf der ganzen Welt. Natürlich hat auch dieser Verfall viele Facetten. Die ich nach und nach angehen werde. Die schlimmste davon ist jedoch die, die im privaten stattfindet. Und inzwischen fast überall akzeptiert – ja sogar gefördert wird. Nie hätte ich für möglich gehalten, dass eine Sünde, die so schlimm ist wie Betrug oder Mord, nicht nur geduldet, sondern für gut befunden wird. Und das in großen Teilen auch von der Kirche. Ich rede von Homosexualität. Gleichgeschlechtliche Paare sind das verwerflichste, was die Menschheit je hervorgebracht hat. Das eindeutigste Zeichen von allen, dass der Teufel diese Welt regiert. Damit muss Schluss sein. Wir müssen ein Zeichen setzen. Gegen solches Verhalten. Gegen die Sünde, die dahintersteht. Und vor allem: gegen ihn. Gegen den Herrscher über alles, was böse und schlecht ist. Mein Vater ist jedem gnädig – so wie ich auch. Er vergibt jede Sünde – so wie ich auch. Wer auch immer also diesen Weg verlässt und zu mir kommt – sich von mir von diesem Fluch entbinden lässt – der wird eine neue Freiheit erlangen. Die ihn in den Himmel führen kann. Wer das nicht tut, der muss gerichtet werden. Jetzt und hier. Bevor er die Gelegenheit hat, andere zu verführen. Sünde ist wie ein Virus. Und in dieser Beziehung greift der Virus stärker und schneller um sich als irgendwo anders. Ich erlasse daher ein göttliches Gebot, dass homosexuelles Verhalten ab sofort strengstens verboten ist. Und ich fordere die Regierungen aller Länder auf, diesem Gesetz Folge zu leisten. Und es mit aller in ihrer Macht stehender Härte und Konsequenz durchzusetzen. Nun bleibt die Frage: Wie sollen diese Menschen gerichtet werden? Mit dem Tod? Nein. Jeder soll die Chance bekommen, umzukehren. Auch die, die es nicht von alleine schaffen. Bei denen die Krankheit stärker ist als die Vernunft. Sie sollen Hilfe bekommen. Auf die schnellste und einfachste Art und Weise, die es gibt. Die ihnen gleichzeitig auch jegliche Möglichkeit nimmt, der Sünde wieder zu verfallen. Kastration. Das, was ihr mit euren Tieren schon seit langer Zeit macht, um sie im Zaum zu halten. Das mag für den einen oder anderen furchtbar klingen. Aber es ist der sicherste Weg. Der Körper wird geschädigt. Aber nicht mehr geschändet. Er wird geschädigt. Aber die Seele wird gerettet. Das ist es, worauf es ankommt. Denn im Himmel braucht ihr euren Körper nicht mehr. Eure Seele aber sehr wohl. Im Namen meines Vaters – Amen."

88

„Wir sind zurück im dritten Reich." Annie starrte entsetzt in die Kamera und sowohl Geraldine als auch Z ging das ähnlich. Letzterer setzte sogar noch einen drauf:

„Das ist schlimmer als das dritte Reich. Da war es nur dieses Land hier. Und ein paar umliegende. Jetzt ist es die ganze Welt. Überall wird Hass ausbrechen. Die Leute werden aufeinander losgehen. Und ich will gar nicht wissen, wie viele sich berufen fühlen, bei jedem, den sie für ‚zu tuntig' halten, eigenhändig Eingriffe durchzuführen: ‚Was? Ein pinkes Shirt? Ich hol mal die Schere.'"

„Das ist nicht witzig." flüsterte Geraldine.

„Das sollte auch nicht witzig sein."

Ein weiteres Fenster erschien auf ihren Bildschirmen. Mit einem weiteren Gesicht: Katiana. Sie hatte zuvor eine SMS geschrieben, dass Steve nicht würde teilnehmen können, da er ‚in kindlichem Auftrag' unterwegs war und sie selbst ihm zunächst bei den Vorbereitungen helfen würde. Nun war dies anscheinend geschafft.

„Wo ist Johanna?" lautete ihre erste Frage.

„Hat im Grunde das gleiche wie ihr." klärte Annie sie auf.

Sie nickte und Geraldine nahm das Gespräch wieder auf:

„Glaubst du wirklich, dass die Politiker das mitmachen?"

Z zuckte die Achseln: „Sehr viele – vor allem demokratische – Länder berufen sich in ihrer Verfassung auf den Glauben an Gott."

„Aber das ist doch noch lange kein Grund..."

„Das Problem ist, dass das eine ‚lose-lose'-Situation ist." unterbrach Z sie, ohne es wirklich zu merken, „wenn sie es umsetzen, gibt es Stress. Hauptsächlich mit denen, die es betrifft. Aber wenn sie es nicht umsetzen, gibt es Stress mit denen, die dann Stress mit Jesus befürchten. Die Politiker können ihm so mutig entgegentreten, wie sie wollen. Es wird trotzdem

Proteste geben. Das ist einer der Momente, in denen wirklich das Volk die Macht hat. Und die Regierung Angst davor. Kommt selten vor. Wir haben die Ehre, es zu erleben."

„Keine Ehre." widersprach Annie, „eine Schande."

Katiana schürzte die Lippen: „Wisst ihr, was das Schlimmste dabei ist?"

„Was denn?"

„Dass diese Menschen – ich nenne sie genau wie du mal die ‚Betroffenen' – in vielen Ländern jetzt schon schlecht behandelt werden. Allerdings in erster Linie von Leuten, die eben nicht an Gott glauben. Sondern entweder an etwas anderes oder an gar nichts. Und genau diese Leute holt ‚Jesus' sich jetzt mit ins Boot. Menschen, die ihn niemals akzeptiert hätten, ziehen nun mit. Weil sie sich sagen ‚Prima – endlich denkt er mal in unsere Richtung. Unterstützen wir ihn dabei.'"

„Das stimmt leider." Annie ließ den Kopf hängen, „das ist echt eine Katastrophe."

Z dagegen richtete sich auf: „Was machen wir?"

„Wir?" wiederholte Geraldine, „gar nichts."

„Aber wir müssen doch was machen."

„Das ist nichts, was wir mit unseren Gaben angehen können." überlegte Annie, „wenn es eine Demo dagegen gibt, laufe ich gerne mit. Aber mehr haben wir nicht in der Hand."

Damit war Z zumindest teilweise zufrieden. Geraldine dagegen schüttelte den Kopf:

„Ich laufe da nicht mit."

„Du willst nicht?" fragte Z schockiert.

„Ich... hm... lasst es mich mal so sagen – und reißt mir nicht gleich den Kopf ab: Er geht falsch vor. Vollkommen außer Frage. Die Härte ist falsch, die Bestrafung sowieso. Aber der Ansatz, der dahintersteht? Ich meine... ich kenne keine einzige homosexuelle Person. Zumindest nicht bewusst im Sinne von: ich weiß es. Daher habe ich mir darüber noch nie im Leben Gedanken gemacht. Aber jetzt, wo ich es tue, stelle ich fest, dass er eigentlich nicht Unrecht hat, wenn er sagt, dass es Sünde ist. Das steht so in der Bibel. Daher... ich protestiere gerne gegen seine Methoden. Aber gegen die Sache an sich...?"

„Ich kenne auch niemanden." erklärte Annie, „und habe auch keine Meinung dazu. Aber ich habe die grundsätzliche Meinung, dass jegliche Art von außen herbeigeführten Eindringens in die Privatsphäre eines Menschen immer falsch ist. Und dagegen protestiere ich auf jeden Fall."

Z rieb sich die linke Wange: „Bei uns in der Gemeinde gibt es einige Leute."

„Ernsthaft?" Geraldine zog die Brauen hoch und er nickte:

„Ja. Sehr nette Menschen. Vollkommen normal. Und auch vollkommen normal mit dabei. Wie jeder andere auch. Es wird auch kein Geheimnis darum gemacht. Sie sind einfach da, arbeiten mit, leben ihre Beziehungen – wie alle anderen auch. Karsten hat sogar schon einige getraut. Und dementsprechend sicherlich auch mit ihnen darüber gesprochen. Details kenne ich nicht und werde auch nicht fragen. Weder sie noch ihn. Ich habe Karsten auch nie nach seiner Meinung gefragt. Und mir selbst nur sehr oberflächlich eine gebildet. Hauptsächlich, weil Becka damit ankam. Als wir in der Gemeinde neu waren. Ich hätte mich alleine wahrscheinlich gar nicht damit beschäftigt. Aber sie... so ist sie halt. Wenn irgendwo ein Fragezeichen auftaucht, dann... muss sie einen Punkt draus machen. Versucht es zumindest. Will ich aber nicht auswalzen. Denn es ist nach wie vor mehr ein Fragezeichen als ein Punkt. Gedanken – kein Wissen. Eines jedoch weiß ich: dass Karsten einen Grundsatz hat – und den teile ich definitiv: Dein Leben ist zwischen dir und Gott. Ihm allein musst du Rechenschaft ablegen."

„Was in den Augen vieler Menschen gerade passiert." sinnierte Geraldine, doch das sah Z anders:

„Nein, tut es nicht. Was passiert ist, dass es pauschalisiert wird. Jesus gibt eine Anweisung, die für alle gilt. Und das basierend auf einer Annahme, die ebenfalls komplett pauschal ist: ‚Homosexualität ist einer der Auslöser für den Verfall unserer Werte.' Das einfach zu behaupten wäre schon für einen Menschen extrem kurzsichtig. Für Gott allerdings finde ich es komplett unhaltbar. Gerade weil es ja gar nicht stimmt und er das wissen sollte. Diese Menschen sind nicht schmutzig oder verdorben oder gesellschaftsfeindlich. Sie werden von vielen so betrachtet. Aber dafür können sie nichts und wenn man jemanden zur Rechenschaft ziehen müsste, dann eher die, die solche Vorurteile verbreiten."

„Du denkst also, Gott hat kein Problem damit."

„Ich denke – nein, ich weiß – dass Gott nicht verallgemeinert. Und nicht einfach irgendetwas für alle bestimmt."

„Äh..." Annie hob einen Finger, „Gebote?"

„Ja." winkte Z ab, „ich drücke mich undeutlich aus. Seine Vorgaben sind natürlich allgemeingültig. Das wäre ja auch Chaos, wenn jeder seine eigenen Regeln bekäme. Und natürlich finden sich im Alten Testament auch Stellen, wo er klare Konsequenzen für bestimmte Verstöße ankündigt. Das ist auch okay. So funktioniert jedes irdische Gesetzbuch. Aber genauso wie unser Strafrecht darauf aufgebaut ist, dass eben gerade keine Normstrafen für Vergehen umgesetzt werden, sondern jeder Schuldige angehört und alles mit in Betracht gezogen wird – von seiner Persönlichkeit über seinen Gesundheitszustand bis hin zu anderen beteiligten Personen und sonstigen äußeren Umständen – geht Gott hin und nimmt sich jeden von uns einzeln vor. Schaut sich an, wer wir sind und was wir gemacht haben. Und fällt dann eine Entscheidung. Individuell. Die zudem – und das ist eigentlich das Wichtigste dabei – auch immer darauf ausgelegt ist, uns möglichst gut dabei wegkommen zu lassen. Nicht ungerechtfertigt. Aber er will uns halt retten. Darum bemüht er sich. Das tut Jesus nicht. Im Gegenteil: Er spricht zwar von ‚Rettung der Seele' und so. Aber er weiß doch ganz genau, dass diese Strafe die Schlimmste ist, die geht. Schlimmer als Gefängnis. Oder... irgendwas anderes."

„Nun..." Annie verzog das Gesicht, „wir sind uns ja einig, dass Jesus vom anderen Ufer ist."

„Äh..." machte Katiana und Annie wedelte hastig mit den Händen:

„Falsche Metapher. Von der dunklen Seite."

„Der Macht." brummte Z – und fing sich dafür von Katiana einen tadelnden Blick ein:

„Ernst, Z."

„Bin ich. Mir geht es einfach um folgendes: Nicht mal Jesus hat das Recht, einfach so eine Gruppe von Menschen abzustrafen – egal wegen was. Selbst wenn er wirklich der Sohn Gottes wäre, wäre das nicht seine Aufgabe. Die Bibel sagt sehr deutlich, dass es ein Gericht geben wird. Vom Vater. Über alle Menschen. Und dass sich dann jeder einzelne vor ihm für das verantworten muss, was er getan hat. Ob Homosexualität da überhaupt dazugehört, vermag ich nicht zu sagen. Es gibt gängige Auslegungen der

Bibel zu dem Thema. Es gibt aber auch andere Auslegungen. Die eher in Kreisen bekannt sind, in denen dieses Thema brennt. Und die ich daher auch nur am Rande kenne. Die mir aber bei meinen Berührungen damit sinnig genug vorkamen, dass ich von dem ‚Es ist ohne jeden Zweifel Sünde'-Standpunkt ein wenig abgerückt bin und mich darauf geeinigt habe, dass ich es schlicht nicht weiß und froh sein kann, es auch nicht wissen zu müssen. Das ist auch keine Diskussion, bei der wir ein eindeutiges, endgültiges Ergebnis bekommen werden. Gott allein weiß, wie er jeden von uns sieht und was er als gut oder schlecht betrachtet. Aber das ist für mich auch nicht der entscheidende Punkt. Er hat uns gesagt, wie er vorgehen wird. Und darauf stützen wir uns als Christen. Wir leben in dem Vertrauen, dass er seine Aussagen wahr macht. Und das hier ist ganz eindeutig ein Verstoß gegen seine Aussagen."

„Den hat es ja schon damit gegeben, dass Jesus überhaupt hier ist." bemerkte Annie, was Z aufschnauben ließ:

„Was ja auch keinen großartig interessiert hat. Er hat zwei Sätze dazu gesagt und dann kam gar nichts mehr."

„Weil sich selbst die, die es anders sehen, nicht trauen, den Mund aufzumachen." seufzte Katiana, „das hatten wir schon."

„Und das wird jetzt auch wieder so sein." fügte Annie an.

„Vielleicht." Geraldine biss sich auf die Lippen, „vielleicht auch nicht. Können wir nicht beeinflussen. Wir müssen uns nur im Klaren sein, was wir wollen."

Z musterte sie nachdenklich. Und entschied sich, nicht zu versuchen, sie zu irgendetwas zu überreden. Sondern stattdessen einen anderen Weg zu wählen: „Ich denke nicht, dass wir da eine Gruppenentscheidung brauchen. Ich meine... jeder von uns muss doch selbst wissen, welche Meinung er dazu hat und wie er damit umgeht."

„Ginge es nur um diese Sache, wäre ich ganz deiner Meinung." entgegnete Geraldine, „aber bei sowas geht es ja auch immer um unsere eigene Mission. Wenn man sich bemerkbar macht, wird man auch bemerkt. Und die Frage ist: Wollen wir bemerkt werden? Gerade jetzt, wo sich unsere eigenen Bedingungen auch drastisch verschlechtert haben. Mit dem Gesetz, das uns betrifft."

Das nahm Z den Wind aus den Segeln: „Das ist ein guter Punkt. Daran hatte ich nicht gedacht."

„Ich auch nicht." gestand Annie unglücklich.

„Also?" Katiana sah Geraldine an, was diese nicht registrierte, weswegen sie ihren Namen hinzusetzte. Geraldine zögerte – sie wollte diese Entscheidung nicht alleine treffen. Aber weder Annie noch Z kamen ihr zur Hilfe. Katiana dagegen tat es:

„Ich denke, dass ihr Recht habt, dass so eine Rundumbestrafung komplett daneben ist. Das wäre es sogar, wenn er sich damit gegen Mörder richten würde. Jeder hat das Recht auf eine faire Auseinandersetzung mit seinen Taten. Von Gott am allermeisten. Aber ihr habt auch Recht damit, dass wir inzwischen Untergrundkämpfer sind. Und daher im Untergrund bleiben müssen. Wenn sie anfangen, ein Auge auf uns zu werfen, besteht große Gefahr, dass sie euch mal im falschen Moment beim Umziehen im Auto erwischen."

„Also machen wir nichts." fasste Z es zusammen und jetzt schüttelte Geraldine wirklich den Kopf:

„Nein. Wir machen nichts. Ironischerweise würde ich jetzt sogar mitgehen. Denn du hattest gute Argumente, Z. Dummerweise hatte ich die besseren Argumente. Unser Auftrag kommt zuerst – auch was das Wehren angeht. Und wir wurden ja sogar angewiesen, uns nicht mit ihm anzulegen. Selbst wenn wir das nur innerhalb einer Menge tun würden..."

Z hob die Hand: „Verstanden. Und... einverstanden."

„Gruselig." murmelte Annie.

Geraldine nickte düster: „Und unter Umständen auch ein Punkt, den er einkalkuliert hat."

„Wie meinst du das?" fragten die anderen drei fast gleichzeitig.

„Na – schaut euch mal die Reihenfolge an: erst das mit den Pastoren, dann das mit den Gaben und jetzt – danach – kommt er mit sowas um die Ecke."

Wieder dreimal: „Verstehe ich nicht."

Geraldine musste unwillkürlich grinsen – was jedoch schnell wieder vorbeiging: „Er hat alle die lahmgelegt, von denen er bei einem solchen Gesetz den meisten Widerstand zu erwarten hätte. Indem er geschaut hat, wer sich gegen die anderen Sachen wehrt. Sie bestraft. Und die, die sich nicht wehren, hat er an sich gebunden. Jetzt kann auch von ihnen nichts mehr kommen. Weil sie dann auch ganz schnell als Querschießer gelten würden und vom Fenster wegkämen. Er hat die Gemeinden zuerst kastriert. Geistlich."

Z atmete tief ein und aus: „Das ist übel."

„Im Nachhinein aber zu erwarten."

„Findest du?" gab Annie zweifelnd zurück.

Geraldine hatte keine Zweifel: „Die Gegenseite hat Jahre, wenn nicht gar Jahrzehnte an diesem Plan gebastelt. Kein Wunder also, dass er so reibungslos funktioniert und alles so glatt ineinandergreift."

Annie rümpfte die Nase: „Mach uns nur Hoffnung."

„Wir sind auf der Seite der Sieger." tat Katiana genau das, doch es half zunächst nicht:

„Jetzt gerade nicht."

„In jedem Tiefschlag schlummert auch eine Chance. Vielleicht gibt es wirklich Aufstände und er büßt seine Macht ein. Vielleicht hat er Erfolg auf der ganzen Linie. Und fühlt sich dadurch so sicher, dass er einen falschen Schritt tut, der ihn alles kostet."

„Und vielleicht bringt er uns alle ins Grab." setzte Z missgelaunt hinzu und selbst Katianas

„Wer denkst du, gewinnt? Der Teufel? Gott?" konnte ihn nicht aufheitern:

„Gott. Aber wir sind nicht Gott. Wir sind Menschen."

„Stopp. Halt. Stopp." Katiana klopfte gegen ihren Bildschirm – und dann, als sie merkte, dass das nichts bewirkte, gegen ihre Kamera, „wir sind gerade dabei, uns gegenseitig zu deprimieren. Damit sollten wir aufhören. Wenden wir den Blick von ihm ab. Ihr habt euren Spion, der euch alles berichtet, was für euch wichtig ist. Aber wie ihr schon gemerkt habt, sind das immer nur Sachen, die euch bei eurem eigenen Job weiterhelfen. Das ist und bleibt unser Fokus: euer Job. Das ist hart – ich weiß. Wenn da draußen die Welt zu Grunde geht, will man automatisch dagegen angehen. Das geht mir nicht anders. Aber dafür sind wir nicht da. Wir machen weiter, womit Gott uns beauftragt hat. Er wird gewinnen. Und wir einen Teil dazu beitragen. Nämlich diesen Teil. Auch durch diese Sache jetzt werden wieder mehr Leute angreifbar werden. Durch den Hass, der auf beiden Seiten entsteht. Bei den Betroffenen und bei denen, die sie nun herausfordern. Darauf sollten wir unsere komplette Konzentration lenken. In den letzten zwei Wochen wart ihr fast jeden Tag im Einsatz. Jetzt gerade sogar schon alle gleichzeitig. Das wird noch schlimmer werden. Das dürfen wir nicht nur nicht aus den Augen verlieren, das muss ganz oben auf der Liste stehen. Mit weitem Abstand vor allem anderen. Private Probleme mal ausgenommen. Und was am allerwichtigsten ist: Wir dürfen uns von nichts negativ beeinflussen lassen. Sonst gehen wir baden. Ohne Gottes Kraft schaffen wir das nicht. Und die fließt nur, wenn wir sie fließen lassen. Uns nicht mit den Lasten dieser Welt zuschütten."

Z hob den Daumen: „Gut gesagt."

„Beten wir." erwiderte Katiana und auch Annies Daumen schnellte in die Höhe:

„Ja. Bitte. Lange und ausgiebig."

89

Gleich am nächsten Tag bekamen sie den Beweis dafür, dass Katiana richtig gelegen hatte. In Form einer Vision für Geraldine. Die sie mit einem sehr mulmigen Gefühl erledigte. Vor Ort ging alles glatt. Aber sie fühlte sich vom ersten bis zum letzten Moment beobachtet, nutzte nicht wie sonst den eigenen Parkplatz zum Umziehen, sondern fuhr in der Stadt in ein Parkhaus, um möglichst wenig Zeit in Verkleidung hinter dem Steuer zu verbringen. Und verstellte sogar ihre Stimme, als sie mit der Frau sprach. Was diese natürlich merkte und auch gleich erriet, warum:

„Sie wollen nicht erkannt werden. Wegen den neuen Gesetzen."

„Gesetzen?" wiederholte Geraldine alarmiert.

„Ich habe eine Schwester, die... sagen wir einfach, wir sind wie bei Harry Potter. Sie heißt sogar Lili. Witzig, oder?"

„Keinen Schimmer, wovon Sie reden."

„Ich bin die Normale." Die Frau tippte sich auf die Brust, „mit dem Mann und dem Kind und dem Haus. Und sie ist die, die auf fliegenden Besen reitet – bildlich gesprochen."

„Sie hat eine Gabe." vermutete Geraldine und die Frau lachte abfällig:

„So nennt sie es. Ich nicht. Und jetzt versteckt sie sich bei uns."

„Warum?"

„Weil sie damit auch nicht entdeckt werden will."

„Und Sie verraten sie nicht."

Wieder lachte die Frau: „Sie mag ein dummes Ding sein. Aber Familie ist Familie."

„Klingt gut." Geraldine machte sich innerlich bereit, „und wissen Sie was?"

„Nein."

„Ich werde Ihnen dabei noch ein bisschen helfen."

„Wie sollte das gehen?" schnaubte die Frau spöttisch.

„Indem ich Ihre Einstellung dazu verändere." erwiderte Geraldine, „oder zumindest die Tür für eine neue Einstellung öffne."

„Ich wiederhole meine Frage."

„Wie heißen Sie denn?"

Jetzt wurde die Frau ärgerlich: „Das geht Sie gar nichts an."

Also sparte sich Geraldine jeglichen weiteren Smalltalk: „Im Namen des Vaters und des richtigen, echten Sohnes und des Heiligen Geistes – die arme Lili braucht eine Verbündete und keine Gegnerin. Also hau ab."

Die Frau kniff die Augen zusammen und fasste sich an den Kopf. Dann schüttelte sie sich kurz und sah Geraldine verwirrt an: „Was haben Sie gerade gesagt?

„Ach... ich... ich hatte Sie nach Ihrem Namen gefragt."

„Bibi." antwortete die Frau, ohne zu zögern.

„Bibi und Lili?" Geraldine konnte sich ein Grinsen nicht verkneifen, das die Frau dank der Maske nicht sah, „waren Ihre Eltern irgendwie Fan von irgendwas?"

„Bianca. Und Liliane." führte Bibi aus, „die Kurzformen sind von uns selbst."

„Verstehe."

„Und Ihr Name?"

„Das würde sich nicht gut mit dem Kostüm vertragen." Geraldine zupfte unterstützend an selbigem, doch das ließ Bibi nicht gelten:

„Ich kann Geheimnisse bewahren – das dürfen Sie mir glauben."

„Weil Sie Ihre Schwester bei sich verstecken."

„Bei mir? Wie kommen Sie denn darauf?"

„Haben Sie gesagt."

„Oh. Habe ich? Oh." Bibi schlug sich auf den Mund und blickte betroffen drein.

„Stimmt nicht." vermutete Geraldine.

„Nein. Sie versteckt sich. Weil sie..."

„...eine Gabe hat."

„Woher wissen Sie das?"

„Auch das haben Sie gesagt."

„Oh. Mist." Bibis Blick wurde noch eine Nummer betroffener, „verraten Sie es bitte nicht." flehte sie und Geraldine hob beruhigend die Hände:

„Garantiert nicht. Schließlich habe ich auch eine."

„Sie? Echt?"

„Ja klar. Deswegen ist doch der Dämon weg."

„Er ist weg? Ah." Bibi klopfte sich prüfend den Brustkorb ab, „das erklärt, warum Sie mir von einem Gespräch erzählen, an das ich mich nicht mehr erinnern kann."

„Ja... wohl schon. Kenne ich so zwar noch nicht, aber... wegen mir."

„Habe ich öfters." versuchte Bibi, sie zu beruhigen, erreichte damit aber genau das Gegenteil:

„Öfters."

„Dann. Wenn... einer... da... ist... und so." Sie wurde immer leiser und Geraldine beschloss, sie nicht zu weiteren Geständnissen zu drängen. Das sollte Johanna machen. So schwenkte sie um:

„Aha. Stimmt denn der Rest?"

Bibi zuckte erschrocken zusammen: „Rest?"

„Mann – Kind – Haus."

„Ich? Nein. Lili hat einen Mann. Aber auch kein Haus."

„Und bei dem versteckt sie sich."

„Das wäre sehr sinnlos, oder?" Bibi kicherte leise und Geraldine konnte nicht anders, als mit einzustimmen:

„Ja... jetzt, wo Sie es sagen... irgendwie schon."

„Sie ist woanders. Und ich bin die Einzige, die weiß, wo."

„Er nicht?"

„Ja, gut, er auch. Aber fast. Eine von zweien."

„Passt." Geraldine zögerte, „ich werde Ihnen trotzdem nicht sagen, wer ich bin. Einfach, weil… weil... ich dafür nicht mutig genug bin."

„Das kenne ich." nickte Bibi nachdenklich, „mutig bin ich auch nicht."

„Tun Sie mir einen Gefallen?" schwenkte Geraldine erneut um – dem inneren Eindruck folgend, dass sie das Gespräch nicht mehr allzu lange laufen lassen sollte.

„Ich Ihnen?"

„Ich habe Ihnen schon einen getan."

„Das ist wahr. Was denn?"

Geraldine zog die Karte aus der Tasche und reichte sie ihr: „Rufen Sie diese Nummer an. Sie mögen es gewöhnt sein, heimgesucht zu werden. Aber ich kann mir kaum vorstellen, dass es Ihnen gefällt. Die Dame, die abnimmt, hat Erfahrung damit, das offen zu legen, was dafür sorgt. Die... nennen wir es mal... Wunde. Und wenn sie bekannt ist, kann sie geschlossen werden. Und wer weiß – vielleicht haben Sie dann mehr Mut. Und ich eventuell auch."

Bibi lächelte scheu: „Das wäre schön."

„Ich freue mich auf dann." Geraldine streckte ihr die Hand entgegen und Bibi schüttelte sie:

„Schauen wir mal, ob es dazu kommt."

90

Die Chance, dass es dazu kommen würde, war auf jeden Fall gegeben, denn der erste Anruf, den Geraldine erhielt, nachdem sie – wohlbehalten und in normaler Kleidung – zuhause eingetroffen war, kam von Johanna, die ihr berichten konnte, dass Bibi am nächsten Tag bei ihr vorbeikommen würde. Das war sehr erfreulich. Der zweite Anruf, den Geraldine erhielt, war das genaue Gegenteil. Es war Dirk. Und er klang panisch:

„Katharina... der Dämon... er... ich habe es... sie hat..."

„Ruhig. Ganz ruhig." versuchte Geraldine, auf ihn einzuwirken – vergeblich:

„Ruhig geht nicht. Wir sind auf dem Weg ins Krankenhaus."

„Du bist im Krankenwagen?"

„Nein. Ich fahre hinterher."

„Du telefonierst beim Fahren?"

Das war in diesem Zusammenhang natürlich eine blöde Frage – doch sie half, Dirk kurzzeitig abzulenken:

„Ich habe einen Kopfhörer."

„Gut. Sicher. Und nun – durchatmen." Geraldine konnte hören, wie er das wirklich tat, „was ist passiert?"

„Er kam so plötzlich. Ich habe es regelrecht gesehen, wie sie sich verändert hat. Es ging alles so schnell. Einen Moment saßen wir auf der Couch und waren glücklich – und im nächsten... sie ist einfach aufgestanden. Und hat den Kopf durch die Glastür geschlagen."

Geraldine ließ fast das Handy fallen: „Durch?"

„Ihr Schädel... er..."

„Ich komme sofort."

„Bitte. Uni-Klinik."

Geraldine verlor keine Zeit. Auf dem Weg zum Auto setzte sie eine SMS ab – ‚Kahtarna, Uni' – die sie an Annie und Z schickte. Dann fuhr sie los, ohne auf Antwort zu warten. Mehrere Male musste sie sich bremsen, um nicht über eine rote Ampel zu fahren. Dann erreichte sie die Uni-Klinik. Es dauerte eine ganze Weile, bis sie Katharina ausfindig gemacht hatte, da die Aufnahme noch nicht abgeschlossen war. Schließlich kam sie auf die Idee, Dirk anzurufen und dieser lotste sie zu sich, bevor ihm die Ärzte den Gebrauch des Handys untersagten. Sie schickte eine weitere SMS mit der Stationsnummer an die beiden anderen und eilte dann dorthin. Dirk empfing sie – sein Gesicht war kreidebleich und tränenverschmiert.

„Wo ist sie?" rief Geraldine ihm entgegen. Er deutete auf die Tür direkt neben sich:

„Da drin."

„Darf ich?"

Er schüttelte den Kopf: „Wir dürfen nicht rein."

„Nur durch die Scheibe schauen." Sie drückte sich gegen das Glas. Und atmete tief aus: „Er ist nicht mehr da."

Dirk sackte in sich zusammen. Geraldine half ihm in einen der Besuchersessel und setzte sich dann neben ihn. Ihr fiel nichts ein, was sie sagen konnte. Einige Minuten später trafen kurz nacheinander Annie und Z ein.

„Wir sind zu spät." klärte sie sie unglücklich auf, „er ist weg und sie ist..."

„...da drin." rief Z und sie nickte.

„Aber sie wird wieder." wandte sich Annie halb fragend halb aufmunternd an Dirk. Auch er nickte:

„Es ist nicht lebensgefährlich – hat der Arzt gesagt. Aber es ist ihr Gesicht. Zerschnitten. Überall." Er fing wieder an zu weinen – und Geraldine konnte nicht umhin, nachzuhaken:

„Und?"

„Sie wissen nicht, wie sie hinterher aussehen wird."

„Und das ist ein Problem für dich?" fragte sie scharf.

Dirk schrak auf: „Für mich? Niemals. Aber für sie. Sie hasst sich doch so schon. Wenn sie entstellt ist... dann tut sie sich etwas an ohne, dass der Dämon da ist."

Geraldine legte ihm eine Hand auf die Schulter: „Das werden wir schon zu verhindern wissen."

Er sah dankbar zu ihr auf – und dann auf den Boden: „Ich glaube, ich muss jetzt allein sein."

„Natürlich." Geraldine zog die Hand weg, „ruf an, wenn du uns brauchst."

„Das mache ich."

Annie und Z wandten sich zum Gehen – Geraldine zögerte noch:

„Dirk?"

„Ja?" kam es abwesend zurück.

„Es tut mir leid."

Das brachte ihn kurzzeitig wieder zurück: „Was denn?"

„Dass ich nicht schnell genug war."

„Es ist nicht deine Schuld." murmelte er, „das war es nie. Und wird es nie sein."

Geraldine ballte die Fäuste: „Ich kriege ihn. Das verspreche ich dir."

„Danke. Auch, wenn ich das nicht glauben kann."

91

Auf dem Weg nach draußen versuchte Z, Geraldine Mut zu machen:

„Unsere Chancen haben sich verdreifacht. Wir können ihn nun alle sehen. Und alle plattmachen."

„Und was genau hat uns das genützt?" fauchte sie zurück.

„Unser Überwachungssystem funktioniert noch nicht richtig. Und Dirk war nicht darauf vorbereitet, dass es zu einem Schnellschuss kommt. Das wird ihm nicht nochmal passieren."

„Der Dämon wird immer etwas finden, womit wir nicht rechnen."

Z packte sie an den Schultern: „Gibst du etwa auf?"

„Niemals."

„Dann ist ja gut. Wir haben sie noch alle gekriegt. Den werden wir auch kriegen."

92

Sie trennten sich am Ausgang und Geraldine fuhr nach Hause. Das gute Gefühl von vorher hatte sich komplett zerschlagen. Sie ließ sich aufs Bett fallen und schloss die Augen. Trotzdem wurde es heller. Verwundert machte sie die Augen wieder auf. Und kniff sie erschrocken sofort wieder zusammen.

„Hallo, Geraldine." erklang eine wohlbekannte Stimme direkt über ihr.

Sie seufzte genervt: „Du schon wieder."

„Schon wieder? Ich bin gekränkt. Es ist so lange her, dass wir uns gesehen haben. Und letztes Mal hast du noch gefragt, wie lange es dauert."

„War auch mehr ein Reflex." entschuldigte sich Geraldine, „und die Tatsache, dass du meistens mit Problemen kommst. Die ich momentan gar nicht gebrauchen kann."

„Dann freu dich." erwiderte der Engel fröhlich, „denn diesmal komme ich mit Lösungen für Probleme."

„Das wäre ja mal was... ich... das wäre toll."

„Das ist toll."

„Dann sag mir die Lösung." Geraldine setzte sich auf und der Engel sich neben sie:

„Sag du mir das Problem."

„Spielchen? Echt? Dafür der Aufwand?"

„Nein. Keine Spielchen. Ich dachte einfach, wenn du ein konkretes Problem hast..."

„Viele. Sehr viele." Geraldine tippte sich mit dem linken Zeigefinger nacheinander gegen alle Finger der rechten Hand, „jetzt gerade zum Beispiel eins. Das du mitgekriegt haben solltest, wenn du deinen Job wirklich anständig machst. Aber ich nehme an, du bist nicht wegen deswegen hier. Also sag du, wofür du eine Lösung hast."

Ihre schlechte Laune beeinträchtigte den Engel nicht im Geringsten: „Zeigefinger: Ja, ich habe es mitgekriegt. Mittelfinger: Nein, ich bin nicht deswegen hier. Ringfinger: Ja, Z hat Recht, wenn er sagt, ihr werdet ihn schon kriegen. Reicht das dazu? Ich habe nämlich nichts mehr für den kleinen Finger."

„Gibt auch noch den Daumen. Aber ist mehr als ich erwartet habe."

„Das ist immer gut." Der Engel lächelte gewinnend, „dann – wie gewünscht – der wahre Grund meines Auftauchens: Es wird einen Einschnitt geben. Recht bald. Und ihr müsst darauf vorbereitet sein. Wir hatten erst überlegt, das mit euch allen zu machen. Aber Z hat seine schwangere Frau und Annie ihren Kummer. Das sind ihrer beider Prioritäten und das ist auch verständlich. Außerdem bist du diejenige, die es innerlich am meisten braucht. Als Gegengewicht, sozusagen. Daher wirst du es bekommen und weitergeben."

„Prima." Geraldine bemühte sich bewusst, nicht begeistert zu klingen. Der Engel fragte trotzdem:

„Wirklich?"

„Nein, ironisch. Das war keine Lösung. Das war nicht mal eine Aussage."

„Aber es war im Einklang mit meinem üblichen Auftreten."

Geraldine lachte auf ohne es wirklich zu wollen: „Das in jedem Fall."

Was den Engel deutlich erfreute, wenn er auch selbst wieder ernst wurde: „Ich bleibe erstmal vage. Denn ich möchte nicht, dass du versuchst, die anderen zum Mitmachen zu überreden."

„Das ist kein Grund. Das kann ich dir auch einfach versprechen und mich dran halten."

„Mag sein."

„Also?" forderte Geraldine, „richtiger Grund?"

„Ich habe über die Jahrtausende hinweg eine Erfahrung gemacht: Wenn man Leuten zuerst vage Botschaften gibt und dann wieder geht, fangen sie automatisch an, darüber nachzugrübeln. Das sorgt dafür, dass andere

Dinge aus ihrem Blickfeld verschwinden. Und das sorgt dafür, dass sie sich in dem Moment, wo man mit dem konkreten Thema kommt, besser darauf konzentrieren können. Sie sind nicht mehr abgelenkt."

„Das heißt, ich bin jetzt dadurch abgelenkt, dass ich mir ständig Gedanken mache, was du meinen könntest und dann..."

„...wird daraus der Hauptfokus." ergänzte der Engel und Geraldine tippte sich an die Stirn:

„Ihr seid verschwurbelt."

„Das Wort kenne ich nicht. Aber ich kann mir in etwa vorstellen, was es bedeutet. Ändert nichts. Ich werde dir aber eine konkrete Sache sagen: In ein paar Tagen wird Annie eine Vision bekommen. Sie wird sich gar nicht darüber freuen in ihrem Zustand, aber sie muss sie erfüllen. Es wird für einige Zeit die letzte sein. Wie gesagt – Einschnitt. Wobei das Tempo zunimmt. Wir reden also auch hier nicht von Monaten, sondern nur von Wochen. In diesen Wochen wird sie sich erholen können. Und Z sich auf die Geburt vorbereiten."

„Weil der Stress damit vorbei ist." spottete Geraldine.

„Die Ungewissheit ist damit vorbei." erwiderte der Engel, „ob alles in Ordnung ist. Danach kommt anderer Stress. Aber mit dem wird er fertig werden. Schließlich muten wir ihm nicht mehr zu als einem ganz gewöhnlichen Arbeitnehmer. Euch allen nicht, im Übrigen. Eher weniger."

Geraldine blickte zur Seite: „Das wissen wir schon."

„Gut. Zurück zu dir. Wenn Annie ihre Vision hat, ist der Zeitpunkt für dich gekommen, die Einsamkeit zu suchen. Zieh dich irgendwohin zurück. Nils kannst du von mir aus mitnehmen. Damit du Gesellschaft für die Momente hast, die wir beide nicht miteinander verbringen."

„Also Urlaub."

„In gewisser Weise."

„Spontan. Von heute auf morgen."

„In gewisser Weise."

„Im Sommer." Geraldine starrte den Engel an, „wo bitteschön soll ich jetzt was herbekommen?"

„Das Ferienhaus von Zs Eltern steht leer." lautete dessen Antwort, „die Leute, die dort waren, sind gestern abgereist."

„Du?" vermutete sie leicht verärgert, aber das wusste er zu lindern:

„Freudiger Anlass. Enkelkind. Wenn man in Rente ist, kann man dafür auch mal einen Urlaub abbrechen."

Geraldine schlug sich auf die Wangen: „Dann werde ich wohl Zs Eltern fragen."

„Besser heute als morgen." stimmte der Engel ihr zu.

Sie stand auf, um ihr Handy zu suchen, hörte hinter sich ein

„Wir sehen uns.",

drehte sich um – und sah den Engel nicht mehr.

93

„Hallo?" kam eine unbekannte Stimme aus dem Hörer und Christopher stutzte:

„Niklas?"

„Nein."

„Oh. Dann habe ich mich verwählt."

„Nein, nein." Die Stimme am anderen Ende lachte, „ich gebe dich weiter."

Es rauschte kurz, dann erklang erneut ein „Hallo?"

Diesmal erkannte Christopher die Stimme, ging aber trotzdem auf Nummer sicher: „Niklas?"

„Ja."

„Okay. Das ist schonmal gut. Wer war das eben?"

„Simon."

„Wer?"

„Du müsstest ihn vom Sehen kennen."

„Ach... äh..." Christopher schloss kurz die Augen und zu seinem Glück erschien wirklich ein verschwommenes Gesicht vor seinem inneren Auge, „der war doch früher schon ständig bei dir."

„Und ist es bis heute." erwiderte Niklas, was Christopher in sich hinein grinsen ließ:

„Langzeitpatient?"

„Es ist nett, dass du zurückrufst." ging Niklas darauf nicht ein.

Christopher biss sich auf die Lippen: „Eigentlich wollte ich nicht. Aber du klangst so verzweifelt."

„Du wolltest nicht? Hat das einen Grund? Den gleichen vielleicht, warum du dich seit Jahren nicht mehr gemeldet hast?"

„Niklas... ich kann mir vorstellen, dass du sauer bist. Oder enttäuscht. Aber ich lebe ein neues Leben. Und es war mir wichtig, das alte vollständig hinter mir zu lassen."

„Ist das vernünftig?"

„Denke ich."

„Ich beziehe das nicht auf mich." erklärte Niklas ruhig, „aber alle Kontakte abzubrechen..."

„Ich habe natürlich nicht Michelle verlassen." beruhigte Christopher ihn schnell.

„Das ist schonmal gut."

„Und auch meine Schwester..."

„Ja..." fiel Niklas ihm ins Wort, „deine Schwester."

Christopher runzelte die Stirn: „Willst du etwas Bestimmtes andeuten?"

„Andeuten vielleicht. Aber nicht sagen."

„Dann sag stattdessen, was du willst." forderte Christopher ärgerlich, „ich habe angerufen, weil ich den Eindruck hatte, dass es da etwas gibt. Und nicht, um über mich zu reden."

Er konnte Niklas leise seufzen hören: „Das dachte ich mir fast."

„Nun?"

Doch Niklas zögerte: „Die Frage ist, ob du offen bist."

„Offen?"

„Ich brauche Hilfe, Christopher. Und du warst, bist und bleibst meine erste Anlaufstelle dafür."

„Du hast all die Jahre keinen Ersatz gefunden? Das ist schlimm."

„Ein Vertrauensverhältnis ist immer nur so gut, wie es lang ist. Das man übertrieben klingen, aber ich merke das immer wieder."

„Fein." Christopher atmete tief ein und aus, „dann lassen wir mal die Sticheleien beiseite. Du vertraust mir nach wie vor – das ehrt mich. Und ich werde das nicht enttäuschen."

„Dann lass mich anfangen." Mit einem Mal klang Niklas ziemlich gehetzt, „mit etwas, was mich nicht betrifft: Der Sohn Gottes ist nun unter uns. Was denkst du dazu?"

„Ist das eine politische Frage?"

„Es gibt zwei Meinungen zu diesem Thema: Er ist es. Er ist es nicht. Ich hätte gerne deine Meinung gewusst, bevor ich fortfahre."

„Also ein Vertrauenstest."

„Christopher – ich stehe kurz davor, dir etwas zu erzählen, was ich noch keiner einzigen Menschenseele erzählt habe. Da habe ich doch das Recht, vorsichtig zu sein."

„Und meine Einstellung zu diesem Mann hat da Einfluss?" bohrte Christopher weiter.

„Wir haben uns lange nicht gehört." bekam er zurück, „ich will einfach wissen, wo du dich innerlich befindest."

„Das ist legitim. Nun – dann erweitere ich gleich ein wenig deinen Horizont: Es gibt noch eine dritte Meinung: Es ist mir egal. Ich enthalte mich jeglicher Wertung zu diesem Mann. Weil er mich nicht interessiert."

Mehrere Sekunden lang herrschte Schweigen am anderen Ende. Dann war Niklas wieder da – vorsichtig: „Das mag jetzt albern klingen, aber... kannst du dir das erlauben in deiner Position?"

„Position?" wiederholte Christopher verständnislos.

„Du bist Pfarrer."

„Schon lange nicht mehr."

„Im Herzen aber wohl doch noch."

„Nein." sagte er vehement, „auch das habe ich zurückgelassen. Ich habe dem Glauben entsagt, wenn man so will."

„Christopher?" Das Entsetzen in Niklas Stimme war nicht zu überhören. Aber Christopher ließ sich nicht beirren:

„Er hat mir nichts Gutes gebracht. Alles, was Gott mir gegeben hat, hat mich irgendwann verbrannt. Ich habe beinahe alles verloren bei dem Versuch, seinen Dienst zu tun. Und er hat nicht nur nichts getan, um mir zu helfen – er hat sich nicht einmal bedankt."

„Jetzt höre ich wieder deine Schwester reden."

„Und ich stelle fest, dass wir wieder über mich reden."

„Du hast Recht." Niklas schnaufte durch, „also hast du keine Meinung dazu."

„Nein."

„Und es schert dich nicht, was er sagt."

„Nein."

„Tja – dann bist du vielleicht wirklich der Richtige zum Reden. Wenn auch nicht auf die Weise, die ich erhofft hatte."

„Du musst das wissen." entgegnete Christopher kalt, „sag es. Oder lass es."

„Du scheinst zu mir die gleiche Einstellung zu haben wie zu ihm."

„Mag sein."

„Würdest du mir überhaupt Rat geben?" erkundigte sich Niklas unsicher.

„Ich verweigere niemandem meine Unterstützung. Ich nicht." setzte Christopher noch einmal besonders betont hinzu – doch selbst wenn Niklas das sicher richtig verstand, schien er sich nun auch selbst nicht mehr darauf einlassen zu wollen. Sondern war endlich an dem Punkt, wo er zum Punkt kam:

„Nun gut. Ich muss sowieso etwas tun. Lassen wir es drauf ankommen."

„Wie freundlich."

„Christopher..." Niklas brach ab – und sprach erst nach einigen tiefen Atemzügen weiter: „Simon ist sehr oft hier. Da hast du Recht. Aber er ist kein Patient. Kein ‚Fall'. Ich betreue ihn nicht. Ich liebe ihn."

„Du..." Christopher erstarrte, „was?"

„Wir sind zusammen. Schon lange. Heimlich. Natürlich. Aber bisher immer in dem Glauben, dass es geduldet werden würde. Und wir nur selbst zu feige sind, es laut zu sagen. Die Gesellschaft hat sich verändert. Und die Kirche auch. Zum Guten. Es gibt mehr Akzeptanz. Mehr Offenheit. Gegenüber denen, die anders sind als die Norm. Wir sind keine schlechteren Menschen. Wir sind nicht krank. Wir sehen nur..."

„Ich kann mir das nicht anhören." funkte Christopher tonlos dazwischen.

Niklas stockte: „Bitte?"

Christopher brauchte einen Moment, um sich zu sammeln. Dann platzte er heraus: „Es ist egal, was ich über diesen Mann denke. Es ist egal, wo ich geistlich stehe. Ich muss weder übernatürlich noch Christ sein, um zu wissen, dass das abgrundtief falsch ist."

„Aber..."

„Warum kommst du damit? Zu mir? Jetzt?"

„Weil es ein neues Gesetz gibt."

„Ja. Das weiß ich." Christopher schlug sich mit der freien Hand mehrfach gegen die Stirn, „aber was soll ich da tun? Warum ziehst du mich mit rein?"

„Weil ich nicht weiß, was ich tun soll." Niklas klang nun völlig verzweifelt – worin Christopher die Chance sah, ihn auf den richtigen Weg zu bringen: „Ist das nicht eindeutig? Du brauchst Hilfe. Therapeutische Hilfe. Und Simon auch. Das Gesetz ist gut für euch."

„Wie kannst du das sagen?"

„Nicht so." wehrte er rasch ab, „ich will nicht, dass jemand was abgeschnitten bekommt. Oder wie er sich das auch immer vorstellt. Aber... das ist ein Weckruf. Von dem Gott, an den du noch zu glauben scheinst. Das ist deine Chance, es geradezubiegen. Du musst dich nicht outen. Du musst nur richtig werden."

„Richtig." wiederholte Niklas konsterniert.

„Normal."

„Normal." wiederholte Niklas auch dies.

Christopher schnaubte resigniert auf: „Du bist nicht offen dafür. Was willst du dann von mir?"

„Ich wollte deine Meinung. Ob ich es offen ausspreche und die Konsequenzen in Kauf nehme. Oder ob ich es verheimliche und in Angst lebe."

„Du spinnst. In Angst leben? Wegen sowas? Was für ein Blödsinn. Und laut sagen? Und dann operiert werden? Noch viel größerer Blödsinn. Egal ob es nun von Jesus kommt oder einem Psychologen oder deiner eigenen Mutter: Du bist krank. Und nur zu blind, es zu sehen."

Jetzt klang Niklas traurig: „Du bist nicht mehr der Christopher, den ich mal kannte."

„Das beruht auf Gegenseitigkeit." gab Christopher zurück.

„Ich danke dir fürs Zuhören. Und werde jetzt auflegen."

„Ich dringe also nicht durch."

„Genauso wenig wie ich."

„Dann hat es keinen Zweck." Christopher wollte schon auflegen, als er Niklas Stimme noch einmal hörte:

„Beantworte mir nur noch eine Frage: Wirst du mich melden?"

Christopher blinzelte verwirrt: „Melden? Warum sollte ich das tun?"

„Es wäre deine Pflicht."

„Ich habe dir doch gesagt, der Mann ist mir egal. Ich pfeife auf seine Gesetze. Und werde mich dementsprechend auch nicht danach richten."

„Das zumindest ist beruhigend."

Ein Gedanke durchzuckte Christopher. Kurz rang er mit sich, ob er ihm folgen sollte. Dann tat er es: „Im Gegenzug verlange ich einen Gefallen."

„Der da wäre?"

„Ruf mich nie wieder an." Dann legte er auf, ohne eine Antwort abzuwarten.

94

Ihr Leben lang hatte sich Gwendoline danach gesehnt, nicht einsam zu sein. Sie hatte zwei Eltern und zwei Geschwister und sich trotzdem immer alleine gefühlt. Keiner von ihnen hatte sie jemals verstanden und irgendwann war ihr bewusst geworden, dass das daran lag, dass sie sie schlicht und ergreifend nicht verstehen wollten. Das hatte auch den Ausschlag gegeben, dass sie mit 16 ausgezogen war. Und die nächsten drei Jahre damit verbracht hatte, nach jemandem zu suchen, mit dem das anders war. Nur einen einzigen Menschen wollte sie. Dinge dagegen interessierten sie nicht. Die konnte man kaufen und wieder verkaufen – das war nichts wert. Doch nicht einmal dieser eine einzige Mensch hatte sich ihr zeigen wollen. Bis zu dem Tag, an dem ihr Calibur über den Weg gelaufen war. Gwendoline hatte sofort gewusst, dass er der richtige war. Dass sie ihn liebte und er sie auch. Weil er genauso verloren wirkte, wie sie selbst. Gemeinsam hatten sie sich das Ziel gesetzt, nicht mehr verloren zu sein. Dass Calibur nicht sein richtiger Name war, störte sie dabei überhaupt nicht. Er hatte Geld, sie auch. Sie hatten eine Farm gekauft und sich dort eingerichtet. So, dass sie alles hatten, was sie zum Leben brauchten. Essen von den Feldern, Trinken aus dem Brunnen. Auf sinnlose Dinge wie Fernseher oder Computer verzichteten sie. Gerne. Nur wenn etwas kaputtging, mussten sie sich Hilfe suchen, denn sie waren beide handwerklich nicht sonderlich begabt. Und immer wieder hatten sie in der Person, die ihnen half, die gleiche Traurigkeit gesehen, die sie selbst vor gar nicht allzu langer Zeit noch gespürt hatten. Das hatte sie auf die Idee gebracht, ihren Lebensraum zu öffnen. Ihren Platz zur Verfügung zu stellen. Und die Leute hatten ihr Angebot dankbar angenommen. Es hatte gar nicht lange gedauert, da hatte

Gwendoline nicht nur einen Menschen, der sie verstand. Sie hatte 40. Dann war das Haus voll gewesen. Und sie hatten sich schweren Herzen eingestehen müssen, dass sie niemanden mehr aufnehmen konnten. Aber das war in Ordnung gewesen, denn ihre ‚Familie' hatte wunderbar funktioniert. Bis zu dem Tag, an dem Calibur angefangen hatte, davon zu reden, dass bald schon alles zu Ende gehen würde. „Die Welt wird sterben." hatte er gesagt und dann vor lauter Tränen nicht weitersprechen können. Die anderen hatten sich um ihn gescharrt und versucht, mehr aus ihm herauszubekommen. Auch Gwendoline. Doch es waren mehrere Tage vergangen, bevor Calibur in der Lage gewesen war, sich weiter dazu zu äußern. Er hatte ihnen von einer Vision erzählt, die er erhalten hatte. In dieser Vision hatte er mitansehen müssen, wie die Sonne von einem Meteoriten getroffen wurde und dadurch explodierte, wobei sie alle Planeten ihres Sonnensystems zum Verglühen brachte. Auch das Datum hatte Calibur gesehen. Es war nicht mehr weit entfernt. Chancen zu überleben gab es keine. Aber sie konnten dem schmerzvollen Tod durch die Flammen entgehen. Indem sie einfach vorher friedlich einschliefen. Also hatten sie sich bereit gemacht. Hatten sich Vorräte an Schlafmitteln be- schafft und alles in Ordnung gebracht, was jeder einzelne von ihnen mit sich herumtrug. Auch Gwendoline hatte das getan. Hatte einen langen Brief an ihre Eltern und Geschwister geschrieben, in dem sie ihnen ihr schlechtes Verhalten ihr gegenüber verzieh. Danach hatte sie sich besser gefühlt. Viel besser. Frei. Sie hatten auch überlegt, ob es nicht ihre Pflicht war, den Rest der Menschheit über die bevorstehende Katastrophe zu informieren. Ob nicht die richtigen Leute einen Plan dagegen erarbeiten konnten. Der Meinung war auch Calibur gewesen – zunächst zumindest. Aber dann hatte er eine weitere Vision bekommen, in der er den Himmel sah. Und vor dem Himmel war ein Tor, auf dem stand ‚Nur für Mutige'. „Also lasst uns mutig sein." hatte er ihnen anschließend zugerufen und sie hatten ihm dafür Beifall gespendet. Natürlich waren sie alle traurig wegen der anderen Menschen, doch sie alle waren ja auch hier, weil die anderen Menschen sie nicht hatten haben wollen und selbst wenn sie von sich aus damit Frieden geschlossen hatten, stand nicht zu erwarten, dass das auf Gegenseitigkeit beruhte. So hatte sich diese Trauer in Grenzen gehalten und nachdem

Calibur ihnen von einer weiteren Vision erzählte hatte, in der er gesehen hatte, was sie im Himmel erwarten würde, überwog die Freude darauf.

Und dann war der Tag gekommen. Natürlich konnten sie nicht bis zum letzten Moment warten, denn dann schafften sie es vielleicht nicht mehr rechtzeitig. Also hatten sie den Tag vor dem großen Unglück gewählt und der war nun da. Sie versammelten sich auf dem Hof. Sie hatten Stroh aus der Scheune geholt und so verteilt, dass jeder von ihnen Platz genug hatte, sich bequem hinzulegen. Sie hatten die Tabletten so aufgeteilt, dass jeder von ihnen so viele hatte, wie er brauchte. Sie hatten für jeden eine kleine Flasche mit Wasser aus dem Brunnen gefüllt. Calibur sprach ein paar letzte Worte. Erinnerte sie daran, dass sie sich schon bald wiedersehen würden. Dass es ihnen dann besser gehen würde. Dass sie dann nur noch von Freunden umgeben sein würden. Dann nahmen sie die Tabletten und spülten sie herunter. Legten sich hin. Schliefen ein. Und wachten nicht wieder auf. Als mehrere Tage später zufällig ein mit seinem Wagen liegengebliebener Tourist den Hof betrat und daraufhin den Sherriff alarmierte, konnten seine Beamten nur noch die Leichen bergen. 41 waren es. Denn Gwendoline war nicht dabei. Sie hatte mit Entsetzen beobachten müssen, wie Calibur – die Liebe ihres Lebens – seine Tabletten vor dem Trinken unauffällig auf den Boden fallen ließ. Also hatte sie es ihm gleichgetan und sie nach dem Hinlegen leise wieder eingesammelt. Hatte gewartet, bis der letzte der anderen aufgehört hatte, zu atmen und Calibur sich wieder zu regen begann. War aufgesprungen und hatte ihrem völlig überraschten Liebsten ihre Tabletten in den Mund gestopft und ihm dann Mund und Nase zugehalten, um ihn zum Schlucken zu zwingen. Hatte an seiner Seite gesessen, bis auch er aufgehört hatte, zu atmen. Dann war sie – mit Tränen in den Augen – davongelaufen.

95

Es wurde wirklich eine Nacht- und Nebelaktion. Wie Becka schon vermutet hatte, blieb auch die Taufe nicht unberührt von Veränderungen. Die Informationen dazu überbrachte ihnen Esther just an dem Tag, an dem Annie den Termin verkündete, den sie mit Sandra festgelegt hatte. Was ihr

Ansinnen allerdings nicht beeinflusste – sie blieb dabei. Eine explizite Anweisung, Taufen nur noch in Jesu Namen auszuführen, gab es nicht – schließlich geschah das im Grunde bisher auch schon. Doch wie schon bei den Gaben war den Pastoren aufgetragen worden, die vollständigen Kontaktdaten aller Täuflinge an die Jünger weiterzugeben. Und das nicht erst bei der Taufe an sich, sondern bereits in dem Moment, wo jemand sich mit dem entsprechenden Wunsch bei ihnen meldete. Die Konsequenz daraus war, dass gerade im freikirchlichen Bereich viele dieser Interessenten wieder absprangen und bereits angesetzte Taufen abgesagt wurden. Zumindest offiziell – für den sonntäglichen Gottesdienst. Was die Freunde – die von einigen solchen Vorfällen erfuhren – mit einer gewissen Skepsis betrachteten, denn sie gingen davon aus, dass Jesus dies auffallen würde. Aber es kam keine Reaktion von ihm dazu – was Jakob bei einem Treffen am Abend vor Annies Taufe mit den Worten „Taufen liegen auch nicht wirklich in seinem Interesse. Wahrscheinlich freut ihn der Rückgang sogar." kommentierte – woran die übrigen Anwesenden nichts wirklich Falsches finden konnten. Die Anzahl der Taufen, die heimlich an einem See oder kleineren Fluss durchgeführt wurden – fast ausschließlich in der Dämmerung oder Dunkelheit – nahm dagegen schlagartig zu. Und über diese wurde natürlich von niemandem Buch geführt.

Genauso lief auch Annies Taufe ab. An einem Mittwoch kurz vor Mitternacht. Es war schon ziemlich dunkel, aber noch angenehm warm. Und die wenigen Anwesenden bester Laune. Annie war aufgeregt und hüpfte von einem Bein aufs andere. So lange, bis Maximilian ihr den Arm um die Schulter legte und flüsterte:

„Hüpfen kannst du hinterher noch genug. Da wird dir kalt sein. Wenn du jetzt schon alle Energie verbrauchst, dann…"

„Als ob ich so wenig davon hätte." raunte Annie zurück, hielt dann aber still.

Sandras Predigt war kurz – zwangsläufig – dafür aber umso eindringlicher:

„Dies ist eine düstere Zeit. Und damit meine ich nicht die Uhrzeit. Sondern die Tatsache, dass wir dies hier um diese Uhrzeit tun müssen. Ich finde es trotzdem wundervoll, dass Menschen sich entscheiden, diesen Weg zu gehen. Die richtige Variante, möchte ich noch anfügen. Annie – wir kennen uns inzwischen recht lange. Ich habe dich immer als verschlossen erlebt. Als ich wusste, was du... nun... beruflich machst, habe ich das ein wenig besser verstanden. Und grundsätzlich ist auch nichts Schlimmes dabei. Solange man irgendjemanden hat, mit dem man reden kann. Und das muss nicht immer die Pastorin sein. Für dich sind das deine Freunde. Alle die, die heute hier versammelt sind. Und für dich ist das Jesus. Das hast du mir erzählt in unserem Gespräch. Dass du sehr viel mit ihm redest. Und auch, dass er nicht mit dir redet. Das ist schade. Und oft anstrengend. Wir wünschen uns alle, dass er das tut. Mit manchen tut er das – hier drin im Kopf." Sie tippte sich an selbigen, „mit anderen nicht. Warum mal so und mal so? Das weiß keiner. Aber meine These ist, dass er sich für jeden Menschen die richtige Methode aussucht, um zu kommunizieren. Und wenn ich mir anschaue, wie weit du gekommen bist seit damals, als du nach deinem... ähem... Zusammentreffen mit Maximilian in die Gemeinde gekommen bist – wenn ich das vergleiche: damals und heute – dann wage ich mich einfach mal zu sagen, dass er auch bei dir eine gute Methode zu haben scheint. Selbst wenn es dir selbst vielleicht nicht so vorkommt. Auch als Kinder merken wir nicht, wie wir wachsen. Und die um uns herum, die uns täglich sehen – die Eltern zum Beispiel – ebenfalls oft nicht. Aber die, die uns nur ab und zu mal über den Weg laufen, stellen solche Veränderungen fest. Wachstum – innerlich wie äußerlich. Ich sehe das bei dir. Und ich freue mich darüber. Aber es soll nicht nur um dich gehen. Es soll auch um deinen Schritt gehen. Du hast gesagt, Jesus wird dich niemals verlassen. Da hast du Recht. Das wird er niemals tun. Ganz egal, wie nahe oder fern du ihm bist – er ist immer nur einen Hauch entfernt. Selbst dann, wenn du nichts mit ihm zu tun haben willst. Ist er da. Wartet ab. Geduldig. Gütig. Gnädig. Und wenn du dann rufst, greift er sich deine Hand. Ohne jegliches Zögern. Und auch ohne ‚Bereinige erstmal, was du gemacht hast oder denk zumindest drüber nach'. Das geschieht auch. Aber erst hinterher. Wenn Jesus dich schon festhält. Erst kommt seine Hand – seine Rettung. Und dann beschäftigt er sich mit deiner Situation. Und das nicht nur einmal – sondern so oft, wie du es brauchst. Du hast auch gesagt, dass du ihn auch niemals mehr verlassen wirst. Deswegen stehen wir hier. Deswegen rede ich gerade. Und deswegen schubse ich dich hinterher in dieses eiskalte Wasser da. Mich freut das. Uns alle hier freut das. Aber ihn freut es am allermeisten. Weil das das ist, worauf er hofft. Dass wir uns dafür entscheiden. Ihm dieses Versprechen geben. Und andersherum sein Versprechen annehmen. Daran glauben. Darauf vertrauen. Bei diesem Begriff will ich noch kurz bleiben: Versprechen. Ein Versprechen gilt es zu halten. Er sagt: ‚Ich bleibe jeden Tag bei dir, mein Kind.' Und hält es auch. Wir sagen: ‚Ich bleibe jeden Tag bei dir, mein Gott'. Und halten es nicht. Weil wir das nicht können. Es gibt immer Tage, an denen wir sauer sind und uns deswegen von ihm fernhalten; an denen wir traurig sind und uns deswegen vor ihm verschließen; an denen wir glücklich sind und ihn darüber vergessen; an denen wir beschäftigt sind und ihn darüber ausblenden. Selbst wenn wir morgens ein kurzes Gebet sprechen, können wir ihn trotzdem den restlichen Tag ignorieren. Und sogar bei einem solchen Gebet können wir das im Grunde schon tun. Wenn die Worte einfach so fließen, während die Gedanken schon längst woanders sind. Von daher: Dieses Versprechen ist ein nettes Zeichen. Aber es bringt uns keinen Vorteil und keinen Fortschritt. Keine Besserung und keine Erleichterung. Unser Leben ist danach genauso herausfordernd wie davor und unser Glaube ist es auch. In der Bibel steht, dass die Taufe die Erlösung bringt. Aber das darf man nicht falsch verstehen. Der Akt für sich genommen bringt gar nichts. Es ist die Veränderung in uns, die Erlösung bringt. Dass wir ihn in unserem Leben mit einer neuen Offenheit betrachten. Ihm mehr Raum geben. Ihn wirklich überall mit einbeziehen. Und: fragen. Ihn. Was er von uns will, dass wir tun. Was er denkt, dass richtig ist. Und so weiter. Das ist es, was wir erreichen wollen. Dass es anders mit uns weitergeht. Der Startpunkt – die Taufe – ist einfach. Der Weg danach – schwer. Glücklicherweise sind wir damit nicht allein. Womit ich den Bogen schlage – zurück zu ihm. Zu seinem Versprechen. Und seiner Einhaltung. 100%. Das ist seine Zahl, was das angeht. Für uns – unerreichbar. Für ihn – normal. Auch dafür brauchen wir die Taufe eigentlich nicht. Wir können ihm das auch schlicht sagen: ‚Ich nehme dich an. Ich glaube an dich.' Aber Taten sind nun mal mächtiger als Worte. Ein Wort – auch eines, das man laut ausgesprochen hat – gerät irgendwann in Vergessenheit. Eine Tat – nicht so unbedingt. Und: Ein Wort kann unbedacht oder unüberlegt ausgesprochen werden. Spontan, zufällig, unter bestimmten Bedingungen oder in einer bestimmten Situation. Wir Pastoren kennen das sehr gut. Von all den Freizeiten und Tagungen, auf denen sich die Menschen reihenweise bekehren. Weil die Atmosphäre sie ansteckt. Sie sich einfach danach fühlen.

Das ist toll und wundervoll. Geht aber, wenn man Pech hat, wieder vorbei. Wenn der Alltag einen einholt. Bei einer Tat ist das anders. Sicher: Es gibt Affekthandlungen. Aber eine Taufe ist keine Affekthandlung. Weil davor Gespräche stattfinden. Ein Gedankenaustausch läuft. Der ‚Betroffene‘ macht sich bewusst, was er da tut. Oder bekommt es bewusst gemacht. Und wir Pastoren sind angehalten, die herauszufiltern, die nicht wirklich dahinterstehen. Oder es nicht wirklich verstehen. Falsche Ansichten oder falsche Absichten haben. Dann raten wir von diesem Schritt ab. Und an, darüber nachzudenken. Bis es ‚Klick‘ macht – und alles stimmt. Noch einmal zurück: Mit der Taufe ist es nicht getan. Auch danach müssen wir jeden Tag beten. Uns jeden Tag neu entscheiden, unseren Weg mit Gott zu gehen. Es wäre schön, wenn ich hier stehen und sagen könnte, dass kein Mensch sich nach seiner Taufe jemals von Gott abgewendet hat, weil das dann nicht mehr geht. Kann ich nicht – weil es eben geht. Viel zu viele, die sich haben taufen lassen, kommen am Ende doch nicht zu Gott. In dem bereits erwähnten Vers heißt es zwar: ‚Wer glaubt und sich taufen lässt...‘, aber dabei ist das erste das Entscheidende. Der Glaube ist der Schlüssel. Die Taufe ‚nur‘ das Symbol. Wer glaubt und sich nicht taufen lässt, kommt zu Gott. Wer sich taufen lässt und nicht glaubt, nicht. So wichtig sie ist: Sie ist nur ein Punkt auf unserem langen Weg. Der schon erwähnte Startpunkt. Den wir danach immer wieder als solchen für uns ausmachen können. An den wir uns erinnern können mit den Worten ‚Ich habe diese Entscheidung getroffen – und ich will zu ihr stehen‘. Aber genau das können wir auch bleiben lassen. Und dann alles verlieren. Deswegen: Lehne dich nicht zurück, liebe Annie. Glaube – so fest wie du kannst. Sei offen für seine Worte, seinen Weg, seine Weisung. Halte an ihm fest – dein ganzes restliches Leben lang. Dieser Tag soll ein Feiertag für dich sein. Der Tag eines großen Schrittes auf ihn zu. Aber es ist nur dann ein Feiertag, wenn du ihn mit ihm gemeinsam feierst. Das kannst du sehr gerne jeden Tag tun. Das ist nicht wie Geburtstag, der nur einmal im Jahr kommt, weil – gut, weil niemand so schnell so alt werden will – aber auch, weil niemand genug Geld hat, um dir jeden Tag Geschenke zu machen. Jesus macht dir jeden Tag Geschenke. Sich selbst. Als Geschenk. Für dich. Das kannst du feiern. Ab heute. Jeden Tag. Amen.“

Danach stieg Sandra in den See und Annie folgte ihr. Sie bibberte schon, bevor sie das Wasser erreichte, doch das war nur die Aufregung. Als sie zwei Minuten später wieder herauskam, war es dann wirklich die Kälte und Geraldine beeilte sich, ihr den Bademantel überzuziehen und eilte dann mit ihr zum Auto, wo Annie sich abtrocknete und umzog. Die anderen warteten derweil. Sie hatten zwar alle ein mulmiges Gefühl, aber eine überstürzte Flucht war dann doch ein wenig übertrieben. Laute Gespräche trauten sie sich allerdings nicht. Trotz der Predigt zuvor. So bot sich den beiden Frauen bei ihrer Rückkehr ein seltsames Bild: Drei Grüppchen standen zusammen und flüsterten miteinander: Z und Becka; Sandra und Maximilian; Steve, Katiana, Johanna und Nils.

„Spielt ihr irgendein Ratespiel?" fragte Annie so laut, dass alle zusammenzuckten:

„Hä? Was?"

„Na – wie ihr da steht."

„Ach du." Johanna rollte mit den Augen, „wir sind halt vorsichtig."

„Ja – weil eine normale Unterhaltung von einigen Leutchen, die einfach rumstehen, bestimmt wesentlich mehr Aufmerksamkeit erregen würde als eine Predigt." gab Annie amüsiert zurück.

Johanna schnitt eine Grimasse: „Jaja, schon gut."

„Willst du dich nicht umziehen?" wandte sich Geraldine an Sandra, die nach wie vor ihre nassen Klamotten trug.

„Oh, ich habe den Autositz mit einem Handtuch ausgelegt." erwiderte diese, „und drehe auf der Rückfahrt die Heizung auf."

„Ist das gut für die Gesundheit?"

„Wir wollten noch anstoßen." schaltete sich Annie ein und Sandra lächelte: „Klar – macht das."

„Du nicht?"

„Nun..." Sandra sah an ihr vorbei, „nein."

„Weil?" bohrte Annie nach.

„Hm... weißt du... ich habe ein offizielles Amt. Und auch wenn ich mir sehr sicher bin, dass niemand meine Schritte oder mein Telefon überwacht, muss ich doch ein wenig aufpassen, was ich tue. Vorsichtig sein. Eine Taufe ist richtig und wichtig. Eine Party nicht so sehr. Für ersteres gehe ich gerne Risiken ein. Für zweiteres lieber nicht. Versteht ihr?"

Allgemeines Nicken schlug ihr entgegen, das Maximilian mit einem „Voll und ganz." verbalisierte.

„Ja – schlägt einen tollen Bogen zu dem, womit du angefangen hast: düstere Zeiten." setzte Becka hinzu.

Sandra drückte Annie vorsichtig, damit diese nicht wieder nass wurde: „Wir haben sie heute ein wenig erleuchtet – das sollte uns allen Freude bereiten. Von daher: Macht euch um mich keine Sorgen. Feiert genauso, wie ihr das wolltet." Mit diesen Worten schritt sie von dannen und die anderen sahen ihr nach, bis die Dunkelheit sie verschluckt hatte. Dann verteilte Annie die Sektgläser und als sie Sandras Auto wegfahren hörten, waren diese gefüllt und sie prosteten sich zu. Leise wiederum aber trotzdem fröhlich. Steve und Katiana verabschiedeten sich schon bald, um den Babysitter abzulösen. Und auch die anderen blieben nicht mehr lange. Auf dem Weg zu den Autos hielt Annie Maximilian auf. Er sah sie fragend an, doch sie zögerte. Ziemliche lange, sodass er schon ansetzen und fragen wollte, was los war. Da brachte sie es doch noch hervor:

„Ich bin jetzt ein ‚neuer Mensch'. Irgendwie. In gewisser Weise. Und von daher... muss ich... mich auch neu verhalten. Und... das alte abschließen. Und das heißt, dass..."

Sie sprach nicht weiter, doch es kostete Maximilian keinerlei Mühe, zu erraten, was sie hatte sagen wollen. Er nahm sie an den Schultern und blickte ihr tief in die Augen:

„Das finde ich großartig von dir. Und wünsche dir alles erdenklich Gute dafür. Und Gottes reichen Segen."

Annie schluckte: „Danke."

„Wann hast du es denn geplant?"

„Oh... das... weiß ich noch nicht." wand sie sich ein wenig, „der Vorsatz steht – so grundsätzlich. Aber ich... naja... warte noch auf den richtigen Moment."

Er sah sie streng an: „Den du wie erkennst?"

„Sandra hat gesagt, Jesus kommuniziert mit mir. Auf die richtige Art und Weise."

„Du wartest, dass er ‚Jetzt' sagt?"

„Vielleicht nicht so konkret. Aber... ja. Ich warte auf ein Zeichen."

96

Die Frau, die vor seiner Tür stand, kam ihm entfernt bekannt vor: „Ja bitte?"
„Miguel Ortiguez." Eine Feststellung – keine Frage.
„Wer will das wissen?"
„Mein Name ist Clara." stellte die Frau sich vor.
Das sagte Miguel nichts: „Kennen wir uns?"
„Flüchtig."
„War mir doch so. Woher?"
„Wir haben uns auf der Hochzeit eines gemeinsamen ehemaligen Bekannten getroffen."
Miguel brauchte gar nicht zu überlegen, von wem sie sprach: „Ich kann mich nicht erinnern, dort mit Ihnen gesprochen zu haben."
„Aber Sie können sich erinnern, mich gesehen zu haben." gab sie zurück.
„Das schon. Dunkel. Wie kann ich Ihnen helfen?"
„Ich denke, das sollten wir hinter verschlossenen Türen besprechen." Clara lächelte gewinnend, doch ihre Worte machten Miguel eher misstrauisch:
„So? Warum?"
„Weil man nie weiß, ob nicht vielleicht ein neugieriger Nachbar zum Telefon greift und weitererzählt, worüber man redet."
Miguel nickte düster und ließ sie eintreten. Dann schloss er die Tür.
„Da entlang?" fragte Clara und deutete den Flur hinunter. Aber Miguel versperrte ihr den Weg:
„Nirgendwo entlang. Die Tür ist verschlossen. Das reicht."
„Oh – misstrauisch." deutete sie sein Verhalten richtig – und er bestätigte ihr das gerne:
„Mit gutem Grund."
„Zugegeben. Genau deswegen bin ich ja auch hier."
„Um mein Misstrauen abzubauen?"
„Um es auszugleichen." Clara lehnte sich an die Wohnungstür, „ich werde direkt sein: Du weißt genau wie ich, dass Jesus nicht der wahre Sohn Gottes ist. Er hat Macht, aber die zieht er nicht aus dem weißen Bereich der übernatürlichen Sphären, sondern aus dem schwarzen. Er wird diese Welt nicht retten, sondern zerstören."

„Und Sie wollen sie retten." Miguel blickte sie skeptisch an – und erhielt eine überraschende Antwort:

„Nicht im Geringsten. Ich will ihn zerstören. Er hat die Leute in der Hand. Und wie ein schlechter Firmenchef lässt er die am besten dastehen, die ihm am tiefsten in den Arsch kriechen. Ich habe das nicht getan und er hat mich dafür abgestraft. Genau wie dich. Jeder macht mal Fehler. Auch er – selbst, wenn er das Gegenteil behauptet. Du hast ihm genauso deinen Absturz zu verdanken, wie ich."

„Und was genau haben Sie gemacht?"

„Das tut erstmal nichts zur Sache." wiegelte Clara ab, „was zählt ist, dass diejenigen, die ihn absetzen, gleichzeitig an seine Stelle treten. Wo die Tatsache, dass ihn alle anderen für den Sohn Gottes halten, ein Vorteil ist. Wer den Sohn Gottes besiegt, wird von allen verehrt werden. Automatisch."

Miguel lachte humorlos auf: „Und das wollen Sie sein?"

Sie schüttelte den Kopf: „Ich bin kein Gesicht für die Kameras. Du dagegen schon. Und das auch gerne. Ich habe mich über dich informiert. Ist ja nicht mehr schwer. Du hast ein gewisses Bedürfnis, dich mit denen einzulassen, die Macht haben oder danach streben. Und dahinter vermute ich ein weiteres Bedürfnis: selbst Macht zu bekommen. Bisher hat das nicht geklappt. Weil dich die Leute, mit denen du dich eingelassen hast, mit trauriger Regelmäßigkeit verraten haben."

„Und Sie würden das nicht tun." folgerte Miguel mit überdeutlichem Spott.

„Ich bin offen und ehrlich zu dir: Ich sehe dich nicht als Freund. Ich sehe dich als Verbündeten. Wir wollen beide nach oben. Ganz nach oben. Und haben hier eine Chance. Du bist der Redner, ich bin die Macherin. Mein Skillset ist außergewöhnlich und ich bin außergewöhnlich gut darin. Es ist vielleicht besser, wenn du nicht zu viel darüber weißt – für dein Gewissen. Aber lass dir gesagt sein: Wir ergänzen uns gut. Er ist ein Mensch. Mit vielen Bodyguards. Aber glaub mir – ich kenne sie. Sie werden nicht zu ihm halten, wenn sie merken, dass er nicht zu halten ist. Dann lassen sie ihn fallen."

„Das sind nicht die, mit denen ich mich verbünden möchte."

„Das weiß ich." erwiderte Clara, „das will ich auch nicht. Aber das müssen wir auch nicht. Ich sage nur: Sie werden uns nicht im Weg stehen. Ein paar gezielt gesetzte Stiche und sie rücken von ihm ab. Dann ist er schutzlos und wir können ihn seines Amtes entheben."

„Und uns selbst einsetzen."

„Dich. Wie gesagt: Du bist das Gesicht. Du warst für kurze Zeit der Anführer der größten Kirche der Welt. Die Menschen werden dich problemlos akzeptieren, wenn du wiederkommst."

Miguel zog die Brauen hoch: „Nachdem ich von ihm in die Wüste geschickt wurde."

„Seine Aussagen waren so schwammig, dass es auch dem Dümmsten klar geworden sein sollte, dass mehr dahintersteckt, was er nicht sagen will. Das können wir zu unserem Vorteil nutzen. Solange du glaubwürdiger wirkst als er, können wir ihm daraus einen Strick drehen."

„Wie sollte ich glaubwürdiger wirken?"

„Erstmal müssen wir natürlich an ihm kratzen." erklärte Clara. Ein Vorschlag, der Miguel gefiel. Doch das war kein Unterfangen für Amateure und genauso wirkte sie. Daher beschloss er, ihr ein wenig auf den Zahn zu fühlen:

„Dir ist schon klar, dass ich meine eigene Stellung auch dadurch verbessern könnte, dass ich dich ihm ausliefere."

„Mir ist alles klar." bekam er trocken zurück, „deswegen heiße ich ja Clara."

„Und lustig bist du auch." schnaubte er, war innerlich allerdings ziemlich beeindruckt, dass sie trotz seiner Drohung ihre Ruhe beibehielt – und das auch weiterhin:

„Du wirst mich nicht ausliefern. Weil du mit ihm nicht mehr zusammenarbeiten willst. Du willst es ihm heimzahlen. Genau wie ich."

Dennoch blieb er weiter zurückhaltend: „Und das weißt du so genau."

„Du zeigst es mir." nickte sie.

„Aha. Wie das?"

„Du duzt mich. Seit einigen Sätzen. Weil du dich entschieden hast, deine Distanz aufzugeben."

Miguel stutzte. Das war ihm überhaupt nicht aufgefallen. Aber sie hatte recht. Und das nicht nur bezüglich seiner Wortwahl, sondern auch – wie er feststellte, als er ein wenig in sich hineinhörte – was die dahinterstehenden Gründe anging. Vielleicht war sie doch mehr Profi als er das vermutet hatte. Und damit eventuell wirklich eine wertvolle Helferin. Die es nun galt, bei Laune zu halten: „Ich gebe zu – du hast wirklich etwas im Köpfchen."

„Oh – glaub mir: Du hast keine Ahnung."

Im ersten Moment dachte Miguel, dass Clara einfach sein Kompliment hatte abbügeln wollen. Aber dann ging ihm auf, dass in diesem Satz etwas zwischen den Zeilen steckte. Worauf er testweise nochmals einging: „Und du wahrscheinlich auch nicht."

„Ich entnehme dem, dass du das gerne so lassen würdest." antwortete sie und er wusste, dass er richtig gelegen hatte:

„Jeder braucht seine Geheimnisse."

„Das ist wahr. Und auch besser so. Behalten wir unsere Geheimnisse. Wir müssen uns nicht kennenlernen. Wir müssen nur gut zusammenarbeiten. Und ich bin mir sehr sicher, dass wir das könnten."

„Können werden." verbesserte er – allerdings nicht, um sie zu bevormunden, sondern um ihr seine Offenheit zu zeigen. Was sie problemlos verstand:

„Das freut mich."

Miguel machte eine einladende Geste in Richtung Wohnzimmer. Clara lächelte und folgte ihm. Sie setzte sich auf die Couch, Miguel neben sie:

„Dann schieß' mal los. Ich nehme an, dass du schon einen Plan hast?"

„Oh ja – den habe ich." bestätigte sie, „allerdings brauchen wir dafür jemanden mit einer Gabe."

Miguel runzelte die Stirn: „Nicht leicht zu finden in diesen Tagen."

„Ganz im Gegenteil. Unser Freund Jesus hat uns diesbezüglich einen großen Gefallen getan. Er hat Listen dieser Leute erstellen lassen. In denen alles fein säuberlich aufgeführt ist. Name, Wohnort, was er oder sie kann. Da brauchen wir nur einen Blick drauf zu werfen. Und schon..." Sie wirbelte die Hände durch die Luft – Miguel ließ sich davon aber noch nicht anstecken:

„Und wie willst du das anstellen?"

„Nicht ich – du."

Er zuckte zusammen: „Ich?"

„Keine Angst." kicherte sie, „ich werde dich nur sehr selten als Agent einsetzen müssen. Das ist mein Bereich. Aber in diesem Fall... nichts spricht dagegen, dass du nochmal mit ihm redest. Dich entschuldigst. Versuchst, mit ihm wieder auf eine bessere Ebene zu kommen. Vielleicht hast du damit sogar Erfolg. Er muss schließlich gnädig tun, oder nicht? Und wenn, dann können wir das nutzen in Zukunft."

„Wenn ich ihm seine Listen klaue, wird das kaum passieren." gab Miguel
zu bedenken – doch auch darauf hatte Clara eine passende Antwort:
„Ich bin mir sicher, dass seine Jünger genau sind wie die Buchhalter.
Schließlich verwalten sie die ganze Welt. Meine Schätzung daher: Alles auf
dem Computer, geordnet nach Ländern undoder Städten. Hier ist ein USB-
Stick. Kopier' einfach alles, was dir wichtig erscheint. Aussortieren können
wir hinterher immer noch."
„Nun gut. Wer nicht wagt, der nicht gewinnt." Er nahm ihr den Stick ab
und sie grinste breit:
„Das ist die richtige Einstellung auf dem Weg an die Spitze."

97

Interessanterweise schien die Vision, die Annie den anderen am Morgen
verkündete, für Geraldine weitaus mehr Bedeutung zu haben als für sie
selbst. Auf entsprechende Nachfragen reagierte diese allerdings
zurückhaltend und erklärte nur, dass Johanna am Vortag vergeblich auf
Bibi gewartet hatte und es nun danach aussah, als wäre ihr Einsatz im
Nachhinein noch zu einem Misserfolg geworden. Weswegen sie hoffte, dass
Annie mehr Glück haben würde. Diese überlegte einen Moment, ob sie
weiter nachbohren sollte, da sie den starken Eindruck hatte, dass da mehr
war – ließ es dann aber bleiben, weil sie sich auf ihren Einsatz konzentrieren
musste. Der ihr – als sie sich schließlich auf den Weg machte – schon fast
wie Routine vorkam. Ein Ansatz, den sie allerdings ganz schnell revidierte,
als sie der Frau gegenüberstand, die sich zunächst extrem wortkarg gab,
bevor Annie sie befreite, danach aber heulend an ihrer Schulter
zusammenbrach und ihr ihre komplette Lebensgeschichte ausschüttete. Die
zugegebenermaßen von vielen Schicksalsschlägen durchzogen war. Von
denen – wie Annie mit einem flauen Gefühl im Magen feststellte – sehr viele
mit ihren Eltern zu tun hatten. Und mit ihrem Verhalten ihnen gegenüber.

98

Das war für Annie das Zeichen, auf das sie gewartet hatte. Und so rief sie schon auf dem Nachhauseweg bei Maximilian an, störte sich nicht daran, dass er irgendwo zwischen genervt und abgelenkt klang, sondern haute ihm ihr Anliegen um die Ohren und legte wieder auf: „Bete für mich. Ich tue es jetzt." Dann fuhr sie sich umziehen, ließ das Mittagessen mangels Hunger ausfallen und machte sich direkt auf den Weg. Betete die ganze Fahrt über selbst. Und stand schließlich vor der Tür. Durch die sie vor so vielen Jahren nach draußen getreten war mit dem festen Vorsatz, sie nie wieder zu durchqueren. Sie klingelte. Die Tür ging auf. Und ihre Mutter stand ihr gegenüber. Erstarrte mitten in der Bewegung. Brachte keinen Ton heraus. Und dann doch:

„Du bist wieder da."

Es klang unfreundlich, was Annie erschreckte. Sie nickte unsicher. Ihre Mutter trat einen kleinen Schritt zur Seite und Annie nahm das als Zeichen, dass sie hereinkommen durfte. Sie ging ins Wohnzimmer. Ihr Vater saß in seinem Sessel. Wie früher. Er schaute auf, als sie eintrat. Und sagte ebenfalls nichts. Sie setzte sich auf die Couch. Ihre Mutter blieb hinter ihr stehen.

„Hallo." hauchte sie unsicher.

Ihr Vater legte den Kopf schief: „Du bist wieder da."

„Das hat Mama auch schon gesagt."

„Müsstest du sie nicht Frau Schneider nennen?"

Annie blinzelte: „Wieso das?"

„Sie ist eine Fremde für dich." Ihr Vater klang ebenfalls wie ein Fremder, „und du für uns."

Das traf Annie hart. Aber selbst wenn ihr letztes Aufeinandertreffen lange her war, gab es Mechanismen. Die automatisch wieder griffen. Und dafür sorgten, dass Annie nicht zusammenbrach – und auch nicht um Entschuldigung bat – sondern so reagierte, wie sie das schon damals immer getan hatte – schnippisch:

„Müsstest du mich dann nicht siezen?"

Ihr Vater stockte, runzelte die Stirn: „Wie ich sehe, hast du dir das Mundwerk erhalten."

„Es lässt sich nicht austauschen." gab Annie achselzuckend zurück.

„Wohl kaum."

Sie drehte sich zu ihrer Mutter um: „Willst du dich nicht setzen?"

„Ich wusste nicht, ob es sich lohnt." erwiderte diese und Annie blickte verwirrt drein:

„Lohnt?"

„Ob ich dich gleich wieder zur Tür bringen muss."

Und Annie erreichte die nächste Stufe – Wut: „Wisst ihr, wie viele Jahre ich gebraucht habe, mich zu überwinden, hierher zu kommen? Ich werde nicht gleich wieder gehen."

„Überwinden?" fuhr ihr Vater sie an, „warum musstest du dich überwinden? Was haben wir dir getan? Haben wir dich geschlagen? Gequält? Vergiftet?"

„Ihr…" Annie brach ab. In ihr regte sich etwas. Eine Stimme – ganz leise. Die ihr etwas zuflüsterte: ‚Du benimmst dich wie früher. Aber du bist nicht mehr wie früher.' Das stimmte. Und half. Annie atmete durch. Und beendete den Satz ganz anders – und wesentlich ruhiger – als sie das vorgehabt hatte: „Ihr wart nicht so, wie ich euch brauchte."

Dieser Stimmungswandel half auch ihrem Vater. Der ebenfalls seine Fassung zurückgewann. Wenn er es auch anders sah:

„Das ist ein kluger Satz. Aber er stimmt nicht. Wir waren so, wie du uns brauchtest. Nur nicht so, wie du uns wolltest."

„Wo ist der Unterschied?"

„Haben wollen ist eine persönliche Entscheidung. Brauchen ist eine Grundfeste."

Annie seufzte: „Solche Gespräche habe ich vermisst. Die Unverständlichkeit, meine ich." fügte sie noch hinzu, um nicht wieder Ärger heraufzubeschwören. Was auch half, denn ihr Vater bemühte sich wirklich um eine Erklärung:

„Du siehst, wie es dir ging. Deine Gefühle. Und dazu wolltest du etwas von uns. Aber dafür sind Eltern nicht da. Eltern sind dazu da, den Weg zu weisen. Etwas in dich zu pflanzen. Was dir hilft, ihn auch ohne sie zu gehen. Das haben wir getan. Und zwar erfolgreich."

„Das wisst ihr woher?"

„Wir wissen, was du geleistet hast." Ihre Mutter setzte sich nun doch. Allerdings nicht neben sie, sondern in den anderen freien Sessel. Annie blickte sie fragend an:

„Geleistet?"

„Wir haben dich im Fernsehen gesehen."

„Ihr... oh. Die Sendung war..." Annie brach ab – doch ihr Vater hatte durchaus eine Fortsetzung:

„...grottig, quälend, kaum zu ertragen. Aber es geht nicht um die Unterhaltsamkeit. Es geht um die Sache. Du bist eine Dienerin Gottes. Mehr können wir uns nicht erhoffen."

„Ich habe mich taufen lassen. Gerade vor kurzem erst."

„Das ist schön. Das freut uns." Ein ganz leichtes Lächeln umspielte den Mund ihrer Mutter und Annie nahm das dankbar an – indem sie nochmal zurückging:

„Sollten Eltern nicht für beides da sein? Auch für die Gefühle?"

„Wir wollten für deine Gefühle da sein. Aber du hast sie uns nie gezeigt. Wie hätten wir dir da helfen können?"

„Ich habe sie euch nicht gezeigt, weil ich dachte, dass ihr mir damit nicht helfen wollt. Das habt ihr mir nicht gezeigt."

„Das hätten wir. Wenn du uns gezeigt hättest, dass du Hilfe willst." Ihr Vater legte die Fingerspitzen aneinander. Anscheinend sah er das Dilemma nicht, das Annie soeben aufging. Und das sie sich beeilte, zu artikulieren:

„Wir drehen uns im Kreis. Ihr habt auf mich gewartet und ich auf euch und umgekehrt. Zuerst das Huhn oder die Henne – quatsch: der Hahn – quatsch: das Ei. Belassen wir es dabei. Ihr wolltet. Das glaube ich euch. Und das ist mir viel wert. Und... ich bin gar nicht hier, um euch anzuschuldigen. Denn ihr habt Recht: Ich bin meine Probleme selbst angegangen. Habe gelöst, was ich lösen konnte und mir für alles andere Hilfe gesucht. Auch für euch. Ihr wart ein Problem für mich. Sehr lange."

Ihr Vater kniff die Lippen zusammen und ihre Mutter sah zu Boden: „Jetzt nicht mehr?"

„Hierher zu kommen war ein Problem. Eine Hemmschwelle. Tadda – sie ist weg. Aber vergeben habe ich euch schon vor langer Zeit."

„Vergeben wofür?"

Annie fuhr sich über die Wange: „Ist das nicht klar?"

„Ich wollte es nur konkret haben." antwortete ihre Mutter leise.

„Für alles. Das ist nicht konkret, ich weiß. Aber da ist so viel. Und nicht klar definierbar. Es ist ein Brei. Ein grundsätzliches Gefühl. Ich habe mich hier immer fremd gefühlt. Vom ersten Tag an."

„Du hast es dir auch nicht einfach gemacht." schaltete sich ihr Vater wieder mit ein.

„Euch, meinst du wohl." brummte Annie, aber er schüttelte den Kopf:

„Nein – dir. Du hattest immer so viele Vorstellungen, wie die Dinge zu sein hätten. Du hast immer so viel gewünscht und so viel geträumt. Uns anders geträumt. Uns weg geträumt. Wir konnten deinen Träumen nie entsprechen."

„Ich war ein Kind."

„Auch Kinder kennen den Unterschied zwischen Traum und Realität. Du wolltest die Realität nie akzeptieren. Wir waren vielleicht wirklich schlechtere Eltern als manch andere. Schlechter vorbereitet, schlechter flexibel, schlechter alles Mögliche. Aber du hattest es nie so schlecht, dass deine Wunschwelt hätte Überhand nehmen müssen. Das Leben ist manchmal hart. Aber damit müssen wir alle leben."

„Verzeiht ihr denn mir?" Tränen traten in Annies Augen. Ihre Mutter beugte sich vor und ergriff ihre Hand:

„Es gab nie etwas, das wir dir hätten verzeihen müssen."

„Aber du hast doch gerade gesagt..."

„...dass wir sehr oft sehr traurig waren." Ihr Vater unterstütze diese Aussage mit einem passenden Gesichtsausdruck, „und noch viel öfter sehr verzweifelt. Weil wir nicht wussten, wie wir an dich rankommen sollen. Du warst so weit entfernt von uns, geistig. Das war sehr schwer durchzustehen. Mitanzusehen. Aber dafür musst du dich nicht entschuldigen. Wir haben unser bestmögliches gegeben, dir die Kraft und Klugheit mitzugeben, da eines Tages rauszukommen. Und das bist du. Das ist es, was zählt."

„Dann..." Annie schluckte, „können wir uns wieder vertragen?"

„Das kommt darauf an." entgegnete ihr Vater und sie spürte einen Kloß im Hals:

„Worauf?"

„Wie es jetzt weitergeht. Du sagst, du hast Jahre gebraucht, dich zu diesem Besuch zu überwinden. Das finde ich schlimm, aber ich kann es verstehen.

Du hast all den Mist mitgenommen, als du gegangen bist. Er musste erst verschwinden. Und es ist mir auch klar, dass du uns dafür verantwortlich machst. Auch das musste verschwinden. Aber jetzt... jetzt bist du davon frei – ganz offensichtlich. Was hast du jetzt vor?"

„Vor? Ich..." Annie war verwirrt. Doch wieder half ihr die Stimme: ‚Sie hoffen zu gewinnen – und haben Angst zu verlieren.' Sie tippte sich an die Stirn: „...verstehe. Das ist es. Ihr glaubt, ich bin hier, um mein Gewissen zu erleichtern – vor euren Augen. Und dann verschwinde ich wieder auf Nimmerwiedersehen."

„Ist das so abwegig gedacht?" murmelte ihre Mutter.

„Nein, wahrscheinlich nicht. Aber es ist trotzdem falsch. Ich bin nicht hier, um es abzuschließen, sondern neu zu öffnen."

Ihr Vater sah sie durchdringend an: „Bist du dir sicher?"

„Was glaubst du denn, warum das so schwer für mich war?" erwiderte sie, „hätte ich nur die letzte private Reinigungsstufe gewollt, hätte ich jederzeit hier reinschneien können. ‚Leute, ich bin's kurz – ich wollte nur sagen, ich habe euch überwunden; schönes Leben, schönen Tod.' Das bin ich nicht, das will ich nicht. Ich will einen neuen Start. Das ist es, was es so hart macht. Für mich wart ihr nie Eltern. Für mich hatte ich nie Eltern. Und jetzt sitze ich hier und sage: Ab jetzt will ich Eltern. Richtig. Mit allem Drum und Dran. Besuche. Gespräche. Weihnachtsgeschenke. Kuchen. Äh... keine Bange – das war nicht darauf gemünzt, dass hier keiner steht. Und ist auch gegenseitig gedacht. Ich kann zwar keinen backen, aber welchen kaufen. Genau wie Geschenke. Das war auch gegenseitig. Alles das. Ich will das alles. Wenn ihr das wollt."

Ihr Vater atmete tief aus: „Wir hatten nie keine Tochter. Wir hatten immer eine Tochter. Wir werden immer eine Tochter haben."

„Sie ist uns nur verloren gegangen." setzte ihre Mutter hinzu und Annie reagierte direkt darauf:

„Sie hat sich euch wiedergefunden."

„Das ist ein schöner Satz."

„Falsch aber passend."

„Und ich habe Kuchen." Ihre Mutter sprang auf, „wenn du willst."

„Ich..." Annie zögerte, „hatte kein Mittag. Aufregung und so. Wäre das okay?"

„Du hast seit Jahren keinen meiner Kuchen mehr gegessen. Es wird wirklich Zeit."

„Ich gehe ihn holen." Ihr Vater stand auf und drückte seine Frau zurück in den Sessel.

„Danke." sagte diese.

Das Essen verlief eher schweigsam. Zwar spürte Annie, dass auch ihre Eltern sich erleichtert fühlten und keinen Groll mehr hegten. Doch so einfach zur Tagesordnung überzugehen, war ihr nicht möglich. Und ihnen anscheinend auch nicht. Sie stellten ein paar Fragen zu ihrem Leben – Beziehungen, Freunde, ihre Arbeit. Sie beantwortete sie so ausführlich, wie ihr lieb war, fragte aber ihrerseits nur nach dem allgemeinen Befinden. Weil ihr einfach nichts anderes einfiel. Ihre Eltern schienen ihr das nicht übel zu nehmen. Sie waren sich auch bewusst, dass es dauern würde, bis das Vertrauen gewachsen war. Das es eigentlich nie wirklich gegeben hatte.

Irgendwann stand Annie auf:

„Ich müsste dann mal wieder…"

„Natürlich." Ihre Mutter wedelte ein wenig hektisch mit den Händen, „und fühl dich nicht gedrängt, sofort wiederzukommen. Das Tempo bestimmst du."

„Das ist nett. Aber… es wird unter Umständen wirklich eine Zeit dauern. Daher erzähle ich euch jetzt noch eine Sache. Die ihr ganz dringend für euch behalten müsst."

„Du hast doch einen Freund." riet ihr Vater.

„Nein. Ich habe euch nicht angelogen. Das wär's ja noch. Ich komme endlich wieder und dann erzähle ich euch gleich Schrott. Nein… meine Gabe – was ihr damals im Fernsehen gesehen habt – ich habe erzählt, dass Gott es weggenommen hat. Aber nicht erwähnt, dass ich es wiederhabe. Und wieder mache, was ich damals gemacht habe."

Ihre Mutter bekam leuchtende Augen: „Aber das ist doch wundervoll. Warum sagst du das nicht gleich?"

„Weil da draußen dieser Mensch rumrennt, der sich Jesus nennt und…" Annie stutzte, „ihr glaubt nicht an ihn, oder?"

„Wir glauben an die Bibel." gab ihr Vater zurück, „er ganz offensichtlich nicht. Also schließen er und Gott sich gegenseitig aus."

„Wer hätte das gedacht, dass ich mal froh sein würde, dass ihr so fest an jedes einzelne Wort da drin glaubt."

„Wenn du mal genauer hinschaust – irgendwann – fällt dir vielleicht die eine oder andere Situation ein, wo du dich darüber schonmal gefreut hast."

„Ja, vielleicht." Annie biss sich auf die Lippen, „das war auch nicht böse gemeint."

Ihr Vater nickte: „Du hast einfach eine Art, es so zu sagen, dass es böse klingt."

„Bitte?"

„Und jetzt rate mal, wo du das herhast." schmunzelte ihre Mutter, wofür sie sich von ihrem Mann einen leicht genervten und ihrer Tochter einen leicht resignierten Blick einfing:

„Okay." erklärte letztere, „Wink zwischen den Pfählen verstanden: Auch ihr habt es nie böse gemeint."

„Vielleicht nicht nie. Wir haben auch geschimpft. Aber meistens nicht."

„Nehme ich dankend mit. Aber was ich sagen wollte: Wir machen das wieder. Alle drei. Aber wegen ihm müssen wir uns bedeckt halten. Weil er uns unter seiner Kontrolle haben will. Und wir nicht denken, dass das gut wäre."

„Wir schweigen, klar." versprach ihr Vater, „aber was hat das damit zu tun, wann du wiederkommst?"

„Wir haben sehr viel zu tun." erwiderte Annie, „früher war es alle paar Wochen. Inzwischen ist es fast täglich."

„Das ist er." Ihr Vater blickte düster drein, „das ist seine Schuld."

Annie seufzte: „Du weißt gar nicht, wie Recht du damit hast."

„Doch, weiß ich. Deswegen habe ich es gesagt."

„Oh. Klar."

„Wir wollen dir nicht zusätzlichen Stress machen." kam es von ihrer Mutter, „aber wenn wir dir helfen können, den Stress, den du hast, abzubauen..."

„Das hier heute hat mir schon sehr geholfen." versicherte Annie ihr, „und das wird auch der nächste Besuch und der nächste und... ich kann nur einfach nicht sagen, wann das sein wird. Es ist momentan sehr unberechenbar."

Ihre Mutter griff ein weiteres Mal nach ihrer Hand: „Wir beten für dich."

„Das ist nett."

„Das sollte nicht so klingen, als würden wir jetzt erst damit anfangen."

„Das hat es auch nicht."

„Gut." Ihre Mutter lächelte schüchtern und Annie lächelte zurück – bis ihr Vater das Thema wechselte:

„Willst du neben den guten Erfahrungen auch noch etwas anderes mitnehmen?"

„Habt ihr noch mehr Kuchen?" fragte Annie nicht sonderlich erfreut – was ihre Mutter nicht merkte und daher bedrückt dreinblickte:

„Leider nein."

„Gut." löste Annie es für sie auf, „mein Bauch..." Sie klopfte sich auf selbigen – und ihr Vater sich an die Stirn:

„...wird nicht dicker davon."

„Aber voller."

Er lachte auf: „Wir haben ein paar Kisten im Keller. Wir haben irgendwann dein Zimmer ausgeräumt."

„Natürlich." nickte Annie, „klar."

„Wir haben viel weggeschmissen. Was kaputt war oder wo wir davon ausgegangen sind, dass du es nicht mehr brauchen kannst oder haben willst. Aber manches haben wir aufgehoben."

„Falls ich wiederkomme."

„Wir haben nie daran gezweifelt, dass das eines Tages passieren wird." flüsterte ihre Mutter und Annie spürte, wie ihre Augen wieder feucht wurden. Schnell wandte sie sich Richtung Flur:

„Dann gerne. Bin gespannt."

Ihr Vater stand auf: „Das meiste wirst dich vielleicht gar nicht interessieren. Schmeiß es weg. Wegen uns musst du es nicht aufheben."

„Das ist nett." erwiderte sie, „aber ich schaue es erstmal in Ruhe durch."

„Dann hole ich die Kisten aus dem Keller."

„Ich helfe dir. Ich bin schließlich schon groß. Und du..."

„...alt." vollendete er – aber dafür hatte Annie das bessere Ende:

„...kannst nicht mehr tragen, als in zwei Hände passt."

„Auch wahr."

Sie verstaute die Kisten im Auto und zuhause erst einmal im Keller. Sie fühlte sich gut und doch überfordert. Der Besuch hatte so viele Emotionen in ihr losgetreten, dass sie sich nicht in der Lage sah, sich noch weiter mit ihrer Vergangenheit zu beschäftigen. Das lief ihr ja auch nicht davon. Schließlich waren es nur Gegenstände. Ihre Eltern waren wichtig. Und allein die Tatsache, dass ihr diese Bezeichnung für sie nun ohne große Probleme über die Lippen kam, war ein Indiz dafür, dass sie es richtig gemacht hatte. Sie hatte sie wieder. Und sie sie auch.

99

Es klopfte und einer seiner Jünger streckte den Kopf zur Tür herein: „Miguel ist da."

„Was will er?" gab Jesus unwirsch zurück.

„Reden."

„Sag ihm, ich habe keine Zeit."

„Sicher?"

„Ist doch nicht gelogen. Das hier hat Vorrang."

„In Ordnung." Der Kopf verschwand und die Tür wurde geschlossen.

Mit ‚das hier' war das gemeint, was Jesus auf dem Bildschirm vor sich lesen konnte. Er hatte einen Feed auf seiner Homepage eingerichtet. Verschlüsselt. Nur für Behörden. Auf dem er Updates bekam – immer, wenn etwas passierte, was eines seiner Gesetze betraf. Und heute war der Tag. An dem die Behörden in den meisten Ländern seine Drohung in die Tat umsetzten. Homosexuelle wurden aus ihren Häusern geholt. Sofern sie nicht glaubhaft versichern konnten, dass sie bereits Anstrengungen unternommen hatten, ihr Problem in den Griff zu bekommen. Diese wurden unter Aufsicht gestellt. Alle anderen wurden mitgenommen. Erklärten sie sich beim anschließenden Verhör bereit, sofort damit zu beginnen, Maßnahmen zu ergreifen, wurden sie wieder freigelassen. Ebenfalls unter Aufsicht. Alle übrigen wurden erst einmal weggesperrt. Bis sie sich entschieden hatten, welche Strafe sie auf sich nehmen wollten. Das war ein Zugeständnis, das er hatte machen müssen. Sein Vorschlag, diese Leute zu verfolgen, hatte kaum Protest nach sich gezogen. Sein Vorschlag, wie mit ihnen zu verfahren war, dagegen schon. Also hatte er seinerseits einen Vorschlag angenommen, der aus dem deutschen Innenministerium an ihn herangetragen worden war: die Leute vor die Wahl stellen – Eingriff oder

Gefängnis. Lebenslänglich. Das war auch in Ordnung, wie er fand. Denn die Politiker verbanden damit die Hoffnung, mehr Menschen durch ‚langfristige Bearbeitung' auf den richtigen Weg zu bringen. Während die Operation aller Wahrscheinlichkeit nach eine Menge wütender Betroffener hinterließ, die dann erst recht nicht an Gott glauben wollten. Ihm persönlich war das egal. Aber er musste natürlich den Schein wahren. Also unterstützte er diese Idee. Und setzte heute ein erstes Zeichen. Sie würden nur die erwischen, von denen es bekannt war. Das war ihm genauso klar wie allen anderen Beteiligten. Doch als Abschreckung würde es reichen. Und wenn es einige gab, die übrigblieben – weil sie es ihr Leben lang erfolgreich geheim gehalten hatten und das auch weiterhin taten – dann war das auch nicht schlimm. Denn wenn niemand von ihnen wusste, konnte ihm niemand vorwerfen, sie vergessen zu haben. So war allen gedient. Sie konnten sich ihrem krankhaften Verhalten hingeben. Und er hatte seine Macht weiter ausgebaut. Was für ihn das Einzige war, was zählte.

Es klopfte wieder. Der Jünger war zurück: „Miguel fragt, wann er wiederkommen soll."

Jesus rümpfte die Nase: „Sag ihm, das könnte ich nicht sagen. Er soll es einfach probieren."

„Ist gut."

Jesus wandte sich wieder dem Bildschirm zu. Die Nachrichten sahen vielversprechend aus. Die Polizei tat ihren Dienst. Zumindest in den Ländern, die sich beteiligten. Doch von den meisten, die sich nicht beteiligten, wusste er, dass der Hass auf Homosexuelle schon vorher dagewesen war. Und die Menschen dort daher ganz sicher nicht stillhielten, sondern es einfach auf ihre eigene Art regelten. Wozu er natürlich öffentlich kritisch Stellung beziehen musste – wenn er insgeheim auch glücklich und zufrieden damit war.

100

Die Aktionen der Polizei waren natürlich auch dem Rest der Menschheit nicht verborgen geblieben. Auf allen Fernsehsendern wurde davon berichtet und da die Polizei nicht gerade zimperlich mit den Leuten umging

– etwas, das Jesus eigentlich befohlen hatte, um unnötigen Aufruhr zu vermeiden – bewirkte die Aktion zwar in Hinblick auf die Betroffenen genau das, was sie sollte: sie verbreitete Angst und Schrecken – bei den Übrigen jedoch sorgte sie vielerorts für ein Umdenken. Schließlich waren dies nicht irgendwelche Außerirdischen, sondern Nachbarn, Kollegen, Freunde, Verwandte. Oder zumindest Menschen wie jeder andere auch. Die einfach nur an einem Punkt im Leben anders waren. Der im normalen Alltag niemanden störte, nicht mal interessierte. Laute Protest gab es keine. Das traute sich nach wie vor niemand. Doch hinter vorgehaltener Hand und verschlossenen Türen wurde immer mehr Kritik geübt. Und immer mehr Menschen fragten sich, ob mit Jesus wirklich alles in Ordnung war.

101

In der Runde, die sich an diesem Abend wieder bei Jakob traf, war diese Frage längst geklärt. Ebenso wie die Frage, auf wessen Seite man in der aktuellen Situation stand. Die Meinungen zum Thema Homosexualität mochten nach wie vor grundverschieden sein – dabei, dass man diese Menschen so nicht behandeln konnte, waren sich alle einig. Wie leider auch bei dem Punkt, dass es nichts gab, was sie dagegen unternehmen konnten. Sie hatten keine Macht. Er dagegen jede Menge.
Dafür war die Gruppe gewachsen. Unter anderem war Annie dieses Mal dabei. Immer noch ein wenig mitgenommen von der Begegnung mit ihren Eltern – gleichzeitig aber dadurch auch neu bestärkt. Und Florian war gekommen, der Kinderseelsorger. Worüber sich die drei Freunde ganz besonders freuten.
„Wir haben uns lange nicht gesehen." begrüßte Annie ihn freudig.
„Ihr habt mich lange nicht gebraucht." gab er ebenso freudig zurück.
„Das stimmt. Kinder sind halt weniger anfällig für das, womit wir uns..."
„...früher beschäftigt haben." fuhr Geraldine ihr über den Mund und verpasste ihr gleichzeitig einen unauffälligen Tritt gegen das Schienbein. Schließlich wusste Florian nicht, dass sie ihre Gaben wiederhatten. Zum Glück für sie war dieser viel zu sehr damit beschäftigt, rot zu werden:

„So wollte ich es nicht sagen. Oder meinen. Tut mir leid. Das ist bestimmt ein hartes Ding für euch."

Annie warf Geraldine einen finsteren Blick zu, aber diese ging lieber auf Florian ein: „Und schon fängt er mit seelsorgen an. Wir sind keine Kinder."

„Ich bin Experte für sie. Aber nicht auf sie beschränkt."

„Auch wahr." Jetzt erwiderte Geraldine Annies Blick doch und diese winkte ab – was Florian auf sich bezog, weshalb sie schnell hinzusetzte:

„Brauchst du trotzdem nicht. Wir kommen mit unserer Situation gut klar."

Er lächelte: „Das freut mich sehr. Gibt euch die Möglichkeit, mit der Gesamtsituation nicht gut klarzukommen."

„So wie alle, meinst du." schnaubte Z.

„Ja, genau das."

Der Rest des Abends verlief eher ruhig, was sie alle gut gebrauchen konnten. Als sie sich auf den Heimweg machten, winkte Geraldine die anderen aus der Gruppe kurz beiseite:

„Ich bin noch nicht dazu gekommen, es euch zu sagen, weil alles so schnell ging. Ich fliege morgen mit Nils nach Spanien. Ins Haus von deinen Eltern."

Sie sah Z an, der die Stirn runzelte:

„Du machst Urlaub? Jetzt?"

„Eher eine Dienstreise." erwiderte sie.

„Das musst du erklären."

Geraldine senkte die Stimme: „Mein Engel hat mir einen Besuch abgestattet. Und gemeint, nach Annies Vision kommt er wieder und zeigt mir was. Keine Ahnung, was. Aber es scheint wichtig zu sein."

Auf Annies Gesicht erschien ein verstehendes Leuchten: „Das war es also." murmelte sie – was Geraldine allerdings nicht hörte, da Z lauter war:

„Und das kann er nicht hier."

Sie zuckte die Achseln: „Er meinte, es wäre besser, wenn ich ein bisschen ab vom Schuss bin. Wird wohl umfangreich. Und anstrengend."

„Na dann – bring was Anständiges mit." Z klopfte ihr auf die Schulter, „Infos können wir immer gut gebrauchen."

„Habe ich vor. Und euch hier alles Gute."

„Wir halten schon die Stellung." beruhigte Johanna sie.

„Ja. Und übernehmen deine Visionen mit." fügte Annie mit leichtem Unterton hinzu. Den Geraldine allerdings direkt abwehrte:

„Wenn ich sie nicht kriege – wie willst du dann wissen, dass es meine gewesen wären?"

„Ganz einfach." Annie zwinkerte Z zu, „alle, die schräg drauf sind, hättest du gekriegt."

Z kicherte leise und Geraldine zog die Brauen hoch:

„War das bisher so?"

„Nein." Annie schüttelte den Kopf, „aber es hilft mir, mit ihnen fertig zu werden."

Geraldine rollte mit den Augen: „Jedem, wie er es braucht."

102

„Hallo Geraldine."

„Na endlich." Geraldine richtete sich auf dem Bett auf.

„Warum so ungeduldig?"

„Du hast mir Stress gemacht." Sie gab sich keine Mühe, den Vorwurf zu verstecken – weder in ihrer Stimme noch in ihrem Blick. Aber natürlich kam die Retour prompt:

„Du hast dir selbst Stress gemacht. Hättest du nicht. Es war alles vorbereitet."

„Dass Nils Chef ankommt und ihm sagt, dass er dringend – am besten sofort – seinen Resturlaub abbauen muss..."

Der Engel kicherte: „Wenn wir etwas machen, dann machen wir es richtig."

„Schon klar."

„Ich entnehme deinem Tonfall, dass du anfangen willst."

„Sehr gerne." antwortete Geraldine, bemühte sich nun aber doch, ein wenig freundlicher zu klingen.

„Und Nils?"

„Macht er dir Sorge?"

„Er ist dein Mann." erwiderte der Engel, „natürlich macht er das."

„Er hat diverse Bücher dabei. Und ein Thema, mit dem er sich in Ruhe beschäftigen kann."

„Nur er?"

„Du weißt, worum es geht." Es war keine Frage – der Engel gab ihr trotzdem eine Antwort:

„Klar. Ich weiß, dass du es losgetreten hast, er es toll findet, ihr es wegen Annie auf Eis gelegt hattet und nun wieder aufgenommen habt. Merkst du was? Betonung: wir. Er – und du."

„Ich werde mich auch damit beschäftigen." versicherte sie, „natürlich. Aber ich bin nicht so der Planungsmensch. Ich mag all die Sachen nicht. Kleidung, Blumen, Musik. Das ist... lästig."

„Und das als Frau." Wieder kam ein Kichern – und diesmal hatte Geraldine einen Konter:

„Eine Frau, die Dämonen von der Erde verbannt."

„Okay, da ist was dran. Und er mag das?"

„Nicht zwangsläufig mehr als ich. Aber ich habe ihn gefragt, ob er sich damit auseinandersetzen könnte – theoretisch – und er hat ‚Ja' gesagt – wohl wissend, dass ich ihm bei der praktischen Umsetzung helfen werde."

„Na – dann ist doch alles fein." Der Engel setzte sich neben sie, „dann jetzt kurz dazu, was hier genau passiert."

Geraldine zog die Brauen hoch: „Kurz?"

„Einführung. Wir werden viel reden in den nächsten Tagen."

„Dann fang mal an." Geraldine ließ sich wieder nach hinten sinken und der Engel tat es ihr gleich:

„Ich sagte bereits, dass es einen Einschnitt geben wird. Dieser sieht so aus, dass einer der Spieler, die momentan auf dem Feld sind, seine Position ändert."

„Und die Vagheit geht weiter." seufzte Geraldine.

„Ganz und gar nicht. Ich versuche nur, Begrifflichkeiten zu benutzen, die du auch verstehst. Das hier ist das Spiel. Viele Figuren sind gesetzt. Ihr. Lotta. Der Mann, der sich Jesus nennt. Die Dämonen, die hinter ihm stehen. Wir Engel. Und so weiter. Es gibt noch einige, die du nicht kennst. Und darunter ist einer, der zu den wichtigsten gehört. Was die Aufgabenverteilung angeht. Er wird einen Zug machen. Der sehr viel verändert. Er ist einer von den Guten. Und er wird – mit – dafür sorgen, dass das Spiel zu unseren Gunsten kippt. Auch eure Wichtigkeit wird dadurch zunehmen. Denn ihr werdet ihm helfen."

„Er wird sich uns also zeigen."

„Das wird er." bestätigte der Engel, „allerdings kommt er nicht einfach aus dem Nebel und sagt: ‚Hier bin ich.' Ihr werdet Schwierigkeiten haben, ihm zu glauben. Sowohl, was seine Herkunft angeht, als auch, was seine Absichten angeht. Daher ist es wichtig, dass ihr vorher im Bilde seid. Das Vertrauen zu ihm nicht erst aufbauen müsst. Sondern schon einen gewissen Teil habt. Auf dem er aufbauen kann. Denn wie bereits erwähnt: Das Tempo steigert sich. Ihr habt keine Zeit für eine Schnupper- und Diskussions-Abstimm-Phase. Wenn er da ist, geht es los."

„Kriegen wir hin." erklärte Geraldine fest.

„Freut mich. Ihr habt bereits einen Verbündeten bekommen. Der wirklich aus dem Nebel kam und ‚Hier bin ich' gesagt hat. Bei ihm haben wir etwas benutzt."

„Visionen."

„Genau. Unter Umständen wirst du jetzt laut gähnen und sagen: ‚Boah, nicht – schon – wieder'. Aber es hat bei ihm geklappt, daher machen wir das Ganze noch einmal. Bei eurem Informant..."

„Weißt du seinen Namen nicht?" unterbrach Geraldine ihn verwundert.

„Doch, natürlich. Aber er will ihn euch nicht nennen und das respektiere ich."

„Na schön."

„Bei ihm habt ihr alle die Visionen bekommen." fuhr der Engel fort, „das war auch wichtig, damit Z und du sich daran gewöhnen, wie das ist. Dieses Mal wirst nur du sie kriegen. Aus den Gründen, die ich dir bereits genannt habe."

Geraldine wippte mit dem Kopf: „Eher angedeutet."

Der Engel lächelte: „Dann nochmal 27% konkreter: Z und Annie..."

„...haben andere Sorgen. Aber du hast auch etwas über mich gesagt."

„Richtig." Der Engel nickte, „du hattest in der jüngeren Vergangenheit zwei Konfrontationen mit einem Dämon. Geistiger Natur. Einmal ging es von ihm aus, einmal von dir."

„Düstere Zeiten." murmelte Geraldine und der Engel berührte sie sanft an der Stirn:

„Aus denen düstere Erinnerungen geblieben sind. Bruchstücke, Alpträume. Du hast versucht, sie zu verarbeiten und abzuschließen. Das ist grundsätzlich gut und richtig und wird hiermit auch weiter vorangetrieben. Aber: Teilweise enthält das, was du da in deinem Kopf hast, Informationen, die wichtig für euch sind. Davon weißt du bisher nichts, weil du es nicht zuordnen kannst, aber..."

Geraldine setzte sich ruckartig auf: „Dann war ich also wirklich erfolgreich?"

„Erfolgreich würde ich das nicht nennen." brummte der Engel, „‚dumb luck' ist der Begriff, den man selbst bei euch inzwischen für sowas verwendet. Und ganz nebenbei war es vollkommen überflüssig. Denn alles, was ihr wissen müsst, hättet ihr auch auf normalem Weg bekommen. Von mir zum Beispiel. Jetzt und hier zum Beispiel."

„Aber es ist etwas Verwertbares da." beharrte sie.

„Ja. Ist." Der Engel tippte ihr seufzend gegen den Hinterkopf, „und das brauchen wir an der Oberfläche. Denn ich weiß einen Teil, aber der... ‚Spieler' weiß noch viel mehr. Du musst auf diese Erinnerungen zugreifen können, ohne dass es dich schmerzt. Du musst sie sachlich verwenden können. Unemotional. Daher werden wir das hier zwar zur Heilung nutzen, aber eben auch, um das Alte wieder in den Vordergrund zu holen. Schmerzfrei."

„Kann ich mit leben."

„Gut. Dann jetzt zum Vorgehen. Ich werde dir Dinge zeigen. Einige davon sind rein allgemeine Informationen, andere betreffen dich direkt oder indirekt. Ich werde sie dir nicht in chronologischer Reihenfolge zeigen, sondern in einer Reihenfolge, von der ich denke, dass wir am besten einen Dialog dazu führen können. Im Grunde von einfach zu schwer – ganz grob gesagt. Hinterher können wir uns darüber unterhalten. Also – immer nachdem ich dir etwas gezeigt habe. Für dich gibt es keine Grenzen. Du kannst alles sagen und alles fragen. Für mich natürlich schon. Weil ich nicht jede Antwort kenne und manche, die ich kenne, nicht preisgeben darf. Ich kann dir sagen, dass du, wenn der... ‚Spieler' sich zeigt, noch mehr Antworten bekommen wirst. Weil er mehr weiß und mehr sagen darf. Nun zu ihm: Ich habe ihn die ganze Zeit umschrieben. Das ist eigentlich nicht notwendig. Ich kann dir nicht sagen, wer er ist. Aber ich kann dir sagen, was er ist. Er ist..."

„...ein Engel." beendete Geraldine ohne jegliche Überraschung – rief damit aber welche hervor:

„Ja. Richtig. Wie...?"

„Naja – bei ‚was' gibt es nicht viele Möglichkeiten. Mensch, Engel, Dämon. Bei einem Menschen würdest du ‚was' nicht verwenden und dass du mir auch was von einem Dämon zeigst, will ich doch mal ausschließen."

„Gut kombiniert." freute sich der Engel, „ich denke, wir werden schön vorankommen."

„Geht es dann jetzt los?"

„Wenn du willst. Wir können auch bis morgen warten. So viel Zeit haben wir."

„Nein." Geraldine ließ sich nach hinten fallen, „alls druff."

„Hm?"

„Fang an."

„Ah."

103

Die Frau stand am Bordstein und blickte auf die andere Straßenseite. Ihr Herz fing an zu pochen. Dort stand er. Der Mann, der sie in den letzten Tagen immer wieder belästigt hatte. Sie kannte seinen Namen nicht, wusste nur, dass er einige Häuser weiter wohnte. Und, dass er eine Partnerin und Kinder hatte. Was ihn aber nicht davon abzuhalten schien, sich ihr gegenüber immer und immer wieder anzüglich zu äußern. Bisher war sie einfach weitergegangen. Hatte versucht, es zu überhören und zu ignorieren. Aber es nagte an ihr. Und jedes Mal, wenn sie ihn traf, fühlte sie sich ein Stückchen schwächer.

„Hilf mir..." murmelte sie vor sich hin.

Das war sein Startschuss. Der Moment, in dem er seine Lauerstellung aufgeben konnte. Es hatte ihn fertiggemacht, die ganze Zeit tatenlos zuzusehen, wie sie sich quälte und quälen ließ. Er durfte nicht eingreifen, solange sie ihn nicht bat. Zumindest in solchen Situationen. Jetzt hatte sie es endlich getan. Oder zumindest etwas Allgemeines gesagt, dass er entsprechend auslegen konnte. Er bewegte sich damit hart an der Grenze. Aber er hatte die Regeln genau genug studiert, um zu wissen, dass er sich damit auf der richtigen Seite der Grenze befand. Zumal er ja nicht wirklich etwas machen konnte. Er konnte Gefühle in ihr anstoßen. Ihre Schwäche in Stärke verwandeln. Ihre Resignation, es einfach über sich ergehen lassen zu müssen, in den Wunsch, etwas zu tun. Und es half: Einem plötzlichen Impuls folgend, den sie weder in diesem Moment noch lange Zeit danach richtig einzuordnen im Stande war – nicht, bis viele Jahre später ein eher zufälliges Gespräch mit dem Pfarrer ihrer Ortskirche Gedanken in ihr lostrat, durch die sie schließlich bewussten Zugang zu dem bekam, was sich in ihr schon lange unbewusst abgespielt hatte – wechselte sie die Straßenseite und trat direkt auf ihn zu. Der Mann sah sie zunächst erstaunt an. Dann änderte sich sein Blick in etwas, wofür sie nur einen Ausdruck kannte – Gier:

„Na, Süße – bist du endlich soweit?"

„Oh ja, ich bin soweit." flüsterte sie und packte ihn unauffällig am Hosenbund. Das schien ihm zu gefallen – wahrscheinlich, weil er es komplett falsch deutete. Weswegen er auch nicht auf das vorbereitet war, was sie als nächstes tat: Sie machte eine ruckartige Bewegung, die ihn das Gleichgewicht verlieren, vom Bordstein abrutschen und auf die Straße stolpern ließ:

„Was...?"

„Oh, das... tut mir aber leid." Sie streckte ihm die Hand entgegen, um ihm wieder auf den Bürgersteig zu helfen, und bohrte dabei ihre Fingernägel in seinen Arm. Dann zog sie ihn zu sich heran und raunte: „Ich habe darüber nachgedacht, zu Ihrer Frau zu gehen. Aber die würde sich wahrscheinlich gar nicht trauen, etwas zu sagen. Und selbst wenn, würde es nichts nützen. Deswegen... machen wir das anders. Sie scheinen nicht zu wissen, was Anstand ist. Lassen Sie es mich Ihnen zeigen. Anstand ist, wenn man seinen Mund und auch alle anderen Körperteile von Menschen fernhält, mit denen man nichts zu tun hat."

Der Mann schien den kurzen Schockmoment ebenso überwunden zu haben, wie die Schmerzen in seinem Arm, denn er lachte auf: „Und du glaubst, dass du mir damit Angst...?"

„Sie scheinen auch nicht zu wissen, was Zorn ist." unterbrach sie ihn, „auch das kann ich Ihnen zeigen. Einen Vorgeschmack haben Sie gerade schon bekommen."

„Der Schubser?" erwiderte er verächtlich.

„Ja, die Straße war leer. Und so eine Kutsche fährt nicht sonderlich schnell. Aber ich habe mir sagen lassen, dass Menschen, die das Pech hatten, unter einer zu landen, hinterher nicht mehr sonderlich gut aussahen. Und ich habe mir sagen lassen, dass Pferde, wenn sie durchgehen, sogar tödlich sein können. Nicht auszudenken, wenn ich Sie eben gerade direkt vor eines geschubst hätte."

Jetzt lachte der Mann nicht mehr: „Und Sie glauben, das könnten Sie nochmal machen?"

„Es ist nur eine von vielen Möglichkeiten, nicht wahr?" Sie lächelte böse, „man kann auch die Treppe herunterfallen. Oder durch eine Fensterscheibe. Glauben Sie mir – wenn Sie es darauf anlegen, ist mein Einfallsreichtum unbegrenzt. Zumal ich dafür noch nicht einmal etwas mitbringen muss. Ich kann einfach nehmen, was sich mir gerade bietet."

„Was wollen Sie?"

„Dass Sie nie wieder ein einziges Wort zu mir sagen."

Der Mann schwieg.

Sie starrte ihn eine Weile wütend an. Dann ließ sie seinen Arm los, auf dem die Spuren ihrer Finger deutlich zu erkennen waren. „Das klappt ja besser als gehofft." schnaubte sie, drehte sich um und stolzierte davon. In ihr mischte sich das Gefühl des Stolzes mit dem des schlechten Gewissens. Auch das war sein Verdienst. Er hatte sie in Bewegung gesetzt. Aber er musste sie auch wieder bremsen, bevor sie übers Ziel hinausschoss. Denn ihre Umsetzung war ganz und gar nicht in seinem Sinne gewesen. Sie sollte nicht selbst zu jemandem werden, der Angst und Schrecken verbreitete. Sie durfte sich gut damit fühlen, einen scheinbar aussichtslosen Kampf gewonnen zu haben. Aber sie sollte den Wunsch beibehalten, solche Kämpfe nicht mehr kämpfen zu müssen. Leute, die sich zu oft zu sehr wehren mussten, wurden irgendwann selbst zu Angreifern. Das galt es zu verhindern.

Die Szene wechselte.

Der Mann stand vor einem Haus, aus dessen Fenster Flammen loderten. Und aus dem nach wie vor Hilfeschreie zu hören waren. Die allerdings fast von den Schreien hinter ihm übertönt wurden. Hinter ihm war die Mutter, die einer seiner Freunde soeben von drinnen gerettet hatte. Drinnen war ihr kleiner Sohn. Nur wusste niemand so genau, wo. Und die Flammen hatten inzwischen auch das Untergeschoss erreicht. Oben brannte alles schon lichterloh. Dort konnte er eigentlich gar nicht mehr sein. Eigentlich. Er blickte sich um. Die Feuerwehr war noch nicht in Sicht und sonst machte niemand Anstalten, etwas zu unternehmen. Also war es an ihm. Das andere Kind – das Mädchen – hatte er schon in Sicherheit gebracht. Sie drückte sich an ihren Vater, der mit blutendem Kopf ihm Gras saß. Er konnte nicht einmal aufstehen, höchstwahrscheinlich. Er brauchte dringend einen Arzt, wenn er nicht vor dem brennenden Haus sterben wollte. Es half alles nichts. Für einen Moment schloss der Mann die Augen, dann rannte er zurück ins Haus – auf die Schreie des Jungen zu. Auf dem Weg dorthin liefen Bilder vor seinem inneren Auge ab. Seine Frau. Seine drei Kinder. Seine Eltern. Seine Geschwister. Viele der Menschen, die er in den letzten Jahren so liebgewonnen hatte. Und Tränen traten ihm in die Augen.

„Ich will sie wiedersehen." flüsterte der Mann – mehr zu sich selbst.

„Und das wirst du." flüsterte er zurück und legte sich wie ein Schleier um den Mann. Er hüllte ihn komplett ein. Sodass keine der Flammen ihn berühren konnte. Der Mann merkte davon nichts. Er war viel zu sehr darauf konzentriert, die Schreie zu orten. Sie kamen doch von oben. Das Treppengeländer brannte bereits an einigen Stellen. So quetschte sich der Mann an der Wand entlang nach oben und er seufzte:

„Manchmal wäre ich froh, ihr würdet sehen, dass wir da sind..."

Oben angekommen, wusste der Mann sofort, wo der Junge war. Im ersten Zimmer auf der linken Seite. Der Türrahmen brannte ebenfalls, die Tür stand ein wenig offen. Allerdings nicht weit genug, um hinein oder heraus zu gelangen. Er atmete tief ein, hustete wegen des Rauchs, verfluchte sich innerlich für diese Dummheit...

„Na, na, na – solche Ausdrücke..." tadelte er den Mann.

...und trat dann gegen die Tür. Sie flog auf und der Junge stand glücklicherweise nicht direkt dahinter. Er lag auf dem Boden – kurz vor dem Fenster. Der Mann eilte zu ihm und half ihm auf die Beine. Dann drehte er sich um – und erstarrte. Das Feuer hatte auf die Tür übergegriffen. Sie standen einer Wand aus Feuer gegenüber. Der Junge weinte. Er dagegen nahm all seine Kraft zusammen und schaffte es, einen klaren Kopf zu bekommen.

„Kannst du froh sein, dass du dabei Hilfe bekommst." sagte er laut und doch für den Mann unhörbar. Der den Jungen an den Schultern fasste: „Kannst du springen?"

Der Junge schüttelte den Kopf: „Nein. Ja. Weiß nicht."

„Es geht nicht anders. Wir versuchen es. Halt dich an mir fest." Er riss das Fenster auf und blickte hinaus. Unter ihnen war ein Beet mit dicht wachsenden Büschen. „Dornenbüsche?" fragte der Mann den Jungen und dieser hustete laut:

„Ja."

„Natürlich. Kletter' auf das Fensterbrett." Er half dem Jungen hinauf und stieg dann selbst hinterher, „wir fallen so, dass du auf mir landest. Okay?"

Wieder ein Husten: „Okay."

Er drückte den Jungen an sich und stieß sich dann ab. Der Fall dauerte nur eine Sekunde und wurde dann unsanft gebremst. Allerdings weitaus weniger unsanft, als das bei festem Boden der Fall gewesen wäre.

„Und ohne mich." setzte er diesem Gedanken des Mannes hinzu.

Die Dornen stachen dem Mann in Rücken und Arme und er rollte sich so schnell wie möglich auf die Wiese – den Jungen immer noch fest umklammert. Es dauerte keine fünf Sekunden, da waren schon Leute bei ihnen. Die Mutter, die ihm ihren Sohn aus den Armen riss und an sich drückte. Seine Freunde – teilweise stark hustend – die ihm auf die Beine halfen und ihn von oben bis unten untersuchten:

„Ein bisschen zerstochen." resümierte einer von ihnen, „aber das warst du im Zeltlager ja auch immer."

„Ihr seid witzig." brummte der Mann und rieb sich den rechten Arm.

„Und du bist ein Held."

„Das seid ihr auch."

„Wir haben halt die Tür genommen." witzelte ein anderer.

Der Mann kniff die Lippen zusammen: „Keine Option."

„Hört doch..." Einer seiner Freunde stach mit dem Finger in die Luft, „...die Feuerwehr."

„Wie immer zu spät." brummte ein anderer.

„Solange sie einen Krankenwagen mitbringen. Der Vater kippt uns sonst um."

„Hoffen wir es mal."

Der Mann runzelte die Stirn: „Dass er umkippt?"

„Nein. Das andere."

„Dann ist ja gut."

Die Szene wechselte.

Der alte Mann stand vor dem kleinen Tor, das die Rasenfläche vom Bürgersteig trennte. Er zögerte. Einen Augenblick. Dann noch einen. Dann noch einen. Dann noch einen. Und dann öffnete er das Tor und trat hindurch. Der Weg bis zur Haustür erschien ihm unendlich lang. Die Klingel unendlich laut. Als die Tür aufgerissen wurde, schrak er zusammen. Und die Frau ihm gegenüber ebenfalls:

„Vati?"

„Mein Kind." antwortete er liebevoll.

„Wie bist du...? Was machst du...? Was ist...?" Die Frau begann zu weinen und er nahm sie sanft in die Arme. Was sie erneut dazu brachte, zusammen zu zucken:

„Das hast du noch nie gemacht."

„Ich weiß." antwortete er leise, „nur nicht mehr, warum. Jetzt muss es sein. Nur dieses Mal."

Sie drückte sich dankbar an ihn: „Natürlich."

„Wir müssen reden."

„Natürlich."

Gemeinsam gingen sie ins Wohnzimmer. Sie vergaß dabei beinahe, die Haustür zuzumachen, was er schnell nachholte. Sie ließ sich in einen Sessel plumpsen und er setzte sich ihr gegenüber.

„Ich hätte so viel zu sagen..." begann sie unsicher und er nickte ihr aufmunternd zu:

„Dann sag es."

„Willst du es wirklich hören?"

„Ja." Er zögerte, „aber vielleicht sollte ich zuerst etwas sagen."

„Gut."

„Ich habe mein Leben nach bestem Wissen und Gewissen gelebt. Ich habe das genommen, was mein Vater mir beigebracht hat und versucht, daraus zusammen mit meinen eigenen Gedanken eine Erziehung für dich und deine Geschwister zu gestalten. Ich habe mein Bestes gegeben. Und trotzdem merke ich – jetzt, wo ich viel darüber nachdenke – dass vieles davon falsch war. Ich habe gemacht, was ich dachte, das richtig sei. Aber ich habe mich nicht um eure Gedanken geschert. Oder eure Wünsche. Ideen. Ängste. Auch nicht die eurer Mutter. Das hat sie und mich entzweit. Das hat dich und mich entzweit. Das hat uns alle auseinandergebracht."

„Du bist nicht an allem Schuld." flüsterte sie gerührt.

„Sicher nicht. Aber ich war ein schlechtes Vorbild. Mindestens mal dafür, wie man mit Konflikten umgeht. Ihr habt euch das abgeschaut. Und es nachgemacht. Genauso schlecht, wie ich es vorgemacht habe. Es hätte so viel vermieden werden können, wenn ich klüger gewesen wäre. Weiser. Jetzt bin ich das. Habe zumindest das Gefühl, es zu sein. Aber für vieles ist es jetzt zu spät. Nur nicht für eines: Versöhnung. Ich hoffe, dass wir das hinkriegen. Du und ich. Das ist mein größter Wunsch."

„Meiner auch."

„Dann lass uns das tun." Er atmete tief aus, „und jetzt darfst du."

Doch sie schüttelte mit Tränen in den Augen den Kopf: „Ich muss nichts mehr sagen. Es ist alles gesagt."

„Bist du dir sicher?"

„Ja. Absolut."

„Das ist wundervoll." Er strahlte sie an, „dann habe ich nur noch eine weitere Sache: Ich weiß, dass du mein Verhalten immer sehr stark mit meinem Glauben verknüpft hast. Und dass deine Abneigung gegen jegliche Art von Kirche daher rührt, dass ich dir ein Gefühl vermittelt habe, wie es dort ist. Wie die Menschen dort sind. Die Menschen dort sind nicht so. Ich habe es nicht geschafft, das in Einklang zu bringen. Wie ich bin und wie ich sein sollte. So wie ich war, sollte ich nicht sein. Bitte gib dem noch eine Chance."

Sie blickte ihn erstaunt an: „Ich soll in die Kirche gehen?"

„Die Kirche ist nicht Gott. Auf ihn kommt es an. Nicht auf ein Gebäude oder einen Pfarrer oder andere Menschen in dem Gebäude."

„Ich... ich werde darüber nachdenken."

„Das ist mehr, als ich erwarten kann." Er streckte ihr die Hände entgegen und sie ergriff sie:

„Ich bin so froh, dass du gekommen bist."

„Ich auch. Aber leider muss ich mich schon wieder verabschieden." Mit diesen Worten erhob er sich und ihr Gesicht fiel in sich zusammen:

„So schnell?"

„Ich habe gestern schon deine Mutter besucht. Und deinen Bruder. Und heute schon deine Schwester."

„Aber..." Sie stockte, „die wohnen alle... so weit weg."

„Ja. Es war anstrengend." gestand er, „aber es musste sein. Und es hat funktioniert. Jetzt geht es uns allen besser. Nur ich bin müde. Und möchte schlafen." Er trat in den Flur und sie beeilte sich, ihm zu folgen:

„Das kannst du doch auch hier. Wir haben ein Gästezimmer. Ich bin mir sicher, die Kinder würden sich freuen, wenn du..."

Er drehte sich um: „Die Kinder? Ist...?"

„Was? Ach..." Sie lachte auf, „doch, natürlich. Geschäftsreise."

„Ach so. Aber nein. Sehr lieb. Aber ich muss wieder nach Hause. Ich schlafe nicht gut in fremden Betten. Und ich bin nicht mehr so fit, weißt du."

„Kommst du wieder?" fragte sie, als er die Haustür öffnete. Er nahm sie in den Arm:

„Wenn das Herz es mitmacht."

„Das wird es. Da bin ich ganz sicher."

„Danke."

„Ja... danke." Sie seufzte und er lächelte. Dann schloss sie die Haustür und er schritt den langen Weg zurück zum Gartentor. Auf dem Bürgersteig drehte er sich um. Sie stand am Küchenfenster und winkte. Er winkte zurück. Dann bog er um die Ecke außer Sichtweite.

Und löste sich auf.

Er hatte seinen Auftrag erledigt. Dem alten Mann selbst, den er verkörpert hatte, hatte er damit nicht mehr helfen können. Dieser hatte den Unfrieden, der über so viele Jahre an ihm genagt hatte, mit ins Grab genommen – als ihn wenige Tage zuvor ein tödlicher Herzinfarkt ereilt hatte. Er hatte die Chance nicht bekommen, seine Fehltritte zu bereinigen. Doch er hatte Vergebung vom Herrn erfahren und dieser hatte es ihm geschenkt, dass zumindest seine Ex-Frau und seine Kinder diesen Frieden nun ausleben konnten. Nichts von dem, was er gesagt hatte, war gelogen gewesen. Es entstammte alles den Gedanken des alten Mannes. Gedanken, die er lange Zeit hin und her gewälzt aber nie umgesetzt hatte. Nun war dies geschehen. In wenigen Tagen würden sie alle von seinem Tod erfahren. Wenn die Nachbarin ihn fand, die einmal in der Woche bei ihm nach dem rechten sah. So musste sein Körper noch eine Weile liegen. Doch es schloss zumindest aus, dass sich seine Familie Sorgen machte, einem Hirngespinst aufgesessen zu sein. Sie würden einen zeitlichen Ablauf haben, der passte. Und den großen Stein der Vergangenheit nicht mehr mit sich herumschleppen müssen.

„Alles geklappt?" begrüßte ihn der Sohn.

„Ja. Bestens."

„Schön. Das wird ihn freuen. Dann geht es ihm besser."

Er lehnte sich beim Sohn an: „So soll es sein."

104

Geraldine schlug die Augen auf. Der Engel lag nach wie vor neben ihr und sah sie an:

„Das war jetzt erstmal das kleine 1x1. Einfach nur, damit du siehst, was möglich ist. Was wir können. Was wir dürfen. Wobei... können tun wir natürlich noch viel mehr."

„Glaube ich dir aufs Wort." erwiderte sie schnippisch.

„Vielen Dank."

Sie kratzte sich an der Wange: „Du müsstest es trotzdem noch ein wenig erklären."

„Gut. Fangen wir mal so an: Wir Engel erfüllen unterschiedliche Aufgaben. Die meisten davon haben mit euch nichts zu tun, einige aber schon. Wir verkünden euch – zum Beispiel. Auch da werde ich dir noch was zeigen. Und wir führen Urteile des Herrn über euch aus. Auch das wirst du sehen. Hauptsächlich allerdings liegt unsere Funktion darin, euch zu schützen. Das waren die ersten beiden Szenen, die du gesehen hast. Jeder gläubige Mensch hat zwei Engel, die ihn schützen. Das weißt du auch schon."

„Einen inneren und einen äußeren."

„Ganz genau." bestätigte er, „du hast zu beidem etwas gesehen. Weil der, um den es hier geht, beides schon gemacht hat."

Geraldine schnaubte leise: „Und wie er das gemacht hat."

„Soll heißen?" fragte der Engel konsterniert.

„Naja – er hat die Frau ganz schön angestachelt."

„Hm... ja. Dazu kommen wir gleich. Bleiben wir erstmal bei den Grundregeln. Der zweite Bereich ist das, was du zuletzt gesehen hast: Wir haben die Fähigkeit, menschliche Gestalt anzunehmen. Uns als Menschen auszugeben. Das kommt sehr selten vor. In Krisenzeiten durchaus öfter. Je nachdem, wie es gebraucht wird."

„Verstanden." erklärte sie, „nur eine Frage."

„Ja?"

„Wo hast du seine Erinnerungen her?"

„Er hat sich mir zur Verfügung gestellt."

„Freiwillig?"

„Was für eine Frage." brummte der Engel, „natürlich. Ich bin in Absprache mit ihm hier. Er hat mich gebeten, diese Vorbereitung zu übernehmen."

Geraldine verschränkte die Arme hinter dem Kopf: „Dann bin ich zufrieden."

„Sehr gut. Dann weiter: Es gibt mehrere Gründe, die uns zum Eingreifen bringen. Meistens sind das Lebensgefahr, ein Befehl des Herrn, oder eine Bitte unseres Schützlings. Wie du dir sicherlich denken kannst, läuft die Verwandlung ausschließlich auf Gottes Befehl. Das sind besondere Situationen, in denen er die Notwendigkeit sieht. Ihr könnt das nicht beeinflussen. Das Eingreifen als Schutzengel dagegen überlässt er weitestgehend unserer eigenen Einschätzung. Sprich: Wir tun gewisse Dinge durchaus auch ohne, dass uns jemand einen Auftrag erteilt. Sondern weil wir sie selbst für richtig erachten. Wir bringen schließlich alle eine gewisse Erfahrung mit. Aber wir haben eben auch Grenzen. Wir können euch nicht in eine Wolke wickeln und durch die Gegend fliegen. Daher sind Gefahrensituationen immer kritisch einzuschätzen und... ich glaube, ich komme ein bisschen vom Thema ab. Eigentlich wollte ich nur die konkreten Szenen erklären. Gehen wir mal rückwärts. Die letzte Szene hat sich durch seine Gedanken am Schluss wahrscheinlich schon ziemlich geklärt. Der Mann ist gestorben – mit dem übermächtigen Wunsch, mit seiner Familie

Frieden zu schließen. Er hat das nicht mehr geschafft und in diesem ganz besonderen Fall hat der Herr es für wichtig und richtig erachtet, dass das trotzdem noch geschieht. Ich kann dir nicht sagen, was die Gründe dafür waren – da bin ich nicht eingeweiht. Aber so ist es auf jeden Fall dazu gekommen. Fragen?"

„Eigentlich nicht."

„Gut. Szene 2 ist wahrscheinlich auch relativ klar. Das war eine lebensgefährliche Situation und der arme Mann hatte eine Menge Angst und eine Menge Verantwortung. Daher wurde er beschützt. Und ist heil aus der Sache rausgekommen."

Geraldine runzelte die Stirn: „Sind das die Kriterien? Große Familie – sowas?"

„Nein." wehrte der Engel ab, „dann kam das falsch rüber. Nein. Das hängt nicht von der Anzahl der Kinder oder der Freunde ab. Oder vom Kontostand, oder so. In erster Linie hat es damit zu tun, dass wir einen gewissen Einblick bekommen in das gesamte Leben eines Menschen. Wenn wir die Schutzaufgabe übernehmen. Und da gibt es sehr oft Ereignisse, die einfach geschehen müssen. In welche Richtung auch immer. Bei diesem Mann war es wichtig, dass er überlebt. Weil ihm noch etwas sehr Wichtiges bevorstand, das ohne ihn nicht geschehen konnte. Bei anderen wäre es dagegen wichtig, dass sie nicht überleben. Weil das zum Beispiel jemand anders wachrütteln würde. Das ist ein bisschen schwierig zu erklären..."

„Ich denke, ich verstehe es. So grob."

„Feiner wird es wahrscheinlich nicht."

„Macht nichts." winkte sie ab, „ich sehe dir an, dass du es selbst nicht bis ins Feinste verstehst."

„Das siehst du mir an?" wunderte sich der Engel.

Geraldine kicherte: „Nein. War nur geraten. Stimmt aber, oder?"

„Im Großen und Ganzen. Nur der Herr kennt wirklich alle Wege. Er gibt uns Anhaltspunkte. Damit wir bei der Entscheidung ‚eingreifen' oder ‚laufen lassen' nicht ganz alleine dastehen. Und manchmal kommen auch konkrete Befehle zu bestimmten Momenten. Entweder durch unsere Fragen ausgelöst oder direkt durch ihn. Aber auch damit beschäftigen wir uns noch. Fakt ist: Wir greifen ein. Wenn es richtig ist. Nun das Schwerste. Dachte ich mir schon, dass du dich daran ein wenig störst. Nummer 1. Dazu solltest du eines wissen: Der innere Engel beschäftigt sich mit den Gefühlen und den Gedanken. Er kann also emotionale wie auch inhaltliche Impulse setzen. Aber eben nur Impulse. Im Gegensatz zum Heiligen Geist – wenn du mir diesen Einschub gestattest – der wirkliche, richtige Gedanken anstoßen oder einbringen kann, die den Menschen dazu bringen, sich intensiv damit zu beschäftigen. Nachzudenken, darüber zu reden – mit anderen Menschen oder eben Gott. Unsere Handlungen laufen auf spontane Reaktionen hinaus: Reflexe, wenn man so will. Das bedeutet: Wir wissen nie, was sie mit dem, was wir ihnen geben, letztendlich machen. Wir versuchen, in eine bestimmte Richtung zu steuern – basierend auf der Persönlichkeit des entsprechenden Menschen und gesammelten Erfahrungen aus unserer Vergangenheit. Aber nicht immer erreichen wir genau das, was wir wollen. Sie ist ziemlich aggressiv geworden. Das hatte nicht nur mit dem Mann zu tun, sondern auch mit vielem anderen. Grundsätzlich war das vorauszusehen. Die Heftigkeit war trotzdem überraschend. Aber es hat sie dazu gebracht, genau darüber nachzudenken. Über ihre Opferrolle. Und wie schnell sie sich vom Opfer zum Täter gewandelt hat. Wo sie doch eigentlich keines von beiden sein wollte. Und das wiederum hat sie auf einen Weg gebracht, der sie schließlich zu einem besseren Menschen gemacht hat. Stärker – auf eine gute Art und Weise."

„Was ich leider nicht gesehen habe." bemerkte Geraldine trocken.

„Das ist eine Entwicklung, die viele Jahre gedauert hat." gab der Engel zurück, „die könnte ich dir nur im Zeitraffer zeigen. Und da würdest du nicht viel erkennen."

„Schon klar."

„Sonst auch erstmal alles klar?"

Geraldine überlegte kurz: „Denke schon."

„Gut. Dann hätten wir damit die Grundprinzipien unseres Umgangs mit euch geklärt. Beim nächsten Mal können wir dann ein wenig tiefer einsteigen."

„Immer gerne."

„Dann geht jetzt erstmal schlafen."

„Darf ich Nils mitnehmen?" Ihr Ausdruck bei dieser Frage brachte den Engel zum Lachen:

„Als wäre er ein Kuscheltier."

„In gewisser Weise ist er das auch."

„Keine Details, bitte."

„Wie du meinst." Sie stutzte, „aber du siehst es doch eh."

„Ich bewache dich." korrigierte er, „das heißt nicht, dass ich meinen Blick allezeit starr auf dich gerichtet haben muss."

Nun lachte Geraldine: „Ist dir das peinlich? Schaust du weg?"

„Der Mensch hat Privatsphäre." erklärte der Engel in erhabenem Tonfall, „in die wir nur eindringen, wenn es notwendig ist."

„Wie menschlich."

„Irgendwo müssen eure guten Eigenschaften ja herkommen."

„He."

„Spaß." versicherte er, „ich finde das weder eklig noch abstoßend – auch wenn ich es selbst nicht tue. Weil ich weder das Bedürfnis noch die Fähigkeit dazu habe. Ich denke einfach, dass ihr dabei nicht gestört werden solltet. Auch nicht durch mich."

„Das war das gleiche wie vorher nochmal." schmunzelte Geraldine, „sowas nennt man Rechtfertigung."

„Das mag sein."

„Dann sehen wir uns morgen."

„Am besten entspannt." lautete seine letzte Bemerkung, bevor er verschwand – was Geraldine sehr enttäuschte, denn so konnte sie das Wortspiel nicht mehr anbringen, das ihr daraufhin durch den Kopf ging. Sie sprach es trotzdem laut aus:

„Eher ‚ge' als ‚ent' – aber zumindest ohne ‚an' davor."

Schließlich war er nur nicht mehr sichtbar – aber trotzdem noch da.

105

Als sie mit Nils nach einem kurzen Abendessen die Treppe hochstieg, stellte Geraldine fest, dass sie wirklich extrem müde war. Während der Zeit mit dem Engel war ihr das gar nicht aufgefallen. Jetzt jedoch übermannte es sie und so passierte nichts mehr, was den Engel zum Wegschauen hätte bewegen können. Stattdessen schlief sie in Nils Armen ein. Während er noch lange wach lag und sich Gedanken machte. Die sein innerer Engel nicht vollständig beruhigen konnte – so viel Mühe er sich auch gab.

106

„Es ist wirklich schön, mal etwas Schönes machen zu dürfen."
Der Sohn legte den Kopf schief: „Durftest du das sonst nie?"
„Naja, ab und zu." überlegte er, „aber es hat auch Nachteile, wenn man zu den Auserwählten für die harten Brocken gehört. Dann kriegt man halt in erster Linie..."
„...harte Brocken." ergänzte der Engel neben ihm.
„Ganz recht."
„Ihr beide gehört zu den treuesten." Der Sohn sah sie ernst an, „und wenn mein Vater der Meinung wäre, dass ich eines äußeren und inneren Engels bedürfte, dann würdet ihr diese Rolle bekommen."
Er warf dem Engel neben ihm einen Blick zu: „Ist das dein Ernst?"
„Das ist es. Nur, dass es nicht passiert."
„Das hatte ich herausgelesen."
„Mein Vater sagt, dass es wichtig ist, dass ich meine Stärke nur aus ihm ziehe." führte der Sohn aus, „und nur ihn als Schutz habe."
„Das müsst ihr wissen." erwiderte der Engel neben ihm, „wir stehen zur Verfügung. Das weißt du."
„Das wissen wir beide. Und genau deswegen bekommt ihr ja diesen Auftrag. Und es werden weitere hinzukommen. Solange ich auf der Erde bin."
„Das heißt, wir sehen uns ab und zu?" Er gluckste freudig, „fein."
„Hm. Ja." dämpfte der Sohn das gleich wieder ab.
„Nicht fein?"
„Es wird so sein, dass ich die meisten Erinnerungen zurücklassen werde. Nicht an meinen Vater. Aber wenn ich zu viel ‚Ballast' habe, dann kann ich nicht richtig einer von ihnen sein. Dann sehne ich mich die ganze Zeit nur hierher zurück. Was der Sache nicht zuträglich wäre."
Nun warf der Engel neben ihm ihm einen Blick zu: „Aber wie sollst du von hier predigen, wenn du dich nicht daran erinnern kannst?"

„Bilder sind das eine." erklärte der Sohn, „Gefühle das andere. Ich werde die Gefühle behalten. Das Wissen um die Vollkommenheit dieses Ortes. Aber eben ausschließlich in meinem Herzen. Das kann ich nutzen, um zu predigen."

„Ich hätte es jetzt genau andersrum gedacht." überlegte er, „Gefühle finde ich da anstrengender als Bilder."

„Vielleicht. Aber das ist der Weg. Vielleicht ist es auch einfach die Abschwächung an sich, die hilft."

„Das überlassen wir mal dir als Profi." schmunzelte der Engel neben ihm.

„So kann ich mich noch nicht bezeichnen." entgegnete der Sohn.

„Wirst du dann aber können. Dann hast du uns allen was voraus. Wir nehmen höchstens ihre Gestalt an. Aber so richtig..."

Der Sohn nickte: „Es wird spannend. Und tragisch. Und lieblich. Und traurig. Wie ein guter Film."

Er stutzte: „Ein was?"

„Kommt noch. In 2.000 Jahren."

„Was du alles weißt."

„Naja..." Der Sohn grinste, „alles eben."

„Stimmt." Die beiden Engel kicherten leise. Dann wurde er wieder ernst: „Wann geht es los?"

„So bald wie möglich." Der Sohn legte die Arme um sie, „mit euch."

Die Szene wechselte.

Der Hirte, der ganz vorne lag, schrak auf und starrte sie an: „Ihr seid..."

„...Engel." nahm er ihm die Weiterführung ab, als längere Zeit nichts mehr kam.

Der Engel neben ihm nickte: „Ist der gängige Begriff."

Inzwischen waren auch die übrigen Hirten aufgewacht und musterten sie misstrauisch.

„Wollt ihr unsere Schafe stehlen?" brummte einer von ihnen.

Er musste sich ein Lachen verkneifen: „Wir kommt ihr denn darauf?"

„Nun. Ihr seid weiß. Und sie... auch."

„Äh..." Er stutzte, „jetzt habt ihr mich aus dem Konzept gebracht."

„Gut so." murmelte ein anderer Hirte, „wenn ihr sie wirklich..."

„Wir stehlen gar nichts." unterbrach der Engel neben ihm, „wir verkünden. Euch. Und dann begleiten wir. Euch."

Die Hirten begannen zu tuscheln. Und wandten sich ihnen dann wieder zu: „Uns. Verkünden und begleiten."

„Ja."

„Dann fangt mal an."

„Also." Der Engel neben ihm räusperte sich, „nicht weit von hier, in einem Stall, da..."

„Nein." ging er dazwischen, „wir sollten es so sagen, dass man es hinterher auch anständig aufschreiben kann."

„Reicht es nicht, wenn die, die es aufschreiben, es anständig aufschreiben?"

„Willst du dir für den Rest der Zeit anhören, dass irgendein Schreibling deine Verkündigung umgeschrieben hat, damit sie besser klingt?"

„Guter Punkt." gab der Engel neben ihm zu, „okay: Wir verkünden euch frohe Botschaft. Euch ist heute der Heiland geboren."

Wieder Getuschel. Und dann ein: „Der was?"

Der Engel neben ihm sah ihn an: „Das sollten wir streichen."

„Finde ich auch." stimmte er zu, dann blickte er die Hirten an: „Der Sohn Gottes."

„Oh." Jetzt waren sie still. Bis auf einen: „Das ist ja mal was Besonderes. Wo denn?"

Und mit dieser Frage erledigte sich die Stille schon wieder:

„Hoffentlich nicht bei Herodes. Dann kriegen wir ihn nie zu sehen."

„Oder er bringt ihn gleich um."

„Lässt ihn umbringen. Sowas macht der doch nicht selbst."

Er verstärkte sein Leuchten und holte sich so ihre Aufmerksamkeit zurück: „Seid gewiss – er ist nicht bei Herodes. Er ist nicht weit von hier. In einem Stall."

Die Hirten wechselten verwunderte Blicke: „Stall."

„Unserem Stall?" rief einer panisch und begann, mit den Füßen im Heu zu scharren.

„Nein, nicht eurem Stall." antwortete der Engel neben ihm und der Hirte hörte wieder damit auf:

„Beruhigend. Da müssen nämlich die Schafe wieder hin. Heute noch."

„Es wäre nett, wenn ihr jetzt mitkommen würdet." forderte er sie auf. Doch so einfach folgten sie dem nicht:

„Mit den Schafen?"

„Klar."

„Aber die frieren. Und sind müde."

„Ich glaube, ihr friert und seid müde." widersprach er, „die Schafe sehen ganz friedlich aus."

„Wer sind die Experten?" schnaubte ein Hirte, „wir oder ihr?"

Der Engel neben ihm lachte auf: „Willst du darauf wirklich eine Antwort?"

Der Hirte schluckte: „Wir kommen mit."

„Sehr gut. Dann kommt." Sie drehten sich um und schwebten davon. Die Hirten trotteten hinter ihnen her. Mit nicht allzu guter Laune:

„Aber wehe, der will eins von den Schafen geschenkt haben. Schmusetiere muss er sich selbst kaufen."

„Oder seine Eltern ihm."

„Würdest du ein Schaf zum Schmusen nehmen wollen?" flüsterte der Engel neben ihm ihm zu.

„Die Wolle ja." flüsterte er zurück, „den Rest eher nicht."

Die Szene wechselte

„Es ist ein Wunder, dass er noch lebt." flüsterte der Engel neben ihm.

„Er ist ein Wunder." flüsterte er zurück.

„Wie?"

„Naja – in dem Sinne, dass er eigentlich von uns kommt. Und nun hier ist."

„Ja, das schon. Aber gerade weil er jetzt hier ist..." Der Engel neben ihm stockte, „er unterliegt den Gesetzen der erdlichen Natur."

„Ich glaube, es heißt irdisch." korrigierte er.

„Und ich glaube, wir sollten uns ganz dringend um ihn kümmern."

„Da hast du Recht."

Vorsichtig traten sie an ihn heran: „Jesus?"

Dieser sah auf: „Hat euch mein Vater geschickt?"

„Du weißt nicht, wer wir sind?" Der Engel neben ihm seufzte enttäuscht.

„Ich bin mir sicher, dass ich euch kannte." erwiderte Jesus schwach, „und wieder kennen werde. Aber momentan..."

„…ist das auch nicht wichtig." wiegelte er ab, „was brauchst du?"

„Trinken wäre gut. Essen auch nicht schlecht."

„Lässt sich einrichten. Irgendwelche Vorlieben?"

„Etwas, das sich trinken und essen lässt."

„Also egal was. Das macht es einfach." Er sah den Engel neben sich an und dieser nickte:

„Wir sind sofort wieder da."

Sie schwebten davon – mit einem reichlich mulmigen Gefühl im Magen.

„Glaubst du, er schafft es bis dahin?" fragte er unterwegs.

„Er hat 40 Tage geschafft." antwortete der Engel neben ihm, „da wird er auch noch 20 weitere Minuten schaffen. Wenn nicht, sind wir dran."

„Dran?"

„Auf Idee, Essen und Trinken gleich mitzubringen, hätten wir auch alleine kommen können."

Er atmete tief ein: „Ich bin es halt so gewohnt, Befehlen zu folgen."

„Klar." stimmte der Engel neben ihm zu, „‚Gebt ihm, was er braucht' ist vage. Aber ich schätze mal, der Herr ist davon ausgegangen, dass wir es selbst mit Inhalt füllen können."

„Ich finde das schwer. Ich war noch nie einer von ihnen. Und ich habe noch nie einen von ihnen beschützt. Ich habe keine Ahnung, was sie brauchen."

„Das geht mir genauso."

Sie schwebten schweigend weiter, dann trennten sich ihre Wege, als sie ein kleines Dorf erreichten. Der Engel neben ihm machte sich auf die Suche nach einem Brunnen und er selbst nach einem Straßenhändler. Er fand einen in einer Seitenstraße, drückte dem völlig verdatterten Mann einen großen Haufen Edelsteine in die Hand, und bediente sich dafür an seiner Auswahl an Brot und Obst. Dann machte er sich auf den Rückweg und wurde am Ortsausgang bereits erwartet. Mit Wasser – und einem Gedanken:

„Weißt du was?"

„Nein." gab er zurück.

„Lass uns fragen, ob wir das machen dürfen. Beides."

„Beides." wiederholte er, „im Sinne von: einen Menschen verkörpern und einen Menschen beschützen."

Der Engel neben ihm nickte: „Genau das."

„Hm... wegen mir."

„Wir haben genug Aufträge ausgeführt, die ausschließlich himmlischer Natur waren. Da sollte das drin sein, dass wir auch mal sowas tun."

„Fragen wir." willigte er ein, „den Herrn. Nicht Jesus."

„Darauf wäre ich jetzt aber wirklich von alleine gekommen." schmunzelte der Engel neben ihm.

Kurze Zeit später erreichten sie ihren Schützling: „Jesus?"

Dieser blickte auf: „Ihr seid wieder da."

„Ja. So schnell, wie es ging. Hier ist Trinken."

„Und Essen."

Sie legten Obst und Brot vor ihm ab und stellten den Krug daneben. Jesus griff genüsslich danach:

„Ich danke euch. Und ich danke meinem Vater, dass er euch geschickt hat."

„Im Grunde hast du uns geschickt." sinnierte der Engel neben ihm.

„Habe ich das?"

Er nickte: „Bevor du aufgebrochen bist."

„In die Wüste?"

„Auf die Erde."

Jesus biss in eine Feige und lächelte: „Wie umsichtig von mir."

„Nicht wahr?" Sie ließen sich anstecken – weil es einfach so guttat, ihn fröhlich zu sehen. Trotzdem blieb der Engel neben ihm vorsichtig:

„Brauchst du sonst noch etwas?"

„Nein." Jesus schüttelte den Kopf, „das ist alles. Damit geht es besser."

„Sollen wir noch bleiben?" bohrte er weiter.

Diesmal nickte Jesus: „Gerne. Leistet mir Gesellschaft. Gebt mir eure Einschätzung."

„Einschätzung?"

„Was nützt es, was ich hier tue?"

„Oh. Bisher..." Er sah den Engel neben sich an, der versuchte, ihn zu unterstützen:

„...sind die Menschen in erster Linie verwirrt. Weil sie nicht wissen, was sie von dir halten sollen."

„Aber das wird sich ändern." versicherte er, „wenn du zu ihnen sprichst."

„Das werde ich bald tun." erklärte Jesus.

„Sehr gut. Dann werden sie dich verstehen. Und auch das hier verstehen. Was sie bisher nicht verstehen."

„Verstehe." kicherte Jesus und der Engel neben ihm gab ein leises Schnauben von sich:

„Haha."

„Nach dieser Zeit darf ich Witze machen."

„Natürlich."

Jesus musterte sie einen langen Augenblick: „Ihr seht bedrückt aus."

„Wir?" erwiderte er überrascht, „du hast dich gerade mit Luzifer rumgeschlagen. Und du machst dir Sorgen um uns?"

„Ich mache mir um alle Sorgen. Sie. Euch. Auch Luzifer."

„Echt?"

„Sorgen ist vielleicht das falsche Wort." Jesus seufzte, „ich trauere um ihn. Durch mein Kommen hat sich seine Situation verändert. Sein Schicksal ist nun besiegelt. Das tut mir sehr leid. Und... ich habe ihm so lange nicht gegenübergestanden. Es ist schlimm zu sehen, wie tief er gefallen ist. Wie sehr er das Böse inzwischen verkörpert. Und wie gut. Der Gedanke, wie viele Menschen er noch verführen wird. Und wie viele davon es nicht einmal merken werden. Glauben, dass sie auf dem richtigen Weg sind, wo sie doch ins Verderben laufen. Das ist es, was mir Sorgen bereitet. Und ihr. Denn das ist die Zukunft. Ihr seid die Gegenwart. Sagt mir, was euch quält."

„Nun... quält... ist nicht..." Wieder sah er den Engel neben sich an – und wieder bekam er Hilfe:

„Quälen ist auch nicht das richtige Wort. Wir haben nur festgestellt, dass wir über die Menschen so wenig wissen, dass wir sogar dich erst fragen mussten, wie wir dir überhaupt helfen können. Dabei liegt Nahrung auf der Hand. Oder sollte es zumindest."

„Ihr wollt es erleben." folgerte Jesus, ohne zu zögern.

„Ja."

„Ihr wollt ihnen nahe sein."

„Ja."

„Das freut mich. Das ehrt euch."

„Okay." Sie sahen sich an, „danke."

„Jetzt und hier kann ich euch nicht helfen. Aber wenn ich wieder bei meinem Vater bin – wenn mein Auftrag hier erfüllt und abgeschlossen ist – dann werde ich euch das geben."

„Sofern du dann wieder weißt, wer wir sind." witzelte er und Jesus runzelte die Stirn:

„Zweifelst du...?"

„Auch wir können lustig sein." unterbrach er schnell, „nicht übermäßig, aber so..."

„...ein kleines Bisschen." ergänzte der Engel neben ihm und Jesus lachte: „Ein erster Schritt in ihre Richtung."

Die Szene wechselte.

„Ich habe irgendwie das Gefühl, dich um Vergebung bitten zu müssen." Er senkte das Angesicht, doch sofort versetzte ihm der Sohn einen leichten Stoß, der ihn wieder aufsehen ließ:

„Wieso das?"

„Als du... tot... warst..." Er seufzte, „ich weiß, ich hätte glauben sollen, dass alles gut geht. Ich hätte wissen müssen, dass es kein Problem für dich ist. Aber ich habe mich gefürchtet. Davor, dass du nicht wiederkommst."

„Und dafür schämst du dich." vermutete der Sohn.

„Mehr, als du dir vorstellen kannst."

„Das brauchst du nicht. Um jemanden zu fürchten, den man liebt, ist ein ganz normaler Zug. Ein menschlicher Zug."

„Menschlich?" wiederholte er unsicher.

„Sie tun das. Im Normalfall. Nimm es als erste Lektion. Weitere werden folgen."

„Wir dürfen das also wirklich?"

Der Sohn lächelte: „Ich habe es euch versprochen, oder nicht?"

„Daran erinnerst du dich also." folgerte er und der Sohn nicke:

„Ich erinnere mich an alles. Dass ich ein Stück des Himmels aufgegeben habe vor meiner Geburt hatte einen besonderen Grund. Der in die andere Richtung nicht greift."

„Also erinnerst du dich auch, wie es..." Er brach ab – aber der Sohn erriet seine Gedanken:

„...in der Dunkelheit war?"

„Ja."

„Ja, das tue ich. So klar und deutlich, als könnte ich mich umdrehen und wäre noch da."

„Wirst du darüber reden?"

„Mit meinem Vater. Ansonsten... nein."

„Warum?"

„Das solltest du..." setzte der Sohn an und er beeilte sich, abzuwiegeln: „Ich bin nicht neugierig."

„Ich weiß. Du willst es nur verstehen. Dann erkläre ich es dir: Ihr seid Kinder des Lichts. Dieser Ort ist der Ursprung der Dunkelheit. Ich bin dorthin gegangen, weil ich wusste, dass ich die Kraft besitze, ihn auszuhalten. Ihr hättet diese Kraft nicht. Und wenn ich euch davon erzähle... die Eindrücke, die ich euch vermitteln würde, wären so überwältigend, dass ihr daran Schaden nehmen würdet. Es ist die pure Verlorenheit. Ihr würdet nur darunter leiden."

Er schwieg eine Weile und ließ das sacken. Dann sah er den Sohn an: „Hast du es denn geschafft?"

„Ich bin hier, oder?"

„Aber das ist ja nicht alles."

„Da hast du Recht. Das ist nicht alles. Aber ich habe alles erreicht. Zumindest alles, was in meiner Macht liegt. Was für Früchte es bringt, werden wir abwarten müssen."

„Machst du so etwas nochmal?" erkundigte sich der Engel, der gerade neben ihm erschienen war.

„Nein." antwortete der Sohn, „einmal reicht vollkommen."

107

„Dazu brauche ich nicht viel zu sagen, oder?"

„Nein, ziemlich eindeutig." Geraldine setzte sich auf und streckte sich, „und gut verkraftbar."

„Das freut mich." lächelte der Engel, „leider war es das letzte, wofür das gilt."

„Sowas in der Art hatte ich schon befürchtet."

„Ich werde dich nicht überfordern." versicherte er – aber Geraldine blickte skeptisch drein:

„Das hoffe ich doch."

„Versprochen." fügte er daher hinzu und der Blick verschwand:

„Gut."

„Sollen wir dann einfach gleich weitermachen?"

„Nein."

„Doch so schlimm."

„Du hast gesagt, wir machen das behutsam." erinnerte Geraldine ihn, „und das heißt für mich, dass ich alles, was ich sehe, verarbeite und verdaue, bevor wir weitermachen. Und mir Notizen mache, damit ich es den anderen erzählen kann."

„Tu das." nickte der Engel, „natürlich." Sein Tonfall kam Geraldine allerdings ein wenig hektisch vor:

„Du bist ungeduldig."

„Ich kenne den Zeitplan nicht genau." erwiderte er, „ich meine... schon. Aber nicht auf den Tag. Weil da diverse Menschen drin mitmischen. Und da kommt es natürlich stark drauf an, wann sie was machen und wie schnell. Der Herr weiß das natürlich, aber... naja – ich eben nicht. Wir haben ein paar Tage – so viel kann ich sicher sagen. Aber es kommen wirklich noch Sachen, für die du richtig Zeit zum Verdauen brauchen wirst. Daher sollten wir zusehen, dass wir jetzt am Anfang nicht ins Trödeln geraten."

Geraldine ging einen Moment in sich: „Gib mir eine Stunde."

„Ich gebe dir bis nach dem Mittagessen."

„Einverstanden."

108

Das Mittagessen verlief schweigend, da Geraldine ihren Gedanken nachhing. Bis Nils es nicht mehr aushielt:

„Sag mir, was los ist."

„Das... äh..." Geraldine zögerte, „darf ich nicht."

„Warum bin ich dann hier?"

„Gesellschaft."

„Aber nicht Hilfe." Seine Miene verfinsterte sich – in Geraldine dagegen erhellte sich etwas:

„Ehrlich gesagt... ich habe gar nicht gefragt. Inwieweit ich mit dir darüber reden darf."

„Dann solltest du das ganz dringend nachholen."

Sie legte ihm beruhigend die Hand auf den Arm: „Werde ich tun. Versprochen."

109

„Ich..." begann Geraldine, als sie wenig später wieder auf dem Bett saß und der Engel neben ihr erschien. Doch dieser fiel ihr direkt ins Wort:

„Beim Essen kann ich euch zuschauen. Auch, wenn du gerne mal mit vollem Mund redest."

„He." machte sie beleidigt.

Er kicherte: „Meine Sinne sind empfindlich. Aber ernst: Ja, du darfst Nils erzählen, was du siehst. Und auch, was wir bereden. Das sind keine Geheimnisse. Im Gegenteil: Es geht ja genau darum, dass ihr es erfahrt."

„Er ist kein Teil der Gruppe."

„Natürlich ist er das. Oder denkst du, eure Gruppe besteht nur aus euch dreien. Und so am Rande noch den anderen dreien. Nein. Ihr bildet alle eine Gruppe. Nils, Becka – sie sind mit dabei. Genau wie Suji und Maximilian und alle eure Eltern. Jeder, mit dem ihr das teilt; jeder, dem ihr vertraut. Sie gehören alle mit dazu. Nicht allen könnt ihr alles erzählen. Nicht allen wollt ihr alles erzählen. Aber diese Entscheidung liegt bei euch. Wen ihr wie stark mit reinnehmt."

Geraldine nickte bedächtig: „Gut zu wissen."

„Ich dachte, das wäre euch klar." entgegnete der Engel.

„Nicht wirklich."

„Dann war es gut, darüber gesprochen zu haben."

„Und ich kann sowohl Nils beruhigen als auch mir helfen."

„Das kannst du." bestätigte er, „und spätestens hiernach ist das sicherlich auch angebracht."

Bei diesen Worten ließ sich Geraldine schwer nach hinten plumpsen und brachte nur noch ein „Oh, oh." hervor.

110

„Haben sie nicht schon genug gelitten?" Der Engel neben ihm sah ihn bedrückt an. Doch obwohl er sich genauso fühlte, stieg er nicht darauf ein: „Das ist nicht an uns zu entscheiden."

„Aber es ist an uns, zu fragen. Das haben wir immer getan."

„Und oft genug keine Antwort erhalten."

„Ich zweifle nicht. Ich denke nur nach."

„Ich weiß. Aber letzten Endes ist der Unterschied zwischen uns und dem Herrn zu groß, als das wir unser eigenes Nachdenken als Grundlage für eine Diskussion nehmen könnten."

„Ich werde trotzdem fragen." erklärte der Engel neben ihm entschlossen und er gab seinen Widerstand auf:

„Dann tu das."

„Kommst du mit?"

„Natürlich."

„Ihr braucht nicht zu kommen." hörten sie den Vater hinter sich, „ich bin bereits da."

Sie drehten sich um und der Engel neben ihm verlor keine Zeit: „Ich will etwas fragen."

„Ich weiß." erwiderte der Vater, „und ich weiß auch, was."

„Wirst du antworten?"

„Ihr wisst, wie ich mit den einzelnen Völkern umgehe." tat der Vater dies wirklich, „mit denen, die nicht auserwählt sind. Ihr wisst, was ich ihnen gebe und zugestehe."

„Das wissen wir." bestätigte er.

„Und ihr wisst, dass Schmerzen manchmal notwendig sind, um Erkenntnisse zu erlangen. Und Stärke. Und dass es immer meine Hoffnung ist, dass dies ohne Schmerzen möglich ist. Ich wähle diesen Weg immer als letztes. Aber ich wähle ihn eben auch als letztes. Anstatt aufzugeben."

„Das mag für die gelten, die zurückbleiben." wandte der Engel neben ihm ein, „aber was ist mit denen, die verloren gehen?"

„Ihr wisst auch, was mit denen geschieht, die das Leben verlieren, bevor sie in der Lage sind, eine Entscheidung zu treffen. Und ihr wisst, was mit denen geschieht, die ihre Entscheidung getroffen haben."

„Wenn sie wüssten, dass sie sterben werden, würden sie sie vielleicht anders treffen."

„Sie wissen es." Der Vater seufzte traurig, „ich habe sie gewarnt. Sie glauben es nur nicht. Teilweise zumindest. Aber das ist etwas, was ich ihnen nicht abnehmen kann. Ich habe mich diesem Volk mit so viel Macht gezeigt. Wenn sie immer noch nicht an mich glauben, kann ich nichts mehr für sie tun."

„Aber..." Nun war er es, der unbedingt etwas loswerden musste, „ihr König... er war schon an einigen Stellen... in manchen Momenten... er war doch soweit. Zu glauben. Zu handeln. Warum hat er nicht? Warst du das?"

„Ich?"

„Ich hatte ein paarmal den Eindruck, dass du..." Er brach ab – der Vater nahm den Faden auf:

„...dass ich ihn beeinflusst habe. Negativ."

Er nickte stumm.

„Da hast du Recht. Das habe ich."

Die beiden Engel wechselten einen erstaunten Blick.

„Ich will euch auch das erklären." fuhr der Vater fort, „habe es im Grunde sogar schon. Er ist der König. Aber mir geht es nicht um den König. Mir geht es um das Volk. Er war bereit, zu glauben. Sie waren es nicht. Das kommt vor: dass ein Einzelner weiter ist als der Rest. Mit seinen Erkenntnissen. Er war auch am nächsten dran bei allem, was geschehen ist. Er hat die Warnungen mit eigenen Ohren gehört und die Zeichen mit eigenen Augen gesehen. Alle anderen haben nur davon berichtet bekommen. Und kamen nicht hinterher. Aber was nützt es mir, wenn nur der König meine Macht erkennt und das Volk nicht? Ich musste ihn bremsen. Um den anderen die Chance zu geben, hinterher zu kommen. Und das ging nur so. Leider. Dennoch hat es genützt."

„Es gibt also noch Hoffnung?" hakte der Engel neben ihm nach, „für die, die es verstanden haben und nun glauben?"

„Sie werden nicht verschont. Aber sie werden gerettet."

Der Engel neben ihm lächelte: „Ich habe gewusst, dass es gut ist, zu fragen."

„Und ich habe gewusst, dass es gut ist, zu antworten." lächelte der Vater zurück, „nun geht. Es ist Zeit."

„Ja, Herr." sagten sie gemeinsam.

Die Szene wechselte.

Die beiden Engel schritten durch die Nacht. Der Mond schien hell, aber da er das Einzige war, was die Gegend um sie herum erleuchtete, war nicht viel zu erkennen. Sie befanden sich in einer Stadt – so viel war sicher. Am Rande einer Stadt, besser gesagt. Zielstrebig steuerten sie auf das erste Haus zu. Der Engel neben ihm blieb davor stehen, er selbst wandte sich dem gegenüberliegenden Haus zu. Betrachtete den Balken über der Eingangstür. Etwas schimmerte im Mondlicht. Ein schmaler Strich, der aussah, als wäre er in Eile mit den Fingern gezogen worden. Er drehte sich um und sein Begleiter nickte ihm zufrieden zu. Sie gingen weiter zum jeweils nächsten Haus. Auch hier begutachtete er den Türrahmen und auch hier konnte er etwas schimmern sehen. So setzten sie ihren Weg fort und wiederholten ihre Untersuchung an jedem einzelnen Haus. Sie gingen die ganze Straße bis zum Ende, dann bogen sie um die Ecke und wandten sich den Häusern in der nächsten Straße zu. Der Engel neben ihm hatte das erste Haus schnell erledigt und ging weiter. Er dagegen blieb länger stehen. Denn über dem Türbalken das Hauses, vor dem er stand, schimmerte nichts. Er seufzte leise. Nun war es soweit. Lautlos öffnete er die Tür und trat ein. Drinnen war alles ruhig, bis auf das Geräusch gleichmäßig atmender Menschen. Sie schliefen alle. Er nahm sich einen Moment, um sich zu orientieren – dann schritt er zielstrebig in eine Ecke des großen Raumes. Dort stand ein Bett, in dem ein Junge schlief. Er war in der Dunkelheit nicht sonderlich gut zu erkennen, was in diesem Moment sehr hilfreich war. Er holte sein Schwert hervor, seufzte erneut, und ließ es dann auf den Jungen niedersausen. Der Hieb traf diesen so unvermittelt, dass er nicht einmal mehr zuckte, sondern einfach aufhörte, zu atmen. Ihn selbst traf der Hieb auch. Tief innen drin. Es dauerte einige Sekunden, bis er sich wieder so weit im Griff hatte, dass er weitermachen konnte. Er steckte sein Schwert weg und verließ das Haus.

Die Tür ließ er offen. Nicht absichtlich. Er hatte einfach keinen Gedanken dafür. Von seinem Begleiter war nichts zu sehen. Also war er entweder in einem der Häuser oder schon sehr weit vorangekommen. Insgeheim hoffte er auf letzteres, auch wenn ihm klar war, dass das keinen Unterschied machte. Sie kannten die Zahl derer, die sie heute töten würden. Und es würden nicht weniger werden, nur weil sie in der richtigen Straße angefangen hatten. Er wandte sich dem nächsten Haus zu. Und musste es ebenfalls betreten. Wieder setzte er einen Hieb. Dem Kind. Und sich selbst. So ging es weiter – die ganze Nacht und die ganze Stadt hindurch. Das ganze Land sogar, denn sie waren nicht die einzigen Engel, die unterwegs waren. Ruhig und friedlich lag es da und auch ihre Anwesenheit – ihr Tun – änderte daran nichts. Es war fast ein wenig unwirklich, dass der Friede einfach blieb – obwohl sie ihn dermaßen störten. Selbst im Palast, in dem eigentlich so viele Wachen waren, die den Tod des Königssohns auf dem Thron sofort hätten bemerken müssen, blieb es zunächst still. Sie schliefen alle. Weil sie nicht damit rechneten, dass ihnen Gefahr drohte. Was ironisch war, wenn man bedachte, dass ihnen die Gefahr so konkret angedroht worden war. Und traurig, wenn er zu ihrem Gespräch über den Glauben der Menschen zurückkehrte. Eine ganze Weile stand er da und betrachtete den Königssohn, wie er schlaff auf dem goldenen Stuhl hing. Der Nachfolger des mächtigsten Mannes des Landes. Jetzt nicht mehr.

Erst, als sie die Stadt hinter sich gelassen hatten und wieder vereint waren, hörten sie den ersten Schrei. Er ging ihnen durch Mark und Bein und sie beschleunigten ihren Schritt. Es folgten weitere Schreie – immer schneller, immer mehr. Bis praktisch die ganze Stadt in eine rauschende Welle aus Heulen und Wehklagen versunken war.

„Ich möchte das nicht mehr hören." flüsterte er, „es tut mir in der Seele weh."

„Mir auch." stimmte der Engel neben ihm zu, „lass uns zurückkehren."

111

„Ihr seid echt gruselig." Geraldine schüttelte sich.

„Sag bloß, dir war diese Geschichte nicht bekannt."

„Es ist ein Unterschied, ob man es liest oder sieht."

„Das ist wahr." überlegte der Engel.

„Außerdem meine ich mich zu erinnern, gelesen zu haben..." Sie kratzte sich am Kopf, „ich meine: Sagt Gott nicht, er würde selbst durch das Land gehen?"

„Würde es das weniger schlimm machen?"

„Weiß nicht. Wahrscheinlich nicht."

„Wir sind seine Stellvertreter." erklärte der Engel, „wir führen seine Befehle aus. Direkt. Ihr bekommt von ihm nur ‚Eindrücke', wir bekommen Anweisungen. Von daher gibt es Stellen in der Bibel, an denen davon die Rede ist, dass er etwas getan hat, was eigentlich wir getan haben. Aber eben für ihn, von ihm aus, an seiner Statt. Als ‚ausführende Organe'. Letzten Endes ist das aber auch egal. Es geht hier nicht um das ‚wer' oder das ‚wie viele'. Es geht um die Tat an sich. Um den Verstoß, den du wahrscheinlich darin siehst."

„Sehr wahrscheinlich sogar."

„Die 10 Gebote kamen erst später. Fangen wir mal so an."

Geraldine legte die Stirn in Falten: „Rechtfertigt es das?"

„Nein. Ich meine..." Der Engel geriet leicht in Stocken, „was geschehen ist – was wir tun mussten – war ein Befehl, den wir befolgt haben. Du hast gesehen, dass auch wir manchmal unsicher sind. Dass der Herr aber immer weiß, was er tut. Ihr mögt das nicht verstehen. Wir mögen das nicht verstehen. Das ist nicht wichtig. Denn er versteht es. Und das reicht. Wir vertrauen ihm."

„Aber damit kannst du so ziemlich alles erklären."

„Ja. Das stimmt. Aber das will ich gar nicht. Das mit den Geboten war vielleicht ein sinnloser Einstieg. Sie haben mit der ganzen Sache nicht das Geringste zu tun. Denn Fakt ist: Die Gebote, die der Herr für euch Menschen erlassen hat, gelten für uns Engel nicht. Ebenso wenig für ihn. Ich meine... er ist ohne Sünde. Das heißt, er kann sowieso gegen keines davon verstoßen."

„Hm..." Geraldine schürzte die Lippen, „und wie nennst du das, was ich gerade gesehen habe?"

„Der Herr ist Schöpfer von Himmel und Erde. Und von euch Menschen. Er kann nehmen – oder wie in diesem Fall: nehmen lassen – was er selbst gegeben hat. Er schenkt euch das Leben. Es gehört ihm. Wenn er es wieder entzieht, ist das keine Tötung. Ihr nennt es so. Weil jede Art von unnatürlichem Tod eine Tötung ist. Aber im Grunde ist das so, wie wenn du Geld auf die Bank bringst. Das kannst du auch wieder abheben. Und giltst dadurch nicht als Bankräuber. Ich weiß, dass dieses Beispiel eine gewisse Geschmacklosigkeit hat, aber es passt sehr gut."

„Okay. Gott tötet also nicht. Er nimmt, was er gegeben hat. Ihr tut das für ihn."

„Nicht mehr." verbesserte der Engel sie hastig.

„Habt ihr aber."

„Der Sohn hat viel verändert." führte der Engel aus, „damals am Kreuz. An der Art und Weise, wie der Herr mit euch umgeht. Umgehen kann. Das war ja der Sinn der ganzen Quälerei. Davor war das Leben sehr anders. Und das eben hauptsächlich nicht positiv. Wie gesagt: Das war..."

„...der Sinn der Quälerei." ergänzte Geraldine für ihn.

„Ganz genau. Aber verlier das Gespräch zuvor nicht aus den Augen. Es mag einem so vorkommen, als wäre seine Hand früher härter gewesen – das kann ich schon nachvollziehen. Aber er war nie ungerecht. Sie haben ihre Warnung bekommen. Und nicht wenige haben darauf reagiert – das kann ich dir sagen. Indem sie ihm ihr Leben geweiht haben. Gerade noch rechtzeitig."

„Damit konntet ihr aber nicht rechnen."

„Wie würdest du denn reagieren?" forderte der Engel sie heraus, „da kommt jemand und sagt: Gott hat angekündigt, heute Abend alle dunkelhaarigen Frauen Mitte 30 umbringen zu lassen. Gut – du glaubst jetzt sowieso an ihn – aber angenommen, du würdest das nicht: Würdest du – als jemand, auf den all das zutrifft – nicht trotzdem Maßnahmen ergreifen? Beten zum Beispiel? In der Bibel lesen; dir ein paar Gedanken machen?"

Geraldine zuckte die Achseln: „Kann ich dir nicht sagen."

„Ja, schon klar. Schwierig. Vielleicht auch ein zu abstruses Beispiel. Aber in der Hoffnung, dass du mir glaubst, dass ich die Wahrheit sage – nimm es einfach so: Diese Nacht war eine Tragödie nicht nur für dieses Land, sondern für die gesamte Erde und den gesamten Himmel. Aber die Zahl der wirklichen Opfer war weitaus geringer als sie hätte sein können. Es wurden nicht nur Israeliten verschont an diesem Tag. Das geht aus den meisten eurer Überlieferungen der Schrift nicht wirklich hervor – es ist eher versteckt. Aber es ist so. Auch Ägypter und andere wurden in dieser Nacht verschont. Weil sie umgekehrt sind. Und weitere sind umgekehrt, weil sie eben gerade nicht verschont wurden. Sie sind sogar mit ausgezogen. Also... in die Wüste. Gut – da haben sie dann irgendwann Probleme bereitet, aber das soll nicht unser Thema sein. Unser Thema ist: Es gingen viele verloren – es wurden viele gerettet. Und die prozentuale Verteilung der Geretteten zu den Verlorenen hat sich durch die Warnung vor dieser Tat verschoben. Und durch die Tat an sich nochmals. Das schmälert nicht die ihre Grausamkeit – aber es schmälert ihre Auswirkungen. Oder anders: Jedes einzelne Opfer war für uns Grund zur Trauer. Aber die Gesamtzahl der Opfer war für uns Grund zur Freude. Zurückhaltende Freude – aber besser als gar keine."

Geraldine fuhr sich durch die Haare: „Ich glaube, da muss man wirklich Engel sein, um das nachvollziehen zu können."

„Wahrscheinlich. Du kennst nur eure Seite. Ich kenne beide Seiten. Ich weiß aus eigener Erfahrung, was dran ist, wenn der Herr sagt, dass der Tod für die Menschen etwas Gutes sein kann. Du wirst diese Erfahrung auch noch machen. Dann wirst du einiges besser verstehen. Aber bevor wir es für heute beenden, will ich kurz noch darauf eingehen, warum ich dir das überhaupt zeige: Wir Engel sind in den Augen vieler Menschen so etwas wie die ultimativen Helden. Ich streite auch nicht ab, dass das nah an der Wahrheit liegt. Aber genau in diesem Begriff liegt noch eine andere Wahrheit verborgen, die nicht wenige dabei einfach ausklammern. Weil sie das romantische Bild von dem Schönling in weiß so toll finden. Und diese Wahrheit ist, dass die Beschreibung wesentlich besser stimmt, als man das glauben mag. Wir sind die ultimativen Helden. Wie im Fernsehen. Und genau wie die Helden im Fernsehen tun auch wir Dinge, die moralisch für sich alleine genommen in die Kategorie ‚fragwürdig' fallen. Du hast sie gesehen – die Helden, auf die Nils so steht. Ich weiß, dass du den Film nicht übermäßig doll fandest. Aber die entscheidende Frage ist: Sind das böse Menschen, nur weil sie die wirklich Bösen umbringen? Moralisch gesehen – eher ja. Aber kaum einer sieht das so. Sie sind die, die die Menschheit beschützen. Ihnen jubelt man zu. Hofft, dass sie immer zur Stelle sind, wenn sie gebraucht werden. Und nicht wenige in der wirklichen Welt wünschen sich, dass es solche Helden in echt gäbe. Obwohl sie töten. Genau diese Kriterien erfüllen wir. Und trotzdem steht man uns kritisch gegenüber, wenn wir so handeln. Nun sind Erstgeborene keine Armee von außerirdischen Monstern – zugegeben. Aber der Grundsatz ist der gleiche. Wir beschützen die Menschheit. Und machen uns dabei durchaus auch mal die Finger schmutzig. Der große Unterschied jedoch ist: Eure Helden meutern, gehen eigene Wege, zeigen ihren Chefs die kalte Schulter, missachten Befehle, streiten untereinander und auch sonst mit jedem. Sprich: Sie richten unnötig Unruhe an und viele Tode könnten vermieden werden, würden sie das nicht tun. Das ist bei uns anders. Wir befolgen die Befehle. Unseres Herrn. Und nur seine. Seine Befehle sind niemals falsch. Auch das ist bei euch anders – da machen selbst die Chefs mal Fehler. Seine Befehle sind immer darauf ausgelegt, möglichst wenig Schaden anzurichten. Und seine Befehle sind immer darauf ausgelegt, so viele wie möglich zu retten. Selbst wenn diese Rettung durch den Tod geschieht."

„Das war ein sehr flammendes Plädoyer." stellte Geraldine trocken fest, „was ziehe ich denn da raus?"

„Ihn." erwiderte der Engel, „du sollst wissen, wer er ist. Keine Lügen, keine Geheimnisse. Aber du sollst auch verstehen, wer er ist. Nicht nur die Bilder sehen, sondern auch die Geschichten dahinter. Die Fakten dazu. Und vor allem: Wer er ist – in Relation zu euch. Wenn er euch gegenübertritt, wird er euer Freund sein. Aber gleichzeitig auch euer Vorgesetzter. Und er wird unter Umständen hart zu euch sein. Wenn ihr den Fehler macht, den eure fiktiven Helden machen: euch selbst was ausdenken und ihn links liegen lassen. Das geht nicht. Das gefährdet ihn. Und das kann er nicht zulassen. Denn seine Mission ist extrem wichtig."

„Du willst mir also Angst machen."

„Nein. Ich will dir Ernst machen. Sieh ihn für das, was er ist: ein großer Held. Der einen Auftrag hat. Der um jeden Preis erfüllt werden muss. Ihr dürft ihm dabei helfen. Aber ihr sollt euch der Hierarchie bewusst sein. Und der Tatsache, dass er sich nicht zu schade ist, schmutzige Finger zu bekommen. Nicht gegen euch. Aber auf dem Weg mit euch. Und dass ihn das als Held nicht im Geringsten schmälert – selbst, wenn er euch dadurch weniger heldenhaft vorkommt."

Geraldine ließ sich aufs Bett sinken: „Mein Schädel brummt."

„Dann machen wir Schluss." Und schon war der Engel verschwunden.

112

„Engel sind wie die Avengers." Nils blickte Geraldine zweifelnd an.
„Die hießen so, nicht wahr?" Sie blickte fragend zurück und er nickte, „dann
ja – sind sie. Im Großen und Ganzen."
„Hm... ja... macht schon Sinn." Nils fuhr sich abwesend über den Mund und
Geraldine war sich nicht sicher, ob er das ernst oder ironisch meinte:
„Findest du?"
Er zuckte leicht zusammen: „Naja – es ist ja wirklich so: Wir schauen uns
diese Filme an und drücken den Guten die Daumen, dass sie die Bösen
besiegen. Aber in so gut wie keinem Film wird der Böse am Ende gut oder
kommt mit dem Leben davon – und wird einfach zu Gefängnis verurteilt.
Stört uns das? Nein. Weil die Bösen einfach wegmüssen. Hitler wäre, wenn
er nicht so feige gewesen wäre, gefangen genommen und verurteilt worden.
Eventuell zum Tod. Hätte da jemand angefangen zu brüllen ‚Das ist zu hart,
sperr ihn nur weg'? Wohl kaum. Wir unterteilen in ‚gut' und ‚böse'. Und
setzen diese Begriffe gleich mit ‚darf leben' und ‚darf nicht leben'. Im
Grunde ist das nichts Anderes."
„Aber wir sind Menschen." entgegnete Geraldine, „und Gott ist Gott. Er
sollte das besser können."
Nils gab ein Geräusch irgendwo zwischen Kichern und Seufzen von sich:
„Gott zu verstehen ist ein Ding der Unmöglichkeit."
„Hilft mir nicht weiter." maulte sie.
„Mir auch nicht." Er legte ihr den Arm um die Schulter, „aber so wie ich das
sehe, will dein Engel auch eher dein Wissen erweitern als dein Verständnis.
Weil er weiß, wo deine Grenzen liegen. Unser aller Grenzen."
„Also sollte ich nicht nachdenken."
„Doch. Natürlich. Aber an gewissen Punkten musst du einfach akzeptieren,
wie es ist."
„Weil ich das so gut kann." schnaubte sie und Nils lachte auf:
„Dann ist das doch eine feine Übung."

Sie stand auf und drückte ihm flüchtig einen Kuss auf die Stirn: „Ich schlafe jetzt."

Bevor sie sich komplett abwenden konnte, zog er sie an sich und drückte ihr einen wesentlich intensiveren Kuss auf den Mund:

„Tu das. Ich liebe dich."

„Ich... dich auch."

113

Der Konvoi bewegte sich langsam den Hügel hinauf. Es waren Armeefahrzeuge – mit Tarnfarbe bestrichen. Leider war es die falsche Tarnfarbe: das dunkle Grau fiel hier in der beigen Wüste viel mehr auf als es normale Farben getan hätten. Was den amerikanischen Soldaten auch bewusst zu sein schien, denn sie rutschen unruhig auf den Sitzbänken hin und her und bei jedem Schlagloch umklammerten sie ihre Gewehre ein wenig fester. Und auch den Terroristen, gegen die sie hier kämpften, war es bewusst. Die Geschütze hatten sie schon viele Tage zuvor in Stellung gebracht. Aber bisher waren nur zivile Fahrzeuge diese Strecke entlanggekommen. Die sie nicht interessierten. Jetzt jedoch hatten sie Ziele. Und waren für diese mehr als bereit. Sie warteten, bis der Konvoi die Sohle eines kleinen Tals erreicht hatte, dann begannen sie zu feuern. Die Kugeln pfiffen nur so durch die Luft und noch bevor die Amerikaner überhaupt reagieren konnten, standen schon zwei der Geländewagen in Flammen – die Insassen waren allesamt tot. Und auch der erste der drei Mannschaftswagen wies bereits eine Menge Einschusslöcher auf, hinter denen sich verletzte Soldaten auf dem Boden krümmten. Die Soldaten in den beiden anderen Wagen schafften es zumindest noch hinaus. Sie wollten neben und hinter den Wagen in Deckung gehen, doch die Geschütze waren auf beiden Seiten der Straße verteilt und so gab es für sie keine Deckung. Einer nach dem anderen wurde unter Beschuss genommen und es dauerte nicht lange, bis fast alle von ihnen am Boden lagen und sich nicht mehr bewegten. Einige schafften es unter die Fahrzeuge, wo sie nicht so gut getroffen werden konnten. Aber wie schon bei den beiden Geländewagen schossen die Terroristen auch auf die Fahrzeuge selbst und schon bald standen sie alle in Flammen und für die Soldaten unter den Fahrzeugen gab es kein Entkommen mehr. Schließlich bewegte sich nichts mehr. Die Terroristen schossen noch eine Weile weiter – nur, um sicherzugehen. Dann stellten sie das Feuer ein und einige von ihnen stiegen ins Tal hinab, um nach Überlebenden zu suchen. Sie begutachteten jeden einzelnen Körper, bevor sie sich wieder zurückzogen. Es gab keine Überlebenden. Was eigentlich schade war, denn Gefangene machten sie gerne. Aber auch so konnte man die Mission als Erfolg werten und am Abend feierten sie ausgiebig in ihrem Lager.

Zur gleichen Zeit schlug einer der Soldaten die Augen auf. Er war einer von denen, die direkt am Anfang des Angriffs im ersten Mannschaftswagen getroffen worden waren. Die Kugel hatte seine rechte Lunge durchschlagen und ihn auf den Boden des Wagens geschleudert. Seitdem lag er da. Die Wunde in seiner Lunge machte ihm das Atmen fast unmöglich und der Abstand zwischen seinen Atemzügen war so groß, dass sein Gehirn ihn schließlich in eine Art Komazustand befördert hatte, um ihn am Leben zu erhalten. Was im doppelten Sinne galt, denn so hatten ihn die Terroristen bei ihrer Begutachtung für tot gehalten. Was er selbst in diesem Moment auch tat. Denn als er die Augen aufschlug, sah er vor sich ein strahlend weißes Licht.

‚Das ist der Tunnel zur anderen Seite‘ dachte er bei sich, ‚es gibt ihn wirklich und ich darf hindurch. Ich bekomme ein neues Leben.‘

Mit einem schmerzhaften Seufzer schloss er die Augen wieder. Das Strahlen blieb und schimmerte durch seine Augenlider. Und dann hörte er in seinem Kopf eine andere Stimme. Die ihm widersprach:

‚Das mit dem Tunnel lasse ich mal unkommentiert. Schließlich sollen wir nichts vorwegnehmen. Hindurch dürftest du auf jeden Fall. Und ein neues Leben kriegst du auch. Natürlich. Immer wieder traurig, wie viele von euch sich da Sorgen machen, obwohl sie es eigentlich ganz genau wissen sollten. Nur... jetzt noch nicht. Du wirst noch eine ganze Weile mit deinem alten Vorlieb nehmen müssen. So lange, dass du das Ende dieser Kämpfe noch erleben wirst. Das nehme ich einfach mal doch vorweg. Damit du nicht vollkommen mutlos bist. Du selbst wirst einen großen Beitrag zu diesem Ende leisten. Freu dich drauf. Wobei... so richtig drauf freuen... lassen wir das erstmal. Jetzt kümmere ich mich erstmal um deine Wunde. Du willst etwas sagen?'

„Wer bist du?" krächzte der Soldat schwach.

‚Besser, du denkst es nur. Falls sich hier noch jemand rumtreibt. Ich höre dich auch so.'

‚Wer...?'

‚Und wiederholen brauchst du dich auch nicht.' Die Stimme kicherte, ‚was denkst du denn, wer ich bin?'

‚Jesus?' riet der Soldat.

‚Relativ nah dran. Aber so wichtig bist du dann doch nicht, dass er persönlich kommt. Das klang abwertend – entschuldige. Ich meine nur: Dafür hat er uns.'

‚Du bist ein Engel.' Der Soldat schlug die Augen wieder auf und selbst wenn er das Lächeln des selbigen nicht sehen konnte, konnte er es doch in seiner Stimme hören:

‚Im zweiten Versuch. Nicht schlecht. Und jetzt müsstest du kurz die Zähne zusammenbeißen. Heilung ist schmerzfrei. Aber wenn deine Lunge wieder zu pumpen beginnt, wird es trotzdem unangenehm. Bereit?'

‚Immer.' dachte der Soldat, ohne zu zögern, und der Engel brummte anerkennend:

‚Das fand ich immer schon krass an dir.'

‚Du...?'

‚Später. Erst...'

Eine wohlige Wärme machte sich in der Brust des Soldaten breit. Nur um schon wenige Sekunden später von einer stechenden Kälte abgelöst zu werden – Sauerstoff.

„Ah...!" machte der Soldat laut und der Engel beeilte sich, ihn zu beruhigen: ‚Schon vorbei, schon vorbei, schon vorbei. Versuch, normal zu atmen.'

‚Du...' Der Soldat hustete leise, ‚du kennst mich?'

‚Dein ganzes Leben schon.'

‚Dann bist du mein... Schutzengel?'

‚Das ist der gängige Begriff, ja. Ich finde ja, das klingt immer ein wenig nach einem Schülerlotsen. Oder dem ADAC.'

„Dem was?" fragte der Soldat aus Versehen laut.

„Falsches Land." wehrte der Engel ab – ebenfalls laut. Dann machte er in Gedanken weiter: ‚Nicht wichtig. Auf jeden Fall hast du recht. Ich bin der Engel, der deinen Körper von außen beschützt. Normalerweise nicht in dem Umfang wie eben gerade – das dürfen wir nur in ganz besonderen Ausnahmefällen, aber... herzlichen Glückwunsch: Das war ein ganz besonderer Ausnahmefall.'

‚Warum? Danke. Warum?'

‚Gern geschehen. Und... das wird sich dir schon noch eröffnen. Jetzt solltest du zusehen, dass du deine zwei gesunden Lungen zum Rennen einsetzt. Damit du zurück zum Stützpunkt kommst.'

Die Szene wechselte.

Die zwei Soldaten schlichen gebückt auf ein Haus zu. Es war stockdunkel. Lediglich die Lichter im Inneren waren zu sehen.

„Du bist verrückt, dich für so etwas freiwillig zu melden." raunte der vordere dem hinteren zu. Der hielt inne:

„Hast du doch auch."

„Ja. Aber ich gehe nur mit bis zum Zaun. Und ich bin nicht vor einer Woche erst als einziger lebend aus einem Hinterhalt rausgekommen. Und hinterher als möglicher Mittäter festgehalten worden."

„Sie haben mir geglaubt, dass ich nichts damit zu tun hatte." erwiderte der hintere Soldat leise. Doch das war nicht der Punkt, den sein Kamerad hatte anbringen wollen:

„Und das dankst du ihnen, indem du dich für ein Selbstmordkommando meldest."

„Glaub mir – das ist es nicht. Wir werden beide zurückkommen."

„Woher weißt du das?"

„Weil ich glaube."

„An was?" fragte der vordere.

„An wen." verbesserte der hintere.

„Gut – an wen?"

„An wen wohl."

„Ja, das passt." Der vordere Soldat rollte die Augen, „du redest genauso verworren, wie er schreibt."

„Das nehme ich als Kompliment." gab der hintere zurück, „und ich glaube, wir sollten jetzt das Reden einstellen."

Sie hatten den Zaun erreicht und der hintere Soldat ließ sich auf den Boden gleiten: „Viel Glück."

Er hob kurz den Daumen: „Danke."

Er robbte unter dem Zaun hindurch und dann weiter zum Haus, während sein Kamerad hinter einem Baum Unterschlupf fand. Nun konnte er von drinnen Stimmen hören. Sie sprachen arabisch. Er holte sein Nachtsichtglas heraus und spähte hindurch.

„Mist." entfuhr es ihm leise. „Alle sind da. Nur nicht der, den wir am meisten wollen." informierte er seinen Kameraden über das Funkgerät.

„Sicher?" kam es zurück.

Er schaute erneut durch das Glas. Und war sich sicher. Von den hohen Beamten der Terrororganisation, die in dieser Gegend beheimatet waren, konnte er durch die erleuchteten Fenster jeden einzelnen deutlich erkennen. Nur ihr Anführer – der Anführer der gesamten Organisation – war nicht anwesend. Auf ihn hatten sie spekuliert, sogar gehofft. Denn wenn es ein solches Treffen gab, war er eigentlich immer dabei.

„Ja." wisperte er schließlich.

„Dann warte noch."

Dieser Gedanke behagte ihm gar nicht: „Wie lange?"

„Werden wir sehen."

Er rutschte ein wenig mehr in die Deckung eines Busches und blieb regungslos liegen. Fast wäre er eingeschlafen und schüttelte sich vorsichtig, um wieder einen klaren Kopf zu bekommen. Schließlich meldete sich sein Kamerad:

„Es hat keinen Zweck. Es ist schon fast Mitternacht. Er wird nicht mehr kommen."

„Also grünes Licht?" hakte er vorsichtig nach.

„Grün." bekam er die Bestätigung.

Roger."

Er packte das Nachtsichtgerät weg und zog sich stattdessen das Gewehr von der Schulter. Er blickte durch das Zielfernrohr. Die Männer saßen alle noch auf ihren Plätzen. Sie schienen sehr guter Laune zu sein.

‚Gleich nicht mehr.' dachte er – und bekam prompt einen Kommentar dazu:

‚Auf sie wartet die Finsternis. Da solltest du Mitleid mit ihnen haben.'

‚Ja. Da hast du Recht. Entschuldigung.'

‚Tu, was du tun musst.' forderte der Engel ihn auf und er schloss für einen kurzen Moment die Augen.

Dann war er voll konzentriert. Er visierte den ersten Mann an und drückte ab. Der Schuss hallte laut durch die Stille, das Klirren der Fensterscheibe ebenfalls. Der Mann zuckte kurz und schlug dann hart mit dem Kopf auf dem Tisch auf. Sofort waren die anderen auf den Beinen, aus der Schussbahn jedoch nicht. Im Gegenteil. Einer nach dem anderen fiel. Lediglich zwei schafften es durch eine Tür an der Seite.

„Zwei nicht getroffen, wechsele die Position." gab er an seinen Kameraden weiter, sprang dann auf und rannte geduckt auf das Haus zu. Dort angekommen trat er die Vordertür ein und schob sich dann an der Wand entlang auf die Seitentür zu. Mit gestreckter Waffe blickte er um die Ecke. Die beiden Männer kauerten im Flur auf dem Boden. Beide hatten Pistolen in der Hand, doch keiner von ihnen kam dazu, sie zu benutzen.

„Alles erledigt." keuchte er, während er zum Zaun zurückeilte.

„Du klingst außer Atem?" vernahm er die Stimme seines Kameraden, „alles in Ordnung?"

„Ich renne gerade."

„Und deine Wunde schmerzt nicht?"

„Ich habe keine Wunde." erklärte er leicht genervt, als er den Zaun schließlich erreichte.

„Ja. Seltsam, seltsam." Sein Kamerad tippte sich mit dem Finger an die Lippen.

„Ich habe doch schon gesagt: Ich dachte, ich sei getroffen, aber das war..."

„...ein Irrtum. Ich weiß. Lass uns zurückfahren. Heute haben wir Grund zu feiern. Passiert ja selten genug."

„Oh." Er lächelte, „ich habe so ein Gefühl, dass es in nächster Zeit mehr werden wird."

114

„Ihr bringt also nicht nur selbst Leute um. Ihr helft auch uns dabei."
Der Engel lachte humorlos: „Das ist so in etwa der Satz, den ich dazu von
dir erwartet hätte."
„Du kennst mich halt gut." erwiderte Geraldine schroff.
„Ich verstehe deine Verärgerung. Aber schieb sie mal zur Seite. Und schau
dir die Situation objektiv an. Wen haben wir da? Die Armee auf der einen
Seite und die Terroristen auf der anderen. Auf den ersten Blick mögen sich
die einen nicht von den anderen unterscheiden. Aber es gibt Unterschiede.
Und im Grunde weißt du das auch."
„Die einen sind ‚Christen'." Geraldine machte mit den Fingern eine
spöttische Bewegung, die den Engel ein wenig lauter werden ließ:
„Na – nun aber mal mit ein bisschen weniger Schärfe. Es ist schließlich kein
Verwandter von dir dabei umgekommen."
„Ja. Gut. Atmen wir durch." Geraldine folgte ihrer eigenen Anweisung,
„und jetzt sagst du es mir besser."
„Werde ich. Vorneweg: Es gibt immer schwarze Tiere in der weißen Herde
und umgekehrt. Bei allen Terrororganisationen gibt es solche, die nur aus
verletzten Gefühlen heraus mitmachen. Weil geliebte Menschen gestorben
sind und sie sich rächen wollen. Auch das ist ein falsches Motiv, das zu einer
falschen Tat führt – aber Liebe verblendet nun mal. Und dann lassen sie sich
einlullen von Propaganda und Versprechungen, dass der Gerechtigkeit
Genüge getan wird. Was ich sagen will: Wir sind weit davon entfernt, sie
alle über einen Kamm zu scheren. Viele von denen haben Zweifel. Und oft
Angst vor den anderen. Sie sind nicht alle von Grund auf Böse. Genauso
gibt es auch in allen Armeen solche, die diese offizielle Einheit als
Deckmantel dafür nehmen, ihre eigenen Aggressionen auszuleben. Denen
es Spaß macht, Leben zu nehmen. Auch hier: kein Kamm. Das als
Anmerkung. Nun aber: Der Unterschied zwischen einer Armeeeinheit und
einer Terrorgruppe liegt in dem Codex, den sie befolgen. Terroristen richten
sich gegen eine bestimmte Gruppierung – Andersdenkende,
Andersglaubende, oder ähnlich – und setzen sich zum Ziel, sie auszurotten.
Männer, Frauen, Kinder. Alt, jung, dick, dünn. Ganz egal. Weswegen sie
Methoden an- und Mittel verwenden, die genau das erreichen. Sie töten

alles und jeden, der sich in der Nähe befindet. Ohne Rücksicht, ohne Skrupel. Eine Armee dient in erster Linie der Verteidigung des Lebens. So seltsam das auch klingen mag. Sie richtet sich nur gegen die, die das Leben gefährden. Und ihr Ziel ist es auch nur, diese aus dem Verkehr zu ziehen. Ich weiß – klingt sehr schwarz-weiß. Und nach Idealbild. Daher meine Vorbemerkung. Aber in dieser speziellen Situation stimmt es: Wenn ich dir den Namen der Gruppe sage, wirst du mit mir darin übereinstimmen, dass sie das Leben von Menschen anderer Kulturen ganz und gar nicht zu schätzen wissen."

„Das tue ich auch so."

„Das macht es einfacher. Betrachten wir also, was hier geschehen ist und was es bedeutet hätte, wäre es nicht geschehen. Der Soldat, der beschützt und geheilt wurde, hat eine Gruppe von Männern erschossen. Das ist – logischerweise – nichts Gutes. Die erste Tatsache, mit der wir uns befassen, ist die Vergangenheit dieser Männer. Sie hatten zu diesem Zeitpunkt bereits sehr viele Menschenleben auf dem Gewissen. Aber – da wirst du vielleicht erstaunt sein – das spielt hierbei keine Rolle. Denn Gott richtet nicht durch Menschen. Er richtet nur selbst. Ihre vergangenen Taten waren also weder ausschlaggebend noch relevant. Was ausschlaggebend und relevant war, war die Zukunft. Die es gegeben hätte. Diese Männer hatten Anschläge geplant, die mehrere 1.000 Unschuldige ihr Leben gekostet hätten. Und das sind nur die Pläne, die sie zum Zeitpunkt ihres Todes bereits fertig in der Tasche hatten. Die ausführungsbereit waren. Danach wäre noch viel mehr gekommen. Das ist es, weswegen wir eingegriffen haben. Beziehungsweise: Weswegen wir dafür gesorgt haben, dass der Soldat eingreifen kann."

Geraldine legte den Kopf schief: „Hätte nicht ein anderer diese Mission machen können?"

„Sicher." nickte der Engel, „aber das ist der andere Grund: Er war Christ. Nicht erst durch das Wunder. Schon vorher. Und er hat sich zur Armee gemeldet, um der Welt Frieden zu geben. Wie gesagt: schwarze Tiere, auch bei ihnen – da braucht es Männer wie ihn. Die einen Ansatz haben, der auf Leben basiert und nicht auf Tod. Auf Liebe und nicht auf Hass. Er hat sehr gelitten in seinem Herzen in der Zeit danach. Aber er war – dank der Unterstützung der Leute um ihn herum: Familie, Pastoren, und so weiter – in der Lage, es zu überwinden. Er hat die Armee bald verlassen. Leider.

Denn wir hatten die Hoffnung, dass er in der Lage sein würde, auch bei dem Krieg der momentan herrscht, positiv Einfluss nehmen zu können. Dafür war er nicht stark genug. Aber er war stark genug, nicht daran zu zerbrechen. Oder auf die Seite derer abzudriften, die durch eine solche Tat so viel Macht empfinden, dass sie jeglichen Bezug zum Wert des Lebens verlieren. Verstehst du, was ich sagen will?"

Geraldine fuhr sich mit der Zunge über die Zähne: „Wenn ein guter Mensch eine schlechte Tat tut, kann er trotzdem gut bleiben. Wenn ein schlechter Mensch sie tut, wird er noch schlechter dadurch."

„Sehr einfach. Aber nicht falsch. Im Grunde... sogar ziemlich nahe dran."

„Bei euch hat alles immer noch mehr... mehr..." Geraldine ließ den Arm kreisen und der Engel half ihr aus:

„...Dimensionen."

„Passt."

„Eines kannst du mir glauben: Einen Menschen zu beschützen, wenn man weiß, dass er so etwas tun wird, ist nichts, was wir mit einem Lächeln auf den Lippen tun. Dabei zu sein, wenn er es tut, erst recht nicht. Wir wollen jedes Leben retten. Und diese waren und sind damit für uns verloren. Das ist ein trauriger Moment. Aber auch wir arbeiten nach dem Prinzip, dass kleine Katastrophen geschehen dürfen, damit große verhindert werden können. Manchmal zumindest. Womit ich dir das dunkelste gezeigt habe, was ich dir zeigen kann."

„Das ist fast beruhigend." brummte Geraldine.

„Ja. Irgendwie schon." stimmte der Engel zu, „auf jeden Fall weißt du jetzt, wer es ist, der da auf euch zukommt. Was er schon tun musste. Und ich hoffe sehr, dass ihr ihn trotzdem aufnehmen könnt. Als Freund. Und Helfer."

„Äh..."

„Okay. Das hätte ich nicht..." Der Engel fing an zu lachen, „vielleicht in der anderen Reihenfolge... du weißt, was ich meine."

„Ich weiß, was du meinst." Auch Geraldine konnte sich ein Grinsen nicht verkneifen.

„Gut. Dann können wir uns beim nächsten Mal den Sachen zuwenden, die dich mit betreffen."

Und schon war das Grinsen wieder verschwunden: „Das wird bestimmt spaßig."

„Wohl eher nicht." entgegnete der Engel und Geraldine verzog das Gesicht: „Sarkasmus, irgendwer?"

„Klar." winkte der Engel ab, „doppelt klar. Dass du das so meinst und ich es nicht verstehe."

„Ist nicht so dein Ding, hm?"

„Ihr Menschen habt komische Angewohnheiten, wenn es darum geht, euch auszudrücken. Wir reden eigentlich immer frei heraus."

„Glaub mir – du bist nicht wirklich weit von mir entfernt."

„Hm." Der Engel verschwand diesmal nicht auf einen Schlag, sondern verblasste ganz langsam, „hat wohl abgefärbt. Nach so vielen 1.000 Jahren aber sicher auch kein Wunder."

115

Wieder saß Geraldine nachdenklich am Esstisch und diesmal ließ Nils sie. Sie hatte ihm bereits erzählt, was sie am Vormittag gesehen hatte und er hatte dazu nicht viel zu sagen gewusst. Er sah seine Aufgabe inzwischen hauptsächlich darin, auf Zeichen zu achten, die ihm sagten, dass sie nicht mehr konnte. Und dann laut in die Leere zu schreien in dem Wissen, dass der Engel ihn hörte und in der Hoffnung, dass er auch reagierte. Bisher war es noch nicht soweit. Und das beruhigte ihn zumindest.

116

„Der Kerl stinkt mir." Der Engel neben ihm schickte sich an, sich in Bewegung zu setzen. Er hielt ihn zurück:

„Nicht nur dir. Aber wir müssen ihn fertigreden lassen."

„Warum?"

„Weil es wichtig ist, dass die Leute sich eine eigene Meinung dazu bilden."

„Das ist die Erklärung." brummte der Engel neben ihm, „die habe ich auch gehört. Darauf zielte meine Frage nicht ab."

„Du meinst, warum sollten wir?"

„Genau."

„Weil die Anweisung direkt vom Herrn kam." erklärte er knapp – was die Laune seines Begleiters nicht besserte:

„Das ist am Ende immer das Argument."

„Zwangsläufig."

„Nun gut. Nähert er sich dem Ende?"

„Keine Ahnung – mal schauen..."

Sie traten hinter dem Haus hervor auf den Platz, auf dem sich die Menge versammelt hatte. Unsichtbar natürlich. Jetzt war noch nicht der Zeitpunkt, da sie gesehen werden sollten. Die Stimme des Mannes klang laut und deutlich zu ihnen hinüber:

„...noch am Lernen. Ich wünschte auch, Paulus wäre hier, um selbst zu euch zu sprechen. Aber er hatte Vertrauen in mich und ich will es nicht enttäuschen. Bitte vergebt mir, wenn ich mich unverständlich..."

„Mir wird grad schlecht." zischte der Engel neben ihm und machte ein dazu passendes Geräusch.

„Ich glaube nicht, dass er noch lange weitermacht." Er deutete auf den Mann, „er hat schon Schweiß auf der Stirn."

„Da wird noch so einiges dazukommen, wenn ich ihn mir vorknöpfe."

„Keine Raufereien." erinnerte er seinen Begleiter, „einfach ‚Zack' und fertig."

„Schon klar." bekam er zurück – und wandte sich dann wieder dem Mann zu:

„...wird euch vergeben. Vergebt einander und Gott wird euch vergeben."

Der Mann brach ab – was er entsprechend kommentierte:

„Er scheint auch fertig zu sein."

Doch auch der Engel neben ihm hatte einen Kommentar – in Bezug auf die Reaktion der Menge:

„Und die Leute sind verwirrt."

„Ich wünschte, es wäre nur Verwirrung." seufzte er, „ich fürchte, ihnen gefällt das zu gut, was er gesagt hat, als dass sie es einfach von der Hand weisen."

„Das ist Verwirrung."

„Hm... vielleicht schon. Dann meine ich etwas anderes. Für mich heißt Verwirrung ‚nicht wissen, was man davon halten soll'. Aber sie scheinen das hier als richtig zu empfinden und das Einzige, was sie noch abhält, ist...“

„...die Tradition.“ vollendete der Engel neben ihm und er nickte:

„Ja. Das passt.“

„Was tun wir also?“

„Um die Leute muss der Herr sich kümmern. Ich schätze mal, dass er Paulus wirklich nochmal herschicken wird.“

Der Engel neben ihm gab ein leises Knurren von sich: „Muss wohl.“

„Und jetzt sollten wir uns um seinen ‚Vertreter' kümmern.“ fuhr er fort.

Genau das hatte sein Begleiter hören wollen: „Mit Vergnügen.“

Der Mann, der zu der Menge gesprochen hatte, stand noch eine Weile da und betrachtete die leise vor sich hin murmelnden Menschen abschätzend. Dann machte er auf dem Absatz kehrt und ging in Richtung Stadttor davon. Die Engel folgten ihm, warteten allerdings, bis er außerhalb der Stadt war, bis sie zu ihm aufschlossen und ihn ansprachen:

„Hallo.“

Der Mann fuhr herum – und sah nichts: „Was? Wer? Wo?“

„Wieso? Weshalb? Warum?“ kicherte er und der Engel neben ihm packte seinen strengsten Tonfall aus:

„‚Veralber' ihn nicht.“

„Tue ich nicht. Das wird bestimmt irgendwann mal modern, das zu sagen.“

„Höchstens bei Kleinkindern.“

Wieder kicherte er: „Mit denen hat man den meisten Spaß.“

„Hm...“ Der Engel neben ihm blickte nachdenklich gen Himmel, „weiß nicht. Ich finde sie so ab neun eigentlich viel...“

„Wer spricht da?“ keuchte der Mann mit zittriger Stimme.

„Ach ja.“ Jetzt war sein Begleiter wieder ganz da, „dich hatte ich fast vergessen. Vielleicht, weil ich mir so sehr wünsche, dich zu vergessen.“

„Solange du dich nicht vergisst.“ setzte er warnend hinzu.

„Ich habe mich im Griff. Wie immer.“

„Sehr schön.“ Er wurde sichtbar und der Mann schrak zusammen und hielt sich geblendet die Hand vor die Augen, „dann können wir ja noch unser Sprüchlein aufsagen.“

„Tun wir das." Der Engel neben ihm tat es ihm gleich, „im Namen Gottes, des Allmächtigen, der Himmel und Erde erschaffen hat, Tiere und Menschen – sogar dich, auch wenn man's nicht glauben mag – verurteilen wir dich hiermit für die Lügen, die du unter den unschuldigen Menschen dieser Stadt verbreitet hast. Sie werden mit dem Schrecken davonkommen, denn sie wissen es nicht besser und der Herr wird ihnen daher gnädig sein. Du dagegen weißt es besser. Du hast das Biest, das in dir haust, selbst eingeladen. Ihm erlaubt, dich zu benutzen." Er wurde lauter: „Und das hast du getan. Du abscheuliches Wesen, das wir einst... spreche ich nicht aus... genannt haben. Du hast diese armselige Kreatur für deine Zwecke missbraucht und..."

„Ihr wisst schon, dass ihr mit mir redet?" Der Mann schien sich wieder ein wenig gefangen zu haben. Oder der Dämon in seinem Inneren hatte dies für ihn getan. Die beiden Engel beeindruckte das jedoch wenig:

„Tun wir nicht." erwiderte er gelassen, „du magst vordergründig die Kontrolle haben, aber er hört uns. Genau wie du. Und er darf sich angesprochen fühlen."

„Genau wie du." fügte der Engel neben ihm hinzu.

„Tja..." Er schnaubte herablassend, „du bist ein Feigling. Von daher wirst du wahrscheinlich gleich verschwinden. Wie immer in solchen Situationen. Er dagegen..."

„...wird genau da landen, wo er hinwollte." zischte der Mann – wenn er es auch nicht selbst war, der diese Worte angestoßen hatte.

Der Engel neben ihm blickte traurig drein: „Wenn er wüsste, was ihn dort erwartet, würde er das nicht wollen."

„So sind sie, die Menschen." spottete der Dämon – und er hatte genug von ihm:

„Hau schon ab." blaffte er ihn an – was den Dämon überraschte:

„Wie? Keine Drohungen?"

„Du weißt genau, dass der Herr das nicht will."

Auch darauf folgte Spott: „Er ist sehr lieb."

„Er ist die Liebe." entgegnete der Engel neben ihm scharf.

„Er ist dumm. Weil er euch das Kämpfen verbietet."

„Er ist klug. Weil er weiß, wie sehr es unsere Seele belasten würde, mit euch zu kämpfen."

Der Mann lachte auf: „Seht ihr – das ist der große Unterschied zwischen uns und euch."

Er trat einen Schritt auf ihn zu: „Das heißt nicht, dass wir uns nicht wehren. Also sieh zu, dass du Land gewinnst."

„Sonst?"

„Ziehen wir dir deinen Diener unter den Füßen weg."

„Füßen?" wiederholte der Dämon amüsiert.

„Du weißt, was Füße sind." Der Engel neben ihm deutete auf die des Mannes, „du magst keine haben, aber du benutzt seine."

„Das schon." bestätigte der Dämon.

„Also?"

„Wir sehen uns." Der Mann lachte ein letztes Mal – und sackte dann auf dem Boden zusammen, als der schwarze Schatten seine Brust durchstieß, in den Himmel aufstieg, und verschwand. Die beiden Engel sahen ihm hinterher – dann sich an:

„Das ist wohl leider wahr..." und dann den Mann:

„Bist du jetzt wach?"

Dieser rappelte sich ungelenk auf: „Ich... ja... ich..."

„Hast du gehört, was wir schon gesagt haben?" unterbrach der Engel neben ihm ungeduldig.

„Ja. Aber ich bin verwirrt." Der Mann sah auch wirklich so aus – doch sein Mitleid hielt sich in Grenzen:

„Da siehst du mal, wie das ist."

Sofort fing der Mann an zu jammern: „Er hat mir gesagt, dass den Menschen eine gute Botschaft verkündet wird."

„Und das glaubst du so einfach." schnauzte der Engel neben ihm ihn an, „dass da einer angeflogen kommt und sagt ‚Ich brauche deinen Körper'."

„Warum denn nicht?"

„Weil es so einfach nicht läuft. Hilfe – lernt ihr denn gar nichts? Wir benutzen euch nicht für sowas. Wir klopfen auch mal an und sagen: ‚Dürfte ich kurz rein?' Aber wir schalten euch nicht aus dabei. Das ist eine Kooperation. Und erst recht reden wir dann nicht einfach mit eurem Mund, ohne dass ihr Einfluss darauf habt."

„Und das soll ich wissen?" entgegnete der Mann trotzig.

Er entschied sich, ein wenig Ruhe hineinzubringen: „Du kennst doch die alten Schriften."

„Zum größten Teil."

„Steht da sowas drin?"

„Nein."

„Aha." machte der Engel neben ihm triumphierend, „und was sagt uns das?"

Der Mann ließ den Kopf hängen: „Mir nichts."

„Das sagt uns, dass das so selten vorkommt, dass es nicht einmal aufgeschrieben wurde. Weswegen du eigentlich davon ausgehen müsstest, dass es sowas überhaupt nicht gibt. Noch viel mehr Grund, es mit Misstrauen zu betrachten, wenn es passiert."

„Ich bin immer verwirrter."

„Das ist Absicht." erklärte er trocken und deutete auf seinen Begleiter, „er will wirklich, dass du weißt, wie das ist."

Dieser nickte: „Du verdrehst den Leuten den Kopf. Jetzt verdrehen wir ihn dir."

„Und danach darf ich gehen?" Der Mann sah auf und ein ganz kleiner Funken Hoffnung erschien in seinen Augen – der in seiner Seele einen noch kleineren Funken an Mitleid säte:

„Nicht... ganz."

„Och – gehen stimmt schon." Bei dem Engel neben ihm ganz offensichtlich nicht, „auf eine gewisse Art und Weise. Du gehst... quasi... drauf. Oder über den Jordan. Da gibt es so einige Begriffe, die..."

Der Mann hob die Hände: „Das sagt mir alles nichts."

„Dann machen wir einfach weiter." Der Engel neben ihm blickte ihn an, „wo waren wir?"

Er ging es in Gedanken kurz durch – und dann laut: „Wir hatten das mit den Leuten und mit dem Biest..."

„Richtig – Biest." übernahm sein Begleiter sofort, „du – eingeladen – es – das Biest. Also: willentlich. Und: wissentlich. Auch, wenn du dich jetzt dumm stellst. Kannst uns nicht erzählen, dass du keine entsprechenden Gedanken gehabt hast. Und selbst, wenn du es uns erzählen könntest – dem Herrn kannst du es nicht erzählen."

„Das gehört im Übrigen nicht zu dem, was wir offiziell sagen sollen." ging er kurz dazwischen, aber der Engel neben ihm fuhr ungerührt fort:

„Private Randbemerkung. Aber wir können auch einfach den Originaltext nehmen: Durch dein Handeln hast du dein Leben verwirkt. Das mag dir ungerecht erscheinen. Aber überleg dir, wie vieler anderer Leute Leben du mit deiner Lehre beinahe verwirkt hättest. Würden sie dir glauben und danach leben, würden sie alle ins Verderben laufen. Glücklicherweise gibt es den, von dem du behauptet hast, geschickt worden zu sein, wirklich. Und er steht inzwischen auf unserer Seite."

„Und ist wirklich ein guter Redner." warf er freudig ein.

„Das stimmt. Das ist er. Er wird den Leuten den Kopf schon zurechtrücken. Dein Kopf dagegen..." Der Engel neben ihm seufzte tief und so übernahm er:

„Kraft unseres Amtes als ausführende Organe des Herrn führen wir dich nun deiner gerechten Strafe zu. Schließ' am besten die Augen, dann tut es nicht weh."

Das Gesicht des Mannes war eine entsetzte Fratze: „Wieso das?"

„Es wird hell. Sehr hell. Und das ist für den Kopf..."

„Nein – wieso sagt ihr das? Wieso wollt ihr nicht, dass es mir wehtut?"

Er zögerte – und fühlte sich mit einem Mal schlecht: „Weil wir dich richten. Wir finden keinen Gefallen daran, dich auch noch zu quälen."

Die Beine des Mannes gaben nach und er sank auf den Boden. Schwerfällig blickte er zu ihnen auf: „Kann ich noch etwas tun?"

Auch dem Engel neben ihm schienen nun alle positiven Emotionen entglitten zu sein: „Ich fürchte, nein."

„Es ist gleich vorbei..." flüsterte er.

Es gab einen grellweißen Blitz. Dann fiel der Mann tot zur Seite.

Mehrere Minuten standen sie regungslos da und blickten auf ihn herab. Dann wurden sie sich gewahr, dass sie nach wie vor sichtbar waren und änderten dies. Der Engel neben ihm lehnte sich mitgenommen gegen ihn:

„Das sagt sich so leicht – es ist gleich vorbei. Aber im Grunde fängt es damit erst an."

„Ich weiß." murmelte er tonlos, „aber ich bringe es nicht übers Herz, das auszusprechen, in so einem Moment."

„Das kenne ich nur zu gut."

Es dauerte einige weitere Minuten – dann hatten sie endlich wieder genug Kraft, um den Heimweg anzutreten. Auf dem keiner von ihnen ein Wort sprach.

117

„Krass." Geraldine starrte an die Decke, „nur, weil er was Falsches gepredigt hat."

„Du... das ist das Ende der Geschichte. Es ist nicht so, als hätte er nicht vorher Warnungen erhalten. Und es ist auch wirklich so, dass er den Unterschied zwischen Gut und Böse kannte. Seine Ahnungslosigkeit ob dessen, was er da tut – oder mit sich tun lässt – war komplett gespielt. Wir haben ihn ja davor schon eine ganze Weile beobachtet. Glaub mir – er hatte seine Chance. Mehrere sogar. Und irgendwann... ist es vorbei."

„Trotzdem." beharrte sie, „er hat nur geredet."

„Aber überlegt dir mal, was reden anrichten kann. Wenn du schlecht über jemanden redest, kann ihn das bis zum Selbstmord treiben. Und er hätte mit seinem Reden beinahe eine ganze Stadt dazu gebracht, vom richtigen Weg abzuweichen. Auch das war ja kein Quatsch, den wir einfach erzählt haben. Er hat die Leute in Richtung Dunkelheit gelotst."

„Gut. Das ist richtig. Und im Grunde genau das, was jetzt gerade auch passiert. Global."

Der Engel nickte: „Da hast du Recht. Bei ihm ist das Ganze allerdings etwas anders gelagert."

Geraldine drehte ihm den Kopf zu: „Soll heißen?"

„Das wirst du später in Einzelheiten erfahren." wiegelte er ab, „lass mich nur so viel sagen: Jeder soll seine Chance bekommen. Und bei ihm da draußen hatten wir noch nicht die Chance, ihm diese Chance zu geben. Weswegen wir bei ihm ein wenig anders vorgehen müssen. Außerdem ist gerade die Größe dieser Aktion entscheidend. Aber auch dazu später mehr."

Geraldine rümpfte die Nase: „Das höre ich viel zu oft."

„Du wirst bald mit einem meiner Brüder darüber reden können."

„Und er ist gesprächiger?"

„Er würde es mir übelnehmen, wenn ich zu viel verrate." erwiderte der Engel amüsiert, „dann hätte er nichts mehr zu erzählen. Es gibt nichts nervigeres, als so viel erlebt zu haben wie wir, und dann auf jemanden zu treffen, der – wenn man davon erzählen will – sagt ‚Kenne ich schon, die Geschichte'. Ich lasse ihm den Spaß. Denn er hat den wesentlich härteren Job, momentan."

„Dann werde ich wohl warten." Geraldine wandte sich wieder der Decke zu, „aber weißt du, was ich gerade so überlege?"

„Nein. Was denn?"

„Das ist nicht nur jetzt so. Das gab es auch früher schon."

„Nochmal: Was denn?"

„Dass falsche Lehren verbreitet wurden." führte sie aus, „ich meine... ich will nicht so weit gehen, irgendeine Kirche als falsch zu bezeichnen, aber... die haben so viel erfunden und hinzugefügt – gerade in einer Zeit, als die Menschen noch nicht so gebildet waren."

„Nicht mehr, trifft es eher." korrigierte der Engel, „denn vorher waren sie es schon."

„Mag sein."

„Aber du hast Recht. Die Kirche hat so einiges an unrühmlichen Kapiteln angehäuft und das Streben nach Macht und die damit einhergehenden Spielchen gehören definitiv dazu. Sie bestand – besteht – halt aus Menschen. Die ganz normal Fehler haben. Kein Kirchenmann, keine Kirchenfrau ist besser als andere. Sie tun diesen Dienst. Und mühen sich daher oft mehr. Aber das ist alles. Sie können genauso fallen. Oder in Fallen tappen. Da lässt sich nichts gegen tun. Und es ist an euch allen, zu erkennen, wenn da etwas nicht stimmt. Es gab eine Zeit, da habt ihr einfach alles geglaubt. Das war eine dunkle Zeit. Sie heißt nicht umsonst so. Darüber seid ihr zum Glück wieder hinaus."

„Momentan eher nicht." sinnierte Geraldine, aber der Engel schüttelte den Kopf:

„Das ist anders. Damals waren es Menschen. Die einfach nur laut gebrüllt haben. Und alle haben den Kopf eingezogen und sich gefügt. Jetzt ist es auch ein Mensch. Aber er ist ausgestattet und vorbereitet. Schau dir die Wunder an. Die sind echt. Das kann ich dir so bescheinigen, ohne etwas zu verraten. Es ist ein Haken dran – ein ganz gewaltiger. Ihr habt ihn schon entdeckt. Aber die Leute, die er gesund gemacht hat, sind wirklich gesund. Viele Menschen sagen: ‚Ich glaube nur, was ich sehe'. Er gibt ihnen etwas zu sehen. Das ist der große Unterschied. Früher gab es nur Worte – heute gibt es auch Taten. Beweise. Weswegen er auch nicht einfach so mit Worten geschlagen werden kann. Argumente nützen hier nichts."

„Was denn dann?" erkundigte sie sich, doch sein langgezogenes

„Das..." ließ sie wieder abwinken:

„Schon verstanden. Kommt noch."

„Richtig." bestätigte der Engel, „sehr richtig."

118

Nils fuhr besorgt mit den Augen ihr Gesicht ab: „Geht das die ganze Woche so?"

„Vermute ich mal." antwortete sie – unterdrückte jedoch das Lachen, das sein Verhalten in ihr hervorrief. Sie wollte nicht den falschen Eindruck erwecken, dass sie es nicht ernst nahm.

„Meinst du, du packst das?" bohrte er weiter.

„Es ist schlimm, teilweise." gestand sie, „aber heute habe ich zum ersten Mal etwas gesehen, was ich in anderer Form schon kannte." Diese Erkenntnis war ihr erst gekommen, nachdem der Engel sich verabschiedet hatte. Doch das war nicht schlimm. Denn der Inhalt war dabei gar nicht mal bedeutend. Bedeutend war ein ganz anderer Punkt – den sie mit Nils viel besser teilen konnte: „Und weißt du, wie es mir damit geht?"

„Nein."

„Gut. Besser. Als vorher. Vorher hat mir das zu schaffen gemacht, was da war. Jetzt tut es das nicht mehr. Und das, was heute dazugekommen ist, auch nicht. Es ist wie in der Schule, im Grunde. Mein Schädel brummt – aber nur von der Fülle an Stoff. Es belastet mich nicht."

Nils musterte sie weiterhin prüfend: „Und das Alte wird heil."

„Ja." Sie lächelte freudig, „das hatte er mir ja gesagt, dass das passieren wird. Ich weiß auch nicht genau, wie er das macht."

„Es bekommt einen anderen Kontext dadurch, dass du weißt, dass die Engel auch immer dabei waren..." überlegte Nils laut – und Geraldines Gesicht zog sich zunächst zusammen und hellte sich dann auf:

„Hm... ja. Das ist sogar wahrscheinlich die beste Erklärung. Das hilft mir, danke."

„Gern geschehen." Er strich ihr über die Haare, „willst du schlafen?"

„Gerne. Morgen ist ein neuer Tag." Sie stand auf und erklomm die Treppe nach oben. Nils blieb sitzen und starrte ins Leere:

„Ein neuer Schultag."

119

„Bist du bereit?" begrüßte der Engel sie und Geraldine lag schon ein lautstarkes ‚Ja' auf der Zunge, als eine innere Stimme sie zur Ordnung rief: Es war keine gute Idee, ihn zu täuschen – in ihrem eigenen Interesse. Also tat sie es auch nicht:

„So gewisse Verschleißerscheinungen merke ich schon."

„Das glaube ich dir. Es sind nur noch vier Sachen. Heute und morgen. Dann hast du es geschafft."

„Dann bin ich geschafft." erwiderte sie.

„Dann geht es dir besser." Der Engel tippte ihr gegen die Stirn, „du merkst es schon."

„Du hast uns zugehört?"

„Tue ich, ja. Aber ich spüre es auch. An dir."

„Oder so. Dann sollten wir keine Zeit verlieren."

„Ja. Zeit nicht." Er zögerte, „aber eine Erklärung schon. Zu dem, was du als nächstes siehst, hast du schon eine andere Erinnerung. Die ich dir nicht vorab zeige, die aber eventuell im Nachgang hochschwappen wird."

„Das ist bei dem Predigertyp doch auch nicht passiert." brachte Geraldine ihre nachträgliche Erleuchtung nun doch an, worauf der Engel allerdings nur bedingt einging:

„Mit dem hattest du auch nicht direkt etwas zu tun."

„Das stimmt."

„Mach dich bereit."

Sie schloss die Augen: „Bereiter geht nicht."

120

Er hatte den Blick auf das Mädchen fixiert: „Ist dir eigentlich schonmal aufgefallen, wie viel Zeit wir in unserem Job mit zuschauen verbringen?"
„Des Öfteren, ja." erwiderte der Engel neben ihm, der seinerseits zwei Jungs im Visier hatte.
„Ich weiß – wir müssen die Situation überblicken, um richtig handeln zu können, aber..."
„...es stört."
„Was wir alles verhindern könnten..." seufzte er und der Engel neben ihm wechselte das Thema – zum Grund ihres Zusammenseins:
„Hast du dir die Jungs vorher angeschaut?"
„Habe ich. Der eine ist, wie sie alle sind. Normal, würde man wahrscheinlich sogar dazu sagen. Abstoßend, sage ich dazu."
„Lass das mal nicht die Falschen hören."
„Ich meine ihn nicht persönlich." stellte er schnell klar, „nur sein Verhalten. In dieser Lebensphase..."
„Hast ja Recht." Der Engel neben ihm schnaubte leise, „ich bin auch immer froh, wenn sie den Teil überstanden haben."
„Wenn sie ihn überhaupt überstehen."
„Wir helfen ja ein wenig mit. Und der andere?"
„Wirklich normal. Also das, was ich darunter verstehe." führte er aus, „erfrischend zurückhaltend. Was das herausplatzen lassen seiner Hormone angeht. Erntet Spott dafür und zuckt nur mit den Schultern."
„Also wird er das Opfer sein." sinnierte der Engel neben ihm – und war damit seiner Meinung:
„Das fürchte ich auch. Aber sag mal... das hättest du doch auch alleine rausfinden können."
„Ich habe dich nicht gerufen, damit du sie beschattest und Bericht erstattest. Ich brauche dich für das, was noch kommt. Denn heute ist der entscheidende Tag."
„Entscheidende Tag?"

„Die Gegenseite plant einen Angriff auf sie." erklärte der Engel neben ihm, „der sie tief nach unten stürzen soll. Aber der Herr hat entschieden, dass das genau die Art von Situation ist, die er nutzen kann, um sie zu sich zu bringen. Und dann zu erheben. Ihrer Bestimmung zuzuführen. Das ist ja das, was diese Krisenmomente so wertvoll macht: Vordergründig ist da die Dunkelheit. Vordergründig gewinnen die anderen. Aber wir bringen das Licht hinein. Scheinen damit heller, als das vorher möglich war. Und gewinnen dadurch selber."

„Wie schön du das formulieren kannst." kicherte er.

„Jahrelange Übung."

„So vor dich hin?"

Der Engel neben ihm warf ihm einen Blick zu: „Ich habe das durchaus auch dem einen oder anderen meiner Schützlinge schon gesagt."

Er blickte zurück – und dann wieder auf das Mädchen: „Wirst du es ihr auch sagen?"

„Nein. Sie braucht die Turbulenzen, um weiterzukommen. So weh ihr das tun wird – und mir schon tut."

„Okay. Musst du wissen. Dann weih mich nur noch in den Plan ein."

Nun wandte sich der Engel neben ihm ebenfalls dem Mädchen zu: „Nicht nur viele Jungs sind in diesem Alter unerträglich auf eine einzige Sache fixiert. Bei ihr ist das auch so. Und genau das wird die Gegenseite auszunutzen versuchen. Da sind sie berechenbar. Sie gehen immer an die größte Wunde. Gut für uns. Du hast mir schon die Information geliefert, wer es sein wird. Das war sehr nett. Vor allem, weil es mir die Gelegenheit gegeben hat, die ganze Zeit über bei ihr zu bleiben und ihren eigenen Gemütszustand zu prüfen. Sie ist schwach heute. Das macht es einfacher. Für uns alle."

„Gruselig." hauchte er.

„Wir gewinnen. Ich gehe davon aus, dass sie versuchen werden, sie möglichst unauffällig anzugreifen. Wenn sie von anderen Hilfe bekommt, verpufft der Effekt. Auch das ist für uns gut. Denn wir werden ihr den Impuls geben, sich auch keine Hilfe zu suchen. Wir werden sie rennen lassen. Dann haben wir sie für uns alleine."

„Wir?"

„Unser Bruder, der ihre Seele bewacht, wird das tun."

„Er ist also eingeweiht." stellte er – ein wenig irritiert – fest.

„Natürlich." erwiderte der Engel neben ihm.

„Dann hätte er dir doch helfen können."

„Er tut genau das, wofür er zuständig ist: Er bewacht ihre Seele. Die sehr viel Bewachung brauchen wird im Laufe dieser Nacht. Er kann seinen Platz also nicht verlassen."

„Gut. Klar." nickte er, „aber er ist da drin und du bist hier draußen. Wo bin ich?"

„Auch hier draußen. Du musst mir helfen, sie zu steuern. Der Herr will ihr heute Nacht nahekommen. Ihr Herz öffnen. Sie ausrüsten. Wir haben einen Ort dafür ausgesucht und müssen zusehen, dass sie diesen erreicht. Und, dass ihr unterwegs nichts passiert."

„Ich bin also die Vorhut." folgerte er und der Engel neben ihm ergänzte lächelnd:

„Und die Nachhut."

Worauf auch er lächeln musste: „Passt."

„Gut. Unter Umständen..."

Das Lächeln verschwand: „Ich glaube, es geht los."

Der eine Junge, über den sie gerade gesprochen hatten, schritt nun zielstrebig durch die Menge. Er erreichte das Mädchen, zu dem auch er die ganze Zeit über hinübergeblickt hatte. „Geraldine, ich habe ein Geschenk für dich." sagte er und griff ihr ohne Vorwarnung in den Schritt.

„Alleine dafür sollte ich ihn..." fuhr er auf und der Engel neben ihm hielt ihn beruhigend fest:

„Gemach, gemach. Du weißt, dass er das nicht selber ist."

„Ihn meine ich ja auch gar nicht."

„Oh. Ach. Oh." Der Engel neben ihm stockte, „das ist..."

„...unmöglich, ich weiß."

„...gefährlich, wollte ich sagen."

Er versteifte sich innerlich: „Ich werde mir das nicht lange anschauen können."

„Wirst du auch nicht müssen." bekam er zurück, „es ist schon vorbei."

„Und jetzt?"

„Wird sie rennen..."

Geraldine rannte durch die Straßen. Ihre beiden Engel waren dicht bei ihr, verhielten sich allerdings still. Abgesehen von den sanften Impulsen, die sie ihr zur Wahl der richtigen Richtung gaben. Er selbst hatte die Umgebung im Blick. Und ihr Gesicht. Er konnte jede einzelne Träne auf ihren Wangen glitzern sehen. Es war schon unheimlich, dass sie so schön wirkten – obwohl sie so selten für etwas Schönes standen. Aber das durfte nicht sein Fokus sein. Die Tränen würden verschwinden. Schon bald. Und er musste dafür sorgen, dass keine Störung eintrat. Die Straßen waren weitestgehend verlassen – das half ihm. Und die einzelnen Personen, die unterwegs waren, bekam er problemlos aus ihrer Bahn. Ein kurzer Wink zu ihren Engeln reichte – und diese sorgten dafür, dass ihr Schützling einen anderen Weg nahm. Schließlich kam sie auf der Wiese vor der Kirche zum Stehen. Sie hatten sie dort. Nur noch nicht drin. Und sie machte keine Anstalten, hineinzugehen. Im Gegenteil. Sie ließ sich auf die Wiese sinken. Das war nicht gut. Hier draußen würde sie spätestens in den Morgenstunden gefunden werden. Wenn die Leute kamen, die wirklich hineinwollten. Woran er sie auf keinen Fall hindern konnte. Und mit etwas Pech hatten sie nicht einmal bis dahin Zeit. Denn nun begann sie zu jammern – ziemlich laut sogar: „Gott – wenn es dich wirklich gibt – hilf mir. Ich mache alles für dich. Was auch immer du willst. Nur jetzt – jetzt mach du was für mich. Hilf mir – bitte." Dagegen war natürlich nichts zu sagen. Den Herrn um Hilfe bitten in solch einer Situation war auf jeden Fall das Beste, was sie tun konnte. Doch inmitten der Stille, die auf den Straßen lag, klangen ihre Worte viel zu laut und durchdringend und riefen unter Umständen jemand zu ihr. Und sei es nur, um sie dazu zu bewegen, endlich still zu sein. Das durfte nicht geschehen. Sie musste alleine bleiben. Er überlegte einen Moment und kam zu dem Schluss, dass das genau das war, was bei den Worten seines Bruders auf ‚Unter Umständen...' gefolgt wäre. Er musste mithelfen. Also gab er ein Geräusch von sich, das möglichst menschlich klang. Und sie reagierte. Sprang auf, blickte sich panisch um, wurde sich der Kirche anscheinend jetzt erst richtig gewahr – und rannte hinein. Die Tür war offen. Dafür hatten sie gesorgt. Und schon kurz darauf hatte sie ein Versteck gefunden. Er folgte ihr nach drinnen. Seine Brüder waren nach wie vor bei ihr. Einer in ihr – einer um sie. Zu letzterem gesellte er sich dazu:

„Sagst du mir nun, was heute so besonders ist?"

„Das weißt du gar nicht?" antwortete dieser erstaunt, „aber du wolltest doch... ich meine... wir wollten... du müsstest doch wissen, welche Bedeutung..."

„Das weiß ich, klar. Aber ich weiß nicht, wie weit sie in ihrer Entwicklung ist."

„Ach so. Okay." Der Engel neben ihm deutete auf Geraldine, „sie bekommt heute ihre Gabe."

Nun war es an ihm, erstaunt zu sein: „Was? Jetzt erst?"

„Das eben war der Startschuss. Ihre Worte. Selbst, wenn sie sie mit einer gewissen Panik ausgesprochen hat, waren sie dennoch ernst gemeint. Und damit genau das, was der Herr von ihr brauchte. Er kann ihr nichts geben, ohne dass sie sich ihm zuwendet. Das hat sie nun getan. Sie mag noch nicht richtig glauben. Aber sie hat nach ihm gerufen. Ihn um Hilfe gebeten und ihm ihre Dienste angeboten. Er nimmt sie beim Wort – bei beidem."

„Das heißt, sie hat bisher gar nicht an ihn...?"

„Sie ist ein bisschen abgedriftet in den letzten Jahren." Der Engel neben ihm strich ihr traurig über den Kopf, „aus reiner Langeweile, würde ich mal sagen. So eine Verbindung über die Generationen hinweg... Wir wollten eingreifen, aber der Herr meinte, dass sie das braucht. Die Erfahrungen. Für später."

Auch er fühlte sich mit einem Mal bedrückt: „Sie lernen wirklich nur auf die harte Tour."

„Scheint so. Auf jeden Fall ist jetzt der Zeitpunkt gekommen, das Ruder herumzureißen."

„Sie hat genug Erfahrungen gesammelt."

„So kann man es auch sagen."

Er zögerte: „Aber wäre es nicht besser, sie erst zu verarzten und ihr dann...?"

„Den Wunsch, sich zu ändern, hat sie bereits." unterbrach ihn der Engel neben ihm, „aber sie braucht eine Bestimmung. Eine Richtung. Die wird sie bekommen."

Eine Erkenntnis traf ihn: „Deswegen sind wir hier, nicht wahr? Hier in der Kirche ist jemand."

„Ja. Jemand, dem sie nicht helfen können wird. Auch das wird nochmal hart für sie. Diese Hilflosigkeit zu spüren. Diese Unterlegenheit. Aber nur so kriegen wir sie dazu, sich vollkommen hineinzugeben. Denn auch das ist menschlich: Je hilfloser sie sich fühlen, desto mehr Drang haben sie, aufzubegehren."

Er blickte nachdenklich zwischen Geraldine und dem dunklen Kirchenfenster hin und her: „Es ist lange her, dass ich dabei war, wie jemand seine Gabe bekommt."

„Bei mir auch." schloss sich der Engel neben ihm an.

Sein Blick blieb am Fenster haften: „Soll ich Wache halten?"

„Nein. Wenn jemand hereinkommt, hören wir es. Sie ist hier oben ja nicht direkt auffindbar. Bleiben wir hier."

121

„Ihr seid echt voll die Einfädelungskünstler." Geraldine schüttelte konsterniert den Kopf – brachte den Engel damit aber nicht in Verlegenheit: „Das nehme ich mal als Kompliment."

„Man fühlt sich schon manipuliert." fügte sie daher hinzu.

„Mag sein. Aber sieh es doch mal so: Du hast nicht einfach etwas übergebraten bekommen. Wir haben nicht deinen Körper oder Geist übernommen und dich einfach machen lassen, was wir von dir wollten. So, wie es mit dem armen Jungen passiert ist, der das Ganze losgetreten hat. Du warst die ganze Zeit über du selbst. Und wir – waren einfach nur da und…"

„…habt mich gelenkt."

„Wir haben dir Anstöße gegeben, ja. Aber nicht, damit du einfach handelst, wie geplant. Dass du das tun würdest, wussten wir vorher schon. Weil der Herr eben alles weiß. Und uns in diesem Fall eine Menge mitgegeben hat. Damit es auch klappt. Diese Anstöße waren also nicht für uns, sondern für dich. Zu deinem Schutz. Es war bis ins kleinste Detail geplant. Sogar die Züge unserer Gegner hatten wir mit einkalkuliert. Warum? Damit du dort ankommst, wo du hinsollst? Natürlich auch das. Aber in erster Linie, damit du heil und gesund dort ankommst. Und dann empfangen konntest, was der Herr für dich vorbereitet hatte. Was er wusste, dass richtig für dich ist. Unsere Eingriffe mögen hart an der Grenze gewesen sein zwischen leichter Beeinflussung und… nun… richtiger Manipulation. Aber es war zu deinem

Besten. Schließlich waren an diesem Abend auch Vertreter der Gegenseite zu Gange. Also durften wir nichts dem Zufall überlassen. Das hätte böse enden können. Wir hatten die 100%ige Kontrolle. Und das war gut so. Denn dadurch konnte nichts schiefgehen."

„Es hätte so manches schiefgehen können." widersprach Geraldine, doch der Engel schüttelte vehement den Kopf:

„Glaub mir – nein. Es hätte so manches andere passieren können. Aber es wäre nie schiefgegangen."

„Dann glaube ich dir das mal." Geraldine bemühte sich, so zu schauen, als fiele ihr das schwer. Aber entweder sah der Engel das nicht oder wollte es nicht sehen:

„Tu das."

So setzte sie wieder nach: „Es ist trotzdem hart zu wissen, dass ich durch all diese Qualen durchgehen musste, während ihr nur zugeschaut habt."

Die Stimmung des Engels veränderte sich schlagartig: „Das brauchst du dem, der zugeschaut hat, nicht zu sagen."

„Anscheinend ja schon."

„Für mich war die Qual genauso groß, wie für dich. Aber du vergisst, dass du alle diese Entscheidungen selbst getroffen hast. Das ist der freie Wille. Die Menschen pochen immer so drauf. Aber in Momenten, die sie im Nachhinein als schlecht empfinden, beschweren sie sich, dass wir sie nicht daran gehindert haben. Das wäre wirklich Manipulation."

„Und meine ‚Bekehrung'?" bohrte sie weiter, „was ist damit?"

„Du hättest nicht zum Herrn geschrien, wenn du nicht dafür offen gewesen wärst, dass er wirklich antwortet. Niemand hat dich gezwungen, diese Worte auszusprechen. Auch wir nicht. Und dass er sie wirklich ernst nimmt, kannst du ihm schwerlich vorwerfen."

„Nein – das nicht – nein. Hm..."

„Hm...?" ermunterte er sie, weiterzusprechen.

„Ich mache gerade eine Kurve: Als du das letzte Mal da warst, hast du die ‚falsche Reihenfolge' angesprochen. Und gesagt, du würdest dich nicht näher dazu auslassen, weil es so kompliziert ist. Aber irgendwie... war es das jetzt gar nicht. Es war eine vergleichsweise abenteuerliche Auslegung, würde ich mal behaupten, aber beschweren werde ich mich nicht. Nur: schwer verständlich..."

„Ich habe nicht gesagt, dass die Antwort kompliziert ist." korrigierte der Engel, „ich habe gesagt, sie geht nicht schnell. Das bezog sich nicht auf die Komplexität, sondern auf die Dauer. Ich hätte mich natürlich auch auf diese eine Szene auf der Wiese beschränken und deine dortigen Worte wiederholen können mit dem Zusatz: ‚Was davor und danach war, weißt du, denn du hast es gelebt.' Aber ich – wir Engel alle – sind halt der Meinung, dass es für euch besser ist, wenn ihr Informationen möglichst umfassend bekommt."

Geraldine lachte laut auf: „Das finde ich witzig. Von dir. So ein Satz."

„Hm… okay. Ich sehe, warum du das lustig findest. Aber… bitte versteh das richtig: Dein – euer – Frust bezüglich der Wortkargheit und Undurchsichtigkeit, mit der wir nicht selten auftreten, hat nichts mit uns zu tun. Sondern mit dem Herrn. Und für ihn wiederum mit euch. Er bestimmt, was wir sagen dürfen und was nicht. Und das tut er auf der Basis, was gut für euch ist und was nicht. Zu wenig Informationen führen zu Spekulationen und Interpretationen – und damit oft in falsche Richtungen. Zu viele Informationen führen zu Denkfaulheit und damit einhergehend zur blinden Befehlsbefolgung und zudem dazu, dass Zusammenhänge nicht nur nicht verstanden, sondern gar nicht erst wahrgenommen werden. Ihr hattet viele solche Situationen – mehr auf jeden Fall, als eine wie diese hier. Weil ihr eben geistig immer auf der Höhe bleiben sollt. Was besser klappt, wenn ihr nicht alles vorgekaut bekommt. Das hier allerdings ist eben gerade nicht für dich zum Auseinanderpflücken gedacht. Sondern dient dazu, Fragezeichen, die du hast, in Ausrufezeichen zu verwandeln. Hm… Im Grunde können wir dieses Beispiel einfach als Beispiel nehmen: Damals habe ich das Thema mit der Reihenfolge angesprochen, um dich selbst auf die Spur zu bringen. Damit du dir dessen bewusstwirst und dich damit beschäftigst. Und Annie natürlich auch. Das sollte euren Blick dafür schärfen, wie genau Glaube funktioniert. Und auch, wie besonders das mit euren Gaben wirklich ist. Über diesen Punkt seid ihr jetzt hinaus. Selbst, wenn ihr nicht so tief eingestiegen seid, wie ihr das hättet können. Ihr habt das Wesentliche gelernt: Der Glaube ist keine Selbstverständlichkeit und nichts, was einfach so nebenher mitläuft. Er will und muss gelebt werden. Von euch. Hat dieses Thema dazu beigetragen, euch das zu zeigen? Keine Ahnung. Das weißt du besser. Jetzt jedenfalls ist es dran, dass du die

Auflösung siehst, weil dein Fokus anders ist – anders sein soll. Du sollst dir dazu keine Gedanken mehr machen müssen. Wobei die Szene an sich natürlich auch einen anderen Fokus hatte. Nämlich, dir zu zeigen, wie nahe wir immer bei dir waren – auch im dunkelsten Moment deines Lebens. Und was daraus wachsen könnte. Konnte. Das andere ist ein netter Nebeneffekt."

„Okay. Verstehe ich. Nehme ich. Aber du hast Annie erwähnt. Das ist ein gutes Stichwort, denn…"

„Wir haben noch einiges vor uns. Von daher… werde ich dir Annie nicht zeigen."

„Aber du kannst mir Annie sagen."

Der Engel begann zu lachen: „Du machst es einem wirklich schwer, keine Witze über deine Sprachfähigkeiten zu machen. Aber gut – sage ich dir Annie. Ganz einfach: Annie hatte sich bekehrt. Bevor sie ihre Gabe bekommen hat. Sie weiß es nur nicht mehr."

Geraldine runzelte die Stirn: „Wie sollte das denn gehen?"

„Nun…" Ein leiser Seufzer, „im Grunde genauso, wie bei vielen christlichen Familien: Im zarten Alter von sechs Jahren hat sie auf dem Schoß ihrer Mutter gesessen und ein Übergabegebet gesprochen. Schöner Ausdruck, nicht wahr? Ich kann deine Gänsehaut förmlich spüren. Aber zurück zu Annie. Sie mag sich nicht mehr dran erinnern können. Und es mag auch ein großes Stück von ihren Eltern beeinflusst worden sein – was leider viel zu oft vorkommt. Aber sie hat das damals – auf eine kindliche Art und Weise – ernst genommen. Also hat der Herr es auch ernst genommen – auf eine göttliche Art und Weise."

„Okay." Geraldine ließ diese Information eine Weile kreisen – dann fragte sie: „Darf ich ihr das erzählen?"

„Spricht nichts dagegen." erwiderte der Engel.

„Gut. Fein. Hätten wir das. Machen wir da weiter, wo wir vor der Kurve waren: eure Art, die Menschen nicht zu manipulieren – in diesem Fall: mich."

„Das macht dir zu schaffen, nicht wahr? Gut – dann versuche ich es nochmal ein wenig anders: Wir wissen sehr genau, was Manipulation ist und was nicht. Wie gesagt: Es ist ein schmaler Grat, aber glaub mir: Wir sind in der Lage, ihn zu bewandern. Wir bereiten Situationen vor. Wir legen Spuren aus. Und manchmal verpassen wir einen ganz, ganz kleinen, ganz, ganz sanften Schubs. Aber wir drücken niemandem unseren Willen auf – oder den Willen des Herrn. Wir hoffen einfach, dass das, was wir vorbereitet und ausgelegt haben, so viel Sinn macht, dass sich derjenige von alleine entscheidet, dem zu folgen. Weil es nun mal für ihn das Beste ist, das zu tun. Und genau das war bei dir auch so. Da war etwas für dich. Und du bist darauf eingegangen. Hättest du nicht müssen. Wir hätten dich nicht gezwungen. Aber es war gut, dass du es getan hast. Vor allem für dich."

Geraldine tippte sich ans Kinn: „Schwierig, schwierig."

„Diese Situation – ja." stimmte der Engel zu, „und viele danach auch – ja. Aber wo stehst du jetzt? Du hast es hinter dir gelassen. Du hast dich heilen lassen. Und bist stärker und stärker und stärker dadurch geworden." Er brach ab – und schwenkte um: „Wir sind viel zu tief darauf eingestiegen. Ich wollte es eigentlich nicht wieder aufwühlen. Tut mir leid."

„Kommt mit dem Territorium, vermute ich."

„Macht dieser Satz Sinn?" fragte er lächelnd und Geraldine zog die Brauen hoch:

„Hm... nein. Im Englischen macht er Sinn. Aber als wörtliche Übersetzung... Ich hoffe, du weißt trotzdem, was ich meine."

„Schon. Es geht mir halt um etwas anderes. Du hast diese Szene damals von dem Dämon gezeigt bekommen. Das war sein Ass im Ärmel. Womit er dich brechen wollte. Stattdessen hat er dich stark gemacht und das ist wundervoll. Du hast dem Jungen vergeben können. Das war ein sehr entscheidender Schritt."

„Stimmt. Was ist da denn noch?"

„Weitere Vergebung."

„Weitere?" wiederholte Geraldine verwundert, „wem denn? Da war doch sonst niemand."

Der Engel wandte sich von ihr ab: „Doch. Ich."

„Du?"

„Nicht alleine. Wir waren drei. Der, der in dir wohnt; der, der dir bald begegnen wird; und ich."

„Ja. Schon klar. Das habe ich verstanden. Aber warum sollte ich euch vergeben?"

„Du solltest allen vergeben."

„Ja. Nein. Ja." Sie wühlte sich auf der Suche nach einer Formulierung die Haare durch, „warum sollte ich die Notwendigkeit haben, euch zu vergeben?"

„Weil..." Er drehte sich ihr wieder zu, „wir fühlen, dass wir das brauchen. Weißt du... im Grunde hast du es schon erfasst: Du leidest und wir schauen zu. Das ist ein schreckliches System. Und wir fühlen uns schrecklich damit. Und dabei. Aber es ist das einzig funktionierende System. Es bringt die Veränderung. Die Besserung. Aber es lässt Spuren zurück. Bei dir. Bei mir. Bei uns allen. Und nicht nur Spuren bei jedem einzelnen. Sondern auch Spuren zwischen uns. Das steht zwischen uns. Selbst, wenn es für dich vielleicht nur unbewusst ist. Aber du hast es ja sogar schon ausgesprochen: Ich bin der Engel, der dich beschützen soll und es nicht tut. In genau den Momenten, wo es am notwendigsten wäre. Wie damals. Wie bei dem Dämon. Wie bei dem Attentäter. Und so weiter und so weiter. Dafür brauche ich deine Vergebung. Das Wissen, dass du es vielleicht nicht gutheißen, aber zumindest akzeptieren kannst, dass es notwendig war."

Geraldine stand auf, stellte sich direkt vor ihn und sah ihn an: „Das kann ich."

„Einfach so?" Er wich ein wenig zurück – doch sie kam einfach hinterher:

„Du... ich wünsche mir ziemlich oft, dass ich nicht so ein wichtiger Teil in diesem riesengroßen Plan bin, wie es alle immer sagen. Ich hätte gerne ein normales Leben. Ich wäre gerne einfach nur Geraldine. Und nicht Buffy oder Xena oder Azula."

„Wer?"

„Ach... alles Namen, mit denen Z um sich wirft, wenn es um Frauen mit Superkräften geht. Bin mir nicht mal sicher, ob ich sie mir richtig gemerkt habe. Ist auch egal. Wenn du mehr wissen willst, frag Zs Engel – die dürften jede Menge Details für dich haben. Mir geht es einfach darum, dass sie ein Sinnbild sind. Dafür, dass auserwählt sein meistens eine unfreiwillige Geschichte ist."

Der Engel wippte hin und her: „Sie beruht auf deinen Fähigkeiten und deiner Persönlichkeit – nicht auf deinem Wollen. Ja, das ist schon richtig."

„Eben." Geraldine setzte sich wieder, „und ganz ehrlich: Ich wäre froh, das wäre anders. Aber es ist wie es ist. Und das Gute, das wir tun, wiegt das auf. Ich kann mich damit selten glücklich fühlen. Aber ich kann mich damit froh fühlen. Gut. Weil Gutes entsteht. Und von daher kann ich auch akzeptieren, dass mein Weg dorthin von Schlaglöchern gespickt war und mein Weg hindurch es weiterhin ist. Solange du mir eines versprichst."

„Versprichst?" echote der Engel alarmiert, „oh. Das wird..."

„Nichts schlimmes." beruhigte sie ihn, „nur, dass du in den Momenten, wo du mir helfen darfst, auch wirklich immer hilfst."

„Das habe ich dir bereits versprochen. An dem Tag, an dem ich diesen Dienst übernommen habe. Und auch wirklich immer getan. Aber ich kann es dir ohne Weiteres nochmal versprechen. Und nochmal. Und nochmal."

„Dann habe ich keine Angst."

„Heißt das denn, dass...?" hakte er vorsichtig nach und Geraldine brauchte einen Moment, den Weitergang des Satzes zu erraten:

„Hm? Oh – ja. Ich vergebe dir. Ich vergebe euch allen."

„Danke." Der Engel war sichtlich erleichtert, „dann kann es weitergehen."

„Weitergehen?" Sie atmete tief ein.

„Äh... nach dem Mittag."

Und aus: „Puh."

122

Nils war die Geschichte bereits bekannt. Weswegen sich Geraldine die Einzelheiten sparte und lediglich unterstrich, was der Engel ihr danach gesagt hatte: dass sie nie alleine gewesen war in dieser Situation. Das klang beruhigend, wenn Nils darauf auch nicht so überrascht reagierte, wie sie das gerne gehabt hätte:

„Ist doch klar." sagte er nur.

„Ja... schon..." gab sie zurück – ein wenig grummelig, weil sie im Grunde wusste, dass er Recht hatte.

123

„Du bist verrückt." keuchte der Engel neben ihm, „das geht sowas von schief."

„Warum sagst du das?" gab er zurück.

„Er ist ein Mensch, der direkt ihrem Chef untersteht."

„Und wer hat diesen Chef eingesetzt?"

„Wir." brummte der Engel neben ihm düster, „in einem gewissen Sinne."

„Eben."

„Aber was ändert das?"

„Er ist nicht der eine Große, der so viel mehr weiß und kann." erklärte er ruhig, „er hat sich immer schon gerne als Chef aufgespielt. Behauptet auch gerne, diesen Job schon seit 1.000 Jahren zu machen. Und keiner widerspricht, weil sie alle Angst vor ihm haben. Aber wir wissen, wie es wirklich ist. Wir wissen, wie er wirklich ist."

„Schön und gut. Trotzdem – dieser Plan ist dermaßen gefährlich. Und wenn er schiefgeht..."

„Fragen wir den Herrn." schlug er vor und schwebte davon, ohne eine Antwort abzuwarten.

„Sollten wir tun." murmelte sein Begleiter und folgte ihm. Nach kurzer Zeit erreichten sie den Thronsaal:

„Herr?"

„Ja?" Der Vater lächelte ihnen entgegen.

„Wir diskutieren gerade."

„Ich weiß."

„Du weißt auch, worüber?"

„Selbstverständlich." nickte der Vater, „aber ihr wisst, dass ich trotzdem gerne den Dialog mit euch suche. Sagt es mir also."

„Dann sag es ihm mal." forderte der Engel neben ihm ihn auf und er knurrte leise:

„Mach ich doch. Es geht um unsere drei Schützlinge. Du hast gesehen, was alles passiert ist. Wir haben getan, was wir konnten, um sie zu schützen. Und, was wir mussten, um sie nicht zu schützen. In den Momenten, wo Schutzlosigkeit dienlich war. Doch wir kommen nicht weiter. Weil der Mörder, den ihr Chef geschickt hat, nicht aufgibt. Und jetzt hat es Opfer gegeben. Unschuldige Opfer."

Der Vater wurde ernst: „Sie haben sich dem Plan wiedersetzt, der vorhanden war."

„Dafür ist die Strafe ziemlich hoch." murmelte der Engel neben ihm.

„Ihr missversteht mich. Keine Strafe. Konsequenz. Wenn ich in einem Orchester spiele, in dem jeder seine Partitur hat – und ich weiche davon ab und fange an zu improvisieren – dann wird das Ergebnis schaurig klingen. Es bedarf nur einer einzigen Person, die sich nicht an das hält, was vorgegeben ist, und schon ist das Ergebnis aller befleckt. Was also tun? Es weiterlaufen und immer schlimmer werden lassen? Alle anderen unter dieser einen Person leiden lassen? Oder einfach diese Person aus dem Orchester nehmen und die anderen ohne sie spielen lassen?"

„Du hast sie herausgenommen."

„Nicht aktiv." entgegnete der Vater, „ich habe den Dingen ihren Lauf gelassen. Ihr habt das für mich getan. Es musste sein. Für diese Situation. Für das, was jetzt kommt. Und für das, was noch kommen wird. Steve und Katiana werden ihre Enkel brauchen, um die Doppelbelastung von Arbeit und Dienst aufgeben zu können. Annie wird sie brauchen, um in den härteren Zeiten nicht gänzlich den Halt zu verlieren. Womit sie auch Einfluss auf die anderen beiden haben wird. Und ihr wisst ganz genau, dass die Trauer nur die betrifft, die zurückbleiben. Und dass auch sie wissen, dass es eigentlich keiner Trauer bedarf. Seine Familie zu verlieren ist das Schlimmste, was einem passieren kann. Das weiß ich. Mehr als viele andere. Aber alle, die in mir leben, wissen, dass diese Trauer nur eine Emotion ist, aber kein Zustand sein muss. Den vieren geht es gut hier bei uns. Sie sind glücklich. Sie verstehen, warum es sein musste. Und sie sind stolz auf das, was dadurch entsteht."

Die beiden Engel wechselten einen überraschten Blick: „Du hast ihnen Einblick gewährt?"

„Einen kurzen." erwiderte der Vater – und fügte dann vielsagend hinzu: „In unserem Zeitverständnis."

„Und dass wir jetzt hier stehen..." begann er, brach ab – und wurde vom Vater beendet:

„...ist auch daraus hervorgegangen."

„Also findest du meinen Plan gut." Er grinste freudig – doch der Engel eben ihm schüttelte den Kopf:

„Aber er hat diesen Haken. Diesen einen Haken."

„Nenn mir den Haken." bat der Vater.

„Sie werden sich verstecken müssen. Untertauen, wie sie dazu sagen. Und dann können sie ihre Arbeit nicht mehr machen. Wenn sie sie aber machen wollen, müssen sie wieder hervor – und dann kommt raus, dass sie noch leben, und es geht von vorne los."

„Dieser Haken ist kein Haken." widersprach der Vater gelassen

„Nicht?"

„Ihr denkt zu gradlinig. Ihr seht nur diesen einen Weg. Was ihr machen wollt und was daraus hervorgeht – direkt in Bezug auf eure Schützlinge. Aber da ist so viel mehr. Da ist der, den ihr Mörder nennt. Er hat viel gemordet – das stimmt. Damit muss Schluss sein. Wir haben viel zugelassen. Weil es sein musste. Aber jetzt muss es nicht mehr sein. Jetzt haben wir eine Möglichkeit, seine Taten zu beenden. Ergreifen wir sie."

Wieder wechselten die Engel einen Blick: „Wie das?"

„Der, den ihr Chef nennt." führte der Vater aus, „er ist das nur aus einem einzigen Grund. Und seine Basis ist wackelig. Sie beruht auf einem kleinen bisschen Ruhm und einer großen Menge Angst. Das ist etwas, was immer wieder verteidigt werden muss. Er kann sich keine Fehltritte leisten und in dieser Situation hat es schon mehrere gegeben. Daher muss er ein Zeichen setzen. Seinen Untergebenen zeigen, dass er Fehltritte nicht duldet. Ganz unabhängig davon, ob am Ende doch noch Erfolg eintritt. Er wird ihn aus dem Weg räumen."

„Und das wollen wir." folgerte er – wenn auch eher unsicher.

Lag damit jedoch richtig: „Ihr kennt das System. Ihr wisst, was ich tue, wenn solche Menschen sterben."

„Natürlich."

„Aber wie geht das mit dem Plan einher?" hakte der Engel neben ihm nach.

„Es wird genauso laufen, wie ihr es gesagt habt: Eure Schützlinge werden sich verstecken. Der Mörder wird mit der Nachricht, es geschafft zu haben, zu seinem Chef gehen. Und dieser wird den Moment für gekommen erachten, sich eines lästigen, weil unzuverlässigen Dieners zu entledigen. Wenn die drei dann wieder zum Vorschein kommen, ist das für ihn natürlich ärgerlich. Aber einen weiteren Attentäter auf sie anzusetzen, würde ihm auch negativ ausgelegt werden. Also wird er sich lieber etwas ausdenken, warum es gut ist, dass sie noch am Leben sind. Und es allen entsprechend verkaufen." Der Vater blickte gedankenverloren zur Erde hinab. Bis der Engel neben ihm seine Aufmerksamkeit wieder auf sich zog: „Und du bist dir sicher, dass das passieren wird."

„Es gibt immer noch zusätzliche Details." entgegnete der Vater, „aber über die möchte ich jetzt nicht sprechen. Denn sie würden euch nicht gefallen."

„Und uns von unserem Plan abbringen?" hakte er nach – und bekam erneut Zustimmung:

„Durchaus. Aber es ist ein guter Plan, daher sollt ihr ihn umsetzen."

Der Engel neben ihm war damit nicht zufrieden: „Warum haben wir das nicht schon viel früher gemacht?"

„Zum einen: Es musste eine gewisse Anzahl an Fehlversuchen geben, um den Attentäter in Ungnade fallen zu lassen. Das, was ich eben sagte, was geschehen wird – es wäre nicht direkt nach dem ersten Mal geschehen. Es musste laufen, bis der Chef keine Geduld mehr hatte. Glücklicherweise war das relativ schnell der Fall. Zum anderen: Eure Schützlinge müssen wissen, welche Anfeindungen ihnen entgegenschlagen." Der Vater blickte mitleidig drein, „das ist nicht Hänseln auf dem Schulhof. Das ist Leben oder Tod. Sie müssen sich vor dem Tod nicht fürchten. Aber er soll sie auch nicht vorschnell ereilen. Wir brauchen sie dort unten. Und das, was ihnen noch bevorsteht, wird so viel härter. Wenn die Zeit erst einmal angebrochen ist, dass die Marionette ihr Unwesen treibt."

„Denkst du denn, dass sie jetzt gerüstet sind?"

„Sie haben noch viel zu lernen. Über das Leben. Über sich selbst. Über mich. Aber das kann alles zu seiner Zeit kommen. Ich weiß, wie weit der Plan gediehen ist. Und mein eigener Plan passt exakt dazu. Beziehungsweise: Wir werden immer Vorsprung haben, auch wenn dafür manchmal Beeilung notwendig ist."

Der Engel neben ihm schwieg – und sah nun seinerseits hinab auf die Erde. Für ihn das Zeichen, zur Ausführung überzugehen:

„Wie sollen wir sie denn angehen?"

„Auf dem direktesten Weg." antwortete der Vater.

Das erstaunte ihn: „Uns ihnen zeigen?"

„Für die Ausführung dieses Plans wirst du von dem Attentäter Besitz ergreifen müssen. In den entscheidenden Momenten. Wenn du ihn unter Kontrolle hast, kannst du machen, was du willst. Du kannst ihm die Bilder geben, die er braucht, um zu glauben, was er glauben soll. Und du kannst seinen Mund benutzen, um deinem Gegenüber zu sagen, was er wissen muss."

Sein Erstaunen wuchs: „Der Attentäter selbst soll das sagen?"

„Er redet nicht, sondern du." erinnerte ihn der Vater, „und ich bin mir sicher, dass das auffallen wird."

„Hm. Ja. Da hast du sicherlich Recht. Sie denken, er bringt sie um und stattdessen... ja, das ist gut."

„Wie hättest du es denn gemacht?" Der Vater sah ihn neugierig an.

„Wir hatten vor, dass ich mich nur um den Attentäter kümmere und die inneren Engel ihnen sagen, was sie tun sollen."

„Dann kommt es ihnen vielleicht vor wie eine panische Stimme aus ihrem eigenen Kopf. Und darauf hören Menschen oft nicht, weil sie sich der Panik nicht hingeben wollen. Einflüsse von außen sind besser."

„Dann machen wir das so." Er stieß den Engel neben sich voller Tatendrang in die Seite – aber dieser ließ sich nicht anstecken:

„Mir ist nicht wohl dabei."

„Vertraust du mir nicht?" Die Stimme des Vaters klang weich – trotzdem schrak der Engel neben ihm zusammen:

„Dir? 100%."

„Dir selbst nicht? Oder ihm?"

Der Engel neben ihm warf ihm einen entschuldigenden Blick zu: „Auch 100%."

„Wem denn dann?"

„Ihnen." Der Engel neben ihm deutete in Richtung Erde, „den Menschen."

„Tja." nickte der Vater, „sie sind immer der unbekannte Faktor. Ich wünschte, es wäre nicht so. Aber da unterscheidet sich dieser Auftrag nicht von allen anderen: Mit ihren könnt ihr nicht kalkulieren."

„Freier Wille." murmelte er.

„Ganz richtig."

124

„Ihr habt also wirklich absichtlich nichts gemacht, bei den Kindern von Steve und Katiana." Geraldine war aufgesprungen, sobald das letzte Bild vor ihrem inneren Auge verblasst war und funkelte den Engel nun wütend an. Der damit allerdings gerechnet hatte und daher in die Offensive ging: „Wir können jeden vor allem retten. Sogar Menschen, die aus einem Flugzeug fallen. Wir sind Engel. Wenn jemand stirbt, dann immer, weil wir bewusst nicht eingreifen."

„Warum tut ihr das?" fauchte sie aufgebracht.

„Einfacher Grund: Täten wir es nicht, würden alle Menschen ewig leben. Weil wir ihren Tod immer verhindern würden. Aber der Tod ist ein Teil des Lebens. Er ist die Verbindung zwischen diesem Leben und dem nächsten. Diese Verbindung können wir nicht kappen."

„Aber es gibt Situationen, die..."

„Du hast es doch gehört." unterbrach er sie ein wenig ungehalten, „es musste sein. Um Veränderung herbeizuführen. Innere und äußere."

„Die Beiden haben so gelitten." Geraldine vergrub das Gesicht in den Händen. Allerdings nur kurz:

„Tun sie das immer noch?"

„Was? Hm... ich denke... schon."

„Wirken sie so, als würden sie leiden?" bohrte der Engel weiter und Geraldine kniff die Lippen zusammen:

„Nicht wirklich."

„Frag sie ruhig mal." ermutigte er sie, „das wird sie freuen. Aber ansonsten kannst du dich auch auf das verlassen, was du siehst. Ihr Leben hat sich beruhigt. Weil sie die Gewissheit haben, was hinterher geschehen ist. Der Schmerz war schlimm, aber er ist vorbeigegangen. Die Veränderungen dagegen bleiben. Und das ist das, worauf es ankommt."

Geraldine spürte, wie ihre innere Ruhe langsam zurückkehrte. Um das zu unterstützen, setzte sie sich hin: „War es das, was du mir zeigen wolltest?"

„Auch. Aber nicht nur."

„Was denn noch?"

„Denk mal nach." forderte er sie auf und sie leistete dem folge:

„Hm... da ist... der Chef. Ist das der, der in Christopher war?"

„Ja, leider. Eines dieser Details, über die der Herr nicht sprechen wollte in diesem Moment."

„Aber was meintet ihr, als ihr gesagt habt, ihr habt ihn eingesetzt?"

„Ah." machte der Engel unfröhlich, „das kommt später. Da würden wir vorgreifen."

„Später?"

„Ich werde dir auch dazu noch etwas zeigen." erklärte er, „mach mal weiter."

„Nun – dann sind da wir." Sie beschrieb mit dem Finger einen Kreis in der Luft.

„Ihr."

„Das war, bevor Sven bei mir in der Wohnung stand." führte sie zum besseren Verständnis aus.

Der Engel nickte: „Sehr richtig."

„Was ihr auch zugelassen habt."

„Nicht zugelassen. Beeinflusst. Das ist das Entscheidende. In der Zeit, wo er euch verfolgt hat, sind euch unschöne Dinge widerfahren. Wenn man an Gott glaubt und daran, dass er uns beauftragt hat, einen zu beschützen, dann ist bei Schäden, die man erleidet, oft der erste Gedanke, dass der jeweilige Engel nicht in der Lage war, etwas dagegen zu tun. Das ist niemals richtig. Wir könnten immer. Aber wir dürfen nicht immer. Das ist im Grunde das, was wir zu Anfang schon hatten. Aber es ist mir wichtig, dass du es nicht nur auf andere beziehst, sondern auch auf dich selbst. Auf euch drei. All die Verletzungen, die ihr erlitten habt – körperlich wie geistig – sind nicht aus unserer Unfähigkeit, euch zu beschützen, heraus entstanden. Sie sind Teil eures Weges. Jede Narbe erinnert euch an eine Lektion. Der Herr gibt diese Lektionen. Und wir stehen der Ausführung nicht im Weg. Das ist das eine: Wir sind immer da. Immer mit voller Kraft. Nur manchmal müssen wir tatenlos bleiben. Das andere ist: Es gibt eine Grenze. Wir werden nicht tatenlos bleiben, wenn es um euer Leben an sich geht. Ihr habt eine Aufgabe und diese zu erfüllen ist euer Lebensziel. Egal, in was für Situationen ihr in der nächsten Zeit geraten werdet; egal, wie aussichtslos es dann scheinen mag; ob ihr euch bedroht fühlt oder schon verloren glaubt – wir werden euch aus allem befreien, woraus ihr euch nicht selbst befreien könnt. Wir werden euch beistehen. Fürchtet nicht um euer Leben. Fürchtet euch am besten überhaupt nicht. Nicht im Sinne von ‚Wir sind unbesiegbar, uns kann nichts passieren'. Das führt zu Hochmut. ‚Nicht sorglos, aber sorgenfrei.' – so drückt mein Bruder es gerne aus. Ihr dürft die Gewissheit haben, dass ihr auch an den dunkelsten Stellen dieses Weges Begleitung habt. Die stärker ist als alles, was euch in der Dunkelheit begegnen kann."

„Es wird dunkel werden." folgerte Geraldine und blickte ihn missmutig an. Leider bestätigte er sie:

„Oh ja. Sehr."

„Und das können wir nicht verhindern?"

„Es gilt nicht nur für euch." klärte er sie auf, „es gilt für diesen Planeten. Die Dunkelheit ist der Vorbote des Lichts. Sie ist Teil des natürlichen Ablaufs. Niemand kann sie verhindern. Der Herr könnte das. Aber er wird es nicht tun, weil er um ihre Rolle weiß. Er hat ihr diese Rolle zugeteilt. Doch ihr alle könnt sie durchschreiten. Und auf der anderen Seite – im Licht – wieder herauskommen."

Ein schwaches Lächeln erschien auf Geraldines Gesicht: „Das klingt gut."

„Dann sollten wir dafür sorgen, dass es auch geschieht."

„Wir müssen einfach nur laufen, oder?"

Der Engel schüttelte den Kopf: „Ihr werdet niemals nur laufen können. Ihr werdet immer auch etwas dabei zu tun haben."

125

„Dunkel?" wiederholte Nils – mit genau dem Gesichtsausdruck, den Geraldine bei sich selbst gespürt hatte. Jetzt war sie es, die ihm keine Erleichterung bieten konnte:

„Ja."

„Noch dunkler als jetzt schon."

„Nochmal ja."

„Tolle Aussichten." seufzte er – und Geraldine versuchte es mit einem Witz: „Dann nicht mehr."

Der zumindest erreichte, dass er nicht in Kummer versank, sondern sie verdutzt anschaute: „Du bist so ruhig."

„Ich habe einen Engel an meiner Seite." antwortete sie, „und du im Übrigen auch."

„Ja…"

„Warst du nicht heute Mittag der, der gesagt hat…?"

„Ich glaube daran." versicherte Nils hastig, „aber das heißt nicht, dass ich allem, was kommt, mit einem Lächeln begegne."

„Oh…" Geraldine verzog den Mund, „ich schätze mal, das Lächeln wird uns allen bald vergehen."

126

Der Raum wirkte grellbunt durch die vielen Bilder, die an den Wänden hingen. Bei den meisten war es unmöglich, auszumachen, was sie darstellen sollten. An einem kleinen Tisch saß ein Mädchen und malte. Auch sie hatte Stifte in allen Farben vor sich liegen und nicht wenige davon bereits benutzt. Ein anderes Mädchen saß abseits in der Ecke und ließ eine Puppe über den Teppich hüpfen, weitere Kinder spielten in der Mitte auf dem Boden mit Bauklötzen oder lasen auf dem Sofa in einem Bilderbuch.

„Ist sie das?" fragte er.

„Ja." antwortete der Engel neben ihm.

„Sie ist alleine."

„Ist das schlimm?"

„Ich finde es immer traurig, wenn Kinder alleine sind."

„Sie ist beschäftigt." Der Engel neben ihm nickte in Richtung der Stifte.

„Das ist richtig."

„Außerdem wird sie nicht ihr Leben lang alleine sein. Und wir sind ja auch noch da."

Er gab ein Brummen von sich: „Wovon sie nicht viel merken wird."

„Glaubst du."

„Nicht in unserer Position."

Der Engel neben ihm warf ihm einen vielsagenden Blick zu: „Das meinst du also. Du bist immer noch sauer, dass du es nicht übernehmen durftest."

„Sauer bin ich nie." entgegnete er, „aber ich hätte es gerne gewollt. Es hätte… gepasst."

„Du bist zu nahe dran."

„Mag sein." Er seufzte, „sie sieht so ungeschützt aus. So zerbrechlich."

„Das tun sie alle. Nicht nur als Kinder. Aber unsere Brüder werden ihre Aufgabe erfüllen. Das weiß ich. Und du auch."

Er nickte abwesend – dann verdüsterte sich seine Miene: „Die anderen sind schon da."

„Das sind sie." bestätigte der Engel neben ihm – wohl ahnend, was nun folgen würde:

„Können wir das nicht verhindern?" begann er – und der Engel neben ihm hatte keine Wahl:

„Wir sollen es nicht verhindern."

„Das kann nicht der Plan sein."

„Du warst dabei." bekam er zurück, „du weißt, dass es der Plan ist."

„Alles in mir sträubt sich dagegen."

Der Engel neben ihm kicherte leise: „Wie oft das in all den Jahrtausenden passiert ist..."

„Ja, okay." Er bemühte sich um Entspannung, „der Herr weiß es. Wofür es gut ist. Was es soll. Wo es hinführt."

„Ganz genau."

„Du kannst das so einfach. Das hinnehmen."

„Ab einem gewissen Punkt fällt es mir leichter als dir, das stimmt. Aber wie du sehr wohl weißt, stelle auch ich meine Fragen, bevor ich zufrieden bin."

„Und bist es dann."

Der Engel neben ihm nickte: „Irgendwann."

„Ich finde es trotzdem immer wieder hart, dass sie durch solch eine Schule gehen müssen."

„Sie bekommen ihr Rüstzeug auf die harte Tour. Das ist seit Eden so."

„Seit nicht-mehr-Eden." korrigierte er.

„Oder so."

Er deutete auf die Tür zum Flur, durch die gerade eine Frau hereinkam: „Die andere wird abgeholt. Willst du ihr folgen?"

„Nein." erwiderte der Engel neben ihm, „sie braucht mich momentan nicht. Und sie ist nicht ‚die andere'. Sie hat einen Namen."

„Ich weiß. Aber sie ist deine Baustelle."

„Ich bin ihr äußerer Engel." bestätigte der Engel neben ihm.

„Ganz genau."

„Sie liegt mir genauso am Herzen, wie dir..."

„Mit dem Unterschied, dass..." fiel er ihm ins Wort – und wurde seinerseits unterbrochen:

„...ich bei ihr sein darf und du nicht. Schon klar. Weswegen es mich auch gehörig schmerzt, sie weinen zu sehen. Aber auch ich muss da durch. Und irgendwie sind wir wieder am Anfang. Der Herr hat dir erlaubt, hier dabei zu sein. Bei diesem Moment, wo der Ernst des Lebens sie einholt. Und das unter der Gefahr, dass die anderen dich bemerken. Schließlich ist da drüben nicht irgendwer."

„Sie mögen sich so weit hochgearbeitet haben, dass sie sich Titel geben dürfen." wiegelte er ab, „aber neue Fähigkeiten haben sie nicht erlernt."

„Sie haben trotzdem ein Gespür für... Ich will nur sagen: Es bestand ein gewisses Risiko, dass sie erraten, dass du hier bist. Und du durftest trotzdem herkommen."

„Es ist nicht schlimm, wenn sie mich hier vermuten. Im Gegenteil: Das passt sogar."

„Ja – da ist was dran." gab der Engel neben ihm zu.

Wieder deutete er auf die Tür – durch die erneut eine Frau eintrat: „Ihr Mutter ist da. Heißt das, wir lassen sie alleine?"

Der Engel neben ihm schüttelte den Kopf: „Wir lassen sie nicht alleine. Wir gehen mit ihr mit. Ich muss wissen, was sie mit dem Bild macht. Das brauche ich."

„Das Bild?" fragte er verwundert.

„Die Information. Für später."

„Für das Zusammentreffen."

„Naja – es ist ja nicht das Zusammentreffen. Aber der Moment der Offenbarung."

Er grinste amüsiert: „Du magst dieses Wort."

„Offenbarung?"

„Ja."

„Schon. Weißt du..." Sein Begleiter zögerte, „ich habe so vielen Menschen so viele undurchsichtige Dinge erzählt, dass es mich selbst irgendwann angefangen hat zu nerven. Ein wenig, zumindest. Ihre verständnislosen

Gesichter. Ihre krampfhaften Versuche, ein logisches Gebilde daraus zu erstellen. Nie war es ihnen möglich."

„Sollte es auch nicht sein." bemerkte er trocken.

„In diesen Momenten nicht. Aber wieviel schöner sind die Momente, wenn alles an seinen Platz fällt."

„Da hast du schon Recht. Erkenntnisse sind und bleiben eine tolle Sache."

„Sag ich doch."

Eine Zeitlang schwiegen die beiden Engel. Folgten dem Mädchen und seiner Mutter nach Hause, beobachteten, wie es sich – dort angekommen – trotzig in seinem Zimmer auf den Boden setzte, während ihre Mutter die Rollläden herunterließ und dann sagte:

„Und du bleibst so lange hier drin, bis du dir überlegt hast, wie man sich benimmt."

„Im Dunkeln?" stieß das Mädchen erschrocken hervor.

„Du wirst den Lichtschalter finden. Ich will einfach vermeiden, dass du nur aus dem Fenster schaust. Dann denkst du nämlich nicht nach."

Die Mutter verließ das Zimmer und es wurde dunkel. Lange saß das Mädchen einfach nur da. Und brabbelte unverständliches Zeug vor sich hin. Dann stand es auf, tastete sich zur Tür, schaltete das Licht an und wandte sich ihrem Bücherschrank zu. Sie holte ein Malbuch heraus, öffnete es, wählte willkürlich eine Seite und riss sie heraus. Zerrupfte sie in kleine Fetzen und verteilte diese auf dem Boden. Dann zog sie vorsichtig ihre Hälfte des zerrissenen Bildes aus der Hosentasche, legte sie an der gleichen Stelle in das Malbuch, glättete sie, so gut es ging, und klappte das Malbuch zu.

„Das ist clever." murmelte er bewundernd, „ihrer Mutter kann sie erzählen, sie hätte das Bild zerrissen."

„Ja, clever." stimmte der Engel neben ihm zu – ohne jegliche Bewunderung, „aber nicht die Art von Cleverness, die ein Kind in dem Alter an den Tag legen sollte. Und vor allem nicht so destruktiv."

„Soll ich nochmal meine Meinung...?" setzte er an – und wurde direkt abgewürgt:

„Brauchst du nicht. Und ich denke auch, dass es besser wäre, wenn du aufhörtest, dir um sie Sorgen zu machen. Du wirst sie wiedersehen. Denn sie ist Teil des gleichen Plans, den du auch verfolgst. Und so wie ich das sehe, hast du von euch beiden den wesentlich schlimmeren Job abbekommen."

„Das brauchst du mir nicht zu sagen." entgegnete er, „ich glaube, so einen furchtbaren Auftrag hatte bisher noch keiner von uns."

„Das mag durchaus sein. Aber du wurdest ausgewählt. Weil der Herr weiß, dass du es schaffen kannst. Bis ganz zum Ende."

„Das hoffentlich nicht bitter wird."

Der Engel neben ihm lächelte ihm aufmunternd zu: „Dafür wird er schon sorgen."

127

„Es ging gar nicht um mich?" Geraldine war sichtlich enttäuscht – und der Engel davon sichtlich überrascht:

„Ist das nicht gut?"

„Aber ich dachte, die Dämonen hätten über mich geredet." ging Geraldine darauf nicht ein.

Der Engel schüttelte den Kopf: „Haben sie nicht."

Geraldine rieb sich nachdenklich das Kinn, dann die Wangen, dann die Stirn. Dann sah sie auf: „Wer ist das andere Mädchen?"

„Ist das wichtig?" kam erneut eine Rückfrage.

„Natürlich. Ich habe diese Szene nun schon drei Mal gesehen. Den Teil im Kindergarten zumindest. Der Chef hat sie mir gezeigt – die reale Version ohne Kommentar. Und ich habe sie in den Gedanken seines Nachfolgers gefunden – mit Kommentar. Und jetzt zeigst du sie mir. Mit einem anderen Kommentar. Was soll ich denn damit, wenn ich nicht gemeint bin und nicht weiß, wer das andere Mädchen ist?"

Wieder kam keine Antwort, sondern eine Frage: „Hast du deine Hälfte des Bildes noch?"

und Geraldine war kurz davor, frustriert aufzuheulen – kriegte aber im letzten Moment noch die Kurve hin zu einer normalen Antwort: „Ja. Irgendwo."

„Sie hat die andere Hälfte auch noch." erklärte der Engel, was zwar keine Frage war, allerdings auch keine Antwort auf eine ihrer Fragen – sondern nur auf seine eigene. So machte Geraldine ihrem Frust doch Luft:

„Das nützt mir so gar nichts."

Der Engel lächelte: „Du wirst sie daran erkennen."

„Erkennen?" Geraldine blinzelte verwundert.

„Warte es ab. Wenn ich es dir jetzt sage, ist es komplett aus dem Zusammenhang gerissen. Und der Zusammenhang ist wichtig."

„Das um diese Szene." Sie beschrieb mit den Fingern einen Kreis in der Luft.

„Nein." entgegnete der Engel, „der Zusammenhang in der Gegenwart. Sie wird deine Hilfe brauchen. Bei etwas, das größer ist als nur diese Szene. Sie wird deinen Beistand brauchen. Aber das ist lange her und wenn ihr euch nur damit beschäftigt, ist es schnell verziehen und abgehakt und der ganze Rest bleibt auf der Strecke."

Wieder machte sich Frust breit: „Verstehe ich nicht." Und gleich noch viel mehr:

„Sollst du auch nicht. Zumindest jetzt noch nicht. Ich zeige dir das, damit du weißt, dass du nicht gemeint bist. Weil ich weiß, dass dir das Sorge macht. Ob Dämonen versucht haben, dein Leben zu beeinflussen. Ich kann dir hiermit sagen: Haben sie nicht. Sie hatten dich im Blick. Aber sie haben dich nur benutzt, um das Leben von jemand anders zu beeinflussen."

„Von ihr."

„Ganz richtig. In diesem Moment. Und später auch noch. Das alles muss ans Licht."

Geraldine runzelte die Stirn: „Weil?"

„Sie nicht heil ist." erwiderte der Engel, „sie lebt damit. Mit all diesen Dingen. Vieles davon hat sie vergessen. Manches nie gewusst. All das muss weg. Aus ihr heraus. Doch das kann nicht einfach so geschehen. Die Mauern, die sie in sich aufgebaut hat – oder die teilweise von den Dämonen in ihr aufgebaut wurden – können nicht durch ein kurzes Gespräch durchbrochen werden. Dafür bedarf es eines Gewaltaktes. Eines psychischen Gewaltaktes. Und in genau diesem Moment wirst du bei ihr sein. Wenn es alles auf sie niederprasselt, wirst du da sein, um sie festzuhalten."

„Aber warum dieser Aufstand?"

„Weil das, was du dabei hören wirst, auch deine Welt auf den Kopf stellen wird. Du wirst viele Dinge dadurch anders betrachten. Unter Umständen auch sie, denn es ist nicht so, dass du sie dann erst kennenlernen wirst. Dies hier..." Er tippte Geraldine an die Stirn, „...ist der Moment, in dem es angefangen hat. In dem sie ihre Unschuld verloren hat. In einem Alter, wo sie nicht einmal wusste, was dieses Wort bedeutet. Es ist wichtig, dass du den Anfang kennst. Damit du in der Lage bist, den Rest des Weges zu verstehen. Und zu verzeihen."

„Verzeihen?" wiederholte Geraldine, „heißt das, es haben noch mehr Sachen mit mir zu tun?"

„Es ist die Lüge, die es zu verzeihen gilt." erläuterte er, „die bewusste und die unbewusste."

Sie rollte mit den Augen: „Ihr habt das mit dem Vagieren echt gut drauf."

„Va-was? War das ein Wortspiel mit dem weiblichen Geschlechtsorgan?"

„Nein. Ein Wortspiel mit ‚vage'. Im Sinne von..."

„Ich weiß, was ‚vage' bedeutet." unterbrach der Engel sie kichernd, „ich habe nur manchmal ein Problem mit deiner Benutzung von Worten, die es nicht gibt."

„Das geht nicht nur dir so."

„Wir werden es dabei belassen." sagte er in einem Tonfall, der keine Widerrede zuließ, „du musst nicht ständig daran denken. Nimm mit, was ich dir schon gesagt habe: Du warst nicht ihr Ziel. Und sei bereit, ihrem Ziel zu begegnen."

„Das bin ich." versicherte sie – und bekam zum Abschied ein

„Wundervoll."

128

Nils musterte Geraldine mit zusammengekniffenen Augen von oben bis unten: „Warum bist du so fröhlich?"

„Darf ich nicht?" gab sie zurück.

„Wundert mich nur."

„Eins noch." Sie streckte dazu nicht passend Zeige- und Mittelfinger in die Luft, „dann ist es vorbei. Und bisher bin ich noch nicht verrückt geworden."

Nils legte den Kopf schief und Geraldine sah den zweifelnden Ausdruck in seinem Gesicht – begriff dann aber, dass er diesen auf ihre Geste bezog. Lachend ließ sie den Mittelfinger sinken:

„Wirklich: geschafft vielleicht – aber nicht verrückt."

„Na – dann will ich dir das mal glauben. Und hoffe, dass dieses eine daran nichts ändert."

129

Der Engel setzte sich neben sie: „Hast du eigentlich die anderen Szenen gesehen?"

„Andere Szenen?"

„Von dem Mädchen. Und von dir an deinem Geburtstag."

„Die, die schon da sind?"

„Ja. Sind sie wieder hochgekommen?"

Geraldine schüttelte den Kopf: „Nein. Bisher nicht."

„Gut. Könnte aber noch passieren."

„Ich bin bereit." erklärte sie mit fester Stimme, „und sie bieten ja auch keine Überraschungen mehr."

Der Engel nickte: „Das stimmt."

„Kommt jetzt noch eine Überraschung?"

„Eventuell."

Sie ließ sich nach hinten sinken: „Bin gespannt."

130

„Du weißt, dass ich dich liebe." Der Sohn sah ihn traurig an – was ihn nur noch trauriger werden ließ:

„Es ist so schmerzhaft, wenn sie sterben. Jedes Mal. Ich hatte gehofft, dass es leichter werden würde."

„Wirklich? Hattest du das gehofft?"

„Nein. Nicht wirklich." gestand er, „wenn es das würde, wäre meine Liebe für sie nicht mehr in Ordnung."

Der Sohn nickte – und schwieg. So sprach er weiter – fragte weiter: „Warum musste sie sterben?"

„Ihre Zeit war gekommen. Und überlege: Sie hat so viel länger gelebt, als die Ärzte es ihr prophezeit hatten. Dieses Leben war so reich. Und am Ende durfte sie friedlich einschlafen. Ist das nicht eigentlich schön? So ganz insgesamt?"

„Sicher. Irgendwie..." Er brach ab.

„Du kannst es noch nicht fühlen. Das verstehe ich. Aber das wird kommen. Spätestens, wenn du sie wiedertriffst."

Er blickte überrascht auf: „Das werde ich?"

„Natürlich." erwiderte der Sohn ebenso überrascht, „warum denn nicht?"

„Ich dachte... ich hatte so etwas gehört, dass ich gleich eine neue Aufgabe bekomme."

„Das ist richtig." bestätigte der Sohn, „aber davor kannst du sie noch sehen."

„Davor? Jetzt gleich? Das ist ungewöhnlich."

„Aber in diesem Fall passend. Denn deine neue Aufgabe wird ihre Enkelin sein."

„Ich?" Er schüttelte sich verblüfft, „soll sie übernehmen?"

„Das wolltest du doch."

„Ich hatte es mal in den Raum gestellt. Dass das schön wäre. Aber... dass sie dafür stirbt. Nur, damit ich... das wollte ich nicht."

„Das eine bedingt das andere." erklärte der Sohn ruhig, „aber nicht wegen deines Wunsches. Sondern wegen dir. Wir brauchen dich in dieser Position. Weil du sie führen musst. Sie und die, mit denen sie sich zusammenfinden wird. Du weißt um die Wichtigkeit – um die Rolle, die sie ausfüllen."

„Aber hätte dann nicht ein anderer meine jetzige Aufgabe übernehmen können?"

„In sehr vielen Jahren wirst du ihr dies hier zeigen." Der Sohn deutete auf ihn und dann auf sich selbst, „es aus deinem Geist nehmen und ihr in den ihren geben. Sie wird es verstehen."

„Sie vielleicht." entgegnete er, „aber ich verstehe es nicht."

„Dir sind die Menschen wertvoll. Als Schützlinge. Aber meinem Vater sind sie wertvoll als Gegenüber. Er wollte sie bei sich haben. Ganz nah."

„Okay. Das kann ich stehenlassen."

„Das ist gut." freute sich der Sohn, „dann geh zu ihr. Stell dich ihr vor. Erzähle ihr, was du getan hast – und was du nun tun wirst. Beides wird sie erfreuen."

Er lächelte dankbar und wandte sich ab – dann fiel ihm noch etwas ein und seine Miene wurde wieder ernst: „Bekommt er auch ihre Enkelin?"

„Er?" fragte der Sohn zurück.

„Mein Bruder. Ich habe gehört, dass sie auch gestorben ist. Und er hatte damals ebenfalls gefragt. Wir hatten das zusammen getan."

„Ich weiß." Der Sohn blickte mit einem Mal wieder traurig drein, „das habt ihr getan. Aber... nein. Er wird sie nicht bekommen."

„Warum nicht?"

Der Sohn schwieg eine ganze Weile. Dann seufzte er: „Du weißt, dass sie gestorben ist. Aber weißt du auch, wie?"

„Nein." entgegnete er, „das konnte mir keiner sagen. Und er ist nirgendwo auffindbar."

„Er wird auch nicht mehr auffindbar sein. Nicht mehr hier – im Himmel."

„Was? Nicht mehr im Himmel? Was meinst du damit?"

„Sie..." Der Sohn seufzte, „sie ist nicht friedlich eingeschlafen. Er hat sie umgebracht."

Darauf wusste er nichts zu sagen. Dermaßen absurd erschien ihm dieser Gedanke. Der Sohn schien das zu spüren, denn er fuhr fort:

„Es klingt unglaublich, ich weiß. Aber du musst es glauben, denn es ist die Wahrheit. Jedoch... das ist jetzt nicht der Zeitpunkt, um darüber zu reden. Du hast viel vor und außer..."

„Doch." unterbrach er unsanft, „genau jetzt ist der Zeitpunkt darüber zu reden. Wenn du willst, dass ich all das, was auf mich zukommt, meistere, musst du es mir sagen. Ich liebe alle meine Brüder – aber er war mir von allen der liebste. Das weißt du."

„Das weiß ich." nickte der Sohn, „ihr wart ein unzertrennliches Team."

„Dann weißt du auch, dass ich mir nicht keine Gedanken werde machen können. Nur du kannst dafür sorgen, dass ich das nicht tue."

„An deinen Gedanken vermag selbst ich dich nicht zu hindern. Und es wird für dich schwer sein zu hören und zu verkraften. Denn es hat nicht nur mit ihm zu tun. Sondern auch mit dem, den ihr als den Chef bezeichnet."

Er zuckte zusammen: „Was hat er damit zu schaffen? Und wir bezeichnen ihn nicht nur so. Er ist es. Lange schon."

„Ja – ziemlich lange sogar. Aber er war nie unangefochten. Jetzt ist er das."

„Wegen diesem Tod?"

„Wegen dieser Tat. Und – weil er jetzt bei ihm ist. Auf seiner Seite steht." Der Sohn sah an ihm vorbei in die Weiten des göttlichen Himmels und sagte nichts mehr. Wogegen er irgendwann aufbegehrte:

„Damit kannst du mich nicht stehenlassen. Das macht meine Gedanken nur noch schlimmer."

„Ich weiß." Der Sohn wandte sich ihm wieder zu, „aber ich habe auch nur gesagt, jetzt ist nicht der Zeitpunkt. Später wird der Zeitpunkt sein. Wenn du erledigt hast, was du hier noch erledigen willst. Und deinen neuen Posten angetreten hast. Wenn sich deine Trauer um deinen alten Schützling in Freude für deinen neuen Schützling gewandelt hat. Dann werden wir noch einmal miteinander sprechen. Und dann werde ich dir alles erzählen, was für dich in dieser Sache zu wissen wichtig ist."

„Und bis dahin?"

„Du weißt jetzt, wer wo steht. Das muss fürs erste genügen. Und deine Gedanken kannst nur du selbst verhindern."

Er senkte den Kopf – und der Sohn nahm ihn in den Arm:

„Nimm meinen Frieden. Und meine Kraft. Und dann gehe hin – auf deinem Weg."

131

„Und wieder geht es nicht um mich." Ein weiteres Mal irritierte Geraldine den Engel damit, dass sie davon ganz offensichtlich enttäuscht war.

„Ist das wirklich die richtige Priorität?" entgegnete er.

„Für mich erstmal ja."

„Wenn es sein muss. Dann: Ein bisschen schon. Hat es. Mit dir. Zu tun."

„Wo denn? Da war eine Frau, die ist gestorben, und ihr Engel durfte ihre Enkelin übernehmen. Wo finde ich da mich?"

„Nun…" Der Engel stockte ein wenig, „diese Frau… war deine Oma."

„Meine Oma?" Geraldine blinzelte verwirrt, „hä? Das ergibt doch gar keinen Sinn."

„Warum nicht?"

„Weil: Wenn das meine Oma war, bin die Enkelin ja ich. Und dann wärst der Engel – logischerweise – du."

„Nun…" Wieder dauerte es einen Moment, „ja. Das stimmt. Diese Erinnerung ist von mir."

„Aha. Okay. Interessant." Geraldine tippte sich an die Lippen, „na super. Dann hast du also meine Oma gekannt. Das ist schön. Und es ist auch durchaus interessant, dass das mit der anderen Frau wirklich passiert ist. Ich dachte eine ganze Weile, der Dämon hätte sich das ausgedacht. Wohl nicht. Trotzdem: Sie war nicht meine Oma."

„Das stimmt."

„Aber du hast gesagt, sie wäre es."

„Das habe ich niemals." wehrte der Engel ab.

„Okay." ruderte Geraldine hastig zurück, „das hast du nicht. Aber du hast auch nicht gesagt, dass sie es nicht ist."

„Hätte ich das tun sollen?"

„Natürlich. Ich habe es gesagt. Da hättest du doch wohl widersprechen können."

„Nun…" Der Engel setzte sich nachdenklich, „ich wusste, dass es nicht stimmt. Aber die Tatsache, dass er es dir so verkauft hat, hieß… er wollte eine bestimmte Reaktion von dir. Etwas bei dir erreichen. Hätte ich dir die Wahrheit gesagt…"

„…hätte ich mich nicht so schlecht gefühlt. Na super."

„Hart – schon klar. Aber er wollte – brauchte – dass du dich schlecht fühlst und du wärst nicht in der Lage gewesen, es glaubhaft vorzutäuschen. Da war es besser, wenn es echt ist – so hast du dir weitere, eventuell noch größere Qualen erspart."

„Okay…"

„Und ich bin zugegebenermaßen auch davon ausgegangen, dass du irgendwann von alleine darauf kommen würdest. Was ja auch passiert ist." Geraldine rümpfte die Nase: „Purer Zufall. Damit konntest du nicht rechnen."

„Doch. Schon." gab der Engel zurück.

„Warum?"

„Na, weil du deine Oma doch kennst, oder nicht? Zumindest von Bildern."

„Sie war verkleidet."

Der Engel stutzte: „Verkleidet?"

„Sie hatte einen Hut und eine Sonnenbrille auf."

„Ähm…"

„Sie lag am Strand."

„Verstehe."

„Das hast du damals auch gesagt."

„Tja… das… Aber selbst, wenn du ihr Gesicht nicht sehen konntest… es hätte doch trotzdem klar sein müssen, oder?"

„Warum?"

„Wegen ihrer Hautfarbe."

„Wegen ihrer…" Sie blinzelte verblüfft.

„Die Mutter deines Vaters war dunkelhäutig. Die Frau in der Vision nicht."

„Doch, war sie."

„Nein."

„Ich bin mir sicher."

„Nun gut, dann…" Der Engel seufzte leise, „vielleicht kam das von der Sonne. Wenn sie am Strand war. Oder…"

„Boah, ey, Alter."

„Bitte was?"

„Entschuldigung." Geraldine hob die Hände, „das war Gossensprache. Aber irgendwie… passt es auch. Auf dich. Du bist alt."

„Ich lebe schon sehr lange. Aber alt…"

„Nun – da kann man sich jetzt drüber…"

„Was willst du denn sagen?" unterbrach der Engel sie ein wenig ungeduldig.

„Was? Ach so. Ja. Ähm… was geht? Entschuldigung – schon wieder. Aber ernsthaft: Ich erkenne doch wohl den Unterschied zwischen echter brauner Haut und gebräunter Haut."

„Klar – glaube ich dir. Daher auch das ‚oder', das ich nicht mehr fertigbekommen habe."

„Oh." Geraldine biss sich auf die Lippen, „was war es denn?"

„Vielleicht hat er es für dich verändert. Angepasst. Für die Glaubwürdigkeit. Ich weiß ja nicht wirklich, was du gesehen hast. Ich kenne nur die Frau an sich."

„Das geht?"

„Was?" hakte der Engel nach.

„Ihr könnt Erinnerungen verändern?"

„Nun… ja. Ich meine… das sind nur Bilder. In deinem Kopf oder meinem Kopf oder seinem Kopf. Das ist alles beeinflussbar."

„Und das tut ihr?"

„Nun… ja. Nochmal."

„Aber…" Sie gab ein ungehaltenes Brummen von sich, „das ist Mist."

„Warum?"

„Weil… wir dann nie wissen, was echt ist."

„Na, so ist das nun auch wieder nicht." entgegnete der Engel, „ich meine… zumindest bei uns – den Guten. Überleg mal: Der Herr lügt nicht. Und wir als seine Boten dementsprechend auch nicht. Das heißt, wir zeigen im Normalfall die Wahrheit. Und wenn wir sie mal nicht zeigen, gibt es a) einen guten Grund dafür – meistens, dass ihr etwas lernen sollt – und b) sagen wir es dazu – beziehungsweise: geben euch diese Information irgendwie weiter. ‚Das ist das, was anders ist – schau es dir gut an.' Das hat ja dann auch fast immer mit dem zu tun, was gelernt werden soll."

„Okay. Hm…"

„Nimm mal die Visionen, die Annie hatte, als euer Leben bedroht war. Das waren Zukunftsvisionen. Da gab es also noch gar keine Erinnerungen im eigentlichen Sinne. Der Herr hatte es schon gesehen. Und das, was er gesehen hat, hat er verändert. Von der ‚Ihr werdet gerettet'-Variante in die ‚Ihr werdet sterben'-Variante. Und letztere ist nur eingetreten, weil ihr erstere gesehen habt. Quatsch: andersrum."

„Gut, ja – das ist richtig. Aber… bei den Bösen…"

„Bei Dämonen könnt ihr euch nie sicher sein, was sie euch zeigen. Das ist ja ihr Trick. Du weißt im Grunde noch nicht einmal, ob es überhaupt echt ist. Es kann auch frei erfunden sein. Selbst zusammengestellt, sozusagen. Auch sowas hast du schon gesehen."

„Das ist nicht hilfreich."

„Richtig. Und das ist der Punkt. Der, der die Vision gibt, entscheidet auch darüber, was er damit erreichen will. Und Dämonen wollen dir nicht helfen. Sie wollen dich ängstigen. Oder zu falschen Handlungen antreiben. Und – müsste ich eigentlich eher sagen. Und um das zu erreichen, bedienen sie sich dem Mittel, das am besten passt: Erfindung oder Erinnerung. Vergangenheit oder Zukunft. Und wenn es letzteres vom ersten und… äh… ersteres vom letzten… du verstehst…?"

„Ja."

„Gut. Puh. Wenn es das ist – dann muss es nicht 1 zu 1 sein. Sie können dran rumbasteln. Dir offen eine alternative Version zeigen oder versteckt. Alles dient dem Zweck. Und in deinem Fall… Deine Oma wurde nicht von einem Engel ermordet. Aber stattgefunden hat es – das weiß ich. Nur war diese Frau eben nicht dunkelhäutig. Also hätte er es dir nicht glaubhaft als deine Oma verkaufen können, wenn er nicht Veränderungen vorgenommen hätte. Und dann hätte er nicht den gewünschten Effekt erzielt."

„Das klingt alles logisch und nachvollziehbar. Hat aber einen Haken."

„Der da wäre?"

„Ihr. Gott und seine… Boten. Ihr wisst es. Oder könntet es zumindest wissen. Ob es richtig oder falsch ist. Echt oder wahr. Ähm… du weißt…"

„Ebenfalls."

„Gut. Warum sagt ihr das nicht? Warum helft ihr nicht? Vor allem du – in diesem konkreten Fall."

„Die Antwort auf diese Frage habe ich dir bereits gegeben."

„Hm… ja… das hast du wohl. Trotzdem…"

Ein weiteres Seufzen: „Es tut mir wirklich leid, dass du seitdem in diesem falschen Glauben gelebt hast. Aber jetzt weißt du es. Und wir sollten es abhaken. Denn es ist nicht wirklich wichtig. Der Anfang diente nur der Erklärung. Das, was danach kommt…"

„Das habe ich schon verstanden." unterbrach Geraldine ihn, jetzt wieder leicht gereizt, „ich würde damit trotzdem gerne anfangen."

„Wegen mir. Aber nicht zu umfangreich."

Geraldine verzog das Gesicht: „Dann lass die Rätsel weg und sag einfach, wie es ist."

„Ich glaube, das kann ich schon gar nicht mehr."

„Schlecht."

„Versuchen wir es mal. Hm..." Er dachte ziemlich lange nach, „...im Grunde sind es wirklich nur ein paar Sätze. Erstens: Sie ist die Oma von dem Mädchen."

Geraldines Mund klappte auf: „Das Mädchen aus dem Kindergarten?"

„Ja. Zweitens: Zwischen dir und ihr besteht eine Verbindung. Das weißt du schon. Und das nicht nur, weil ihr euch über den Weg gelaufen seid, sondern auch wegen uns. Den Guten und den Bösen. Beide Seiten hatten und haben ein Interesse an euch beiden. Ob das eine Rolle gespielt hat, dass der Dämon dir die Szene gezeigt hat, weiß ich nicht. Er wollte dich in erster Linie quälen – es mag also sein, dass er es genommen hat, weil er das damit erreicht. Und dass kein tieferer Hintersinn dabei war. Aber die Verbindung ist da."

„Und du sagst mir nach wie vor nicht, wer sie ist." Geraldine blickte ihn herausfordernd an – und wurde enttäuscht:

„Nein."

„Mach wie du denkst." winkte sie ab – grinste aber dabei, „doch ich glaube, ich weiß es auch so."

„So?"

„Ja – so."

„Nein... so?" Der Engel dehnte das Wort extra lang, um deutlich zu machen, dass es als Frage gemeint war. Diesmal verstand Geraldine:

„Ach so. Äh... so. Äh... ja. Soll ich es dir sagen?"

„Ich würde eigentlich gerne..." versuchte er, das zu unterbinden, doch damit hatte er keine Chance:

„Ich würde eigentlich gerne zeigen, wie gut ich kombinieren kann."

„Das weiß ich bereits."

„Nochmal."

Der Engel seufzte ein weiteres Mal: „Nun gut. Aber verlange keine Bestätigung von mir."

„Natürlich nicht." schnaubte Geraldine.

„Dann zeig mal, was du draufhast."

Sie setzte sich gerade hin und räusperte sich mehrere Male laut. Dann begann sie: „Du hast gesagt, es gäbe einen neuen Spieler. Nicht zwei. Also kann sie niemand sein, den ich nicht kenne. Gut – das schließt sich sowieso aus, wenn ich sie im Kindergarten getroffen habe, aber ich meine jetzt und hier. Also... hier im Sinne von: daheim. Sie ist keine Unbekannte für mich in der Gegenwart. Und sie ist wichtig für die Ereignisse der Gegenwart – wenn auch vielleicht noch nicht offensichtlich. Nun ist die Menge der Menschen um mich herum, die mir als ,Spielfiguren' erscheinen, begrenzt. Davon wiederum ist nur ein Teil weiblich und davon wiederum nur ein Teil in meinem Alter. Diese Übrigen – oder: Passenden – kann ich in mehrere Kategorien unterteilen. Kategorie 1: Die Hauptfiguren. Die da sind: Annie und Suji. Zumindest für mich. Aber sie haben beide ihren Platz und ich kenne auch ihre Geschichten. Also: nein. Kategorie 2: Die Nebenfiguren. Da fallen mir ein: Becka, Cheyenne, Monique, Esther. Wobei ich nur von Becka wirklich weiß, dass sie vom Alter her passt. Die anderen schätze ich alle ein paar Jahre älter als mich – was in diesem Fall aber schon ausreichen würde. Weshalb zum Beispiel auch Michelle rausfällt. Und Becka... nein. Es hat schon so manche Überraschung gegeben – Lotta zum Beispiel – aber, dass Becka sich auf einmal als Mitspielerin entpuppt, glaube ich nicht. Denn zum einen kriegt sie gerade ein Kind. Und zum anderen ist sie diejenige, die dafür sorgt, dass Z nicht durchdreht. So wie Nils bei mir und... momentan leider niemand bei Annie. Aber das kommt noch – und ich vom Thema ab. Also zurück: Becka hat ihre Aufgabe. N. Aufgaben. Und damit: nein. Kategorie 3: Die Gastfiguren. Hier wird es interessant. Und hier kommen wir auch zur Lösung. Eine Frau, die ich mal getroffen habe im Zusammenhang mit meiner Arbeit. Die offen ist für dämonische Einflüsse – und das nicht nur mal einfach so, sondern schon eine ganze Weile. Seit ihrer Kindheit, genauer gesagt. Gut – das weiß ich nicht genau, aber eben auch nicht nicht. Und dann wäre da die Tatsache, dass die Dämonen so sehr an ihr interessiert sind. Was ja einen Grund haben muss. Es muss also etwas in ihrem Leben geben – oder im Leben von jemand anders, der ihr nahesteht – was die Dämonen antreibt, sie immer wieder anzugehen. Und damals angetrieben hat, sie schon als kleines Kind anzugehen. Tja – und damit bleibt nur eine Frau übrig. Denn bis zu diesem Punkt gab es noch zwei Verdächtige. Nummer 1: Katharina. Auf sie treffen die anderen Sachen zu. Dieses letzte jedoch nicht. Ihr Dämon will sie einfach nur quälen. Und glaube mir – dem werde ich ein Ende bereiten – das kannst du mir glauben. Ähem... ja. Glaub es einfach. Ähem... Nummer 2: ta-ta-ta-ta. Ich präsentiere dir: Das Mädchen aus dem Kindergarten. Die mir bei nächster Gelegenheit endlich die zweite Hälfte von meinem Bild zurückgeben wird. Die eine Schwester hat, die eine Gabe hat. Die sie einsetzt, um dieser Frau zu helfen. Aber eben – so wie es sich anhört – für nichts anderes – und auch dafür unter Umständen nicht mehr – schließlich hätte ich sonst nicht zu ihr hingemusst. Was – das vermute ich jetzt einfach mal – auch genau der Sinn und Zweck der ganzen Übung ist. Tja – vielleicht weißt du es jetzt schon... ich meine... du weißt es sowieso – aber ich eben auch. Es ist niemand anders als – keine Geringere als – nochmal ta-ta-ta-ta... Bibi."

Der Engel gab ein leises Glucksen von sich: „Z wäre stolz auf dich."

„Also stimmt es wirklich?" stieß Geraldine begeistert hervor, „hast du nicht gesagt...?"

„Wegen deiner perfekten Fernsehserien-Aufteilung." führte der Engel kichernd aus und Geraldine rümpfte die Nase:

„Ach du..."

„Meine ich ernst."

„Hilft mir nicht weiter."

„Sollte es auch gar nicht."

„Schon klar." Geraldine ließ den Kopf hängen, richtete ihn jedoch sofort wieder auf, „aber?"

„Aber?" wiederholte der Engel unsicher.

„Kein Hinweis? Kein Wink?"

„Weder. Noch."

„Aber meine Kombinationsgabe..."

„...ist wirklich sensationell ausgeprägt. Deine Vortragsgabe ebenso. Mit erstmal alle ausschließen, die nicht in Frage kommen, und das auch groß und breit erklären und dann danach erst zur richtigen Person kommen und das noch grösser und breiter erklären – Respekt."

Geraldine runzelte die Stirn: „Und das war weder noch?"

„Ja – das war weder noch." bestätigte der Engel.

„Du bist echt gnadenlos." Sie blickte ihm motzig entgegen und obwohl er kurz davor war, laut loszulachen, schwenkte er dennoch in Richtung Entgegenkommen um:

„Gut – ich gebe dir einen Tipp – einen ganz kleinen: Hast du wirklich alles bedacht?"

„Wenn du das so sagst..." Geraldines Blick in seine Richtung wurde starr, „was denn nicht?"

„Denk nochmal drüber nach."

„Na toll." Sie sprang auf und begann, im Kreis zu laufen. Bis der Engel aufstand und sie anhielt:

„Können wir dann jetzt zum Eigentlichen kommen? Zu dem, was du wirklich gesehen hast?"

„Wegen mir." Sie ließ sich von ihm aufs Bett zurückdrücken, „dein Bruder hat sie umgebracht. Und ist dann zu den Dämonen rüber. Schlechte Sache – ganz klar."

Er setzte sich neben sie: „Du sagst das viel zu leichtfertig."

„Umgebracht habt ihr Menschen doch schon immer. Das hast du mir doch sogar gezeigt. Und dass Dämonen mal Engel waren, weiß ich auch. Von daher..."

„Ja, gut, nein, schlecht, falsch." Er stockte, „wir haben früher Menschen mit dem Tod gerichtet – das stimmt. Aber immer nur auf den Befehl des Herrn hin. Und das auch seit dem Leben des Sohnes hier auf der Erde nicht mehr. Danach war alles anders und diese Zeit für uns vorbei. Diese Tat geschah nicht auf Befehl – sie geschah auf eigene Faust."

„Oh." machte Geraldine nur."

„Und dass die Dämonen von uns kommen, ist auch richtig. Aber dieser Kampf, diese Entscheidung, hat stattgefunden lange bevor der Herr Himmel und Erde geschaffen hat. Und seitdem hat sich an dieser Konstellation nichts mehr verändert. Die Fronten waren, sind und bleiben geklärt. Bis auf ihn. Der er damit nicht nur der Einzige ist, der seit der Kreuzigung den Tod eines Menschen herbeigeführt hat, sondern sogar der Einzige überhaupt, der seit der Entstehung dieses Universums die Seiten gewechselt hat."

„Oh." machte Geraldine ein weiteres Mal, fügte diesmal aber hinzu: „das ist natürlich nicht leichtfertig."

„Ganz und gar nicht." nickte der Engel.

„Und was bedeutet das nun? Warum zeigst du mir das? Und erzählst mir das?"

„Weil ich einen Bogen spannen will. Zu dem, der kommen wird. Das war quasi der erste Teil. Jetzt gerade sind wir – um Zs Terminologie ein weiteres Mal aufzugreifen – beim Cliffhanger. Und der zweite Teil..."

„Moment." ging Geraldine vehement dazwischen, „jetzt geht mir gerade etwas auf. Du hast gesagt, alle diese Szenen hätten mit dem Engel zu tun, der uns bald aufsuchen wird. Und bis auf die letzte waren es auch alles seine Erinnerungen. Diese letzte dagegen war von dir. Aber: Wenn es dabei trotzdem um ihn geht, kann das doch nur bedeuten, dass er der ist, über den ihr geredet habt. Der Oma-mordende Überläufer. Und das wiederum heißt: Hilfe – der Engel, der zu uns kommt, ist der, der für die Bösen arbeitet? Ernsthaft? Das ist doch Quatsch! Oder nicht? Oder doch? Oder nicht?"

„Die Antwort auf diese Frage hast du bereits." erwiderte der Engel und Geraldine war mit einem Satz vom Bett runter:

„Das ist jetzt nicht dein Ernst. Das ist jetzt nicht deine Antwort."

„Doch, ist es."

„Das ist gar keine Antwort. Das ist ein Keksglückspruch."

Der Engel blickte sie fragend an: „Sagt mir nichts."

„Genau." zischte sie, „mir auch nicht."

Er stand auf: „Wir machen weiter wie geplant. Keine Widerrede. Ich habe alles gesagt, was ich dir jetzt und hier sagen kann, darf und will. Alles weitere werde ich dir nicht sagen. Sondern aufsprechen."

Geraldine blinzelte verwirrt: „Aufsprechen?"

„Ich habe dir erklärt, warum du mich nur in deinem Kopf hörst. Aber es geht auch anders. Ich kann mich hörbar machen. Und deswegen wirst du jetzt dein Handy dort auf den Tisch legen und auf Aufnahme drücken. Dann wirst du den Raum verlassen und draußen exakt fünf Minuten warten. Danach kannst du wiederkommen. Teil Zwei wird dann fertig sein. Hör ihn dir nicht an. Spiele ihn niemandem vor. Warte damit, bis er da ist. Hört es – alle zusammen, wenn er mit dabei ist. Und dann soll er sich dazu äußern."

„Das ist ein bisschen viel verlangt." brummte Geraldine pikiert, „dass du mich mit praktisch gar nichts abspeist und mir dann die Lösung auch noch in die Tasche packst – mit dem Verbot, sie zu erfahren."

Doch der Engel blieb beharrlich: „Es ist zu deinem eigenen Besten. Denn glaub mir – wenn du wüsstest, was Sache ist, hättest du den Drang zu handeln. Weil du die Welt siehst. Siehst, was gerade geschieht. Diese Informationen können alles verändern. Und werden dies auch tun. Aber zur richtigen Zeit und auf die richtige Weise. Es hängen so viele Dinge da mit dran. Auch das Schicksal jenes Mädchens ist damit verknüpft. So wie das Schicksal von euch und vielen anderen Leuten. Ein Fehltritt kann arge Nachwirkungen haben."

Sie hob die Hände: „Ich habe es verstanden. Und werde mich daran halten."

„Das ist gut. Dann tu..."

Geraldine holte ihr Handy hervor, legte es auf den Tisch, rief das Diktiergerät auf und schaltete es an. Dann verließ sie das Zimmer und zwang sich, nicht an der Tür zu lauschen. Die fünf Minuten kamen ihr wie eine Ewigkeit vor. Trotzdem schaffte sie es, sie durchzuhalten. Sie überzog sogar ein bisschen, bevor sie das Zimmer wieder betrat.

„Du kannst ausschalten." begrüßte der Engel sie.

Sie tat wie geheißen: „Und was kommt jetzt?"

„Er. Bald."

„Und wir?"

„Sind fertig."

„Miteinander?"

„Ich werde weiter bei dir sein."

„So?" Sie deutete auf ihn – er schüttelte den Kopf:

„In meiner normalen Funktion. In dieser Sonderrolle – nicht mehr. Die ist hiermit abgeschlossen. Außer, du hast noch Fragen."

„Tausende." Sie seufzte, „aber alles welche, von denen ich weiß, dass du sie nicht beantworten wirst."

„Dann lass es uns beenden." Er nahm sie sanft bei den Schultern, „wir werden uns wiedersehen. Nicht sehr bald. Aber auf jeden Fall."

Sie lächelte: „Ich freue mich."

Er ebenso: „Ich mich auch."

132

Dieses Lächeln trug sie immer noch im Gesicht, als sie nach unten ging. Als sie ins Wohnzimmer trat, erlosch es jedoch schlagartig: „Nils? Was ist los?" Nils saß stocksteif in einem der Sessel und starrte abwesend auf den ausgeschalteten Fernseher. „Du wirst nicht glauben, was gerade kam." hauchte er, ohne aufzusehen.

„Der falsche Jesus?" vermutete Geraldine und er zuckte kurz mit dem Kopf: „Aber wie."

Sie setzte sich auf seinen Schoss und kam ihm so nahe, dass er gar nicht anders konnte, als sie anzusehen: „Wie denn?"

„Das wird einen Sturm losbrechen." Sein Blick war glasig und Geraldine beschloss, ihn zurückzuholen. Sie schnippte mehrfach mit den Fingern vor seinen Augen:

„Keine Rätsel bitte. Davon hatte ich genug."

„Entschuldigung." Er schüttelte sich benommen, „warte. Ich schaue mal, ob man es im Internet schon findet." Ohne Vorwarnung stand er auf und Geraldine landete unsanft auf dem Boden:

„Im Internet?" brummte sie irgendwo zwischen verärgert und verwirrt.

Nils merkte davon nichts. Er griff nach seinem Laptop und schaltete ihn an: „Sie veröffentlichen alle seine Sendungen auf seiner Homepage. Ziemlich schnell meistens."

„Aha. Weißt du woher?"

„Du erzählst mir immer Sachen." Er setzte sich wieder, den Laptop auf dem Schoss, „ihr habt diesen Alarm. Den kann ich auf der Arbeit nicht benutzen. Also schaue ich es mir hinterher an. Und manchmal hast du direkt danach angerufen. Und ich direkt danach geschaut."

„Okay. Dann such mal."

Er begann zu tippen, aber schon nach wenigen Augenblicken schüttelte er den Kopf: „Ist noch nicht da. Dann können wir erst heim."

„Heim?" wiederholte Geraldine verdutzt, „wir fliegen."

„Ja. Der nächste Flieger geht in..." Wieder tippte er eine Weile, „...drei Stunden. Es sind noch Plätze frei. Und jetzt... sind es zwei weniger. Wir müssen sofort packen und losfahren." Er klappte den Laptop zu und sprang auf. Geraldine ebenfalls:

„Warum die Hektik?"

„Glaub mir – du wirst zuhause sein wollen, wenn du es gesehen hast."

„Betrifft es uns?"

„Nein." Nils atmete tief aus, „es betrifft uns alle."

„Nun sag schon." drängte sie, doch er wiegelte ab:

„Ich habe nicht gewusst, dass es kommt. Nur zufällig reingeschaltet. Daher habe ich die erste Hälfte verpasst. Ich denke daher, es ist besser, wenn ich dir noch nichts erzähle. Es mag sein, dass ich einen vollkommen falschen Eindruck habe."

„Jetzt ruderst du zurück."

„Ich weiß." Ein weiteres tiefes Atmen – gepaart mit einer deutlichen Entspannung seiner Körperhaltung, „ich war ein wenig in Panik. Lass uns trotzdem zusehen, dass wir wegkommen. Wenn ich Recht habe, ist das besser. Und wenn ich Unrecht habe, auch nicht schlimm."

Geraldine griff nach seinem Arm: „Du machst mir Angst."

„Angst brauchst du keine zu haben." beruhigte er sie, „es geht... es geht um Jesu Tod. Also – den damals. Und er hat da eine Geschichte erzählt."

„Das hatte er schon angekündigt. Ganz am Anfang."

„Mag sein. Auf jeden Fall... diese Geschichte ist sehr abstrus. Aber wie gesagt: Ich kenne nur das Ende, nicht den Anfang. Vielleicht erklärt sich das Ende aus dem Anfang. Und dann will ich keinen unnötigen Stress gemacht haben."

„Im Gegensatz zu dem, den du jetzt gerade machst." schnaubte sie.

„Den halte ich für nötig." gab er zurück und sie schnippte ein weiteres Mal mit den Fingern:

„Nils – ich glaube, du bist nicht mehr ganz da."

„Das kann durchaus sein."

133

Als sie eine Stunde später am Flughafen eintrafen, war das Video auf der Homepage eingestellt. Sie hatten noch Zeit, bis sie an Bord gehen konnten, daher setzten sie sich mit Nils Laptop in eine Ecke und schauten sich den Bericht an:

Jesus stand auf einer Bühne. Es mochte die Alte Oper sein, doch sie war so schwach beleuchtet, dass man es nicht richtig erkennen konnte. Er war allein. Und als er zu sprechen begann, sprach er leise und bedächtig:

„Ihr wisst viel über mich. Mein Leben. Mein Sterben. Mein erneutes Leben. Aber ihr wisst nicht, was dazwischen passiert ist. Heute will ich es euch erzählen. Das fällt mir schwer. Denn ich bin jetzt Mensch und habe Emotionen wie ihr. Das ist das dunkelste Kapitel in meinem Leben – als Mensch und als Sohn Gottes. Es schmerzt, daran zu denken. Und erst recht, es auszusprechen. Daher habe ich es aufgeschrieben. Und werde es euch vorlesen. Ich habe es nicht in der Ich-Perspektive geschrieben. Das wäre mir zu nahe."

Er sah kurz auf in Richtung Publikum und dann zur Seite. Ein Mann kam auf die Bühne und überreichte ihm einen Hefter mit mehreren Blättern darin. Jesus dankte ihm und der Mann verschwand wieder. Jesus räusperte sich und schlug den Hefter auf. Dann begann er zu lesen:

„Er blickte hinab auf die Leute, die um ihn herumstanden. Viele davon kannte er, einige davon liebte er. Besonders. Grundsätzlich liebte er sie alle. Sein Vater hatte sie geschaffen. Jeden einzelnen von ihnen. Er hätte so gerne zu ihnen gesprochen. Ihnen Mut gegeben. Hoffnung. Trost. Doch er konnte es nicht. Seine Zunge war geschwollen und verklebt. Und er wusste, dass sein nächster Satz sein letzter sein würde. Die Schmerzen in Händen und Füssen waren unerträglich, der Schmerz in seiner Seite im Vergleich dazu fast schon lächerlich. Er sehnte sich danach, dass es vorbeiging, auch wenn er wusste, dass Schlimmeres folgen würde. Sein letzter Satz. Er konnte nicht den Menschen gelten. Er musste seinem Vater gelten. Für die Menschen. Denn er wusste, dass sein Vater zornig war. Auch jetzt schon. Aber in dem Moment, wo sein fleischliches Leben zu Ende ging, würde dieser Zorn explodieren. Dann würde sein Vater diese Welt auslöschen. Ohne Arche. Alles weg. Doch das durfte nicht geschehen. Der zornige Gott musste Vergangenheit sein – das war von Anfang an der Plan gewesen. Ein neuer Bund, der den alten ersetzte, ohne ihn für falsch zu erklären. Das hier war das Opfer und es nützte nichts, wenn es in Flammen aufging – und mit ihm zusammen alles, was lebte. Er musste seinen Vater besänftigen. Der Moment des Neuanfangs war gekommen. So sagte er seinen letzten Satz:

„Vater, vergib ihnen. Denn sie wissen nicht, was sie tun."

„Das werde ich tun, mein Sohn." hörte er die Stimme seines Vaters in seinem Kopf.

Und trotz der Schmerzen und trotz der Furcht vor dem, was bevorstand, fühlte er, wie Freude in ihm aufstieg. Es war vollbracht. Er holte ein letztes Mal tief Luft und ließ diese Freude nach außen:

„Es ist vollbracht!"

Dann war es zu Ende. Die Menschen vor seinem Auge verschwanden. Alles um ihn herum verschwand. Es wurde dunkel und gleichzeitig hell, so als würde die Schwärze leuchten. Das verwirrte seine Sinne und er versuchte, die Augen zu schließen. Doch das konnte er nicht mehr. Er hatte keine Augen mehr. Sein Körper hing nach wie vor am Kreuz. Und doch war er hier. Er konnte seine Arme und Beine fühlen. Sehen konnte er sie nicht. Er sah überhaupt nichts. Die leuchtende Schwärze blendete ihn, aber sie verbreitete kein Licht. Er hatte den Eindruck, dass er fiel – sicher war er sich nicht. Dann war es vorbei. Er fühlte nichts mehr.

Wie lange er so dagelegen hatte, wusste er nicht. Sämtliches Zeitgefühl war verschwunden. Er merkte, dass er wieder Augen zu haben schien, denn als sein Gehirn den Impuls aussandte, sie zu öffnen, konnte er sehen, was ihn umgab. Er trieb auf einer kleinen Platte, die aussah wie eine Scholle aus Eis. Er trieb auf einem schier endlosen Meer, das sich in alle Richtungen erstreckte und im tiefsten Blau erstrahlte, das er jemals gesehen hatte. Er spürte, wie er Durst bekam und streckte die Hand ins Wasser, um etwas davon zu schöpfen. Das Wasser war kochend heiß und er zog seine Hand entsetzt zurück. Sie zeigte keinerlei Spuren – der Schmerz jedoch war echt. Und hörte nicht auf. Es war, als würde seine Hand in Flammen stehen.

„Netter Trick, nicht wahr?" hörte er eine Stimme. Panisch blickte er sich um:

„Wer ist da?"

„Na wer wohl?"

„Luzifer."

„Das ist mein Name. Ich habe es lieber, wenn man mich bei meinem Titel nennt."

„Davon hast du so viele. Welchen soll ich nehmen?"

„Such dir einen aus. Den du für passend hältst."

„Dann bleibe ich bei deinem Namen. Titel sind für Untergebene."

„Und das bist du nicht?"

„Nein."

„Ich denke schon. Seit einigen Minuten zumindest. Aber zurück zum Thema: gefällt dir meine kleine Illusion?"

„Illusion?"

„Das Meer. Die Menschen denken immer, die Hölle wäre wie ein brennender Lavasee mit Felsen aus schwarzem Gestein."

„Das ist sie auch."

„Natürlich. Aber schau dich um. Sieht nett aus, oder? Weiße Eisschollen und ein blaues Meer. Viel besser als schwarzer Stein und rotes Feuer."

„Besser? Gibt es dieses Wort hier?"

„Für mich schon. Es ist ein Problem der Assoziation, verstehst du? Das menschliche Gehirn verbindet automatisch das, was es sieht, mit bestimmten Gefühlen und Erwartungen. Hier geht man davon aus, dass man friert. Dabei ist es schweißtreibend heiß. Und das wiederum fördert den Glauben, das Wasser könnte dagegen helfen. Und dann verbrennen sie sich."

„Jeder genau einmal."

„Oh..." Die Stimme lachte schrill, „da hast du Unrecht, das glaubst du gar nicht. Es gibt hier Leute, die haben die Hände im Minutentakt im Wasser. Und das seit Jahrhunderten. Weil das Bild vor ihren Augen so viel Macht über sie hat, dass es jegliche Vernunft vernichtet."

Eine Träne lief seine Wange herunter: „Warum tust du das? Du könntest mit uns sein. Mit uns feiern. Deinem Vater, deinen Brüdern. Und den Menschen."

„Ah. Das böse Wort: Menschen. Warum sollte ich mit ihnen feiern wollen? Wir waren glücklich, bevor es sie gab. Jetzt verstopfen sie den Himmel. Was sollte ich da?"

„Ist es hier besser?"

„Hier habe ich die Kontrolle über sie. Dort hätte ich das nicht."

„Und das wäre schlecht."

„Natürlich. Sie sind niedere Wesen. Sie gehören nicht auf unsere Ebene. Nicht im Leben und auch nicht danach. Hier kann ich sie kleinhalten. Wie sich das gehört."

„Aber... wenn du zu uns zurückkämst..."

„Du sagst immer ‚uns' und ‚wir'. So wie ich das sehe, bist du jetzt hier bei mir."

„Ja, das bin ich. Aber ich werde es nicht lange sein."

Wieder lachte die Stimme: „Hier kommt keiner weg. Außer, ich erlaube es. Und das werde ich nicht. Niemandem. Nicht einmal meinen gefallenen Brüdern habe ich es gestattet. Warum sollte es bei dir anders sein?"

„Ich bin, der ich bin."

„Hm... ja... da kann man sehr viel reininterpretieren, wenn man das will. Oder es einfach für das nehmen, was es ist: ein dummer Spruch."

„Alle, die hierherkommen, sind gefallen. Engel wie Menschen. Sie sind durch ihre Taten auf diesen Weg geraten. Ich bin das nicht. Ich bin freiwillig hier."

„Oh. Toll. Und was ändert das?"

„Das, was sie hier hält, bist nicht du. Es ist ihre Sünde. Ich habe keine Sünde. Also kann mich auch nichts hier halten."

„Das klingt gut. Ist trotzdem Blödsinn."

„Du glaubst, du hast Macht über sie. Aber sie sind nicht wegen dir so hilflos. Das, was sie hilflos macht, sind die Qualen, die ihren Geist vernebeln. Dass sie keine Hoffnung mehr haben und sich so in ihren schlechten Taten drehen, dass sie davon nicht loskommen. Würde auch nur der Geringste unter ihnen einen einzigen Gedanken an Vergebung denken, so würde er eine Tür öffnen, die es meinem Vater ermöglicht, ihn hier rauszuholen."

„Also ist es doch meine Macht. Denn diese Qualen kommen von mir. Ich habe sie mir ausgedacht."

„Das magst du getan haben. Aber deine Macht steht und fällt mit deiner Fähigkeit zu quälen. Und diese Fähigkeit wird irgendwann zu Ende gehen."

„Weißt du..." Die Stimme wurde schärfer, „ich denke, es ist an der Zeit, dich ein wenig von dieser Fähigkeit zu überzeugen. Nicht, dass wir damit Zeitdruck hätten..."

„Doch, genau das haben wir. Was auch immer du mir zeigen willst – beeile dich damit."

„Deine Arroganz war immer schon... nun... extrem ausgeprägt. Aber das...?"

Er stand auf – vorsichtig, damit die Scholle nicht ins Schwanken geriet: „Es ist keine Arroganz, es ist eine Tatsache. Du scheinst immer noch nicht begriffen zu haben, warum ich hier bin."

„Dann sag es mir. Ich bin gespannt."

„Ich bin nicht gefallen. Ich habe diesen Weg freiwillig gewählt."

„Mehr oder weniger."

„Ich hatte Furcht – natürlich. Aber niemals Zweifel. Auch jetzt nicht."

„Schön für dich. Trotzdem... Sinn?"

„Du warst meines Vaters Liebster unter den Engeln. Das weißt du. Und auch wenn du das nun nicht mehr sein kannst, liebt er dich immer noch genauso, wie er alle anderen liebt. Er will, dass du zurückkommst. Ansonsten muss er dich vernichten. Es gibt nur diese beiden Möglichkeiten."

„Das heißt, du bist... sein..." Die Stimme kicherte amüsiert, „Bote?"

„Botschafter." korrigierte er, „ja, das bin ich. Das hier ist für die Menschen. Es ebnet ihnen einen Weg in den Himmel, den es vorher nicht gab. Ihnen allen."

„Also noch mehr davon da oben."

„Aber es ist auch für dich. Wäre es nur für sie, würden ein paar Stunden reichen. Höchstens eine Nacht. Aber du... brauchst Zeit. Ich flehe dich an. Nicht um mein Leben, sondern um deins. Ergreif diese Chance. Lass all das hinter dir. Komm zu uns zurück. Dass wir wieder als Familie vereint sein können."

„Hm... weißt du... ob du es glaubst oder nicht: es ist ein verlockendes Angebot. Ich vermisse ihn – das gebe ich zu. Und einige meiner Brüder. Dummerweise..."

„Ja?"

„Dass ich gegangen bin, hatte genau damit zu tun: dass ihr den Himmel bevölkern wollt mit einer Spezies, die dort nichts zu suchen hat. Das war, ist und bleibt mein einziger Kritikpunkt. Und das Einzige, was uns trennt. Und jetzt sagst du mir gleichzeitig, dass ich zurückkommen soll und dass ihr vorhabt, die Schleusen des Himmels vollständig für sie zu öffnen. Wie sollte das deiner Meinung nach denn funktionieren? Mir waren Tausend von ihnen schon lästig. Und jetzt soll ich Milliarden von ihnen ertragen? Tut mir leid. Aber damit hast du dir selbst ins Fleisch geschnitten."

„Ich mir? Nein. Es geht nicht um mich. Es geht um dich. Komm mit und du kannst leben. Vielleicht nicht so, wie du dir das erträumst. Aber zumindest im Licht. Mit uns. Bleib hier und du wirst untergehen. Und davon gibt es kein Zurück mehr. Dann ist dein Schicksal besiegelt."

„Okay – ich habe genug gehört." Die Stimme klang genervt, „zunächst mal ist dein Schicksal besiegelt und irgendwie reden wir immer noch, anstatt dich endlich damit bekannt zu machen."

„Luzifer..." flehte er.

„Jesus." bekam er kalt zurück.

„Ich werde drei Tage hier bei dir sein. Bitte denk darüber nach. Diese drei Tage hast du Zeit. Danach... ist es zu spät. Danach wirst du nie wieder diese Wahl bekommen. Danach ist die Gnade meines Vaters für dich abgelaufen. Dann kannst du flehen und winseln – er wird dich nicht mehr hören. Er hat mich – seinen Sohn – mit diesem Auftrag hierher gesandt. Bitte – schlag es nicht aus. Lass es nicht umsonst sein."

„Tja – ich fürchte... doch – ist umsonst."

„Wenn das deine Meinung ist... dann wird es so sein. Für dich. Dann kann ich mich nur noch auf den anderen Teil konzentrieren."

„Die Menschen."

„Ja, die Menschen. Für sie wird es nicht umsonst sein."

„Das werden wir ja sehen."

„Ja... das werden wir."

„Weißt du... ich würde ja schon gerne mit foltern anfangen. Aber... du hast jetzt so viel geredet, jetzt muss ich auch nochmal ein bisschen was loswerden."

„Nur zu."

Die Stimme seufzte: „Du bist echt enttäuschend. Ich meine... die Nummer mit der Jungfrau und dem armen Zimmermann war ja schon eine tolle Sache. Hut ab – das hat mir imponiert. Vor allem, wie ihr ihn dadurch zu Grunde gerichtet habt. Er ist ja auch hier, du solltest ihm ‚Hallo' sagen."

Eine weitere Träne kullerte ihm über die Wange: „Ich konnte nichts mehr für ihn tun."

„Wie denn auch? Sein Leben war zerstört, bevor deins überhaupt angefangen hatte. Ich meine... wir beide wissen, dass das in zweitausend Jahren anders aussehen wird. Da kann jeder mit jeder ein Kind kriegen und keiner zuckt mehr mit den Schultern. Aber jetzt? Das war gewaltig. Und so dumm, dass ich auch jetzt noch drüber lachen kann."

„Du hast es nicht verstanden."

„Mag sein. Aber er definitiv auch nicht. Und seine Familie nicht. Und seine Nachbarn nicht. Und seine Freunde nicht. Niemand hat es verstanden. Zumindest nicht so, wie ihr das anscheinend versteht. Weißt du... ich glaube, das ist ganz oft euer Problem: ihr denkt wie Gott Vater und Gott Sohn. Aber die Menschen denken wie Menschen. Sie durchschauen eure wohldurchdachten Pläne nicht. Wie denn auch? Dafür haben sie gar keine Kapazität. Und genau deswegen glauben sie kaum noch an euch. Und der Trend geht nach unten. Weil euer Gerede, dass alles einen Sinn hat, leider nur über so viele Umwege und Ecken zu begreifen ist, dass kein Mensch jemals in der Lage sein wird, das zu schaffen. Ihr schlagt euch damit selbst. Nimm deinen Tod: du hattest einen Auftrag auf der Erde. Aber was genau hast du denn erreicht? Eine kleine Handvoll glaubt, dass du Gottes Sohn bist. Schon dein Leben war extremst unspektakulär. Ein Wunder hier, eine Predigt da. Gut – es sind einige übergelaufen, von denen ich es nicht erwartet hätte. Aber... du bist nicht mal richtig über die Landesgrenzen hinausgekommen. 80% der Bevölkerung des Planeten haben gar nicht mitbekommen, dass du überhaupt da warst. Und jetzt bist du tot. Und die paar, die an dich geglaubt haben... nun – damit ist es vorbei, nicht wahr? Wer nimmt dir das jetzt noch ab? Die Härtesten von ihnen werden ein paar Wochen aushalten. Und dann werden sie dich vergessen. Gottes Sohn war auf der Erde und keiner kann sich dran erinnern. Werden sie ihren Kindern von dir erzählen? Vielleicht. Falls einer von deinen Jüngern irgendwann mal auf die sinnige Idee kommt, wirklich eine Familie zu gründen, anstatt nur asketisch durch die Lande zu ziehen. Aber werden ihre Kinder ihren Kindern davon erzählen? Wohl kaum. 100 Jahre und du bist weg. In all ihren Köpfen."

„Und das findest du schlecht."

„Ich finde es erbärmlich. Du bist Gottes Sohn. Ich weiß das. Ich weiß, wozu du fähig bist. Was war das? Eine Fingerübung? Hättest du dir nicht ein bisschen mehr Mühe geben können?"

„Das hättest du gerne gehabt, nicht wahr? Wenn da draußen jetzt tausende rumrennen würden und rufen ‚Gottes Sohn ist tot' – was wäre das für eine Propaganda für dich. Dann könntest du hier herumstolzieren und dich als großer Sieger fühlen."

„Och..." spottete die Stimme, „deswegen bist du so arm und klein und nichtssagend geblieben? Damit ich keine Genugtuung habe? Du bist süß."

„Nein." entgegnete er fest, „ich bin klug. Mit Worten kann man niemanden überzeugen. Mit Taten schon. Du scheinst nach wie vor in dem Gedanken verhakt zu sein, dass meine Mission abgeschlossen ist. Aber das Ende kommt erst noch. Ich habe sie nicht dazu gebracht, an mich zu glauben, das stimmt. Aber ich habe ihre Herzen geöffnet. Und wenn ich zurückkehre – in drei Tagen – dann werden sie an mich glauben. Dann werde ich das haben, was du gerne hättest: Propaganda. Und dann wird sich die Botschaft wie ein Feuer ausbreiten und sie wird nicht mehr aufzuhalten sein. Nicht einmal von dir höchstpersönlich. Und nicht nur die Kinder meiner Jünger werden ihren Kindern davon erzählen – selbst in zweitausend Jahren können alle Eltern ihren Kindern davon erzählen – ganz egal, wer wen wie gezeugt hat. Denn für sie alle ist die Tür zum Vater offen. Durch mich."

„Puh. Dein Mund ist ganz schön voll."

„Ich gebe dir einen Überblick über das, was kommt."

„Das... ist ein sehr gutes Stichwort. Lass mich dir einen Überblick geben über das, was kommt."

„Nur zu."

Ein kurzes Flackern – dann stand Luzifer leibhaftig vor ihm. Und grinste ihn an: „Fangen wir mit dem an, womit ich immer anfange: hast du dich gar nicht gefragt, warum du immer noch deinen Körper hast?"

„Ich bin davon ausgegangen, dass es schon seinen Grund haben wird." antwortete er ruhig.

„Und damit liegst du goldrichtig. Weißt du... hier unten bist du eigentlich nur Seele. Das reicht natürlich. Auch da kann ich wunderschön Schmerzen zufügen. Aber irgendwie macht es keinen Spaß, immer nur in der Unsichtbarkeit zu arbeiten. Und es funktioniert auch viel besser mit meinem Arsenal. Womit wir bei dem Punkt angekommen wären, wo ich nicht nur rede, sondern auch zeige... Dieser Körper ist natürlich kein echter Körper. Das wäre ja auch dumm. Ein Bad im Säurebecken und du wärst aufgelöst. Nein – dieser Körper ist eine Illusion. Die allerdings so angelegt ist, dass sie Gefühle übertragen kann. Sprich: Schmerzen. Und das heißt: das Bad im Säurebecken macht mit dir auf der Empfindungsebene genau das gleiche wie in Wirklichkeit. Dein Körper allerdings bleibt unversehrt. So kannst du so oft darin baden, wie es dir gefällt. Ich meine natürlich: wie es mir gefällt."

„Es ist traurig, dass dir das gefällt."

„Sagst du. Das ist ein Unterschied. Aber nun zum Zeigen..."

Luzifer schnippte mit dem Finger und aus dem Nichts erschien eine riesengroße Leinwand vor ihnen in der Luft, die ein

Maschinengewehr zeigte. Mit einer weiteren Handbewegung ließ Luzifer das Gewehr verschwinden und es wurde durch einen Raketenwerfer ersetzt, der einige Sekunden später seinerseits durch eine Handgranate ersetzt wurde. So ging es weiter. Handfeuerwaffen jeglicher Art, Sprengkörper jeglicher Art, Behälter mit bunten Flüssigkeiten, die seltsame Symbole trugen – und teilweise auch Aufschriften: ‚Ebola', ‚Pocken', ‚Pest'.

„Was ist das?" fragte er und Luzifer lachte vergnügt auf:

„Waffen."

„Wo hast du sie her?"

„Was ist denn das für eine Frage? Ich bin der Herrscher dieser Ebene. Ich bin der Erfinder des menschlichen Schmerzes. Der Sünde, wie ihr es nennt. Der Kontrolle, wie ich es nenne."

„Aber alle diese Dinge... gibt es noch nicht."

„Nein. Natürlich nicht. Das wäre auch unklug. Stell dir mal vor, ich würde den Wilden da oben jetzt schon Panzer und Maschinengewehre zur Verfügung stellen. Oder Biowaffen. Dann würde es keine fünf Tage dauern und sie hätten sich alle komplett ausgerottet. Dann wäre der Spaß vorbei und ich würde keinen Nachschub mehr bekommen. Denn der Vater würde den Planeten sicherlich nicht noch ein weiteres Mal bevölkern. Oder es dabei besser machen als beim ersten Mal. Würde mir beides keinen Vorteil bringen. Nein – ich bin geduldig. Und eröffne ihnen den Fortschritt der Zerstörungskunde in kleinen, verdaulichen Häppchen. Die mir immer genug Opfer bringen, aber auch immer genug Überlebende lassen, dass es da oben weitergehen kann. Dementsprechend wird es die meisten Sachen, die du hier siehst, erst in ein paar hundert oder tausend Jahren geben. Was allerdings nicht heißen muss, dass ich sie nicht selbst verwenden kann. Denn wie gesagt: hier geht mir ja niemand kaputt. Sie leiden alle nur schön ordentlich. So wie du jetzt auch."

Er senkte den Kopf: „Drei Tage, Luzifer. So lange gilt mein Angebot."

„Damit brauchst du nicht mehr anfangen."

„Das schmerzt mich mehr als alles, was du mir hier zufügen kannst."

„Hm... das wage ich zu bezweifeln. Aber gut... werden wir sehen."

„Drei Tage hast du Zeit, alles zu probieren, was du willst. Dann werde ich gehen. Für immer. Und du wirst allein sein. Für immer."

„Du sagst das so, als wäre das ein Spaziergang. Dir ist schon klar, dass die ‚ein Tag sind tausend Jahre'-Regel hier unten auch gilt?"

„Tausend Jahre auf der Erde sind ein Tag im Himmel. Wieviel sind also drei Tage auf der Erde in der Hölle?"

„Ich habe die Macht, das umzudrehen."

„Ja... das ist mir klar."

„Sehr schön. Ich wollte nur sichergehen. Womit fangen wir an? Irgendwelche Präferenzen? Radioaktive Verseuchung? Ein Virus? Oder einfach nur eine große Menge an Kugeln?"

„Tu, was du nicht lassen kannst." Er setzte sich wieder hin und blickte zu Luzifer auf. Traurig. Dieser blickte auf ihn herunter. Fröhlich:

„Oh – das tue ich immer. Und immer wieder gerne."

Die Schmerzen, die folgten, waren schlimmer als alles, was er jemals gespürt hatte. Und sie nahmen kein Ende. Er starb – immer und immer wieder. Jede Sekunde hätte ausgereicht, einen lebendigen Menschen tot umfallen zu lassen – einzig nur, weil sein Herz aufgrund der Schmerzen ausgesetzt hätte. Doch hier hatte er kein Herz, das aussetzen konnte. Hier konnte er nicht wirklich sterben. Denn er war bereits tot. Hier riefen die Schmerzen keine Reaktionen hervor. Hier waren sie einfach nur da. Rein und ungebändigt. Er litt, er schrie, er weinte. Aber er bettelte nicht. Er flehte nicht. Er ertrug es und die Tränen, die er vergoss, hatten nichts damit zu tun. Die Zeit lief ab – das war der einzige Grund.

„Irgendwie hätte ich mehr erwartet." Luzifer wirkte merklich enttäuscht, „ich meine... Menschen sind oft so in ihren Sünden verhaftet, dass sie kaum noch etwas spüren. Aber du... mit deiner Hoffnung und deinem Glauben..."

„Genau das ist es, was mich erhält." stöhnte er.

„Aber heißt es nicht ‚Die Hölle ist das Getrenntsein von Gott'? Sollte das für dich nicht schlimmer sein, der du so nahe bei ihm warst?"

„Fragst du mich um Rat, wie du mich besser foltern kannst?"

„Ich bin durchaus an psychologischen Verwicklungen interessiert. Ich habe hier unten Menschen und Engel – die verstehe ich alle. Aber du bist der einzige Sohn Gottes. Ich bin sehr daran interessiert, dich auch zu verstehen."

„Das wirst du nicht. Nie, wie es aussieht. Leider. Weil du das Grundlegende nicht begreifst: die Hoffnung ist stärker als die Angst. Ist es immer gewesen, wird es immer sein. Ich weiß das. Ich weiß, dass meine Zeit hier unten gezählt ist. Du kannst mich nicht brechen. Weil du mir die Hoffnung nicht rauben kannst."

„Ach..." Luzifer griff nach einem Skalpell, „warten wir's mal ab. Deine drei Tage sind bald rum. Und spätestens am Tag danach sieht das alles ganz anders aus."

Die Fesseln schnitten ihm in Arme und Beine. Und hinterließen doch keine Spuren. Spüren konnte er sie trotzdem. Doch im Vergleich zu dem, was mit dem Rest seines Körpers geschah, waren sie kaum der Beachtung wert. Es hatte nicht lange gedauert, bis er die Auswirkungen jeder einzelnen Waffe, die sich hier fand, zu spüren bekommen hatte. Der Schmerz war inzwischen ein durchgehender Zustand, der keinerlei Wellenform mehr hatte, sondern ausschließlich am maximalen Punkt wogte. Selbst wenn er gewollt hätte, hätte er kein Wort mehr hervorgebracht. Keinen Finger mehr krümmen können. Sein Körper hatte die Arbeit eingestellt und ließ es nur noch über sich ergehen. Sein Geist dagegen war wach wie immer und zählte die Stunden herunter. Es waren viele – sehr viele. Und trotzdem eigentlich zu wenige.

Luzifer dagegen genoss die Zeit: „Was denkst du, was im Himmel jetzt los ist? Wo sie wissen, dass du nicht mehr wiederkommst? Dass sie dich an mich verloren haben? Glaubst du, einige meiner Brüder kommen nun zur Vernunft? Schließen sich mir an? Wird der Vater vielleicht als nächstes hier stehen? Hm? Ach..." Luzifer beugte sich über ihn und betrachtete sein schmerzverzerrtes Gesicht, „du kannst nicht mehr reden. Klar. Tut weh, gell? Egal. Dann rede ich halt so vor mich hin. Das bin ich ja gewöhnt. Auch in diesem Punkt bist du eigentlich genauso wie alle anderen. Aber ich dachte gerade an was... ach ja: wenn er hierherkäme. Wenn er um dich flehen würde. Ich würde dich zurückgeben. Im Tausch gegen sein Reich. Dann könntet ihr euch irgendwo eine Wolke suchen und dort zur Ruhe setzen. Und ich könnte die Welt so gestalten, wie ich das will. Und die Engel könnten für mich singen. Anständige Songs mit richtig ‚Wumms'. Nicht nur dieses Harfengedudel. Dann schenke ich den Menschen den Strom schon ein wenig früher und... ach... ich sollte mich nicht zu sehr in Fantasien versteigen. Aber das Angebot gilt. Ist nur fair, dass ich dir eines mache, wo du mir eins gemacht hast. Gebt mir euer Reich und zieht in Frieden davon. Baut euch ein neues Universum. Wenn ich das hier behalten kann, habe ich da nichts dagegen. Wobei... ach... vergiss es. Wenn er hier runterkommt, landet er neben dir und darf fühlen, was du jetzt fühlst. Ganz einfach. Warum sollte ich dich aufgeben – und ihn – wenn ich das Reich auch so haben kann? Und damit... was ist?" unterbrach sich Luzifer, als er zu wimmern begann, „rede ich dir zu viel?"

Die Zeit war fast um – das spürte er ganz deutlich. Er wusste nicht, warum. Hier gab es nicht wirklich eine Möglichkeit, sie zu messen. Aber sein Herz sagte es ihm. Und ein Lächeln trat auf sein Gesicht. Was Luzifer natürlich sah:

„Ja... ich amüsiere mich auch großartig..."

Er schlug die Augen auf: „Und wie die Zeit vergeht, wenn man sich amüsiert."

„Soll heißen?"

„Drei Tage..."

„Mein Sohn – es ist Zeit." hörte er die Stimme seines Vaters in seinem Kopf.

„Ja, Vater." antwortete er laut – und Luzifer blickte sich verwirrt um:

„Bitte was?"

„Luzifer – es tut mir leid." wandte er sich Luzifer zu, „deine Zeit ist um. Ich frage dich ein letztes Mal: willst du mit mir gehen?"

„Ich dachte, du hörst vielleicht auf damit, wenn ich dich nur lange genug schlage, aber anscheinend..."

„Ich hatte befürchtet, dass deine Antwort so ausfallen würde..." Mit einem einzigen Seufzer wischte er die Fesseln an Händen und Füssen weg. Dann stand er auf. Luzifer versuchte, ihn zu packen, doch er konnte sich ihm nicht mehr nähern. Es war, als wäre eine unsichtbare Barriere zwischen ihnen. Er blickte nach oben:

„Vater, ich habe alles versucht."

„Ich weiß, mein Sohn." erklang die Stimme seines Vaters nun laut hörbar.

„Wir können nur die Menschen retten."

„Dann werden wir auch nur die Menschen retten."

„Bis bald, Vater."

„Bis bald."

Luzifer betrachtete ihn skeptisch: „Und jetzt gehst du."

„Ja – jetzt gehe ich."

„Da bin ich aber gespannt."

„Es hingen zwei Mörder neben mir am Kreuz."

„Ich weiß."

„Sind sie beide hier?"

„Nein..."

„Weil einer von ihnen noch im Moment seines Todes erkannt hat, wer stärker ist. Er hat um Gnade gefleht und er hat sie bekommen. Dies ist der Moment deines Todes. Willst du um Gnade flehen?"

„Du darfst gleich um Gnade flehen." zischte Luzifer, „ich werde bestimmt noch etwas finden, was ich noch nicht an dir..."

Mit einer Handbewegung brachte er Luzifer zum Schweigen. Dann trat er auf ihn zu: „Ich bin unendlich traurig. Mein Vater ist unendlich traurig. Deine Brüder sind unendlich traurig. Aber jetzt... ist es zu spät. Die Prophezeiungen sind gesprochen, der Weg der Welt vorgezeichnet. Bald werden sie aufgeschrieben und dann werden sie sich erfüllen. Eine nach der anderen. Eine neue Zeitrechnung beginnt – mit dem Moment, wenn ich zurückkehre in die Welt. Für die Seelen hier kann ich später vielleicht noch etwas tun. Das wird sich zeigen. Jetzt muss ich mich erstmal um die Lebenden kümmern."

Luzifer schnaubte verächtlich: „Das tu mal..."

„Auch dein Weg ist vorgezeichnet." fuhr er ruhig fort, „du wirst zu Grunde gehen. Mein Vater wird dich hinabstoßen und du wirst nie wieder emporsteigen können. Für dich kann ich nun nichts mehr tun. Das schmerzt mich mehr als alles, was du mir hier zugefügt hast. Aber es war deine Wahl. Ich werde dich immer lieben..." Er gab Luzifer einen Kuss auf die Stirn. Dann war er verschwunden.

Das Licht blendete ihn. Doch die Tatsache, dass es durch etwas erzeugt wurde, das wirklich hell war, hatte gleichzeitig etwas beruhigendes. Und auch wenn er sich leicht benommen fühlte, spürte er doch gleichzeitig, wie die Finsternis von ihm abfiel und die Hoffnung, die so lange nur als kleine Flamme in ihm gelodert hatte, ihn voll und ganz erfüllte. Dann war es vorbei. Er fühlte nichts mehr.

Wie lange er so dagelegen hatte, wusste er nicht. Sämtliches Zeitgefühl war verschwunden. Er merkte, dass er wieder Augen zu haben schien, denn als sein Gehirn den Impuls aussandte, sie zu öffnen, konnte er sehen, was ihn umgab. Er lag auf einer Wiese – nicht weit entfernt von dem See, an dem er Simon Petrus zum ersten Mal getroffen hatte. Simon Petrus, der ihm gefolgt war und ihn verraten hatte. Der inzwischen sicherlich tausende Tode starb aufgrund dessen. Der sich wahrscheinlich nichts sehnlicher wünschte, als vor ihm auf die Knie zu fallen und um Vergebung zu bitten. Nun – er würde ihm die Möglichkeit dazu geben, ohne dass er auf die Knie fallen musste. Eine tränenreiche Umarmung würde es auch tun. Er blickte an sich herunter und betrachtete nachdenklich seine Füße – dann seine Hände. Die Wunden waren noch da, auch wenn er sie nicht mehr spürte. Überhaupt – die Schmerzen der letzten drei Tage waren komplett aus seinem Bewusstsein verschwunden. Zurück blieb die Trauer, dass er nur die Hälfte seines Auftrags erfüllt hatte. Freier Wille – ein Prinzip der Verdammnis. Doch er musste damit leben. Und nun sein Bestes tun, dass zumindest die andere Hälfte gelang. Die Hälfte, die von vorneherein weitaus wichtiger gewesen war. Mit einem letzten Seufzer stand er auf und machte sie auf den Weg in Richtung Jerusalem."

Es war mucksmäuschenstill. Nicht einmal ein Husten war zu hören. Jesus blickte – die Augen mit Tränen gefüllt – in Richtung Publikum. Dann drehte er sich um und ging schweigend von der Bühne.

134

Geraldine blickte zum Fenster hinaus in die Wolken: „Ich hoffe, der Pilot gibt Gas."

„Ich hoffe, er hat das vorher nicht gesehen." konterte Nils, der immer noch reichlich zappelig war.

„Gutes Argument."

„Ich hatte wirklich Recht. Ist das nicht schlimm? Ich hatte Recht."

„Ja. Das ist ein Knaller." Sie musterte ihn kritisch, „und die anderen werden großen Redebedarf haben. Von daher ist es gut, dass wir zurückfliegen. Aber warum genau bewertest du das so hoch? Du bist aufgedreht, als wäre ein Weltkrieg ausgebrochen."

„Nun, streng genommen..."

„Bleib beim Thema."

„Ja, ja, ja." Er wischte sich über die Stirn, „weil der Teufel als Sinnbild für die Sünde steht. Er ist der, der keine Vergebung hat. Und der über alle herrscht, die keine Vergebung haben. Wenn er da jetzt behauptet, der Teufel hätte Vergebung haben können... das wirft ein völlig neues Licht auf unser Verständnis von Sünde."

„Also da übertreibst du, glaube ich." entgegnete sie, „er stellt so ziemlich alles auf den Kopf, was wir bisher geglaubt haben. Aber ich kann mir nicht vorstellen, dass die Leute da so tief einsteigen. Sich so intensiv Gedanken machen."

„Wir werden es sehen. Vielleicht hast du Recht. Das wäre gut." Nils atmete einige Male durch – dann schloss er die Augen. Und Geraldine – die eigentlich gerne noch weitergeredet hätte – ließ ihn. So bestand zumindest eine gewisse Chance, dass er sich beruhigte.

135

Am Flughafen wurden sie von Annie und Z empfangen. Die ungeduldig
auf sie warteten:

„Da seid ihr ja endlich." Z wedelte wild mit den Armen, „das Flugzeug steht
schon seit Stunden."

„Nun übertreib mal nicht." brummte Geraldine außer Atem.

Annie drückte sie flüchtig: „Du willst nicht wissen, wie viele Visionen wir
hatten, während du in Urlaub warst."

„Und du willst nicht wissen, was ich für welche hatte." erwiderte Geraldine,
worauf Annie eine Augenbraue hochzog:

„Eigentlich schon."

„Ich auch." nickte Geraldine, „aber fang du an."

„Äh... ich habe sie nicht gezählt. Aber es waren viele. Z?" Sie drehte sich
hilfesuchend zu ihm um, doch er zuckte nur mit den Schultern:

„Ich habe sie auch nicht gezählt. 10? 12? 14?"

Geraldine legte den Kopf schief: „Warum nur gerade Zahlen?"

„Weil ich weiß, dass wir beide gleichviel hatten."

„Und du darfst jetzt aufholen." Annie klopfte ihr auf die Schulter und
Geraldine verzog das Gesicht:

„Ist das ein Spiel, bei dem wir Strichliste führen?"

„Nein. Aber es wäre fair."

Sie hatten das Auto erreicht und Nils lud das Gepäck ein. Als sie alle saßen,
nahm Geraldine den Faden wieder auf:

„Ich mache, was ich kriege."

„Klingt gut." lächelte Annie – für Z das Zeichen, dass dieser Teil abgehakt
war und er zum nächsten übergehen konnte:

„Dann rück mal raus mit der Sprache." forderte er Geraldine auf, die
allerdings abwiegelte:

„Sollten wir uns nicht zuerst mit dem akuten Skandal beschäftigen?"

„Skandal?" Z warf ihr einen fragenden Blick zu, „hab ich was verpasst?"

„Habt ihr unseren Freund nicht gesehen?" gab sie erstaunt zurück.

„Was – das Höllengefasel? Ich bitte dich. So ein Schmarrn."

„Ja, schon. Aber... das bricht doch bestimmt ein Gewitter los."

„Nee – hier ist bisher nichts." schaltete sich Annie ein, „Waldemar, der mir trotz der widrigen Umstände immer noch ab und an Nachrichten schickt, hat vorhin geschrieben, dass sie bei dieser Sendung die höchste Abschaltquote überhaupt hatten."

Geraldine drehte sich zu ihr um: „Das können sie messen?"

„Das ist nicht die Frage, die ich gestellt hätte." warf Nils ein – wurde aber ignoriert.

„Du darfst nicht vergessen, dass der Glaube an den Teufel selbst innerhalb der Kirche eher ein Minderheitentrend ist." Z fuhr auf die Autobahn auf und gab Gas, „von den Heiden ganz zu schweigen. Wer mag schon an das Böse denken? Das schiebt man lieber weg. Und ganz nebenbei... was vor zweitausend Jahren mal passiert ist – wen interessiert das heute schon noch groß?"

„Naja – Jesu Tod sollte die Leute schon interessieren." meldete sich Nils erneut zu Wort – und diesmal ging Z darauf ein:

„So meinte ich das auch nicht. Was weiß denn ich? Es ist auf jeden Fall nichts los. Was auch immer er damit bezwecken wollte – es hat nicht geklappt."

„Oder eben gerade doch." Annie rieb sich nachdenklich die Schläfen – und wurde sich erst nach mehrmaligem „Wie?" aus mehreren Kehlen bewusst, dass der Wunsch nach näherer Ausführung bestand. Die sie dann auch gab: „Na – er testet aus, wie weit er es treiben kann. Seine Akzeptanzgrenze. Besser gesagt: unsere. Mit seinem Sex-Gesetz hat er diese Grenze schon ganz schön strapaziert. Aber das war eher etwas Weltliches. Jetzt hat er die geistliche Grenze gedehnt. Und wenn du Recht hast und es kommen keine Reaktionen, dann ist er wahrscheinlich glücklich und zufrieden. Weil die Leute ihm alles abzunehmen scheinen."

„So kann man es auch sehen." Geraldine wippte den Kopf hin und her, „aber ich denke eher in Zs Richtung: Die Leute haben den Teufel aus ihrem Wortschatz gestrichen. Er ist ein Schreckgespenst, das jeglichen Bezug zur Realität verloren hat. Und wenn Jesus ihm mal vergeben wollte... ändert das nicht den Lauf der Dinge."

„Ich weiß nicht, ob ich das gut finden soll." bemerkte Nils düster.

Annie lachte auf: „Ich bin schon lange über den Punkt hinaus, wo ich irgendetwas davon gut finde."

„Auch wahr. Allerdings…" Nils versank in Gedanken – bis Geraldine ihn anstupste:

„Allerdings?"

„Hm? Ja. Allerdings. Ich denke da noch in eine andere Richtung."

„So?"

Nils sah sie an – dann nach vorne zu Annie und Z: „Sind euch denn die zwei Fehler nicht aufgefallen?"

„Zwei?" wiederholte Annie grinsend, „diese Rede hatte tausende."

„Sie war ein einziger Fehler." schlug Z vor, worauf Annie nickte.

Aber Nils ließ sich nicht beirren: „Sie war insgesamt dummes Zeug – schon klar. Aber es sind eben zwei Dinge – abgesehen von der Vergebungssache – die mir besonders aufstoßen. Und bei denen ich eigentlich schon gehofft hätte, dass irgendwer aus dem Kreis der eingeweihten Bibelkenner sich dazu äußert."

„Und die wären?" hakte Geraldine nach, als Nils wieder eine Pause einlegte.

„Er spricht von der Hölle. Und, dass der Teufel ihn dort gefoltert hätte. Aber das ist ein Bild vom Reich des Teufels, das nicht aus der Bibel kommt, sondern aus der mittelalterlichen Folklore oder was weiß ich, woher. Das ist das, was all diejenigen glauben, die eben eigentlich nicht glauben – sondern nur so ein rudimentäres Grundwissen haben, das aus den verschiedensten Quellen kommt – exklusive der Bibel. Das Wesen mit dem Pferdefuß, das im Fegefeuer die Menschen quält. Da gibt es Gemälde und Geschichten und sonst was. Aber es ist nun mal falsch."

„War es nicht ein Ziegenfuß?" erkundigte sich Annie und Nils starrte sie ungläubig an:

„Das ist das Erste, was dir dazu einfällt?"

„Das Einzige sogar." gab Annie zurück, „warum ist dir gerade dieser Aspekt so wichtig?"

„Na… weil… er widerlegbar ist. Ganz einfach sogar. Mit… der Bibel. Bibel, Bibel, Bibel. Steht alles da drin. Das andere mit der Vergebung – davon steht da nichts. Zumindest nicht konkret. Da muss man schon tiefer einsteigen, um dazu etwas sagen zu können. Und zur Not könnte er sich mit ‚Ich weiß es aber besser als ihr' rausreden. Aber etwas in die Welt zu setzen, was dem Wort ‚seines Vaters' dermaßen offensichtlich widerspricht, dass… dass… dass…"

„…ist doof und nervig." führte Geraldine den Satz für ihn zu Ende, „aber ich gebe dir Recht: Das ist ein wichtiger Punkt. Für ihn zumindest. Weswegen ich meine Zustimmung für Z auch in Zustimmung für Annie ändern muss."

„Tadaa…" Annie ballte die Faust und alle fingen an zu lachen.

„Nicht, dass ich ihr das nicht gönne…" ließ sich Z im Anschluss vernehmen, „aber könntest du das ein wenig…?"

„Gerne." erwiderte Geraldine, „den Normalbürgern fallen diese Fehler – wie Nils schon gesagt hat – gar nicht auf. Weil sie damit etwas verknüpfen, was ihnen bekannt vorkommt. Schließlich ist das auch die Art der Darstellung, die in jedem Film und jeder Serie für den Teufel gewählt wird. Sogar wir sind davon betroffen. Ich meine… wir sagen auch immer noch Hölle – nach wie vor. Obwohl Lotta versucht hat, es uns auszu… dingsen. Und Christopher und Miguel haben es gar nicht erst versucht. Vielleicht haben wir es in ihrem Beisein auch nie verwendet. Vielleicht dachten sie in den entsprechenden Momenten, dass es bei uns hoffnungslos ist, mit sowas zu kommen. Vielleicht ist es aber auch, weil sie an den Begriff selbst schon längst gewöhnt sind. Egal. Auf jeden Fall wird sich ein Großteil der Menschheit nicht daran stören. Bis auf die, die es besser wissen. Und die könnten etwas sagen. Wenn sie sich trauen. Und das ist genau die Frage – der Test, besser gesagt – den ich mir dahinter vorstellen könnte: Er will die Kirchen konformieren, alle Christen dazu bringen, gleich zu denken. Wenn da jetzt welche aufstehen und sagen ‚Moment – so stimmt das aber nicht', dann weiß er gleich, um wen er sich noch besonders kümmern muss. Wenn das keiner tut – und das scheint ja der Fall zu sein – zumindest bisher – dann kann er sich freuen. Denn dann hatte er Erfolg mit seiner bisherigen Taktik."

„Hm…" machte Z nachdenklich.

„Siehst du nicht so?"

„Klingt alles logisch und durchdacht. Aber genau da… Ich frage mich einfach, ob hinter seinen Aktionen wirklich so viel Logik und Strategie steht, wie wir ihm hier unterstellen. Oder ob er nicht einfach auf die Richtigkeit der Begrifflichkeiten pfeift. Beziehungsweise: diejenigen, die ihm die Sachen vorschreiben oder diktieren."

Geraldine zuckte mit den Schultern: „Das kann natürlich auch sein. Keine Ahnung."

„Ist im Grunde auch egal." sinnierte Annie, „denn für uns ändert sich nichts. So oder so."

„Wir sind gleich da." Z ordnete sich rechts ein, um die nächste Ausfahrt nehmen zu können, „und dann erzählst du."

Geraldine schüttelte den Kopf: „Nein."

„Nein? Schon wieder Geheimnisse?"

„Nein. Nur müde. Morgen kann ich erzählen. Allen."

„Wegen mir." Z beschleunigte wieder und fuhr an der Ausfahrt vorbei. Zu Nils' Wohnung war es praktischer, die nächste zu nehmen, „treffen wir uns im Haus."

„So sieht es aus." stimmte Geraldine zu und Annie begann zu kichern: „Das reimt sich. Und was sich reimt, ist gut."

Geraldine stimmte mit ein: „Wenn du dich jetzt noch unsichtbar machst, bin ich echt beeindruckt."

„Was?" fragte Z konsterniert und aus dem Kichern wurde ein Lachen: „Ein Fernsehwitz. Und Z hat ihn nicht verstanden."

136

Die Jünger des Sohnes standen zusammen und blickten hinab auf die Erde.

„Ihm zuzusehen ist eine Schande." murmelte Thomas.

„Ja." stimmte Bartholomäus ihm zu, „kein Wunder, dass der Sohn nicht hinsehen kann."

„Ich sehe hin." hörten sie die Stimme des Sohnes hinter sich, „sehr oft sogar." Er trat zu ihnen, doch die Blicke der Jünger richteten sich zunächst auf seine Begleiter:

„Wie geht es euch?" erkundigte sich Andreas vorsichtig.

Raja lächelte ihn an: „Besser. Jetzt, wo wir wieder zu viert sind."

Petrus legte den Kopf schief: „Ihr hättet nicht aufeinander warten müssen."

„Müssen nicht. Aber wollen." Rajas Lächeln wurde breiter, „ab dem Moment, wo ich wusste, dass die anderen mir folgen würden, stand für mich nichts anderes zur Wahl. Und..." Sie begann zu kichern, „...es hat ja auch nicht lange gedauert. Hier zumindest nicht."

Petrus stimmte mit ein: „Das stimmt natürlich."

„Und wir hatten ja auch nette Gesellschaft." setzte Benjamin hinzu.

„Also seid ihr wieder glücklich." fasste Bartholomäus es zusammen.

„Naja..." Zoey hob die Hände, „das Sterben an sich war jetzt nicht so doll."

„Und das Leiden vorher noch ein ganzes Stück weniger." schloss Benjamin sich ihr an, „aber..."

„Aber wir wissen, wofür es gut war. Unsere Eltern brauchten das. Uns langsam zu verlieren."

Petrus seufzte laut: „Was tut man nicht alles für die, die man liebt."

„Beziehst du das auf das Ohr oder auf den Hahn?" erkundigte sich Andreas mit unschuldigem Grinsen und Petrus versetzte ihm einen sanften Stoß: „Du wieder."

„Alles vergeben." beruhigte ihn sein Bruder.

„Aber nicht vergessen." Petrus zog eine Schnute – die Thaddäus zum Lachen brachte:

„Es wurde aufgeschrieben. Da ist vergessen eher schwer."

„Unmöglich geradezu." schloss Matthäus sich an.

„Und was macht ihr jetzt als erstes?" wandte sich Thaddäus wieder an die vier.

„Wir gehen unsere Familien suchen." antwortete Zoey und Bartholomäus runzelte die Stirn:

„Die ist aber noch da unten."

Jacob schnaubte leise: „Unsere Vorfahren – nicht unsere Nachfahren."

„Ah. Klar."

Nacheinander umarmten die vier den Sohn – dann verschwanden sie in den Weiten des göttlichen Himmels. Der Sohn sah ihnen nach. Bis Philippus ihn leicht anstieß und in Richtung Erde deutete:

„Willst du ihn nicht einfach auslöschen?"

„Ich will niemanden auslöschen." entgegnete er.

„Natürlich nicht." wehrte Philippus ab, „aber er beleidigt alles, was du bist. Alles, was du darstellst."

„Er tut, was er tun muss. Aber wisst ihr, was das Geniale daran ist?"

Die Jünger wechselten verwunderte Blicke: „Genial?"

Der Sohn lächelte: „Wenn ich wirklich auf die Erde zurückkehre, wird er es mir leichter gemacht haben."

„Wie das?" hakte Andreas nach.

„Nie haben so wenige Menschen an mich geglaubt wie im Moment. Aber durch ihn ändert sich das."

„Sie werden herausfinden, dass er ein Schwindler ist." wandte Thomas ein, „das wird dir keinen Vorteil bringen."

„Wenn ich zurückkehre, werde ich nicht als Mensch gehen." erinnerte ihn der Sohn, „sondern so wie ich bin. Das wird sie alle überzeugen."

Jakobus runzelte die Stirn: „Aber dann brauchst du ihn nicht."

„Ihr versteht es nicht. Lasst es mich euch erklären. Später."

„Warum nicht jetzt?" Petrus blickte ihn herausfordernd an – und er blickte liebevoll zurück:

„Weil ich zuerst mit meinem Vater sprechen muss."

„Natürlich." Petrus senkte den Blick, „wir werden hier warten."

„Tut das. Und haltet die Augen offen."

„Haha." brummte Jakobus, „das sagst du immer seit Gethsemane."

Der Sohn lachte: „Es ist ein Scherz."

„Seit 2.000 Jahren." seufzte Johannes.

„Ich mag ihn." Der Sohn strich ihm über den Kopf, „und ich mag deinen Gesichtsausdruck, wenn ich ihn mache."

„Na dann – nur zu."

Mit einem letzten Lächeln ließ der Sohn sie allein. Er betrat die Halle, in der sein Vater auf ihn wartete:

„Du siehst beunruhigt aus, mein Sohn. Zweifelst du, dass alle ihre Aufgabe erfüllen können?"

„Ich hatte gehofft, dass wir alle persönlichen Probleme aus dem Weg geräumt haben, bevor es losgeht. Aber sie brauchen so lange. Und es sind so viele Chancen ungenutzt verstrichen."

„Sie sind immer noch auf dem Weg. Und die Reihenfolge, in der das geschieht, ist nicht wichtig."

„Es wäre leichter für sie." sinnierte der Sohn, „wenn sie sich nur auf den Kampf konzentrieren könnten."

„Manchmal bedeutet leichter, dass man an Konzentration einbüßt. Vielleicht ist es besser für sie, wenn sie dadurch auf dem Boden bleiben."

„Du sagst ‚vielleicht'. Aber für dich ist es nicht ‚vielleicht'. Für dich ist es ‚sicher'."

Der Vater nickte: „Ich weiß, dass es so ist, das stimmt. Es ist nicht die Möglichkeit, die mir am besten gefällt. Aber eine, mit der ich sehr gut arbeiten kann. Und wir sind bei ihnen beiden schon bei 50%."

„Meinst du?" hakte der Sohn nach.

Wieder nickte der Vater: „Bei ihr fehlt das Wissen, aber der Wille ist da. Wenn sie die Erkenntnis erlangt, wird es schnell gehen. Er hat das Wissen, aber nicht den Willen. Aber wenn wir ihn anspornen, wird er sich aufraffen."

„Wir sollten nicht zu lange warten, es ihnen zu geben."

„Es ist nicht mehr an uns, zu warten oder nicht. Die Zahnräder sind alle an ihrem Platz und greifen ineinander."

„Das ist gut." Der Sohn deutete in Richtung Erde, „nur tun sie das auch auf der Gegenseite."

„Es gibt keine Gegenseite." erwiderte der Vater, „zumindest nicht, was den Ablauf angeht. Grundsätzlich natürlich schon. Aber beim Voranschreiten der Ereignisse ist diese Gegenseite auch nur eines der Zahnräder. Oder auch mehrere – je nachdem, wie man es betrachtet."

„Dann wird also alles gut gehen."

„Ja, das wird es."

Der Sohn blieb noch eine Weile schweigend neben seinem Vater stehen. Dann kehrte er zu seinen Jüngern zurück, um ihnen den Sinn seines Denkens zu erklären.

137

Geraldine erzählte. Und erzählte. Und erzählte. Und die anderen hörten zu. Keiner unterbrach sie. Keiner bat um eine Pause. Sie hingen förmlich an ihren Lippen. „Ich hätte Vorleserin werden sollen." bemerkte sie zwischendrin schnippisch. Doch es kam nicht einmal ein Lachen – so konzentriert waren sie. Schließlich war sie fertig und blickte in die Runde: „Alles klar?"

Z reagierte als erster – mit einem lauten Stöhnen: „Das war Input für zehn Jahre."

„Schön wärs." gab Geraldine zurück.

„Hm?"

„Wenn wir so viel Zeit hätten."

„Was sagt es dir denn?" erkundigte sich Steve, „du hattest ja mehr Zeit, dich damit zu beschäftigen."

„Naja." Geraldine überlegte kurz, „das Wichtigste für mich ist erstmal die Sache mit meiner Oma. Die nicht meine Oma war."

„Aber das wusstest du doch schon, dass es nicht deine Oma war." warf Annie ein.

„Schon. Aber da dachte ich, es wäre komplett erfunden. Das ist es nicht. Es ist jemand anders seine Oma. Und zwar..."

„Jemand..." Z sprang wie üblich auf ihren Satzbau an, wurde diesmal aber anders als üblich nicht von Annie unterstützt – sondern von ihr zurechtgewiesen:

„Spar es dir."

Sein Grinsen blieb: „Ich hätte es auch nicht mehr zusammengekriegt."

„Wir wissen ja, wemseine..." Annie stutzte, „auch nicht besser. Das Mädchen. Sie ist der Schlüssel. Ihre Oma. Sie mit dir im Kindergarten. Sie beim Sex. Das..."

„Moment." unterbrach Geraldine sie verwirrt, „Sex?"

„Äh..." kam es von Katiana, „das wollte ich auch gerade sagen."

Annie runzelte die Stirn: „Du?"

„Ja, weil..."

„Nicht du..." Annie deutete auf Geraldine, „du?"

„Also..." setzte diese an, brach dann aber wieder ab.

„Ja bitte?"

Geraldine seufze: „Gerade als ich ‚Und zwar...' sagte, wollte ich euch verkünden, dass ich weiß, wer es ist."

„Was?" fuhr Z auf, „echt?"

„Ja. Nur... stimmt es nicht."

„Was? Nicht?"

„Öhm..." Annie sah ihn amüsiert an, aber er winkte sie weg:

„Erzähl einfach."

„Ich habe kombiniert." kam Geraldine dem nach, „und dachte, es würde alles stimmen. Aber die Sache mit dem Sex habe ich dabei total vergessen.

Das meinte der Engel also. Ach Mensch – ja. Also: nein. Das passt ja dann gar nicht."

„Weil?" hakte Z nach und Annie konnte nicht mehr an sich halten:

„Du musst ,Was? Weil?' sagen."

„Annie – nerv..."

„Aber du." konterte sie – worauf Z nichts mehr zu sagen wusste – was Geraldine ausnutzte, um fortzufahren:

„Ich dachte, dass es jemand sein muss, den wir schon kennen. Von dem wir einfach noch nicht wissen, dass sie wichtig ist. Aber das ginge ja nur, wenn wir nicht wüssten, wie sie als Erwachsene aussieht. Und das wissen wir ja."

„Stimmt." nickte Annie, „das wissen wir."

„Also vergesst es. Oh Mann... da dachte ich, es wäre endlich mal ein Rätsel gelöst und schon..."

„...ist es nicht gelöst."

„Genau. Doof. Und doch ein weiterer Spieler." fügte Geraldine leise hinzu – Z hörte es trotzdem:

„Was?"

„Ach... nicht wichtig."

Katiana sah in die Runde: „Geklärt? Gut. Dann jetzt nochmal zurück zu dem Punkt, wo ich die Frage gestellt hätte..."

„Ja... das..." Z zögerte, „es gibt da eine andere Vision."

„Vielleicht sollten wir es kurz zusammenfassen?" schlug Annie vor, doch Z war da anderer Meinung:

„Vielleicht auch nicht. Das wird zu viel und zu verwirrend. Einigen wir uns einfach auf Folgendes: Dieses Mädchen spielt eine Hauptrolle. Was ich sehr befremdlich finde, wenn man bedenkt, wie lange das Spiel schon im Gange ist. Und wir sie noch immer nicht getroffen haben."

„Wer sagt denn, dass das Spiel nur hier bei uns läuft?" warf Johanna ein, „sie kann woanders ihren Dienst verrichten."

„Das stimmt." überlegte Geraldine, „aber irgendwann müssen wir sie treffen. Sonst hätten alle diese Visionen von ihr keinen Sinn."

„Werden wir." schlug Annie sich auf Johannas Seite, „ganz sicher."

An diesem Punkt war Z noch nicht: „Dass dir der Engel auch nichts verrät."

„So sind sie." Geraldine zuckte die Achseln.

„Kein Wunder, dass hier so viel nicht klappt. Das ist schlimmer als beim KGB."

Katiana runzelte die Stirn: „Woher willst du wissen, wie es beim KGB war?"

„Na – die haben verloren. Die ganze Sowjetunion ist zusammengebrochen."

„Aha." Annie schenkte ihm einen leicht spöttischen Blick, „wenden wir uns mal dem Hauptthema zu: Der Engel. Also nicht der, den Geraldine gesehen hat. Der, der da kommen wird."

„Was ist mit ihm?" fragte Geraldine.

„Wer ist er?" fragte Annie zurück.

„Das habe ich doch gerade erzählt."

„Naja... jein. Im Grunde..."

„...wissen wir es nicht." beendete Geraldine den Satz für sie, „ja, ja, ja. Ach... das ist so nervig. Die ganze Zeit über dachte ich, das wäre eindeutig. Und dann kommt dieses letzte Ding und mit einem Mal passt es nicht mehr."

Johanna rieb sich die Schläfe: „Vielleicht ist er wieder zurückgekommen. Auf die gute Seite."

„Das hätte mir der Engel aber ohne weiteres sagen können."

„Auch wahr."

„Vielleicht kommt er ja zu uns im Auftrag der bösen Seite." machte Steve den nächsten Vorschlag – und löste damit allgemeines Zusammenzucken aus:

„Was? Uah..."

„Ein böser Engel. Hier bei uns."

„Da verblasst sogar Sven vor meinem inneren Auge."

„Da verblasst Sven auch vor meinem äußeren Auge."

Alle starrten Geraldine an. Geraldine starrte zurück. Und auf Steves Gesicht breitete sich ein Lächeln aus:

„Danke, Geraldine, dass du alle anderen – und auch dich selbst – aus dem Panikmodus befreit hast. Ich denke, was sie – was du – sagen wolltest: Gegen ihn würde Sven ziemlich blass wirken. Richtig?"

Geraldine nickte stumm – und Annie schluckte laut:

„Und wie genau soll das gegen Panik helfen?"

„Nun..." setzte Steve an – wurde aber direkt von Z unterbrochen, der mit seinen Gedanken schon ein Stück weiter war:

„Es würde Sinn machen, oder? Was Steve gesagt hat." fügte er hinzu, als er sich der verständnislosen Mienen gewahr wurde, „angenommen, der J-Man will uns..."

„J-Man?" wiederholte Johanna konsterniert.

„Nicht gut?"

„Nö."

„Ist er ja auch nicht. Passt also." Z kicherte vor sich hin – bis Geraldine ihn anstieß:

„Zurück..."

„Ja. Angenommen, er will uns nach wie vor auf seiner Seite haben – was gäbe es da Besseres, als einen Engel herzuschicken?"

Annie verzog das Gesicht: „Der uns mit Prügel droht?"

„Nein, Dummerchen." erwiderte Z, „wir sollen doch glauben, dass er echt ist. Und ein echter Engel ist dafür ein sehr guter Beweis. Also wird dieser echte Engel auch genauso auftreten. Gut sein. Sich gut geben. Um uns zu überzeugen."

„Ja..." Geraldine wippte langsam mit dem Kopf auf und ab, „das klingt wirklich ziemlich logisch."

„Ich verstehe trotzdem die ganzen Zusammenhänge noch nicht." brummte Annie.

„Nun..." wollte Z ihr damit helfen, aber Geraldine war schneller:

„Wir wissen jetzt, dass er echt ist – und keine Attrappe wie der andere da. Aber eben nicht gut, sondern böse. Das ist schon ziemlich hilfreich, wenn er plötzlich dasteht. Ganz ehrlich – an einen Engel würde ich persönlich viel eher glauben als an den Typen da. Weil er halt dieses ganze Herrlichkeit-Ding und so hat. Das wir ja auch fast alle schonmal gesehen haben. Und daher..."

„Fast alle im Sinne von nur du." schnaubte Z.

„Äh..."

„Wir könnten es einordnen." übernahm Steve, „und würden es falsch einordnen. Engel sind gut – Punkt. Anders kennen wir es nicht. Ohne dieses Wissen wäre das eine harte Probe geworden – mit großer Scheiterungschance. Also... großem Risiko. So aber sind wir vorgewarnt."

Geraldine nickte vehement – Katiana ebenfalls: „Genau. Auch vor seiner Skrupellosigkeit."

„Skupel...was?" kam es von Annie.

Auf Zs Gesicht breitete sich ein Grinsen aus: „Kennst du nicht?"

„Verstehe ich nicht."

„Es bedeutet..."

„Was du damit sagen willst." Annie blickte Katiana griesgrämig an und Z schluckte sein Lachen herunter und ließ Katiana erklären:

„Er war ein Mörder im Auftrag des Herrn. Und wurde zum Mörder ohne Auftraggeber. Wer sagt denn, dass er nicht auch zum Mörder im Auftrag des Teufels werden kann? Oder es vielleicht sogar schon ist?"

Annie stieß laut hörbar die Luft aus: „Die ersten beiden Sätze klangen wie der Werbetext für einen Film. Das danach war leider nur noch grausig."

„Ja – leider."

„Na – ich denke, wir sollten nicht ganz so Schwarz sehen." schaltete sich Geraldine ein, „wenn er wirklich den Auftrag hätte, uns umzubringen, würde mein Engel mir nicht einfach ein paar Ausschnitte aus seiner Vergangenheit zeigen und dann sagen: ‚Er kommt demnächst – viel Spaß'. Ganz davon abgesehen, dass wir uns eine Aufnahme anhören sollen, wenn er da ist. Kein übermäßig hilfreiches Mittel gegen einen Mordanschlag. Und er hat mir gesagt, dass er mit seiner Sonderrolle fertig ist. Wir haben keine Chance gegen einen Engel. Da würde er uns doch hoffentlich beistehen."

„Ja... das... wäre zu hoffen." Katiana sah nicht überzeugt aus – daher fuhr Geraldine fort:

„Ich denke, das mit dem Überreden klingt sehr viel logischer. Vielleicht hat er das auch schon mit anderen gemacht. Den ganzen Jüngern zum Beispiel. Oder auch Lotta. Wer weiß?"

„Hm... das..."

„Ich denke, du hast Recht." erhielt Geraldine Unterstützung von Z, „zumal es im Grunde auch deine Aufnahme erklärt. Wenn wir nur versuchen, ihm zu widersprechen, wird er uns plattmachen. Nicht mit Blitz und Donner, aber mit Worten. Aber wenn dann die Stimme eines seiner Brüder da aus deinem Handy kommt, die uns die Wahrheit erzählt in seinem Beisein – dann wird er sich nur sehr schlecht dagegen wehren können. Und uns nicht mehr daran hindern, dass wir uns gegen ihn wehren."

Eine Weile herrschte Stille, während alle das sacken ließen. Dann sagte Annie laut „Das klingt alles ordentlich logisch." und erntete eine Runde nicken dafür. Wenn auch keiner übermäßig begeistert wirkte – vor allem Geraldine nicht, worauf Steve sie direkt ansprach:

„Du siehst trotzdem nicht zufrieden aus."

Geraldine hob die Hände: „Ich bin halt nicht so ein Freund des Spekulierens. Das tun wir viel zu oft. Ich bin ein Freund der Fakten."

„Müsste es im Sinne der Gleichberechtigung nicht ‚Freundin' heißen, wenn du über dich selbst redest?" Z zwinkerte ihr zu, „haben deine Vorfahrinnen nicht dafür gekämpft?"

„Ich kämpfe gleich mit dir." fauchte sie zurück.

„Na, na. Nicht gleich eingeschnappt sein. Ich mache nur Spaß. Zur Auflockerung."

„Wir müssen einfach warten." sinnierte Johanna – was Annie das Gesicht verziehen ließ:

„Warten. Meine Lieblingsbeschäftigung."

„Also – so viel wie in den letzten Wochen los war, bin ich sehr dankbar für ein bisschen Wartezeit." entgegnete Z.

„Auch wieder wahr."

„Und es ist ja auch nicht gesagt, dass wir nicht anderes zu tun bekommen, während wir warten."

„Das auch."

„Siehst du." Z hob beide Daumen, „alles völlig in Ordnung."

„Als ob." schnaubte Annie.

Kurz darauf beendeten sie ihre Sitzung. Sie gingen nacheinander – mit mehreren Minuten Abstand. Ein Zugeständnis an die Unsicherheit, die sie alle in Bezug auf ein persönliches Treffen mit der ganzen Gruppe verspürten. Steve und Katiana waren sogar komplett dagegen gewesen – Geraldine jedoch hatte es als leichter empfunden, diesen Berg an Informationen nicht über den Computer weitergeben zu müssen und so hatten sie sich schließlich darauf eingelassen. Unter der Bedingung, dass Vorsichtsmaßnahmen ergriffen wurden, worauf Z ohne großes Nachdenken diverse Vorschläge hatte anbringen können. Die wirklich auch brauchbar gewesen waren. So hatten sie alle weiter weg in unter-schiedlichen Straßen geparkt und waren auch schon mit zeitlichem Abstand zueinander angekommen. Was sie jetzt beim Gehen wiederholten. Natürlich hatten sie weder einen Beweis, dass das etwas nützte, noch, dass es überhaupt notwendig war. Doch sie alle fühlten sich so ein wenig sicherer und das war es, worauf es ankam. Und für Geraldine brachte es den positiven Nebeneffekt, dass sie als letzte gehen konnte und so die Möglichkeit bekam, Annie noch einmal kurz zur Seite zu nehmen, ohne dass es auffiel:

„Eine Sache, die nur uns beide betrifft."

Annie blickte sie unsicher an: „Okay."

„Ich wollte einfach nur sagen: Falls du dich immer noch damit herumplagst, dass du mir damals im Kindergarten nicht geholfen hast – wir wissen jetzt, dass die Engel auch dort waren. Und selbst wenn sie das nicht gesagt haben, habe ich so ein Gefühl, dass sie schon aufgepasst haben, dass mir nichts Schlimmeres passiert als das, was... nun... passiert ist. Das klingt jetzt nicht wirklich beruhigend. Aber es soll dich beruhigen."

„Du hast recht – es klingt nicht beruhigend. Von daher ist es sehr gut, dass ich das längst abgehakt habe."

Geraldine legte den Kopf schief: „Hast du?"

„Du hast mir verziehen, oder nicht?" Wieder schwang leichte Unsicherheit in Annies Stimme mit – die Geraldine sofort zu entkräften suchte:

„Ja. Natürlich."

Annie atmete durch: „Das war alles, was ich dafür brauchte."

138

Es war kurz vor zwei Uhr in der Nacht und Nils drehte sich mit leisem Knurren von ihr weg, als Geraldine aufstand und zum Computer ging. Es dauerte keine Minute, bis Annie und Z ebenfalls davorsaßen. Und das allein genügte ihr, um ihre Befürchtungen zu bestätigen:

„Ihr habt es gesehen. Ihr habt es erkannt."

„Sowohl als auch." krächzte Z verschlafen.

„Mist."

„Ja." Annie gähnte, „manchmal wünschte ich mir, ich hätte einfach nur Alpträume. So wie normale Menschen."

„Nicht für uns." murmelte Z dazu.

Geraldine rieb sich die Augen: „Wann denkt ihr, sollen wir hin?"

„Na, morgen. Sonntag. Passend." Z lachte humorlos auf.

„Gleich morgens?"

„10 Uhr erscheint mir richtig."

Geraldine nickte: „Dann sollten wir lieber schlafen gehen. Damit wir fit sind."

„Kannst du jetzt schlafen?" brummte Annie missmutig.

„Nein. Aber ich werde es probieren."

„Dann viel Erfolg."

„Ebenso."

139

Als Niklas am nächsten Tag auf die Kanzel stieg, ahnte niemand, was kommen würde. Selbst, als er spöttisch einige Seiten Papier in die Luft hielt und dann vor aller Augen zerriss, erntete er nur ein wenig Stirnrunzeln. Er war ein Pfarrer, der gerne zu ungewöhnlichen Mitteln griff, um seine Worte zu unterstreichen, und seine Gemeinde solche Taten daher gewöhnt. Doch dann begann er zu sprechen:

„Das, liebe Gemeinde, war die Predigt, die ich heute hätte halten sollen. Sie wurde mir vorgegeben. Von dem Mann, der sich Jesus nennt. Genauso, wie sie allen anderen Pfarrern in allen Kirchen dieser Welt vorgegeben wurde. Letzten Sonntag, diesen Sonntag, nächsten Sonntag. Letzten Sonntag habe ich sie gehalten. Heute werde ich das nicht tun. Und nächste Woche werde ich aller Wahrscheinlichkeit nach gar keine Predigt mehr halten. Weil ich heute über etwas anderes rede: Ich rede über mich. Ihr habt das nicht mitbekommen – dass es ein Gesetz von Jesus zu den Predigten gibt. Weil er nicht wollte, dass ihr es erfahrt. Aber er wollte, dass alle erfahren, dass er auch ein Gesetz zur Homosexualität erlassen hat. Ich weiß nicht, wie ihr dazu steht. Wir haben das nie thematisiert. Das wäre auch schwierig geworden. Vor allem für mich. Denn bei dieser Sache bin ich voreingenommen. Ich sehe in dem einen oder anderen Gesicht, dass ihnen dämmert, wie mein nächster Satz lauten wird. Für alle anderen spreche ich ihn trotzdem aus: Ich bin homosexuell. War es mein ganzes Leben lang. Habe es mein ganzes Leben lang verheimlicht. Mein halbes Leben lang versucht, es zu ändern. Und mein anderes halbes Leben lang versucht, eine Beziehung zu führen, ohne dass es jemand merkt. Habe alle und jeden belogen. Und den Menschen – den Mann – den ich liebe, vor allen versteckt. Ich werde ihn auch weiterhin verheimlichen – außer, er stellt sich zu mir. Das ist eine Entscheidung, die ich für ihn nicht treffen kann. Aber ich werde mich nicht mehr verstecken. Ihr wisst alle, was das Gesetz besagt. Ihr wisst auch, wie unsere Regierung damit umgeht. Ich werde ins Gefängnis gehen. Für den Rest meines Lebens, wie es aussieht. Aber ich werde das hoch erhobenen Hauptes tun. Und euch vorher noch etwas mitgeben: Schaut euch gut an, an wen ihr da glaubt. Ist das Gottes Sohn? Wenn er davon spricht, dass es für einige von uns keine Chance mehr gibt? Wenn er sagt, dass es eine Sünde gibt, die nicht vergebbar ist? Kann dieser Mann von Gott kommen? Der gleiche, der dem Mörder vergab, der neben ihm am Kreuz hing? Woran er uns vor kurzem sogar selbst noch erinnert hat? Ist ‚falsche‘ Sexualität schlimmer als Mord? Wir würden sagen: ‚Nein – Mord ist schlimmer‘. Und das wäre nicht falsch. Aber was sagt Gott? Was sagt die Bibel? Sie sagt auch ‚Nein‘. Und weiter: ‚Vor Gott sind alle Sünden gleich‘. Und wenn sie alle gleich sind – wie kann es dann eine geben, die nicht vergeben werden kann? Denkt darüber nach. Um eurer selbst willen. Denn keiner von uns weiß, ob das schon alles ist, was da kommen wird. Keiner von uns weiß, ob wir die Grenze erreicht haben. Vielleicht ist auch rauchen bald strafbar. Vielleicht Scheidung. Vielleicht fremdgehen. Versteht mich nicht falsch – für alle diese Dinge werden wir Rechenschaft ablegen müssen. So wie ich – für meine Liebe. Aber die Grundfeste unseres Glaubens ist, dass Jesus genau dafür gestorben ist. Damit ich mit allem – allem – zu ihm kommen kann. Wenn er das nicht vergibt, verleugnet er seinen eigenen Auftrag. Denkt darüber nach."

Niklas verließ die Kanzel. Es war totenstill in der Kirche. Er schritt langsam in Richtung Ausgang. Niemand rührte sich. Bis auf Simon, der in der letzten Reihe gesessen hatte. Er stand auf, trat auf ihn zu und nahm seine Hand. Es gab kein Getuschel – alle sahen ihnen nur hinterher, wie sie die Kirche verließen. Und selbst als sie draußen waren, war von drinnen nichts zu hören. „Das war nicht wirklich das, was er gesagt hat." raunte Simon Niklas zu, „dass uns nicht vergeben wird, meine ich."

„Er hat gesagt, uns würde vergeben, wenn wir es bleiben lassen. Das ist für mich gleichbedeutend mit ‚keine Vergebung'. Denn ich habe nicht vor, es bleiben zu lassen. Dann verliere ich einen wesentlichen Teil meiner Identität. Ganz zu schweigen von dir."

„Mich verlierst du jetzt auch."

„Räumlich vielleicht – aber nicht hier drin." Niklas klopfte sich auf die Brust, „und es gibt zwei Sachen, von denen ich fest überzeugt bin: Dass dieser Mann nicht ewig regieren wird. Also bekomme ich dich wieder. Und dass Gott auch in Zukunft genauso mit unserer Beziehung klarkommt, wie ich in den letzten Jahren immer den Eindruck hatte, dass er das tut. Also darf ich dich dann auch behalten."

Simon nickte bedächtig: „Nichts gegen zu sagen. Trotzdem hast du es eben nicht so formuliert wie jetzt. Und damit im Grunde eine Falschaussage getroffen. Denn für deine ganzen anderen Beispiele gälte diese Regelung – ‚Lass es und bekomme Vergebung' – ja sicherlich auch."

Niklas seufzte: „Seine Vergebung ist keine, die man haben wollen sollte. Und mit Sicherheit auch keine, die wirklich etwas nützt. Die Menschen sollen sich nach Gottes Vorgaben richten, nicht nach seinen. Er manipuliert die Leute nur. Ich fand es einfach an der Zeit, ihn mit seinen eigenen Waffen zu schlagen."

„Ich weiß nicht, ob ich das..."

Niklas strich Simon über die Wange: „Er manipuliert sie weg von Gott. Ich dagegen weg von ihm. Und hin zu Gott. Es mag nicht die sauberste Methode sein. Aber sie bringt das richtige Ergebnis."

Immer noch blickte Simon ihn zweifelnd an – daher fuhr er fort:

„Dies hier ist ein Kampf. Und das Problem der Guten bei allen Kämpfen im Fernsehen und in echt ist immer, dass sie durchweg versuchen, gut zu sein. Doch die Bösen sind selten mit guten Mitteln zu schlagen. Dazu muss man nicht böse werden. Aber man muss sich schmutzig machen. Und hier geht es nun mal nicht nur – oder eigentlich gar nicht – darum, dass ich meine Ehre und meine Lebensart verteidigen will. Hier geht es darum, dass die Menschheit ihm in die Fänge gerät. Die Schafe laufen dem falschen Hirten nach. Der sie geradewegs zur Klippe führt. Und wir – die eigentlichen Hirten – werden nach und nach von ihm kastriert. Entschuldigung – schlechte Wortwahl in dem Zusammenhang. Aber wir müssen uns wehren.

Es geht nicht anders. Und wenn den Schafen mit leisen, weichen Worten nicht beizukommen ist, dann muss man halt mal laut schreien und sie erschrecken. Das ist nicht nett und es tut mir in der Seele weh. Aber ich sehe keinen anderen Weg."

„Wie ein Kind, dem man auf die Finger haut, damit es nicht auf die Herdplatte fasst." sinnierte Simon und Niklas lächelte freudig überrascht: „Das ist ein sehr passendes Beispiel. Ich wünschte fast, das hätte ich einbauen können."

Simon biss sich auf die Lippen: „Hoffen wir, dass du das richtige erreicht hast. Und sie nicht über die Klippe purzeln. Denn das war deine letzte Gelegenheit, etwas für sie zu tun."

„Ich weiß." flüsterte Niklas, „ich weiß."

„Lass uns nach Hause gehen." Simon setzte sich wieder in Bewegung, „was jetzt kommt, wird nur noch hart. Und ich würde mich gerne darauf vorbereiten."

140

Zur gleichen Zeit standen die drei Freunde vor dem Gemeindehaus, in dem Z aufgewachsen war. Die Türen waren verschlossen. Und doch konnten sie von drinnen Geräusche hören. Schaurige Geräusche.

Annie schüttelte sich: „Sollen wir da wirklich reingehen?"

„Wenn das, was wir da hören – wie ich vermute – von Menschen stammt, haben wir keine andere Wahl." entgegnete Geraldine.

„Na dann schnell. Bevor ich mich umdrehe und davonlaufe."

Sie rüttelten an einer der Türen und schließlich bekamen sie sie auf. Drinnen war es dunkel und kalt. Die Türen zum Gottesdienstsaal waren geschlossen, doch es war eindeutig, dass die Geräusche von dort kamen. Mit einem mulmigen Gefühl in der Magengegend stieß Geraldine eine der Türen auf. Und schlagartig fluteten Erinnerungen in ihr Bewusstsein. Das Bild, das sie vor sich sah, kannte sie. Die Leute lagen zwischen den Stuhlreihen auf dem Boden. Einige krümmten sich wie vor Schmerzen, einige zuckten unkontrolliert. Andere lagen einfach nur da als wären sie bewusstlos und wieder andere wälzten sich hin und her wie im Schlaf. Eines jedoch hatten sie alle gemeinsam – das sah nicht nur Geraldine klar und deutlich: Sie alle wurden von einem schwarzen Schatten eingenommen.

„Das…" flüsterte Geraldine tonlos, „das kenne ich."

Z schluckte: „Ich auch."

„Du auch?"

„Du hast es erzählt."

„Das weißt du noch?" fragte sie überrascht und Z gab ein gurgelndes Geräusch von sich:

„So etwas prägt sich ein."

Aus der Mitte erhob sich eine der Gestalten, die bewegungslos dagelegen hatten, und kam langsam auf sie zu. Sie erwarteten, dass sie sie breit angrinsen würde. Und genau das tat die Frau auch: „Besuch. Wie nett. Wollt ihr mitmachen?"

„Ich kann nicht glauben, dass das wirklich passiert." jammerte Annie los – was der Dämon natürlich falsch verstand:

„Oh – glaub es nur. Wir haben unseren Spaß. Das ist die erste Gemeinde, die wir komplett vernichtet haben. Und um das zu feiern, haben wir einige ehemalige Mitglieder eingeladen. Als Ehrengäste, sozusagen. Sie waren alle wütend, dass die Gemeinde schließen musste. Schlecht für sie – gut für uns."

Geraldine stemmte die Hände in die Hüften: „Und das soll Zufall sein? Dass ihr das gerade hier macht, wo wir sind?"

Die Frau zuckte mit den Schultern: „Wir waren zuerst hier."

„Aber ihr habt geahnt, dass wir kommen würden."

„Wir hatten gehofft, dass ihr kommen würdet." Der Dämon kicherte, „das macht das Ganze doppelt lustig."

„Ihr wollt, dass wir zuschauen." folgerte Z, den Blick starr an die Wand gerichtet.

Die Frau klatschte in die Hände: „Gut geraten. Sehr gut sogar. Hätte ich gar nicht erwartet, dass ihr so schnell durchsteigt. Fast schon ein wenig enttäuschend. Ich hatte mir mehr… Entsetzen erhofft."

„Das werden wir dir nicht gönnen." zischte Annie sie an.

„Nein? Glaub mir: Wenn wir erst einmal angefangen haben, werdet ihr aus dem Entsetzen gar nicht mehr herauskommen."

Geraldine machte einen Schritt zurück: „Ihr könnt uns nicht einnehmen."

„Davon hat auch niemand etwas gesagt." gab der Dämon zurück, „ihr seid nur Zuschauer. Aber zuschauen ist manchmal schlimmer als selbst ertragen."

„Ihr werdet uns nicht brechen." Geraldine machte den Schritt wieder nach vorne – doch der Dämon lachte nur:

„Wir werden euch mit einem einzigen Fingerschnippen brechen. Ihr seid nutzloser Abschaum. Kinder des ewigen Verlierers. Ihr habt nichts, was euch hilft. Niemanden, der euch zur Seite steht."

Eine weitere Erinnerung drängte sich bei den Freunden in den Vordergrund. Ausgelöst durch die Worte des Dämons. Und ohne groß abzuwarten, sagte Z das, was sie alle dachten:

„Wir brauchen auch nichts und niemanden. Wir können uns selbst helfen."

„So? Das will ich..." Weiter kam die Frau nicht, denn Z hatte bereits zugepackt. Sie konnten das Erstaunen des Dämons auf ihrem Gesicht sehen. Dann begann Z zu beten und der Ausdruck verschwand – ebenso wie der Dämon selbst.

„So..." Z schob sich die Ärmel hoch und drehte sich einmal im Kreis, „da hatte jemand nach Entsetzen gefragt... wir wären dann jetzt bereit dafür."

Die meisten Dämonen waren viel zu beschäftigt damit gewesen, ihren Menschen zu quälen, um der Unterhaltung ihres Anführers mit den Freunden zu lauschen. Weshalb es einige Augenblicke dauerte, bis sie begriffen hatten, was gerade passierte. Die Freunde nutzten diese Augenblicke und als die Dämonen endlich reagierten, hatten sie bereits mehrere von ihnen erledigt. Die restlichen versuchten zu entkommen. Und viele von ihnen schafften es auch. Mehr, als den Freunden lieb war. Irgendwann war kein Schatten mehr zu sehen und sie atmeten durch, während sich die Leute um sie herum langsam und benommen aufsetzten.

„60 gegen 3 ist extrem unfair." murrte Annie – aber Geraldine entschied sich, lieber eine positive Sichtweise zu wagen:

„Was glaubt ihr – wie viele haben wir erwischt?"

Annie tippte sich ans Kinn: „Ich hatte acht oder so."

„Elf." überlegte Z, „ziemlich sicher."

„Ich auch so acht bis zehn." ergänzte Geraldine selbst und Z begann sofort, an den Fingern abzuzählen:

„Wären also knapp unter 30. Plus, minus."

„Fast die Hälfte." Geraldine schenkte Annie einen aufmunternden Blick, „kann ich fast mit leben."

„Ja." gab diese zurück, „nur, dass die andere Hälfte jetzt überall verkünden wird, dass wir zurück sind."

„Ihr habt gehört, was ich gehört habe." Geraldine sah die anderen beiden nacheinander an, „das war der Moment, es zu tun. Richtig anstatt leicht."

„Wäre das leicht geworden?" entgegnete Z, „zuzuschauen?"

„Sicher nicht. Aber auf lange Sicht gesehen, wäre es leichter gewesen. Weil so weitergegangen wie bisher."

„Das schon." Z rieb sich über den Nacken, „und ich hatte mich gerade an das Kostüm gewöhnt."

Ausgerechnet das heiterte Annie doch noch auf: „Du kannst es gerne weiterhin tragen."

„Nee, du – lass mal." winkte er ab und Geraldine wechselte das Thema: „Wisst ihr übrigens, was ich nicht gehört habe?"

„Nein." Annie schüttelte den Kopf.

„Euch. Beim Austreiben, meine ich. Nur Z am Anfang – beim ersten. Aber danach..."

„Hm..." Annie kniff die Augen zusammen, „dich habe ich auch nicht gehört."

„Sollten wir etwa...?" Zs Augen begannen zu leuchten, „nur innerlich...?"

„Dabei haben wir das nicht mal geübt." überlegte Geraldine, was Zs Freude nochmals vergrößerte:

„Nicht übel, gar nicht übel."

„Z?" hörten sie in diesem Moment eine bekannte Stimme hinter sich und fuhren herum.

„Rebecca?" Z blinzelte überrascht, „du? Hier?"

„Das frage ich mich auch gerade." antwortete diese und ließ sich auf einen Stuhl sinken. Annie setzte sich neben sie:

„Kannst du dich nicht erinnern?"

Rebecca schloss die Augen: „Ich habe mit Peter diskutiert. Wo wir hingehen sollen. Wir waren beide so sauer, dass hier dicht ist und dann..."

„...Bec?" erklang in diesem Moment eine weitere Stimme und wieder fuhren sie herum. Ein Mann, der ihnen entfernt bekannt vorkam, trottete herbei, setzte sich hastig auf den Stuhl neben Rebecca und ergriff ihre Hand, „alles in Ordnung?"

„Ja." antwortete diese, ohne die Augen zu öffnen, „bei dir?"

„Peter?" formte Annie lautlos mit den Lippen in Richtung Geraldine, die unsicher die Hände hob, und dann in Richtung Z, der sachte nickte.

„Auch." sagte Peter im selben Moment, „oder... auch nicht. Wo sind wir? Ich meine... warum sind wir hier?"

„Z scheint es zu wissen." Nun öffnete Rebecca die Augen doch – und blickte Z erwartungsvoll an.

Dieser ließ sich nicht lange bitten: „Ja. Und ich will es euch gerne erklären. Also: Da war..."

Doch weiter kam er zunächst nicht, denn inzwischen waren so einige der Leute wieder auf die Beine gekommen und rannten und redeten wild durcheinander. So entschieden die Freunde, sich erst einmal nach draußen zu verziehen und Rebecca und Peter schlossen sich ihnen an. An der frischen Luft klärte Z sie auf – wobei er so manches Detail unter den Tisch fallen ließ. Aber im Groben wussten sie anschließend Bescheid und Peter entschied, dass es besser war, die restlichen Anwesenden ebenfalls einzuweihen. So stiefelten er und Rebecca wieder nach drinnen. Die Freunde dagegen zogen sich alle erst einmal nach Hause zurück. Und versuchten, die Geschehnisse zu verarbeiten. Vor allem den Verlust ihrer heimlichen Position.

141

Der Mann, von dem niemand mehr wusste, dass er Matthew hieß, verließ die Wohnung und eilte so schnell wie möglich zu seinem Wagen zurück. Normalerweise fuhr er erst heim, um Bericht zu erstatten. Diesmal griff er zum Handy. Denn in seinen Augen hatte die Information, die er weitergeben musste, eine gewisse Dringlichkeit.

142

Die drei Freunde dankten Esther dementsprechend auch, dass sie sich so schnell gemeldet hatte. Wenn sie ihnen auch keine Überraschung hatte präsentieren können. Sie waren darauf gefasst gewesen, dass die Nachricht von ihren Gaben den falschen Jesus schnell erreichen würde. Viel interessanter waren für sie die Details, die Esther eher in Nebensätzen erwähnte: Dass Jesus behauptet hatte, die Information von einer der anwesenden Personen erhalten zu haben. Was die Freunde komplett ausschließen konnten. Dass die Dämonen in ihrer Panik anscheinend nicht gemerkt hatten, dass sie nun alle drei austreiben konnten und daher nur weitergegeben hatten, dass es wieder so war wie früher. Und – am erstaunlichsten – dass Lotta daraufhin verkündet hatte, den Freunden schon vor einiger Zeit vorausgesagt zu haben, dass sie alle ihre jeweilige Gabe zurückbekommen würden. Um dann Jesu Wut darüber, dass er davon nichts gewusst hatte, mit einem süffisanten ‚Ich habe nie Prophezeiungen an Unbeteiligte weitergegeben. Außerdem bist du Gottes Sohn – du solltest das von alleine wissen.' zu kontern. Es hatte daraufhin einen Moment gegeben, in dem keiner zu atmen gewagt hatte, doch dann hatte Jesus sich wieder beruhigt und mit falschem Lächeln erwidert: ‚Manchmal tut mein Vater Dinge, von denen auch ich nichts weiß. Aber das ist nicht deine Schuld.'

„Warum Lotta das wohl gemacht hat?" stellte Annie die Frage in den Raum, die sie am meisten beschäftigte.

Z schürzte die Lippen: „Um sie gar nicht erst auf den Gedanken zu bringen, es könnte sich bei unseren Gaben etwas verändert haben."

„Klingt grundsätzlich logisch. Aber sie glaubt an ihn. Warum deckt sie uns dann?"

„Ich bin mir immer noch nicht sicher, was sie wirklich glaubt." seufzte Z, „aber ich habe so ein bisschen den Eindruck, dass sie tief innen drin schon weiß, dass er nicht echt ist. Aber er hat ihr Yannik gegeben und sie will nicht riskieren, dass er ihn ihr wieder wegnimmt. Also spielt sie bei ihm mit. Und gibt uns durch ihr Schweigen gleichzeitig die Chance, weiter gegen ihn zu arbeiten. Denn wenn er verschwindet, bleibt Yannik unter Umständen trotzdem."

Geraldine blies die Backen auf: „Das ist gar keine schlechte Theorie. Mit nur einem Haken: Wir arbeiten gar nicht gegen ihn."

„Naja – irgendwie schon." widersprach Z, „nur nicht so offensichtlich."

„Da hast du Recht."

„Ich hoffe nur, dass das für sie keine Konsequenzen hat." Z blickte bedrückt drin.

„Sie ist Prophetin." versuchte Annie, ihn zu beruhigen, „die kann er nicht so einfach verschwinden lassen. Erst recht nicht, wenn sie mitten unter seinen Jüngern sitzt. Das ist gut für sie, in diesem Fall."

Z nickte langsam: „Da magst du richtig liegen."

143

Der Mann, von dem niemand mehr wusste, dass er Matthew hieß, hatte gerade die Wohnung verlassen, da trat Yannik durch die Tür und winkte Jesus zu sich.

„Was gibt es?" erkundigte sich dieser.

„Ich wollte warten, bis er weg ist."

„Wer?" Jesus blickte sich um, aber Yannik winkte ab:

„Nicht so wichtig. Ich dachte einfach, es sei besser, ungestört zu reden."

„Worüber?"

„Über unsere Freunde."

„Du meinst deine Freunde."

„Das waren sie mal – ja."

Jesu Tonfall wurde scharf: „Hast du es gewusst?"

„Dass sie ihre Gaben wiederkriegen? Nein."

„Und dass deine Frau es ihnen geweissagt hat?"

„Wieder nein. Darüber spricht sie nicht mit mir. Ganz abgesehen davon, dass sie das nicht mehr macht, seit ich da bin. Und sie bei dir." fügte Yannik noch hinzu.

Doch Jesus war noch nicht besänftigt: „Es ärgert mich trotzdem, dass sie es die ganze Zeit gewusst hat."

„Sie ist davon ausgegangen, dass du es auch weißt." entgegnete Yannik gelassen, „und außerdem konnte sie ja nicht ahnen, dass das für dich so wichtig ist."

„Sie sind besonders."

„Das stimmt. Aber sie stehen auf unserer Seite."

„Da wüsste ich nichts von."

„Wir arbeiten für Gott." erklärte Yannik, „sie auch."

Jesus schnaubte verächtlich: „Red keinen Stuss."

„Das ist das, was die Menschen glauben."

Jesu Augen verengten sich: „Worauf willst du hinaus?"

„Dass du gegen sie nicht vorgehen kannst. Sie waren mal Fernsehhelden. Habe ich mir sagen lassen. Ich war ja nicht da zu der Zeit. Aber sie wissen genauso, dass sie sich gestern verraten haben. Und werden daher so schnell wie möglich den Weg an die Öffentlichkeit suchen. Um zu verhindern, dass du sie heimlich, still und leise aus dem Verkehr ziehst."

„Was ich liebend gerne tun würde." murmelte Jesus düster.

„Leider ist der Zeitpunkt denkbar ungünstig. Wir haben immer noch Probleme mit diversen Gemeinden. Am Sonntag haben so einige nicht das gepredigt, was sie sollten. Sogar welche, die die Woche davor..."

„Ich weiß." unterbrach Jesus ihn unsanft, aber Yannik machte weiter:

„Und dann die Sache mit dem Pfarrer hier in Frankfurt. Es einfach so von der Kanzel..."

„Erspar mir die Erinnerung." zischte Jesus ungehalten, „ich habe bereits seine Festnahme veranlasst."

„Gut. Das ist gut. Wann ist es soweit?"

„Morgen. Der Sonntag ist der Tag meines Vaters. Ihn da aus dem Haus zu holen, würde unter Umständen eine falsche Botschaft senden."

„Gute Entscheidung." stimmte Yannik zu, „nicht das Gefühl vermitteln, du hättest einen persönlichen Groll."

„Genau darum geht es mir ja."

Yannik nickte: „Gut. Zurück zum heutigen Problem. Wenn du da jetzt was machst, gießt du Öl in eine Flamme, die schon ziemlich am Schwelen ist. Wir haben bisher alle Explosionen verhindern können. Aber so mancher hat sie von damals noch im Kopf. Und sich vielleicht sogar gewünscht, dass sie wiederkommen. Sie jetzt, wo das geschieht, von der Straße zu holen..."

Jesus hob eine Hand: „Ich habe dich verstanden. Was schlägst du vor?"

„Du hast mir am Anfang das Stichwort geliefert: Ich war einmal ihr Freund. Für Zachäus sogar der beste. Sie haben mir vertraut. Und tun das immer noch."

„Du gehörst zu mir."

„Nicht in ihren Augen." widersprach Yannik, „ich habe mich immer aus deinen Meetings herausgehalten. Das dürfte für sie etwas zählen."

„Woher sollten sie das wissen?"

„Glaub mir – sie wissen es. So wie sie wissen, dass Lotta immer mit dabei ist. Und ihr daher nicht mehr vertrauen. Aber es ist nicht nur das. Sie fühlen sich verantwortlich für meinen Tod. Auch das kann ich nutzen."

„Nutzen wofür?" bohrte Jesus nach.

„Lass mich zu ihnen gehen. Nicht nur für ein Gespräch. Langfristig. Dann kann ich sie im Zaum halten und gleichzeitig bearbeiten. Sie ganz sachte und sanft in die richtige Richtung schubsen."

„Ich weiß nicht." Jesus schüttelte den Kopf, „ich brauche dich doch hier."

„Sie sind gegen dich und haben die ganze Zeit gegen dich gearbeitet." erinnerte ihn Yannik, „sie konnten das nie offen tun wegen ihrer Gaben. Das war ein Vorteil für dich, weil sie so keine Anhänger sammeln konnten. Jetzt, wo sie enttarnt sind, können sie das. Und die Leute werden ihnen folgen. Teilweise wegen ihrer früheren Heldentaten. Teilweise wegen ihrer kommenden Heldentaten. Und das, was heute passiert ist, dürfte auch seinen Teil dazu beitragen. Denn wenn sie sowieso nach draußen gehen, brauchen sie diese Geschehnisse nicht zu verheimlichen. Im Gegenteil: Das ist die Publicity, die sie benötigen. Und ich bin mir sicher, dass wir dann auch die eine oder andere Geschichte aus den letzten Wochen zu hören bekommen werden. Wie sie im Geheimen gearbeitet haben. Wem sie geholfen, wen sie geheilt haben. Sie sind wie du – sie können Wunder tun. Und sie werden sich bestimmt nicht zu dir bekennen. Was heißt, dass sie vor allem bei denen auf offene Ohren stoßen werden, die jetzt schon Zweifel an dir haben oder gar komplett gegen dich sind – wenn auch nicht offiziell. Wir müssen kontrollieren, was sie tun. Und das geht nicht mal auf die Schnelle und auch nicht nur am Anfang und dann ab und zu zwischendrin. Du kommst ohne mich klar. Du bist in der Spur – es läuft alles nach Plan.

Sie sind momentan die einzige Unbekannte, die es zu klären gilt. Und ich bin deine beste Chance, das hinzukriegen."

Jesus sah Yannik lange zweifelnd an. Dann nickte er: „Ich will Berichte."

„So oft es mir möglich ist." gab Yannik zurück.

„Dann geh."

„Nicht sofort." wiegelte Yannik ab, „in ein paar Tagen."

„Das ist kontraproduktiv."

„Wenn ich jetzt ankomme, werden sie vermuten, dass es etwas mit ihrer Enttarnung zu tun hat. Und damit richtig liegen. Gleich mit Misstrauen empfangen zu werden, ist eine schlechte Basis, um Vertrauen aufzubauen. Jetzt am Anfang können sie nicht viel mehr tun, als sich offen zu zeigen. Und so schnell werden ihnen die Leute nicht nachlaufen. Ganz abgesehen davon, dass sie spätestens morgen Vormittag sowieso erstmal anderes im Kopf haben werden…"

„Da hast du Recht." Jesus tippte sich an die Lippen, „gut. Es ist dein Plan. Mach ihn so, wie du denkst."

„Du wirst es nicht bereuen." Yannik hielt ihm die Hand hin und Jesus schüttelte sie:

„Das hoffe ich."

144

Die Dämonen, die dem Massaker in der Gemeinde entkommen waren, hatten die Nachricht so schnell wie möglich überall verbreitet. Was zur Folge hatte, dass sich etwa zur gleichen Zeit, zu der Jesus mit Yannik sprach, eine große Menge von ihnen im Gebiet des Chefs versammelte. Sie forderten ihn auf, sich ihnen zu stellen, was er auch tat. Er dachte sich nicht viel dabei – ging er doch davon aus, dass keiner von ihnen es wagen würde, gegen ihn vorzugehen. Doch sie wagten es – und zwar alle. Ihre Wut, dass er so viele von ihnen für seinen Plan geopfert hatte – einen Plan, der sich nun als nutzlos erwiesen hatte – stieß ihnen sauer auf. Sie droschen auf ihn ein und hätten ihn wahrscheinlich bis hinter das Tor geprügelt – hätte er es nicht geschafft, sich aus ihren Griffen zu winden und zu verschwinden. Sie verfolgten ihn eine Zeitlang, dann verloren sie ihn aus den Augen. Schrien ihm Verwünschungen hinterher. Und entschieden dann, dass es ihnen reichte, dass er weg war. Und sicherlich nicht wiederkam. Es entbrannte ein Streit, wer seine Nachfolge übernehmen sollte. Der damit endete, dass sich einige von ihnen wirklich gegenseitig durch das Tor prügelten. Und die übrigen sich darauf einigten, dass es erst einmal keinen Chef geben sollte. Sie gingen fest davon aus, dass Jesus ihnen die Welt bald unterworfen haben würde. Und dann Satan die Führung übernehmen würde. Bis dahin wollten sie es so aushalten. Denn im Grunde war es auch gar nicht notwendig, dass einer von ihnen die anderen führte. Sie alle kannten den Plan.

145

Am Montagmorgen kam es zur Katastrophe. Die Explosion war ohrenbetäubend und vernichtete alles in einem Radius von 800 Metern. Gebäude, Autos, Menschen. Von ihnen blieb nichts mehr übrig als Schutt und Asche. Die über eine Fläche herabregneten, die fast zehn Mal so groß war. Die Menschen in der Hauptstadt waren geschockt. Und nicht wenige fühlten sich an die Anschläge erinnert, die es viele Jahre zuvor in den USA gegeben hatte. Nur dass es diesmal noch plötzlicher geschehen war. Für die Bevölkerung begann eine lange Zeit der Ungewissheit, denn es dauerte mehrere Tage, bis die Regierung die ersten handfesten Informationen veröffentlichte. Jesus dagegen erfuhr es sofort. Er saß zu diesem Zeitpunkt gerade mit Miguel zusammen, der einige Minuten zuvor aufgetaucht war und ihn dummerweise draußen auf dem Hof erwischt hatte. So hatte er keine Ausrede gehabt und ihn hereingebeten. Jetzt aber hatte er eine Ausrede und so entschuldigte er sich mit den Worten: „Ich weiß nicht, wie lange das dauert. Machen wir ein andermal weiter. Du findest den Weg nach draußen?" Miguel nickte fröhlich. Ein wenig zu fröhlich für Jesu Geschmack. Doch darüber wollte er sich keine Gedanken machen. Er eilte hinüber in das große Gebäude mit dem leeren Schwimmbad im Keller und fuhr mit dem Fahrstuhl genau dorthin. Denn dort war die Videoleinwand aufgebaut, über die er per Satellit mit den diversen Regierungen kommunizierte. So bekam er nicht mit, dass sich Miguel beim Gehen eine

Menge Zeit ließ. Und das kleine Haus mit einem Grinsen verließ, das noch breiter war als zuvor.

146

Natürlich war die Nachricht für Jesus keine Überraschung. Er war dabei gewesen, als der Anschlag ausgeheckt worden war. Aber es interessierte ihn, wieviel man bereits herausgefunden hatte, und so lauschte er dem Bericht des Regierungssprechers mit größter Aufmerksamkeit:

„Vor ziemlich genau 25 Minuten sind zwei Langstreckenraketen mit nichtatomarer Ladung in der Berliner Innenstadt eingeschlagen. Über das Ausmaß der Zerstörung können noch keine Angaben gemacht werden, da diverse Feuer das Vordringen der Rettungskräfte verhindern. Was wir sicher sagen können, ist dass es sich nicht um einen Anschlag, sondern um einen Unfall handelt. Wir sind zum unschuldigen Opfer des Krieges geworden."

Innerlich jubelte Jesus auf. Es hatte wirklich funktioniert. Äußerlich gab er sich bedrückt: „Können Sie das näher erläutern?"

„Wir haben sowohl mit der russischen als auch der amerikanischen Regierung Kontakt aufgenommen und von beiden eine nahezu identische Geschichte präsentiert bekommen. Beide Parteien behaupten, die jeweils andere Partei hätte sich nicht an die zu Anfang des Krieges mit Europa getroffene Abmachung gehalten, Raketen nur über das Meer und nicht über unseren Kontinent zu schießen und man hätte die eigene Rakete losgeschickt, um die andere abzufangen. Was dann leider darin geendet hat, dass sich die Raketen gegenseitig ins Visier genommen haben – direkt über Berlin. Es kam zu einer Kollision, die beide Raketen jedoch nicht explodieren, sondern lediglich abstürzen ließ. Die Explosion erfolgte erst beim Einschlag. Zum jetzigen Zeitpunkt ist es uns nicht möglich, festzustellen, welche Rakete wirklich zuerst abgefeuert wurde. Dazu fehlen uns die notwendigen Daten, denn weder die USA noch Russland sind bereit, uns diese offen zu legen. Letzten Endes ist das aber auch egal. Wir dürfen keines der beiden Länder mit Anschuldigungen verärgern, sondern müssen unsere Neutralität wahren. Da der Schaden von beiden Seiten angerichtet wurde, können wir auch von beiden Seiten Schadensersatz verlangen. Was wir tun werden, sobald sich die Lage hier beruhigt hat. Mit der Informierung der Öffentlichkeit warten wir ab, bis wir mehr zum Ausmaß vor Ort sagen können. Das ist es, was die Leute vorrangig interessieren wird. Die Politik ist da eher nebensächlich."

„Ich würde mich gerne an sie wenden." erklärte Jesus.

Der Regierungssprecher zog die Brauen hoch: „Wen? Die Russen oder die Amerikaner?"

„Die Deutschen."

„Natürlich." Er entspannte sich wieder, „das muss ich abklären. Ich denke aber, dass das kein Problem sein dürfte. So lange Sie damit warten, bis auch wir bereit für ein Statement sind."

„Das werde ich auf jeden Fall tun." versicherte Jesus.

„Vielen Dank. Ich werde Sie auf dem Laufenden halten."

„Dann ebenfalls vielen Dank."

Die Verbindung brach ab. Und Jesus ließ den Jubelschrei, der so lange in seiner Brust festgesessen hatte, heraus. Wenn auch nur leise. Denn seine Jünger, die draußen vor der Tür warteten, sollten ihn besser nicht hören.

147

Clara überflog die Listen, die Miguel mitgebracht hatte. Sie hatte bei ihm zuhause gewartet und war ob seiner frühen Rückkehr eher skeptisch gewesen. Sein Gesichtsausdruck hatte diese Skepsis jedoch vertrieben. Genauso wie die Nachrichten zunächst ihr Interesse an den Listen vertrieben hatten. Miguel hatte sie angeschaltet, um herauszufinden, warum Jesus so plötzlich verschwunden war. Es war nicht schwer, festzustellen. Auf jedem Sender wurde von der Explosion berichtet – wenn auch nirgendwo wirkliche Informationen geliefert werden konnten.

„Das ist auch sein Verdienst." Miguel ballte die Fäuste, „das wette ich."

Clara nickte: „Es wird Zeit, dass er wegkommt."

„Deswegen sitzen wir hier, oder nicht? Deswegen bin ich gerade zum Dieb geworden."

„Und was für ein guter Dieb du bist." lobte sie ihn lächelnd, doch er wollte keine Schmeicheleien – er wollte Ergebnisse:

„Hat es sich denn wenigstens gelohnt?"

Sie ließ sich einige Minuten Zeit, bevor sie antwortete. In denen sie studierte, was sie vor sich auf dem Bildschirm sehen konnte. „Die Daten sind sehr umfangreich." erklärte sie dann, „so auf Anhieb kann ich dir daher nur sagen, dass es sehr viele Kandidaten gibt."

„Also ja." schloss er daraus, aber sie dämpfte das gleich ein wenig:

„Es muss sich einer finden, der bereit ist, mitzumachen."

„Ich bin mir sicher, dass da draußen jede Menge Leute rumlaufen, die mit ihm nichts anfangen können."

„Schon richtig. Aber... die, die wirklich richtig doll gegen ihn sind, haben wahrscheinlich dafür gesorgt, dass sie auf der Liste gar nicht erscheinen. Es ist also an uns, aus denen, die hier stehen, diejenigen herauszufiltern, die sich darauf eingelassen haben und trotzdem gegen ihn sind."

Miguel schlug sich auf die Stirn: „Und wie willst du das machen?"

„Das weiß ich noch nicht genau." gestand Clara, „zur Not durch Fragen."

„Fragen?" fuhr er auf, „bist du verrückt?"

„Was dachtest du denn, wie das geht?"

„Weiß nicht. Habe ich nicht drüber nachgedacht. Weil du gesagt hast, du hättest einen Plan."

„Das ist der Plan." Sie deutete auf den Bildschirm und er rollte mit den Augen:

„Toller Plan."

„Er wird funktionieren. Vertrau mir. Es wird nur unter Umständen eine gewisse Zeit dauern."

„Dann fang mal lieber schnell an." Er warf ihr einen verärgerten Blick zu – der sie allerdings nur dazu bewegte, den Laptop zuzuklappen und aufzustehen:

„Das werde ich. Zuhause."

148

„Du-hu?" Annie blickte Geraldine so schüchtern an, dass diese sich ein Lächeln verkneifen musste:

„Ja-ha?"

„Ich hab da so eine Idee, und…"

„Du meinst, eine Idee-he?"

„Ach Mensch. Dafür habe ich dich nicht eingeladen." Annie gab ein ungehaltenes Brummen von sich und Geraldine schwenkte sofort um:

„Bin ernst."

„Nein, bist du nicht. Du bist Geraldine."

„Jetzt fängst du selber…"

„Jaja, schon gut. Ich hab eine Idee. Und brauche deine Meinung."

„Okay. Schieß los."

Annie atmete tief ein: „Da gibt es doch diesen Typen. Der, den Maximilian… der uns… also mich im Internet gefunden hat. Der… nun – wir wissen, dass er auf mich stand. Und mit Sicherheit noch steht. Denn… warum sollte er nicht? Und… er hat damals nichts weiter unternommen, weil ich… nun… vergeben war. Und jetzt – bin ich… nun… nicht mehr vergeben und…"

„Annie, das…" ging Geraldine dazwischen, aber Annie hob die Hand: „Bitte lass mich. Bis zum Ende. Dann darfst du."

Geraldine nickte nur – also fuhr Annie fort:

„Auf jeden Fall dürfte es doch kein allzu großes Problem sein, Maximilian zu fragen, wie es bei ihm – also dem Typen – jetzt ausschaut. Hat er inzwischen jemand anders, revangiere ich mich natürlich für sein feines Benehmen damals und lasse ihn in Ruhe. Aber wenn nicht… dann… könnte… es doch sein, dass… Jetzt darfst du."

Davon war Geraldine so überrascht, dass sie einen Moment brauchte, bis sie zu einer Antwort ansetzen konnte. Sie räusperte sich ausgiebig, um das zu überbrücken, und nahm Annie sanft an den Schultern: „Annie – Süße. Das ist eine ganz schlechte Idee. Und das sage ich jetzt nicht, weil ich denke, dass dieser Mann irgendwie durchgeknallt ist oder so. Maximilian hat sich sehr vehement für ihn eingesetzt und das hätte er sicher nicht getan, wenn er der Meinung wäre, es wäre etwas nicht in Ordnung. Also ist er höchstwahrscheinlich ein relativ normaler Mann, der wie so viele andere – Männer wie Frauen – das Problem hatte, sich in eine Person im Fernsehen zu verknallen, und darauf wie so viele andere damit reagiert hat, dass er im Internet nach ihr gesucht hat. So weit – so legitim. Muss man nicht gut finden, muss man aber auch nicht richten. Muss man aber eben auch nicht drauf anspringen. Sein Verhalten war angemessen – da hast du Recht. Da ist nichts, was man großartig kritisieren kann. Die Umstände sind ein wenig… unglücklich – aber da kann man ihm zu Gute halten, dass das eben an den Umständen liegt. Ähm… und ich drücke mich umständlich aus. Wie du merkst. Weil ich nicht wirklich weiß, wie ich es sagen soll… Ich denke einfach, dass du gut daran tust, Menschen… einen Mann auf dem ganz normalen Weg kennenzulernen. Irgendwo treffen, ins Gespräch kommen – sowas halt. Wie es eben funktioniert."

„Aber Leute lernen sich heutzutage sehr oft über das Internet kennen." unterbrach Annie sie, „und das zählt als normal."

„Klar – wenn beide normal da rangehen. Mit: ‚Ich bin allein und das will ich nicht sein.' Und das sollte nicht klingen, wie ein Pumuckl-Spruch. Aber was ich meine: Wenn man sowas probiert – zum Beispiel über so ein Portal – dann hofft man grundsätzlich, dass das klappt – klar. Aber man geht an einzelne Kontaktaufnahmen nicht mit irgendeiner Erwartungshaltung dran. Hier aber ist es so, dass du schon weißt, dass er dich toll findet – und daher davon ausgehst, dass er dir direkt um den Hals fallen wird. Dabei hat er dich nur im Fernsehen gesehen bei einer Show, wo wir uns alle dermaßen verstellt haben, dass selbst unsere engsten Vertrauten Probleme hatten, uns wiederzuerkennen. Er weiß also gar nicht, wie du wirklich bist, und sein verliebt sein bezieht sich rein auf das Äußere. Natürlich bestehen gute Chancen, dass ihm dein Inneres auch gefällt. Denn du bist eine tolle Frau. Nur weicht dein Inneres eben sehr stark von dem ab, wie du dich da gegeben hast, und wenn ihm das gefiel, wie du dich da gegeben hast, mag es durchaus passieren, dass er mit deinem wahren Ich nichts, oder zumindest weniger anfangen kann. Und wenn du dann da rangehst mit ‚Das wird auf jeden Fall was', fällst du in ein ganz tiefes Loch, wenn dem nicht so ist. Und dann ist da die andere Seite: Er betrachtet dich nicht als normale Frau. Er betrachtet dich als Filmstar. Oder zumindest Fernsehstar. Als jemanden, der ‚Larger than Life' ist, wie… das Internet es jetzt eventuell ausdrücken würde. Er sieht sich dir nicht als ebenbürtig, sondern als unterwürfig. Nein – das ist falsch. Aber du verstehst mich, oder? Er will keine Frau treffen, mit der er normal umgehen kann – er will eine Prominente treffen, die er verehren und bewundern kann. Das ist – meiner Meinung nach – so ziemlich die schlechteste Voraussetzung, die man haben kann. Weil man nicht auf einem Level ist. Was dann dazu führt, dass er keine Richtige Beziehung führt. Wo man ehrlich zueinander ist – auch bei den Sachen, die einem nicht gefallen. Er würde dir alles durchgehen lassen, nur damit ‚seine Angebetete‘ bei ihm bleibt. Und er würde unter Umständen sogar weniger dir gegenüber Freude äußern, dass ihr zusammen seid, als allen anderen. Er würde mit dir angeben. ‚Guckt mal, ich hab die Blonde aus der Serie gekriegt.‘ Damit macht er dich zu einem Objekt. Und damit wärst du garantiert nicht glücklich." Sie seufzte, „Alles nur Spekulation. Aber… so sehe ich es halt."

Annie schnalzte mit der Zunge: „Wow. Das war sehr… ausführlich."

„Muss doch." gab Geraldine irritiert zurück. Ein Gefühl, das noch anstieg, als Annie den Kopf schüttelte:

„Der erste Satz hätte genügt: Annie, das ist eine schlechte Idee."

„Das meinst du nicht ernst. Wenn wir zu dir… wenn wir dir deine Ideen mit nur einem Satz abschmettern, kommt immer ‚Da brauche ich mehr‘. Und jetzt gebe ich dir mehr – gleich, von mir aus. Und du?"

„Das ist anders." Annie seufzte, „ich weiß doch selbst, dass die Idee doof ist. Ich dachte einfach, ich probier's bei dir. Und wenn du gesagt hättest: ‚Ganz toll, Annie, mach das auf jeden Fall‘, dann hätte ich genickt und mir gesagt: ‚Einen Versuch ist es wert‘. Aber so…"

„Manchmal, Annie, manchmal… Ich hab dich so lieb. Aber manchmal…" Geraldine nahm sie in den Arm und streichelte ihr über die Haare, „das heißt, du lässt es bleiben."

„Ja. Ich lasse es bleiben. Ist einstimmig abgelehnt."

„Gut. Gut. Und Annie: Du wirst – ich wiederhole nochmal lauter: wirst – jemanden finden. Den Richtigen. Zur richtigen Zeit. Am richtigen Ort. Auf die richtige Art und Weise. Das glaube ich nicht nur – das weiß ich."

Annie seufzte: „Da weißt du mehr als ich. Mein Satz heißt nur: Ich glaube es nicht – aber ich hoffe es zumindest."

„Das ist auch okay. Und reicht auch aus." Geraldine gab sie frei, „Eis?"

Auf Annies Gesicht erschien ein schwaches Lächeln: „Eis."

149

Es klingelte und Z öffnete die Tür. Und dann den Mund: „Yannik?"

„Überraschung." gab dieser fröhlich zurück.

„Ja. Und wie." Z klang alles andere als fröhlich – was Yannik nicht störte: „Lange nicht gesehen."

„Gleichfalls."

„Das ist meistens so."

„Wohl wahr." Z musterte ihn kritisch, „was gibt es?"

„Darf ich nicht erstmal reinkommen?"

Am liebsten hätte Z die Tür wieder zugemacht. Doch dann gab er sich einen Ruck. Schließlich war Yannik ihnen nach wie vor viele Antworten schuldig. Und wenn er nun schonmal von sich aus auftauchte, war das vielleicht eine Gelegenheit, einige davon zu bekommen. Also trat Z zur Seite: „Natürlich. Es ist nur..." Er zwang sich zu einem Lächeln, „so viel passiert in der letzten Zeit. Wir sind aufgeflogen, dann die Bombe in Berlin..."

„Wissen sie inzwischen, dass es eine Bombe war?"

„Gesagt hat das keiner." Z führte ihn ins Wohnzimmer, „aber was soll es sonst gewesen sein?"

Yannik zuckte die Achseln: „Keine Ahnung. Ist eh ein Ding, dass sie seit zwei Tagen am Untersuchen sind und bisher nichts präsentieren können."

„Oh. Sie könnten sicherlich. Aber sie wollen nicht."

„Du bist echt paranoid." Yannik kicherte, „und was genau meinst du eigentlich mit ‚aufgeflogen'?"

„Nicht gehört?" wunderte sich Z, „wir haben unsere Gaben wieder. Ich dachte du – als Mitglied des inneren Zirkels des Sohnes Gottes..."

„Ich gehöre zu gar keinem Zirkel." würgte Yannik ihn ab, „das ist Lottas Ding. Ich bin nur ihr Mann. Und verziehe mich jedes Mal, wenn die eine ihrer Sitzungen abhalten."

„Ich weiß." Z verkrampfte sich innerlich. Das hatte er nicht sagen wollen. Aber Yannik schien sich nichts dabei zu denken und so fügte er hastig hinzu: „Ich dachte, du hättest es vielleicht trotzdem gehört."

„Ich hatte nicht mal gehört, dass ihr sie verloren habt. Und was genau meinst du mit ‚Ich weiß‘?"

Also hatte er es doch gemerkt. Z ohrfeigte sich innerlich für seine Unachtsamkeit und wandte sich – um den Schweiß auf seiner Stirn zu vertuschen – von Yannik ab: „Möchtest du etwas trinken?"

„Nein danke." winkte Yannik ab.

So blieb Z nichts anderes übrig, als sich ebenfalls zu setzen. Und zu versuchen, der Frage auszuweichen: „Hat Lotta nichts von uns erzählt?"

„Nicht, was eure Gaben betrifft. Aber ihr seid auch nicht unbedingt unser Hauptgesprächsthema. Wir haben da andere Sachen."

„Schon klar."

„Und jetzt du." Yanniks Blick durchbohrte ihn förmlich und Z spürte, wie ihm erneut heiß wurde:

„Tja... ich... wir..."

Es klingelte erneut. Z atmete erleichtert aus – und dann alarmiert wieder ein: „Hast du jemanden mitgebracht?"

Yannik schüttelte den Kopf: „Nein. Und wenn dann hätte ich ihn oder sie gleich mit reingebracht."

„Gutes Argument." Z sprang auf und eilte zur Tür. Es war der Postbote: „Zachäus Husmann?" las er vor und als Z bejahte, hielt er ihm ein kleines Gerät mit einem Stift an einer Schnur entgegen, „dann bitte hier unterschreiben."

Z tat wie geheißen und der Postbote reichte ihm einen Umschlag, auf dem ‚Persönlich! Vertraulich!‘ zu lesen war. Z starrte die beiden Worte an, bis er sich gewahr wurde, dass Yannik hinter ihm stand. Er drehte sich um, hielt den Umschlag hoch und sah Yannik fragend an. Doch dieser zuckte nur mit den Schultern. Also öffnete Z den Umschlag. Ein Diktiergerät fiel ihm in die Hand, ein Zettel war daran befestigt. Z faltete ihn auf. ‚Anhören! Alleine!‘ stand darauf. Z runzelte die Stirn und kratzte sich am Kopf.

„Wo ist Becka?" riss Yannik ihn aus seiner Erstarrung.

„Hm? Oh. In der Küche. Kuchen backen. Freunde kommen zu Besuch."

„Dann sage ich mal ‚Hallo‘."

„Ja... mach das, mach das." stimmte Z abwesend zu, „und ich... komme gleich nach."

Wieder durchbohrte ihn Yannik mit seinem Blick, aber diesmal merkte Z nichts davon. Er ging ins Schlafzimmer, zog die Tür hinter sich zu und setzte sich aufs Bett. Dann drückte er auf ‚Play'.